KB151157

따르는
사람들

따르는
사람들

마이크 오머 장편소설

김지선 옮김

MIKE OMER

A Deadly Influence

북로드

1

남자는 허름한 행색으로 곧 무너질 듯한 비계에 웅크려 앉아
밤의 어둠 속에 점점이 찍힌 수천 개의 빛을 응시하고 있었다. 헐
렁한 청바지에, 차가운 바람을 막기엔 너무 얇아 보이는 바랜 코
듀로이 재킷 차림이었다. 애비는 아직 공사가 끝나지 않아 텅 비
어 있는 창문 너머로 남자를 엿보며 남자가 정말 뛰어내릴 생각
인지 가늠하려 애썼다.

"50분째 저 밖에서 저러고 있어요." 뒤에서 한 경관이 말했다.
"불렀는데 대답을 안 하더라고요. 아예 이쪽을 쳐다보지도 않아
요."

애비는 듣는 둥 마는 둥 고개를 끄덕이며 남자에게서 한순간
도 눈을 떼지 않았다. 남자는 줄곧 아래를 내려다보며 불편한 듯
이리저리 자세를 바꿨다. 실행할 의지를 그러모으려고 하는 거
야. 애비는 확신했다. 시간이 많지 않았다.

한 걸음 뒤로 물러나 주위를 둘러보며 상황을 파악했다. 지금

서 있는 공간은 아직 공사 중이라 대들보가 그대로 드러나 있고 창에는 유리가 끼워져 있지 않았으며 자갈과 건축 자재가 온 사방에 널려 있었다. 바닥에는 음식 포장지가 여기저기 나뒹굴었고, 애비의 발치에는 담배꽁초 두어 개와 텅 빈 담뱃갑이 떨어져 있었다. 동료인 윌 베린은 어깨의 마이크에 대고 뭐라 뭐라 말하고 있었고 저쪽에서는 특수기동대 대원 두 명이 대기 중이었다. 애비가 저 바깥의 투신하려는 남자를 붙잡아야 한다는 결정을 내리면 바로 행동에 들어갈 것이다.

완공되지 않은 마천루의 50층은 바람이 거셌다. 남자를 설득해 창에서 내려오게 하려면 고함을 쳐야 할 것이다. 고함칠 때 애비의 목소리는 날카로워지기 쉬웠다. 아무래도 상대를 안심시키는 침착한 협상가의 목소리와는 거리가 좀 있었다.

윌을 보며 이번에는 주요 협상가 역할을 저쪽에 맡겨야 하나 고민했다. 윌은 더 깊은 목소리를 가졌고 더 큰 소리로 고함칠 수 있었다. 하지만 애비는 바깥의 남자가 윌을 보면 위협을 느낄 것 같았다. 이 경우에는 자신이 더 나을 듯했다.

"확성기 필요하세요, 경위님?" 경관이 파란색 확성기를 들어 올리며 물었다.

애비는 고개를 저었다. "그거에 대고 고함쳤다간 그냥 듣기 싫어서 뛰어내릴지도 몰라요. 내가 나가볼게요."

애비는 특수기동대 대원의 도움을 받아 라펠링 하네스에 밧줄을 걸었다. 그 후 안 넘어가는 침을 억지로 삼키며 창을 넘어 허공으로 나섰다.

밖으로 나오니 바람이 훨씬 강해져서 몸을 무자비하게 뒤흔들었다. 심장이 거칠게 뛰는 것을 느끼며 비계 기둥을 움켜쥐었다. 철제 틀이 삐걱대며 몸부림쳤지만 애비는 신경 쓰지 않으려 애썼다. 라펠링 하네스는 이제 거의 장난감처럼 느껴졌다. 균형을 잃는다면 이 가느다란 끈은 절대 내 체중을 버텨주지 못할 거야. 현기증이 전신을 날카롭게 꿰뚫고 지나가고, 담즙이 입안에 고였다.

비계 반대쪽 끝에 앉아 있는 남자에게만 초점을 맞추려 안간힘을 쓰며, 있는 힘을 다해 공포를 억눌렀다. 남자는 심연 위로 다리를 대롱거리고 있었다. 애비는 한 걸음 다가갔다. 애비를 본 남자는 눈도 깜빡이지 않았지만 입술은 떨리고 있었다. 뺨에 두 군데 긁힌 자국이 보였다. 잔뜩 화난 붉은 선 두 줄. 삐죽삐죽한 상처에서 생살이 드러났다. 또 한 걸음. 애비는 남자로부터 3미터 거리에 있었다.

"가까이 오지 마! 뛰어내린다!" 남자의 목소리는 쉬어 있었고 절박했다.

애비는 손바닥을 바깥으로 해서 한 손을 천천히 들어 올렸다. "알겠어요. 여기 있을게요."

"맹세해! 진짜 뛰어내릴 거야!" 남자의 몸이 앞으로 살짝 기우뚱했다.

애비는 비계 선반에 조심조심 앉았다. "봤죠? 난 여기 있어요. 그냥 이야기나 좀 하자고요."

남자가 고개를 돌려 뉴욕의 스카이라인을 바라보자 듬성한 머리카락이 바람에 휘날렸다. 주머니를 뒤지던 남자는 기침을 하고는 카악 하고 가래를 뱉었다.

"애비 멀린이에요." 애비는 침착한 목소리로 태연하게 말했다. 마치 비계에서 산책이라도 하다가 우연히 마주친 낯선 사람인 척. 마치 여기가 길거리에서 150미터 높이의 허공이 아닌 척.

남자는 혼자만의 생각에 잠겨 애비를 철저히 무시했다.

"이름이 뭐예요?" 몇 초 후 애비가 물었다.

반응은 없었다.

애비는 침묵이 뻗어가게 놔두고 가만히 기다렸다. 기다리는 데는 불만이 없었다. 애비의 존재는 남자의 주의를 산만하게 했고, 이제 남자는 망설임에 이도 저도 못 하게 된 듯했다. 이전에 끌어냈던 결심은 흩어져버렸다.

추웠다. 애비는 롱코트 밑에 스웨터를 입고 있었고 털모자도 썼다. 하지만 목도리와 장갑은 차에 놓고 왔다. 한 손은 주머니에 넣었지만 다른 손은 얼음장 같은 비계를 붙들고 있었다. 물론 놓을 생각은 전혀 없었다. 코와 귀는 이미 고드름으로 변해버린 것 같았다.

저는 춥네요라는 말이 입가를 맴돌았다. 인간의 기본적인 반응이다. 추우면 춥다고 말하는 것. 왜냐하면 그게 상황에 걸맞고, 사람과 사람 사이에 다리를 놓는, 대화를 시작하는 방식이니까. 하지만 그런 단순한 말조차 함정을 숨기고 있었다. '저는 춥네요'라는 말은 애비에 관한 말이니까. 그리고 지금 이 순간 애비가 가장 해서는 안 되는 일은, 자기 이야기를 하고 싶어 하는 것처럼 보이는 거였다.

"날이 춥네요." 애비는 그 말을 택했다. "그러다 꽁꽁 얼겠어요."

남자의 시선은 수평선에 못 박혀 있었다.

"많이 힘드신 것 같아 보여요." 애비가 물었다. "무슨 일 있었나요?"

그 말이 무슨 기억이라도 자극했는지, 남자는 이를 악물었다. 하지만 동시에 곁눈질로 애비를 볼 수 있도록 가장자리에서 약간 안쪽으로 움직였다. 애비는 남자가 다시 입을 열길 기도하고 기다렸다. 뭔가가, 뭐라도 필요했다. 남자를 안으로 들이려면. 애비는 월이 지금 남자의 이름과 52층 건물 꼭대기로 올라가 창밖으로 나가기로 마음먹은 이유를 알아내려고 미친 듯 노력하고 있다는 걸 알았다.

결국 애비가 먼저 말했다. "안으로 들어가서 이러시는 이유를 좀 말씀해주시면 어떨까요?"

남자의 동의를 기대하는 게 아니었다. 싫다고 말하기를 바랐다. 그러면 대화를 시작할 수 있으니까. 그리고 남자는 상황의 통제권이 자신에게 있다고 생각할 것이다. 싫다고 한다면 훨씬 상황이 나아질 것이다. 하지만 남자는 그저 애비를 무시했다. 눈빛이 텅 비어 있었다. 남자는 다시 주머니를 뒤적였다. 서툴고 어색한 몸짓, 취객의 몸짓이었다.

"뭐 따뜻한 것 좀 드시고 싶지 않으세요? 따뜻한 커피나 차 드릴 수 있는데." 지금 그 말은 애비에게 너무 달콤했다. 확실히 남자에게도 똑같이 달콤하게 들릴 것이다. 하지만 남자는 더한층 긴장하는 눈치였다. 뭔가 속임수가 있다고 의심하는 것 같았다.

기온이 더 떨어졌나? 애비는 얼음장 같은 기둥을 놓고 그 손도 마저 주머니에 집어넣었다. 비계 위에 안전하게 앉아 있어도, 손을 놓으니 아차 싶었다. 실수로 아래를 내려다본 순간, 무한한 심연이 입을 쩍 벌리고 있었다. 다시금 현기증이 파도처럼 밀려들었다. 앞서보다 더 심했다. 얼굴에서 핏기가 싹 빠져나갔다. 손톱을 있는 힘껏 손바닥에 박아 넣었다. 통증에 머리가 맑아졌다.

재빨리 눈을 들어 마천루들에 초점을 맞췄다. 이 위에서 보니 경관이 굉장했다. 그 점만큼은 남자를 인정해줘야 했다. 장소 하나 잘 골랐네. 뉴욕의 스카이라인보다 애비의 경외심을 더 자극하는 건 많지 않았다. 환히 빛나는 첨탑들과 셀 수 없이 많은 지붕들. 백색 빛에 멱을 감고 있는 엠파이어스테이트 빌딩. 그리고 그 너머로 보이는 거대한 프리덤 타워의 그 푸른빛은 마치 유령 같았다. 수많은 건물과 탑들이 그들을 둘러싸고 서 있었다. 각 건물에 난 수십 개의 창들은 그 안의 삶을 얼핏얼핏 보여주었다. 심지어 지금도, 새벽 4시인데도, 여전히 수십 개의 창에 불이 밝혀져 있었다. 그리고 그 아래의 거리에서는 그만큼 많은 차들이 오가고 있었다. 붉은색과 노란색 등들이 어둠 속에서 반짝였다.

"그 긁힌 상처는 어쩌다 그런 건가요?" 애비가 물었다.

애비는 쉬지 않고 노력했다. 질문을 던지고 남자의 감정에 이름표를 붙이고 남자의 내면으로 들어가는 길을 찾았다. 점점 커지는 좌절감과 우려가 어조에 묻어나지 않도록 조심하며, 지칠 줄 모르고 노력했다. 남자는 더 긴장하는 눈치였다. 더 몸을 꼼지락거리고 눈을 감은 채 빠르고 밭은 숨을 토했다. 특수구조대를 부를 시간이었다.

늦기 전에 남자의 마음을 열 수 있을까? 애비는 의심스러웠다. 하지만 다른 선택지가 없으니 시도하는 수밖에 없었다.

그리고 그때, 창가 바닥에 나뒹굴던 담배꽁초와 빈 담뱃갑이 퍼뜩 떠올랐다. 남자가 마치 담배를 찾는 듯 주머니를 다독거리던 것도. 남자가 창턱으로 올라가 밖으로 나가기 전에 창가에서 마지막 담배 한 대를 피우는 모습이 머릿속에 그려졌다.

앞서 제의한 것에 대한 남자의 반응을 본 애비는 남자에게 직접 담배를 권할 마음이 없었다. 그 대신, 창 안쪽을 보고 말했다.
"어이, 담배 한 대가 너무 고프네요. 누구 담배 있어요?"

구조대원 하나가 창 너머로 담배와 라이터를 건넸다. 애비는 조심조심 손을 뻗어 받아 들었다. 그 후 담배를 입술에 물고 불을 붙였다. 대학 때 이후로 처음이었고, 냄새를 맡으니 멀미가 났다. 하지만 짐짓 세상에서 가장 맛있는 것이라도 먹는 양 담배 연기를 빨아들이고 천천히 내뿜었다.

남자가 애비를 향해 몸을 돌렸다. 애비는 담배를 한 모금 더 빨았다.

"한 대 주실 수 있나요?" 남자가 마침내 말했다.

"당연하죠." 애비는 그렇게 대답하고는 창을 돌아보고 말했다. "저분한테 드리게 한 대 더 줄 수 있어요?"

구조대원이 담뱃갑을 통째로 내밀었다.

"이리 던져주세요." 남자가 말했다.

애비는 남자가 손을 뻗길 바랐었다. 그러면 자신이 더 가까이 가게 놔둘 수밖에 없었을 테니까.

그러나 적어도 남자는 이제 말을 하고 있었다. 애비는 남자를 향해 담뱃갑을 조심스럽게 던졌다. 거센 바람 때문에 하마터면 날아가버릴 뻔했지만, 다행히 그러지 않고 가장자리에 떨어졌다. 남자는 한 개비를 꺼내어 갖고 있던 라이터로 불을 붙였다. 불은 네 번 만에야 간신히 붙었다. 남자의 손이 떨리는 데다 바람 때문에 불이 계속 꺼졌기 때문이었다. 마침내 남자는 길게 한 모금을 빨았다.

"고맙습니다." 남자가 말했다.

"더 필요한 건 없으세요?"

"없네요." 남자가 서글픈 미소를 반짝 지어 보였다. "전 필이에요."

애비는 웃음으로 답했다. "만나서 반가워요, 필. 여긴 왜 올라오셨어요?"

필은 한 모금 더 길게 빨고 대답했다. "살다 보니 그렇게 됐네요."

애비는 모호한 대답에는 익숙했고 진실을 끌어내는 법을 알았다. "살다 보니까요." 필의 말을 되풀이했다.

"네, 살다 보니까요. 인생이 제 뜻대로 되질 않네요."

일단 말문을 열게 하고 나면 애비의 주된 역할은 계속 말하게 하고 귀를 기울이는 거였다. 좋은 협상가들은 그다지 말이 많지 않았다. 주로 들었고, 상대가 계속 말하도록 부추겼다. 시간을 벌었다. 정보를 얻었다. 상대에게 영향을 미치는 데 도움이 될 만한 것들을 찾았다.

"뜻대로요?" 애비는 필의 말을 따라 했다. 그건 모든 협상가가 갖춘 무기고의 제1번 연장이었다. 미러링. 대상의 말을 반복하고, 듣고 있다는 걸 보여주고, 더 자세히 설명하게 만드는 것.

몇 초쯤 침묵이 흐르고, 이윽고 필이 말했다. "누나가 이틀 전 세상을 떠났어요."

"어떡해요. 누님을 여의었다니, 정말 힘드셨겠어요. 어쩌다 돌아가셨나요?"

"암이었죠." 필은 손가락에 낀 담배를 응시하며 말을 이었다. "폐암이었어요. 담배도 안 피웠는데."

"그렇군요."

"장례식에 갔었는데, 거기 있는 사람들이 전부 똑같은 생각을 하는 게 훤히 보였어요." 필은 구름 같은 연기를 뿜어냈다. "제가 죽었어야 한다고요."

애비는 기다렸다. 이제는 말이 쏟아져 나오고 있었다. 지금은 그냥 듣기만 하면 됐다.

필은 한 모금 더 빨았다. "지난 20년간 술로 인생을 허비했어요. 2년은 감옥에서 보냈고요. 부모님도 절 포기하셨죠. 하지만 누나는 아니었어요. 알코올 중독자 모임에 나가게 하거나 자기 목사님에게 상담받게 하려고 계속 저를 설득했죠."

"좋은 누님이셨나 봐요."

"그랬죠. 거기다 좋은 딸이었고요. 부모님께 사랑스러운 손녀 딸들을 안겨줬죠. 너무 좋은 엄마였어요." 필은 담배를 비계에 비벼 껐다. "관을 땅속에 내릴 때 제가 무슨 생각을 했게요?"

"무슨 생각 하셨는데요?"

"이제 제가 실망시킬 사람이 한 명도 안 남았다고요. 정말 끔찍한 생각 아닌가요?"

"왜 끔찍한 생각이죠?"

"모르시겠어요?" 필이 낮은 목소리로 대답했다. "전 이미 술 마실 생각을 하고 있었어요. 누나가 죽었는데, 전 그걸 술 마실 핑계로 이용했죠."

"정말 많이 힘드신가 봐요."

필은 성마르게 어깨를 으쓱했다. "그래서 술을 마셨죠. 그리고 아침에 한 병 더 사서 더 마셨어요." 남자는 생각의 흐름을 잃은 듯, 도시의 스카이라인을 멍한 눈으로 응시했다.

애비는 필의 말을 재구성할 방법을 찾으려 했다. 상황을 더 낙관적으로 보게 해야 했다. "너무 슬프셨잖아요. 그래서 잠깐 실수하신 거죠.”

“그럴 수도 있고요.” 필의 목소리에는 회의가 담겨 있었다. "동네 사람들이 계속 밤에 시끄러운 음악을 틀어요.”

“시끄러운 음악요?”

필은 말을 멈추고 담배 한 개비를 더 꺼내어 불을 붙였다. “진짜 시끄러운 음악요. 그래서 전 자정쯤에 잠에서 깨요. 그렇잖아요? 그리고 화가 나죠. 머리가 쿵쿵 울리고, 기분이 거지 같아요.”

필은 담배를 몇 번 뻐끔댔다. 손이 떨리는 게 보였다. 연기가 돌돌 말려 바람 속에 흩어졌다.

“집에 총이 있거든요.”

미친. 혹시 총질로 동네 사람을 죽이기라도 했다면 상황은 더한층 어려워질 것이다. 창 반대편에서 감옥이 기다리는 걸 알면 안으로 들어오게 설득하기가 힘들 테니까.

몇 초쯤 지났을까. 필이 더 설명하지 않자 애비가 물었다. “총이요?”

“오줌이 마렵네요.” 필이 불쑥 내뱉었다. “사실 아까부터 마려웠지만.”

“안으로 들어와서 볼일 보시고, 그 후 이 대화를 마저 하죠.”

필이 애비에게 씩 웃어 보이며 대꾸했다. “굳이 그럴 필요가 있을까요.”

필은 여전히 담배를 입에 문 채 일어났다. 막 뛰어내리려는 듯한 모습에 애비의 심장이 덜컥 내려앉았다. “잠깐만⋯⋯.”

필은 바지 지퍼를 열었고, 몇 초 후 흰 오줌 줄기가 밤하늘 속으로 쪼르륵 떨어졌다. “아래에 아무도 없었으면 좋겠네요.” 필이 웅얼거렸다. 볼일을 마치자 지퍼를 다시 올린 후 담배를 입에서 빼고 연기를 내보냈다. 균형을 잃지 않도록 한 손으로는 금속 기둥을 붙잡은 채였다. "그래서 총을 집어 들고 옆집으로 갔어요. 문을 두드렸더니 열어주데요."

"그랬군요." 애비는 느린 숨을 들이쉬며 뛰는 심장을 가라앉혔다.

"안으로 들어갔어요. 친구 몇 명이랑 같이 있더군요. 다들 그 음악을 듣고 있었어요. 살짝 약에 취해서요. 그리고 전 그 자식의 망할 스테레오를 부수는 데 탄창을 몽땅 비워버렸죠."

하느님, 감사합니다. "그다음에는 어떻게 됐나요?"

"그 자식의 미친 친구놈 하나가 완전 빡쳐서 절 막 발로 차고 할퀴더라고요." 필은 고개를 내저었다. "그래서 밀치고 밖으로 뛰쳐나왔죠. 경찰에 신고한다 어쩐다 떠들더군요."

"그렇군요."

"그래서 그렇게 된 거예요. 그 스테레오에 탄창을 몽땅 비우지만 않았어도 절 쐈을 텐데, 그 대신 여기 왔죠."

애비는 고개를 끄덕여 공감을 표하고 어조를 조정했다. 태평하고 수다스러운 낯선 사람 연기는 이제 집어넣었다. 더 깊고 느리고 달래는 목소리를 냈다. 모든 문장 끝을 마치 진술하듯 아래로 떨어뜨렸다. "힘들 때 곁에 있어준 유일한 사람이 누님이셨나 봐요." 애비는 말했다. "동생이 제대로 된 인생을 살길 진심으로 바라셨군요."

애비는 말을 멈추고 침묵이 흐르게 했다. 침묵은 애비에게 유용하게 작용할 것이다.

필이 움찔한 기색으로 눈을 깜빡였다. "네, 맞아요."

"조카들은요? 아까 사랑스럽다고 하셨죠. 자주 보세요?"

"네, 제 말은, 누나가 살아 있을 때는 그랬죠. 아이들이 얼마나 착한지 몰라요. 맏이는⋯⋯." 필이 씩 웃으며 말을 이었다. "유머 감각이 아주 미쳤어요. 저를 제대로 웃겨주곤 했죠."

애비는 몇 초쯤 침묵이 흐르게 놔뒀다. 필이 스스로 결론을 끌어낼 수 있도록. 조카들은 아직 남아 있었다. 필은 아직 맏조카와 함께 웃을 수 있었다. 미래에는 아직 희망의 빛이 반짝였다. 안으로 함께 들어오기만 한다면.

"필이 자살하는 걸 누님이 아시면 어떤 심정일 것 같아요?"

"무슨 상관이에요. 이미 죽었는데."

"안 돌아가셨다면 뭐라고 말하셨을 것 같아요?"

"좋아하지는 않았겠죠."

"필이 누나를 곧장 뒤따라 간 걸 알면 조카들과 부모님은 어떤 심정일 것 같아요?" 애비가 물었다.

필은 대답 대신 헛기침을 했다. 그러고는 입술 사이에 새로 담배 한 개비를 물고 라이터를 꺼냈다. 시간을 벌려는 게 분명했다. 라이터가 손가락에서 미끄러져 떨어졌다.

남자는 라이터를 잡으려고 허둥대다 순간 균형을 잃었다. 당황해서 양팔을 휘두르며 허공을 향해 기우뚱했다. 애비는 목구멍까지 비명이 차올랐다.

이윽고 필이 비계를 붙잡고 간신히 균형을 되찾았다. 얼굴은 창백했고 입은 쩍 벌어져 있었다. 애비의 심장이 갈빗대 속에서 쿵쿵 울렸다. 아무 말도 할 수 없었다. 이 상황에서 자신의 목소리가 멀쩡하게 나올지 믿음이 가지 않아서였다. 하지만 필과 눈을 맞췄다. 주위에서 바람이 거칠게 포효했다.

"필." 애비가 마침내 말했다. "안으로 들어갈래요?"

"네." 떨리는 목소리로 필이 대답했다. "그럴 수 있을지 모르겠어요. 떨어질 것 같아서 무서워요."

"괜찮아요. 그대로 있어요. 도와줄 사람이 대기하고 있어요."

2

발밑에 단단한 바닥을 디딘 순간, 애비는 그 바닥만큼이나 단단한 안도감을 느꼈다. 벽과 천장이 얼마나 귀중한 존재인지 왜 다들 모를까. 당장 납작 엎드려 바닥을 온몸으로 느끼고 싶은 욕구가 용솟음쳤다. 하지만 바닥 팬클럽에 가입하기 전에 먼저 처리해야 할 일이 있었다.

"들어올 준비 됐어요." 애비는 특수기동대 대원에게 말했다. "그런데 도움이 필요해요."

남자들은 이쯤은 일상이라는 듯 아무렇지 않게 창밖으로 나갔다. 하늘에서도 땅에서도 수백 미터쯤 떨어진 곳을 터벅터벅 걸어 다니는 게 무슨 매주 치르는 행사라도 되는 것처럼. 잘난 척하긴.

애비는 고개를 젓고 윌을 돌아보았다. "심리상담사는, 오는 중이야?"

"이미 아래층에서 구급차랑 같이 기다리고 있어요." 윌이 씩 웃어 보이며 대답했다. "아까 담배요, 진짜 감탄했어요."

애비는 대답 대신 웃음을 지어 보이고, 차분하고 느긋한 월의 모습을 보며 자신도 마음을 가라앉혔다.

경찰더러 당신 파트너에 대해 말해보라고 하면 저마다 다양한 방식으로 대답할 것이다. '그 자식은 늘 제 뒤를 지켜줄 겁니다.' 또는 '제 목숨도 믿고 맡길 수 있죠.' 어쩌면, '우린 가족이나 다름없어요.'

애비 역시 마찬가지였다. 하지만 애비에게 월 하면 제일 먼저 떠오르는 가장 중요한 생각은 월과 함께 있으면 다 내려놓을 수 있다는 거였다. 경계할 필요도, 자신의 행동이나 말에 관해 두 번 생각할 필요도 없었다. 월은 애비가 마음을 푹 놓을 수 있는 사람이었다. 믿을 수 있는 얼마 안 되는 사람 중 하나.

신뢰는, 특히 애비의 신뢰는 쉽사리 얻을 수 있는 것이 아니었다.

월은 키가 컸다. 커도 보통 큰 게 아니라, 처음 만나는 사람의 절반은 예외 없이 이렇게 물었다. '우와, 키가 도대체 몇이세요?' 덕분에 애비는 월에게 한 번도 직접 물어본 적이 없는데도 월의 키가 196센티미터임을 알고 있었다.

월은 매끄러운 암갈색 피부에, 수북한 눈썹과 퍼진 코를 가졌다. 마치 아이가 멋대로 자기 차를 가지고 나간 걸 알고 화가 난 아버지 같은 인상이었지만, 1990년대 액션 영화 주인공 같은 그 육체 속에는 실은 상냥한 아기고양이가 들어 있었다.

"난 녹초가 됐어." 애비는 벽에 몸을 기대며 눈을 감았다.

"뭐, 사람 목숨 구하기가 어디 그리 쉽나요."

애비는 창밖으로 특수기동대 대원 둘이 필을 조심조심 부축

해 일으키는 걸 지켜보았다. "오늘 하루는 좀 쉴 수 있으면 좋을 텐데."

"오늘은 모의훈련 스케줄이 두 건 있잖아요."

"아니까 하는 소리지. 없었으면 좋겠다고. 킴벌리는? 둘이 좋은 저녁 시간 보냈어?" 어제는 윌의 결혼 5주년 기념일이었다. 애비는 윌이 레스토랑을 고르는 걸 도와주었다.

"'굉장히' 좋았어요. 다만 잠자리에 너무 늦게 들어서……."

"자세한 얘기는 안 해도 돼."

"할 생각도 없거든요. 제가 하려는 얘긴 그게 아니라, 새벽 1시에 자러 갔는데 3시 지나서 호출을 받았다고요. 벨소리가 한 백만 년쯤 울린 후에야 간신히 받을 수 있었어요. 킴벌리는 그 와중에도 계속 코를 골더라고요. 업어 가도 모를 거예요. 애비는요? 애들은 어디다 맡기고 왔어요?"

"맨날 똑같지, 뭐. 엄마네 집. 엄마가 자다 깨서 얼마나 반가워했을지, 말 안 해도 짐작 가지?" 잔뜩 지친 목소리로 전화를 받긴 했지만, 그래도 어머니는 전화 끊고 10분 만에 애비 집 문간에 나타났다.

"흠, 부모님이 근처에 사셔서 다행인 줄 아세요. 아니면 스티브한테 전화해야 했을 것 아니에요."

"윽, 그런 상황은 상상도 하기 싫어."

"전 가서 몇 시간이라도 눈 좀 붙여야겠어요." 윌이 눈을 비비며 말했다. "그런 다음 다시 출근해야지. 아니면 하루 종일 좀비 몰골일 거예요."

애비는 시계를 확인했다. 4시 45분이었다. 6시 15분에는 아이들을 깨워야 한다. "난 일단 여기 상황이 정리되면 커피 한 잔

마시고, 그 후 집에 가서 엄마더러 좀 쉬시라고 하고 아이들 등교 준비를 시켜야겠다."

그때 필이 창으로 들어오는 바람에 두 사람의 대화는 거기서 끊겼다. 필은 이제 하네스로 몸을 안전하게 동여매고 있었다. 특수기동대 남자들이 뒤따라 들어왔다. 필은 눈이 휘둥그레져 어리둥절한 표정으로 주위를 둘러보았다. 애비는 죽음의 목전에서 돌아온 사람들이 이런 표정을 짓는 걸 이미 몇 번 본 적 있었다. 아직 살아 있다는 사실에 느끼는 경이로움. 종종 그것만으로도 다시 자살 시도를 하는 걸 막을 수 있었다.

"기분이 어때요?" 애비가 부드럽게 물었다. "물 좀 줄까요? 아니면 화장실 갈래요?"

"이미 갔다 왔어요." 남자는 소심하게 대꾸했다. "정말이지 저 아래에 아무도 없었으면 좋겠네요."

"필, 전 윌 베린이에요." 윌이 말했다. "아래층까지 데려다줄게요. 구급차가 기다리고 있어요."

"구급차는 필요 없어요. 다친 데도 없는데."

"그냥, 혹시 몰라서 그래요." 윌은 이미 계단 쪽으로 남자를 인도하고 있었다.

"고마워요." 애비는 특수기동대 대원들을 향해 웃음을 지어 보였다.

"뭘요." 한 남자가 마주 웃었다. "이렇게 또 같이 일해서 좋았어요, 멀린."

애비는 그제야 남자의 얼굴을 알아보았다. 8개월 전 은행 강도 사건 때 출동했던 남자였다.

"나도요!" 애비는 남자의 이름을 기억하지 못한다는 걸 들키고 싶지 않아서 짧게 대꾸했다. "또 봐요."

애비는 뒤돌아 윌을 따라서 아래층으로 내려갔다. 남은 하루가 길었다.

3

깨어난 순간, 남자는 불처럼 타오르는 욕구를 느꼈다. 그 욕구에 불을 붙인 것은 이미 반쯤 잊어버린 꿈이었다. 그 꿈속에서, 개브리엘은 환히 웃으며 남자에게 입을 맞추고 있었다. 입술의 촉감은 마치 구름처럼 부드러웠다. 꿈에서 깨어나니 가혹한 현실은 너무도 공허하고 차가워서, 남자는 다시 잠들고만 싶었다. 꿈에서 못다 한 일들을 마저 마무리하고 싶었다. 하지만 이미 꿈은 사라져버렸고, 남자는 가슴속을 갉아먹는 듯한 허기를 채워야 했다.

개브리엘을 보아야만 했다.

하지만 그 전에 먼저 할 일들이 있었다. 칫솔질도 그중 하나였다. 그리고 개브리엘은 남자가 면도하고 오는 걸 좋아했다.

남자는 서둘지 않고 뺨이 매끄러운지 확인했다. "난 남자 얼굴이 비단처럼 부드러운 게 좋더라." 개브리엘이 그렇게 말한 적이 있었다. 그리고 남자는 그날 당장 콧수염을 밀었다.

침실로 돌아가 셔츠와 바지를 벗어 침대 옆 협탁에 개 얹었다. 속옷도 마저 벗었다. 남자는 아침에 개브리엘을 만날 때 알몸으로 만나는 걸 좋아했다. 개브리엘도 자주 그랬듯이.

준비를 마친 후 침대에 누워 휴대전화를 들었다. 인스타그램 앱을 켰다. 예상한 대로 개브리엘의 새 스토리가 올라와 있었다. 개브리엘의 프로필 사진을 부드럽게 어루만졌다. 손끝으로 입술을 쓸었다. 이 의식은 절대 지겨워지지 않았다.

개브리엘이 올린 건 침대 셀카였다. 시트 밖으로 드러난 맨살은 어깨가 전부였지만 남자는 더 많은 걸 볼 필요가 없었다. 개브리엘이 알몸으로 누워 있다는 것을 알고 있었으니까. 두 달 전에 산 새틴 침대 시트를 양다리 사이에 낀 채.

좋은 아침, 사진 밑에는 그렇게 씌어 있었다. 개브리엘은 어김없이 남자를 흔들어놓는, 졸음에 겨운 미소를 짓고 있었다.

"좋은 아침." 남자는 속삭여 대답했다.

개브리엘의 눈에서는 욕망이 번뜩였다. 남자와 동일한 욕망이었다. 남자는 휴대전화를 내렸다. 개브리엘의 입술이 남자의 몸통과 배를 애무하다 다리 사이에서 멈췄다. 남자는 휴대전화를 세게 움켜쥐었다. 몸을 부르르 떨며 억눌렀던 것을 쏟아냈다.

이후 남자는 침대에 누워 개브리엘과 대화를 나눴다. 인스타그램 포스트들을 훑어내리며 자막이나 개브리엘이 단 댓글을 읽었다. 그리고 그 후 개브리엘에게 대답했다. 베갯머리 대화였다.

온종일 침대에 누워 있었으면 좋겠어. 개브리엘이 한 포스트에 쓴 글이었다. 담요 밖을 빼꼼 내다보며 장난꾸러기처럼 웃고 있었다.

"나도야." 남자는 개브리엘에게 웃으며 대답했다.

또 다른 포스트에서 개브리엘은 해변에 서 있었다. 바람이 개브리엘의 머리카락을 장난치듯 휘날렸다. 사진 밑에는 *미래의 내가 지금의 내게 고마워할 일을 하자*라고 씌어 있었다.

"그럴 계획이야." 남자가 말했다. "오늘이 바로 그날이야. 그리고 미래의 너도 내게 감사할 거야."

개브리엘의 포스트들에 달린 다른 댓글들을 쭉 훑었다. 팬들이 쓴 어리석은 허튼소리들을 읽었다. 문법과 철자 오류가 넘쳐나는 댓글들. *넘 이뻐요.* 어떤 댓글은 그렇게 씌어 있었고, 하트 이모티콘이 달려 있었다. 다른 댓글에는 장미 이모티콘이 있었다. 개브리엘의 팬들은 이모티콘이 아무 뜻도 없다는 걸 깨닫지 못했다. 장미를 보내고 싶다면 실제 장미를 보내야 하는 것을.

물론 팬들은 개브리엘이 자신들을 위해 포스팅하는 게 전혀 아니라는 걸 알지 못했다. 그야 개브리엘의 식탁에 빵을 올려주는 건 그들이지만, 1년도 더 전부터, 개브리엘의 모든 포스트는 오로지 남자만을 향한 것이었다.

스크롤을 좀 더 아래로 내렸다. 하루를 시작하기 전에 한 번만 더 보고 가야지. 그러다 한 사진을 본 순간, 남자는 갑자기 스크롤을 멈추고 얼굴을 찌푸렸다. 최근에 개브리엘의 여덟 살짜리 남동생이 자기 방에서 찍은 사진이었다.

배경의 뭔가가 남자의 눈길을 사로잡았다. 처음 보는 그림이었다.

"빌어먹을." 침대에서 일어나며 거칠게 내뱉었다. 짜증을 내며 급히 옷을 걸쳤다. 너무 늦기 전에 알아차려서 그나마 다행이었다.

거친 발걸음으로 옆방으로 갔다. 구석에 남자아이 침대가 놓여 있었다. 침대 시트는 〈스타워즈〉였다. 작은 책상 하나와 진푸른색 의자 하나. 창가의 〈해리 포터〉 포스터. 플라스틱 장난감 몇개와 스탠드가 놓인 침대 옆 협탁. 그리고 크레용으로 그린 그림몇 장을 붙여놓은 코르크판.

남자는 휴대전화 화면을 두드려 거기 있는 사진과 자기가 서있는 방 안을 비교했다. 침대가 있었다. 동일한 침대 시트가 있었다. 포스터도 동일했다. 침대 옆 협탁 또한 동일했다. 똑같은 장난감을 전부 찾아내는 데 몇 주나 걸렸다.

코르크판도 거의 똑같았다. 하지만 화면 속 코르크판에는 그림 일곱 장이 붙어 있었다. 이쪽 방에는 여섯 장밖에 없었다.

남자는 화면에서 자신에게 없는 그림을 확대했다. 이미지 해상도가 낮은 게 아쉬웠다. 가족을 그린 그림이었다. 어머니, 큰딸그리고 어린 아들. 여자애는 확실히 개브리엘이었다. 서툰 솜씨로 누나를 그리려 애쓰는 아이를 생각하니 저절로 웃음이 비어져 나왔다. 여자애의 몸통은 벽돌처럼 직사각형이었고, 머리카락은 갈색 직선 몇 개가 다였다.

책상에 앉아 서랍에서 크레용 상자와 종이 한 장을 꺼냈다. 주의 깊게 공들여 그림을 베껴 그렸다. 두 번이나 망치는 바람에 처음부터 다시 시작해야 했다. 한 번은 어머니의 셔츠 색을 잘못칠했고 한 번은 남자애의 발이 너무 길어서였다. 삼세번 만에 드디어 남자는 꽤 비슷한 그림을 간신히 그릴 수 있었다. 시간만 있으면 스케치를 몇 장 더 했을 것이다. 그랬으면 완벽했을 텐데. 하지만 시간이 빠듯했다. 준비해야 할 것들이 있었다. 이미 너무익숙해진 서명을 다시 한번 베껴 썼다. 네이선.

화면의 그림을 다시 확인했다. 그림은 우주선 그림 위에 파란

핀으로 꽂혀 있었다. 남자는 서랍에서 파란 핀을 찾아 정확히 똑같은 위치에 그림을 붙였다.

몇 걸음 물러나 화면의 그림과 방 안의 그림을 비교했다.

완벽했다.

남자가 그림을 그리는 사이 개브리엘의 인스타그램에는 새 사진이 올라와 있었다. 사진 촬영을 위해 차려입은 모습이었다. 이렇게 씌어 있었다. *나 어때 보여요?*

남자는 댓글을 달았다. *늘 매력적이죠.*

개브리엘은 즉각 남자의 댓글에 '좋아요'를 누르고 댓글을 달았다. *고마워요!* 그리고 얼굴 붉히는 이모티콘을 달았다.

남자는 화면에 다정하게 입을 맞추고 숨을 후 토했다. "고맙긴."

4

뉴욕시 경찰청 경찰학교 화장실. 애비는 손을 씻으며 얼룩진 거울 속에 비친 자신의 모습을 응시했다. 이제 겨우 정오인데 이렇게 진을 쏙 빼놓다니. 잠든 지 네 시간도 안 돼서 투신자살 하려는 사람이 있다는 전화를 받고 깼다. 그 전날 밤도 똑같이 힘들었는데, 벤이 자다가 그녀를 깨워 한참 후에야 다시 잠들 수 있었기 때문이다.

벤은 거미가 나오는 끔찍한 악몽을 꿨다. 그 자체로는 드문 일이 아니었다. 많은 아이들이 거미가 나오는 악몽을 꾸니까. 애비 역시 어렸을 때 몇 번 그런 적이 있었다. 하지만 벤의 악몽은 달랐다. 아끼는 애완 타란툴라인 지퍼스가 죽는 내용이었다.

때때로 아이들의 악몽은 부모 자신의 감추고 싶은 백일몽이었다.

벤의 여덟 살 생일이 얼마 남지 않았다. 애비는 머릿속 할 일 목록에서 항목들을 체크했다. 초대장은 이미 다 보내놓았고, 벤의 가장 친한 친구들은 참석 여부를 알려 왔다. 하지만 아직 간식과 케이크 문제를 해결하지 못했다. 벤의 반에는 땅콩 알레르기인 아이가 하나 있어서, 벤의 생일에 늘 쓰는 레시피인 저면 초콜릿을 바꿀 필요가 있었다. 그리고 나머지는……

애비는 고개를 떨구고 얼굴을 찌푸린 채 흐르는 수돗물을 응시했다. 손을 하도 문질러서 살갗이 벗겨지기 직전이었다. 얼마나 오래 씻은 거지? 2분? 3분? 게다가 피부를 손톱으로 긁고 있었다.

손을 홱 빼고 물을 잠갔다. 빌어먹을. 이번 주만 세 번째였다. 갈수록 잦아지고 있었다. 겨우 몇 달 전까지만 해도 이 습관과는 완전히 이별한 줄 알았는데.

어쩌면 영영 못 끊을지도 모른다. 어쩌면, 목의 조그마한 붉은 얼룩처럼, 영영 낫지 않을 상처일지도 모른다.

물기를 닦으며 거울을 확인했다. 봐줄 만은 하네. 금발 곱슬머리를 톡톡 두드려 매만져 귀를 잘 가리고 안경을 똑바로 고쳐 썼다. 모래 같은 피부색은 평소에 비해 살짝 더 창백했고 눈은 수면 부족으로 조금 부어 있었다. 하지만 지금 당장 어떻게 할 수 있는 건 없었다.

화장실을 나와 시간을 확인했다. 모의훈련 시작 전까지 아직 한 시간이 남았다. 자리로 돌아가 책상 앞에 앉아 컴퓨터 마우스를 움직여 노트북을 깨웠다. 얼마 전부터, 커서를 움직이지 않으면 5분마다 잠자기 모드에 들어갔다. 수면 부족은 애비 쪽인데. 어쩌면 컴퓨터가 잘하고 있는 게 아닐까. 애비도 5분간 말 거는 사람이 없을 때마다 잠을 자고 누가 커서를 움직일 때만 깨어나야 하는 게 아닐까.

형편없는 성적 농담처럼 들렸다. '지난밤 데이트 어땠어? 그 남자가 네 커서를 움직이던? 찡긋.'

애비가 어젯밤 데이트를 한 건 아니었다. 지금은 누가 자신의 커서를 움직이는 것 따위엔 아무런 관심도 없었다. 바라는 건 그저 밤에 잠을 푹 자는 것뿐이었다.

하품을 하고 화면에 신경을 집중했다. 읽고 있는 녹취록의 날짜는 두 달 전인 2019년 8월로 되어 있었다. 뉴욕시 경찰청의 인질 협상가인 구티에레스 경사와 전처 집에서 인질극을 벌이며 총으로 자살하겠다고 협박한 남자 사이의 대화였다. 구티에레스가 애쓴 덕분에 남자는 자살하지도, 누굴 죽이지도 않았다.

애비가 하는 업무의 큰 부분은 녹취록을 해부해 구티에레스가 뭘 잘했고 뭘 잘못했는지를 분석하는 거였다. 그 후 그걸 프로토콜과 훈련 자료에 포함시킬 것이다. 애비는 경찰 소속 인질 협상가들을 훈련시키는 것과 더불어 경찰서의 위기 개입 강의 또한 맡고 있었다. 사실 구티에레스를 훈련시킨 게 애비였다.

녹취록 페이지를 재빨리 넘기며 구티에레스가 어떻게 남자를 두 시간도 넘게 떠들게 만들 수 있었는지를 확인했다. 흐뭇했다. 구티에레스가 남자를 살살 꼬드겨 스스로 잠근 문을 열고 경찰에게 총을 건네주게 하는 데 한 시간 반이 걸렸다.

얼마쯤 후 정신을 차려보니 같은 줄을 몇 번이고 반복해 읽고 있었다. 뇌에 단어가 하나도 입력되지 않았다. 한숨을 푹 내쉬고 녹취록 창을 최소화했다. 뒤로 기대앉아 양손을 옆구리에 떨구고 목을 부드럽게 돌렸다. 사무실에 전속 마사지사가 있다면 얼마나 좋을까. 그냥 한 시간이나 그쯤마다 한 번씩 지나가면서 어깨 근육을 풀어주는 친절한 사람 말이다. 애비는 책상에 놓인 사진 액자를 응시했다. 벤과 샘이 애비를 향해 웃고 있었다. 아니, 벤은 웃고 있었고 샘은 카메라를 향해 웃으라고 하면 으레 짓는 그 표정을 짓고 있었다. 살짝 찡그린 표정. 전기의자에 앉기 직전의 표정이 저럴까.

애비는 사진을 제대로 놓았다. 책상 위의 문서를 다시 정리했다. 펜꽂이에 꽂힌 펜 네 개를 하나씩 꺼내서 제대로 나오는지 확인했다. 물병에 든 물을 다육 식물에 주었다. 애비의 회피 의식이었다. 그러고는 거의 강박적으로 노트북 화면의 아이콘을 더블클릭해 또 다른 녹취록을 열었다. 이 문서는 더 오래된 것으로, 손으로 쓴 보고서를 스캔한 거였다. 구티에레스의 녹취록보다 더 짧았다. 훨씬 짧았다. 그리고 애비는 그 내용을 외우고 있었다. 대충 넘겨가며 문장의 파편들을 훑었다. 마치 다시 읽으면 내용이 달라지길 기대라도 하듯이.

……총으로 제 머리를 겨누고 있어요. 더 가까이 오면 쏘겠대요. 뒤로 물러나래요.

……전화를 바꾸라고요?

……식당에 함께 있어요. 전부 62…….

뒤에서 발소리가 들리자 애비는 죄지은 사람처럼 급히 문서를 닫고 몸을 빙글 돌렸다. 한 강사가 지나가면서 애비에게 건성으로 미소를 지어 보였다. 애비도 마주 웃음을 지었지만, 뭔가 해서는 안 될 일을 들키기라도 한 것처럼 얼굴이 달아올랐다.

어쩌면 정말 해서는 안 되는 일이었을지도 모른다.

다시 일로 되돌아가려 했지만 집중되지 않았다. 손등 살갗이 조금 전의 학대 때문에 따끔거렸다. 핸드크림을 정말 사야 하는데. 하지만 그래 봤자 일시적인 미봉책일 뿐, 그냥 그 나쁜 버릇을 그만두는 게 나을 것이다.

휴대전화가 삑삑 울렸다. 애비는 메시지를 확인했다. 친구 아이작이 보낸 거였다. 어젯밤은 어땠어? 좀 나았어?

애비는 한숨을 푹 내쉬고는 몸을 뒤로 기댔다. 벤 때문에 깨지는 않았는데 전화 때문에 깼어. 피곤해.

아이고 :(심각한 일이야?

그래, 하지만 잘 끝났어.

아, 잘됐네. 게시판 새 글 봤어?

호기심이 확 동했다. 지금 확인할게.

창을 열어 지지 게시판에 로그인했다. 애비와 아이작은 둘 다 오래전부터 여기 회원이었다. 애비는 게시판을 매일 확인했지만 참여는 거의 하지 않았다. 사람들의 지지를 받으려고 거기 있는 게 아니었다. 정보를 얻는 게 목적이었다.

새로운 이용자가 게시판에 가입했다. 다른 대다수 사람들처럼, 그 여자는 자신이 여기 온 게 맞는 건지 갈팡질팡했다. 결국, 이 게시판은 사이비 종교집단 생존자들을 위한 거니까. 그리고 여자는 사실 종교집단 소속이 아니었다. 적어도 스스로 생각하기엔 그랬다. 자기가 가입한 건 그냥 열성적인 모임이었다고, 여자는 설명했다. 그런데 관리자인 남자가 이상해졌다고. 애비는 이른바 그 '모임'이란 것에 관한 글을 읽었다. 목표는 어떤 혁신적인 식단을 따르고 전파하는 것이었다. 여자는 남자가 갈수록 회원들에게 충성을 요구했다며 그 내용을 자세히 설명했다. 불성실함이나 위반 행위가 적발되면 처벌이 가해졌고, 그것도 갈수록 가혹해졌다. 모임에 돈을 기부하라는 압박도 있었다. 여자는 가족 및 친구와 연을 끊으라는 은근한 강요를 받았다. 한눈을 팔게 만든다는 이유에서였다. 그리고 이어 점점 더 많은 시간을 바치라는 압박이 들어왔고, 여자는 끝내 직장에서 잘리고 말았다.

2년이 지나, 마침내 여자는 모임을 떠날 용기를 냈다.

그건 종교집단이 아니었다고, 여자는 다시금 설명했다. 마치 스스로 자신을 설득하려는 것처럼. 어차피 아무런 범죄도 저지르지 않았고, 종교 같은 것도 아니었다고. 그냥 다이어트 모임이었다고.

"그럼 여긴 왜 왔어요?" 애비는 혼잣말로 웅얼거렸다. 여자는 명백히 진실을 알고 있었다. 그건 사이비 종교였다. 꼭 하나의 종교를 따를 필요는 없었다. 그리고 모두가 불법적인 것도 아니었다. 사이비 종교의 성립 조건은 그저 어떤 한 가지 대상에 집중하는, 무척 신실한 추종이었다. 그 대상은 때로는 종교적 믿음일 수도, 때로는 어떤 한 사람일 수도 있었다. 그리고 물론, 때로는 식단일 수도 있었다.

어떤 사이비 종교는 아무런 해도 끼치지 않았다. 하지만 종종 파괴적일 때도 있다. 그리고 보통 그렇게 되기까지 필요한 건, 게시판에서 여자가 말했듯, 그저 지도자가 맛이 가는 것뿐이다.

애비는 그 글에 이어진 포스트들을 건너뛰고 모임의 이름을 확인했다. 뉴욕에 있는 본부 두 곳의 주소. 창립자명. 회원 수. 여자가 제공한 정보를 세세한 것 하나까지 놓치지 않았다. 애비는 그 모두를 그 지역의 종교집단 수십 개를 상세히 다루는, 갈수록 분량이 늘어가는 자신의 문서에 저장했다.

온라인 지도에 그 지역들을 추가했다. 뉴욕주 및 인접 주들 전체에 꽂힌 수많은 핀들 사이에 붉은 핀 두 개가 새로 더해졌다. 모르는 사람이 보면 관심 있는 장소들을 표시한 평범한 구글 지도처럼 보일 것이다. 식당, 상점 또는 가장 좋아하는 공원. 하지만 애비에게 각 핀은 성장 중인 작은 암세포와 같았다.

어느 날 애비는 그중 한 곳으로 불려갈지도 모른다. 그때 애비는 준비돼 있을 것이다. 역사가 무조건 되풀이되지는 않을 것이다. 애비가 도울 수만 있다면.

5

스쿨버스가 퀸스의 이스트 엘름허스트 놀이터 옆에 아이들을 내려놓았다. 남자는 거기서 아이들의 무리가 갈라진다는 것을 알았다. 그중 두 명만이 북쪽의 101번가로 향할 것이다. 그 둘, 네이선 플레처와 대니엘라 허낸데즈는 친구는 아니었고, 다만 같은 정류장에서 스쿨버스에서 내리는 아이들 사이의 그 기묘한 관계를 맺고 있었다. 둘은 우호적인 침묵 속에서 집까지 나란히 걸어갔다. 한 블록 후 대니엘라는 집에 도착했고, 네이선은 한 블록을 더 혼자 걸었다.

남자가 그 모든 것을 알고 있는 이유는 이미 몇 번이나 그러는 걸 봤기 때문이었다.

여덟 살짜리의 짧은 다리와 몽상에 잠긴 걸음걸이를 가진 네이선이 남은 길을 마저 걸어가기까지는 2분이 걸렸다.

그건 유일한 기회의 창이었다.

원래는 근처에 차를 세우고 기다릴 생각이었다. 하지만 재빨리 문제점을 깨달았다. 이 교외 동네에서, 연석에 서 있는 낯선 차는 대번에 눈에 띌 것이다. 사람들이 차 안을 들여다볼지도 모른다. 어쩌면 운전자를 얼핏 볼 수도 있다. 남자는 그런 일이 일어날 위험을 감당할 수 없었다.

그래서 대신, 남자는 차를 몰고 블록을 돌아다니며 스쿨버스가 나타날 때까지 기다리기로 했다.

몇 바퀴를 돌고 또 돌았다. 스쿨버스는 지각이었다. 아니면 어떤 이유에서인지 너무 일찍 와서, 남자가 놓쳤는지도 모른다. 남자는 블록을 이미 세 바퀴나 돌았다. 갈수록 그곳의 세세한 특징들에 익숙해졌다. '안녕, 여자처럼 생긴 나무야. 다시 만나서 반갑다, 맞춤법 틀린 낙서야. 세 번째 만나니 너무 반갑네, 시든 플라스틱 핼러윈 호박아.'

누군가가 블록을 빙빙 돌고 있는 차를 알아차렸을지도 모른다. 너무 편집증인가? 개브리엘은 이렇게 쓴 적이 있었다. 편집증이라고 해서 누군가가 날 노리고 있지 않다는 뜻은 아니다. 그리고 남자는 그 말이 너무도 마음에 든 나머지 인쇄해서 침대 위에 걸어두었다. 아무렴. 『캐치-22』의 인용문이라는 걸 알고 있었지만, 남자에게 그 문구의 출처는 언제까지나 2018년 여름 개브리엘의 인스타그램 포스트일 것이다.

스쿨버스에 오르는 네이션의 모습을 머릿속으로 떠올렸다. 아이에 관한 남자의 감정은 복잡했다. 어떤 면에서는 가족 같았다. 어느 날에는 그렇게 될 것이다. 하지만 개브리엘은 네이션이 자신이 온 우주에서 가장 좋아하는 남자라고 몇 번인가 말했다. 그리고 그건…… 음.

복잡했다. 그게 답이었다.

저기! 스쿨버스의 노란색. 이번에는 평소와 달리 아이가 다섯 명이 아니라 네 명이었고, 남자는 가슴이 철렁 내려앉는 걸 느끼며 아이들을 훑어보았다. 하지만 그때 네이선의 금발과 〈어벤저스〉 배낭이 눈에 띄었다. 남자는 숨을 후 내쉬고 이 상황을 처리할 가장 좋은 방법을 떠올리려 머리를 쥐어짰다. 그냥 천천히 차를 몰고 쫓아갈 수는 없었다. 아이들한테 들킬 게 분명했고, 남자는 그 밉살맞은 대니엘라에게 자기 얼굴을 보여주고 싶지 않았다. 다른 한편으로, 블록을 한 바퀴 더 돌다 보면 순간의 기회를 놓칠지도 모른다.

남자는 연석에 차를 세우고 휴대전화를 확인하기로 했다. 그냥 아내에게 문자를 보내는 평범한 남자인 척.

하지만 사실 남자는 인스타그램을 열었다. 개브리엘이 새 스토리를 올린 게 보였다. 손가락이 개브리엘의 아이콘 위를 맴돌았다. 하마터면 누를 뻔했다. 거의 자동 반사였다. 아니야, 지금은 시간이 없어.

남자는 앱을 끄고 연락처 목록을 위아래로 훑으며 점차 멀어지는 아이들의 뒷모습을 응시했다. 차에서 9미터 남짓 떨어진 야구장에서 십 대 몇 명이 야구를 하고 있었다. 남자의 손가락이 통통 튀는 야구공의 리듬에 맞춰 화면 위를 미끄러졌다. 신기하기도 하지. 몸이 의식하지 못하는 상태에서 저절로 하는 일들이란. 십 대들 중 누군가가 가까이 있는 차를 의식하고 있을까? 차량에 앉아 멍하니 휴대전화를 만지작거리는 남자를?

아니다. 아이들은 경기에 온 정신을 쏟고 있었다.

남자는 마지막으로 계획을 점검하며 조수석에 있는 맥도날드 봉투를 응시했다. 채소 없는 버거를 포함한 해피 밀이었다. 개브리엘의 2019년 3월 17일 인스타그램 스토리. *오늘은 건강한 식단 같은 건 갖다 버려. 난 엑스트라 치즈 쿼터 파운더를 먹을 거야. 그리고 네이선은 늘 먹는 거, 채소는 한 톨도 안 든 버거를 먹을 거고.*

남자는 혼잣말로 인사를 연습했다. "안녕, 네이선." 딱 적절하게 말할 것. 친근한 어조로. 과거에 몇 번 본 적 있는 사람에게 인사하듯.

아이로 하여금 자신이 집안의 친구라고 믿게 해야 했다. 경계해야 할 낯선 사람이 아니라. 그리고 솔직히 오늘날, 이 소셜 미디어의 시대에 낯선 사람이라는 게 존재하긴 할까? 모두가 친구의 친구 아니면 팔로어였다. 아니면 내가 올리는 틱톡 영상의 팬이거나.

멀리에서 대니엘라가 자기 집으로 방향을 틀었다. 남자는 연석에서 차를 뺐다. 쿵쿵 뛰는 심장이 남자에게 *밟아*라고, 아이가 집에 도착하기 전에 먼저 아이에게 가야 한다고 명령했지만, 남자는 조심스럽게 차를 몰았다.

네이선은 평소와 다르게 걸음이 빨랐다. 보통 때 같으면 달팽이의 속도로 걷다가 길가에서 바스락거리는 벌레를 감상하거나 눈길을 끄는 나뭇잎을 집어 들거나 했을 것이다. 하지만 지금 아이는 집으로 말 그대로 달려가고 있었다.

아이가 눈치챈 것일까?

6

네이선은 최대한 서둘러 집으로 향했다. 얼른 화장실에 가고 싶은 생각뿐이었다. 한 시간 전부터 오줌이 마려웠지만, 수업 시간에 화장실에 보내달라고 말하고 싶지 않았다. 특히 코빙턴 선생님 수업 시간에는. 선생님은 아이들이 화장실에 가고 싶다고 하면 늘 인상을 썼다. 아이들이 화장실을 못 참는 게 굉장히 화나는 일인 모양이었다. 그 뒤로 네이선은 서둘러 스쿨버스를 타러 가야 했다. 집으로 오는 길은 갈수록 악몽이었다. 과속방지턱을 지날 때마다 불편하게 몸을 꼼지락거려야 했다.

하지만 이제 마침내 집에 거의 다 왔다.

"안녕, 네이선."

갑자기 들려온 목소리에 아이는 깜짝 놀랐다. 뒤돌아 거리를 둘러보았다. 한 남자가 흰 차에 타고 있었고 조수석 문이 열려 있었다. 남자는 친근한 얼굴로 씩 웃어 보였다. 네이선은 눈을 찡그리고 남자를 보며 누구인지 머리를 굴렸다. 혹시 이 동네 사람 누구인가?

"안녕하세요." 네이선은 예의 바르게 대답했다.

남자가 껄껄 웃었다. "너, 나 모르는구나, 그렇지?" 남자는 물었다. "난 개비의 친구야."

그 말을 듣고 보니 어쩌면 이 남자가 누나와 있는 걸 본 적이 있는 것도 같았다. 누나는 친구가 잔뜩 있었고, 특히 지난 1년간은 많은 사람들과 함께 일했다. 이 남자는 아마 그중 하나일 것이다. 그렇다, 남자는 확실히 그중 하나였다. "아, 맞아요. 이제 기억나요."

"네 누나가 보내서 왔어. 내일 너희 어머니 깜짝 생일파티를 준비 중이거든. 넌 장식 담당이야. 누나가 그러는데 네가 그림에 미친 재능을 가지고 있다며."

네이선은 민망해서 씩 웃었다. 그림 그리는 걸 좋아했고 솔직히 잘 그린다고 생각했지만, 그림을 사람들에게 보여줄 때면 늘 수줍음을 탔다. "네, 못 그리진 않아요."

"잘됐다! 그럼 타. 가는 길에 초를 좀 사야 해. 네 누나가 케이크에 초 45개를 몽땅 꽂느라 고생하는 걸 얼른 보고 싶다, 그지?"

네이선은 찌르는 듯한 불편한 감정을 느꼈다. 차에 타라고? 확실히 이 남자는 누나의 친구였지만 네이선이 잘 아는 사람은 아니었다. 아마도 집에 가서 누나한테 물어보는 게 최선일 것이다. "우선 누나한테 물어봐야 해요."

"개비는 이미 거기 가 있어. 나한테 널 데려다달라고 부탁했어. 우린 맥도날드를 먹을 거야." 남자는 맥도날드 테이크아웃 봉투를 창가로 들어 올렸다. "네가 제일 좋아하는 거, 맞지? 개비가 네 해피 밀은 채소가 하나도 안 든 버거로 사라고 했어."

네이선은 마음을 놓았다. 가장 좋아하는 음식이었다. 그리고 봉투 안의 버거를 생각하니 입에 침이 고였다. "고맙습니다! 그냥 잠깐만 집에 갔다 올게요. 화장실에 가야 해서요."

"엄마가 널 보면 깜짝쇼가 들통날 텐데." 남자가 조수석을 열면서 말했다. "타, 화장실은 주유소에 잠깐 들르면 돼."

"네." 차로 다가가던 네이선이 멈춰 섰다. "잠깐만요."

남자의 얼굴에 떠 있던 미소가 흐려졌다. 백미러를 보며 물었다. "왜 그러니?"

"누나가 이번에는 숫자 모양으로 된 양초를 살 거랬어요." 네이선이 말했다. "그러면 케이크에 양초를 왕창 꽂지 않아도 돼요."

"아, 그렇구나!" 남자가 다시 웃음을 지었다. "하지만 너랑 내가 그런 초를 못 찾으면 그냥 보통 초를 사야겠지?"

"맞아요." 네이선은 차에 올랐다. 남자가 제발 천천히 차를 몰기를 바랐다. 과속방지턱은 정말이지 화장실을 더 급하게 만들 테니까.

"안전벨트 매!" 남자가 씩 웃어 보였다.

그리고 차는 출발했다.

7

집 앞 계단을 오르기도 전부터 애비를 맞이한 것은 서맨사의 바이올린 소리였다. 애비는 지친 한숨을 내쉬며 자물쇠에 열쇠를 넣고 돌렸다. 머리가 쿵쿵 울렸다. 따뜻한 차 한 잔과 함께하는 조용하고 평안한 저녁 시간을 바랐는데. 하지만 '조용한'은 샘의 음악의 특징이 아니었다. 그리고 솔직히 '평안'하지도 않았다.

문을 밀어 열자 샘의 바이올린의 배경 음악도 함께 들려왔다. 빠른 템포의 드럼과 새된 일렉트로닉 보컬이었다. 애비는 가방을 문 옆 서랍장 위에 던지고 고함쳤다. "얘들아, 엄마 왔다!"

벤이 거의 즉시 나타나 전속력으로 달려왔다. 검은 눈이 즐거움으로 반짝반짝 빛나고 있었다. 애비는 몸을 웅크려 아들을 포옹하려고 양팔을 벌렸다. 하지만 벤이 손바닥에 쥔 생물을 알아차리자 애비의 웃음은 시들고 말았다. 애완 타란툴라인 지퍼스였다. 뭔가를 하기엔 이미 때가 늦었다. 아들과 거미는 둘 다 애비의 품에 깊숙이 안겼다. 애비는 벤의 꿀 같은 부드러운 금발에 얼굴을 파묻었다.

"안녕, 엄마." 벤이 조잘거렸다.

"안녕, 아들." 애비가 지퍼스의 털투성이 다리가 행여 자신에게 닿지 않도록 아이의 손바닥에 눈길을 꽂은 채 말했다. "오늘은 어떻게 보냈니?"

"괜찮았어요. 샘이 지퍼스를 밟아버린다고 했어요." 벤은 마음이 몹시 상한 듯했다. "엄마가 그러지 말라고 말해주세요."

"지퍼스를 또 누나 방으로 가져갔니?"

"아니요! 그냥 잠깐 테이블 위에서 걷게 했어요."

"부엌 식탁 말이니?" 애비는 기절할 듯한 심정에 벌떡 일어나며 물었다. "지퍼스를 식탁에서 걷게 하는 건 엄마도 싫어, 벤."

지퍼스가 벤의 팔을 타고 올라가기 시작했다. 애비는 무심결에 몸서리가 처지는 것을 간신히 참았다. 이 지옥에서 온 존재와 같은 집에 산 지도 거의 6개월이 됐건만, 아직도 익숙해지지 못했다.

"지퍼스를 밟아 죽이면 안 된다고 엄마가 누나한테 말해줘요."

"엄마가 말할게. 하지만 엄마는 네가 지퍼스를 식탁에······."

"아, 그리고 아빠가 엄마한테 전화하랬어요. 제 생일에 자연사박물관에 데려가주고 싶으시대요. 친구 세 명도 같이 데려와도 된다고 했어요."

"네 아빠가 뭐라고?" 애비는 주먹을 꽉 쥐었다. "벤, 너 토미랑 같이 생일파티 하기로 했잖아, 잊었니?"

"네, 하지만 그건······ 내년에 하면 안 돼요? 아빠가 그러는데······."

애비는 휴대전화를 꺼냈다. "지금 바로 아빠랑 통화할게. 벤, 지퍼스를 네 방으로 데려가렴, 알겠지?" 불쾌한 생물 둘을 동시에 상대하는 건 아무리 애비라도 무리였다.

벤과 다리 여덟 달린 악몽 같은 존재가 자신들의 소굴로 물러간 후, 애비는 스티브의 번호를 눌렀다.

"애비." 스티브는 즉시 전화를 받았다. 전남편이 애비의 전화를 받고 이름을 부르는 방식은 독특했다. '애'를 아주 짧게 발음하고, 마치 그걸 보상하기라도 하듯 '비'를 끝도 없이 잡아 늘였다. 그래서 실제로 "애비이이이"로 들렸다. 늘 방금 안타까운 실수를 저지른 사랑하는 아들을 맞이하는 대부 같은 억양이었다. 어여삐 여기는 아랫사람을 대하듯 슬픔으로 가득한 어조. 그건 단 한 번의 예외도 없이 매번 애비에게 분노와 살인 충동을 불러일으켰다.

"스티브." 애비는 차분하고 부드러운 목소리를 끌어내려 안간힘을 쓰며 말했다. "벤한테 들었어. 당신이 그 애를 데리고……."

"친구들이랑 같이 자연사박물관에 데려가주려고. 생일을 축하해주는 방식으로 아주 멋질 거라고 생각했어. 당신도 알지? 그 애는 곤충을 무척이나 좋아하잖아."

아들의 취미를 얕잡아보는 태도가 애비의 분노를 심지어 한 단계 더 치솟게 만들었다. 그게 가능하다면 말이다. "문제는, 우리는 이미 그 애 생일을 토미랑 같이 축하하는 데 동의했어. 그 애들은 반 아이들을 모두 초대해서……."

"난 거기에 동의한 적 없는데."

"내 말은, 벤과 토미의 부모와 동의했다고." 애비는 자신의 실수를 1초 늦게 깨달았다.

"토미의 부모가 동의했다고? 그래?" 스티브는 더는 따뜻한 척 하는 목소리를 내려 애쓰지 않았다. "토미의 부모한테는 상의를 했다니 다행이네. 내 아들의 생일에 관해서 '나한테는' 언제쯤 알려줄 생각이었는데? 토미의 부모한테 말하고 나서 한참 뒤에?"

"오늘 말하려고 했어." 애비는 대수롭지 않은 척 거짓말했다. "어쨌든 박물관 견학은……."

"벤이 파티의 주인공이면 난 더 좋을 것 같아, 안 그래?" 스티브가 애비의 말을 끊고 계속했다. "다른 애랑 꼭 같이할 필요는 없잖아."

"그럴 필요는 없지만…… 그 애가 합동 생일파티를 원했고…… 우린 이미 상의를 마쳤고……."

이 대화는 애비 삶의 반복되는 아이러니를 보여주었다. 협상가로서 애비는, 발끝까지 무장하고 다수의 인질을 붙잡고 있는 정신 나간 범죄자들을 상대하면서 계산된 목소리를 낼 수 있었다. 애비가 말하는 한 단어 한 단어는 상황의 심각성을 완화시켰다. 하지만 12년간 함께 산 남자를 상대할 때, 애비의 목소리는 자동적으로 칠판을 긁는 손톱처럼 날카로워졌고, 욕설을 제외하면 입 밖에 낼 말을 한마디도 떠올릴 수 없었다.

"당신도 와도 돼. 당신을 따돌리려고 그러는 게 아니야." 스티브가 짐짓 협조적인 척 말했다.

오른쪽 귀로는 부아가 치미는 전남편의 목소리를, 왼쪽 귀로는 고문 같은 서맨사의 바이올린 소리를 들어야 하는 애비의 내면에서는 핵폭발이 일어나고 있었다. 뭔가 후회할 말을 내뱉기 전에 이 대화를 끝내야 했다. "있잖아……." 애비가 다년간의 훈련에서 나오는 차분하고 낮은 목소리로 말했다. "생각해볼게. 그리고 내일 다시 이야기하자, 됐지?"

확신이 없을 때는 시간을 벌어라.

"그럼." 스티브가 말했다. "아이들한테 인사 전해⋯⋯."

애비는 전화를 끊었다. 휴대전화를 쥔 손에 저절로 힘이 들어갔다. 무척추동물과 파충류가 온 관심을 빼앗아 가기 전까지, 벤은 슈퍼히어로에 집착했다. 장난감, 포스터, 옷 그리고 침대 시트까지 전부 슈퍼히어로에 관한 것이었다. 애비는 그 모든 게 따분해 보였고 다 그게 그거 같았다. 쉬헐크만 빼고. '그것'은 애비가 동일시할 수 있는 슈퍼히어로였다. 남편과의 통화는 애비를 2미터 키의 녹색 거인으로 변신해 이렇게 으르렁대고 싶게 만들었다. 애비, 다 때려 부순다.

그 대신 애비는 휴대전화를 내려놓고 음악 소리를 따라 닫힌 문 앞으로 갔다. 노크를 하자 바이올린이 멈추고 배경의 전자 음악만 남았다.

"네?" 서맨사의 목소리가 배경음에 가려져 작게 들렸다.

애비는 문을 열고 열네 살짜리 딸의 방으로 들어섰다. 서맨사는 아직 목에 바이올린을 낀 채로 의자에 앉아 있었다. 부드러운 구릿빛 갈색 머리는 늘 그렇듯 대충 한데 모아 말총머리로 묶은 채였다.

"안녕, 엄마." 서맨사가 음악 때문에 들릴락 말락 한 목소리로 말했다. "오신 줄 몰랐어요."

애비는 난장판인 방 안을 훑어보았다. 바닥에 나뒹구는 옷가지, 온 사방에 쌓인 악보들, 책상에 흩어진 교과서들. 서맨사가 키우는 개 키블스가 침대에 앉아 못마땅한 눈으로 애비를 쏘아보았다. 키블스는 서맨사가 할머니에게 열 살 생일 선물로 받은 흰색 포메라니안 스피츠였다. 얼마 전 서맨사가 키블스의 꼬리를 분홍색과 보라색으로 염색했는데, 그것 때문에 마치 개와 유니콘의 작은 혼종처럼 보였다. 그 하얀 털북숭이는 서맨사를 맹목적으로 흠모하는 반면 나머지 사람들은 모두 방해물로 보았다. 애비는 때때로 집 안에 십 대 아이가 둘 있는 기분이었다.

"안녕, 샘." 애비가 생긋 웃으며 말했다. "잠깐 음악 좀 꺼줄래?"

서맨사가 재생을 잠시 멈췄다. 키블스는 고개를 갸웃하고, 마치 눈알을 굴리는 것 같았다. 어쩌면 속으로 이렇게 생각하는 건 아닐까. 윽, 인간 부모는 *최악이야.*

"오늘 하루는 어땠니?" 애비가 물었다.

"좋았어요."

"뭘 연습하는 거니?"

"밴드를 위한 곡요."

때때로 서맨사는 자기 음악에 관해 장장 두 시간에 걸쳐 독백을 늘어놓았다. 한편 어떤 날에는 그저 단음절로 몇 마디 웅얼거리는 게 전부였다. 오늘은 후자인 모양이었다. 키블스는 침대에서 몸을 움직이고 하품을 했다.

"할머니 오셨니?"

"네, 한 시간 전에 가셨어요. 엄마한테 전화한다고 했는데. 벤의 생일 선물에 관해서 무슨 급하게 물어보실 게 있다는 것 같았어요."

벤, 맞다. "벤이 그러는데 네가 지퍼스를 밟아 죽이겠다고 했다며."

"엄마, 제가 '밥 먹는데' 개가 '그걸' 식탁에 올려놨어요."

"벤한테 그러지 말라고 했어. 하지만 넌 그런 말을 하면 안 돼. 걔가 키블스를 죽이겠다고 말했다고 생각해봐. 그럼 네 기분이 어떻겠니?"

서맨사와 키블스는 표정을 주고받았다. 이제 둘 다 눈알을 굴리는 것 같았다.

"죄송해요. 하지만 그 애가 그 생물을 제 접시 근처에 놓는데 제가 어떻게 했으면 좋았을까요?" 서맨사가 차분하게 물었다.

"치우라고 해야지."

"치우라고요?"

"그래, 네가 불편하다고, 자기 방으로 가져가라고 말해야지."

"자기 방으로 가져가라."

"있잖니, 들어봐. 엄마가 벤한테 다시 이야기할게. 부엌 식탁에 올려놓지 말라고, 명확한 말로 분명히 이야기할게."

"그게 소용이 있을 거라고 생각하시는 모양이네요."

애비는 잠시 후 상황을 파악했다. 서맨사의 목소리는 느리고 계산돼 있었다. 애비의 말을 그대로 따라 하며, 상황에 이름을 붙이고 끝이 열린 질문을 던졌다. 서맨사는 자기 엄마를, 마치 애비가 말을 듣지 않는 협상 대상 다루듯 다루고 있었다.

처음도 아니었다. 애비가 인질 협상가가 됐을 때, 서맨사는 일곱 살이었다. 집 안에서 엄마의 직업과 함께 자랐고 아이들이 유용한 정보에 대해 흔히 그렇게 하듯, 그것을 스펀지처럼 빨아들였다.

그리고 물론 그것은 마법처럼 효과를 발휘했다. 애비는 벤에게 다시 이야기하기로 약속했다. 자신을 진정시키고, 딸에게 뭘 하라고 요구하는 대신 애비 스스로 문제에 대한 해법을 찾으려고 노력할 것이다.

애비는 화나는 동시에 뿌듯했다. 서맨사에게 씩 웃어 보이며 말했다. "곧 저녁 차려줄게."

서맨사가 고개를 끄덕였다. "전 오늘 고기 안 먹는 날이에요." 그러고는 다시 음악을 틀었다.

애비는 등 뒤로 문을 닫으며 고개를 저었다. 협상가 지망생이라면 모두 아이가 있어야 한다. 위기관리 훈련에 그보다 도움 되는 건 없으니까.

8

이든 플레처는 문간에 들어서자마자 아이들을 불렀지만 아무런 대답도 듣지 못했다. 외투를 벗어 고리에 걸고 부엌으로 향했다. 차 한잔 생각이 간절했다. 퇴근 전 마지막 30분을 그레고리 박사의 가장 오랜 단골의 예약 일정을 바꾸는 데 보냈다. 고객은 귀가 어두워서, 이든은 전화에 대고 반쯤 고함치는 동시에 대기실의 화난 사람들에게 줄곧 미안해하는 표정을 지어 보여야 했다. 통화를 마쳤을 즈음 목은 쉬고 신경은 잔뜩 곤두서 있었다.

꿀을 한 숟갈 가득 담아 차를 탔다. 평소에는 꿀을 좋아하지 않지만, 지금은 꼭 필요했다. 한 모금 더 들이켜는데 개수대에 접시가 없는 게 눈에 띄었다. 이상한 일이었다. 네이선은 집에 오면 보통 샌드위치를 만들어 먹은 후 늘 접시를 개수대에 갖다 놓았다. 접시를 닦고 물기를 말려 다시 찬장에 집어넣었을 수도 있지만, 그럴 가능성은 알고 보니 이든이 어느 나라의 공주님이었을 가능성과 맞먹었다.

차를 들고 거실로 도로 나오는데 두 번째로 이상한 점이 눈길을 끌었다. 문간에 나뒹굴고 있어야 할 네이선의 책가방이 보이지 않았다.

아이의 방으로 가서 찬찬히 둘러보았다. 난장판인 건 평소와 같았지만 책가방은 거기에도 없었다. 네이선도 없었다.

개브리엘의 방문은 닫혀 있었다. 이든은 조심스럽게 노크를 했다. "개비?"

"뭐예요?" 개브리엘이 문 너머에서 물었다.

이든은 문을 열었다. 개비가 침대에 대자로 누워 휴대전화에 눈길을 꽂은 채 한 손가락으로 화면을 짚고 있었다.

"네이선은 어디 있니?" 이든이 물었다.

"몰라요. 아마 자기 방에 있겠죠." 개비의 말은 끈적끈적했다. 음절들이 서로 한데 뭉개져 있었다. 사실 개비는 말이 아니라 타이핑으로 소통하는 걸 더 선호했다.

"없는데. 학교에서 집에 온 건 봤니?"

"아니요." 개브리엘은 아직 휴대전화에 푹 빠져 있었다. "아마 친구네 집에 갔겠죠. 어쩌면 그 블록의 그 애나, 어…… 마이키였나?"

"전화해볼게." 이든은 불편한 마음으로 말했다. 네이선은 학교에서 곧장 친구 집으로 가는 법이 절대 없었다. 하지만 아이는 커가고 있고, 이든이 그러면 안 된다고 한 적도 없었다. 가능성은 있었다.

이든은 혹시 네이선이 거기 있지 않을까 싶어 자신의 방을 확인한 후 다시 아래층으로 내려갔다. 마이키 엄마의 전화번호를 누르고 조바심치며 거실을 서성였다. 몇 번 벨이 울린 후 상대방이 전화를 받았다. 배경에서 웅웅거리는 소음이 꾸준히 들렸는데, 진공청소기 같았다.

"여보세요, 리타?" 이든이 말했다. "이든이에요, 네이선 엄마."

"아, 안녕하세요." 리타가 말했다. 목소리에 가식적인 정중함이 배어 있었다. "잘 지내시죠?"

"네. 네이선 거기 있나요?"

"아뇨, 없는데요." 리타의 목소리가 바뀌었다. 이제는 가식적인 걱정처럼 들렸다. 아니, 어쩌면 진심으로 걱정하는 건지도 모른다. 리타는 그냥 무슨 말을 하든 가식적으로 들리는 그런 사람이었다. "집에 없나요?"

"아뇨……. 혹시 마이키한테 네이선 어디 있는지 아나 물어봐 주실래요?"

"그럼요, 잠깐만요."

아들에게 네이선에 관해 묻는 리타의 목소리가 들렸다. 진공청소기 소음 때문에 정확히 뭐라고 하는지는 잘 안 들렸다. 마침내 여자가 전화에 대고 말했다. "차에서 내리는 걸 봤는데, 집에 갔대요."

"아, 그렇군요. 아마 다른 친구 집에 갔나 보네요." 이든은 웅얼거렸다. 왜 그 말을 했는지 스스로도 알 수 없었다. 마치 아무 일 없다고 상대를 안심시키려 하는 것 같았다.

전화를 끊고 네이선의 다른 친구들에게 전화를 돌렸다. 전화번호는 전부 네 개였다. 하나씩 지워나갈 때마다 점점 호흡이 밭아지고 불규칙적으로 변했다. 폐가 공포로 가득 차 더는 완전히 압축되지 않았다. 마지막 전화를 끊은 후 휘둥그레 뜬 눈으로 화면을 응시했다. 전화기를 붙잡은 손이 떨렸다. 뭘 해야 할지 알 수 없었다. 인생의 매뉴얼은 이제 바닥났다. 더는 자신을 안심시키기 위한 그럴싸한 설명을 지어낼 수 없었다. 새로운 설명이 떠올랐다. 어두운 설명이.

위층 욕실로 올라가 물을 틀었다. 비누와 수세미를 움켜쥐고 양손을 맹렬하게 문질러 닦기 시작했다. 꼬박 3분을 문질렀다. 살 껍질이 벗겨져 아팠지만 불안은 잦아들지 않았다. 사실 더 심해졌다.

경찰에 전화해야 할까? 미친 짓 같았다. 네이선은 조금만 있으면 나타날 테고, 내내 밖에서 놀고 있었다는 게 밝혀질 것이다.

하지만 다시, 만약 밖에 없다면? 무슨 일이 일어났다면? 그렇다면 이든은 귀중한 시간을 손을 씻으며 낭비하고 있었다. 그게 도대체 무슨 도움이 된다고.

욕실을 나와 휴대전화를 찾았다. 어디다 뒀더라? 부엌. 서둘러 계단을 내려가 전화를 낚아챘다. 화면을 켜는데 심장이 미친 듯 뛰었다.

이든의 손에서 기계가 깨어났다. 마치 이든이 집어 들기만 기다린 것 같았다. 발신번호는 미상이었다.

"여보세요?" 목소리가 갈라져 나왔고 그녀는 공포와 걱정으로 집어삼켜졌다.

"이든 플레처?"

"네, 누구⋯⋯."

"네 아들을 데리고 있다."

이든은 엘리베이터 갱도나 아주 깊은 틈으로 떨어지는 꿈을 꾸고 있었다. 무기력하게 떨어지는 그 감각. 비명이 목까지 차올랐다. 다만 그건 늘 잠에서 깨는 순간 갑자기 끝났다.

하지만 이 통화에서는 깨어날 수 없었다. "무사한가요?" 기절하기 직전의 떨리는 목소리로 이든이 물었다. "통화하게 해주세요."

"무사해. 자고 있어." 금속성의 목소리는 뭔가 잘못되고 왜곡돼 있었다. 악의 목소리였다. 구제할 수 없이 부패해버린 남자의 목소리.

"원하는 게 뭐죠?"

"500만 달러. 아니면 아들은 죽는다."

"진담은 아니겠죠. 나한테 그런 돈이 어디……."

"아들을 다시 보고 싶으면 지금부터 찾아보는 게 좋아. 우린 널 지켜보고 있어. 500만 달러야. 곧 다시 전화하지." 전화가 끊겼다.

이든의 굳어버린 손가락에서 전화기가 굴러떨어져 부엌 타일 바닥에 부딪혔다. 이든은 벽에 기대어 그대로 바닥에 주저앉으며 배 속에서부터 나오는 신음을 토했다. 네이선. 소중한, 천사 같은 내 아들. 생명력 가득한, 늘 웃고 늘 호기심 넘치는 내 아이. 이 남자들이 그 애를 데리고 있었다. 어디에? 어딘가 어두운 지하실에 갇혀 있을까? 네이선은 어둠을 무서워했다. 내 아이에게 어떻게 그럴 수 있단 말인가. 아이가 공포에 질려 울며 내보내달라고 애걸하는 광경이 저절로 머릿속에 떠올랐다.

"엄마? 엄마!" 개브리엘이 엄마를 잡아 흔들었다. "무슨 일이에요? 무슨 일 생겼어요?"

"네이선이……." 이든이 숨을 내쉬었다. "네이선이 납치됐어."

"뭐라고요? 누가 데려갔는데요? 무슨 말을 하는 거예요?" 개브리엘의 목소리에는 분노가 담겨 있었다. 그 히스테릭한 목소리가 깨진 유리처럼 이든의 고막을 긁었다.

이든은 태아 같은 자세로 몸을 웅크리고 무릎 사이에 얼굴을 숨겼다. 개브리엘이 제발 가만히 놔둬주기만 바랐다. 지금은 아무것도 할 수 없었다. 경찰에 신고할 수도 없었다. 누군가한테 전화할 수도 없었다. 이런 때 도와줄 만한 사람이 인생에 아무도 없었다. 그리고 500만 달러를 구할 수도 없었다. 애초에 네이선이 버스정류장에서 집까지 혼자 걸어오지 못하게 했어야 했다. 몇 년 전 스쿨버스를 집에 더 가까운 곳에 세워달라고 학교에 부탁했는데 퇴짜 맞았다. 유난스러운 엄마 취급이나 당했다. 그리고 이제……

"엄마!" 개브리엘이 엄마를 난폭하게 잡아 흔들었다. "지금 이럴 때가 아니잖아요. 누가 네이선을 납치했는데요?"

"어떤 남자가 전화했어." 이든이 대답했다. "500만 달러를 내놓으래. 아니면…… 네이선을 다시는 못 볼 거라고."

"경찰에 전화해야 해요." 개브리엘이 말했다.

"안 돼! 우릴 감시하고 있다고 했어. 500만 달러? 난 500만 달러가 없는데." 이든은 전화를 집어 들고 발신번호로 전화를 걸려고 했다. 이야기를 해야 했다. 대상을 잘못 정했다고 설명해야 했다. 500만 달러는커녕 100만 달러도 절대 구할 수 있을 리 없었다.

없는 번호입니다. 다시 걸었다. 없는 번호입니다. 세 번째로 전화를 걸었다. 없는 번호입니다. 개브리엘이 뭐라고 말했지만 이든은 귀를 쩌렁쩌렁 울리는 이명 때문에 무슨 말인지 이해할 수 없었다. 아니, 아예 들리지도 않았다.

주섬주섬 일어나 다시 욕실로 갔다. 물을 틀고 양손을 씻었다. 병균을 모조리 씻어냈다. 사람들은 이해하지 못했다. 병균들은 어디에나 있었고, 자주 씻어내지 않으면 온갖 종류의 문제를 일으켰다. 질병, 그리고 고통, 그리고 아들의 납치와······.

누군가가 이든을 거칠게 개수대에서 떼어놓았고, 이어 찌르는 듯한 갑작스러운 고통이 이든의 얼굴을 날카롭게 때렸다.

이든은 눈을 깜빡이며 정신을 집중했다. 개브리엘이 앞에 서서 숨을 몰아쉬고 있었다. 엄마의 따귀를 때린 것이다.

"엄마, 경찰에 전화해야 해요." 개브리엘은 이미 손에 전화를 들고 있었다.

"안 돼!" 이든은 비명을 지르고 딸에게서 전화를 홱 낚아챘다. "감시하고 있다고 했단 말이야."

"*뭐라도 해야 할 거 아니에요.*"

딸이 옳았다. 네이선은 엄마가 뭐든 하기를 기다리고 있었다. 평소의 일과에 낭비할 시간은 없었다. 그때 전화할 사람이 한 명 있다는 게 떠올랐다.

"내가 아는 사람이 있어. 도와줄 만한 사람."

"누구요?"

"경찰이야." 이든은 부엌으로 돌아가 바닥에 떨어진 전화기를 주웠다. "뭘 해야 할지 알 거야."

"어떻게 아는 사람인데요?"

우린 지옥을 함께 견뎌냈거든.

"전에 알았던 사람이야." 이든은 연락처에서 애비 멀린을 찾아 전화를 걸었다.

"여보세요?" 여자 목소리가 전화를 받았다.

"혹시······ 애비 멀린인가요?" 아니야. 목소리가 달라.

"맞는데요, 누구시죠?"

"제 이름은⋯⋯." 이든은 몇 분의 1초쯤 망설였다. 아직은 자기 이름을 댈 수 없었다. 애비는 뚝 끊어버릴지도 모른다. "에디 플레처예요. 이스트 엘름허스트에 살아요. 도움이 필요해요. 제 아들이 납치됐어요."

긴 침묵이 흘렀다. "에디, 911에 전화해봤어요?" 애비가 마침내 물었다.

"아뇨. 감시당하고 있어요. 경찰에는 전화 못 해요. 하지만 몇 달 전 뉴스에서 당신을 봤어요. 절 도와줄 수 있죠, 맞죠?"

"에디, 납치 사건을 처리하는 데 더 능숙한 사람들이 있어요. 제가 연결해줄 수⋯⋯."

"제발요." 이든이 흐느껴 울었다. "당신이 절 도와줘야 해요."

다시금 긴 침묵이 흘렀다. 네이선의 목숨이 경각에 달려 있었다. 아주 깊은 틈 가장자리에서 위태롭게 흔들리고 있었다. 애비 멀린이 결정을 내릴 때까지.

"저는 그리 멀지 않은 곳에 살아요. 만약 간다면⋯⋯." 애비가 말했다. "정확한 주소가 어떻게 되죠?"

9

차 앞창에 빗방울이 흩뿌렸다. 와이퍼가 미친 듯 움직이면서 쏟아지는 비와 가망 없는 전투를 벌이고 있었다. 애비는 집의 창 틈을 엿보았다. 이 집은 그 블록에 늘어선 다른 구조물들과 전혀 분간이 되지 않았다. 좌우로 늘어선 집들과 마찬가지로 아주 작 은 앞뜰과 손님을 썩 환영하지 않는 듯한 앞문에, 거리를 면한 창 에는 차단막이 쳐져 있었다. 2층에는 창이 두 개 더 있었고, 셔터 가 내려진 세 번째 창을 보면 아주 작은 다락방이 있는 듯했다. 비와 어둠 때문에 집은 더한층 작아 보였다.

아마 여자의 부탁을 거절했어야 했을 것이다. 하지만 에디의 목소리에는 뭔가가, 애비가 무시할 수 없는 절박함 같은 것이 있 었다. 그리고 콜리지 포인트에 있는 애비의 집에서 이스트 엘름 허스트까지는 차로 그리 멀지 않았다. 애비는 아이들을 데리러 온 어머니가 도착한 즉시 집을 나섰다. 어머니가 벤의 생일에 관 해 뭐라고 물었지만 듣는 둥 마는 둥 하고 나왔다. 그건 나중에 이야기하면 되는 거니까.

한숨을 내쉬며 엔진을 껐다. 와이퍼가 움직이다 말고 그대로 멈췄다.

운전석 문을 열고 우산을 펴려고 안간힘을 썼다. 우산이 펴졌을 즈음 안경은 홀딱 젖었고, 온 세상이 흐릿해졌다. 애비는 서둘러 앞문으로 가서 초인종을 눌렀다.

문이 벌컥 열리자 풍채 좋은 여자가 앞에 서 있었다. 얼굴은 그림자에 가려진 채였다.

"에디 플레처인가요?" 애비가 물었다.

"들어오세요." 여자가 울음을 억누른 목소리로 말했다.

애비는 안으로 들어서며 안경을 벗어 셔츠에 문질러 닦았다. 그러는 사이 또 다른 젊은 사람의 흐릿한 형체가 눈에 들어왔다. 딸인가?

"와주셔서 고마워요." 에디 플레처가 말했다.

애비는 여전히 안경 렌즈를 닦으며 몸을 돌려 여자를 마주 보았다. 이윽고 안경을 도로 쓰자 여자가 초점으로 들어왔다. 애비는 즉시 친숙함을 느꼈다. 나 이 여자 아는데, 어디서 만났지? 에디는 분홍기 도는 흰 피부와 진푸른색 눈동자에 갈색 고수머리를 가지고 있었다. 헐렁한 보라색 셔츠를 입었는데 목깃 위로 타투의 일부가 드러났다. 한쪽에는 꽃 한 송이, 다른 쪽에는 글자들. 얼굴은 눈물로 얼룩져 있었고 입술은 떨고 있었다.

"당연히 와야죠." 애비는 외투를 벗으며 말했다. 여자의 딸이 받아 들었다. 서맨사보다 몇 살쯤 더 위인 듯했다. 열여덟이나 열아홉 살쯤일까. 어머니와 같은 파란 눈동자에, 머리는 폭포수처럼 쏟아져 내리는 금발이었다. 창백한 얼굴은 근심으로 잔뜩 일

그려져 있었다.

"어떻게 된 건지 좀 들을 수 있을까요?" 애비가 물었다.

"네이선이 오늘 학교에서 집에 안 왔어요." 에디가 떨리는 목소리로 대답했다. "그리고 전화가 왔는데……."

"죄송하지만 네이선이 몇 살이죠?" 애비가 끼어들었다.

"여덟 살요. 친구들한테는 전부 전화를 돌렸어요. 스쿨버스에서 내리는 걸 봤다는데, 애가 집에 안 왔어요. 그리고 그때 어떤 남자한테 전화가 왔는데, 네이선을 데리고 있다고 했어요. 그리고 500만 달러를 달래요."

애비는 고개를 끄덕였다. 가슴이 철렁 내려앉는 느낌이었다. 아이 유괴는 대부분 가족 중 누군가가 저지르는데, 그런 경우에 몸값 요구는 흔치 않았다. 그리고 말도 안 되게 높은 액수도 석연치 않았다. "그렇군요. 그게 언제였죠?"

에디가 어리둥절한 표정으로 눈을 깜빡였다. 딸이 대신 대답했다. "한 시간쯤 전에 엄마가 전화를 받았어요."

"그렇군요." 애비는 비좁은 부엌과 어둠침침한 거실을 둘러보았다. "네이선의 아버지도 여기 있나요?"

"아…… 아뇨." 에디가 말했다. "우린 이혼했어요."

"양육권은 단독인가요?" 애비가 물었다.

"네."

"네이선의 아버지에게는 이 일을 알렸나요?"

"아니요, 데이비드에게는 연락할 방법이 없어요. 몇 년째 연락을 끊고 지냈거든요."

이 부분은 더 깊이 조사해야 할 것이다. 몸값 요구를 감안한다 해도 아버지는 유력한 용의자였다. 일단 그 문제는 나중에 다시 생각하자. "네이선 사진이 있나요?"

"그럼요." 여자가 휴대전화를 만지작거리다 애비에게 건넸다. 공상에 빠진 표정으로 웃음을 짓는 귀여운 아이였다. 엄마가 사진 찍고 있는 걸 모르는 것처럼, 꿈꾸는 시선으로 카메라를 응시하고 있었다.

애비는 휴대전화의 사진을 자신에게 보냈다. "집 안을 좀 둘러봐도 될까요?"

"왜요? 네이선은 여기 없어요. 그건 제가 확인했는데요."

"때때로 유괴 사건에서는 세세한 것들이 정말 도움이 되고 중요할 수 있거든요." 또한, 흔히 아이는 집 안에 '있었다.' 숨어 있거나 심지어 잠들어 있는 경우도 있었다. 그리고 가족생활의 세부사항이 실마리를 주는 경우도 있었다. 왜냐하면 이 사건에는 또 다른 용의자가 있기 때문이었다. 에디 플레처 자신, 이른바 유괴범들과 통화한 유일한 사람. 실종된 아이는 종종 죽은 채로, 제 친부모에게 살해당한 시신으로 발견됐다. 애비는 뭐든 이상한 점을 찾을 생각이었다. 우선 찾다 보면 뭘 찾아야 하는지 알게 될 것이다.

"그럼요." 에디가 말했다. "네이선을 되찾는 데 도움이 된다면야 뭘 못하겠어요."

애비는 이미 1층을 대부분 둘러보았다. 작은 철제 식탁이 놓인 비좁은 부엌과 거실. 텔레비전을 마주한 소파 하나. 서랍장 위에는 다른 사진 액자들이 있었다. 애비는 아이가 숨을 만한 곳들을 가능한 한 모두 확인했다. 부엌 찬장, 냉장고 뒤. 서랍장도 일일이 열어보았다. 에디는 내내 뒤에서 얼쩡거렸다. 하지만 눈길을 끄는 건 아무것도 없었다. 나중에 더 자세한 수색이 필요할 것이다. 작은 욕실은 비어 있었는데, 바닥의 물 자국과 젖은 행주를 보니 배관 문제가 있는 모양이었다. 하지만 그건 지금 중요한 문제가 아니었다.

"네이선의 침실은 위층에 있어요." 에디가 말했다.

애비는 계단을 올라갔다. 2층에는 침실 두 개가 있었다.

"네이선의 방은 저쪽에 있어요." 에디가 뒤에서 말했다.

애비는 문을 열었다. 방은 귀엽고 밝은 분위기였다. 〈스타워즈〉 침대 시트가 깔려 있고 작은 봉제 인형 하나가 놓인 침대. 크레용이 흩어진 책상, 코르크판에 붙여놓은 그림 몇 장. 방 안에 감도는 공허감은 선명했다. 어린 남자아이 모양의 빈자리. 애비는 사진에서 본 아이가 침대에 누워 있거나 책상 앞에 앉아 그림 그리는 모습을 상상했다. 책상 앞으로 가서 그림을 더 자세히 살펴보면서 어쩌면 그림 속에 무심결에 드러났을지도 모를 학대의 흔적을 찾았다. 하지만 모두 아이다운 무구한 내용이었다. 우주선 그림 한 장, 용 그림 한 장, 가족 그림 한 장. 어머니와 두 아이로 이루어진 가족. 숨겨진 아버지의 형체는 존재하지 않았다. 에디가 말했듯, 아버지는 그림을 나가버린 것 같았다. 말 그대로, 그리고 상징적으로도.

등 뒤에서 딸깍하고 문 닫히는 소리에 뒤돌아본 애비는 깜짝 놀랐다. 에디가 경계하는 표정으로 문에 몸을 기대고 있었다.

"왜 그러세요?" 애비가 물었다. 여자에게는 뭔가 사람을 불안하게 만드는 구석이 있었다. 마치 덤벼들거나 도망치려는 것처럼 잔뜩 긴장해 눈을 휘둥그레 뜨고 있었다.

에디의 입술이 달싹거렸지만 아무 소리도 나오지 않았다.

"플레처 씨." 애비가 말했다. "도대체 무슨……."

"아비하일? 나 모르겠어?"

아주 먼 과거에서 나온 그 이름은 애비를 저 깊은 곳까지 흔들어놓았다. 애비는 쓰러지지 않으려는 듯 책상에 몸을 기댔다.

기억이 머릿속을 언뜻언뜻 스쳤다. 아름다운 꽃밭에서 가슴 앞에 팔짱을 낀 채 서 있는 여자아이. 차가운 푸른 눈동자는 애비에게 꽂혀 있었다. "여긴 내 정원이야. 넌 반갑지 않은 손님이고."

그리고 몇 달 후 그때. 애비는 경찰차 뒷좌석에서 그 아이와 다른 남자애와 함께 잔뜩 웅크리고 앉아 있었다. 높이 매달린 희미한 불빛이 어두운 밤하늘을 밝혔다. 한 남자가 숨죽인 목소리로 말했다. "너무 많잖아. 이건 너무 끔찍해."

애비는 몸서리쳤다. 과거는 손에 잡힐 듯한 냉기를 불러왔다. "이든?" 애비가 속삭였다.

여자는 대답 대신 흐느낌을 토했다.

현대 문화에는 과거의 사람들과의 만남에 대처하는 방식들이 존재한다. 수십 년의 간극에 다리를 놓아줄 작은 의례와 상투어구. 환한 미소, 별 의미 없는 *어떻게 지냈어*, 어쩌면 둘이 공통으로 알고 있는 지인의 소식.

모두 이 상황에서는 말 그대로 쓸모없었다. 애비는 미아가 된 기분이었다. 자신을 익사시키려 하는 기억들의 홍수를 억누르며 그저 가만히 서 있는 것만으로도 충분히 힘들었다.

"에디가 네 지금 이름이야?" 애비가 마침내 물었다.

"아니. 그 이름은 잠깐만 썼어. 도로 이든으로 바꿨어. 그리고 넌……."

"난 애비야." 애비는 날카롭게, 그 어떤 오해의 여지도 끊어내며 말했다. "날 아비하일로 아는 사람은 *아무도* 없어. 알았어?"

"알았어. 앞으론 그렇게 안 부를게." 이든은 애비의 반응에 겁 먹은 것 같았다.

이든은 확실히 애비가 가버릴까 봐 겁에 질려 있었다. 애비가 자기 아들을 구할 가장 큰 희망이라고 진심으로 믿는 듯했다.

놀라운 일도 아니었다. 이든은 아마 여전히 법에 대한 깊은 의심을 품고 있을 것이다. 이든의 머릿속에서 경찰은 친구가 아 니라 적이었다. 필요한 게 있으면 가족에 의지했다.

"날 어떻게 찾은 거야?" 애비는 갑자기 그걸 전혀 모른다는 사실을 깨닫고 물었다.

"몇 달 전 뉴스에 나왔잖아." 이든이 힘없는 목소리로 말했다. "그때 봤어. 넌 하나도 안 변했더라."

은행 포위, 그건 애비의 이른바 15분의 명성의 순간이었다. 인질 일곱 명, 궁지에 몰린 남자 둘. 애비의 팀은 간신히 부상자 한 명 없이 항복을 이끌어낼 수 있었다. 애비는 제1의 협상가였 고, 여자였으니 심지어 더 좋았다. 언론은 애비를 사랑했다. 적어 도 다음번 스타가 등장하기 전까지는. 하지만 여전히 길에서 텔 레비전으로 봤다며 말을 걸어오는 사람들이 있었다.

그렇다. 이든은 그때 애비를 알아본 것이다. 이토록 오랜 세 월이 지난 후에. 놀라운 일이었다. 애비라면 절대 이든을 알아보 지 못했을 것이다. 세월은 그때 그 여자아이에게 다정하지 않았 다……. 아니, 애비 눈앞에 서 있는 이 여자에게. 다시 만났을 때 그토록 친숙해 보였던 푸른 눈동자만이 그대로였다.

"그래서, 내 번호는 어떻게 알았는데?" 애비가 물었다.

"기억 안 나. 아마 온라인에서 찾았겠지."

사실이 아니었다. 그 번호는 아무 데도 올라 있지 않았다. 애비는 어떻게 알아냈을지 알 것 같은 기분이 들었다. 침묵이 두 사람 사이로 뻗어가게 놔두고 기다렸다.

이든은 불편하게 양옆으로 시선을 회피했다. 몇 초가 지나고, 이든이 불쑥 내뱉었다. "있잖아, 내가 누굴 봤어. 누군지 모르는 남자가 집 근처를 돌아다니는 걸 봤어. 지난 몇 주 동안 세 번 보였어. 그 남자는 그냥…… 거기 서 있었어. 그 남자가 관련됐을 수도 있을까?"

"어떻게 생겼는지 묘사할 수 있어?" 애비가 반사적으로 질문을 던졌다.

"할 수 있을 것 같아. 머리는 검은색이었어. 턱수염을 길렀고……."

"나한테 말고." 애비가 고개를 저었다. "경찰서로 가야 해. 사진을 확인해. 어쩌면 몽타주 화가를 불러줄 수도 있어."

"하지만…… 그 남자가 날 감시하고 있다고 했어. 경찰에는 못 가."

"내가 운전할게." 애비가 말했다. "미행하는 사람이 없는지 내가 확인할게. 네이선을 위해서는 이게 최선이야."

애비에게서 앞으로 해야 할 일을 들으며 이든은 어깨의 긴장이 풀리는 걸 느꼈다. 지금까지는 미아가 된, 무력한 기분이었지만 이제 애비가 고삐를 틀어쥐었다.

애비는 집 안의 남은 곳들을 재빨리 확인하고 놓친 것이 없는지 확인했다. 이든의 침실은 다락방에 있었다. 비좁고 어두웠다. 작은 창문 하나만이 거리를 면해 있었다.

집을 나설 때는 빗줄기가 더욱 강해져 있었다. 이든은 개브리엘도 같이 가야 한다고 우겼다. 딸을 집에 혼자 두기에는 너무 겁에 질려 있었다. 차로 가는 길에 우산이 뒤집히는 바람에 이든은 흠뻑 젖은 몸으로 뒷좌석에 올랐다. 애비는 여자를 보았다. 젖은 머리카락이 양 뺨에 들러붙어 있었다. 얼굴을 적신 것이 비인지 눈물인지, 아니면 둘 다인지 알 수 없었다. 그 얼굴에서 30년도 더 전의 눈동자가 애비를 바라보고 있었다.

애비는 차 시동을 걸면서 이든이 그들이 함께한 과거를 현재로 가져오지 않기를 빌었다.

10

눈꺼풀을 깜빡이다 눈을 뜬 네이선은 친구네 집에서 자고 일어나면 드는 기분을 느꼈다. 낯선 침대, 시트, 심지어 '공기'조차 다르게 느껴졌다. 침대 위에 일어나 앉았다. 양손으로 얼굴을 비비는데 지난 기억의 파편들이 표면으로 다시 떠올랐다.

하지만 다시 보니 여긴 자신의 방이었다. 이건 네이선의 침대 시트였다. 방 저쪽에 있는 책상과 벽에 붙어 있는 그림도 자신의 것이었다. 네이선은 하품을 하며 잠의 거미줄을 떨치려고 했다. 하지만 그럴 수 없었다. 머리가 안개가 낀 것처럼 무거웠고, 세상은 가장자리가 흐릿했다.

오늘이 무슨 요일인지 기억이 안 났다. 토요일인가? 토요일이면 이미 엄마의 생일이었다. 개비 누나랑 같이 엄마 생일에 아침식사를 침대로 가져다드리기로 했는데.

엄마 생일을 생각하니 누나의 친구와 차를 타고 온 게 생각났다. 엄마 생일파티에 필요한 걸 사러 가려고 했는데? 어떻게 된 거지? 누나의 친구가 사준 버거와 프렌치프라이를 먹고 콜라를 마신 게 기억났다. 그다음에는 졸렸다. 드라이브는 길었다.

틀림없이 까무룩 잠든 모양이었다. 그리고 아마 개비 누나와 친구가 결국 집으로 데려온 거겠지. 담요를 젖힌 네이선은 자신이 차를 타고 갈 때 입었던 옷을 그대로 입고 있음을 깨달았다. 어쩌면 토요일이 아닌지도 모른다. 밤새 잔 것 같지는 않았다.

"엄마?" 외쳐 불렀다.

네이선은 잠시 기다린 후 다시 불렀다. "엄마!"

아무도 대답하지 않았다. 방문은 닫혀 있었다. 이상한 일이었다. 방문은 절대 닫혀 있는 법이 없었다. 네이선은 문을 열어놓고 자는 걸 좋아했다.

침대에서 내려와 일어났다. 어지러움이 파도처럼 밀려왔고, 몸이 위태롭게 휘청거렸다. 마치 머릿속에 솜뭉치가 든 것 같고, 집중하기가 힘들었다. 방은 뭔가…… 이상했다. 사방의 벽들이 점점 좁혀오는 것 같았다. 문은 책상과 너무 가까웠다. 마음에 들지 않았다.

발을 무겁게 끌며 문 앞으로 갔다. 문손잡이로 가던 손이 허공에 얼어붙었다. 손잡이가 달랐다. 이건 반짝거렸고 모양이 더 동그랬다. 엄마가 바꾼 걸까? 작년에 엄마는 집을 좀 바꾸고 싶다고 했다. 실제로 어떤 아저씨를 불러왔는데, 아저씨는 벽에 페인트를 칠해야 하고 침실 창을 바꿀 수 있다고 했다. 하지만 그후 엄마는 너무 비싸다며 다음에 해야겠다고 말했다.

네이선은 낯선 손잡이를 잡고 돌리며 문을 밀었다.

문은 꿈쩍도 하지 않았다.

더 힘주어 비틀고 당기고 밀었다. "엄마, 문이 안 열려요!" 네이선은 고함쳤다. "엄마!"

대답이 없자 네이선은 당황하기 시작했다. 평소 방에 혼자 있는 것도, 문이 닫혀 있는 것도 좋아하지 않았다. 게다가 이 새로운 문손잡이가 제대로 작동하지 않는 게 영 마음에 안 들었다. 문을 흔들고 발로 찼다. 다리가 아팠다. 통증에 낑낑대며 바닥에 주저앉아 멍든 발가락을 붙들었다.

"엄마! 누나!" 네이선은 외쳤다. "아파요."

두 사람은 오지 않았다. 네이선 혼자 집에 두고 나간 적은 한 번도 없는데. 음, 엄마는 때때로 네이선을 10분쯤 혼자 두고 길 건너편 상점에서 뭘 사오기도 했지만 그럴 때면 늘 나간다고 말했다. 그리고 엄마가 나간 사이에 네이선은 '늘' 텔레비전을 보았다. 그러지 않으면 집 안의 빈방들이 신경 쓰이고, 그것이 무시무시한 괴물들로 가득 차 있다고 상상하기 시작할 테니까.

심장 박동이 빨라졌다. 네이선은 숨을 몰아쉬며 이를 갈았다. 두 사람은 말도 없이 네이선을 혼자 두고 집을 나갔고, 새로운 문손잡이 때문에 문이 안 열리는 것도 깜박했다. 네이선은 두 사람이 돌아오면 마구 소리를 지를 것이다. 그리고 내일 엄마한테 침대로 생일 아침식사를 갖다 주지 않을 것이다. 엄마가 잘못했으니까.

네이선은 바닥에 주저앉아 울었다. 발가락이 고통으로 욱신거렸다. 잠시 후 도로 침대로 기어 올라가 요다 인형을 끌어안고 누웠다. 그때 인형 역시 뭔가 다르다는 걸 깨달았다.

몇 달 전, 요다의 귀가 뜯어져서 엄마가 도로 꿰매 붙였다. 그런데 잘못 꿰매는 바람에 귀의 각도가 살짝 삐뚤어졌다. 하지만 이 인형의 귀는 삐뚤어지지 않았다. 그리고 엄마가 꿰매는 데 쓴 밝은 녹색 실도 안 보였다. 요다 발바닥의 초콜릿 얼룩도 없어졌다. 거기다 냄새도 달랐다.

침대 시트도 마찬가지였다. 냄새가 달랐다. 새 시트 같았다.

침대에서 일어났다. 마치 개미가 목을 기어가는 듯한 기분이었다. 어떻게 된 거지? 이제 네이선은 수색하고 있었다. 사소한 차이점들이 온 사방에서 눈에 띄었다. 〈해리 포터〉 포스터 구석의 찢긴 부분도 고쳐졌다. 옷장은 정확히 똑같은 색이 아니었다. 그리고…… 그리고…….

창이 없었다.

어떻게 그걸 이제야 알아차릴 수가 있지? 책상 위의 작은 창이 그냥…… 사라졌다.

그림은 모두 여전히 제자리에 있었다. 절대 바꿔치기할 수 없는 것들이었다.

다만 네이선의 그림이 아니었다. 이 그림에서 엄마 눈은 너무 작았다. 우주선 스케치에서는 별들이 잘못됐고, 우주선은 잘못된 방식으로 날고 있었다. 그리고 상상의 개 그림이 있었다. 이건 네이선이 그린 게 아니었다. 네이선이 그린 개 그림은 귀여웠다. '이' 개는 네이선을 음흉한 눈으로 바라보고 있었다. 이빨은 너무 날카로웠고 혀는 너무 길었다. 나쁜 개였다. 아이들을 잡아먹는 개였다.

네이선은 이 방을 나가야만 했다. 뭔가가 단단히 잘못돼 있었다. 문으로 달려가서 마구 잡아 흔들었다. "누나!" 아이는 날카로운 비명을 질렀다. "엄마!"

그래도 두 사람은 오지 않았다. 그리고 네이선은 그 이유를 찾는 걸 포기했다. 도대체 무슨 일이 일어나고 있는지 이해하려 애쓰기를 포기했다. 숨이 잘 쉬어지지 않았다. 귓가에서 꾸준히 울리는 쿵쿵 소리 때문에 더 어지러웠다. 오줌을 누고 싶었다. 아니면 토하고 싶었다. 하지만 그러려면 욕실에 가야 하는데, 문은 꿈쩍도 하지 않았다. 꽉 닫혀 있었다. 네이선은 갇혔다.

엄마랑 같이 본 영화가 떠올랐다. 그 영화에서는 두 남자가 잠긴 문을 쇠 지렛대로 열려고 했다. 문이 벌컥 열리는 순간의 나무 쪼개지는 소리가 네이선의 머릿속에 깊은 인상을 남겼다. 네이선은 쇠 지렛대는 없었지만 책상 서랍에 철제 자가 있었다. 그걸 문틈에 끼워 넣고 힘을 실으면 된다. 반드시 통할 것이다.

네이선은 책상 앞으로 가서 서랍을 확 잡아 꺼냈다.

철제 자는 그 안에 없었다.

그 대신, 그림들이 더 있었다. 한 뭉치의 그림들이 있었다. 맨 위 것은 네이선이 그린 가족 그림과 거의 비슷해 보였다. 다만 네이선의 발이 기형적으로 길었다.

그림 뭉치를 꺼내어 책상 위에 펼쳐놓았다.

모두 네이선의 그림이었지만, 동시에 네이선의 그림이 아니었다. 몇 장은 약간 달랐고, 색깔이 잘못됐고, 사람 형태가 기형이었다. 몇 장은 끔찍했다. 형편없이 잘못 그린 사람들과 화난 듯 휘갈긴 선들. 마치 좌절감에 마구 긁어서 지운 것 같았다. 누나와 네이선을 그린 어떤 그림은 개비의 모습에 붉은 크레용으로 몇 겹이나 동그라미가 쳐져 있었다. 거의 모든 페이지에 네이선의 이름이 씌어 있었지만, 몇 장은 네이선의 필체가 아니었고, 비슷한 것도 있었지만 정확히 똑같지는 않았다. 그리고 한 장에는 네이선의 이름이 몇 번이고 반복해 씌어 있었다.

이건 하나도 말이 되지 않았다. 그리고 지난 20분간 경험한 모든 일 중 어째서인지 이것이 네이선을 가장 겁먹게 했다. 방광이 저절로 열리고, 바지를 타고 흘러내린 오줌이 바닥으로 뚝뚝 떨어졌다.

갑작스러운 딸깍 소리에 네이선은 몸을 홱 돌려 열리는 문을 마주 보았다. 한 남자가 문간에 서 있었다. 개비의 친구라고 말했던 바로 그 남자였다. 남자는 한 손에는 양동이를, 다른 손에는 물병을 들고 있었다.

"이런." 남자가 바닥의 오줌 웅덩이를 보며 말했다. "대걸레를 가져와야겠네."

네이선은 대답하지 않았다. 눈길은 남자에게 꽂혀 있었다. 그리고 남자 뒤의 공간에.

이곳은 네이선의 집이 절대로 아니었다.

11

"남편분께 가능한 한 빨리 연락하는 게 중요합니다, 플레처 씨." 조녀선 카버 형사가 말했다.

형사의 시선은 이든에게 고정돼 있었다. 수첩에 재빨리 뭐라고 휘갈겨 쓰면서도 이든에게서 거의 눈을 떼지 않았다.

애비는 근면하고 성의 있는 경찰들을 알았지만, 그들도 민간인들에게 말할 때는 냉담해 보였다. 컴퓨터에 보고서를 입력하면서 이야기하거나, 전화를 받거나 뭔가를 확인하려고 상대의 말을 도중에 끊기도 했다. 하지만 카버는 상대의 말에 귀 기울이고, 자신이 귀 기울인다는 걸 상대에게 전달했다. 같이 경찰학교를 다닐 때부터 그랬다. 카버와 이야기를 할 때면 상대는 카버가 자신의 말에 진정으로 관심을 쏟고 있다고 느꼈다.

"정말이지 연락할 방법을 몰라요." 이든이 말했다. "우린 네이선이 태어나고 1년도 안 되어 갈라섰어요."

"공통의 친구가 있습니까? 혹시 소셜 미디어로는요?"

"전 소셜 미디어 안 해요."

앞서 115번 관할 경찰서 안내데스크에 나타난 카버를 보고 애비는 깜짝 놀랐다. 경찰학교를 졸업한 이후로 첫 만남이었다. 이제 애비는 시간이 사람들을 어떻게 바꿔놓는지 관찰할 또 다른 기회를 얻었다. 하지만 세월이 카버에게는 더 상냥했던지, 카버의 변화는 이든에 비해 충격적이지 않았다. 숱 많은 갈색 머리와 황갈색 턱의 작은 흉터는 전과 똑같았다. 세월의 흔적은 아몬드 모양 녹색 눈 가장자리에, 잔주름의 형태로만 숨어 있었다.

"플레처 씨, 제가 이걸 여쭤보는 이유는 어쩌면 납치범이 남편분에게도 접근했을 수 있기 때문입니다. 아니면 누군가 남편분이 아는 사람이거나요. 유괴 사건의 90퍼센트 이상은……."

"전 연락할 방법이 전혀 없어요." 이든이 말했다. "저라고 양육비를 받고 싶지 않았을까요?"

두 사람은 형사실의 와자지껄한 소음과 유리된 작은 사무실에 앉아 있었다. 카버는 책상이 가로막지 않도록 의자들을 책상 한쪽 구석에 가져다 놓고 앉았다. 애비는 카버와 이든 사이의 의자를 차지했다.

"개브리엘." 애비가 말했다. "네가 아버지와 마지막으로 대화한 건 언제니?"

"7년 전요." 개브리엘이 조심스럽게 대꾸했다.

"너한테 연락 온 적 있니?"

"아뇨. 아빠는 이 일이랑 아무 상관도 없어요. 아빠는 우리한테 쥐뿔도 관심 없어요."

카버는 고개를 끄덕이고 더는 캐묻지 않았다. 그리고는 평소 학교에서 집에 돌아왔을 때 네이선의 동선을 훑었다. 이든은 짧은 문장으로 대답했다. 마치 이 과정을 빨리 넘기고 싶은 것처럼, 빠른 말투였다.

"네이선이 집에 돌아오지 않은 걸 언제부터 알고 걱정하셨나요?" 카버가 물었다.

"직장에서 돌아와서……."

"어디서 일하시죠?"

"치과에서 사무 보조를 해요. 그레고리 박사님이 하시는 치과예요. 6시쯤 집에 왔는데 애가 안 보여서 전화를 돌리기 시작했죠."

카버는 네이선 친구들과의 전화 통화에 관한 설명을 들은 후 납치범과의 통화로 넘어갔다. 그리고 이든의 휴대전화 제출을 요청했다. "우리 쪽 사람들한테 필요할 수도 있으니까요." 형사가 말했다. "멀린 경위한테 듣기로는 블록을 돌아다니는 낯선 남자를 보셨다고요?"

"지난 한 달 동안 몇 번쯤요."

"나중에 머그샷 몇 장을 보여드릴 겁니다. 혹시 그중에 그 남자가 있는지 확인해주세요. 그리고 몽타주 화가를 부를 겁니다, 아시겠죠?"

"네."

"아까 네이선의 친구들 집에 전화했다고 했지." 애비가 말했다. "그리고 네이선이 스쿨버스에서 내리는 걸 본 아이가 있다고?"

"그래. 마이키라는 남자애야."

"버스는 보통 어디서 애들을 내려줍니까?" 카버가 물었다.

"두 블록 앞에서요. 집까지는 걸어서 금방이에요. 그 애가 혼자 걸어오는 게 싫었지만 저는 일을 다니니까요. 그리고 학교는 우리 집 앞에 정류장을 추가해주지 않았어요. 몇 번 부탁했지만, 좀 더 강하게 말했어야 했는데…….

애비가 본 적 있는 광경이었다. 부모들은 자신이 할 수 있었던 사소한 일들을 찾아낸다. 작은 결정들이 평생 가는 후회의 빌미가 된다.

"버스가 몇 시에 아이들을 내려줘?" 애비가 물었다.

"3시 50분쯤. 교통 상황에 따라 달라."

카버는 수첩에 뭐라고 휘갈겨 쓰고는 애비를 응시했다. "사람들하고 이야기를 좀 나눠본 후 수색을 시작하죠. 이 이야기는 그러고 나서 계속합시다. 혹시 뭔가 필요한 게 있나요?"

이든과 개브리엘 둘 다 고개를 저었다. 플라스틱 물컵은 여전히 손도 안 댄 채 책상 위에 놓여 있었다. 카버는 방을 나갔다.

애비는 이든과 납치범의 통화 녹음본이 없는 게 아쉬웠다. 애비의 일은 수천 가지 사소한 것들에 달려 있었다. 사용된 목소리 톤, 어색한 단어의 쓰임, 긴 침묵. 이 모든 것들은 애비에게 정보를 주고, 상대에 관한 이해를 구축하게 했다. "네가 납치범과 한 통화 내용을 다시 확인하고 싶어." 애비가 말했다.

"짧은 대화였어." 이든이 말했다. "그 남자는 내 아들을 데리고 있다고, 500만 달러를 주지 않으면 죽이겠다고 했어."

"자기들이 그 애를 죽이겠다고 말했다고?" 애비가 물었다.

이든은 좌절감에 이를 갈았다. "내 말은 그냥……."

"난 정확한 단어를 알아야 해, 이든." 애비가 부드럽게 말했다. "그 남자가 자기들이 그 애를 죽이겠다고 말했어? 어떻게 죽일 건지 말했어? 언제 죽일 거라거나? 예컨대, 이렇게 말했어?

'우린 사흘 안에 돈을 마련하지 못하면 총으로 쏴 죽일 거다'라든 가?"

이든이 몸을 움찔했다. "아니…… 총으로 쏜다는 말은 안 했 어. 그 남자는…… 그 남자는……."

"서둘지 않아도 돼." 애비가 말했다. "눈 감아. 심호흡해. 전화 받은 순간을 떠올려봐. 할 수 있겠어?"

"난…… 응." 이든은 눈을 감고 깊은숨을 들이쉬었다. 애비는 이든과 호흡을 맞추고 목소리를 부드럽게 했다. "전화 받았을 때 넌 어디 있었어?"

"부엌에. 조리대 옆에."

"그래, 잘했어." 애비의 말은 그녀의 호흡에 속도를 맞췄다. "서 있었어, 앉아 있었어?"

"……서 있었어. 위층에서 막 내려온 참이었어."

카버가 안으로 들어와 등 뒤로 문을 닫았다. 애비가 재빨리 눈길을 보내자 카버는 침묵을 지켰다.

"전화를 받아서 남자가 제일 먼저 한 말이 뭐였어?" 애비가 물었다.

"내 이름을 말했어." 이든은 떨림을 막으려는 듯 손바닥으로 탁자를 눌렀다.

애비는 이든의 손을 보았다. 긁힌 상처가 잔뜩 나 있었다. 그 이유는 알고 있었지만 못 본 척하고 계속 질문을 이어갔다. "네 이름을 그냥 불렀어? 아니면 네가 이든 플레처냐고 물었어?"

"나더러 이든 플레처냐고 묻지는 않았어. 하지만 묻는 것처럼 들렸어."

"그렇다면 낮은 어조로 말한 거구나." 애비가 말했다. "이렇게. 이든 플레처?"

"그거야. 그리고 자기들이 내 아들을 납치했다고 말했어."

"납치했다고 말했어?" 애비가 얼굴을 찌푸렸다. 남자가 그 말을 썼을 것 같지는 않았다. 이든의 기억은 공포로 조각나 있었다. 그 점을 적절히 감안해 들어야 할 것이다.

"어…… 응. 데리고 있다고 했을 수도 있어. 기억 안 나. 확실히 내 아들을 데려갔다고 했어."

"그다음에는?"

"500만 달러를 내놓으라고……."

"잠깐만. 놈들은 네 아들을 데리고 있다고 했지. 넌 그 말에 뭐라고 했어?"

"통화하고 싶다고……." 이든이 딸꾹질하며 흐느꼈다. "아이랑 통화하고 싶다고 했어. 아마 너무 겁에 질려 있을 테니까."

"아이랑 이야기하게 해주던?"

"네이선이 자고 있다고 했어."

그렇다면 현재까지는 네이선이 살아 있다는 증거조차 없는 것이다. 하지만 자고 있다고 말한 것은 흔치 않은 경우였다. 보통, 납치범들은 무슨 이유로든 인질과 대화를 허락해줄 수 없을 때 뭔가 애매한 말을 한다. '지금 여기 없다'거나 비슷한 말을. 남자가 거짓말했을 가능성도 있지만 그게 거짓말이라면 애비는 더 간단한 내용을 선택했을 거라고 믿었다. 그러니 이건 진실일 가능성이 더 높았고, 네이선은 정말 자고 있었을 것이다. 또는 의식이 없었거나. 어쩌면 약을 먹였는지도 모른다.

"네이선이 자고 있다고 했단 말이지?" 애비가 물었다. "이름을 말했어?"

"기…… 기억 안 나."

"알았어." 애비가 말했다. "그다음에는?"

"500만 달러를 달라면서 그 돈을 못 구하면 네이선을 죽일 거라고 했어."

"그런 식으로 말했어?"

"기억 안 나."

더는 억누를 수 없어서, 애비는 이를 악물고 내뱉었다. "이든, 집중해줘야 해. 네 단전에 초점을 맞춰." 애비는 어릴 적 끝도 없이 들었던 말을 되풀이했다. "네 단전에 빛나는 공이 있고, 그게 전신으로 퍼져나간다고 생각해. 그건 너를 정화시켜줘. 그 단전이 널 정화하는 걸 느끼며 심호흡을 해."

애비는 자신을 꿰뚫을 듯 응시하는 카버의 놀란 시선을 느꼈지만 무시했다. 이든의 호흡이 더 깊고 차분해졌다.

"모든 부정적 감정이 정화돼 사라진다. 깨끗해진다……." 애비는 숨을 들이쉬었다. "세균과 함께 사라진다. 머릿속이 맑아진다."

이든의 몸에서 긴장이 풀리고 있었다. 떨림이 멈췄다. 슬픔이 애비의 전신을 훑고 지나갔다. 이토록 오랜 세월이 흐른 후에도, 그 말들은 여전히 이 여자의 고삐를 틀어쥐고 있었다.

하지만 지금은 그게 문제가 아니었다. "네이선이랑 통화하고 싶다고 말했더니 남자가 자고 있다고 했지. 그 후 뭐라고 말했어? 정확히 뭐라고 했어?"

긴 침묵 후 이든이 입을 열었다. "500만 달러를 내놓으라고 했어, 아니면 네이선이 죽는다고."

"넌 뭐라고 대답했어?"

"그런 돈이 없다고 설득하려고 했지. 그랬더니 이제부터 모으는 게 좋을 거라고 했어. 그 후 전화가 끊겼어. 다시 전화를 걸어 보려고 했는데 없는 번호였어."

"네 '아들', 놈이 끊기 전에 '네 아들'이라고 말 안 하고 '네이선'이라고 한 거 확실해?" 애비가 물었다.

"모르겠어." 이든의 눈이 번쩍 뜨였다. "그게 왜 중요한데?"

어쩌면 중요하지 않을지도 모르지만, 애비는 알고 싶었다. 만약 납치범이 '네 아들'이나 '아이'라고 말했다면 일종의 감정적 거리두기를 위한 것일 수 있다. 인질로부터 감정적 거리를 두려는, 아이를 인간보다는 협상 카드로 보려는 방법. 그렇다면 이는 네이선이 무사히 돌아올 가능성이 더 희박하다는 뜻일 수 있다.

"중요한 건 아니야." 애비가 말했다. "하지만 정보가 더 많을수록 네이선을 무사히 집으로 데려올 가능성이 더 높아지지."

"그럴 수 있어요?" 개브리엘이 불쑥 물었다. "집으로 데려올 수 있어요?"

애비는 이든의 아이들과 자기 아이들을 비교하지 않을 도리가 없었다. 자신을 이든의 위치에 놓아보지 않을 수 없었다. 인간은 심지어 전혀 무관한 곳에서도 연관성을 찾게 마련이다. 애비와 이든은 한때 함께 살았다. 그리고 수십 년이 지난 지금은 각각 십 대 딸과 그보다 어린 아들을 하나씩 두고 있었다. 두 사람 다 확실히 싱글맘이었다. 개브리엘이 네이선을 집으로 데려올 수 있느냐고 물은 순간, 애비의 머릿속에서는 서맨사가 벤에 관해 같은 질문을 하는 평행 세계가 펼쳐졌다. 등골을 타고 소름이 쫙 번졌다.

그리고 그 질문에 대답하는 방법은 하나뿐이었다. "우린 할 수 있는 노력을 다 할 거야." 애비는 여자아이와 눈을 맞추며 대답했다. "그것만은 약속할게."

여자아이의 날카로운 시선은 그 모호한 약속이 조금도 위안을 주지 못했다는 사실을 명확히 드러냈다. 오히려 더 화나게 했다면 모를까. 아니, 두렵게 했다는 편이 맞을 것이다. 아이는 자신감 넘치는 '그래'라는 답을 듣고 싶었던 것이다.

12

이든이 용의자 머그샷 확인을 아무 성과 없이 마치고 몽타주 화가에게 자신이 본 남자를 묘사하는 사이 몇 시간이 지났다. 마침내 일행이 서를 나설 때, 비는 가벼운 보슬비로 바뀌어 있었다.

이든은 아드레날린이 바닥난 듯한 모습으로 좌석에 몸을 축 늘어뜨리고, 조수석 창밖을 음울하게 내다보았다. 개브리엘은 뒷좌석에서 양손을 무릎에 얹은 채 앉아 있었다.

"놈들이 요구하는 돈을 내가 어떻게 마련하지?" 이든이 힘없이 물었다.

애비가 한숨을 푹 내쉬고 시동을 켰다. "이든, 내가 하려는 말은 듣기 괴로울 수도 있겠지만, 반드시 이해해야 해." 애비는 여기서 입을 다물고 어머니와 딸에게 마음을 가라앉힐 귀중한 몇 초를 주었다. "심지어 네가 은행에 500만 달러가 있다 해도, 그리고 내일 몽땅 이체할 수 있다 해도, 네이선이 무사히 집으로 돌아올 거라는 보장은 없어."

애비는 차를 길가에 대고 자신이 한 말의 의미가 내려앉게 했다. 타인에게 관점을 바꾸도록 설득할 때, 침묵은 가장 중요한 도구다. 방금 들은 말을, 거기 내포된 의미와 희망과 공포를 되새길 시간을 주는 것이다. 말 빠른 영업사원은 진공청소기를 사게 만들 수는 있을지 몰라도, 뛰어내리려고 빌딩에 올라간 사람을 무사히 내려오게 하거나 인질을 잡고 버티는 강도를 설득해 투항하게 만드는 일은 절대로 할 수 없다. 애비는 이게 단순히 범인에게 500만 달러를 넘기고 아이를 받아 오는 상거래가 아닌, 그보다 훨씬 복잡한 상황임을 이든에게 이해시켜야만 했다.

개브리엘이 먼저 침묵을 깼다. "왜죠? 원하는 걸 얻었는데 왜 제 동생을 안 돌려보내줘요?"

"왜냐하면 애초에 원한 게 돈이 아닐 수도 있으니까." 애비가 말했다. "어쩌면 다른 이유로 유괴했을지도 모르고, 몸값 요구는 단순히 시간을 벌려는 수단일지도 몰라." 팔을 비트는 고문이라도 당하지 않는 한 애비가 절대 입 밖에 내지 않을 진심은 사실 이런 뜻이었다. '어쩌면 네 동생은 이미 강간당하고 살해당했을지도 몰라.'

"하지만 놈은 돈을 요구했는걸." 이든이 웅얼거렸다. "놈은 계속 돈 이야기를 했어."

"바로 그게 이상하다는 거야." 애비가 말했다. "놈은 아주 짧은 시간 틈새를 이용해 네이선을 유괴했는데, 그걸로 미루어 보면 놈은 이 일을 오래전부터 계획한 것 같아. 아마도 미리 지켜보고 염탐했겠지. 놈은 네가 누군지 알았어. 그리고 넌 그런 돈이 있어 보이지 않지. 난 놈이 몸값 말고 더 관심을 가지는 뭔가가 있다고 생각해."

거리는 이제 훨씬 한산했다. 이든의 집까지 얼마 남지 않았다.

"그리고 네이선은 어쩌면 범인의 인상착의를 알고 있을지도 몰라." 애비는 덧붙였다. "네이선은 백주대낮에 시내의 한길 가에서 유괴됐어. 놈들이 그 애를 납치할 때 스키 마스크를 쓰고 있지 않았을 거라는 데 난 돈을 걸 수도 있어. 놈들의 얼굴을 봤다면 왜 보내주겠어?"

"도대체 이 이야기는 왜 하시는 거죠?" 개브리엘이 목소리를 높였다. "우리를 겁주려고요?"

"내가 이 이야기를 하는 이유는, 이미 말했지만, 우린 네이선을 돌려받기 위해 모든 노력을 다 할 거야." 애비가 대답했다. "하지만 그렇다고 네이선을 돌려받기 위해 우리가 '납치범들'이 하는 말을 뭐든 따를 거라는 말은 아니야. 왜냐하면 납치범들이 시키는 대로 해봤자 보장되는 건 아무것도 없거든. 그 대신, 우린 납치범들과의 대화를 이용해 시간을 벌고, 놈들이 뭘 원하는지를, 그리고 놈들이 누구고 어디 있는지를 알아내려고 노력할 거야. 동시에 놈들을 설득하려 노력할 거고. 몸값을 낮추고, 놈들을 설득해 네이선과 통화를 시도해야지. 아마도 그 과정이 신속하게 이루어지진 않을 거야. 하지만 난 그 과정에 온 힘을 다 쏟을 거야. 그리고 난 내 일을 아주 잘해."

이든의 눈에 눈물이 차올랐다. 애비는 이든이 상황에 적응할 시간을 주려고 침묵 속에 차를 몰았다. 백미러로 개브리엘을 보았다. 아이의 얼굴은 위쪽 절반만 보였는데, 눈이 텅 비어 보였다. 애비는 아이의 머릿속에 어떤 생각이 지나가는지 궁금했다. 도로에 시선을 꽂은 채 머릿속으로는 다음번 단계들을 쭉 훑었다. 유괴범들은 다시 전화를 해올 것이다. 아마도 내일쯤. 그리고 애비나 아니면 다른 협상가가 그 전화를 받는 게 최선일 것이다. 애비는 정확히 무슨 말을 해야 하고 언제 침묵을 유지해야 할지 아니까. 범인이 상황을 컨트롤하고 있다고 착각하게 만들고 계속 말하게 하는 법을 아니까.

문제는 납치범들이 아마 경찰이 신고를 받았다는 것조차 모르고 있으리라는 것이다. 그리고 지금은 그 상태를 유지해야 할 것이다.

"우린 다음번 통화에 관해 이야기를 좀 해야 해." 애비가 말했다. "네가 무슨 말을 어떻게 해야 하는지. 해도 되는 말과 하면 안 되는 말 같은 것 말이야."

"언제 전화가 올까?" 이든이 물었다.

"나도 모르지. 가능한 한 빨리 준비하는 게 최선이야." 애비는 운전대를 손가락으로 두드렸다. "우선 무엇보다, 네가 놈하고 이야기할 때 목소리를 차분하게 유지하는 게 중요해. 통화 중에 이 납치범은 스트레스와 경계심이 강한 상태일 거야. 네가 평정을 잃고, 놈에게 비명을 지르거나 지나치게 긴장한 목소리를 내면 상황은 나빠지기만 할 뿐이야. 놈은 안 좋게 반응할 거야."

"안 좋게라니?"

"전화를 끊을지도 몰라." 애비는 말했다. 그리고 어쩌면 그로 인해 네이선이 고통을 당할지도 모른다는 말은 덧붙이지 않았다. "놈이 전화를 끊어버리는 건 바람직하지 않아, 알지? 놈의 발신지를 추적해서 경찰을 보낼 수도 있으니까. 그러니까 놈이 계속 우리와 통화를 하고, 우리한테 정보를 주게 해야 해."

이든이 고개를 끄덕였다. 입술이 떨리고 있었다.

"전화벨이 울리면, 바로 받지 않는 게 좋아. 잠시 숨을 돌려.

몇 번쯤 그냥 울리게 놔두는 거야…… 한 여덟 번쯤."

"놈이 끊어버리면 어떡해?"

"안 끊을 거야. 놈은 너랑 통화하고 싶어 해. 잊지 마, 원하는 게 있는 건 양쪽 다야. 너 혼자만이 아니고. 놈은 네가 아들을 돌려받는 것만이 이 상황의 전부인 것처럼 보이게 만들고 싶겠지만, 놈은 엄청난 위험을 무릅쓰고 있어. 놈은 네가 전화를 받을 때까지 기다릴 거야. 벨이 울리게 놔둬. 숨을 돌리고, 목소리를 차분하게 가라앉혀. 알겠지?"

"왜 그렇게 늦게 받았냐고 추궁하면 어떡해?"

"미안하다고 해. 욕실에 있었다고. 미안함을 보이되 너무 굽신댈 필요는 없어. 우린 놈이 통제권을 쥐고 있는 것처럼 느끼게 만들고 싶은 거야. 알지?"

"알았어."

"매번 문장을 말하기 전에 숨을 한번 들이켜는 걸 잊지 마. 그 틈을 이용해 다음에 할 말을 생각하고, 목소리를 안정적으로 유지하는 거야."

"충분히 빨리 대답하지 않으면 상대가 화낼지도 모르잖아."

"안 그럴 거야. 사람들은 느긋하게 행동하는 사람에게 화를 내지 않아. 내 말 믿어. 가장 중요한 부분은 놈이 네가 자기한테 귀를 기울이고 있다고 느끼게 만드는 거야. 그러니까 넌 놈의 말에 귀 기울인다는 인상을 줘야 해. '알겠어요' 또는 '그렇군요' 같은 말을 하는 게 좋아. 놈이 한 마지막 말을 되풀이해도 좋아. 예컨대, '우린 500만 달러를 원한다'라고 하면 넌 '500만 달러를' 하고 말하는 거지."

"그렇게 하면 멍청해 보일 텐데요." 개브리엘이 뒤에서 끼어

들었다.

"그건 나쁜 게 아니야." 애비가 단호하게 말했다. "놈은 더 통제권을 쥐고 있다고 느끼고 널 잘 이해시키려고 말을 더 많이 할 거야. 그리고 놈이 더 말을 많이 하게 만들려면 넌 놈에게 '어떻게'나 '무엇을'로 시작하는 질문을 할 필요가 있어. 이런 질문들은 열린 질문이고, 공격성이 아주 낮은 질문들이기도 해. 따라서 놈을 더 차분하게 만들어줄 거야. 그러니까 예를 들면 놈에게 이렇게 물을 수 있어. '내 아들이 무사한지 모르는 상태에서 어떻게 당신한테 몸값을 줄 수 있어요?' 또는 '내가 어떤 식으로 당신한테 돈을 지불하죠?' 또는 '내가 돈을 제때 마련하지 못하면 어떡하죠?' 이렇게."

"질문들." 이든은 멍한 표정으로 말했다. "내가 그걸 다 무슨 수로 기억하지."

애비는 안심시키려고 이든의 손목에 한 손을 얹었다. 이든은 갑작스러운 접촉에 놀라 움찔했지만 손을 빼지는 않았다.

"너희 집에 도착한 후 다시 한번 알려줄게." 애비가 말했다. "몇 번쯤 반복 연습을 할 거야, 알겠지? 심지어 연습 통화도 할 거야. 네가 어떻게 하는지 보려고. 그리고 적어도 앞으로 며칠간은 내내 누군가가 너랑 같이 있을 거야. 전화가 올 때 널 돕기 위해서."

"내내?"

"그래." 애비가 힘주어 말했다. "교대를 설 거야. 넌 누군가 같이 있어줄 사람이 필요해."

"하지만 오늘 밤에는 누가 있어?"

애비는 전화해서 시간이 되는 사람을 알아보겠다고 말하고 싫었다. 그 말을 막 내뱉으려는 순간, 이든의 눈에 깃든 간절한 애원의 빛이 눈에 들어왔다.

젠장맞을.

"오늘 밤엔 내가 여기 있을게…….내일 아침까지." 애비가 지친 투로 말했다. "그다음은 우선 두고 보자, 알겠지?" 부모님한테 전화를 걸어 사정을 알려야 할 것이다. 아이들은 어차피 오늘 밤 부모님 댁에서 자기로 했지만.

이든은 애비의 손을 꼭 쥐었다. "우릴 도와줘서 너무 고마워." 속삭임에 불과한 가냘픈 목소리였다.

13

여자아이의 머리카락은 자다 깨서 헝클어져 있었고, 확실히 어리둥절하고 겁먹은 기색이었다. 조너선 카버 형사는 대니엘라 허낸데즈에게 질문하기 위해 무릎을 꿇어야 했고, 대니엘라는 엄마 손을 꼭 붙잡은 채 질문들에 대답했다. 카버는 그런 모습을 보면 늘 다정함을 느꼈다. 마치 부모의 손을 잡으면 위험을 피할 수 있을 것처럼. 어쩌면 그게 맞을 것이다. 결국 네이선 플레처는, 납치됐을 때 붙잡을 엄마의 손이 있었더라면 아마 지금도 안전히 잘 있었을 테니까.

"대니엘라." 카버가 말했다. "학교 끝나고 네이선 플레처랑 같이 집으로 걸어가고 있었던 거 맞지?"

"아니요."

카버가 눈을 깜빡였다. "같은 정거장에서 내리니?"

"네."

"그리고 같은 방향으로 걸어가고, 맞지?"

아이는 엄마 셔츠에 콧물을 닦았다. "네."

중요한 차이였다. 두 아이는 함께 걸어간 게 아니었다. 그냥 우연히 같은 방향으로 나란히 걷고 있었을 뿐이었다. "오늘 학교 끝나고 그 애를 봤니?"

대니엘라는 엄마와 눈을 맞췄다. "전 자러 가고 싶어요."

"조금만 있다가." 엄마가 말했다. "이 착한 아저씨 질문에 대답한 다음에."

착한이라는 말은 어째 진심이 아닌 것처럼 들렸다. 허낸데즈 부인은 아무래도 경찰을 좋아하지 않는 게 분명했다. 대니엘라는 형사를 노려보면서 아무 말도 하지 않았다.

카버는 한숨이 나오려는 걸 억눌렀다. "오늘 스쿨버스 내릴 때 네이선을 봤니?"

"네."

"집으로 걸어가는 것도 봤고?"

"네."

"누구랑 얘기하던?"

아이는 얼굴을 찌푸렸다. "아니요."

"그 애가 누구한테 접근하는 걸 봤니? 아니면 어떤 차나?"

"아뇨. 그 애는 집으로 갔어요."

"그 동네에서 다른 어른들을 봤니?"

아이는 이마를 찌푸리더니 이어 고개를 저었다.

"그리고 네가 집에 갔을 때, 네이선은 계속 혼자 걸어갔고?"

"네."

"그 후에 누구 봤니? 아니면 지나가는 차나?"

"엄마를 봤어요. 엄마가 부엌에 있었어요. 완두콩 수프를 만들었어요.'" '완두콩 수프'를 말하는 대니엘라의 어조에는 의심이 깃들어 있었다. 대니엘라는 경찰이 완두콩 수프 사건을 더 깊이 조사해야 한다고 생각하는 듯했다.

카버는 자리에서 일어섰다. "대니엘라가 오늘 몇 시에 귀가했나요?"

"제 생각엔 평소랑 같은 시간인 것 같아요. 4시쯤요." 엄마가 대답했다.

"정확한 시간은 기억 안 나시고요?"

"확인은 안 했어요. 하지만 늘 4시쯤이에요."

"알겠습니다. 감사합니다, 허낸데즈 부인. 이렇게 늦은 시간에 번거롭게 해드려서 죄송합니다." 카버는 대니엘라에게 웃음을 지어 보였다. "고맙다, 대니엘라. 무척 도움이 됐어."

대니엘라는 엄마의 손을 꼭 쥐었다. 카버는 두 사람을 향해 고개를 끄덕이고 집을 나왔다. 양손을 주머니에 찔러 넣고 앞문에 걸려 있는 핼러윈 해골을 지나 보도로 이어지는 비좁은 뜰을 다시 가로질렀다. 옆집으로 가는 대신 앞에 있는 나무를 보며 쌀쌀한 공기 속으로 안개 같은 입김을 내뿜었다.

모니카는 카버에게 때때로 "얼어붙었다"고 말하곤 했다. 카버는 셔츠를 입다가 한쪽 소매에 팔을 집어넣은 채로 벽을 멍하니 바라보며 그대로 굳어 있곤 했다. 아니면 설거지를 하다가 물을 틀어놓은 채로 갑자기 멈추기도 했다. 모니카는 몹시 짜증스러워했다. 카버에 관해 짜증스러워하는 부분이 많았다. 그래서 마침내 떠난 것인지도 모른다.

때때로 보이는, 집들의 앞뜰과 담장을 장식한 가짜 호박과 거미들이 이상하게 부적절한 느낌을 주었다. 이 지역 주민들은 가짜 <u>으스스함으로</u> 동네를 꾸밀 필요가 없었다. 진정한 공포가 그들의 삶에 스며든 지금은. 겨우 몇 시간 전에, 네이선은 수십 번, 어쩌면 수백 번은 걸었을 바로 이 보도를 걸었다. 삶의 움직임들을 따라. 그리고 그 후 무언가가 덮쳐와 아이를 데려갔다. 안전이라는 환영은 산산조각 났다.

올해 이 블록의 '트릭 오어 트릿' 행사는 불안으로 가득할 것이다. 부모들은 아이들 곁을 떠나지 않을 것이다.

"카버." 제복 경관이 다가왔다. "새로운 소식이 있어요. 길 건너편에 사는 남자가 네이선이 전에 본 적 없는 차에 타는 걸 봤답니다."

이거지. 그들은 이미 이 블록의 집들 절반을 탐문했지만 아무런 성과가 없었다. 대니엘라 허낸데즈가 현재까지 최고의 증인이었다. 그리고 이제야 마침내 더 나은 증거가 손에 들어왔다. 카버는 경관을 따라 길모퉁이 가까이에 있는 작은 집으로 갔다. 앞뜰에는 아무런 조명도 켜져 있지 않았고, 카버는 땅 위에 버려진 호스와 갈퀴의 어두운 형태를 간신히 알아볼 수 있었다. 경관이 문을 두드리자 문은 즉각 열렸다. 마치 남자가 반대편에서 문손잡이를 잡은 채 기다리고 있었던 것 같았다.

"도일 씨, 이쪽은 카버 형사입니다." 경관이 말했다.

큰 키에 창백하고 힘줄이 도드라진 남자인 도일이 말했다. "어, 경관님한테도 말씀드렸지만, 제가 네이선을 봤는데……."

"선생님, 안으로 들어가서 말씀 나눌 수 있을까요?" 카버가 정중하게 물었다.

도일은 잠시 망설이다 승낙했다. "그럼요, 들어오세요."

카버와 경관은 집 안으로 들어섰다. 도일은 등 뒤로 문을 닫왔다. 이렇다 할 게 없는 집 안은 마치 사람이 살지 않는 곳 같았다. 거실의 작은 나무 탁자 위에 담배꽁초로 넘치는 재떨이가 얼핏 보였다. 딱 하나 있는 베이지색 안락의자는 텔레비전을 면해 있었고 그게 거실 가구의 거의 전부였다. 전체적으로 갑갑한 분위기였고, 모든 창은 커튼이 내려졌으며 모든 문은 닫혀 있었다.

"경관님한테 말씀드렸듯이……." 도일이 되풀이했다. "전 그꼬마가 차에 타는 걸 봤어요."

"좋습니다." 카버가 의례처럼 수첩을 꺼내며 말했다. 필요한건 아니었다. 대화를 녹음하고 있었으니까. 하지만 수첩은 사람들을 집중하게 만들었다. "성함이 어떻게 되신다고요?"

"프랭크요. 프랭크 도일."

"좋습니다, 프랭크. 그게 언제였죠?"

"4시 2분 전요. 부엌에서 커피를 새로 끓이고 있다가 창밖을 내다봤어요. 그때 차가 보였는데, 바로 관심이 갔죠."

"왜 관심이 갔나요?"

"전 이 블록 사람들의 차를 아는데, 그건 처음 보는 차였거든요. 흙이 좀 많이 묻어 있었어요. 그리고 도로 한복판에 서 있었죠."

"흙투성이였다고요?"

"네. 차 아랫부분에 진흙을 뿌린 것처럼요."

"차종이 뭐였습니까?"

"흰색이었어요."

"제조사를 알아보셨습니까?"

"전 차에 관해 잘 몰라서요."

"번호판은요?"

"제대로 못 봤어요. 멀리 있었거든요. 하지만 진흙으로 덮여 있었어요."

"그리고 그 후엔 어떻게 됐나요?"

"운전자가 아이한테 말을 걸더군요."

"어느 아이요?"

"네이선 플레처요."

"확실히 그 아이였습니까?"

"전 이 블록에 3년째 살고 있습니다." 프랭크가 말했다. "플레처 가족을 설마 제가 모를까요. 그 애는 네이선 플레처였어요."

"그럼 운전자가 차를 길가에 세우고 네이선에게 말을 걸었군요. 그다음엔 어떻게 됐습니까?"

"한 일이 분쯤 대화를 하더군요. 그 후 네이선이 차에 탔죠."

"네이선이 차에 탄 게 확실합니까? 운전자가 끌고 간 게 아니고요?"

"확실해요. 운전자가 조수석 문을 열었고 네이선이 올라탔어요."

"운전자의 인상착의를 기억하십니까?"

"잘 보진 못했어요. 백인 남자였던 건 확실해요."

"나이 대를 말씀해주실 수 있겠습니까? 아니면 그에 대해 어떤 거라도요?"

"아뇨. 꽤 멀었어요. 부엌 창을 통해서는 거의 아무것도 안 보였어요. 그리고 네이선은 이 남자랑 말할 때 웃고 있었어요. 어쩌면 아는 사이 같기도 했죠."

카버는 세세한 내용을 끄적이면서 그 시간을 이용해 생각을 정리했다. 이 남자에게 나중에 차 모델 사진 몇 장을 보여주고 실제 제조사를 알아볼 수 있는지 확인해야지. 네이선이 범인을 알았다면 용의자 목록을 상당히 줄일 수 있다. 친척? 교사? 친구의 부모?

"부엌 창을 좀 봐도 될까요?"

"그럼요." 도일은 앞장서서 부엌으로 갔다. 퀴퀴한 음식 냄새와 탄 기름 냄새가 허공에 희미하게 감돌았다. 남자는 창 쪽을 가리켰다. 지저분한 직사각형 유리창은 거리를 면해 있었다.

"여기서 보셨을 때 차는 정확히 어디 서 있었습니까?"

도일이 손가락으로 가리켰다. "저기 나무 보이세요? 쓰레기통 옆에? 저기요."

집에서 몇 걸음 거리였다. 카버는 창밖을 내다보았다. 남자가 말한 나무를 보려면 몸을 왼쪽으로 쭉 뽑아야 했다. 도일은 자기 말과는 달리 그저 창밖을 내다본 게 아니었다. 네이선과 운전자가 대화하는 걸 보려면 부엌 조리대에 불편하게 몸을 기대야만 했을 것이다. 뭔가 이상한 점이 있다고 느낀 게 분명했다. 그때 아이 엄마에게 전화를 하기만 했다면…….

사람들이 소란을 일으키는 걸 좋아하지 않는다는 사실을, 카버는 종종 깨닫곤 했다. 자기 일도 아닌데 괜히 끼어드는 참견쟁이처럼 보일까 저어하는 것이다. 프랭크 도일은 아마 당시 자기가 본 상황을 합리화했으리라. 예컨대 네이선의 숙부가 아이를 데리러 온 거라고 자신을 설득하는 식으로. 잔뜩 흥분해서 이든 플레처에게 전화해 네이선이 방금 모르는 사람 차를 타고 갔다고 말하면 얼마나 멍청하게 들리겠는가 하고.

그리고 그 후 남자는 일상을 이어갔을 것이다. 네이선이 실종되는 동안.

14

이든은 자신이 왜 침대에 누워 있는지조차 알 수 없었다. 그냥 시간이 가기를 기다리는 중인가? 아니면 내가 자야 개브리엘도 잘 것 같아서? 잠드는 건 있을 수 없는 일이었다. 아무리 시간이 늦어도, 머릿속에서 마구 날뛰는 생각은 멈출 수 없었다. 속도를 늦추는 것마저 불가능했다.

그 끔찍한 남자들과 함께 이상한 장소에 갇혀 있으니, 네이선은 분명히 겁에 질려 있을 것이다. 내 소중한 네이선. 고작 디즈니의 〈라이언 킹〉을 보고도 사흘 내리 악몽을 꾼 그 아이가, 이제 지하실이나 어두운 방이나 어딘가의 철장 속에 갇힌 채 울며 엄마를 찾고 있다.

경찰에 전화해서 괜히 아들의 운명을 앞당긴 건 아닐까? 어쩌면 지하실에 있는 것조차 아닐지 모른다. 어쩌면 이미 시체가 되어 어딘가의 도랑에 버려졌을지도 모른다. 아이가 없어진 걸 더 일찍 알아차렸다면 어떻게 됐을까? 직장에서 귀가했을 때는 이미 실종된 지 두 시간이나 지난 후였다. 좀 더 노력해서 집에 더 일찍 돌아올 수 있는 직장을 찾았더라면……. 그때 집에 있어서 아이가 안 온 걸 알아차리기만 했더라면, 경찰에 제때 전화하기만 했더라면, 네이선은 이미 집에 돌아와 있을지도 모른다.

아이가 돌아온다면 그 기쁨을 어찌 말로 표현할까. 이든은 아이가 지금 이 순간 집에 돌아오는 상상을 했다. '엄마, 창문으로 간신히 빠져나왔는데, 어떤 착한 아줌마가 집까지 태워다 줬어요.' 하지만 그런 일이 일어날 리는 절대 없다는 걸 모르지 않았다. 이든은 흑흑대는 울음소리를 냈다.

생각을 딴 데로 돌리려 안간힘을 썼다. 전화가 다시 걸려온다면 납치범들한테 무슨 말을 해야 할지, 또는 500만 달러를 구할 수 있는 이런저런 방법들을. 하지만 머릿속은 늘 네이선에게로 되돌아갔다.

그렇게 밤을 보내다 어느 순간 저도 모르게 네이선의 방으로 갔다. 아이의 침대에 누워 아이의 요다 봉제인형을 끌어안았다. 침대에서 아이 냄새가 풍겼고, 눈을 감자 아이가 옆에 누워 있는 걸 상상할 수 있었다. 네이선은 늘 담요를 눈까지 끌어올린 채 웅크리고 잠을 잤다.

놈들이 네이선한테 담요를 덮어줬을까? 아니면 추운 곳에서 벌벌 떨며 누워 있게 내버려뒀을까? 번뜩 스치는 분노에 이어 무력감이 파도처럼 밀려왔다.

오늘은 자신의 생일임을, 이든은 불현듯 깨달았다. 이든의 기억 속에서 생일은 늘 실망하는 날이었다. 현실이 절대 기대를 따라오지 못했기 때문이다. 하지만 이전의 그 어떤 생일도 이번 생일과는 비교할 수 없었다. 아마 이든이 앞으로 살면서 생일을 축하할 일은 두 번 다시 오지 않을 것이다. 그날은 이제 상상할 수 있는 가장 나쁜 일이 일어난 날로 영원히 얼룩지고 말았다.

새벽 3시에 이든은 부엌으로 가서 물 한 잔을 마셨다. 네이선에게 마실 건 충분히 주고 있을까? 먹을 건? 아니면 아이는 무서운 만큼 배도 고플까?

놀랍게도 애비가 자지 않고 깨어 있었다. 그녀는 캄캄한 부엌 식탁에 앉아 있었다. 앞에 놓인 노트북 화면이 얼굴에 유령 같은 흐릿한 빛을 드리웠다. 살짝 헝클어진 머리카락 사이로 한쪽 귀가 삐죽 튀어나와 있었다. 애비의 크고 튀어나온 귀는 늘 사람들의 눈길을 끌었다. 심지어 어린아이일 때도 애비는 귀를 머리카락 뒤에 조심스럽게 감추곤 했다. 그리고 다른 아이들은 그것 때문에 애비를 덤보라고 부르며 놀리곤 했다.

애비가 몸을 돌려 이든을 마주 보자, 마치 애비에게 머릿속 생각을 들키기라도 한 것처럼 이든의 뺨이 달아올랐다.

"미안해." 이든이 어색하게 불쑥 내뱉었다. "물 한 잔 마시고 싶어서."

"미안하긴, 뭐가." 애비가 상냥하게 말했다. "여긴 네 집인데."

애비는 계속 이 잔잔하고 부드러운 목소리를 유지했다. 어렸을 때도 그랬나? 이든은 아비하일을 다르게 기억했다. 소리를 꽥꽥 지르고 끝도 없이 지껄이던 아이로.

이든은 물잔을 들고 침실로 돌아가려고 몸을 돌렸다. 하지만 방으로 올라가봤자 언제까지고 잠들지 못한 채 쓸데없는 생각과 후회로 자신을 고문할 게 분명했다. 여기 애비 옆에 있으면 머릿속이 아주 조금이라도 잠잠해지는 것 같았다. 애비는 상황을 컨트롤하고 있는 듯 보였다. 뭘 해야 하는지 알았다. 이 모든 상황에 대한 경험이 있었다.

이든은 애비 맞은편에 앉아 물을 조심스럽게 한 모금 마셨다.

"잠이 안 와."

애비가 고개를 끄덕이고 대꾸했다. "잠이 온다면 신기한 거지. 내일은 수면에 도움이 될 만한 걸 준비하는 게 좋을 것 같아. 앞으로 며칠은 많이 힘들 테니, 좀 쉬어둬야 해."

앞으로 며칠이라. "보통 이런 사건은 얼마나 오래가?" 이든이 물었다.

"그때그때 달라. 어떤 건 아주 일찍 끝나고 어떤 건 질질 끌지." 애비는 한숨을 푹 내쉬고 노트북을 덮었다. "아마 내일 다시 전화가 올 거야. 넌 전화 받을 준비 된 것 같아?"

그런 일에 어떻게 준비가 된단 말인가. 이든은 절대 그럴 수 없었다. 다른 누군가가 대신해줄 수만 있다면 얼마나 좋을까. 어쩌면 애비가 이든인 척 전화를 받아줄 수 있지 않을까. 하지만 놈들은 눈치챌 것이다. 그리고 네이선을 죽일 것이다. "응." 이든이 말했다. "준비됐어. 질문을 던지고, 어조를 차분하게 유지하고, 뭔가 말하기 전에 심호흡을 할 것."

"맞아."

이든은 물을 한 모금 더 마셨다. "아, 너도 뭔가 마실 걸……."

"괜찮아." 애비는 부엌 조리대에 놓인 머그잔 두 개를 몸짓으로 가리켰다. "아까 차 타 마셨어."

"아비하일……."

"그렇게 부르지 마." 애비의 사근사근한 어조는 순식간에 사라졌다. "그건 내 이름이 아니야."

"미안해. 난 애비가 좋아."

"나도야. 그래서 그 이름을 고른 거고."

"아이는 있니?" 이든이 침울하게 물었다.

"둘이야, 너처럼." 애비가 생긋 웃으며 대답했다. "아들 하나, 딸 하나."

그렇다면 애비는 확실히 이든의 심정을 이해할 것이다. "결혼은 했고?"

"응, 그런데 이혼했어. 넌? 아이들 아버지는 누구야?"

"옛날에 만난 남자야. 잘 안 됐어." 이든은 간절히 화제를 바꾸고 싶었다. "그 뒤로 어떻게 됐어······? 우리가 월콕스 가족을 떠난 후에 말이야."

이든은 애비의 몸이 긴장하는 걸 알아차렸다. 내가 너무 멀리 갔나? 애비는 자기 삶의 그 부분을 다시 열어보고 싶지 않은 게 분명했다. 애비가 이를 악물고 눈을 번뜩였다. 그 질문이 어두운 기억을 불러온 듯했다.

"위탁 가정에 들어갔어." 애비는 마침내 대답했다. "결국 그분들한테 입양됐고."

"아." 이든은 질투의 아픔을 느꼈다. "좋은 분들이었어?"

애비가 생긋 웃었다. "무척이나. 사실 지금 엄마가 내 아이들을 봐주고 계셔. 넌 어때?"

"난 입양이 안 됐어. 하지만 다섯 번째로 들어간 위탁 가정이 무척 좋았고, 학교 마칠 때까지 거기서 살았어." 그건 이든이 겪어온 격동의 삶을 묘사하기에는 말도 안 되게 간단한 요약이었다. 하지만 '따라잡기'에는 그 정도면 충분했다. 지금처럼, 두 사람이 모두 헤어진 이후의 세월을 간략히 들려주고 나면, 아무 일도 없었던 것처럼 다음 이야기를 이어가는 게 가능했다.

"뉴욕에는 어쩌다 오게 됐어?" 애비가 물었다. "너라면 좀 더 시골 가까운 곳에 살 줄 알았는데."

이든이 얼굴을 찌푸리며 되물었다. "왜?"

"넌 농장 뒤의 야생화 들판에서 거의 살다시피 했잖아."

그 갑작스러운 기억에 하마터면 웃음이 떠오를 뻔했고, 그러자 다시금 죄의식이 이든을 집어삼켰다. 아들이 누군지도 모를 악랄한 놈들에게 붙들려 있는데 여기서 느긋하게 잡담이나 나누고 있다니. "그 꽃밭 생각은 까맣게 잊고 있었네." 이든의 목소리가 살짝 갈라졌다. "아버지는 내가 거기서 살다시피 하는 걸 알고 거길 에덴동산이라고 불렀지, 기억나?"

애비가 고개를 끄덕였다. "아름다운 곳이었지."

"그랬나?" 이든은 그곳이 어떤 모습이었는지 기억이 나지 않았다. 이든이 기억하는 건 손가락 사이에 만져지던 흙의 꺼끌꺼끌한 감촉과 비 온 뒤 젖은 흙냄새가 전부였다.

"응, 그랬어." 애비가 서글프게 웃으며 대답했다.

"정말이지 어딘가 시골 가까운 곳으로 갔어야 했어. 한번은 그렇게 했는데, 결국 여기까지 오게 됐지. 다른 데 살았다면 네이선은 그렇게 되지……."

"자책하지 마."

하지만 이제 그 길을 가기 시작한 이든은 멈출 수 없었다. "내가 처음 길에서 그 남자를 봤을 때 경찰에 신고했다면 네이선은 지금 집에 있었을까?"

"모르지."

그랬어야 했다. 버스정류장을 놓아달라고 더 강하게 우겼어야 했다. 아들이 학교 끝나고 돌아오는 시간보다 더 일찍 집에 올 수 있는 직장을 찾았어야 했다. 끔찍한 실수와 순간의 나약함이라는 실들이 서로 한데 짜여 아들의 납치라는 태피스트리를 완성했다.

"이든." 애비가 불렀다. "이건 꼭 물어봐야겠다. 내 번호는 아이작한테 받은 거야?"

잠시 망설이던 이든이 대답했다. "그래. 뉴스에서 널 보고 연락하고 싶었거든. 아이작은 처음에는 내키지 않아 했어. 네가 과거를 완전히 떠났고, 나한테 연락받는다고 좋아하지 않을 거라고 했어."

애비는 부인할 생각이 없는 듯했다. 이든은 숨을 후 내쉬고 덧붙였다. "내가 결국 걔를 설득해서, 너한테 전화하기 전에 며칠 더 생각해보겠다고 약속하고 번호를 받아냈어. 그리고 아마 난 끝내 하지 못했을 거야. 연락 말이야."

애비는 이를 악물고 고개를 끄덕였다.

"난 걔랑 매주 채팅을 해." 이든이 말했다. "그리고 그 전에는 우편으로 연락했었고. 펜팔 같은 사이였지."

"나도야." 애비가 말했다. "난 처음엔 연락하고 싶지 않았어. 그냥 모든 걸 뒤에 두고 떠나고 싶었지. 하지만 걔가 하도 줄기차게 편지를 보내는 바람에 결국 내가 졌어."

"걔가 고집부린 게 옳았어." 이든이 말했다. "가족은 가장 중요한 거야."

"우린 가족이 아니었어." 애비가 말했다. "너도 알잖아."

"나한테는 가족이었어." 이든이 방어조로 대답했다.

"네 생각일 뿐이지. 절대 가족이 아니었어." 애비의 어조가 다시 날카로워졌다. "그리고 모지스 윌콕스는 절대 아버지가 아니었어. 그건 사이비 종교였어. 모지스 윌콕스라는 개자식이 만든. 그리고 그 개자식은 결국 모두를 데리고 지옥으로 갔지."

15

이든이 침대로 돌아간 후, 애비는 노트북을 열고 의자에 앉은 채 미동도 없이 화면을 들여다보았다. 오래전 잃어버린 기억들이 손에 잡힐 듯 생생하게 의식 표면으로 떠올랐다. 단편적인 파편들. 지저분한 강당의 수프 그릇, 애비가 뭔가 재미있는 말을 했을 때 생물학적 부모가 터뜨린 웃음소리, 침대에 펼쳐놓은 일요일용 드레스. 드레스는 너무나 새하얗고 깨끗했다. 하지만 그 얼핏얼핏 지나가는 장면들 뒤에는 다른 기억들이 도사리고 있음을 애비는 모르지 않았다. 잊어버린 것이 아니라 억눌린 기억들. 애비가 그것들을 머릿속 어두운 구석으로 밀어 넣었다. 이제 댐의 틈새가 벌어지고 있으니 그것들 또한 밀려나올 것이다.

에덴동산 이야기가 방아쇠였다. 그저 그 이름을 들었을 뿐인데 순간 그 향기가 되돌아왔다. 이든이 관리하던 꽃들의 달콤한 향기. 무슨 꽃이었을까? 보라색 꽃들이 떠올랐다. 라벤더였나? 그리고 그 향기 아래에, 뭔가 다른 게 있었다. 어디서 온 건지 모를 악취.

닭 모이.

갑작스러운 깨달음에 애비는 숨이 멎었다. 월콕스 공동체는 가금류 모이 공장 근처에 있었고, 풍향에 따라 어떤 날이면 발효된 곡식 비슷한 냄새가 온 사방을 뒤덮었다.

엄마가 자주 하던 말이 뭐였더라?

냄새가 마치…….

"……여긴 스컹크 겨드랑이 냄새가 나." 엄마가 말했다. "우린 꽃에 무릎까지 파묻혀 있지만 내가 맡을 수 있는 건 끔찍한 화학약품 악취뿐이야."

엄마는 커다란 양동이 두 개를 들고 허리춤에는 가위를 꽂은 채 꽃밭을 걷고 있었다. 몇 걸음마다 멈춰서 꽃 몇 송이를 잘라 양동이에 담고 다시 걸어갔다.

아비하일은 꽃 한 줌을 주먹에 꼭 쥐고 엄마를 따라갔다. 엄마랑 같이 꽃을 따는 게 좋았다. 엄마가 지금 딴 꽃들로 나중에 아름다운 꽃다발을 만들면 아빠는 그걸 가지고 근처 시에 있는 월콕스 가족 소유의 꽃가게에 팔러 갈 것이다. 월콕스 아버지는 엄마를 종종 아름다움과 색깔의 천재라고 불렀다. 그리고 그 말을 들을 때마다 아비하일의 가슴은 자부심으로 벅차올랐다.

아비하일은 새로 딴 꽃 한 송이를 자기 꽃다발에 추가했다. 작고 노란 꽃이었다. 벌들이 주위를 윙윙 날아다녔다. 몇 주 전 벌에 쏘인 후로 꽃밭에 가지 않으려 했지만, 월콕스 아버지가 가라고 했다. 벌들 역시 우리처럼 하느님의 피조물로, 세상에 아름다움을 퍼뜨리는 존재라면서. 만약 벌이 아비하일을 쏜다면 그건 단지 하느님이 시키신 일이라고, 그리고 그건 아마 아비하일의 불순한 생각에 대한 작은 벌이었을 거라고 했다.

머릿속에 이미지들이 쏟아져 내렸다. 애비는 주먹을 꽉 쥐었다. 가족 소유의 꽃가게를 잊고 있었다. 하지만 그건 당연했다. 그 농장에서 실제로 일어나고 있는 일에 대한 완벽한 가림막이었으니까. 그리고 애비의 생물학적 부모는 그 가림막을 떠받치는 사람들이었다. 윌콕스 가족은 모두가 협력했고 각자 맡은 일이 있었다. 심지어 아이들조차…….

……아이들은 숨바꼭질 중이었다. 이든이 커다란 나무에 얼굴을 갖다 댄 채 큰 소리로 숫자를 셌다. 아비하일은 어디 숨어야 할지 몰라 얼어붙은 듯 그 자리에 서 있었다. 어차피 이든은 늘 애비를 쉽게 찾아냈다.

누군가가 애비의 손을 잡았다.

"얼른!" 아이작이 애비를 잡아당겼다. 뻐드렁니를 드러내며 활짝 웃고 있었다.

애비는 아이작을 뒤따라 꽃들 사이를 달려갔다. 온갖 색들이 애비를 향해 밀려왔다 밀려갔다. 보라색, 노란색, 붉은색 그리고 분홍색. 아이작에게 뒤처지지 않으려고 안간힘을 쓰다 몇 번쯤 넘어져 굴렀다. 아이작은 늘 달리기가 아주 빨랐다. 마치 바람을 따라잡으려 하는 기분이었다.

아이작은 높이 자란 꽃들이 굽어보는 곳으로 애비를 이끌었다. 애비는 망설였지만 아이작은 대번에 뛰어들었다. 꽃들이 두 아이를 완전히 가려주었다. 녹색 벽들이 사방에서 아이들 주위로 좁혀들었다. 몇 걸음 후 두 아이는 멈췄고, 아이작은 땅에 등을 대고 누웠다. 아비하일 또한 옆에 누워서 파란 하늘과 머리 위 바람에 바스락거리는 분홍 꽃들을 바라보았다.

"우릴 찾아낼까?" 아비하일이 속삭였다.

"이든은 온종일 찾는대도 우리가 여기 있는 건 못 찾을 거야." 아이작이 씩 웃으며 대꾸하고는 얼굴을 찌푸렸다. "이게 뭐지?" 손을 뻗어 아비하일의 머리 옆 땅에서 뭔가를 끄집어냈다.

아비하일은 그것을 바라보았다. 작은 금속 실린더였다. 일부분은 갈색이었지만 그 나머지는 금속으로, 햇빛을 받아 빛났다.

"어쩌면 성스러운 고대의 유물일 거야." 애비가 말했다. "아버지의 지팡이처럼."

"성스러운 유물 좋아하네, 멍청이." 아이작이 엄지와 다른 손가락으로 그걸 돌리며 말했다.

"왜 아닌데?"

"왜냐하면 이건 고대의 것이 아니니까. 이건 탄환이야, 덤보."

아비하일은 이미 훌쩍거리고 있었다. '멍청이'라고 불리는 것도 충분히 나쁜데, 덤보라고 불리다니. 그것도 다른 사람도 아니고 아이작한테서…….

"어휴, 그만해. 이든이 듣겠다." 아이작이 탄환을 건넸다. "자. 네가 가져. 네 보물이랑 같이 모아둬."

아비하일은 몸을 부르르 떨며 한숨을 뱉고는 눈을 비볐다. "정말?" 작고 부드러운 물체를 응시하며 물었다. "이거 금이야?"

"아니, 놋쇠로 코팅한 거야."

"터지지 않을까?" 애비는 눈을 뗄 수 없었다.

"아니, 걱정할 필요 없어. 그건……."

"찾았다!" 이든의 승리감에 찬 목소리가 바로 옆에서 날카롭게 울렸다…….

애비는 도리질치고 눈을 깜빡였다. 놀랍게도 수십 년 된 상처의 기억 때문에 눈에 눈물이 차오르고 있었다.

그 탄환은 어떻게 됐을까? 그리고 애비의 보물 상자는? 이제 그 상자의 기억이 애비에게 돌아왔다. 애비는 자기가 발견한 물건들로 가득한 상자를 침대 밑에 숨겨두었다. 우스꽝스럽게 생긴 돌멩이, 깃털 하나, 철제 스프링. 어린아이의 진짜 보물들.

애비는 휴대전화를 꺼내 아이작과의 채팅창을 열었지만 지금이 새벽 4시라는 데 생각이 미쳤다. 아이작이 그 숨바꼭질을 기억할지 궁금했다. 아이작은 그때 애비보다 나이가 많았으니까. 애비의 나이는 그때 갓 일곱 살…….

하고 반쯤 됐었다. 하지만 그래도 큰 아이들은 애비를 따돌리지 않고 놀이에 끼워주었다. 그리고 이제는 애비가 술래를 할 차례였다. 양손으로 눈을 가리고 큰 소리로 숫자를 셌다.

"하나…… 둘…… 셋……."

아이들이 숨을 곳을 찾아 발을 끌며 도망치는 소리가 들렸다. 킥킥대는 웃음소리는 점차 사라지고, 이윽고 바람소리만 남았다.

"……일곱…… 여덟……."

애비는 손가락 틈새로 엿보았지만 아무도 안 보였다. 바로 눈을 다시 감고 셌다. 총알이 든 주머니가 묵직하게 느껴졌다.

"……열아홉…… 스물!"

눈을 뜨자 애비의 웃음은 증발했다.

윌콕스 아버지가 앞에서 굽어보고 있었다. 긴 흑회색 머리카락이 바람에 흩날리고 있었고, 가늘게 뜬 무표정한 눈은 엄해 보였다. 숫자를 너무 큰 소리로 셌나? 아니면 아버지가 총알에 관해 아셨나?

"아비하일." 아버지의 목소리에, 애비는 자신이 정말 곤란한 상황에 처했음을 깨달았다. "뭐 하고 있니?"

"숨바꼭질 하는데요?" 애비는 가냘픈 목소리로 대답했다. 갑자기 그게 해도 되는 놀이인지 확신이 서지 않았다. 숨바꼭질이 죄악인가?

"네 손을 보렴."

보았다. 흙으로 갈색이 되었다. 안 돼.

"그리고 넌 그 손을 얼굴에 갖다 댔지." 아버지가 말했다.

"잘못했어요."

"그 수많은 세균을 네 입과 눈과 코로 퍼뜨렸어. 사탄이 네 몸 안으로 기어 들어가게 한 거야."

애비는 세균이 온 얼굴을 스멀스멀 기어 다니는 걸 느낄 수 있었다. 울음을 터뜨렸다.

"넌 네 몸을 망가뜨릴 자유가 없어!" 아버지가 고함쳤다. "넌 구세주의 아이들을 낳아야 해. 네 아이들이 세균과 오물로 더럽혀지길 바라느냐?"

"씻을게요." 아비하일이 흐느껴 울며 말했다. "지금 바로 씻을게요."

"그래야지." 아버지는 무릎을 꿇고 꿰뚫는 듯한, 흔들림 없는 시선으로 아비하일을 바라보았다. "그러면서 사죄해라. 신께 사죄해. 내게 사죄해. 네 미래의 아이들에게 사죄해. 모두에게 사죄……."

애비는 날카롭게 숨을 내쉬었다. 손톱이 손바닥을 파고들었다. 그런 기억의 귀환에는 대비되어 있지 않았다. 지금은. 아니, 어쩌면 앞으로도 영영.

16

애비는 그날 아침 세 번째로 하품을 억지로 참았다. 끔찍한 밤이었다. 5시쯤 되어 마침내 간신히 잠들긴 했지만 악몽에 시달렸다.

시간을 확인했다. 교대자는 언제 오지? 집에 가서 얼른 샤워하고 다시 업무로 돌아가고 싶었지만, 이든을 혼자 두고 싶지는 않았다. 소파에 앉아 있는 이든을 바라보았다. 눈이 게슴츠레해 보였다. 전원이 제대로 켜져 있는지, 연결이 먹통은 아닌지 확인하려는 듯 계속해서 휴대전화만 응시하고 있었다.

전화가 울린 순간, 두 사람 다 화들짝 놀랐다. 이든의 눈이 공포로 휘둥그레졌다. 애비는 재빨리 노트북 화면을 확인했다. 발신번호가 깜빡였다. 전날과 같은 번호는 아니었지만 이든의 연락처에 없는 번호였다.

재빨리 이든 옆으로 가 앉았다. "질문을 던지는 것 잊지 마. 어조에 유의하고. 내가 네 손을 꽉 잡으면 그건 말을 멈추고 깊은숨을 들이쉬면서 재정비해야 한다는 뜻이야. 알겠지?"

이든은 고개를 끄덕였다. 입술이 떨렸다. 황급히 거실로 들어온 개브리엘이 소파 옆에 서서 엄마를 지켜보았다. 애비는 이어폰을 끼고 이든의 축축한 손을 살짝 쥐었다 놓았다. 이든은 깊은 숨을 들이쉬고 여섯 번째 벨소리를 기다려 전화를 받았다.

"여보세요?" 목소리가 떨렸다.

"왜 이렇게 늦게 받아." 금속성 목소리가 말했다. 이든은 그 목소리를 순수한 악의 결정처럼 묘사했지만, 애비가 짐작한 대로 그저 음성 변조기의 결과물에 불과했다. 애비는 화면의 음파 그래프를 보았다. 상황실에서 누군가가 그것을 들으며 음성 변조기를 해제하고 발신자의 위치를 추적하려 애쓰고 있을 것이다. 통화는 길수록 더 좋았다.

"죄송해요, 전…… 전 욕실에 있었어요." 이든이 불쑥 답했다.

애비가 다시 이든의 손을 꼭 쥐었다. 이든은 고개를 돌려 애비를 보았다. 눈동자가 간절함을 담고 번뜩였다. 애비는 눈빛으로 이든을 안심시키려고 안간힘을 썼다.

"돈은 구했나?" 남자가 물었다.

이든은 잠시 갈피를 잃은 듯 보였다. 애비는 입모양으로 어떻게라고 말했다.

"500만 달러를 내가 어떻게 구해요?" 이든이 물었다. 목이 졸린 듯한 목소리였지만 속도는 간신히 안정적으로 유지할 수 있었다.

"어떻게 구하는지는 내 알 바 아니고, 그건 당신 문제지. 차를 팔든 대출을 받든 은행을 털든 해. 그냥 돈을 내놓으라고."

이든이 막 대답하려는데 애비가 다시 손을 꼭 쥐었다. 사람들이 협상할 때 항상 제일 먼저 저지르는 실수는 대답을 빨리 해야 한다고 생각하는 것이다. 마치 조금이라도 늦어지면 상대가 인내심을 잃고 전화를 끊기라도 할 것처럼.

이든은 다시 깊은숨을 들이쉬었다. 이윽고 입을 열었을 때, 목소리는 약간 더 침착해진 듯했다. "난 네이선이 무사한지도 모르는데 어떻게 몸값을 구하죠?"

"애는 무사해. 애 걱정은 마."

"내가 그걸 어떻게 알아요?"

"이든, 우리한테 장난치지 마. 우리가 네 아들을 다치게 했으면 좋겠어? 애 손가락을 잘라주길 바라는 거야?"

이든의 손이 목으로 올라갔고 눈은 휘둥그레졌다. 애비가 미처 손을 꼭 쥐어 진정시킬 틈도 없이, 이든이 불쑥 내뱉었다. "애를 다치게 하지 마세요. 내 아들을 다치게 하지 마세요. 돈을 드릴게요, 그냥 제발, 제발, 아이를 다치게 하지 마세요."

목소리는 갈라지고 산산이 부서져, 마지막 말은 깊은, 축축한 흐느낌으로 끝났다. 더 뭐라고 말하려 했지만 전화가 손에서 빠져나가 바닥으로 굴러 떨어졌다.

"그럼 우리한테 줄 돈을 구할 거지?" 애비의 이어폰 속 목소리가 말했다.

애비는 전화기를 집어 이든에게 내밀면서 다른 손을 세게 쥐었다.

"여보세요? 당신 아들은 걱정하지 마. 그 애는 잘 있어. 우리한테 돈을 줘, 알아들었어?"

애비는 휴대전화를 이든의 손에 밀어 넣었다. 이든은 전화기를 귀에 갖다 댔다. 입술이 달싹거렸지만 흐느끼기만 할 뿐 아무 말도 나오지 않았다.

개브리엘이 재빠른 동작으로 단번에 휴대전화를 엄마에게서 낚아챘다.

"여보세요?" 개브리엘이 말했다. "난 개브리엘이에요. 네이선의 누나예요. 네이선이랑 통화하고 싶어요."

애비는 개브리엘에게 손을 흔들고 속삭였다. "질문을 해."

몇 초쯤 침묵이 흐르고, 이윽고 남자가 말했다. "네이선은 지금 말할 수 없어."

"그럼 우리가 어떻게 그 애가 무사하다고 믿을 수 있죠?" 개브리엘이 따졌다.

애비의 심장이 쿵 내려앉았다. 개브리엘의 질문과 태도는 요청하는 것처럼, 함께 문제를 해결하자는 시도처럼 들리지 않았다. 손가락질하는 것처럼, 탓하는 것처럼 들렸다. 긴장한 목소리와 분노 역시 상황에 도움이 되지 않았다. 상황을 진정시키는 게 아니라 더 격하게 만들고 있었다.

"우리를 난처하게 만들면 내 동료들이 좋아하지 않을 거야." 남자가 날 선 목소리로 받아쳤다. "녀석들이 네 동생을 아프게 할지도 몰라. 난 그런 일이 일어나길 바라지 않아."

"우린 당신을 난처하게 만들려는 게 아니에요. 그냥 그 애가 무사한지 알고 싶을 뿐이에요. 왜 직접 대화하게 해주지 않는 건데요? 전화를 바꿔주세요."

"그 애는 지금 전화를 받을 수 없어……."

"왜 못 받아요?" 개브리엘이 언성을 높였다. 눈물이 얼굴을 타고 흘러내렸다. "그 애를 다치게 했어요? 내 동생이 살아 있긴 해요? 난 그 애가 잘 있다고 말하는 걸 듣고 싶어요……."

전화가 뚝 끊겼다.

개브리엘은 몸서리치며 한숨을 내쉬고는 소파에 풀썩 주저앉았다. 애비는 울고 있는 어머니와 딸을 지켜보았다. 속이 뒤집히는 것 같았다. 이 통화는 상황을 악화시켰다.

17

남자는 심장이 거칠게 뛰는 걸 느끼며 차에 앉아 있었다. 담즙이 목으로 올라왔다. 그때 요란한 경적 소리가 들리는 바람에 당황한 남자는 급히 차를 출발시켰다. 청신호였다. 길을 따라 천천히 차를 몰고 가면서 호흡을 진정시키려 했다. 도로 위에는 차량 수백 대가 있었고, 그들 중 경찰로부터 도망치는 차는 단 한 대뿐이었다. 경찰이 내 휴대전화를 추적하는 데 성공한 게 틀림없어…….

내 휴대전화. 전원 끄는 걸 깜빡했다. 남자는 허둥대며 한 눈은 길에 꽂은 채 조수석에 떨어진 휴대전화를 집어 들었다. 전원을 *끄려고* 버튼을 어찌나 세게 눌렀는지 손가락이 하얗게 변했다. 전원이 꺼졌다. 한 손으로 배터리를 빼보려고 용을 썼지만 될 게 아니었다. 남자는 운전대를 놓고 양손으로 배터리와 사투를 벌였다. 빌어먹을, 망할 놈의 것이 도무지 빠지질 않았다. 격분해 휴대전화를 대시보드에 내리치자 마침내 배터리가 튀어나왔다.

그제야 고개를 들어 앞을 본 남자는 급히 브레이크를 밟았다. 앞차의 범퍼에서 10센티미터도 안 되는 거리에서 간신히 차가 멈췄다.

마치 10킬로미터쯤 달린 것처럼 호흡이 가빴다. 어떻게 전원 끄는 걸 잊을 수가 있었지? 휴대전화를 추적하는 것쯤은 경찰에게 식은 죽 먹기나 다름없다. 그리고 만약 이든 플레처가 경찰에 신고했다면…….

어쩌면 안 했을지도 모른다. 남자는 안 했기를 빌었다. 하지만 요행에 기대기에는 위험이 너무 컸다.

남몰래 주위를 둘러보았지만 길로 뛰어 들어오는 경찰은 보이지 않았다. 경찰차들이 한꺼번에 울리는 사이렌 소리도 들리지 않았다. 위험을 벗어난 것이다.

그 애를 다치게 했어요? 내 동생이 살아 있긴 해요?

개브리엘은 도대체 뭘 원한 걸까? 남자는 아이가 무사하다고 거듭 말했다. 개브리엘의 목소리는 분노와 신경질로 가득했다. 맹렬하게 웅웅거리는 전동 드릴 소리 같았다.

나쁜 년! 남자는 개브리엘을 위해 그 일을 했다. 그걸 이해 못한단 말인가? 이게 자신에게 일어날 수 있는 가장 좋은 일이라는 걸 아직도 깨닫지 못했다고?

남자는 갓길로 차를 몰고 가 세울 곳을 찾았다. 다른 전화기를 꺼내 인스타그램을 켜고 화면에 뜨는 개브리엘의 피드를 보았다. 새 스토리나 포스팅은 없었다. 놀라운 일은 아니었다. 그래도, 뭐라도 올릴 수는 있었을 것이다. 아니면 그냥 앞으로 며칠쯤 접속 못 할 것 같다고 알려주는 정도는 할 수 있을 텐데.

남자는 개브리엘의 새 셔츠에 관한 포스팅으로 내려가 댓글

버튼을 눌렀다. 거기에는 이미 이모티콘과 수많은 느낌표들로 가득한 댓글 364개가 달려 있었다. 전부 *아름다워요!!!* 아니면 *너무 매력적이에요!!* 같은 것들이었다.

남자도 그 댓글 더미에 자신의 댓글을 더할 수 있었다. 느낌표를 잔뜩 붙여서. 분노의 타이핑으로 남자는 이렇게 적었다. *배은망덕한 년!!!!!!!!!!!!!!*

딱 맞는 이모티콘이 필요했다. 이모티콘을 스크롤해 딱 맞는 걸 찾았다. 수천 개의 쓸모없는 작은 그림들. 그중 무엇도 정말이지 남자의 감정을 제대로 담아내지 못했다. 그 배신감, 그 상처.

마침내 남자는 화난 이모티콘 세 개를 추가했다. 손가락이 '전송' 버튼 위를 맴돌았다.

빌어먹을, 이게 도대체 무슨 짓이지?

댓글을 몽땅 도로 지운 남자는 전화를 옆에 내려놓고 눈을 감고 깊은숨을 들이쉬었다.

개브리엘이 화난 건 당연한 일이다. 남동생이 납치됐으니까. 결과적으로 그날이 자기 인생 최고의 날임을 개브리엘이 깨달을 수 있도록, 남자가 상세한 요점 정리표를 준 것도 아니었다. 개브리엘은 구체적인 내용을 몰랐다. 모른다는 게 중요했다.

나중이 되면 개브리엘도 고마워할 것이다.

그리고 개브리엘 엄마의 말에는 일리가 있었다. 비록 성가시긴 했지만, 두 사람에게는 네이선이 살아 있다는 증거가 필요했다. 남자는 그 문제를 해결할 것이다.

전화를 다시 집어 들고 가장 좋아하는 포스팅으로 스크롤을 내렸다. 개브리엘이 화면에 입맞춤하는 사진이 있는 포스팅이었다. 사진 밑에는 이렇게 씌어 있었다. *고마워요.*

"고맙긴." 남자는 속삭여 대답했다.

이제는 집으로 돌아갈 시간이었다. 집까지는 차로 한참 달려야 했고, 아이는 지금쯤이면 배가 고파졌을 것이다.

18

애비는 회의실 문을 노크한 후 대답을 기다리지 않고 문을 열었다. 커다란 타원형 탁자에 앉아 있던 남자 다섯 명이 방으로 들어오는 애비와 윌을 보려고 한꺼번에 몸을 돌렸다.

"늦어서 미안해요." 애비가 말했다.

"괜찮아요." 115서 서장인 그리핀이 말했다. 애비는 그리핀을 전에 두 번 만난 적이 있었다. 남자는 흔치 않게 커다란, 벗어진 머리를 가졌는데 두피가 어찌나 눈부시게 빛나는지, 꼭 기름 코팅을 한 것처럼 보였다. 애비는 늘 거기에 정신이 팔리곤 했다.

"납치범들이 다시 전화했다면서요." 그리핀이 말했다.

"네, 전화가 끊기자마자 바로 왔어요." 애비가 말했다. 테이블 맨 끝에 빈 좌석 두 개가 남아 있었고, 애비는 카버 옆의 빈자리에 앉았다. 윌은 애비 왼쪽에 앉았다.

그리핀이 헛기침을 했다. "오늘 아침 해리스 부장과 네이선 플레처 납치 사건 조사 위원회를 꾸리기로 합의했습니다." 그리핀이 카버를 향해 몸짓을 했다. "카버 형사는 원래 사건을 맡은 115서 형사로, 초동 조사를 담당했습니다. 마셜과 반스 형사는 특수수사대 소속입니다. 켈리 요원은 우리와 FBI의 연락을 담당할 겁니다. 그리고 멀린 부서장과 베린 경사는 우리 쪽 인질 협상가들입니다."

애비는 재빨리 이름들을 외웠다. 마셜은 샘네 학교의 마셜이라는 이름의 학부형과 닮았다. 반스는 〈고인돌 가족 플린스톤〉의 바니와 비슷했다. 켈리에 대해서는 아무 생각도 안 났지만 이름은 외우기 쉬웠다. 그리핀은…… 음, 머리가 거대한 달걀 같았다. 완벽해.

"카버가 우리가 지금까지 파악한 정보를 요약하려는 참이었어요." 그리핀이 말했다.

카버가 헛기침하고 입을 열었다. "어제 오후 3시 55분, 8세의 네이선 플레처가 스쿨버스에서 25번가와 100번가 모퉁이에 내렸습니다. 다른 학생, 대니엘라 허낸데즈와 함께 집까지 곧장 걸어갔습니다. 대니엘라는 자기가 집에 도착했을 때는 네이선이 무사했다고 확인해주었습니다. 거기서 네이선의 집까지는 걸어서 금방입니다. 하지만 프랭크 도일이라는 이웃 남자가 네이선이 흰 차를 모는 누군가와 이야기하고 차에 올라 함께 떠나는 걸 보았습니다."

"흰 차라." 그리핀이 끙 소리를 냈다. "이웃 남자는 그것밖에 모른대?"

"차 모델명은 대지 못했지만 차 사진 몇 장을 보여줬더니 아마 닛산 센트라인 것 같다고 하더군요." 카버가 대답했다. "번호판은 보지 못했답니다. 운전자는 백인 남성인 것 같았대요."

"교통 카메라는?" 그리핀이 물었다.

"지금 영상을 확보 중입니다. 100번가에는 교통 카메라가 없지만 바로 근방에는 몇 대 있어서요." 카버는 수첩을 한 장 넘겼다. "한 남자가 이든 플레처의 휴대전화로 7시 15분에 전화를 했습니다. 음성 변조기를 사용해서, 네이선을 데리고 있다며 몸값으로 500만 달러를 요구했습니다. 발신기기는 통화 몇 초 전에 켜진 휴대전화였습니다. 오늘 아침에 또 다른 통화가 다른 기기에서 걸려왔는데, 역시 그 통화만을 위해 켜진 거였습니다. 두 번호 다 이전 사용 기록이 없습니다. 대포폰을 사용하고 있다고 가정해도 무리 없을 듯합니다."

애비의 주머니에서 휴대전화가 울렸다. 꺼내서 화면을 보았다. 서맨사가 암호 같은 메시지를 보냈다. 밥이요? 진짜로? 애비는 일하는 중이야. 그냥 피자나 주문해. 하고 답장을 보냈다. 어머니에게 아이들과 같이 점심을 먹으라고 말해두었어야 하는데. 애비는 토요일에는 늘 아이들과 외식을 했다. 저녁 때 이에 대해 보상해야 할 것이다.

다시 카버의 이야기에 초점을 맞췄다. 발신 두 건 다 붐비는 지역에서 이루어졌다. 납치범들은 아무래도 일부러 추적을 어렵게 하려고 발신 지역으로 이런 곳들을 고르는 듯했다.

"놈은 플레처에게 감시하고 있다고 했습니다." 애비가 말했다. "하지만 경찰한테 신고하지 말라고는 하지 않았어요. 아마 어차피 신고할 거라고 생각해서, 그 조건 때문에 협상이 깨지는 건 피하고 싶어 한 것 같습니다."

그리핀은 불쾌한 얼굴로 애비를 보았다. 차례가 아닌데 끼어들어 말하는 애비가 못마땅한 게 분명했다. 하지만 그건 애비가 알 바 아니었다. 아니, 이 회의에서 애비의 주된 목표는 튀는 거였다. 다른 사람들에게 묻혀서는 곤란했다. 그러면 애비를 다른 누군가로 대체하는 게 쉬워질 테니까. 애비는 상대의 무장해제를 의도한 부드럽고 순진한 눈길로 그리핀의 시선을 맞받았다. 그리핀은 놀라울 정도로 험프티 덤프티의 현대판처럼 보였다.

카버가 다시 말을 이었다. "발신자가 이용한 음성 변조기는 흔한 앱입니다. 하지만 기능은 확실하죠. 변조기 효과는 해제가 안 됩니다. 이든 플레처는 자신이 집 근처에서 낯선 남자를 보았다고 했는데, 이건 그걸 바탕으로 그린 몽타주입니다." 카버는 몽타주가 인쇄된 종이를 꺼내어 탁자에 돌렸다.

애비는 그림을 잠깐 본 후 윌에게 넘겼다. 전날 이든이 몽타주 화가에게 그 남자를 묘사할 때 이미 본 거였다. 남자는 이마가 높았고 턱수염을 풍성하게 기르고 있었다.

"머그샷도 몇 장 보여주었습니다." 카버가 말했다. "하지만 현재까지 이든 플레처는 자신이 본 남자를 특정하지 못했습니다. 오늘 추가로 머그샷을 더 보여줄 계획입니다." 카버는 탁자에 놓인 종이 더미를 두드렸다. "지금까지 우리가 파악한 건 이게 전부입니다."

"좋아." 그리핀이 등을 뒤로 기대고 양손을 깍지꼈다. "그럼 교통 카메라를 확인 중이라는 거지? 발신이 이루어진 지역의 카메라들을 살펴보고 그 모델에 부합하는 차들을 수색할 수 있겠군. 또 다른 건?"

애비의 휴대전화가 다시 울렸다. 또 샘이겠지 싶어 짜증스럽게 전화기를 확인해보니 이번 발신자는 아이작이었다. 방금 이든한테 들었어. 끔찍하다.

아이작에게서 이든의 이름을 듣다니, 기분이 묘했다. 애비와 아이작은 오랜 세월 연락을 이어오면서도 둘의 공통된 과거에 관해서는 한마디도 하지 않으려 안간힘을 썼다. 사이비 종교 집단 생존자 게시판에 참여하는 것만 빼고, 두 사람은 일상에 초점을 맞추려 애썼다. 그런데 이제 어쩌다 보니 그 세 사람이 다시 한자리에 모이고 만 것이다. 모지스 윌콕스 생존자 모임.

애비는 망설였다. 그동안 이루어진 수색 노력을 요약하는 그리핀의 목소리를 한 귀로 흘리며 손가락으로 휴대전화 화면 위에 원을 그렸다. 애비는 아이작이 몇 달 전 이든에게 자기 휴대전화 번호를 준 데 대한 화가 아직 풀리지 않았다. 빤히 사정 알면서 그런 짓을 하다니. 그래도, 지금은 그 이야기를 할 때가 아니었다. 애비는 화면을 두드렸다. 맞아. 이든은 많은 지지가 필요할 거야.

당연하지. 진척은 있어?

실마리가 몇 개 있어.

용의자는 있고?

그 얘긴 못 해. 지금은 바빠서. 애비는 휴대전화를 주머니에 넣고 다시 대화에 온 주의를 쏟았다.

"서에서 지역 성범죄자를 조사할 경관이 몇 명 필요합니다." 카버가 말했다.

"그게 정말 필요할까?" 그리핀이 물었다. "이건 몸값을 노린 납치로 보이는데."

"꼭 그런 것 같지는 않은데요." 애비가 끼어들었다.

다시금 모두의 눈길이 애비에게 쏠렸다. 애비는 몸을 앞으로 숙여 그리핀이 했듯 손깍지를 꼈다. 일부러 서장의 몸짓 언어를 따라 하는 거였다.

"발신자는 무척 높은 몸값을 요구했어요." 애비가 말했다. "두 번의 통화에서 남자는 타협할 기미를 전혀 보이지 않았어요. 남자는 밝은 대낮에 아주 좁은 시간 틈새를 이용해 네이선을 유괴했는데, 그건 다음 두 가지 중 하나를 의미해요. 남자가 혼자 걸어가는 아이를 물색하며 배회하던 성범죄자거나, 아니면 이 유괴 사건이 치밀한 계획에 따라 이루어졌다는 거죠. 범인은 네이선과 가족을 그 얼마 전부터 감시해왔을 거예요. 두 번째 가정이 사실이라면, 유괴범들은 이든 플레처에게 500만 달러는 사실상 불가능한 액수라는 걸 알았을 거예요. 사무 보조로 일하는 싱글 맘한테는요."

"그럼 왜 몸값을 요구하죠?" 카버가 물었다.

"시간을 끌려고요." 애비가 대꾸했다. "어쩌면 네이선은 죽었고, 납치범들은 가족에게 전화해 괴롭히는 데서 쾌감을 느끼는 것일 수도 있어요. 아니면 어쩌면 아이는 살아 있고, 납치범들은 이 상황을 자기들이 통제하고 있다는 느낌을 원해서 전화하고 있을 수도 있고요. 우린 어느 쪽이라고 단정하기에는 아는 게 너무 없어요. 하지만 난 성범죄자일 가능성을 배제해서는 안 된다고 생각해요."

"가족 중의 누군가일 가능성도 배제할 수 없습니다." 카버가 말했다. "네이선은 차에 자발적으로 탔어요. 발신자가 음성 변조기를 쓴 건 이든이 자기 목소리를 알기 때문일지도 모릅니다. 네이선의 아버지인 데이비드 허프를 찾아봐야 해요. 이든은 데이비드 허프와 7년 전에 헤어졌고, 그 후로 아무런 소식도 듣지 못했답니다."

그리핀이 고개를 끄덕였다. "탐문 조사를 한 번 더 하는 게 좋겠어. 어쩌면 이든 플레처가 봤다는 낯선 남자를 본 사람이 또 있을지도 몰라. 그냥 배회하던 누군가가 아니었다면 아이는 감시당한 거고, 그건 중요한 실마리일 수도 있어."

"그럴 가능성도 있죠." 윌이 말했다.

애비는 윌을 응시했다. 윌에게 어젯밤 플레처 가족에 대한 조사를 부탁했지만 이 회의 전에 대화를 나눌 틈이 없어서, 뭔가 알아낸 게 있는지 듣지 못했다.

"전 가족을 좀 파헤쳐봤습니다." 윌이 말했다. "개브리엘 플레처는 잘나가는 소셜 미디어 인플루언서입니다. 그러니까, 그럭저럭 잘나가는 편이죠. 패리스 힐튼 급은 아니지만 팔로어가 꽤 됩니다."

"'꽤'가 몇 명이죠?" 애비가 물었다.

"모든 플랫폼을 통틀어 7만 명 정도인데, 주로 인스타그램이에요. 그리고 최근에는 자기 가족에 관한 포스팅을 했어요. 네이선에 관한 포스팅이 많아요. 그리고 정보가 아주 많죠."

애비는 메스꺼움을 느꼈다. "얼마나 개인적인 정보들이죠?"

"납치범이 네이선의 취미나 좋아하는 것 따위를 줄줄 꿰고도 남을 만큼요. 그냥 인스타그램 포스팅들을 쭉 훑어만 봐도 알 수 있어요. 네이선이 수영과 그림 그리기를 좋아하고 생일이 6월이고 〈스타워즈〉를 사랑한다는 걸요." 윌이 어깨를 으쓱하며 말을 맺었다. "그런 온갖 것을요."

"개브리엘의 포스트에 네이선이 학교에서 돌아오는 시간을 납치범이 짐작할 만한 내용도 있었나요?" 카버가 물었다.

"모르겠습니다." 윌이 대답했다. "전부 다 훑어볼 시간은 없었 거든요. 하도 많아서요. 거기다 인스타그램 스토리는 또 별도고 요. 그건 24시간이 지나면 피드에서 사라집니다. 아니면 개브리 엘이 직접 삭제한 포스팅도 있을 거고요. 개브리엘한테서 암호 를 받으면 그걸 확인할 수 있을 겁니다."

"납치범들에 관해서, 플레처가 아이가 살아 있다는 증거를 요 구하게 해야 해요." 마셜이 말했다. "우린 네이선 플레처가 죽지 않았다는 걸 알아야 합니다."

"맞아요." 애비가 거들었다. "그 부분은 우리가 이미……."

"이든 플레처가 납치범들에게 살아 있다는 증거를 요구했어 야 해요." 마셜이 언성을 높였다. "우린 이런 사건에 경험이 있습 니다. 플레처에게서 네이선에 관한 상세한 정보를 얻어내고, 질 문 몇 가지를 만들어서 납치범들에게 묻게 해야 합니다. 네이선 이 좋아하는 색이 뭔지. 자라면 뭐가 되고 싶은지, 그런 것들요."

"그런 것들은 개브리엘 플레처의 인스타그램 페이지를 보면 알아낼 수 있을 텐데요." 켈리가 지적했다.

"인스타그램 계정을 훑어보고 소셜 미디어에 노출되지 않은 정보를 사용해야죠." 반스가 말했다.

애비와 윌은 낙심한 표정을 주고받았다.

"좋은 생각이네요." 윌이 말했다. "그러면……."

"생존 증거가 필요하다는 데는 동의해요." 애비가 말했다. "하 지만 그건 납치범들에게 생존 증거를 요구하는 것과는 다른 이야기예요."

"납치범들은 우리가 요구하지 않으면 아무것도 안 줄 겁니다." 마셜이 말했다. "놈들은 엄밀히 말해 아낌없이 주는 스타일은 아니죠. 그래서 우리가 생존을 입증하기 위한 질문들을 던져야 하는 거고요. 우리가 원하는 걸 얻어내려면 그 방법이 제일 쉽습니다."

"문제는 생존을 입증하기 위한 질문들에 이롭기보다는 해로운 점이 더 많다는 거예요." 애비가 말했다. "네이선이 살아 있다고 치죠. 납치범들은 그 애한테 그런 질문들을 하고 우리한테 답을 줍니다. 그러면 이제 놈들은 우리가 자기들한테 뭔가를 빚졌다고 생각할 거예요. 오는 게 있으면 가는 게 있다, 그렇잖아요?"

"아이가 살아 있다고 입증하는 건 놈들에게 이로운 일이죠." 마셜이 말했다. "몸값을 받길 원하잖아요."

"이미 말했지만, 우린 놈들이 뭘 원하는지 몰라요. 그리고 심지어 그게 놈들에게 이롭다고 해도, 놈들은 여전히 우리에게 뭔가를 줬다고 느낄 거예요. 이런 생존을 입증하기 위한 질문들이 플레처의 머리에서 나온 게 아니라는 걸 눈치챌 건 당연하고요. 그건 경찰이 개입했다는 명확한 증거죠. 이제 납치범들은 예민해질 거예요. 경찰이 개입한 걸 알았으니까. *게다가 우리가 놈들에게 빚이 있다고 생각하죠.* 그리고 설상가상으로, 네이선은 자기가 좋아하는 색이 녹색이라고 말하는데 어머니는 파란색으로 알고 있을지도 몰라요. 이건 한 예시예요. 아이가 살아 있는지 아닌지조차 우린 알 수 없다는 거죠."

"그럼 그쪽 제안은 뭐죠?" 마셜이 날카롭게 대꾸했다. "우리가 계속 이렇게 어둠 속을 헤매야 한다는 건가요? 이게 납치 사건인지 살인 사건인지도 알지 못하는 채로?"

"그건 좋은 지적이에요. 우린 생존 증거가 필요해요."애비는
이미 전날 밤 이든과 그 이야기를 했다는 것을 굳이 거론하지 않
았다. "하지만 우린 이든에게 '네이선이 살아 있는지도 모르는데
어떻게 몸값을 지불할 수 있죠?' 같은 열린 질문을 하게 할 거예
요."

"그게 우리한테 무슨 도움이 되죠?"

"그건 납치범들로 하여금 우리 대신 우리 일을 하게 만들죠.
어쩌면 네이선과 통화하게 해주겠다고 제의할 수도 있고, 아니
면 영상을 보낼 수도 있겠죠. 그러면 놈들은 시간을 들여 그 문
제를 고민해야 할 테고, 우린 시간을 벌어야 하니 잘된 일이에요.
그리고 놈들은 플레처의 시점에서 그걸 생각할 거고, 그것 또한
유용하죠. 왜냐하면 우린 놈들이 플레처를 한 인간으로 보기를
바라거든요. 그리고 놈들이 마침내 우리에게 생존의 증거를 제
공한다 해도, 놈들은 자기들이 우리의 부탁을 들어줬다고 생각
하지 않을 겁니다. 왜냐하면 우린 놈들에게 실제로 생존 증거를
요구한 적이 없거든요. 놈들 생각이었죠."

"좋아요."그리핀이 말했다. "우리 그렇게 합시다."

애비는 의자에 등을 기댔다. '그래,' 애비는 생각했다. '그렇게
하자.'

19

무슨 이유에선지, 긴 회의가 끝나면 애비는 늘 고기가 먹고 싶었다. 그건 한 무리의 사람들, 다시 말해 주로 남자들 무리와 한 공간에 앉아 있었던 데 대한 원초적 반응이었다. 어쩌면 파충류의 뇌가 회의실을 동굴로, 그리고 그 남자들을 한 부족으로 착각하는지도 모른다. 그들은 매머드를 사냥할 참이었다.

아니면 한 무더기의 행정가들이 지껄이는 걸 듣고 나니 그냥 뭔가를 물어뜯고 흐르는 피를 보고 싶어진 건지도 모른다.

이유가 뭐든, 마침내 회의가 끝나자 애비와 윌은 폴린스 버거스로 향했다. '버거'라는 단어만으로도 애비는 입에 침이 고였다.

문간에 발을 들였을 때 처음 반겨준 건 냄새였다. 그 냄새는 마치 사랑하는 친구처럼 애비를 다정하게 껴안고 앞으로 먹게 될 끝내주는 음식에 관해 속삭였다. 두 사람은 늘 앉는 테이블에 앉았다. 둘 다 문을 등지지 않으면서 서로를 마주 볼 수 있는 자리였다. 경찰의 직업병이라고나 할까.

"배고파 죽겠어." 애비가 말했다. 위가 꼬르륵거렸다. 그 소리를 가리려고 목소리를 높였다. "개브리엘의 소셜 미디어는 잘 포착했어. 계속 팔 거야?"

"네. 아이 어머니는 좀 어때요?"

"지쳤지. 겁먹었고."

"오늘 아침 통화에서는 그리 잘하지 못했죠."

"더 나아질 거야." 이든이 더 나아질 거라는 확신은 없었지만, 애비는 이든이 좀 더 준비를 잘 갖출 수 있도록 자신이 할 수 있는 건 다 할 작정이었다. "있지, 벤의 생일 때문에 오늘 스티브랑 중요한 전화 통화를 해야 해."

"정말 중요한 일 같네요."

"맘껏 비웃어. 네 귀한 딸이 자기 반 아이들과 생일파티를 열만큼 나이가 들면 그때 악몽이 현실로 닥쳐올 테니까."

윌은 눈썹을 치켜올렸다. "알아들었습니다. 중요한 대화라고요."

"윌이랑 같이 시뮬레이션 하고 싶어."

윌은 의자 위에서 몸을 축 늘어뜨렸다. "안 돼요."

"중요한……."

"알았어요, 알았다고요. 중요한 대화라 이거죠. 좋아요, 언제 하고 싶으신데요?"

"지금 당장 하면 딱 좋겠는데." 애비가 말했다.

"말도 안 돼요." 윌이 말했다. "밥은 좀 먹고 합시다."

애비는 짜증이 확 치솟아 얼굴을 찌푸렸다. "우린 시간이 얼마 없어. 그리고 난 정말이지 준비를 단단히 갖추고 있어야……."

"애비, 내가 애비를 위해 못 할 게 없다는 거 알죠." 윌이 양손을 펼쳐 보였다. "하지만 6월에 우리가 여름 캠프에 관해 시뮬레이션 한 거 기억해요?"

"그건 그냥 딱 한 번이었고……."

"애비는 점심을 걸렀고 10분도 안 되어 날 죽이려고 했어요. 작년 벤의 숙제에 관한 대화는 말도 꺼내고 싶지 않아요. 아뇨, 다신 안 돼요. 이건 내 제1 원칙이에요. 전남편 시뮬레이션은 배고플 때는 안 한다."

애비가 막 반박하려는데 폴린이 환히 웃으며 다가왔다.

"애비." 폴린이 다정하게 말했다. "어쩌고저쩌고 뭐시기는 좀 어때요?"

애비는 폴린을 올려다보며 머릿속으로 방금 그 말들을 분석했다.

애비는 어떤 사람들이 폴린스 버거를 멀리한다는 걸 알고 있었다. 단순히 그 식당 주인들이 하는 말을 도무지 이해할 수 없기 때문이었다. 폴린은 무척 빨리 열정적으로 말했다. 머릿속이, 혀가 소화할 수 있는 것보다 더 빠른 속도로 말을 뱉어냈다. 그 결과, 그 말은 거의 이해할 수 없는 웅얼거림으로 한데 뒤엉켰다. 그리고 주방을 맡고 있는 폴린의 남편은 스코틀랜드 억양이 너무 심해서, 어떤 사람들은 심지어 폴린의 독특한 말하는 방식보다 그걸 더 이해하기 어려워했다. 그 결과, 고객들은 뭔가 먹을 걸 주문하려면 폴린의 방언을 배우고 익혀야 했다.

하지만 폴린의 버거에는 새 언어를 배울 만한 가치가 있었다.

"잘 지냈죠." 애비가 폴린을 향해 생긋 웃어 보였다. "폴린은요?"

"아, 나쁘지 않아요. 아들의 어쩌고저쩌고가 바닥에 공 두 개랑 같이 있는데, 어쩌고저쩌고였어요. 사람을 불러야 했죠. 배고 파요?"

"굶어 죽겠어요. 킹 리어를 미디엄 레어로 주문할게요. 양파 랑 프라이를 추가로 곁들여주세요."

"전 머큐시오를 먹을게요." 윌이 말했다. "미디엄으로, 저도 프라이요."

폴린이 끄적였다. "좋아요, 머마쉴뤠어?"

"콜라 두 잔요." 애비가 말했다.

폴린은 고개를 끄덕이고 몸을 돌렸다.

"어쨌든." 애비가 말을 이었다. "스티브 얘긴데……."

윌은 한 손가락을 들어 올렸다. "음식이 나오면요. 그 전까진 안 돼요."

애비는 한숨을 푹 내쉬었다. "알았어. 다른 할 이야기가 있어."

"뭔데요?"

"이든 플레처." 애비는 긴 숨을 들이쉬고 냅킨을 만지작거렸 다. "나랑 오래전에 알았던 사이야. 어렸을 때."

윌이 얼굴을 찌푸렸다. "학교 때요?"

애비는 헛기침을 했다. "아니…… 그 전이었어."

윌은 눈을 휘둥그레 뜰 뿐, 아무 말도 하지 않았다.

애비는 냅킨을 갈기갈기 찢었다. 한숨을 쉬고 문 너머의 거리 를 바라보았다. 진실은 조만간 드러날 것이다. 이 사건에 발을 들 인 순간부터 알고 있었다. 가장 가까운 친구인 윌에게 먼저 털어 놓는 편이 나을 것이다. 곧 애비는 카버와 그리핀에게 그 이야기 를 해야 할 것이다. 그리고 윌은 애비의 부모를 빼면 윌콕스 집단 의 과거에 대해 알고 있는 유일한 사람이었다. 심지어 애비의 아이들조차 몰랐다.

애비는 긴 숨을 들이쉬었다. "어렸을 때 우린 마치 가족처럼 느껴졌어, 알아? 우리가 일종의 종교집단에 속해 있다고 생각하면서 돌아다닌 건 아니었어. 아이들은 거기서 자유시간이 많았고, 우린 집단 바깥의 사람은 전혀 몰랐어. 이든은 나보다 나이가 많았지만 그래도 우린 같이 놀았어."

애비는 몸짓 언어와 얼굴 표정을 마치 펼쳐놓은 책처럼 읽을 수 있었다. 누군가를 오래 알고 지내면 그 책은 가장 좋아하는 책이 됐다. 하도 많이 읽어서 페이지가 낡고 책등이 갈라지는 그런 책들. 윌의 변화, 입술이 벌어지고 눈이 가늘어지고 어깨에 힘이 들어가는 그 모습은 아플 정도로 친숙하고 마음을 움직여서, 애비는 고개를 돌리고 눈을 깜빡여 눈물을 억눌러야 했다.

"아직 아무도 모르지만, 어차피 알아내겠지." 애비가 말했다.

"그렇겠죠." 윌이 동의했다.

"카버는 이미 어제 뭔가 눈치챘어. 이든을 진정시켜야 해서 윌콕스의 명상 연설을 사용했거든. 카버가 마치 미친 사람을 보는 눈으로 날 보더라."

"기억이 되살아났겠네요. 그런 식으로 그분을 봤으니." 윌이 말했다.

잠시 애비는 다시 일곱 살로 돌아갔다. 차가운, 단단한 총구가 관자놀이를 눌렀다. 손에 쥔 전화기. 모지스 윌콕스의 부드러운 목소리. "그들에게 말하렴."

그리고 그때, 이든과 아이작과 함께 순찰차 뒷좌석에 웅크리고 있을 때. 어둠 속에서 불길이 일렁였다. 남자 목소리. "너무 많잖아. 이건 너무 끔찍해."

폴린이 쟁반을 들고 성큼성큼 걸어왔다. 뜻이 통하지 않는 말을 주절주절 내뱉으며 접시를 앞에 차려놓고 다시 성큼성큼 떠났다. 애비는 조심스럽게 양손으로 버거를 집고 크게 한입 베어 물었다. 육즙 가득한 햄버거는 천국 같은 맛이었다. 두 번 씹고 삼키고 한입 더 베어 물었다. 거의 숨도 쉴 수 없었다.

버거를 한 3분의 1쯤 먹은 후 애비가 말했다. "이제 굶어 죽는 건 모면했네. 제발 이젠 시뮬레이션 좀 해도 될까?"

"애비, 잠깐만 기다……."

"나랑 이든 얘기는 하고 싶지 않아. 아직은 아니야. 시간이 좀 필요하다고, 알겠어?"

윌이 잠시 생각에 잠겼다가 말했다. "알겠어요."

"고마워." 애비가 웃음을 지어 보이며 말했다. "시뮬레이션 하자."

윌은 한숨을 푹 내쉬고는 프라이를 집어 케첩에 찍었다. "그래요. 무슨 대화인데요?"

"말했잖아. 벤의 생일이라고. 파티를 다 조직해놨는데 이제 스티브가 벤과 걔 친구들을 같은 날 과학박물관에 데려가겠다는 거야."

"어허. 그럼 난 스티브를 하고 애비는 애비를 하겠다는 거죠?"

애비가 눈을 깜빡였다. "그게 합리적인 방식인 것 같은데."

"애비가 스티브 역을 하면 더 얻는 게 있을지도 몰라요." 윌이 제의했다. "남편의 머릿속으로 들어가는 거죠."

"난 스티브가 되기 싫어. 윌이 스티브를 해, 내가 애비를 할 테니."

"그리고 협상 목표는요?"

"스티브를 두들겨 패서 무릎 꿇리는 거."

윌이 눈을 희번덕거렸다. "이 경우에 그건 그분을 설득해 박물관 계획을 취소하거나 날짜를 바꾸게 한다는 뜻이겠군요."

애비는 어깨를 으쓱하고 버거를 한입 더 베어 물었다.

"먼저 시작할게요." 윌이 전화 받는 흉내로 손을 귀에 갖다 대며 말했다. "애비이이이."

애비가 버거를 접시에 거칠게 내려놓자 한줌의 프라이가 탁자 위로 흩어졌다. "목소리를 꼭 그렇게 해야 해?"

"저번에는 저더러 성대모사를 하라면서요. 그게 중요하다고 했잖아요. 배 안 고픈 거 확실해요? 버거부터 다 먹는 게 좋을 것 같은데요."

"윽, 아니야, 난 괜찮아. 아직 준비가 덜 됐어. 좋아, 다시 시작하자." 애비는 접시에서 프렌치프라이 하나를 집었다.

"애비이이이이."

"여보세요, 스티브." 애비가 프라이를 귀에 갖다 대고 말했다. "벤 이야기를 좀 하고 싶어서……."

"과학박물관 얘기 하고 싶은 거 맞지?" 윌이 물었다.

다년간의 훈련 결과로 윌은 스티브보다도 스티브를 더 잘 흉내 낼 수 있었다. 그 어린애 대하듯 하는 열 받는 어조를 사용하고 설명이 필요 없는 것들을 설명하느라 애비 말을 끊었다. 애비는 자신의 전남편에 빙의하는 윌의 능력에 감탄했지만 한편으로는 이걸 지나치게 즐기는 건 아닌가 의심스럽기도 했다.

"박물관 일 말이야, 맞아." 애비는 윌의 말을 그대로 따라 하면서 자신의 목소리에 유쾌한, 밝은 톤을 주입했다.

"당신이 그 애를 위해 그 작은 파티를 열어주고 싶어 하는 거 알아." 윌이 말했다. "하지만 윌이 그날을 친구들이랑 박물관에서 보내면 더 좋아할 거라는 건 당신도 알고 나도 알잖아. 그리고 난 이미 그날 하루 스케줄을 비웠어."

"당신 스케줄을 비운 거지." 애비는 같은 쾌활한 어조를 유지하려 애썼다. 하지만 그건 점점 사그라지고, 전남편 전용인 긁는 듯하고 차갑고 분노에 찬 어조로 바뀌었다. 버거를 움켜쥐고 사기 진작을 위해 재빨리 한입 베어 물었다.

"맞아." 윌이 유쾌하게 말했다. "그리고 당신은 분명히 그 깜찍하고 앙증맞은 파티를 다른 날짜로 미룰 수 있을 거야. 당신 업무는 훨씬 유연하잖아. 그리고……."

"내 업무는 더 유연하지 않아, 이 잘난 척하는 재수없는 자식." 애비는 쏘아붙였다. "그리고 난 파티를 미룰 수 없어. 왜냐하면 그건 다른 애랑 같이 잡은 스케줄이거든. 내가 그걸 몇 주 전부터 준비했다는 건 말할 필요도 없고. 당신한테도 말하려는 참이었어. 그러니 기분 나빠하지 마. 그리고 또, 당신이 벤이 뭘 더 좋아하는지에 쥐뿔도 관심 없는 건 나도 알고 당신도 알아. 당신은 그저 나보다 애들한테 더 잘하는 것처럼 보이고 싶어서 이러는 것뿐이지. 그래 봤자 아무도 안 속아. 그러니 당신이 같이 자는 그 학생들이랑 잡은 그 모든 약속이랑 같이 그 스케줄을 가져다가 당신 똥구멍에나 처넣어!" 애비가 버거를 분노로 꽉 움켜쥐자 커다란 케첩 방울이 목깃에 떨어졌다.

"기분 좀 나아졌어요?" 윌이 물었다.

"음, 셔츠에 케첩이 묻었으니 그렇진 않지." 애비가 냅킨으로 얼룩을 문지르며 웅얼거렸다.

윌은 고개를 돌려 그들을 응시하는 경악한 얼굴의 식당 단골들을 보았다. "걱정 마세요, 여러분. 그냥 절 죽이고 싶을 만큼 미워하는 척하고 있을 뿐이에요."

4년 전 스티브 흉내 내기를 먼저 제안한 건 윌이었다. 애비가 전남편과 말다툼하고 나서 아침마다 거듭 콧김을 뿜으며 출근한 결과였다. 윌의 주장은 이랬다. 그들은, 금단 현상으로 괴로워하는 마약 중독자들, 술 취해서 자살하겠다고 위협하는 사람들 그리고 다수의 인질을 붙잡은 무장한 범인들을 다루는 사건들을 모의훈련 한다. 진짜 위기가 나타날 때 준비될 수 있도록 실력을 가다듬으며 매주 몇 시간을 보낸다. 그러니 분명 애비의 전남편을 대상으로도 같은 일을 할 수 있을 것이다. 그건 절대 끝나지 않는 지속적인 위기 상황이었다.

처음에 그 생각이 애비 마음에 들었던 건, 그러면 상황에 더 잘 대비할 수 있을 것 같아서였다. 하지만 알고 보니 그것은 '배출구'로도 유용했다. 나중에 스티브와 통화할 때 애비는 냉정함을 잃지 않을 수 있었다.

"어쩌면 더 전략적인 공감과 적극적인 듣기가 가능할 수 있겠죠." 윌이 제의했다. "그리고 어쩌면 전남편한테 욕을 덜 하고 똥구멍에 처넣을 것들의 목록을 줄이는 것도요."

"유효한 지적이야."

"또한, 스티브가 좋은 아빠라는 걸 기억하는 것도 해롭진 않을 거예요. 다만 남편으로서 거지 같을 뿐이죠."

"어떻게 좋은 아빠야?" 애비가 물었다. "벤의 반 아이들이 그 애를 괴짜라고 부르는 게 아니라 그 애를 좋아하게 될지도 모를 파티를 방해하는 게?"

"아들을 행복하게 해주고 싶어 하니까 좋은 아빠죠." 윌이 말했다. "그리고 그래서 자기가 애비보다 더 애들한테 잘하는 것처럼 보일 수 있다면, 그것도 나쁠 것 없고요. 그러니 자기가 더 잘한다고 느끼게 놔둬요. 대화의 통제권을 쥐고 있다고 착각하게 해요. 이게 실제 위기라면 애비가 나한테 그렇게 말했을 거예요."

"이게 실제 위기라면." 애비가 프라이로 케첩을 찌르며 말했다. "난 그 인간이 자신의 불행한 인생을 이 자리에서 영영 끝내도록 도와줄 거야."

20

네이선은 엄마를 보지 않고 꼬박 하루를 보낸 적이 한 번도 없었다.

가장 오래 떨어져 있었던 건 여름에 데니스의 집에서 있었던 파자마 파티에 갔을 때였다. 네이선은 금요일 오후에 그 애 집에 갔고, 엄마가 토요일 점심 후에 데리러 왔다. 하지만 네이선은 내내 노는 데 집중하지 못했다. 아이들은 〈라스트 제다이〉 영화를 보고 플레이스테이션을 했다. 하지만 데니스가 잠들자 네이선은 엄마가 와서 매일 저녁 하는 것처럼 이마에 입맞춤을 해줬으면 했다.

이제는 엄마를 못 본 지 거의 이틀이 지난 것 같았고, 네이선이 할 수 있는 건 그저 침대에 누워 우는 것뿐이었다.

엄마의 포옹이 필요했다. 몸을 숙여 입 맞춰줄 때 닿아서 간지러운 엄마의 머리카락을 느끼고 싶었다. 심지어 목욕해야 한다고, 옷을 갈아입어야 한다고 말하는 목소리라도 듣고 싶었다.

하도 울어서 목이 아팠다. 베개는 눈물과 콧물로 흠뻑 젖었다. 그리고 아무리 열심히 기도해도, 심지어 정말 온 정신을 집중해도, 엄마는 문을 열지 않았다.

오줌이 마려웠지만 양동이에 누고 싶지는 않았다. 가능한 한 오래 참고, 침대에 몸을 웅크리고 다리를 꼬았지만 결국 더는 참을 수 없었다. 침대에서 쏜살같이 튀어 일어나 방구석으로 갔다. 양동이에 오줌을 누자 이상한 소리가 나서 하마터면 다시 울음이 터질 뻔했다. 하지만 이제 오줌이 마렵지 않은 건 안심이 됐다. 네이선은 입을 헤벌리고 양동이 바닥의 오줌을 보았다. 양동이가 넘쳐흐르면 어쩌지? 남자가 화를 낼까?

똥이 마려우면 어떻게 되는 거지?

손을 씻을 곳이 없었다. 엄마는 오줌을 누고 나면 손을 씻어야 한다고 반복적으로 말했다. 오줌에는 아주 작은, 눈으로 볼 수 없는 병균들이 있어서 손을 안 씻으면 그것들이 온몸을 기어 다닐 거라고. 하지만 여기엔 개수대가 없었다. 손바닥이 근질거렸다. 병균 때문일까? 네이선은 병균을 작은 벌레 같은 모습으로 상상했다. 손가락 위를 온통 기어 다니고 있을까? 손목으로? 팔로?

남자가 준 물병을 들어 양동이 위로 양손에 조금 부었다. 물이 바닥에 좀 튀었지만 적어도 이제 근질거리지는 않았다.

배가 꼬르륵거렸다. 보통은 아침에 일어나면 시리얼을 먹었는데, 아까 침대에서 일어났을 때 네이선을 기다리는 음식은 없었다. 책상 앞에 앉아 서랍을 열어 빈 종이 몇 장과 크레용 상자를 꺼냈다. 엄마와 누나를 그렸다. 그 후, 자신을 억누르지 못하고 차에서 본 남자를 그렸다. 엄마와 누나보다 더 컸다. 남자의 눈을 빨갛게 칠했다.

갑자기 뒤에서 달칵 소리가 들리는 바람에 심장이 쿵 내려앉았다. 몸을 빙그르르 돌리는 순간 남자가 문을 열었다. 손에 피자 상자를 들고 있었다.

"오늘은 어때? 집에 있는 기분이지."

남자 얼굴의 웃음을 보자 네이선은 살갗이 근질거렸다. 남자는 짐짓 친구인 양 행동했지만, 네이선의 것이면서 네이선의 것이 아닌 이 이상한 방에 네이선을 가둬두고 있었다.

남자는 방으로 들어와 만족스러운 표정으로 주위를 둘러보았다. "그 인형은 사기 쉽지 않았어, 알지. 검색해봤는데 품절이더라고. 새 버전이 있었는데 전부 영 아니었어. 네 마음에 안 들었을 거야. 그러다 마침내 이걸 이베이에서 찾았지. 상자도 그대로 있더라. 돈을 두 배로 줬지만 그래도 제대로 하고 싶었어." 남자는 윙크를 했다. "남자의 동굴이라면 응당 자신이 좋아하는 대로 만들어야지, 안 그래?"

네이선은 남자가 무슨 말을 하는 건지 이해가 가지 않았다. 어깨를 으쓱했다.

"먹을 걸 좀 가져왔어. 배고프니?"

네이선은 고개를 끄덕였다.

남자가 한숨을 푹 내쉬었다. "음, 그러면, 말을 해야 해. 넌 수줍음을 타지. 그건 이해해. 나도 네 나이 때는 그랬거든. 하지만 내가 이렇게 노력했잖아. 그리고 네가 먹을 걸 사 왔고. 고맙다고 하는 게 예의야."

네이선은 남자를 빤히 보았다. 정말 내가 고맙다고 말하기를 기대하는 걸까? 네이선은 입을 열었다 다시 다물었다. 남자에게 고맙다고 해야 할지 소리를 질러야 할지 알 수 없었다.

남자는 두 걸음 앞으로 다가와 피자 상자를 책상에 거칠게 내려놓았다. "고맙다고 해!" 남자는 고함쳤다. 붉어진 얼굴에서 눈이 튀어나올 것 같았다.

"고…… 고맙습니다." 네이선이 끙끙거렸다.

남자가 빠르고 거칠게 숨을 몰아쉬었다. 네이선은 남자가 자기를 때릴까 봐 겁나서 몸을 움츠렸다. 하지만 몇 초쯤 후 남자는 진정한 것 같았다.

"좋아." 남자가 말했다. "봐, 말할 수 있잖아. 네 누나랑 엄마한테 몇 마디 해줘야 해."

네이선의 심장이 쿵 뛰었다. 엄마와 누나가 여기 있었어? 남자 뒤를 바라보았지만 문 너머의 낯선 복도에는 아무도 없었다. 남자는 네이선 옆에 무릎을 꿇고 신문을 건넸다.

"이거 읽을 수 있니?" 남자가 머리기사 하나를 가리켰다.

네이선은 신문을 보고 고개를 끄덕였다. "네…… 네." 남자가 다시 화낼까 봐 급히 말했다.

"좋아." 남자가 휴대전화를 두드리며 말했다. "네가 엄마랑 누나한테 인사해줬으면 해. 잘 있다고 말해. 그런 다음 이걸 읽어."

"엄마랑 누나가 제 목소리를 들을 수 있어요?" 네이선이 떨리는 목소리로 물었다.

"지금 당장은 아니야. 하지만 네가 무사하다는 걸 알 수 있게 네 말을 녹음해서 보낼 거야."

네이선은 입을 쩍 벌린 채 휴대전화를 보았다. 말이 입술에서 얼어붙었다. 엄마한테 남자가 자신을 여기 가두고 양동이에 오줌을 누게 한다고 말하고 싶었다. 하지만 잘못된 말을 하면 남자가 녹음을 보내지 않을 것이다.

네이선은 침을 꿀꺽 삼켰다. "안녕, 엄마. 안녕, 누나. 난 괜찮아요. 그래도 집에 가고 싶어요." 목소리가 갈라졌다.

남자가 신문을 가리켰다. 아 맞다. 이걸 읽으라고 했지.

네이선은 얼굴을 찌푸렸다. "전 이걸 읽어야 해요." 그 후 천천히 읽었다. "'제시카 메이어와 크리스티나 코흐가 첫 여성 단독 우주 유영을 했다…….'"

남자가 네이선의 어깨를 두드렸다. "그만하면 됐어. 잘했어, 네이선. 정말 잘 읽는구나." 그리고 피자 상자 뚜껑을 열었다. "그린 올리브인데, 괜찮지?"

"네." 네이선은 피자를 뚫어져라 보면서 다시금 남자가 어떻게 알았는지 궁금해졌다. 어쩌면 독심술을 하는지도 모른다. 만약 그렇다면 네이선이 자기를 얼마나 미워하는지 알 것이다. 남자를 생각만 해도 도망치고 싶었다.

문은 열려 있었다. 남자는 문을 닫지 않았다.

하지만 어떤 이유에서인지 네이선은 꼼짝도 할 수 없었다.

"누나가 네 메시지를 받으면 무척 기뻐할 거야." 남자가 말했다. "자, 이걸 들어." 남자는 네이선에게 신문을 건넸다.

네이선은 신문을 받아 들고 그걸로 뭘 해야 하는지 어리둥절해했다.

"네 머리 옆에 들고 있어. 내가 사진을 찍을 수 있게." 남자가 조바심치며 말했다.

네이선은 순순히 신문을 들어 올렸다. 남자는 휴대전화를 네이선에게 향하고 사진 몇 장을 찍었다. 그 후 방을 나가면서 문을 닫았다. 1초 후, 아까의 그 딸깍 소리가 다시 들렸다. 문이 잠긴 것이다.

네이선은 피자 한 조각을 집어 억지로 삼켰다. 차갑게 식어 있었지만 무지무지하게 맛있었다. 한 조각 더 먹고 물을 좀 마셨다. 그 후 피자 상자 뚜껑을 덮고 침대에 누웠다.

남자는 아까 너무 갑자기 화를 냈었다. 자칫하면 때리기라도 할 것 같았다.

초능력이 있다면, 네이선은 남자가 문을 열었을 때 남자를 죽일 수 있었을 것이다. 눈에서 레이저를 쏘거나 아주 세게 때릴 수도 있었을 것이다. 그리고 도망칠 수 있었을 것이다. 남자를 때려 눕히고 도망친다면 어떤 기분일까 상상했다.

아니면 그냥 야구방망이만 있어도. 숨어 있다가 남자가 들어올 때 그걸로 때리는 것이다. 있는 힘껏 때리면 남자의 다리가 부러질 것이다. 그리고 도망치면 남자는 쫓아오지 못할 것이다.

하지만 야구방망이는 거기 없었다. 집의 벽장 안에는 있었지만 여기 벽장에 있는 건 옷뿐이었다.

갑자기 머리에 한 가지 생각이 떠올랐다. 집에서는 침대 머리 받침대를 돌리면 떼어낼 수 있었다. 전에 그걸 라이트 세이버라고 상상하면서 휘두르다가 하마터면 텔레비전을 칠 뻔했다. 엄마가 엄청 화내면서 두 번 다시 그러지 말라고 했다. 금속판이라 위험하다고. 뭔가 망가뜨릴 수도 있었고 잘못하면 누군가를 다치게 할 수도 있었다.

하지만 지금 네이선은 누군가를 다치게 하고 싶었다. 그리고 침대가 똑같은 거라면…….

네이선은 침대로 가서 머리 받침대를 돌리려 했다. 단단히 붙어 있었다. 양손으로 돌리고 이를 갈면서 있는 힘껏 밀었다.

갑자기 받침대가 홱 움직였다. 계속 힘을 주어 돌리자 잠시 후 마침내 떨어져 나왔다. 네이선은 손에 쥔 그 금속 막대를 경외에 찬 시선으로 응시했다. 허공에 휘두르자 만족스러운 쌩 소리가 났다.

남자의 다리를 이걸로 친다면 어떨까?

확실히 부러질 것이다.

21

집으로 오는 길에 애비는 앞으로 몇 시간을 어떻게 보내면 좋을지에 관해 무척 구체적인 공상을 했다. 집에 가서 소스가 묻은 블라우스를 벗고 후줄근한 옷으로 갈아입을 것이다. 끓는 듯 뜨거운 물로 샤워를 한 후 두 시간 낮잠을 잘 것이다. 그럴 자격은 있다고 느꼈다. 그리고 깨어나면 스티브에게 전화를 해서 생일 박물관 견학을 미루게 할 것이다. 그 후 아이들을 데리고 나가 외식을 할 것이다. 좋은 계획 같았다. 멋진 계획이었다. 뜨거운 물 샤워와 낮잠으로 시작하니까. 그리고 뜨거운 물 샤워와 낮잠으로 시작하는 계획은 멋진 계획이었다. 사실, 궁극의 계획이라고 해도 될 것이다.

하지만 문을 열자, 스티브가 거실에 앉아 있었다. 그로써 애비의 계획은 박살 났다. 스티브의 순서는 샤워와 낮잠 '다음'이었다. 그것이 계획이었다. 계획은 이제 뒤집혔다. '획계'가 됐다.

"어떻게 들어왔어?" 애비는 통명스럽게 내뱉었다. 아무래도 대화를 시작하기에 가장 바람직한 방식은 아니었다.

스티브가 한쪽 눈썹을 들어 올렸다. "당신 어머니가 문을 열어주셨어. 방금 가셨어. 내가 여기서 당신을 기다리겠다고 했지. 난 샘을 데리러 온 거야."

애비가 눈을 깜빡였다. "걜 데리러 온다고? 이번 주말은 내가 아이랑 보낼 차례야. 당신이 아니라."

스티브가 애비의 블라우스에 묻은 소스 자국을 뚫어져라 보았다. 그러거나 말거나 애비가 신경 쓸 일은 아니었다. 전 지구상에서 애비가 잘 보일 마음이 없는 남자가 딱 한 명 있다면, 그건 바로 스티브였다. 하지만 그럼에도 그의 시선은 애비를 짜증 나게 했다. 옷이 구겨지고 눈이 충혈되고 머리가 까치집인 것과 마찬가지로. 애비는 스티브의 외모에서 뭔가 추레한 흔적을 절박하게 찾았지만 스티브는 언제나처럼 흠잡을 데 없었다.

"샘이 말한 줄 알았는데." 스티브가 말했다. "그 생물 때문에 이번 주말에는 우리 집에 있고 싶다더라."

애비가 눈을 희번덕댔다. "오버하는 거야. 벤한테 애완동물을 방에만 두라고 내가 말했어."

스티브가 얼굴을 찌푸렸다. "오버라고? 애비, 당신 어머니는 너무 멀리 가셨어. 그건 거의 30센티미터는 되던데."

그 순간 애비의 현실이 바뀌기 시작했다. 벤의 타란툴라도 카멜레온도 30센티는 아니기 때문이었다. 그리고 벤의 생일선물에 관해서 어머니가 계속 묻던 게 생각났다. 그리고…… 아 안 돼, '밥'이 어쩌고 하던 샘의 이상한 문자 메시지, 그건 잘못된 자동완성 기능 때문에 나온 오자였던 게 분명했다…….

애비는 스티브에게 등을 돌리고 발을 쿵쿵 구르며 벤의 방으

로 향했다. '제발, 하느님, 다 좋으니 제발 그것만 아니게 해주세요, 제발, 제발, 제발…….'

"안녕, 엄마." 벤이 침대에서 나직이 말했다. 애비는 거의 아이를 보지도 않았다.

방에는 새 동물 사육장이 있었고, 그 안에서 아마도 범죄적이라고밖에 말할 수 없는 방식으로 똬리를 틀고 있는 건 황갈색 뱀이었다. 애비는 그걸 노려보았다. 뱀도 그 구슬 같은 눈동자로 마주 노려보는 것 같았다. 애비는 파충류와 눈싸움을 하고 있었다. 아마도 이길 수 없을 것이다. 하지만 그래도 노력은 해볼 수 있겠지.

뱀은 떠나야 한다. 애비는 부모님이 자신을 이런 처지로 몰아넣은 데 지독히 화가 났다. 벤을 속상하게 만들어야 하다니. 하지만 이 '물건'이 애비의 집에 남을 일은 절대 없었다.

애비는 몸을 돌려 아들을 보며 어려운 이야기를 하기 위해 마음을 다잡았다. 아이는 전형적인 벤의 표정으로 엄마를 보고 있었다. 희망과 슬픔이 한데 뒤섞인 표정이었다. 이것은 늘 애비가 가지고 있는 죄의식을 일깨웠다. 애비가 스티브의 불륜을 참고 결혼을 유지하기만 했더라면, 벤은 자주 집을 비우는 엄마랑만 사는 게 아니라 엄마, 아빠와 함께 살 수 있었을 테니까. 아이는 정상적인 아동기를 보낼 테고…… 그리고…….

망할.

애비의 결심은 뜨거운 찻잔에 떠다니는 얼음조각처럼 녹아내렸다. 뜨거운 '벤의 슬픈 눈길' 찻잔 속에서.

"안녕, 아들." 애비가 목 졸린 목소리로 말했다. "할머니가 생일 선물을 일찍 주셨구나?"

벤은 고개를 끄덕였다. "구렁이예요. 위험하지 않아요!" 아이는 그 뱀의 또 다른 긍정적인 점을 찾으려 애쓰는 것 같았다. "까다롭지도 않아요. 그냥 얼린 생쥐만 먹어요. 살아 있는 것도 필요 없어요."

얼마나 놀라운 성격 특성인가. 애비는 한숨을 푹 쉬었다. "벤…… 네가 뱀을 갖고 싶어 한 건 알아."

"무척 호기심이 많아요. 그리고 전 얘를 안을 수 있어요. 엄마도 원하면 안아도 돼요. 이름은 프레첼이에요. 몸으로 프레첼 모양을 만들 수 있거든요."

애비는 숨을 내쉬고 입 밖으로 말을 꺼내려 애썼다. 아무리 그래도 뱀은 너무 멀리 나갔다. 그건 사라져야 했다. 어쩌면 벤에게 거미를 한 마리 더 사줄 수도 있을 것이다.

"펫숍 주인이 전에 프레첼을 키운 가족이 그 애를 학대하고 마침내 버렸다고 했어요."

끝내준다. 뱀에겐 눈물 없이는 들을 수 없는 사연이 있었다. 이제 그걸 돌려보내면 벤은 자신을 사랑해줄 집을 끝내 찾지 못한 불쌍한 프레첼을 언제까지고 기억할 것이다.

벤이 네 살 때 슈퍼히어로로에 집착하게 되자, 아이의 상담사인 로젠 박사는 빤한 설명을 내놓았다. 벤은 아버지의 빈자리를 아이언맨, 토르 그리고 캡틴 아메리카로 대체하려 한다고. 그 후 슈퍼히어로에 대한 집착은 무척추동물과 파충류에 대한 매혹으로 바뀌었다. 로젠 박사는 벤이 학자인 아빠에게 가까이 가고 싶어서 그러는 거라고 말했지만, 애비는 그보다 자신의 설명을 훨씬 좋아했다. 아버지가 캡틴 아메리카와는 한참 거리가 먼 인간이라는 걸 깨닫고 그 대신 뭔가 더 비슷한, 거미나 도마뱀으로 대체

한 거라고.

그러니 이제 벤은 스티브를 뱀으로 대체하려고 한 거였다. 그건 충분히 납득이 갔다.

"키워도 돼요?" 벤이 물었다.

애비는 다시 한숨을 쉬고 벤 옆 침대 위에 앉았다. "음, 두고 보자, 우리 아들. 엄마가 생각 좀 해봐야겠어."

아들을 바라보는데 심장이 꽉 조였다. 이든이 잃어버린 아이는 벤과 너무 가까운 또래였다. 네이선이 뭔가를 달라고 했을 때 이든이 몇 번이나 안 된다고 말했을지 궁금했다. 애비가 방금 그러려고 했던 것처럼. 그리고 아마도 그 모든 경우를 떠올리며 후회하고 있을 것이다.

애비는 양팔로 벤을 감싸고 마치 아이의 귀중하고 달콤한 즙을 쥐어짜기라도 하려는 것처럼 꽉 끌어안았다.

"엄마, 그러면 아파요."

애비는 몸을 뺐다. "미안하다. 이제 가서 네 아빠랑 이야기할 건데, 괜찮지?"

애비는 침대에서 일어나 거실로 돌아갔다. 스티브가 지금 뭔가 비난하거나 비판하는 말을 하면 죽일 수밖에 없겠다 싶어 신경이 바짝 곤두섰다. 안타까운 일이었다. 뉴욕 경찰청은 전남편을 죽인 경찰을 곱게 보지 않을 테니까. 하지만 어쩔 수 없는 일도 있게 마련이지.

다행히도 스티브는 그냥 애비와 눈을 맞추고 아무 말도 하지 않았다. 감탄스러운 자제력이었다.

"그럼 샘은 어디 있어?" 애비가 물었다.

"그냥 짐 꾸리고 있어." 스티브가 대답했다.

"내가 내일 밤에 데리러 갈게."

"그래."

"우리 이제 벤 생일 이야기 해도 되지?" 애비가 물었다.

스티브는 웃음을 지었지만 눈에는 도전의 불꽃이 타올랐다. "당연하지."

애비는 전남편이 자신을 올려다볼 필요 없도록 옆에 앉았다. 괜히 방어 심리를 자극할 필요는 없었다. 스티브는 애비가 입을 열기를 기다렸다. 하지만 기다리는 것에 관한 한 스티브는 아마추어였다. 애비는 얌전히 미소를 지어 보였다.

"난 올해는 내가 벤의 생일에 더 적극적인 역할을 해도 되지 않을까 생각했어." 마침내 스티브가 말했다. "보통은 당신이 전부 계획하잖아. 그리고 뭔가 다른 걸 해도 되겠다고 생각했어."

"뭔가 다른 거." 애비는 격려하듯 말했다.

"벤은 곤충이랑 파충류를 좋아하잖아. 한 번쯤은 그 애가 정말 좋아하는 걸 하면 왜 안 돼?"

애비는 열몇 가지 이유를 떠올릴 수 있었다. 그리고 '한 번쯤은'이라는 표현에는 분명히 애비는 벤의 생일에 벤이 정말 좋아하는 걸 전혀 하지 않았다고 비판하려는 의도가 숨어 있었다. 아니, 스티브의 생각이 맞는다면 애비는 그냥 벤이 자기 생일에 '괴로워하게' 만들었다. 아마도 일부러 숙제를 더 하게 만들거나 의도적으로 브로콜리를 먹이거나 하는 식으로.

애비는 머리에 떠오른 말을 거의 내뱉기 직전이었다. 스티브 전용으로 존재하는 애비의 화난 어조가 목구멍에 자리 잡았다.

하지만 그때 깊은숨을 들이쉬고 윌이 말한 것을 떠올렸다. '어쩌면 욕을 덜 하고 똥구멍에 처넣을 것들의 목록은 줄이는 것

도요.'

문제는, 애비가 스티브와 자신의 삶을 따로 분리하기가 힘들었다는 점이다. 스티브와 이야기할 때마다 좋은 부분과 끔찍한 부분 모두가 신경 쓰였다.

애비는 이 상황을 위기라고 상상하기로 마음먹었다. 지금은 한밤중. 호출을 받고 세븐일레븐으로 출동한 상황이다. 엑스터시에 절어 맛이 간 남자가 가게 주인에게 총을 겨눈 채 바리케이드를 치고, 벤의 생일 선물로 벤을 박물관에 데려가게 해주지 않으면 주인을 죽이고 자기도 죽겠다고 애비를 위협한다. 자, 애비는 이제 전남편이 아닌 '이' 약에 취해 맛이 간 남자와는 대화가 가능했다.

"어쩌면 당신은 벤의 생일을 내가 독점한다고 느끼는 것 같네." 애비는 유쾌하고 차분한 어조로 말했다.

스티브가 눈을 깜빡였다. "그런 것 같아. 내 말은, 작년에 당신은 나를 바로 전날에야 초대했잖아. 그리고 그 애가 여섯 살 때는 플로리다로 데려가서 난 그 자리에 있지도 못했어. 그래서 난 벤의 생일을 한 번쯤은 내가 계획해야겠다고 생각했어."

애비는 선뜻 동의하듯 고개를 끄덕였다. "벤의 친구들 중에 초대하고 싶은 애들이 누구누구였어?"

"음, 데니스는 확실하고. 그리고 카일."

"데니스…… 그리고 카일?" 애비는 짐짓 놀란 투로 되풀이했다. 카일은 악몽 같은 아이였지만 또한 벤의 가장 친한 친구이기도 했다. 그 애를 과학박물관에 데려간다는 생각으로도 스티브는 아마 현기증이 났을 것이다.

"어쩌면 카일은 빼고." 스티브가 잠시 후 말했다. "벤한테 누굴 초대하고 싶으냐고 물어봐도 되겠지."

스티브가 그 난제를 놓고 고민하는 동안 애비는 잠시 침묵을 지키며 기다렸다. 이윽고 말했다. "토미와의 합동 생일파티에 동의하지 말걸 그랬나 봐. 이제 와서 어떻게 취소하지?"

"토미 엄마한테 무슨 일이 생겼다고 해."

"토미와 벤의 사이에 영향을 안 주면서 그럴 수 있는 방법이 있을까?"

"당신이…… 음……." 스티브는 답을 구하려 애쓰며 얼굴을 찌푸렸다.

그건 애비가 원한 거였다. 자신의 문제를 스티브가 해결하려 하게 만드는 것. 자신의 시각에서 보려 하게 만드는 것.

"그게 왜 무슨 영향을 준다는 건지 모르겠는데." 스티브가 마침내 말했다.

"그게 아무런 영향도 안 준다고?" 애비가 되풀이했다.

스티브가 한숨을 푹 내쉬었다. "당신이 나한테 먼저 말하지 않고 이 합동 생일파티를 하는 것에 동의하지 않았으면 좋았을 텐데, 애비. 내가 지적하는 게 바로 이거야."

자신이 지금 상대하고 있는 건 스티브가 아니라고, 애비는 자신을 설득했다. 상대는 가게에서 인질극을 벌이고 있는 마약 중독자였다. "미안해." 애비는 말했다. "이런 일은 당신한테 상의를 했어야 맞아."

"그래, 바로 그거야!" 스티브가 득의양양하게 외쳤다.

애비는 자기가 원하는 지점에 남편을 갖다 놓았다. 남편이 상황의 통제권을 쥐고 있다고 착각하게 만든 것이다. 스티브는 박물관 여행을 미루고 싶지 않았지만, 애비가 계획한 파티를 취소

하게 만들고 싶지도 않았다. 이제 애비는 스티브를 올바른 방향
으로 떠밀어줘야 했다.

"샘의 세 살 생일 기억해?" 애비가 웃으며 물었다. 그건 두 사
람이 함께 계획한 유일한 생일이었다.

스티브가 콧방귀를 뀌었다. "잊으려고 해도 절대 못 잊을걸.
케이크가 아주 난리도 아니었지."

"내가 얼마나 웃었게. 그리고 그 건강식품에 목숨 건 애 엄마
는……."

"아, 맙소사, 그 여자는 도무지 입을 다물 줄 몰랐지." 스티브
는 신나서 고개를 저었다. 그리고 높고 찢어지는 목소리로 흉내
냈다. "왜 당근을 내지 않죠? 당근은 건강에 좋아요."

애비는 웃음을 터뜨렸다. 진짜, 가슴에서 우러나오는 진정한
웃음이었다. 스티브는 늘 사람들의 목소리를 잘 흉내 냈다. 스티
브가 애비를 보고 씩 웃었다.

애비는 한숨을 내쉬며 철저히 계산된 슬픈 표정을 지었다.
"내년에는 벤의 생일을 꼭 함께 계획해야겠다."

"좋아. 그리고 난 당신이 토미 엄마랑 불편해지지 않게 박물
관 견학을 미룰게."

애비는 스티브의 팔을 살짝 건드렸다. "고마워."

서맨사가 거실로 성큼성큼 걸어 나왔다. 얼굴은 분노로 가득
했다. "준비됐어요, 아빠."

애비는 소파에서 일어났다. 샘은 한쪽 어깨에 가방을 걸어지
고 손에는 바이올린 케이스를 쥐고 있었다. 키블스가 따라 나와
애비를 사납게 노려보았다. *잘 있어요, 인간 엄마. 우린 인간 아
빠 집으로 가요. 훨씬 좋은 곳으로.*

"그래서, 주말 동안 아빠 집에 있을 거니?"

"뱀이 펫숍으로 돌아갈 때까지 아빠 집에 있을 거예요."

"그건 나중에 이야기하자." 이 전투는 미룰 수 있었다. "주말 잘 보내."

애비는 딸을 포옹했다. 키블스는 쓰다듬 받고 싶은 소망과 애비를 나무라고 싶은 욕망 사이에서 갈등하는 듯 보였다. 마침내 개는 화나서 쏘아보는 십 대 같은 눈길을 잠시 거두고 애비에게 다가왔다. 애비는 몸을 숙여 개의 귀 뒤를 긁어주었다.

두 사람이 떠나자마자 애비는 어머니에게 전화했다.

"안녕, 우리 딸." 어머니의 목소리는 평온하기 그지없었다. 마치 자신이 애비의 삶을 얼마나 엉망으로 만들었는지 알지도 못하는 것 같았다.

애비는 벤에게 들리지 않도록 방으로 가서 문을 닫았다. "애한테 뱀을 사줬어요?" 애비는 이를 드러내며 가방에 든 노트북을 힘겹게 꺼냈다. 사건에 뭔가 진전이 있는지 궁금했다.

"6개월 전부터 갖고 싶어 했잖니."

"그래요! 그리고 우린 애한테 대학에 가면 갖게 해주겠다고 했죠." 애비는 침대에 앉아 무릎에 노트북을 펼쳐놓았다.

"이번은 여덟 살 생일이야." 어머니는 마치 그 숫자가 무슨 중요한 의미라도 있는 것처럼 말했다. 그저 일곱 다음에 오는 숫자가 아니라.

"엄마, 내가 반대할 걸 알았잖아요. 그리고 서맨사가 화낼 걸 알았고, 그리고……."

"서맨사는 카멜레온과 타란툴라 때 그랬던 것처럼 극복할 거야. 그건 구렁이야, 애비. 위험하지 않아."

"두 번 다시 이런 짓 하지 마세요." 애비의 목소리가 분노로 떨렸다.

"넌 화났어, 우리 딸. 이 이야기는 네가 진정한 다음에 하자, 알았지?"

애비가 어머니한테 아니, 우린 지금 그 이야기를 할 거라고 쏘아붙이려는 순간 윌이 보낸 새 이메일이 눈에 띄었다. 제목은 *네이선의 아버지*였다. 애비는 메일을 열어 내용을 대충 훑었다. 윌이 개브리엘의 인스타그램 피드에서 아이들의 아버지 사진을 찾았다는 거였다.

애비는 사진을 보았다. 입이 바짝 말랐다.

"여보세요? 애비?"

남자는 몸을 웅크려 어린 개브리엘임이 분명한 여자애를 껴안은 채 카메라를 향해 웃고 있었다. 또 다른 남자가 그 옆에 서 있었다.

애비가 아는 남자였다.

이든은 애비에게 거짓말했다.

22

애비는 이튼의 앞문을 노크하자마자 거의 즉시 초인종을 울
렸다. 마치 이튼의 집까지 내내 달려온 것처럼 숨을 거칠게 몰아
쉬고 있었다. 개브리엘이 문을 열었다.

"안녕." 애비가 말했다. "엄마 계시니?"

개브리엘은 애비에게 안으로 들어오라고 몸짓하며 옆으로 비
켜섰다. "화장실에 계세요."

"그래." 애비는 등 뒤로 문을 닫았다. 좁은 아파트 안 어딘가
에서 희미한 물소리가 들려왔다. "기다릴게."

근무 중인 협상가 허낸데즈가 부엌 식탁 앞에 앉아 휴대전화
를 만지작거리고 있었다. 그리고 한 젊은 남자가 거실 소파에 앉
아 있었다.

"안녕하세요." 남자가 주저하듯 인사를 건넸다.

"안녕하세요." 애비가 답했다. "멀린 경위입니다."

"전 에릭이에요."

애비는 남자를 주시하면서 아무 말도 하지 않고 침묵이 번져 가게 했다. 남자는 헐렁한 스웨터에 낡은 청바지 차림이었다. 이마 선이 올라가고 있었고, 마치 그걸 보상하듯 억센 턱수염을 기르고 있었다.

"에릭 레이턴이에요." 남자가 꼼지락거리며 불쑥 내뱉었다. "전 개브리엘의…… 개브리엘이랑 같이 일해요."

"개브리엘이랑 같이 일한다고요?" 애비가 물었다.

"그냥 이미지 필터를 도와주고 있어요. 그리고 어…… 소셜 미디어 관리요."

애비는 고개를 끄덕이고 말했다. "에릭, 내가 가족들하고만 할 이야기가 있어서 그러는데, 자리 좀 비켜줄래요?"

"그럼요." 남자가 벌떡 일어섰다. "전 어차피 가려던 참이었어요."

"뭔가가 잘못됐나요?" 개브리엘이 물었다. "네이선에 관한 소식 있어요?"

애비는 에릭이 자신을 지나쳐 집을 나가기를 기다렸다. 그 뒤에 고개를 저었다. "아니, 그냥 이든과 이야기하고 싶은 게 좀 있어." 애비는 휴대전화를 꺼내어 윌이 보낸 사진을 열고는 개브리엘에게 보여주었다. "이걸 얼마 전에 네 피드에 올렸었지. 네 아버지, 맞니?" 애비는 어린 여자애를 끌어안고 있는 남자를 가리켰다.

"네." 개브리엘이 말했다. "그리고 이건 저예요."

"다른 남자는 누구니?"

"우리 모두랑 같이 살았던 남자예요. 그 사람 농장에서 살았어요."

맙소사. "이름이 오티스, 맞지? 오티스 틸먼."

개브리엘의 눈이 휘둥그레졌다. "아세요?"

애비는 그 남자에 관해 알았다. 하지만 그 이야기를 하고 싶은 상대는 개브리엘이 아니었다. "거기서 오래 살았니? 오티스의 농장에서?"

"네. 어린 시절의 거의 전부를 보냈어요. 이게 네이선이 납치당한 것과 어떤 식으로든 관계가 있나요?"

"아직은 말하기 너무 일러." 애비가 얼굴을 찌푸렸다. 물소리가 여전히 들려왔다. 빌어먹을. 애비는 성큼성큼 2층으로 올라가 욕실 문을 두드렸다. "이든?"

"잠깐만." 이든이 안에서 외쳤다. 당황한 목소리였다.

애비는 문손잡이를 돌리고 문을 열었다. 이든이 개수대 옆에 서서 양손을 철제 각질 제거기로 거칠게 씻고 있었다. 개수대에 고인 물은 피로 물들어 분홍색이었다. 애비가 들어가자 이든은 화들짝 놀랐다.

"난 그냥⋯⋯."

애비는 이든의 손에서 각질 제거기를 낚아챘다. "이건 네이선한테 도움이 안 돼." 물을 잠그고 그 후, 좀 더 다정한 태도로 이든의 손을 잡고 주의 깊게 살펴보았다. 손등은 생살이 벗겨져서 분홍 살갗 위로 핏방울이 고이고 있었다.

"그냥⋯⋯ 내가 불안할 때 이래." 이든이 갈라지는 목소리로 말했다.

"알아." 피로감이 애비를 덮쳤다. "우리 붕대를 감자. 거즈나 뭐 그런 거 있니?" 애비는 약품 캐비닛을 열고 안을 살폈다.

맨 밑 선반은 처방 알약으로 보이는 것으로 가득했지만 애비의 주의를 끈 건 그게 아니었다. 그 위 선반에는 모지스 윌콕스의 사진 액자가 있었다. 윌콕스 집단의 '아버지.'

"엄마?" 개브리엘이 문간에 서 있었다.

이유도 의식하지 못한 채 애비는 약품 선반을 쾅 닫았다. 마치 그 내용물을 이든의 딸에게 감추려는 것처럼. 이든의 얼굴이 확 붉어지고 입술은 떨렸다.

"무슨 일 있는 거 아니죠?" 개브리엘이 엄마 손을 응시했다. 애비는 여자아이의 눈에서 본 건 오로지 혐오감뿐, 놀람은 없었다. 이든이 이러는 걸 전에도 본 적이 있는 게 분명했다.

"난 괜찮아." 이든이 불쑥 내뱉었다. "금방 나갈게."

개브리엘이 쿵쿵 발을 구르며 욕실을 나갔다. 애비는 욕실 문을 가만히 닫아 자신과 이든을 좁은 공간 안에 가뒀다. 그 후 약품 캐비닛을 다시 열었다. 한 번도 본 적 없는 사진이었다. 모지스가 호텔 방 같은 곳에 앉아서 얼굴에 특유의 온화한 웃음을 띠고 있었다.

"불안해지면……." 애비가 목소리를 안정시키려고 애쓰며 말했다. "넌 여기로 와서 캐비닛을 열고 모지스가 널 지켜볼 때 살갗을 박박 문지르지."

"가끔 그래." 이든이 속삭였다. 거즈 뭉치를 들고 익숙한 동작으로 손에 감았다. 주홍 점들이 소독된 흰 천에 점점이 찍혔다. "넌 안 그래?"

"난 여덟 살 때 멈췄어. 엄마가 도와줬지."

"너희 엄마?"

"내 입양 엄마." 애비가 명확히 했다. "그건 끔찍한 습관이야. 공포로 우리를 통제한 남자가 우리 머릿속에 심은 거지. 그건 아

160

무 짝에도 도움 되지 않아."

"병균은……."

"지금 문제는 병균이 아니야. 너도 알잖아." 애비는 이든이 붕대 감기를 마칠 때까지 지켜보았다. 지난 세월 동안 이 일을 몇 번이나 했을까? "그 사진은 어디서 얻었어? 난 한 번도 본 적 없는데."

"아이작이 보내줬어. 몇 년 전에. 모두가…… 우리가 떠났을 때 틈을 봐서 그걸 챙겨 나왔대."

"나한테는 그런 말 한 적 없는데."

"어쩌면 너한테는 필요 없어서 그랬겠지."

"너도 필요 없어. 그리고 아이작도 필요 없고." 애비가 한숨을 폭 내쉬었다. 지금은 그 오랜 손상을 치유할 때가 아니었다. 더 시급한 사건이 있었다. 주머니에서 휴대전화를 꺼내어 화면을 이든에게 보여주었다. "이거 오티스 틸먼이지."

이든은 개수대에 기대 몸을 지탱했다. "이걸 어디서 찾았어?"

"네 딸이 인스타그램 피드에 올렸더라. 네가 거기 살았다고 들었어."

"그래. 하지만 우린……."

"그 남자가 널 전도했니?"

"넌 그 남자가 누군지 어떻게 알았……."

"오티스가 누군지 어떻게 아느냐고?" 애비가 되물었다. "경찰에 그 남자 파일이 있어. 지역 종교집단 지도자거든. 당연히 알지." 애비는 사이비에 대한 자신의 집착을 언급하지 않았다. 자신이 매일 관리하는 데이터베이스에 관해서도. 오티스 틸먼은 거기 몇 년 전부터 존재했다.

오티스는 추종자 수가 적었다. 절대 70명은 넘지 않았다. 경찰이 아는 한, 그곳에는 총기가 몇 점 있는 게 다였다. 지위를 이용한 강간 혐의로 조사받고 무혐의로 풀려난 걸 제외하면 틸먼 농장 공동체는 경찰 레이더 밖에 있었다. 하지만 그 담장 너머에서 무슨 일이 벌어졌는지는 아무도 모를 일이었다.

"그건 종교집단이 아니야." 이든이 방어조로 말했다. "그냥 공동체야. 난 집이라고 부를 곳을 찾고 있었어. 내가 다시 사랑받을 수 있는 곳을. 어릴 때 사랑받았던 것처럼."

"그리고 오티스가 널 찾아냈지. 널 자기 공동체로 전도했지."

"그건 사실 데이비드였어, 내 전남편. 그 사람이 날 만나서 오티스에게 소개했지. 그리고 그 사람들은 너무 행복해 보였어. 정말 목적의식으로 가득했어. 그 사람들은 날 전도하지 않았어. 거기서 주말을 같이 보내자고 초대했지. 공동체의 다른 사람들을 만나보라고. 그래서 거기 가봤더니 사람들이 너무 착했어. 그리고 날 좋아해줬고. 날 정말 좋아했어. 내가 있을 곳을 드디어 찾은 것 같았어."

그건 애정 공세라고 불렸다. 종교 조직들이 사람을 끌어들이는 데 이용하는 전략이었다. 애비는 굳이 그 점을 지적하지 않았다. 아마 어느 정도는 이든도 알고 있을 것이다. 거기 가입한 후, 아마 이든 역시 다른 사람들한테 똑같이 했을 것이다. 처음 온 사람들에게 끝없는 애정을 쏟아부어 세상에서 자신이 있을 곳을 마침내 찾아낸 것처럼 느끼게 하는 것.

"데이비드는 아직 거기 있어?" 애비가 물었다.

"내가 알기로는 그래."

"나한테는 어떻게 연락할지 모른다고 말했잖아. 이 일과 상관

없다고 했지. 만약 그 남자가 틸먼 농장에 있다면, 그 남자는 아주 관련이 많아. 이 근처에 살고 틸먼 집단 소속이고. 네가 그랬듯, 그리고 개브리엘 그리고 네이선이 그랬듯."

이든이 목소리를 낮췄다. "우린 떠났어."

"오티스 틸먼이 네가 이른바 그 '공동체'에 돌아와야 한다고 결정했다면? 아이들을 원한다면?"

"그 사람은 그러지……."

애비는 인내심을 잃었다. "이든, 그 남자가 뭘 할지 안 할지 넌 알 수 없어. 그리고 만약 틸먼이 네이선의 아버지나 그 집단의 누군가한테 네 아이를 데려오라고, '길 잃은 아이를 집으로 데려오라'거나 뭐라고 말하면, 그 사람들이 망설일 것 같아?"

이든은 아무 말도 하지 않았다.

"이건 우리가 맨 처음 조사해야 하는 일이었어. 무엇보다 먼저……."

"엄마!" 혼비백산한 개브리엘의 목소리가 들렸다.

"잠깐만, 개비. 금방 나갈게."

"전화가 울리고 있어요!"

이든은 얼어붙었다. 다가오는 자동차 전조등을 응시하는 사슴 같았다. 애비는 이든의 양팔을 힘주어 붙잡았다.

"심호흡해. 그놈한테 이야기해. 기억해, 놈에게 열린 질문들을 해. 우리한테 시간을 벌어줘. 틸먼 농장 얘기는 하지 말고. 최선을 다해 목소리를 안정시켜."

"엄마!" 개브리엘이 문을 밀어 열고 울리는 휴대전화를 마치 곧 터질 폭탄처럼 내밀었다.

이든은 욕실을 나가 붕대 감은 손으로 전화기를 받고 귀에 갖다 댔다.

"여보세요?" 이든이 말했다.

애비는 1초 만에 정신을 차리고 자기 휴대전화의 도청 앱을 작동시켰다. 문장 끝부분을 간신히 포착했다. "……네 딸한테."

이든이 눈을 깜빡이고 순간 멈췄다가 말했다. "미안한데, 왜 그 애랑 통화하고 싶다는 거죠?"

"더는 너하고 말 안 해." 금속성 음성이 대꾸했다. "망할 전화를 네 딸한테 당장 넘겨. 아니면 끊는다."

이든은 눈을 휘둥그레 뜬 채 애비를 보았다. 애비는 고개를 아주 살짝 저었다.

이든은 다시 한번 숨을 들이쉬고 말했다. "내가 도대체 어떻게……."

"개브리엘을 당장 바꿔! 한마디만 더 하면 바로 끊을 거야. 그러면 네이선은 다치게 돼!"

이든은 말 그대로 휴대전화를 개브리엘에게 떠넘겼다. "너랑 통화하고 싶대." 이든이 속삭였다.

개브리엘이 전화를 받았다. "여보세요?"

"안녕, 개브리엘." 금속성 목소리가 말했다. 음성 변조기에도 불구하고 어조가 부드러워진 건 명확했다. "다시 통화하게 돼서 반가워."

개브리엘은 애비를 공포에 질린 얼굴로 보았다. 애비는 심호흡하는 시늉을 했다. 개브리엘은 눈을 깜빡인 후 깊은숨을 들이쉬었다. "음…… 네이선은 무사한가요?"

네 아니오 질문은 도움이 되지 않았다. 애비는 움찔했다. 이 상황에 대비했어야 했다. 이든을 대비시켰듯 개브리엘도 대비시켰어야 했다.

"네이선은 무사해." 남자가 말했다. "넌 어때? 보니까 네 계정에 아무것도 안 올렸던데."

"내 팔로어였어요?" 개브리엘이 공포로 일그러진 얼굴로 속삭였다.

"처음부터 널 팔로하고 있었어. 왜 포스팅을 안 올리지?"

애비는 몸을 숙여 개브리엘의 귀에 속삭였다. "열린 질문들."

개브리엘은 몸서리치며 한숨을 내쉬고 말했다. "동생이 납치됐는데 어떻게 인스타그램이나 하고 있을 수가 있어요? 그 애가 무사한지 어떤지도 모르는데?"

애비는 고개를 끄덕여 보이고 한쪽 엄지를 치켜세웠다. 완벽한 반응이었다.

"좋은 지적이야." 남자가 말했다. "네이선이 보내는 메시지가 있어. 내가 대신 재생해줄게."

"걔랑 얘기할 수 있어요?" 개브리엘이 불쑥 내뱉었다.

몇 초쯤 아무 대답도 없었다. 그 후 겁에 질려 떠는 어린애 목소리가 들렸다. "안녕, 엄마. 안녕, 누나."

"네이선." 개브리엘이 흐느꼈다. "너 괜찮……."

"난 괜찮아요. 그래도 집에 가고 싶어요." 네이선이 말했다. "전 이걸 읽어야 해요. '제시카 메이어와 크리스티나 코흐가 첫 여성 단독 우주 유영을 했다.'" 아이는 마치 글자가 읽기 어려운 것처럼, 우주비행사들의 이름을 더듬거리면서 천천히 말했다.

"뭐라고?" 개브리엘이 물었다. "그게 무슨……."

"내가 말했듯이, 애는 무사해." 금속성 목소리가 말했다. "너한테 곧 사진을 보내줄게. 몸값은 준비하고 있어?"

"이해가 안 가요." 개브리엘이 말했다. "왜 애가 그런 말을 했죠? 통화할 수 있어요?"

"녹음한 거야." 금속성 목소리가 말했다. "그 애는 지금 여기 없어. 하지만 방금 들었듯이 그 애는 집에 가고 싶어 해. 그리고 우린 인내심이 바닥나고 있어. 몸값은 어떻게 돼가?"

애비는 손을 흔들어 개브리엘의 주의를 끌려고 했다. 이 질문에 반응할 방식은 아주 많았다. 남자의 말을 거울처럼 되비춰라, 열린 질문들을 제기해라, 남자가 개브리엘의 입장에서 상황을 보게 해라. 개브리엘은 천천히 말해야 했다. 시간을 좀 벌고, 각 문장 사이에 몇 초씩 뜸을 들이고, 어조에 유의하고…….

"우린 그런 돈은 못 구해요!" 개브리엘이 고함쳤다. "구하려 하고는 있지만, 그렇게 많이는 못 구해요. 동생이랑 통화해야겠어요. 제발 통화하게 해주세요, 난…….."

"내 동료들을 얼마나 더 오래 말릴 수 있을지 나도 몰라." 금속성 목소리가 냉랭하게 말했다. "넌 아무래도 동생이 다치지 않는 걸 바라지 않나 봐. 몸값을 구하는 데 필요한 일을 해. 누구든 필요한 사람한테 말해. 분명 널 기꺼이 도우려 할 사람들을 찾을 수 있을 거야. 곧 다시 전화하지." 전화가 끊겼다.

몇 초쯤, 아무도 말하지 않았다. 그러다 개브리엘이 훌쩍거렸다. 벽에 기대어 바닥으로 축 늘어졌다.

"난 이 일이 끝났으면 좋겠어요!" 개브리엘이 외쳤다. "동생을 되찾고 싶어요."

전화가 삑삑거리며 메시지 수신을 알렸다. 개브리엘이 화면을 두드렸다. 네이선이 신문을 들고 있는 사진이었다. 우주정거장 밖에 나와 있는 우주비행사들 사진이 페이지 맨 위에 있었다.

"젠장, 이게 도대체 뭐야?" 개브리엘이 말했다. "왜 이런 걸 우리한테 보내죠?"

"네이선이 살아 있다는 증거지." 애비가 말했다. "보여? 오늘 자《뉴욕 타임스》를 들고 있잖아."

"하지만…… 그럴 리 없어." 이든이 말했다. 사진을 자세히 들여다보았다. "이건 오래전 사진일 게 분명해."

"신문은 오늘 거잖아." 애비가 지적했다. "내가 뉴스에서 이 기사를 봤어."

"하지만 여긴 네이선의 방이야." 이든이 말했다. "사진은 네이선의 방에서 찍은 거야."

애비는 이든을 응시한 후 사진을 보았다. 그 말이 맞았다. 네이선의 침대가 배경에 있었고, 똑같은 〈해리 포터〉 포스터가 벽에 걸려 있었다. 심지어 그림이 붙어 있는 코르크판 구석도. 잠시 동안, 셋 다 눈을 들어 문간을 바라보았다. 네이선의 방은 바로 복도 건너편이었다.

하지만 물론 그 방은 비어 있고 어두웠다.

23

남자는 이런 상황을 원한 것이 아니었다. 개브리엘을 슬프게 만들고 자신의 목숨을 위협하고 싶지 않았다. 이 모든 건 다 개브리엘을 위해서였다. 어떤 면에서, 개브리엘은 남자에게 그렇게 해달라고 부탁했다. 그리고 이제 와서는 마치 남자가 악당인 양 굴고 있었다.

남자는 개브리엘의 유일한 편이었다. 그녀에게 진심으로 관심 갖는 유일한 사람이었다. 빌어먹을. 그냥 생각 없는 양 떼의 하나, 개브리엘의 수많은 팔로어 중 하나가 되는 건 쉬운 일이었다. 포스트에 '좋아요'를 누르고 댓글에 이따금씩 매애 하는 울음소리를 더하고. 아름다워요 또는 너무 예뻐요 또는 말없이 그냥 이모티콘만 줄줄 달고.

남자는 그 이상이었다. 단순한 팔로어가 아니었다. 팀의 일부였다.

이번에는 전화기 전원을 바로 끄고 배터리도 뺐다. 잠시 동안

정처 없이 차를 몰고 다니며 라디오를 들었다. 음악을 따라 허밍하면서 운전대를 손가락으로 두드렸다.

마침내 아까 전화한 곳에서 충분히 멀리 왔다고 판단한 남자는 주차장에 차를 세우고 다른 전화를 꺼냈다. 개브리엘을 감시하는 데만 쓰는 전화기였다. 인스타그램을 열었다. 아직도 업데이트는 없었다. 팔로어 중 누군가가 그 공백을 눈치챘을까? 별일 없는지 궁금해하고 있을까? 개브리엘은 보통 하루 종일 포스팅을 올렸다. 지난해에는 겨우 이틀 거른 게 다였다. 지독한 독감에 걸렸을 때 하루, 그리고 남자친구랑 깨졌을 때 하루. 암흑의 이틀, 공백.

모든 팔로어 중에서 오로지 남자 혼자만이 무슨 일이 일어나고 있는지 알고 있었다. 그리고 그 사실은 두 사람을 보이지 않는 끈으로 잇고 있었다.

하지만 심지어 왜 아무것도 안 올리는지를 알고 있는데도, 비록 두 번이나 직접 통화했는데도, 마지막 포스팅이 어제 것이라는 사실은 남자의 심장을 쥐어짜는 것만 같았다. 손이 축축해졌다. 백만 마리의 보이지 않는 개미들이 살갗을 기어가는 것 같았다. 약기운이 떨어져 새 투약을 기다리는 코카인 중독자들이 느끼는 심정이 이렇지 않을까 싶었다. 만약 개브리엘의 다음 포스팅을 보기 위해 모르는 남자의 좆을 빨아야 한다면, 남자는 기꺼이 빨 것이다. 그런 사소한 대가쯤은 얼마든지 지불할 수 있었다.

남자는 개비의 과거 포스팅들을 스크롤했다. 추억의 길을 걸었다. 그리고 중간중간 좋아하는 포스트가 나올 때마다 멈췄다. 남자를 위한 가상의 메타돈(헤로인 중독 치료용 약물—옮긴이)이었다.

개비의 웃음이 오로지 남자 혼자만을 향하는 것 같았던 그날 아침. 수영장에서의 그날, 바람에 휘날리던 개비의 머리카락. 개비가 모든 팔로어에게 감사하며 렌즈를 향해 손키스를 날리던 2019년 신년 첫날. 그건 사실 남자를 향한 것이었다.

손가락으로 재빨리 쓸어내리자 수십 명의 개브리엘이 남자의 화면을 번뜩이며 스쳐 지나갔다. 웃음 짓는, 입을 내밀고 볼을 부풀리는, 춤추는, 키스하는 개브리엘. 개비가 동생을 껴안고 있는 포스트에서 스크롤이 멈췄다. 둘 다 네이선의 방에 있었고 사진 밑에는 이렇게 씌어 있었다. *내 동생의 남자의 동굴에서. 내 꿈의 집을 구하면 동생한테 이거랑 똑같은 방을 줄 거예요.*

그리고 팬들은 하트 이모티콘과 하나 마나 한 뻔한 소리를 홍수처럼 쏟아부었다. 그게 요청이라는 걸 아무도 알지 못했다.

남자 말고는 아무도. 그리고 남자에게 있어, 개비가 비는 모든 소원은 남자에게 내리는 명령이었다.

남자는 인스타그램 계정을 닫고 자신의 개인 포토 앨범을 열어 개비 사진 컬렉션을 스크롤하다, 마침내 가장 좋아하는 시리즈를 찾았다. 2017년 자동차 여행에서 찍은 사진들이었다. 개비는 숲속에 서서 안개를 마치 베일처럼 두르고 있었다. 그중 두 장에서 개비는 초점에서 벗어났고, 한 장에서는 눈을 깜빡이기 직전이라 한쪽 눈꺼풀이 반쯤 감겨 있었다. 하지만 나머지는 완벽의 태피스트리였다. 남자는 한 번에 한 장씩 천천히 스와이프했다. 긴장감이 몸에서 차츰 새어 나갔다.

어쩌면 오늘 밤 남자는 아이와 함께 밥을 먹을지도 모른다. 어차피, 미래에 그들은 가족이 될 테니까. 네이선이 방에서 혼자 밥을 먹어야 할 이유는 없었다. 중국 음식을 좀 사 가자. 네이선이 중국 음식을 좋아할지는 모르겠지만, 피자랑 버거만 먹고 살 수야 없지 않겠는가.

남자는 도시를 등지고 출발했다. 교통이 점차 한산해졌다. 마침내 오두막집으로 이어지는 긴 자갈길로 접어들었다. 차에서 내리며 몸서리를 쳤다. 쌀쌀한 밤이었다. 따뜻한 오두막에 들어서자 즉시 안도감이 들었다.

남자는 잠긴 방문으로 가서 열쇠를 돌리고 문을 열었다. 놀랍게도 아이는 침대에도 없었고 책상 앞에도 없었다. 방 왼쪽은 문짝에 가려져 있었다. 남자는 안으로 들어가 주위를 둘러보았다.

시야 가장자리에서 움직임이 포착됐다. 남자는 거기에 반응하려 몸을 돌리면서 시간이 느려지는 걸 느꼈다. 아이가 앞으로 나와 뭔가를 휘둘렀다. 그 뭔가는 공기를 가르며 휘파람 소리를 냈다.

그리고 눈앞이 캄캄해지는 통증이 무릎을 직격했다.

24

네이선은 몇 분의 1초쯤 망설였다.

아이가 이 순간을 상상하며 휘두르기를 연습하며 보낸 시간은 도움이 됐다. 상상 속에서 남자의 얼굴은 악의로 일그러져 있었다. 남자는 인간의 껍데기를 쓴 괴물이었다. 하지만 현실에서 남자는 웃으며 포장음식 봉투를 들고 문으로 걸어 들어왔다. 코는 추위로 빨개져 있었다.

그래서 네이선은 충분히 세고 빠르게 휘두르지 못했다. 막대기가 남자의 다리에 닿은 순간, 네이선의 손바닥이 그 충격으로 윙윙 울렸다. 하마터면 막대기를 떨어뜨릴 뻔했다.

남자의 표정이 바뀌었다. 더는 웃고 있지 않았다. 네이선은 남자의 눈에서 불타는 분노와 고통을 보았다. 으르렁거리는 소리를 들었다.

막대를 한 번 더 휘둘러 이번에는 더 세게, 그리고 더 낮게 때렸다. 네이선의 폐에서 순전한 공포의 비명이 새어 나갔다. 남자는 바닥으로 쓰러져 고통으로 포효했다.

네이선은 남자의 가슴을 겨냥해 한 번 더 휘둘렀다. 남자의 손이 너무 빨리 움직이는 바람에 형체가 흐릿해졌다. 막대는 손을 때렸고, 남자는 금속을 움켜쥐면서 비명을 질렀다. 그리고 한 번에 잽싸게 막대를 낚아채 네이선에게서 빼앗았다.

네이선은 뒤에서 고함치는 남자를 두고 열린 문으로 쌩하니 뛰쳐나갔다. 복도를 비틀거리며 빠르게 숨을 몰아쉬었다. 어쩔 줄 몰라 헐떡대며 황급히 앞문을 찾았다. 잡아당겨서 열려고 했다. 문은 덜그럭거리기만 할 뿐, 열리지 않았다. 데드볼트를 움켜쥐고 비틀었다. 꿈쩍도 하지 않았다. 낑낑대며 더 힘을 주자 자물쇠에서 딸깍 하는 소리가 들렸다. 다시 열어보려 했다. 소용없었다.

두 번째 데드볼트는 저 머리 위 높은 곳에 있었다. 까치발을 하고 팔을 뻗었다. 손끝이 간신히 닿았다.

남자는 이제 비명을 지르지 않았다. 그 대신 고통으로 신음했다. 네이선은 복도를 돌아다보았다. 아무도 쫓아오고 있지 않았다. 주위를 둘러보자 작은 주방과 식탁과 흰 철제 의자가 눈에 들어왔다.

"네이선!" 남자가 포효했다. "이리 돌아와, 이 콩알만 한 개자식아! 맹세코, 내가 쫓아가면 넌 후회하게 될 거야!"

네이선은 훌쩍이고 비틀대며 주방으로 가 철제 의자를 집어 들었다. 그때 벽이 눈에 들어왔고 네이선은 그 자리에 얼어붙었다.

누나가 웃으며 내려다보고 있었다.

그건 거대한 개비 누나의 사진이었다. 전체 벽을 거의 다 차지했다. 네이선은 도저히 눈을 돌릴 수 없었다. 누나는 사진 속에서 너무 행복하고 너무 차분해 보였다. 하지만 그 사진에는 뭔가 이상한 점이 있었다. 색깔이 이상했다. 전체 사진이 마치 조그만 네모 조각들로 이루어진 것 같았다.

네이선은 한 걸음 다가갔다. 세세한 부분들이 일렁이며 초점 안으로 들어왔다. 알고 보니 사진은 더 작은 사진 수십 장으로 이루어진 콜라주였다. 아니, 수십 장이 아니었다. 수백 장이었다. 그리고 그 작은 사진들 각각도 모두 누나의 사진이었다. 누나는 식당에 앉아 있거나 침대에 있거나 바깥 길거리에 있었다. 그 사진들 다수에는 친구들이 찍혀 있었다. 네이선의 위가 꿀렁했다. 한 사진에서 누나는 벌거벗고 있었다.

"네이선!"

목소리는 아까보다 더 가까웠다. 네이선은 복도를 바라보았다. 남자가 기어 오고 있었다. 얼굴은 순수한 증오의 가면이었다. 이를 고통으로 꽉 악물고 있었다. 남자는 바닥을 따라 몸을 끌면서 끙끙대고 투덜거리고 있었다.

네이선은 의자를 집어 문으로 끌고 갔다. 의자에 올라 맨 위 데드볼트를 잡고 비틀었다. 뒤에서 남자가 더 빨리 다가오는 소리가 들렸다. 돌아보지 않고 있는 힘껏 데드볼트를 돌렸다.

볼트가 움직이며 딸깍거렸다.

의자에서 내려와 문을 당겨 열자 차가운 공기가 안으로 쏟아져 들어왔다.

남자의 손이 네이선의 발목을 움켜쥐었다. 남자의 손가락이 단단히 조여왔다. 네이선은 공포로 비명을 질렀다. 다른 발로 마치 바퀴벌레를 밟듯 그 손가락들을 짓밟았다. 남자는 내장에서부터 나오는 고통의 비명을 내질렀다.

네이선은 어둠 속으로 도망쳤다. 비명을 등 뒤에 남기고.

25

카버는 애비에게 전화해서 115서의 상황실로 오라고 했다. 서에 도착했을 때 애비는 안내를 부탁할 필요도 없었다. 귀를 따라갔다.

상황실은 커다란 탁자 두 개를 놓아둔 널따란 방으로, 케이블과 전화기들이 십자로 교차해 있었다. 부산하게 돌아다니고 휴대전화로 통화하고 벽을 따라 늘어선 네 개의 화이트보드에 뭔가를 끄적이는 사람들로 가득했다. 카버는 그중 한 화이트보드 옆에 서 있었다. 보드 옆 벽에는 테이프로 붙여놓은 커다란 뉴욕 지도가 있었다. 방 반대편 끝에는 그리핀의 평소보다 더 빛나는 대머리 꼭대기가 보였다. 월은 탁자 옆에 앉아서 노트북 화면에 얼굴을 처박고 있었다. 지친 듯 눈을 문질렀지만 피로 말고도 뭔가가 더 있었다. 만족한 미소의 흔적이었다.

"뭔가 찾아냈어?" 애비가 희망에 차서 다가가며 물었다.

"이건 개브리엘의 인스타그램 프로필이에요." 월이 화면을 가리키며 말했다. "2년 반 전에 개설했어요. 이전 포스트들의 참여도를 바탕으로 미루어 보면, 개브리엘은 팔로어가 많아야 몇백 명이었어요. 그러다 친구들과 함께 자동차 여행을 떠나기로 했고, 다양한 지역에서 찍은 자기 사진을 #어디게라는 해시태그를 달아 올렸어요. 사람들이 그걸 맞히는 거죠. 개비는 누구든 맞히는 사람에게 상을 보내곤 했어요. 서명한 엽서나 뭐 그런 걸요."

"아하." 애비는 조바심을 억누르려 애쓰며 대꾸했다. 정보는 협상가의 산소였다. 뭐가 관계있고 뭐가 관계없는지는 알 수 없었다. 그리고 6년간 사이버 범죄 수사팀 소속 형사였던 윌은 온라인 데이터에서 끝도 없는 정보를 추출하는 데 재능이 있었다.

"그래서 아마 그 덕분에 팔로어를 몇백 명쯤 더 얻은 모양인데, 그 후 이 사진이 올라왔어요." 윌은 윈도우를 바꿔서 한 사진을 전체 화면으로 키워 보여주었다. 애비는 천천히 숨을 토했다.

배경은 일종의 숲이나 습지였다. 세부사항을 알아보기는 힘들었다. 두꺼운 안개가 흰 담요처럼 나뭇가지와 나뭇잎들 사이를 가득 메우고 있었다. 그리고 그 중앙에는 개브리엘이 양팔을 머리 위로 뻗은 채 서 있었는데, 알몸인 게 분명했다. 다만 그걸 100퍼센트 확신할 수 없을 정도로 안개가 몸을 간신히 가려주고 있었다. 어쩌면 보디슈트나 몸을 많이 드러내는 수영복을 입고 있었을지도 모른다. 분명 그 모호함이 이 사진의 핵심이었다. 그리고 사진 밑에는 이렇게만 씌어 있었다. #어디게. 애비는 인정할 수밖에 없었다. 사진은 멋졌다.

"이 이미지가 바이럴을 탔어요." 윌이 말했다. "개브리엘의 인스타그램 계정은 하루 만에 폭발했어요. 《뉴요커 크로니클》의 한 기자가 인플루언서에 관한 기사를 작성하고 있었는데, 그 자동차 여행을 태그했어요. 그 기사 덕분에 개비의 계정은 더한층 유명해졌죠. 자동차 여행이 끝날 즈음, 개비의 팔로어는 5만 명이 넘었어요. 그 후 같은 친구들이랑 자동차 여행을 두 번 더 했고 팔로어가 7만 명이 됐죠. 수많은 여성 팔로어들도 개비를 사랑했지만 남자들도 많았죠."

"상상이 가네." 애비가 중얼거렸다.

"개브리엘의 팔로어들을 훑어보고 있었어요. 우선, 개비는 지난 18개월 동안 73명을 차단했어요. 남자 57명, 여자 16명요. 제가 목록을 만들었는데……."

"왜 차단했는데?"

"무례한 댓글, 좆 사진, 악플, 누가 알겠어요? 본인한테 물어봐야겠죠. 그리고 제가 파이썬 스크립트를 돌렸는데……."

"뭘 돌려?"

"파이썬요? 프로그래밍 언어예요. 그래서 개브리엘의 포스팅에 댓글을 달거나 '좋아요'를 누른 모든 팔로어의 목록을 만들기 위한 스크립트를 실행했어요. 그리고 한 번도 반응하지 않은 팔로어들도요. 그것도 이상하잖아요? 스토커 같고? 모르겠어요. 보여드릴게요." 윌은 노트북을 돌리고 자판을 두드리기 시작했다.

애비는 기다렸다. 몇 초 후 말했다. "있지, '파이썬(프로그램의 이름인 파이썬은 원래 비단뱀이라는 뜻—옮긴이)'은 영양을 통째로 집어삼킬 수 있다."

"정말요?" 윌이 물었다.

"턱 관절을 빼서 영양을 통째로 삼킬 수 있어."

"대단하네요." 윌의 어조는 사실 일말의 놀라움도 담고 있지 않았다. 엔터키를 누르자 엑셀 스프레드시트가 화면에 떴다. "보여요? 개브리엘의 팬 중 가장 열성적으로 참여하는 500명이요. 이제 112번을 보세요." 윌은 칼래드345라는 닉네임으로 스크롤을 내려 이름 옆의 링크를 눌렀다. 인스타그램 페이지가 열렸다. 프로필 사진은 풍성한 검은 턱수염과 넓은 이마를 가진 스물여덟 살쯤 된 남자로, 나무에 기대어 서 있었다.

"이든이 묘사한 스케치의 그 남자랑 닮아 보이네." 애비가 말했다.

"팔로어랑 팔로잉 목록을 보세요."

애비는 수치를 응시했다. 칼래드는 일곱 명을 팔로했다. 팔로어는 한 명도 없었다.

"그렇다면 인스타그램을 열심히 하는 건 아니군." 애비가 말했다.

"이미 말씀드렸듯, 개브리엘이 가진 112번째로 열성적인 팬이에요. 인스타그램에 매일 접속해요. 매번 댓글을 달고요. 하지만 자기 인스타그램 프로필은 거의 개브리엘에 관한 것뿐이에요."

애비는 화면을 응시했다. "이 사진을 좀 인쇄해줄 수 있어? 그리고 개브리엘의 포스팅들에 대한 이 남자의 전체 댓글 목록을 줬으면 해."

"하고 있어요. 프린터는 저기 있어요." 윌은 방 반대편 끝을 가리켰다. "프로필 사진 프린트를 저기로 보낼게요."

애비는 프린터로 가서 미끄러져 나오는 종이를 받았다. 남자의 사진을 다시 자세히 들여다보았다. 종이로 보니 어쩐지 더 소름끼쳐 보였고 수염은 더 거칠고 옷은 몸에 헐렁하게 걸친 모습이었다. 애비는 남자가 블록 주위를 어슬렁거리는 걸 상상했다.

이든이 이 남자를 알아차린 것도 무리가 아니었다.

애비는 카버에게 갔다. 카버는 이제 그리핀에게 지도 옆에서 뭐라고 말하고 있었다.

"……플레처 씨와의 마지막 통화에서 뭐 나온 거 있나?" 그리핀이 묻고 있었다.

"전화는 새로운 번호에서 온 거였습니다." 카버가 대답했다. "그리고 다시금, 발신자는 전화를 끊자마자 전원을 껐습니다. 같은 음성 변조기로, 그 효과를 해제할 수는 없지만 두 번 다 같은 남자라는 건 분명합니다. 그건 맨해튼 66번가와 파크 애비뉴 사이의 공간에서 이루어졌습니다. 남자가 그 지역의 180미터 내에서 전화했다고 추정할 수 있습니다. 자기 차에서 전화했다고 생각되지만, 그 부근의 건물 중 하나에서 전화했을 가능성도 있습니다."

카버는 파란 압핀을 꺼내어 지도에서 자신이 언급한 지역에 꽂았다. 맨해튼에는 다른 파란 압핀 두 개가 있었다. 이전 통화 지역들이었다. 서로 딱히 가깝지는 않았다. 또 다른 빨간 압핀이 납치의 지점으로 추정되는 곳에 꽂혀 있었다.

"우리 스케치를 들고 그 지역에 순찰을 보냈습니다." 카버가 스케치가 비어 있는 화이트보드를 몸으로 가리켰다. "아직은 아무것도 없어요."

"켈리 요원이 분석팀에 네이선의 사진을 보냈어." 그리핀이 말했다. "포토샵일 가능성이 높지만 확인하고 있어. 우리 현재 가정은 납치범이 네이선이 자기 방에서 뭘 들고 있는 사진을 찾았다는 거야. 아마 그 애가 그린 그림 같은 걸. 그리고 오늘 자 신문을 거기에 삽입한 거지. 개브리엘의 피드에서 그 사진을 발견했을 가능성이 있어."

"사진이 변환된 거라면 네이선이 죽었다는 뜻일 수도 있어요." 카버가 무겁게 말했다. "납치범들이 그 애의 사진을 변환하는 것은 그들이 실제 아이의 사진을 찍을 수 없었다는 뜻일 수도 있으니까요."

"나도 그렇게 생각했어." 그리핀이 말했다. "다만 우린 그 애가 그 글을 읽는 음성의 녹음 파일을 가지고 있지, 맞지?"

그 말이 맞았다. 말이 되지 않았다. 네이선이 무사하다면 왜 굳이 기존 사진을 변경하는 수고를 들여야 하지?

"가능한 용의자가 있어요." 애비가 대화에 끼어들었다. 사진을 화이트보드에 테이프로 붙였다. "이 남자는 개브리엘의 인스타그램 프로필의 광적인 팬이에요. 윌이 살펴보고 있어요. 그리고 저도 다른 확인해봐야 할 인물들이 있어요." 애비는 가방을 열어 더 앞서 준비한 폴더를 꺼냈다.

안에는 사진이 한 장 있었고, 애비는 그것을 카버에게 건넸다. "이건 오티스 틸먼이에요. 20대에 세 건의 전과가 있어요. 불법 무기 거래와 성폭행 두 건. 감옥에서 4년을 살았어요. 요즘은 서퍽 카운티의 큰 농장에 있는데, 그 농장에 60명도 넘는 사람들이 살고 있어요. ATF(주류, 담배, 화기 및 폭발물 단속국―옮긴이)가 6년 전 그곳을 습격했는데 제가 알기로는 빈손으로 돌아왔어요."

애비는 폴더를 엄지로 훑으며 인쇄물과 노트를 살폈다. "2년 전 경찰이 지위를 이용한 성폭행 사건을 조사했는데 혐의는 기각됐어요. 제가 사건을 조사한 형사와 이야기해봤는데, 그분은 이 이른바 공동체가 틸먼을 지도자로 하는 종교집단이라고 확신하더군요."

180

"오티스 틸먼이 이 사건과 무슨 상관이죠?" 그리핀이 물었다.

애비는 다른 사진을 꺼내 내밀었다. "이건 이든의 전남편 데이비드 허프가 오티스 틸먼과 함께 찍은 사진이에요. 같이 있는 아이는 어릴 적의 개브리엘 플레처고요. 데이비드가 이든을 틸먼의 집단으로 끌어들인 사람이에요. 이든은 거기서 13년간 살았어요."

카버와 그리핀은 입을 쩍 벌리고 애비를 보았다. 그 후 카버가 틸먼의 사진을 보드에 붙였다.

"그러면 이든 플레처는 그 집단 소속이었나요?" 그리핀이 물었다. "그러면 전체 사건에 대한 우리 접근법이 달라질 수 있는데요."

"이든은 어렸을 때 파괴적인 종교집단에 속해 있었어요." 애비가 말했다. "이든을 끌어들이는 건 더 쉬웠을 거예요."

"그게 어떻게 더 쉬워지죠?" 카버가 물었다. "난 한번 그런 집단에 들어갔다 나온 사람은 가능한 한 그쪽과 멀리 거리를 두고 싶을 줄 알았는데요."

애비는 고개를 저었다. "복잡해요. 집단에 있는 동안은 친밀한 공동체에 속해 있는 거거든요. 그리고 목적의식이 있죠. 거길 나오면, 그 모든 게 사라지고, 그 감각은 대체하기 힘들어요."

"그래서 그 느낌을 다시 찾고 싶었다?" 카버가 물었다.

"네. 그건 컬트 호핑이라는 현상이에요. 가볍게 들리지만 실은 전혀 그렇지 않아요. 집단을 떠나는 사람들은 종종 심한 손상을 입어요. 채워야 하는 공허가 있죠. 아니면 학대당했거나 감정적으로 상처받았을 수도 있고요. 그리고 오티스 틸먼이나 키스 라니에르 아니면 짐 존스 같은 사람들이 당장 그걸 이용하려 덤벼들죠. 더 나아지도록 도와줄 수 있다고 말해요. 당신들은 나쁜 집단에 있었고, 여기는 올바른 집단이라고요. 그리고 만약 내가 딱 맞는 순간에, 외롭고 고립되고 방황할 때 그런 포식자들의 눈에 띄면, 할 수 있는 일은 *아무것도 없어요.*"

카버는 이상하다는 표정으로 애비를 보았다. "틸먼 집단을 전에 다룬 적이 있나요?"

"아뇨, 하지만 극단적 단체나 종교집단과 협상하는 건 위기관리의 기본 중 하나죠." 애비가 말했다. "공부를 좀 했거든요."

"데이비드 허프는 아직 틸먼 농장에 살고 있습니까?" 그리핀이 물었다.

"이든이 알기로는요. 이혼하고 집단을 떠난 이후로는 연락을 안 했대요."

"왜 떠났죠?"

"그 이야기는 미처 할 시간이 없었어요."

"종교집단이든 아니든, 데이비드 허프랑 오늘 밤 이야기를 해야 해요." 카버가 말했다.

"서두는 건 피해야 해요." 애비가 재빨리 말했다. "이 남자들은 경찰을 좋아하지 않고, 중무장을 했을 가능성이 높아요. 한밤중에 나타나서 빛을 비추면 방아쇠를 당기고 싶어서 손가락들이 근질근질할걸요."

"서픽 카운티의 경찰서장한테 이야기를 해보죠. 그 여자랑 안면이 있거든요." 그리핀이 말했다. "우린 그쪽하고 협력해야 할 겁니다. 내일 아침에 가세요."

"이 사람들한테 어떻게 접근해야 할지 브리핑해줄 수 있나요?" 카버가 애비에게 물었다.

"나도 같이 가면 안 돼요?" 애비가 제의했다. "가는 길에 브리 핑할게요."

카버가 한쪽 눈썹을 치켜올렸다. "좋죠."

"저기요, 애비." 윌이 자리에서 불렀다. "다들 이거 보셔야 해 요."

애비는 그리로 갔고 카버와 그리핀도 뒤를 따랐다.

"뭐야?" 애비가 물었다. 윌의 화면에는 동영상이 멈춰 있었다.

"개브리엘이 방금 이 인스타그램 스토리를 올렸어요." 윌이 말하고는 재생을 클릭했다.

개브리엘은 눈물 자국이 죽죽 간 얼굴로 자기 방 침대에 앉아 있었다. 전날과는 다른 옷을 입고 있었는데, 흰색 드레스에 맨발 차림이었다.

"안녕, 여러분." 개브리엘이 떨리고 갈라지는 목소리로 말했 다. "어제 오후에 제 동생이 학교에서 집으로 돌아오는 길에 어떤 남자한테 납치당했어요."

손등으로 눈물을 훔치는 개브리엘을 보는 애비의 위가 꿀렁 내려앉았다.

"그리고 전화가 왔어요." 개브리엘이 말을 이었다. "납치범들 은 동생을 돌려받고 싶으면 500만 달러를 내놓으래요. 우린 그 런 돈이 없어요." 이 지점에서 개브리엘은 무너져 양손에 얼굴을 파묻고 흐느꼈다.

"망할, 도대체 무슨 생각으로 저런 짓을 하는 거지?" 카버가 분노해서 말했다.

"조용." 애비가 잔뜩 긴장해서 말했다.

마침내 개브리엘은 자신을 추스르고 몸을 부르르 떨고는 말했다. "물론 우린 네이선을 돌려받기 위해 모을 수 있는 건 뭐든 모을 거예요. 하지만 지금 당장은 제가 이런 일을 겪고 있다는 걸 여러분 모두에게 알리고 싶었어요. 그리고 이게 내가 그동안 소식이 없었던 이유예요." 이윽고 개비는 눈을 깜빡이고 몸을 똑바로 폈다. "그리고 만약 납치범들이 이걸 보고 있다면, 제발 네이선을 다치게 하지 마세요. 그 애는 어린애예요. 그림 그리기랑 수영을 좋아하고, 아직도 안아주는 걸 좋아해요. 그 애를 안전하게 지켜주세요. 그럼 돈을 드릴게요. 아셨죠?"

개비는 훌쩍이면서 몇 초를 흘려보낸 후, 들릴락 말락 한 목소리로 말했다. "고맙습니다."

영상이 끝났다.

"이런, 방금 똥 폭풍이 일어났네." 그리핀이 말했다. "이걸 본 사람들이 얼마나 되죠?"

"개브리엘의 인스타그램 팔로어는 6만 5,000명이에요." 월이 말했다. "유튜브와 페이스북에는 한 7,000명 있고요. 일부가 중복되긴 하지만요. 그리고 확실히 다들 지금 바로 그걸 보지는 않았겠죠. 하지만 영상은 라이브이고, 개비는 이걸 고정했어요."

"고정했다고요?" 그리핀이 물었다.

"24시간 후에도 사라지지 않는다는 뜻이에요. 그리고 그거에 관한 포스팅도 했고요, 보여요?" 월은 개브리엘이 새로 올린, 눈물 자국 묻은 얼굴 사진을 가리켰다. 밑에는 이렇게 씌어 있었다. *끔찍한 소식이에요. 방금 그것에 관해서 스토리를 올렸어요. 같이 기도해주세요.*

"그러니까 더럽게 많은 사람들이 보게 될 거다, 그런 말을 하고 있는 거죠." 그리핀이 말했다. "내리라고 말해야 해요."

"말한다고 들을지 모르겠네요. 그리고 그래야 할지도 모르겠고요." 애비가 말했다. "이건 납치범들이 원하는 거예요. 놈은 개비한테 돈을 구하기 위해 이용할 수 있는 거면 뭐든 이용하라고 했어요. 개비가 이럴 줄 알았던 거죠. 개비는 팔로어들한테서 돈을 모을 거예요."

"하지만 영상에서는 돈을 요구하지 않았는데요." 카버가 말했다.

"머리를 쓴 거죠." 윌이 말했다. "다른 누군가가 대신 모금을 시작하겠죠. 그리고 그게 훨씬 진정성 있어 보일 거고요."

"놈들은 처음부터 알고 있었어요." 애비가 말했다. "그래서 개비와 통화하겠다고 요구한 거죠. 이든한테 경찰에 연락하지 말라고 하지 않은 이유가 이거예요. 이게 공개되기를 바란 거예요. 놈은 개비한테 기꺼이 도와줄 사람을 분명히 찾을 수 있을 거라고 했어요."

"팔로어들을 무시하는 건 아니지만, 온라인의 별 상관도 없는 사람들 7만 명에게서 500만 달러를 모으는 건 무리일 텐데요." 카버가 회의적으로 말했다.

"지금은 7만 명이죠." 윌이 말했다. "소식이 꽤 빨리 퍼질 거라고 내기해도 좋아요. 숫자는 확 뛰어오를 거예요. 확실해요."

애비는 윌의 화면을 응시했다. 개브리엘의 괴로움에 빠진 표정을 살폈다. "처음부터 개비를 노린 거예요. 이든의 아들을 납치하는 게 목적이 아니었어요. 개브리엘의 남동생을 납치하려는 거였죠."

26

네이선은 어둠을 가르며 달렸다. 발밑에서 자갈이 달그락거렸다. 등 뒤를 돌아보았다. 오두막 문간에 무릎을 디디고 있는 남자의 형체가 보였다. 마치 육식동물처럼. 남자는 알아들을 수 없는 비명을 네이선을 향해 내질렀다. 그 연달아 터지는 격분한 음절들은 네이선의 심장을 공포로 얼어붙게 했다. 네이선은 낑낑대며 왼쪽으로 몸을 던졌다. 어둠 속으로 더 멀리, 자갈길에서 멀리, 오두막에서 나오는 빛에서 멀리. 밤 속으로 더 깊이.

곧 땅바닥이 보이지 않았고 주위의 아무것도 보이지 않았다. 발이 저절로 날아가게 놔뒀다. 체육 시간에 늘 잘했던 것을 떠올렸다. 네이선은 늘 가장 빠른 아이였다. 지금 이 순간 그 속도가 필요했다. 멀어져야만 했다…….

순간 오른발이 깊은 웅덩이 속으로 가라앉는 바람에 네이선은 비틀거리며 땅바닥에 넘어졌다. 즉시 다리와 손바닥이 타는 듯 아팠다. 낑낑대며 이를 악물었다. 비명 지르면 안 돼. 남자가 듣고 쫓아올 것이다. 그리고 전에는 그게 그리 무섭지 않았지만, 지금은 너무 무서웠다. 그 쇠막대기로 때렸을 때 남자의 얼굴에 떠오른 분노……. 어른 남자가 그렇게 화난 걸 본 건 처음이었다. 심지어 더는 남자도 아니었다. 괴물이었다.

일어서서 절뚝거리며 걷기 시작했다. 오른발이 이제는 완전히 젖어서 매 걸음마다 바닥에 쩍쩍 들러붙었다. 손바닥은 타는 것 같았고 피가 난 게 분명했다. 네이선은 피를 무서워했다. 찰과상이 나면 엄마가 늘 밴드를 붙여주었는데. 다리가 아팠다. 아무리 가볍게 걸으려고 애를 써도 소용없었다.

웅덩이 사고 이후 네이선은 또다시 구멍에 빠지거나 나무에 부딪칠까 봐 너무 겁이 나서 훨씬 느리게 움직였다. 몸 앞쪽으로 양팔을 내저으며 땅을 유심히 내려다보았다. 구멍이나 바위일지 모를 어두운 부분들을 피했다.

추웠다. 너무 추웠다. 남자를 공격하기 전에 외투를 챙겨 입을 생각은 미처 하지 못했다. 그 가짜 침대 위에 경솔하게 버려두고 왔다. 집을 나올 때는 밖으로 도망치면 길거리일 거라고 생각했다. 누군가 도와줄 사람을 찾거나 다른 집 문을 두드리며 도와달라고 비명을 지를 생각이었다. 누군가가 엄마한테 전화를 걸어줄 것이다. 엄마 전화번호는 엄마가 외우라고 시켜서 알고 있었다. 어쩌면 집으로 데려다줄지도 모른다. 네이선은 집 주소도 알고 있었다.

하지만 그 대신, 네이선이 뛰어든 것은 이…… 공허였다. 도대체 여기가 어디지? 나를 어디로 데려온 거지? 네이선이 생각한 것보다 훨씬 먼 곳임이 분명했다. 어쩌면 뉴욕시 바깥일지도 모른다.

그 생각에 네이선은 너무 겁을 먹어서 거의 돌아갈 뻔했다. 돌아가서 미안하다고 해야지. 엄마는 늘 사과하면, 진짜로 미안해하면, 사람들은 용서해준다고 말했다. 그리고 네이선은 미안했다. 그러지 말았어야 했다. 남자는 네이선을 아프게 하지 않았다. 오히려 나름대로 보살펴주려는 것처럼 보였다.

하지만 지금은……

이제 네이선을 잡는다면 남자는 네이선을 아프게 할 것이다. 그 점에는 전혀 의심할 여지가 없었다.

계속 앞으로 가다 돌아보니 오두막은 이제 작아 보였다. 거의 보이지도 않을 정도였다. 문은 이제 닫혀 있었고, 그걸 알아볼 수 있는 유일한 이유는 창에 불이 켜져 있기 때문이었다. 어쩌면 네이선을 잡기를 포기한 걸까? 어쨌든 네이선은 남자의 다리를 다치게 했다. 기어서 따라올 수는 없을 테고……

통통 튀는 불빛. 손전등. 빛은 땅을 가리키고 있었다. 그 빛기둥은 사악한 눈처럼 휙휙 돌아갔고, 다시 위를 가리켰다. 더 가까이 튀어왔다.

남자는 진흙에 찍힌 네이선의 발자국을 쫓고 있었다.

네이선은 홀쩍거리며 더 빨리 움직이려 했지만 다리가 아까보다 더 아팠고 얼어붙을 듯 추웠다. 그리고 아팠다. 멈춰서 눕고만 싶었다. 그냥 가만 누워 있으면 죽이지는 않을 것 같았다. 그렇지 않을까?

땅에 쓰러져 눈을 감고 집 생각을 했다. 엄마 생각을. 누나 생각을. 다시 따뜻해지는 생각을.

남자의 발걸음이 더 가까이 다가오면서 진흙 땅바닥에서 쩍쩍 소리를 냈다.

"네이선!" 남자가 고함쳤다. "이리 돌아와! 너 그러다 길 잃는 다."

길은 이미 잃었다. 네이선은 입을 벌려 외치려고 했다. 오두 막의 방은 따뜻했다. 밥도 먹여줬다. 그리고 남자는 누나를 좋 아하는 것 같았다. 나중에는 분명히 집으로 돌려보내줄 것이다. "저……."

"당장 돌아와! 갈기갈기 찢어줄 테다, 개자식."

네이선의 말이 목구멍에서 죽었다. 주위를 미친 듯 둘러보았 다. 어두운 형태가 보였다. 아마도 덤불인 듯했다. 1미터 안팎에 있었다. 아주 조심조심 그리로 기어갔다.

발소리가 더 가까워졌다. 남자는 네이선의 공격 때문에 절룩 거리고 있었고, 그래서 발소리가 불규칙하게 들렸다. 쩍, 쿵, 쩍, 쿵. 마치 늪에 사는 괴물 같았다. 손전등 빛은 진흙 땅바닥을 휩 쓸면서 깜빡거렸다. 네이선이 간신히 덤불까지 가서 그 뒤에 웅 크려 앉은 순간 빛이 근처를 미끄러지듯 지나갔다.

"네이선." 이젠 거의 말소리도 아니었다. 으르렁거림이었다.

쩍. 쿵.

네이선은 몸을 웅크리고 숨을 참았다.

쩍. 쿵.

발소리가 멀어졌다. 폐가 터질 것만 같았지만 감히 숨도 쉴 수 없었다.

갈기갈기 찢어줄 테다.

쩍, 쿵, 쩍, 쿵.

어쩌면 남자를 충분히 멀리 따돌렸는지도 모른다. 어쩌면 아 닐지도 모른다. 그건 중요하지 않았다. 네이선은 더는 참을 수 없어 숨을 내쉬었다. 가능한 한 부드럽게 호흡하려 했다. 조심조심 일어나서 수색하는 손전등 빛과 반대 방향으로 움직였다.

하마터면 철조망 담에 부딪힐 뻔했다. 한 걸음 더 앞으로 내디디자 손끝에 철망이 닿았다. 네이선은 숨을 몰아쉬며 얼어붙었다. 맨 위 철사를 건드리고 손가락으로 훑었다. 뭔가 따가운 것에 닿았고, 찌릿 하는 통증이 번뜩였다. 네이선은 허둥대며 손을 치웠다. 철사 두 개가 더 보였다. 철사 세 개가 좌우로 뻗어 있었고, 각각에는 그 지독한 뾰족한 게 돋아 있었다.

맨 밑 철사와 중간 철사 사이를 기어서 통과할 수 있을 것 같았다. 서로 정말 간격이 넓었다.

몸을 웅크려 중간 철사를 위로 밀어 올리려 했지만 너무 팽팽했다. 아주 조심조심 오른손을 철사 위로 움직이자 반대편의 풀이 손에 닿았다. 왼손은 뭔가 축축하고 끈끈한 것에 내려앉았다. 진흙이었다. 철사 아래로 몸을 부드럽게 움직였다. 손전등 빛이 얼핏 눈에 들어왔다. 다시 네이선을 향해 오고 있었다. 너무 가까웠다. 공황에 빠진 순간, 네이선은 반대편으로 몸을 날렸다. 찢어지는 통증이 등을 찔렀다. 이제 네이선은 비명을 질렀다.

등 뒤에서 남자가 외쳤다. "네이선! 움직이지 마, 이 콩알만한 개자식!"

아이는 빠져나갈 수 없었다. 철망에 몸이 걸려 있었다. 한 번 더 몸을 날렸다. 그러자 간신히 풀려났다. 니트가 찢어지는 소리가 났다. 이제 네이선은 반대편에 있었다. 머리 위에서 굽어보는 키 큰 나무들의 윤곽이 얼핏 보였다.

아이는 남자와 담장을 등지고 숲으로 달려 들어갔다.

27

폐가 지옥같이 아팠다. 절룩이는 걸음걸이로 오두막으로 돌아가며 남자는 아이를 몇 번이고 욕했다. 애초에 그 수고를 들여가며 아이와 친구가 되려고 노력하는 게 아니었는데. 그냥 차에 태우자마자 목이나 졸랐어야 했는데. 그러지 않고 그 수많은 노력을 쏟아부었다. 네이선의 방을 새로 만들고, 가장 좋아하는 음식을 사주고. 뭘 위한 짓이었지?

아이는 틈이 나자마자 무슨 야생동물처럼 남자를 공격했다.

그리고 이제……. 음, 이제 모든 게 망쳐졌다. 전체 계획이 흐트러졌다. 남자의 얼굴을 아는 아이가 만약 무사히 도망친다면 경찰이 찾아올 것이다. 그리고 아이가 만약 숲에서 길을 잃고 죽는다면…….

그건 썩 나쁘지 않을 것이다. 그거라면 어떻게든 해결할 수 있었다.

남자는 문을 몸으로 밀치고 들어가 등 뒤로 쾅 닫았다. 약품

함으로 가서 이부프로펜 두 알을 물도 없이 삼켰다. 절룩대며 부엌으로 가 의자에 앉아 바지 다리를 말아 올렸다. 정강이에 커다란 보라색 멍이 드러났다.

망할.

어쩌면 엑스레이를 찍어야 할지도 모른다. 아니, 당연히 안 되지. 뭐라고 말하겠는가? 우연히 맨다리로 쇠막대기를 찼다고? 아니, 괜찮을 것이다. 한 이틀 정도 진통제를 친구로 삼으면 더 나아질 것이다.

남자가 해야 할 일은 준비하는 거였다. 왜냐하면 아이가 무사히 도망치면 남자는 여기서 사라져야 하니까. 그것도 빨리. 필수품으로 짐을 꾸리고 현금을 인출해야 했다.

벽의 커다란 사진으로 눈길이 향했다. 수백 명의 개브리엘이 남자를 응시하고 있었다. 이 사진을 만드는 데 30시간도 더 걸렸다. 남자는 자신이 가진 개브리엘 사진 수천 장을 모조리 훑었다. 대체로 인스타그램에서 가져온 것이었고 일부는 필요에 맞게 조작했다. 알몸 사진을 만드는 건 딥누드 앱이 출시된 이후로 훨씬 쉬워졌다.

사진을 가져갈 수 있을까? 그러면 자동차 뒷좌석을 몽땅 차지할 것이다. 국경 경비가 그걸 보면서 질문하는 광경을 상상했다. 아니다, 두고 가야 할 것이다. 전부 두고 가야 할 것이다.

남자는 한번 흑하고 흐느꼈다. 개브리엘을 위해 이 모든 일을 했는데. 이제 와서 이런 일이 일어나다니.

냉장고에서 맥주를 하나 꺼내 단숨에 반을 벌컥 마시고 다리의 욱신거리는 통증을 잊으려 했다. 그 후 휴대전화를 주머니에서 꺼내 인스타그램 앱을 열었다.

새로운 스토리 그리고 새로운 포스팅이 있었다. 시급한 소식이 있다는 거였다. 네이선이 벌써 집으로 돌아갔나? 아니, 그건 미친 생각이다. 그럴 리 없었다. 아이가 떠난 지 15분도 안 됐다.

떨리는 손가락으로 스토리를 눌렀다. 개브리엘이 화면에 나타나 동생의 납치에 관해 이야기했다.

이제야. 슬슬 개브리엘이 절대 감을 잡지 못할 거라고 생각하던 참이었다.

개비는 흰 드레스를 입고 있었다. 그걸 산 걸 남자는 기억했다. 무슨 봄 댄스 파티인가에 입을 계획이었다. 하지만 끝내 입지 못했다. 아니면 적어도, 그것에 관한 포스팅은 올리지 않았다. 개비는 그 드레스를 샀을 때 그걸 순수라고 불렀다. 하지만 남자에게 그건 다른 단어를 연상시켰다. 신부.

"우린 그런 돈이 없어요." 개비는 손에 얼굴을 묻고 흐느꼈다.

남자는 심장이 옥죄는 걸 느꼈다. 개비가 우는 건 차마 볼 수 없었다. 개비의 눈물을 잊으려 맥주를 길게 한 모금 더 마셨다.

"납치범들이 이걸 보고 있다면, 제발 네이선을 다치게 하지 마세요. 그 애는 어린애예요. 그림 그리기랑 수영을 좋아하고 아직도 안아주는 걸 좋아해요. 그 애를 안전하게 지켜주세요. 그럼 돈을 드릴게요. 아셨죠?"

남자는 한숨을 내쉬었다. 개비가 옳았다. 네이선은 어린아이였다. 남자는 네이선을 버려도 되는, 숲에서 죽도록 내버려둬도 되는 물건처럼 생각하고 있었다. 하지만 그럴 수는 없었다. 그 애를 무사히 데리고 있어야 했다. 개브리엘은 직접 남자를 향해 말했다. 심지어 평소와 달리 모든 팬들에게 말하는 척 가면을 쓰지도 않았다.

개비는 남자에게 말하고 있었다. 동생을 안전하게 지켜달라고 부탁했다.

그리고 그때, 속삭임에 가까운 고맙습니다. 개비는 전에는 한 번도 남자에게 직접 고맙다고 한 적이 없었다. 남자는 늘 개비에게 필요한 일을 했지만 개비는 절대 그 어떤 감사도 표하지 않았다. 그리고 어떤 면에서, 남자는 그 점에 한 번도 신경 쓰지 않았다. 다른 무엇도 기대하지 않았다. 하지만 그 한마디는 너무 달콤하게 느껴졌다.

남자는 영상을 다시 재생했다.

안전하게 지켜주세요.

고맙습니다.

남자는 한숨을 토하며 의자에서 일어났다. 이제 다리가 거의 아프지 않았다. 이부프로펜과 맥주 덕분일 수도 있지만, 어쩌면 그냥 개브리엘이 남자에게 새로이 힘을 불어넣고 있는 것일지도 모른다.

남자는 손전등과 휴대전화를 들고 도로 바깥의 어둠 속으로 나갔다. 개브리엘의 동생을 자신이 안전하게 지키겠다고 굳게 결심하고서.

28

얼어붙는 어둠 속에서 비틀대며 몇 시간을 걸었을까. 네이선은 졸음이 오는 걸 느꼈다.

젖고 축축한 오른발에서는 이제 아픔도 느껴지지 않았다. 감각이 없었고, 걷는 게 아니라 마치 커다란 돌을 조금씩 앞으로 끌고 가는 기분이었다. 등은 여전히 아팠다. 찢어진 셔츠 옷감이 살갗에 들러붙어 있었다. 떼어내려 했지만 찌르는 듯한 아픔이 너무 견디기 힘들어서 도저히 끝낼 수 없었다.

이가 때때로 달그락거리며 맞부딪쳤다. 하지만 이젠 많이 그러지는 않았다. 사실은 더 나아지고 있었다. 어쩌면 추위도 더 나아지고 있는지 몰랐다. 네이선은 잠을 좀 자야 했다.

멀리서 동물이 끼익 우는 소리가 들렸다. 네이선은 멍한 상태에서 그 소리를 들었다. 더는 무섭지 않았다.

그냥 지쳤을 뿐이었다.

마침내 벌벌 떨면서 나무 옆에 누웠다. 몸을 둥그렇게 말고 양손은 소매에 깊이 집어넣고, 얼굴은 니트의 목깃에 묻었다. 그 냥 몇 시간만, 아침까지만 잘 생각이었다. 그리고 계속 걸어야지.

뉴욕시는 분명 그리 멀지 않을 것이다.

안도감을 주는 잠의 공허가 네이선을 에워싸고 고통과 공포와 추위를 가져갔다. 떨림은 잦아들었다. 그냥 잠깐만 쉬어야지.

갑작스러운 소음에 네이선은 화들짝 놀랐다. 잠이 들었는지 조차 확실하지 않았지만 뭔가가 네이선을 쿡 찔러 깨웠다. 동시에 추위와 등을 찌르는 듯한 아픔도 돌아왔다. 뭐였지? 그 소음이 뭐였지?

자동차 엔진 소리.

차도가 근처에 있었다.

차도에는 때로 가로등이 있었다. 차도에는 차가 있었다. 그리고 사람들이. 차도는 곧 구조를 뜻했다.

벌떡 일어선 네이선은 휘청거리다 하마터면 넘어질 뻔했다. 오른발은 이제 전혀 움직이지 않는 것 같았다. 눈앞에서 별들이 춤을 추었다. 나무에 몸을 기대고 부드러운 숨을 후 내쉬었다. 아니, 숨이 아니라 낑낑거림이었다.

그 후 한 걸음, 또 한 걸음 내디뎠다. 소리의 기억을 따라갔다. 차도를 찾았다.

저기다.

수많은 그림자들 속에서 거의 보이지도 않는 검은 땅 조각. 확실히 인간이 만든 거였다. 그것은 휘어져 나무들 사이로 사라졌다. 네이선은 정말 보이는 건지 확신할 수 없어서 눈을 가늘게 떴다. 하지만 정말이었다.

발이 이끄는 대로 차도로 향했다. 그 단단한 표면에 발이 닿자, 안도감이 네이선의 전신으로 밀려들었다. 차도는 평평하고 부드러웠다. 다리를 긁는 가시는 없었다. 숨겨진 나무 등걸이나 아이를 빠뜨리겠다고 위협하는 구멍은 없었다. 해야 할 일은 그냥 차도가 어딘가로 데려다줄 때까지 한 발 한 발 차례로 내디디는 것뿐이었다.

한 발 한 발 차례로. 몇 번이고 반복해서.

네이선은 눈을 반쯤 감은 채로 움직였다. 도로를 따라 터벅터벅 걸어갔다. 몸은 갈수록 무거워져 네이선을 아래로 끌어내렸다. 한 발 한 발 차례로. 오른쪽 신발은 아스팔트에 닿을 때마다 축축한 소리를 냈다. 더는 길이 거의 보이지도 않았다. 거의 아무것도 볼 수 없었다.

자신을 향해 돌진하는 한 쌍의 흰색 전조등도 볼 수 없었다.

마지막 순간, 네이선은 헉하고 차도 밖으로 몸을 굴렸다. 차는 살짝 방향을 트는 것 같았다. 차가 10센티도 떨어지지 않은 바로 옆을 지나갈 때 돌풍이 아이의 얼굴을 때렸다. 네이선은 비틀비틀 일어나 위아래로 뛰면서 멀어지는 차를 향해 양팔을 흔들고 비명을 질렀다. 붉은 후미등이 어둠 속에서 작은 점이 되었다.

네이선은 눈물을 쏟았다. 더는 견딜 수 없었다. 엄마가 보고 싶었다.

그리고 그때, 놀랍게도, 차가 멈췄다. 뒤돌아, 다시 다가왔다. 차는 가까워지면서 속도를 늦췄고, 네이선은 정신을 차리고 길가로 움직였다.

갑작스러운 공포가 네이선을 때렸다. 그 남자면 어떡하지? 전조등이 점점 더 가까이 다가오는 것을 보며, 네이선은 얼어붙은 채 길가에 서 있었다.

29

애비는 노트북 화면에 뜬 기사를 읽고 있었다. 조수석 창밖 풍경은 거의 머리에 들어오지도 않았다. 카버가 차를 몰았다. 한 손은 운전대에 얹고, 다른 손은 무심하게 운전석 창턱에 얹고 있었다.

"차에서 어떻게 글을 읽는지 모르겠어요." 카버가 말했다. "내가 그러려고 하면 아침 먹은 걸 2분 만에 토하고 말 텐데."

"난 멀미 안 해요." 애비는 건성으로 대꾸하고는 기사를 아래로 내렸다. 그랜드 센트럴 파크웨이에서 일어난 4중 추돌 사고를 지나쳐 롱아일랜드 고속도로를 동쪽으로 달려 틸먼 농장으로 가는 길에 세 번째로 읽은 기사였다. 세 기사 모두 개브리엘이 전날 밤 올린 인스타그램 스토리를 다루고 있었다. 이번 기사는 《뉴욕 포스트》 웹사이트에 올라온 거였다. 그리고 그 기사는 아마도 CNN, 폭스뉴스, 그리고 나머지 매체들로 갈 것이다. 네이선의 납치는 전국 뉴스가 됐다.

좀 더 간단하게 말하면, 개브리엘의 인스타그램 스토리는 전국 뉴스가 됐다.

"그래서, 그 기사에서는 뭐래요?" 카버가 물었다.

애비는 한숨을 푹 쉬었다. "그냥 다른 것들이랑 거의 똑같아요. '인스타그램 인플루언서 개브리엘 플레처가 어젯밤 남동생이 납치됐다는 소식으로 팔로어들에게 충격을 안겼다.' 그 후 사연을 짧게 요약하고 링크를 달았고요. 네이선 사진이랑. 뉴욕 경찰청의 두 줄짜리 인터뷰. 그리고 물론, 그 모금에 대한 언급도 당연히 있고요."

몸값을 위한 긴급 클라우드 모금은 애비가 예상한 것보다 더 빨리 시작됐다. 개브리엘이 대중에 알린 지 겨우 두 시간 만에, 팔로어 중 하나인 타냐더픽시가 보라색 풍선 글자로 네이선을 구하자라고 쓴 커다란 간판을 들고 찍은 사진을 인스타그램에 올렸다. 거기에는 자신이 개설한 모금 링크가 첨부돼 있었다. 개브리엘은 거의 즉시 자신의 계정에 그걸 리포스팅하면서 팬들의 믿을 수 없는 노력에 감사하는, 눈물 섞인 인스타그램 스토리를 추가로 올렸다. 열두 시간도 지나지 않은 지금 11만 2,000달러가 모였고, 숫자는 애비가 확인할 때마다 팍팍 뛰어올랐다. 아직 목표인 500만 달러까지는 한참 멀었지만, 오늘 아침 그렇게 언론에 도배됐으니 애비는 기부의 속도가 열 배로 뛸 거라고 확신했다.

애비의 브라우저에는 탭 세 개가 열려 있었다. 하나는 개브리엘의 인스타그램 페이지로, 개비의 포스팅에 쏟아지는 댓글과 '좋아요', 그리고 갈수록 인기가 높아지는 #네이선을_집으로_데려오자 해시태그를 감시하는 용도였다. 둘째 탭은 기금 액수를 보여주었는데, 카버의 차에 탄 이후로 이미 거의 7,000달러나 올랐다. 그리고 셋째 탭은 기사를 읽는 용도였다. 애비는 기사들 그 자체에는 솔직히 별로 관심이 없었다. 하지만 납치범들이 그 기사들을 읽을 건 분명했다. 애비는 그 사건들에 대한 납치범의 시각을 보고자 했다.

아이작이 보낸 메시지가 화면에 팟 하고 떴다. 애비는 아이작에게 전날 밤 메시지를 보내서 이든이 틸먼 집단에 합류했던 걸 알았느냐고 물었다. 그 답이 이제야 온 것이다.

애비는 채팅을 눌러 메시지를 읽었다. 어떤 공동체를 찾아낸 건 알았어. 그리고 거기서 남편을 만났다는 것도. 하지만 자세한 이야기는 들은 적 없어. 우린 당시 몇 년째 연락이 끊겨 있었지만, 난 이든이 종교집단에 들어간 건 전혀 몰랐어!

아이작은 공포에 질린 이모티콘을 덧붙였다.

알았어, 고마워. 애비는 답장했다.

그거 확인하는 중이야?

그래, 우린 이든 전남편하고 이야기를 해야 해. 어쩌면 아직 거기 있을지도 몰라. 지금 그리로 가는 중이야.

조심해.

애비처럼 아이작 역시 경찰이 집단 공동체에 들이닥치면 상황이 어떻게 잘못될 수 있는지 직접 경험을 통해 알고 있었다. 순간 한 장면이 애비의 머릿속에 깜빡이며 떠올랐다. 전화기를 쥐고, 총이 애비의 관자놀이를 누르고. 아이작의 공포에 질린 눈이 애비의 눈과 마주치고. 그 후 뜀박질. 연기.

고함이 울렸다. "아비하일, 여기서 도망쳐!"

어깨에 얹히는 아이작의 손.

타는 듯한 목의 통증.

애비는 고개를 젓고 자신을 기억에서 억지로 떼어냈다. 아이작에게 따봉 이모티콘을 보내고 휴대전화를 집어넣었다.

창밖을 내다보며 말했다. "와, 나무다."

"우리가 학교에 있을 때 늘 당신 눈썰미가 남다르게 날카롭다고 생각했어요." 카버가 툭 던졌다. "이제 보니 내 생각이 맞았네요."

언제부터인지 번잡한 도시 풍경은 사라지고 이제 나무들이 양쪽 길가에 늘어서 있었다. 교통은 한산하고 쾌적했다. 마지막으로 차를 몰고 도시를 벗어난 게 언제였더라? 몇 달은 지났을 것이다. 1년도 더 됐나? 확실히 그건 아니었다.

좋아, 어쩌면 1년 더 됐을지도 모른다. 크랜베리 레이크로 갔던 그 캠핑 여행. 왜 한 번밖에 안 갔지? 너무 재미있었다. 벤은 낚시꾼들을 구경했고, 물고기보다는 미끼로 쓰이는 지렁이에 더 관심을 보였다. 서맨사는 일광욕을 하며 책을 읽었다. 그리고 밤이 되자 따닥거리는 모닥불을 피우고 마시멜로를 손가락이 끈적거릴 만큼 끝도 없이 먹었다.

애비는 휴대전화를 꺼내어 딸에게 깨어 있느냐고 묻는 메시지를 보냈다.

샘은 응답하지 않았다. 잠이 들었는지 아니면 그냥 무시하는 건지는 모를 노릇이었다. 애비는 일어나면 알려달라고 묻는 메시지를 다시 보냈다. 그리고 벤도 확인했다. 벤은 제 할아버지와 공원에 갔다고, 어머니가 문자를 보냈다.

"그래서 언제 납치범들이 다시 전화를 걸어올 것 같아요?" 카버가 물었다.

"오늘은 아닐 것 같아요." 애비가 대답했다. "여태껏 놈들의 행동으로 미루어 우린 놈들이 조심스러운 걸 알아요. 놈들은 이런 통화가 위험하다는 걸 알죠. 그래서 대포폰을 사용하고 각기 다른 지역에서 전화를 하는 거고요. 처음에 전화를 자주 한 건 개브리엘이 자기들 의도를 파악하고 모금을 시작하길 바라서였어요. 하지만 이제는 그냥 기다리면 되죠. 사실, 말 그대로 집에서 편안히 모금액이 올라가는 걸 구경만 하면 돼요. 몸값 모금액이 계속 올라가는 한 전화할 이유가 없죠."

"이게 우리한테 해가 될 거라고 생각하세요?"

"바람직할 건 없다고 생각해요." 애비가 말했다. "개비가 우리를 먼저 찾아왔다면 우린 기다리라고 했을 거예요. 납치범들이 몇 번 더 전화할 때까지 기다리라고요. 그리고 더 좋은 메시지를 만들어 개비에게 올리게 했겠죠. 납치범들이 계속 우리한테 연락하게 만들 메시지를요."

"그래요." 카버가 우울하게 내뱉었다.

"하지만 개비는 네이선을 한 인간으로 보이게 만드는 점에서는 꽤 잘했어요. 만약 납치범들이 자신들을 그 아이로부터 감정적으로 단절시키려 하고 있다면, 이로써 그게 더 힘들어졌을 거예요. 그리고 개비는 상황이 놈들 뜻대로 가고 있는 것처럼 느끼게 만들었죠. 놈들은 자신이 고삐를 틀어쥔 것처럼 느끼고 있을 텐데, 그건 좋은 일이에요."

"그야 놈들은 실제로 고삐를 쥐고 있으니까요."

"지금은 그렇죠." 애비가 노트북을 덮고 가방 속에 밀어 넣었다. "저기요, 음악 좀 틀어도 돼요?"

"당연하죠, 얼마든지 트세요."

"최애곡이 뭐예요?" 애비는 휴대전화를 케이블에 연결하며 물었다.

"최애곡요?"

"네, 뭘 듣기 좋아해요?"

"사실 음악은 별로 잘 안 들어요."

애비가 눈을 깜빡였다. "뭐라고요? 전혀요?"

"음, 운전을 할 때는 보통 팟캐스트를 들어요. 그리고 솔직히 음악이 있으면 집중이 안 돼서, 일할 때는 아무것도 안 들어요. 그리고 저녁에는 텔레비전을 보거나 책 읽는 게 더 좋고요." 카버는 생각에 잠겼다. "보통은 매년 소득세 서류작업을 할 때 음악을 들어요."

"1년에 한 번. 1년에 한 번 음악을 듣는다는 거죠."

"네, 그런 것 같아요."

"그렇게 내면이 죽은 채 사는 기분은 어때요? ……슬픈가요? 아니면 그냥 아주 느긋한가요?"

카버는 씩 웃으며 애비를 보았다. "난 잘 지내요. 좋아요. 그거 알아요? 난 사실 음악을 좋아해요. 라디오에서 계속 틀어주는 그 신곡 좋던데요."

"무슨 노래요?"

"그 밴드 거요. 알죠. 나-나나-나아아아-나-나."

"한 번도 못 들어봤는데요. 비슷한 것도 전혀 생각 안 나요."

"아, 왜요. 엄청 인기 많은 건데."

"당신이 방금 흥얼거린 노래가 말이죠. 누가 지은 건지도 모르고, 제목도 기억 못 하는 어떤 밴드의 노래."

"그거 알아요? 마음이 바뀌었어요. 음악 틀면 안 돼요."

"너무 늦었어요. 이제부터 음악 수업이에요." 애비는 자신의 음악 라이브러리를 훑어내렸다. "좋아요. 이건 심지어 당신의 텅 빈 영혼도 깨워줄 거예요." 애비가 재생을 누르자 더 후의 〈바바 오라일리〉의 첫 음이 울려나왔다.

"아, 나 그 노래 알아요." 카버가 환히 웃으며 말했다. "틴에이지…….'"

"아니에요."

"맞아요! 이 노래 고등학교 때 들었어요. '틴에이지 웨이스트랜드'예요."

"틴에이지 웨이스트랜드 아니거든요. 틴에이지 웨이스트랜드라는 노래는 없어요. 제목은 〈바바 오라일리〉라고요. 하지만 무지렁이들은 그게 틴에이지 웨이스트랜드라고 생각하죠. 코러스에 나오는 그 두 단어 때문에요."

"그거 알아요, 멀린 경위님? 당신은 음악 속물이에요."

애비가 웃었다. "딸을 닮아서 그래요."

"유전은 그런 방식이 아닌데요."

"그럴 때도 있어요."

"아이는 몇 명 있어요?"

"둘요. 벤은 여덟 살이고 서맨사는…… 열네 살이에요."

"열네 살요? 학교 졸업하고 바로 가졌나 봐요." 카버가 얼굴을 찌푸렸다. "내 기억으론 그때 만나던 남자가…… 스티브? 그분이 아버지예요?"

애비는 헛기침했다. "네."

"멋져요!" 카버가 환히 웃었다. "그분 정말 좋았어요. 컬럼비아 대학교 수학 교수셨죠, 맞죠? 졸업식 바비큐에서 그분하고 꽤 오래 잡담을 했는데, 정말 멋진 분 같았어요."

"당신 생각만큼 환상적이지는 않았어요. 우린 이혼했어요."

"이런, 미안해요." 카버는 민망한 얼굴이었다.

"뭐, 괜찮아요. 이젠 지난 일이에요. 바이올린 솔로 들어봐요. 이게 가장 좋은 부분이에요."

데이브 아버스의 믿기 어려운 솔로를 들으면 애비는 늘 그걸 연주하는 서맨사가 떠올랐다. 아랫입술을 깨물고 제대로 해내려 애쓰는 모습이. 죄의식이 머릿속으로 스며들었다. 딸은 여전히 스티브의 집에서 벤의 새 뱀에 관해 불을 뿜고 있었다. 애비는 거기에 보상을 해야 할 것이다.

노래가 끝나고 〈바겐〉이 시작됐다.

"아이 있어요?" 애비가 물었다.

"아뇨. 조카라면 잔뜩 있지만요."

"'잔뜩'이 몇 명인데요?"

카버는 얼굴을 찌푸리고 대답하지 않았다.

"카버? 잔뜩이……."

"잠깐만요, 세는 중이에요."

"세지 않으면 몰라요?"

"열아홉 명요."

"열아홉 명요? 지어낸 거죠."

"아니에요. 그게요, 누나 중 하나가 대가족을 원했어요."

"그래서 아이를 열아홉 명 낳았다고요?"

"뭐라고요? 아뇨, 당연히 아니죠. 일곱 명 낳았어요. 하지만 듀이 형이 아이를 낳았는데, 형은, 음, 난 둘을 낳고 싶어, 그랬어요. 그런데 둘째 아이가 세쌍둥이였어요. 그래서 우린 열한 명이 됐고. 데이나는 세 명, 홀리는 한 명. 그리고 제이크는……."

"형제가 몇 명인데요?"

"애비 때문에 세다가 까먹었잖아요. 넷……."

"많네요."

"……은 누나들이고 형이 세 명 있어요. 총 여덟 명이죠. 엄마도 대가족을 원했어요. 누나가 거기서 옳은 거죠."

"그럼 가족은 당신이 아이를 안 갖는 걸 어떻게 생각해요? 당신은 집에서 뭔가 검은 양 같은 존재인 건가요?"

"아뇨, 그건 제럴드일 거예요. 감옥에 있거든요."

"아이고, 미안해요. 그런 뜻은……."

카버가 껄껄 웃었다. "걱정 말아요. 사기로 들어갔으니까요. 온라인으로 돌을 팔았어요. 월석이라고 뻥을 쳤죠. 우주비행사가 서명했다는 가짜 인증서랑 함께요."

"진짜예요?"

"넵. 잡히기 전에 돌을 300개도 넘게 팔았죠. 2년 받았어요. 우린 순번을 정해 면회를 가요."

"와. 그 웹사이트 아직 있어요?"

"아뇨, 당연히 없죠."

"나라면 하나 샀을 것 같아요. 그냥 월석이 있다고 허세 부리려고요."

"아니, 아닐걸요."

"아니죠." 애비가 인정했다. "안 샀을 거예요. 그래서, 형제가 일곱이군요. 그리고 조카가 열아홉 명이고요. 크리스마스에는 뭘 해요?"

"듀이 형이 텍사스에 농장이 있어요. 우린 보통 거기서 크리스마스를 축하해요. 무척 시끄러워지죠."

"상상이 가네요."

"아닐걸요." 카버가 씩 웃어 보였다. "아무도 상상 못 할걸요. 정말 시끄러워지거든요."

애비가 웃었다. "그래요, 맞아요. 난 상상 못 할 것 같아요."

형제자매가 여덟 명이라니. 그런 가정환경에서 자라면 어떤 기분이었을까? 확실히 정신없었을 것이다. 하지만 애비의 아동기는, 심지어 지금의 부모에게 입양된 후에도, 조용하고 자주 외로웠다. 형제나 자매가 있었으면 더 쉬웠을 텐데.

"그러면⋯⋯." 카버가 말했다. "이든과 함께 모지스 윌콕스 집단에 계셨던 건가요?"

애비의 심장이 돌처럼 내려앉았다. "어떻게 알았죠?" 애비가 속삭임에 가까운 목소리로 물었다. 윌이 말했나? 만약 그랬다면 애비는 절망에 빠질 것이다. 윌은 절대⋯⋯.

"사실은 몰랐어요. 방금 전까지도 확신이 없었어요."

이런 바보 같은. 이렇게 낡은 수법에 넘어가다니. 애비는 아무 말 없이 창밖을 바라보았다.

"그때 이든에게 병균에 관해 말한 게 뭔가 이상했어요. 이해가 안 됐죠." 카버가 말했다. "하지만 두 사람이 관계가 있는 것 같았어요. 그저 가볍게 아는 사이를 한참 넘어서는 뭔가요. 그리고 어제 당신이 이든이 어렸을 때 종교집단에 있었다고 말한 후로 조사를 좀 했죠. 모지스 윌콕스의 병균에 대한 집착은 상세히 기록돼 있었어요. 그리고 애비가 사이비종교 얘기를 했을 때, 그냥 조사를 열심히 한 것처럼은 들리지 않았어요. 그보다는……."

"개인적으로 들렸겠죠." 애비가 공허하게 말했다.

"음, 네. 윌콕스 포위 생존자들의 신분은 감춰졌어요. 하지만 언론은 아이가 세 명 있었다고 언급했죠. 일곱 살짜리 여자애 하나, 열세 살짜리 여자애 하나, 그리고 열두 살짜리 남자애 하나. 나이가 딱 맞더라고요."

"그건 이 사건하고는 상관없어요."

카버가 애비를 빤히 보았다. 애비는 돌처럼 앞만 응시하며 감정을 억누르려 애쓰고 있었다. 카버에게 불같이 화가 났다. 마치 카버가 자신의 비밀 일기장을 훔쳐 읽기라도 한 것처럼. 하지만 사실은 그렇지 않았다. 카버는 그저 자기 일을 한 것뿐이었다.

"상관있을 수도 있죠." 카버가 말했다. "이 사건이 재판으로 가면요. 사람들은 관련성을 찾아낼 거예요. 하지만 지금으로서는 재판은 아무래도 상관없어요. 그냥 네이선 플레처를 집으로 데려오고 싶을 뿐이에요."

"나도요."

"그리고 종교집단에 관한 애비의 개인적 지식이 도움이 될지도 모르죠. 우리가 거기 도착하면 객관적일 수 있겠어요? 그건 중요한 일이에요, 멀린."

"네. 내 걱정은 안 해도 돼요."

"또 누가 알아요?"

애비는 손가락을 꼽았다. "부모님, 윌 베린, 그리고 당신이 말한 사람들." 그리고 손을 펼쳤다.

"난 아무한테도 말 안 했어요. 그리고 사건에 해가 되지 않는다면 입을 계속 다물고 있을 거고요."

"좋아요."

"아마 조만간 밝혀지겠죠."

"그래요. 하지만 난 당신이 나한테 쓴 그 싸구려 속임수에 다 신 넘어가지 않을 거예요."

마치 그 말이 신호라도 된 듯, 곡이 끝나고 〈다시 속지 않아〉 가 연주되기 시작했다. 애비는 그 완벽한 타이밍에 웃지 않을 수 없었다. 맙소사, 이 노래가 너무 좋았다. 두 사람은 침묵에 잠긴 채 차로 달렸다. 흐르는 음악을 배경으로 나무들이 돌진해 지나 갔다.

30

약속대로, 서픽 카운티 경찰인 웡 형사는 틸먼 농장을 800미
터쯤 앞둔 길가에서 두 사람을 기다리고 있었다. 차 후드에 기대
어 긴 담배를 피우고 있었다. 카버가 차를 세우는 동안, 애비는
웡을 샅샅이 훑었다. 여자는 큰 키와 흠잡을 데 없는 황갈색 피부
에, 부드러운 갈색 머리카락을 뒤로 잡아당겨 말끔한 포니테일
로 묶었다. 검은 재킷과 그에 어울리는 세일러 팬츠를 입었는데,
애비는 자신이라면 백만 년이 지나도 그걸 소화하지 못할 것임
을 경험으로 알고 있었다.

애비는 조수석 문을 열고 차 밖으로 나섰다. "웡 형사님? 전
멀린 경위예요."

웡은 고개를 끄덕이고 연기를 내뿜고는 애비에게 다가와 악
수를 나눴다. "기억나요. 1년 전에 두어 번 전화 통화를 했죠."

"그리고 이쪽은 뉴욕 경찰청 소속 카버 형사예요." 애비는 카
버를 향해 몸짓했다. "네이선 플레처 사건을 담당하고 있어요."

"그 사건이 오늘 아침 언론의 관심을 많이 받고 있던데요." 윙이 카버와 악수를 나누며 말했다. "틸먼 농장이 정말 관련이 있다고 생각하세요?"

"음, 네이선의 양친 모두 거기 살았어요." 카버가 말했다. "그리고 아버지는 아직 거기 살고 있을 가능성이 있죠. 우린 틸먼 농장은 차치하고라도 아버지를 반드시 찾아야 해요. 우리한테 뭘 말해줄 수 있죠?"

윙이 어깨를 으쓱했다. "멀린 경위님이 이미 거의 다 알고 계세요. 2년 전 이곳 고등학교의 한 교사가 우리한테 신고를 했거든요. 자기 반의 열다섯 살짜리 여학생인 루스 린드홀름이 성인 남자와 성관계를 가졌다고 했다고요. 루스는 틸먼 농장에 살았죠. 전 학교로 가서 거기서 학교 심리학자의 입회하에 면담을 했어요. 학생은 농장에 있는 남자가 자신과 두 번 성관계를 가졌다고 했어요. 그리고 자기 부모도 안다고 했죠."

형사는 몇 초마다 한 번씩 말을 끊고 담배를 길게 들이마셨다. 연기가 문장에 마침표를 찍었다. "우린 농장으로 가서 그 남자를 체포했어요. 그리고 그다음 날 루스는 양친과 오티스 틸먼과 함께 찾아와서 전부 자기가 꾸며낸 얘기라고 했죠. 우린 더 조사하려 했지만 몇 주 후에 사건을 기각해야 했어요. 그 농장의 누구도 도무지 우리랑 이야기하려 하지 않았어요. 오티스만 빼고요. 그리고 그 남자는…… 음, 그 남자가 하는 말은 단 한마디도 믿을 수 있을 것 같지 않더군요. '안녕하세요'조차도요."

"루스의 가해자 남성은 아직 농장에 사나요?" 카버가 물었다.

"아, 네. 다들 그래요. 커다랗고 행복한 하나의 공동체죠." 윙은 담배를 마지막으로 한 모금 빨고 꽁초를 땅에 버린 후 발로 짓이겼다. "얼른, 점심식사 시작하기 전에 거기 도착해야 해요. 식사 때 오티스는 보통 설교를 하는데, 몇 시간씩 가기도 하거든요."

그들은 다시 차로 올라 웡의 차를 따라갔다. 애비의 휴대전화가 삑삑거렸다. 이제 일어났다고 알리는 샘의 퉁명스러운 메시지였다. 애비는 나중에 전화하겠다고 재빨리 답신을 보냈다.

거친 자갈길에서 오른쪽으로 꺾어 몇백 미터쯤 더 간 일행은 마침내, 걸어 잠근 게이트에 닿았다. 가시철조망 담장이 양방향으로 뻗어 있었는데, 전체 농장을 에워싼 듯했다. 애비는 자기 차 안에서 누군가에게 전화하는 웡의 실루엣을 지켜보았다.

"그래서, 1년 전에 웡하고 통화를 했다고요?" 카버가 물었다.

"네."

"왜요?"

애비는 창밖을 응시했다. "어느 날 내가 오티스 틸먼 농장의 포위 현장에 불려갈지도 모르니까요. 난 그날 준비돼 있고 싶거든요."

"그래서…… 뭐죠? 뉴욕과 롱아일랜드에 존재하는 종교 조직을 몽땅 다 조사 중인 건가요?"

애비는 진지한 표정으로 카버를 곁눈질했다. "그리고 주의 나머지도요. 그리고 펜실베이니아의 세 개도."

카버가 눈썹을 치켜올렸다. "그렇군요."

"전에 이런 것들이 끔찍하게 잘못된 적이 있으니까요."

"그건 나도 알지만……."

"문이 열리네요." 애비가 재빨리 말했다.

전기 철문이 천천히 열리고, 통과할 공간이 생기자마자 웡은 차 양편에 3센티도 안 되는 틈을 두고 차를 몰아 들어갔다. 카버는 몇 초쯤 더 인내심 있게 기다린 후 뒤따라 농장으로 들어갔다.

오티스 틸먼은 커다란 집 옆에서 일행을 기다리고 있었다.

남자를 보자 애비의 몸이 저절로 긴장했다. 남자는 마르고 창백했으며 머리카락은 곱슬거리고 부스스했다. 커다랗고 두꺼운 안경을 쓴 남자는 어떻게 봐도 순진하고 서툴고 어쩌면 심지어 귀여워 보였다.

애비는 진실을 알았다. 이자는 양이 아니었다. 심지어 양의 가죽을 걸친 늑대조차 아니었다. 양의 가죽을 걸친 암 덩어리였다. 그냥 공격하는 게 아니었다. 내부에서부터 사람을 죽였다.

"웡 형사님." 남자가 다가오며 말했다. "다시 만나니 너무 반갑네요."

남자가 손을 내밀자 웡도 차가운 태도로 마주 손을 내밀었다. 남자는 양손으로 형사의 손을 잡고 힘차게 흔들었다. 그 후 애비와 카버를 돌아보았다.

"그리고 두 분은 뉴욕 경찰청 분들이시겠군요. 오실 거라고 들었습니다." 남자는 내내 웃음기 띤 얼굴로 말했다. 말 그대로 일행을 향해 웃음을 발사하고 있었다. "저희 농장에 잘 오셨습니다. 마실 것 좀 드릴까요?"

"아뇨, 괜찮습니다." 애비의 눈이 집 2층의 한 창으로 향했다. 두어 개의 조그만 얼굴이 호기심으로 입을 쩍 벌린 채 일행을 바라보고 있었다.

"그래서 무슨 일인가요?" 오티스가 물었다.

"여기 살고 있는 남자가 하나 있죠." 카버가 말했다. "이름은 데이비드 허프입니다. 그분과 잠시 이야기 나눴으면 합니다."

오티스가 얼굴을 찌푸렸다. "데이비드요. 그 친구와 무슨 이야기를 하고 싶으신가요?"

"그냥 어떤 사건에 관해 흔한 질문 몇 가지만 하면 됩니다." 카버가 말했다.

"음, 점심은 1시에 시작하니 시간이 좀 있네요. 그 친구가 근처에 있나 확인해보죠." 오티스는 주머니에서 휴대전화를 꺼내어 번호를 눌렀다. 기다리는 동안 애비는 주위를 둘러보며 모든 걸 머릿속에 담았다. 담장은 이곳 전체를 에워싼 듯했다. 커다란 집을 제외하면 더 남쪽으로 숙소 몇 채가 눈에 띄었다. 거기에 뭔가 헛간 비슷해 보이는 건물 하나가 있었고, 밭에서는 남자와 여자들 몇 명이 열심히 일하고 있었다.

그리고 세 남자가 십수 미터쯤 떨어진 픽업트럭 옆에 서서 이쪽을 보고 있었다. 이 남자들은 무장한 게 틀림없어. 애비는 확신했다.

만약 상황이 개판이 되면, 어떤 식으로 돌아갈까? 틸먼의 추종자들이 집 안에 틀어박혀 바리케이드를 칠까? 창에서 경찰을 저격할까? 2층에 자동 소총을 쌓아놨을까? 이쪽을 바라보고 있는 아이들로부터 1미터쯤 되는 거리에?

"놈들에게 말해." 윌콕스가 전화기를 건네며 말했다. "우리 근처에 오면 무슨 일이 벌어질지 말해. 총에 관해 말해."

차가운 총구가 관자놀이를 눌렀다.

"안 받네요." 오티스가 말했다.

"그렇겠죠." 윙 형사가 건조하게 말했다.

"가서 찾아보죠." 오티스가 제의했다. "아마 저 뒤쪽에 있을 겁니다."

"집 안에 있는 건 아닐까요?" 애비가 물었다.

"그건 아닐 겁니다." 오티스가 해맑게 웃으며 대답했다. "데이비드는 뒤편에 있는 숙소 중 하나에서 자거든요. 그리고 낮에는 밭이나 사무실에서 일하죠."

"사무실은 뭐죠?" 밭을 향해 성큼성큼 걸어가는 오티스를 쫓아가며 애비가 물었다.

"그냥 우리가 모든 서류를 보관하는 작은 이동식 주택입니다. 데이비드는 우리 회계사고요."

"그분이 여기서 산 지 얼마나 됐나요?" 애비가 물었다.

"데이비드는 우리의 가장 초창기 멤버 중 하나입니다." 오티스는 아버지 같은 미소를 지으며 대답했다. "말 그대로 내가 이곳을 짓는 걸 도와줬죠."

"그래서 이곳은 정확히 뭐죠?" 애비는 짐짓 궁금해하는 척 물었다.

"우린 기독교 공동체입니다." 틸먼이 대답했다. "이 세상을 더 좋은 곳으로 만들려고 노력하고 있죠."

"세상을 더 좋은 곳으로 만든다고요?"

"맞습니다. 우린 방황하는 영혼들을 찾아서 모읍니다. 보호하고, 치료하죠. 그리고 가치 있는 명분에 힘을 보태려고 노력합니다. 그중 핵심은 인종 차별이죠. 서퍽 카운티가 미국에서 가장 인종 분리가 심한 지역인 거 아십니까? 인구의 80퍼센트 이상이 백인이죠."

"그건 몰랐네요." 애비는 그곳의 감을 잡으려고 다시 주위를 둘러보았다. 오티스를 어느 정도는 인정하지 않을 수 없었다. 이곳은 빈틈없이 철저히 운영되고 있었다. 잡초는 말끔히 뽑혔고 자갈길은 잘 포장됐다. 판잣집과 캐러밴의 벽들은, 주요 건물과 마찬가지로, 새로 페인트칠되어 있었다. 그야 완전히 그리고 철저히 헌신하는 모든 노동자들이 하루 열여덟 시간, 또는 스무 시간씩 자발적으로 일하면 농장을 유지하기가 훨씬 쉬울 것이다.

오티스는 말을 이어갔다. "우리 공동체에서는 회원의 22퍼센트가 아프리카계 미국인, 21퍼센트가 라틴계, 그리고 15퍼센트가 동양계입니다." 오티스는 밭에서 일하고 있는 사람들을 가리켰다. "그리고 우린 성평등을 위해 노력합니다. 여성과 남성은 여기서 똑같은 대우를 받습니다."

"똑같은 대우요?" 애비는 틸먼의 말을 그대로 반사하면 틸먼이 언제까지나 영원히 주절대게 만들 수 있지 않을까 싶었다. 틸먼은 애비에게 더 온화한 태도를 보였고, 더 가까이서 걸었고, 손과 어깨에서는 긴장이 풀린 티가 났다.

"맞습니다. 우리는 여기서 함께 사는 남자와 여자의 수가 같습니다. 그리고 업무는 공평하게 순번제로 이루어집니다. 우리는 남자나 여자나 똑같이 세탁과 요리를 담당합니다."

"굉장하네요." 물론 암암리에 벌어지는, 지위를 이용한 성폭행은 다른 이야기였다. 애비는 틸먼의 연설이 마치 자신의 살갗 위를 기어가는 것처럼 느껴졌다. 굶주린 기생충이 들어올 구멍을 찾고 있었다.

"오티스!" 한 남자가 밭에서 외쳤다. "여기 문제가 좀 있어요."

"잠깐만." 오티스가 되받아 외쳤다. 그리고 주위를 둘러보더니 얼굴이 확 밝아졌다. "루스! 잠깐 와줄 수 있니?"

오티스가 손을 흔들자 젊은 여자가 다가왔다. 여자의 표정은 텅 비어 있었다. 그때 애비 옆에 서 있던 윙 형사가 날카롭게 숨을 들이켰다. 애비는 형사의 표정이 고통에 일그러지는 걸 보았다. 하지만 그 표정은 금세 사라지고, 웡 특유의 냉랭한 표정이 다시 돌아왔다.

틸먼은 루스의 어깨에 아버지처럼 한 손을 얹었다. "사무실이 어딘지 형사님들한테 좀 안내해드릴 수 있겠니? 데이비드하고 이야기하고 싶어 하셔."

루스는 눈을 들어 오티스와 눈을 맞췄다. 그 눈길. 빌어먹을. 완벽한 헌신, 경외와 사랑의 표정. 애비는 여자애를 움켜쥐고 싶었다. 발버둥 치고 비명 지르는 루스를 이곳에서 끌어내어 며칠이고 몇 주고 몇 달이고 이야기하고 싶었다. 뭐든 루스에게서 세뇌를 지우는 데 필요한 걸 하고 싶었다.

"당연하죠." 루스는 일행을 한 명씩 쳐다보며 말했다. 오티스의 손은 여전히 루스의 어깨에 놓여 있었다. "오세요, 이쪽이에요."

오티스가 루스에게 일행을 맡겨두고 자리를 뜨자, 루스는 앞장서서 자갈길로 향했다.

"루스, 나 기억하니?" 웡이 말했다.

"물론이죠." 루스가 말했다. "다시 뵙게 돼서 반가워요, 웡 형사님……."

"메이라고 불러도 돼."

"오셔서 기뻐요. 제가 일으킨 그 소동에 관해 사과할 기회가 없었잖아요." 루스가 말했다.

"사과할 이유는 전혀 없어." 웡이 다정한 어조로 말했다.

애비는 오티스가 일행을 이 여자애와만 남겨둔 게 의도적이라는 데 아무런 의심의 여지도 없었다. 루스가 절대 그 무엇도 고백하지 않을 걸 알았던 것이다. 윙에게 그 점을 보여주고 싶기도 했을 것이다. 그리고 아마도 루스에 대한 자신의 신뢰를 전시하고 싶었을 것이다. 또 다른 시험이자, 자신이 그 여자애를 얼마나 강하게 틀어쥐고 있는지도 보여주려는 거였다.

"전 관심을 받고 싶었어요." 루스가 말했다. "전 상상력이 넘치거든요. 하지만 일이 그렇게까지 커질 줄은 전혀 생각도 못 했어요." 루스는 진정성과 슬픔으로 가득한 목소리로 태연하게 말했다.

윙의 표정이 다시금 고통으로 일그러졌다. "루스, 혹시 나한테 뭔가 하고 싶은 말이 있으면, 지금은 아무도 듣는 사람이 없으니까……. 아니면, 언제든 네 마음 내킬 때 경찰서로 오면 돼. 누군가가 널 건드리거나 아프게 하면……."

루스는 어리둥절한 표정이었다. "아뇨. 이미 말씀드렸지만, 제가 다 지어낸 거예요. 사과하고 싶어요." 루스는 앞쪽의 캐러밴을 몸짓으로 가리켰다. "사무실은 저쪽에 있어요. 아, 그리고 데이비드가 저기 있네요. 여기서부터는 저분이 말을 거예요." 루스는 뒤돌아 일행을 떠났다.

애비는 데이비드를 개브리엘의 피드에 올린 사진으로만 보았다. 오티스와 함께 찍은 사진으로. 오티스는 사진 이후로 거의 변하지 않았으니, 데이비드 역시 그럴 거라고 예상했다. 데이비드는 어깨가 넓었고 숱 많은 머리를 갈기처럼 기른 미남이었다. 하지만 사진은 10년 전 것이었다. 데이비드 허프는 그 시간을 틸먼 농장에서, 아내와 아이들과 떨어져 보냈다.

눈앞의 이 남자는 거의 해골 같았고 눈은 공허했으며 머리카락은 자취를 감췄다. 얼굴은 창백해서, 거의 백색에 가까웠다. 남자는 처음에는 꼼짝도 하지 않았고, 아주 짧은 순간, 애비는 남자가 이미 죽은 게 아닌가 생각했다. 하지만 그 순간 남자가 일행을 향해 걸어왔다. 느리고 지친 걸음이었다.

마치 틸먼 농장에서 보낸 지난 10년 세월이 데이비드의 생명을 빨아들인 것 같았다. 남은 것은 바싹 말라가는 껍데기에 불과했다.

31

"데이비드 허프인가요?" 애비는 그럴 리 없다고, 이 남자는 데 이비드의 아버지나 할아버지일 거라고 속으로 확신하며 물었다.

"그런데요." 남자가 대답했다.

카버가 경찰 배지를 번뜩였다. "선생님, 저희는 뉴욕 경찰청 에서 왔습니다. 전 카버 형사이고 이쪽은 멀린 경위입니다. 저희 가 몇 가지 좀 여쭤봐도 될까요?"

"음, 곧 일요일 점심식사가 시작하는데, 혹시 같이 드시고 싶 으시다면……."

"몇 분이면 됩니다." 애비가 말했다. "오티스 말로 점심이 1시 에 시작한다던데요. 그때까지는 시간이 좀 있죠."

"전 보통 식사 준비를 돕거든요."

"오래 붙잡지 않겠습니다." 애비가 대꾸했다. "이든 플레처라 는 여성과 결혼하셨나요?"

데이비드의 쑥 들어간 눈이 깜빡거리며 오티스가 노동자들에게 뭐라고 말하고 있는 밭으로 향했다. "네." 어조가 더 날카로워졌다. "이든에 관한 일인가요? 전 서류에 서명하고 요구한 걸 다 줬는데요. 더 달라고 하던가요?"

"아직 화가 나 계신 것 같네요." 애비가 느리고 부드러운 어조로 말했다.

데이비드가 깊은숨을 들이쉬었다. "전 화난 게 아닙니다. 분노하는 건 신과 그분의 사도들의 짐입니다."

"하지만 그분이 떠나기로 결정한 걸 유감스럽게 생각하시죠?" 카버가 물었다.

"네. 이든은 제게 상의하지 않았습니다. 그냥 개브리엘과 네이선을 데리고 떠났죠. 몇 주 뒤에 이혼 서류를 들고 왔더군요."

"그래서, 서명하셨나요?"

데이비드의 눈이 다시 깜빡이며 오티스를 향했다. "네. '손에 쟁기를 잡고⋯⋯.'"

"'⋯⋯뒤를 돌아보는 자는 하느님의 나라에 합당하지 아니하니라 하시니라.'" 애비가 받았다. 모지스 윌콕스의 오래전 목소리가 머릿속에 메아리쳤다.

"맞아요." 데이비드가 놀란 미소를 지으며 말했다.

"전 가끔 성경을 좀 읽거든요." 애비가 설명했다.

뭐, 다는 아니고 몇몇 부분을 읽긴 했다. 사이비 교주들은 특히 과거를 잊으라는 종교 구절에 환장했다. 입장을 바꾸고 역사를 다시 쓰고 상황을 혼란스럽고 모호하게 만드는 데 도움이 되니까. 애비는 그런 구절을 여럿 외우고 있었다.

오티스 틸먼은 왜 데이비드가 이혼 서류에 서명하게 허락했을까? 그건 나중에 이든에게 물어봐야 할 것이다.

"이든이 떠난 후 자녀분들과 연락하셨습니까?"

"아뇨, 전 연락할 방법을 몰랐습니다. 그냥 보내주기로 했죠."

"심지어 찾아보려고도 안 하셨다고요?" 카버가 물었다.

긴 침묵이 흐른 후, 데이비드가 말했다. "이미 말씀드렸듯, 전 그들을 보내주기로 했습니다. 전 온전하고 정직합니다." 데이비드는 마치 그들 누구도 이해하지 못한 농담이라도 한 듯 히죽히죽 웃었다.

"금요일에 어디 있었는지 말씀해주실 수 있나요?" 카버가 물었다.

데이비드가 어깨를 으쓱했다. "그럼요. 여기 농장에 있었는데요."

"누구 본 사람이 있습니까?"

"전체 회중이 봤겠죠, 아마도. 우린 온종일 함께 일합니다, 형사님. 여긴 무척 친밀한 공동체예요. 그리고 아침과 저녁 기도 시간에 누가 안 보이는 건 흔치 않은 일이죠."

어련하실까. 애비는 이미 데이비드의 태도에서, 부드럽고, 훈련되고, 거의 따분해하는 태도에서 그걸 알 수 있었다. 이것은 외부인들이 항상 듣게 되는, 수없이 연습한 대답이었다. 모든 집단 일원들이 거의 같은 말을 할 거라고 애비는 확신했다. 한 사람 한 사람을 위한 깨지지 않는 알리바이.

잔잔한 수면에 돌을 던져야 할 때였다. "허프 씨, 그날, 아드님인 네이선이 학교에서 집으로 돌아오던 길에 납치당했습니다. 혹시 아시는 것 있습니까?"

사이비 집단 일원들은 믿을 수 없을 만큼 뛰어난 거짓말쟁이다. 왜냐하면 자신이 말한 모든 것을 믿기 때문이다. 심지어 그게 거짓말이라는 걸 스스로 알아도, 더 높은 선을 위한 것이라고 믿기 때문에, 거짓말은 어떻게 보면 진실이 된다.

하지만 그들의 세계는, 그리고 그들이 믿는 모든 것은, 그들 지도자의 명령으로 결정된다. 전형적으로, 사이비 교주들은 호기심을 꺾고 예상 질문들에 대한 추상적인 대답을 제시했다. 그게 그들이 지도자로서의 자기 능력에 대한 그 모든 의심이나 불만, 특히 외부로부터 오는 비판을 다루는 방식이었다.

그러니 완전히 대본에서 벗어난 말을, 뭔가 지도자가 예상하지 못한 말을 할 때는 확 티가 났다. 왜냐하면 그 순간, 생각을 해야 하기 때문이다. 올바른 답을 찾아 탐색을 해야 했다. 1초의 몇 분의 1 동안, 그들은 개인적 자아를 되찾았다. 그 순간 그들은 더는 뛰어난 거짓말쟁이가 아니었다. 가장 형편없는 거짓말쟁이였다.

애비는 데이비드의 눈동자에 떠오른 놀람을 보았다. 데이비드는 마치 길잡이를 찾듯이 오티스를 물끄러미 바라보았다. 그리고 그 순간 애비는 데이비드 허프가 네이선이 납치된 걸 몰랐다고 확신하게 됐다.

"하지만 그건……." 데이비드는 불쑥 내뱉었지만 이내 침착함을 되찾고 입을 다물었다. 다시 입을 열었을 때 목소리는 갈라져 있었다. "어떻게요?"

"아직 조사 중입니다, 선생님." 카버가 말했다. "선생님이 협조해주시면 감사하겠습니다."

"다, 당연하죠. 뭐든 필요한 거면요."

"모르셨나요?" 애비가 물었다. "지역 뉴스 전체에 기사가 났는데요."

"우린 텔레비전이 없고, 대부분은 휴대전화가 없습니다. 우린 미디어를 피하려고 합니다. 그건 정신을 흐트러뜨리죠."

"여기서 휴대전화를 가진 사람은 누군가요?"

"음, 당연히 오티스죠. 그분은 이곳 전체를 운영하시니까요. 그리고……." 데이비드는 말을 멈추고 고개를 들어 수평선 저 멀리를 응시했다.

엔진 소리에 애비는 몸을 돌렸다. 픽업트럭 한 대가 집 측면의 도로를 타고 오다가 밭 가에서 멈췄다. 먼지 구름이 일었다. 두 남자가 내려서 오티스에게 다가갔다. 한 남자가 이쪽을 바라보았다.

애비는 그 남자를 마주 바라보았다. 그리고 자기 생각이 옳았음을 확인했다.

의심할 바 없었다. 방금 도착한 남자는 이든이 묘사한 바로 그 남자였다. 집 근처를 어슬렁거리던 남자. 개브리엘을 사이버 스토킹하기 위해 만들어진 인스타그램 계정, 칼래드345를 관리하는 남자였다.

32

"카버." 애비가 눈을 여전히 밭에 나타난 남자에게 꽂은 채 말했다.

"봤어요." 카버가 말했다. "임의동행해야겠어요."

애비는 주위 사람들을 둘러보았다. 남자 넷과 여자 셋이 밭에서 일하고 있었다. 하나는 아직 픽업트럭에 있었다. 앞서 일행을 주시하고 있던 세 남자는 멀찍이 거리를 두고 따라왔다.

애비는 대형 인질극 사건을 연구하는 데 셀 수 없는 시간을 바쳤다. 수십 건의 위기 상황을 보고 매듭을 풀었다. 어쩌다 그 위험한 지점에 도달했는지를 알아냈다. 위기의 도화선이 될 수 있는 실마리를 포착하는 법을 배웠다.

이 사람들의 세계관은 일그러져 있었다. 그들에 맞서는 우리라는 정서가 팽배했다. 그리고 애비는 자신과 윙과 카버가 그들이라는 데 의심의 여지가 없었다. 긴장감은 이미 팽팽했다.

설상가상으로 애비는 여기서 틸먼의 목적이 뭔지 전혀 몰랐다. 네이선의 납치에 틸먼의 집단이 실제로 관여했을까? 그게 사실이라면 네이선은 지금 이 순간 이곳에 있을지도 모르고, 틸먼과 놈의 부하들은 어쩌면 수단 방법을 가리지 않을지도 모른다. 경찰이 이곳을 수색하는 걸 막으려고. 또는 자기들 중 누군가를 심문하는 것을 막으려고.

카버는 용의자를 향해 두 걸음을 내디뎠다. 애비는 카버를 보면서 주위에서 시간의 흐름이 느려지는 걸 느꼈다. 오티스 틸먼이 카버가 다가오는 것을 인식하면서 자세를 바꾸고 있었다. 남자들 중 하나가 긴장했고, 손이 등 뒤로 갔다. 애비는 뒤에 있는 웡이 앞으로 벌어질 일에 대응할 태세를 갖추는 걸 알 수 있었다.

애비는 서둘러 카버에게 몇 걸음 다가가 어깨에 손을 얹었다. "기다려요." 낮은 목소리로 말했다. "뒤로 물러서요. 내가 대처할게요."

애비는 손바닥 아래 뭉친 근육을 느꼈다. 카버는 이를 단단히 악물고 있었다. 아드레날린이 용솟음치고 있겠지. 애비와 마찬가지로, 카버 역시 이 상황이 잘못될 수 있음을 본능적으로 알았다. 하지만 애비와 달리 카버는 그걸 피하는 법을 몰랐다. 그렇다고 그냥 이 자리를 떠나면 이 용의자는 영영 자취를 감출지도 모른다. 그런 위험을 감수할 수는 없었다. 남자를 데려가야만 했다.

"날 믿어요." 애비가 낮게 말했다. "제발."

카버는 제자리에 선 채 이마에 고랑을 지었다. 그러다 마침내 말했다. "좋아요, 웡과 난 바로 뒤에 있을게요."

애비는 고개를 끄덕이고 머리칼을 귀 뒤로 넘기며 가장 편안하고 위협적이지 않은 미소를 지었다. 수많은 연습으로 만든 진짜 같은 미소였다. 어떤 사람들은 절대 눈까지 가지 않는 가짜 웃음을 지었다. 애비의 가짜 웃음은 눈과 이마, 그리고 몸짓 언어까지 번졌다. 사실 애비의 가짜 웃음은 진짜 웃음보다 더 진짜 같고 전염성 있었다. 애비가 웃기게 생긴 귀를 가진 자그마한 여자라는 사실 또한 긴장 완화에 도움이 됐다. 애비의 편안한 미소는 애비가 다가가는 남자들의 자세에 그대로 반영됐다. 남자들의 눈길은 여전히 카버에게 쏠려 있었고, 윙은 이상하게도 애비가 안전할 거라는 느낌을 받았다.

"틸먼 씨, 제가 저분들 중 한 분과 이야기를 나눠도 될까요?" 애비가 외쳤다.

애비는 틸먼과 눈을 맞추면서 신경 써서 보폭을 안정적으로 유지했다. 그 순간, 애비는 오로지 틸먼에게만 집중했다. 나머지 일원들은 단순히 적대감만 있을 뿐임을 애비는 알았다. 사이비 집단에 타협이란 존재하지 않았다. 지도자는 사람들에게 자신들이 더 높은 목적에 봉사한다는 믿음을 주입했다. 법은 적이며, 세계는 그들에게 맞서 있다고. 그런 긴장되고 극단적인 분위기에서는 애비가 체포하려는 순간 반발이 일어날 것이다. 그리고 폭력이.

역설적이게도 아마도 이성적인, 그리고 타협할 가능성이 있는 유일한 사람은 오티스 틸먼이었다. 다른 모든 사람을 급진적으로 만든 집단의 지도자. 현 상태를 유지하고 피바다를 피하는 건 오티스에게 가장 유리했다.

물론 이건 오티스가 자신이 하는 개소리를 자신이 진심으로 믿지 않는 경우에 한해서였다. 그게 아니라면, 상황은 급격히 추해질 수 있었다.

"멀린 경위님." 오티스가 말했다. "애드킨스 씨한테서 좀 염려스러운 소식을 들었는데요."

애드킨스 씨. 칼래드345는 칼 애드킨스였다.

"애비라고 부르세요." 애비는 오티스와 애드킨스에게서 1미터쯤 거리를 두고 멈췄다.

"데이비드의 아들이 납치됐다네요." 오티스는 충격받은 표정이었지만 그게 연기인지 아닌지 분간하는 건 불가능했다. 애드킨스의 얼굴은 전적으로 무표정했지만 애비는 주위 사람들의 반응을 주목했다. 충격에 휩싸인 속삭임. 예상했듯, 집단의 대다수는 네이선에 관해 몰랐다. 하지만 애드킨스는 알았다.

개브리엘의 인스타그램 스토리를 봐서 안 것일까? 아니면 자신이 네이선을 납치했기 때문일까?

"맞아요." 애비가 말했다. "카버 형사와 저는 네이선의 납치 사건을 조사 중이에요. 칼이 우리랑 같이 가서 몇 가지 질문에 대답해줄 수 있을까 해서요." 오티스는 남자를 성으로 불렀지만 애비는 일부러 이름으로 불렀다. 자신이 맞았는지 확인하기 위해서였다.

"지금 여기서 대답하면 됩니다." 오티스가 가슴 앞에 팔짱을 꼈다. "굳이 어디 갈 필요는 없어요."

"그것도 나쁘지 않겠네요." 애비가 말했다. "사실, 여기 분들 모두하고 이야기할 수 있으면 감사하겠어요. 혹시 누군가가 우리한테 도움이 될 정보를 가지고 있을지도 모르니까요."

"당연하죠. 일요일 식사 끝나고……."

"죄송하지만 우리는 그렇게 오래는 못 기다릴 것 같습니다. 아이가 실종된 상황에서는 일분일초가 중요하거든요."

오티스의 몸이 팽팽하게 긴장했다. "이든과 아이들이 여길 떠난 지 7년이나 됐습니다. 여기서 괜히 시간낭비 하시지 않았으면 좋겠네요."

"시간낭비는 아닐 겁니다." 애비가 차분히 웃으며 확신시켜주었다. "이든과 아이들은 이 공동체에서 10년 넘게 살았어요. 난 여기 분들이 분명 이든을 잘 알 거라고 확신해요. 어쩌면 몇 명은 연락하고 지냈을지도 모르죠."

"그런 일은 없습니다." 오티스가 불쑥 내뱉었다.

애비가 얼굴을 찌푸리며 놀란 척했다. "그런 일은 없다고요?"

당연히 없었을 것이다. 사이비가 가장 두려워하는 건 전前 신도들이었다. 집단을 떠난 사람들은 자신들이 들어온 거의 모든 말이 거짓이라는 걸 깨달았다. 집단을 떠난다고 세상이 끝나지는 않는다. 모두가 그들을 노리고 있지 않다. 바깥의 삶은 여전히 의미가 있었다. 사실, 바깥의 삶이 더 나을 수 있었다.

그러니 소속원이 떠났을 때 거의 모든 사이비 종교가 제일 먼저 하는 일은, 떠난 사람과의 모든 연을 끊고 상대를 악마화하는 거였다. 이기적인 배신자들로, 이적 행위자로 윤색하는 것이다. 그러면 사이비 교주는 아무도 그들로부터 영향받지 않게 할 수 있었고, 이는 또한 다른 일원들이 집단을 떠나는 걸 더 어렵게 만들었다.

"제가 아는 한, 이든은 완전히 사라졌습니다." 오티스가 자신의 진술을 수정했다. "어쩌면 데이비드한테 들으셨을지도 모르지만…… 우리는 이든을 찾으려 했지만 소용없었습니다."

애비는 의아하다는 얼굴로 오티스를 빤히 보았다. "하지만 이든은……." 애비는 갑자기 말을 멈추고 고개를 저었다. "아뇨, 당연히 아니죠. 그 말씀이 맞아요. 이 공동체에 관해서라면 당신이 가장 잘 알겠죠."

애비는 오티스 틸먼이 세계적 수준의 배우라는 걸 확신했다. 남자의 몸짓 언어나 얼굴에는 난처해하는 기색이 전혀 없었다. 하지만 애비는 자신이 정곡을 짚었음을 알았다. 애비는 오티스가 서사를 통제할 틈을 주지 않고 전체 공동체에게 이야기하겠다고 위협했다. 그리고 방금 공동체의 누군가가 전 신도와 내통하고 있었다고 암시했다. 이는 오티스의 통제가 느슨해지고 있다는 뜻일 수밖에 없었다. 오티스는 자신이 이곳을 완전히 통제하고 있는 것처럼 보이게 만들 다른 서사를 제시할 필요를 느낄 것이다.

"우리 변호사의 입회하에 우리 숙소에서 칼과 이야기하시면 됩니다." 오티스가 말했다. "전 토요일 식사를 시작하겠습니다. 그리고 칼과 이야기를 끝내시면 나머지 일원들을 면담하실 수 있습니다."

"죄송해요." 애비가 짐짓 미안해하는 투로 말했다. "범죄현장에서 칼의 인상착의에 부합하는 남자를 봤다는 목격자가 있어서요. 여기서 이야기하면 그분을 용의선상에서 어떻게 배제하죠?"

"언제 봤다고 하던가요?"

"지난 한 달 동안 몇 번쯤요."

"저 친구는 내내 여기 있었습니다."

애비는 칼이 타고 있던 픽업트럭을 응시했다. "내내요?"

"분명히 뭔가 오해가 있는……."

"여긴 무척 유대가 긴밀한 공동체 같은데요. 분명 용의선상에서 칼을 배제할 수 있다면 뭐든 하고 싶으시겠죠. 그리고 물론, 우리가 데이비드의 아들을 어머니한테 돌려보내는 걸 돕고 싶어

하시는 것도 알아요."

애비는 오티스의 마음이 바뀌는 신호를 기다리며 미안해하는 표정으로 칼을 쳐다보았다. 마치 이 일에 끌어들여 미안하다는 듯. 하지만 칼은 애비의 시선을 무시하고 오로지 오티스만 보았다. 애비는 이 남자가, 오티스가 시키기만 하면 아이를 납치하거나 말 그대로 죽일 수도 있다는 것을 조금도 의심하지 않았다.

오티스는 칼을 응시했고, 애비는 오티스의 머릿속이 어떻게 돌아가는지 훤히 보였다. 이 상황을 그럴싸하게 설명할 방법을 찾는 것이다. 자기 사람들이 더 쉽게 받아들일 수 있도록. 오티스는 이 모두가 보는 앞에서 칼이 체포되도록 놔두지 않을 것이다.

"그래서, 용의자 식별 절차를 위해 데려가고 싶으신 건가요?" 오티스가 물었다. "여러분이 찾는 남자가 아니라는 걸 입증하기 위해서?"

그저 잠깐 가서 서 있기만 하면 저녁식사에 맞춰 돌아올 수 있을 것이다. 신문도, 적에 의한 취조도 아니다. 애비는 주위의 얼굴들을 재빨리 둘러보며 그들이 어떻게 받아들이는지를 살폈다. 몇몇이 화난 표정으로 얼굴을 찌푸렸지만 위협적인 몸짓은 보이지 않았다.

"물론이죠." 애비가 말했다. "그냥 저분을 배제하기 위한 식별 절차가 다예요. 우리도 시간을 낭비하고 싶지는 않으니까요."

"칼, 그래도 괜찮겠나?" 오티스가 물었다.

그 나머지는 연극에 불과했다. 칼이 말했다. "그럼요, 제가 도울 수 있다면야 뭐든 해야죠." 이제 군중의 긴장은 해소됐다. 애비는 안도감에 한숨을 내쉬었다.

"칼이 우리 변호사인 리처드와 함께 픽업트럭을 타고 따라갈 겁니다." 오티스가 말했다.

애비는 꺼림칙함을 드러내지 않았다. 지금 당장 칼을 체포하려는 게 아니라면, 이게 할 수 있는 최선이었다. "물론이죠."

오티스는 칼과 다른 남자, 아마도 변호사에게 몸짓 신호를 보냈고, 세 사람은 잠깐 이야기를 나누기 위해 옆으로 비켜섰다. 애비는 그들의 얼굴을 살폈다. 변호사는 확실히 걱정스러운 표정이었다. 오티스는 침착해 보였다. 칼은 무표정했다. 나머지 공동체는 커다란 헛간 같은 건물을 향해 걸어갔는데, 아마도 식사를 하는 곳인 듯했다.

"전 여기 더 있을게요." 웡이 애비에게 말했다. "좀 둘러보려고요."

"당신은 혼자가 아니에요." 애비는 집 앞에 남아 이쪽을 살피고 있는 덩치 큰 남자에게 의미심장한 눈길을 보내며 낮은 목소리로 말했다.

"아이가 여기 있다면……."

"여기 있다면, 놈들은 당신이 접근하게 놔두지 않을 거예요. 수색영장과 많은 지원이 필요할 거예요." 애비가 말했다. "그냥, 조심해요."

"당신이 해낼 수 있을 줄 몰랐어요." 웡이 말했다. "놈들을 압박해서 칼을 그렇게 데려갈 수 있을 줄은요."

"내가 대가를 줬으니까요." 애비가 음울하게 말했다. "오티스가 납치 사건에 관해 자신의 양 떼에게 얘기할 시간을 줬죠. 그가 얘기하고 나면 우린 그들로부터 유용한 정보를 아무것도 얻어내지 못할 거예요. 부디 우리가 칼에게서 뭔가를 얻어낼 수 있기만 빌 뿐이에요."

33

애비는 카버에게 자기를 빼고 칼 애드킨스의 신문을 먼저 시작하라고 했다. 그 전에 이든과 이야기하고 틸먼 집단에 관한 정보를 가능한 한 많이 알아두고 싶었다. 서에 도착하자마자, 애비는 자기 차를 몰아 이든의 집으로 향했다.

이든은 애비가 만날 때마다 더 안 좋아지는 듯 보였다. 이든이 지금 겪고 있는 강렬한 공포와 압박은 누구의 영혼이라도 짓밟고 말 것이다. 그리고 어떤 면에서 이든은 대다수의 사람들보다 더 약했다. 이든은 시들어가고 있었다. 물기 어린 눈은 텅 비어 있었고 자세는 구부정했다.

애비는 웃음 띤 얼굴로 집 안으로 들어서면서 이든의 어깨를 살짝 건드렸다. 몇 걸음 옮겨놓다가 그 자리에 우뚝 멈춰 섰다. 개브리엘이 거실에서 싸구려 정장을 입은 남자와 나란히 앉아 있었다. 개브리엘은 눈물이 그렁그렁해서 이야기하고, 남자는 공감 어린 표정으로 귀 기울였다. 개브리엘이 손에 든 휴대전화를 남자에게 보여주었다.

"그리고 전화랑 녹음 이후에…… 그들이 우리에게 이 사진을 보냈어요." 개브리엘은 다시 흐느낌을 토했다. "보여요? 네이선이 신문을 들고 있어요. 살아 있다는 증거예요."

남자는 충격받은 얼굴로 고개를 저었다.

"사진을 보내주실 수 있나요?" 남자가 말했다.

"그럼요." 개브리엘이 훌쩍이며 휴대전화를 두드렸다.

애비는 안으로 세 걸음 재빨리 옮겨놓았다. "기자인가요?" 애비는 날카롭게 물었다.

남자는 자리에서 일어나 애비에게 웃음을 지어 보이며 한 손을 내밀었다. "톰 매코믹입니다. 《뉴요커 크로니클》에서 나왔습니다."

"그 사진은 실으면 안 돼요." 애비가 말했다. "거기에는 우리가 대중에게 알리고 싶지 않은 세부사항이 있어요."

남자가 눈을 깜빡이더니 얼굴이 확 밝아졌다. "애비 멀린 경위님 아니세요? 은행 강도 때 그 사람들을 구한 인질 협상가시죠. 이 사건도 담당하시나요?"

애비는 한숨을 푹 쉬었다. "매코믹 씨, 사건에 관한 세부사항을 공개하면 네이선을 무사히 데려올 가능성이 위협받을 수 있습니다. 뭔가 공개하기 전에 부디 기다려주면 정말 고맙겠……."

"제가 톰한테 이 인터뷰를 요청했어요." 개브리엘이 거친 목소리로 말했다. "이분은 전에 절 인터뷰했어요. 그리고 우린 이 일에 언론이 필요해요. 이 일을 대중적으로 알려야 하니까요."

애비는 망설였다. 개브리엘의 말은 틀리지 않았다. 더 많은 노출은 더 많은 기부를 뜻했다. 그리고 만약 납치범들이 모금이 순조롭다는 걸 안다면 네이선을 살려둘 타당한 이유가 될 것이다. 게다가 그들은 납치범들에게 메시지를 보내기 위해 기사를 이용할 수도 있을 것이다. "이 사진은 싣지 말아요." 애비가 말했다. "그리고 내게 기사 검토를 미리 받아주면 고맙겠어요. 언제 발표할 생각인가요?"

"오늘 저녁 웹사이트에 올릴 거라고 개브리엘에게 약속했어요." 매코믹이 말했다. "그리고 신문에는 내일 나갈 거고요."

"발행하기 전에 내가 먼저 검토하게 해주세요. 그러면 코멘트를 따게 해드리죠." 애비가 말했다.

매코믹이 고개를 끄덕였다. "몇 시간쯤 후에 보내드릴게요."

애비는 기자에게 휴대전화 번호와 이메일 주소를 알려주고 이든을 보았다. 그리고 개브리엘과 기자가 인터뷰를 계속하게 두고 이든과 같이 3층으로 올라갔다. 이든의 방으로 가서 문을 닫았다.

"오늘 아침에 틸먼 농장에 갔다 왔어." 애비가 낮은 목소리로 말했다.

"아." 이든이 침대에 무겁게 주저앉으며 말했다. "아직…… 데이비드가 아직 거기 있던?"

"그래." 애비는 이든을 자세히 살폈다. "이든, 네가 설명한 남자, 네가 지난달에 몇 번 봤다던 남자가 틸먼 농장 사람이었어."

이든의 얼굴에서 핏기가 싹 빠져나갔다. "그럴…… 그럴 리가 없어."

"넌 그 남자가 누군지 몰랐어?"

"내가 떠난 다음에 온 사람인가 봐. 거기서는 본 적 없었어."

"이름은 칼 애드킨스야. 혹시 떠오르는 거 없어?"

"아니, 한 번도 못 들어본 이름이야."

그건 이해가 됐다. 오티스 틸먼이 이든과 가족을 스토킹하도록 누군가를 보냈다면, 이든이 알아보지 못할 사람을 보냈을 것이다.

"혹시 틸먼 농장 남자가 네 집을 스토킹할 만한 이유가 있을까?"

"없어." 이든은 충격받은 얼굴이었다. "말했잖아. 우리 삶의 그 부분과는 이별했다고. 난 그 사람들을 다신 볼 일 없을 거라고 확신했어."

"우린 그 남자를 신문하러 데려왔어." 애비가 말했다. "네가 용의자 식별 절차에서 그 남자를 확인해줬으면 해. 네가 본 남자가 맞는지."

"지금?"

"아니. 준비하려면 시간이 필요하고, 우선 그 남자를 신문하고 싶어." 애비는 벽에 몸을 기댔다. "난 틸먼 집단에 관해 더 알아야 해. 뭐든 칼을 신문하는 데 도움이 될 만한 거."

"내가 얼마나 도움이 될지 모르겠다. 7년 동안 연락 한 번 없었는데."

"당시에는 어땠어? 네가 기억하는 걸 전부 말해줘."

이든은 양손을 내려다보았다. "내가 합류했을 때는 아주 작은 단체였어. 어쩌면 열몇 명쯤이었을 거야. 데이비드는 오티스의 오른팔 격이었어. 오티스는 무척 신앙심이 깊었고 흥미로운 사상을 가지고 있었어. 고해는 단순히 죄를 고백하는 것 이상이어야 한다고 믿었지. 그보다는 상담에 더 가까웠어. 우리는 각자 매주 세 번씩 고해 시간을 가졌어. 그리고 오티스는 우리가 힘든 일이 있으면 극복할 수 있게 도와주곤 했지. 무척 직관적이고 예민한 사람이었어. 그렇게 고해를 하고 나오면 내 마음은 늘…… 너무 자유롭고 가벼웠어. 그냥 다음번 고해만 기다렸지."

"그 고해 때 무슨 이야기를 했어?" 애비는 평온한 어조를 유지하며 물었다.

"뭐든 다 했어, 애비. 고해에 비밀은 없었어. 비판도. 그리고 그냥 고해만 그랬던 것도 아니야. 그분은 설교를 많이 하셨어. 네 시간이고 다섯 시간이고 할 수 있었지. 성경에서 긴 문단들을 토씨 하나 빼먹지 않고 인용했어."

일부 사이비 교주들은 긴 설교를 이용해 소속원들을 최면 같은 상태로 유도했다. 그런 상태에서는 세뇌하기가 훨씬 쉬웠다. 존스타운의 집단 자살로 막을 내린 짐 존스 목사는 몇 시간씩 설교하기로 유명했다. 자신의 성경 설교를 사회적 의제와 뒤섞으면서 꾸준히 맹목적 충성의 중요성을 때려넣었다.

"우린 중요하다고 느꼈어." 이든이 말을 이었다. "오티스는 우리가 기독교를 바꾸고, 현대화하고 있다고 줄곧 말했어. 아마겟돈이 다가오고 있고, 젊은 세대가 기독교에 더 쉽게 접근할 수 있게 해서 그들의 영혼을 구하는 게 우리 사명이라고."

"아마겟돈에 날짜가 있었어?"

"몇 번 바뀌었어. 오티스는 신이 우리가 선한 일을 하는 걸 보고 그걸 미룬다는 신호를 보내셨다고 했어." 이든의 목소리는 단조로웠다. "어떻게 들리는지 알아……."

"어떻게 들리는지는 신경 쓰지 마." 애비가 다정하게 말했다. 그보다 훨씬 미친 사이비 교리도 들어본 터였다. 지도자의 설교가 아무리 괴상하다 해도, 신도들에게 그것은 절대적 진리가 됐다. "그냥 말해줘."

"공동체는 성장했어. 처음엔 정말 기뻤지. 목적의식이 있었으니까. 주위 사람들도 사랑했고. 데이비드와 사랑에 빠졌고 우린 정말 예쁜 아이를 낳았어." 이든의 목소리가 갈라졌다.

"그런데 그때……?"

"오티스가 FBI가 우릴 쫓고 있다고 말하기 시작했어. 사탄이 FBI를 자기 군대로 이용한다고. 우린 총이 있었고 다들 사용법을 배웠어. 줄곧 FBI가 공격할까 봐 겁내면서 살았어. 그리고 집단을 떠난 사람은 FBI 암살자에게 죽을 위험이 있다는 걸 알게 됐어. 농장에 머무르는 한은 오티스가 우릴 보호할 수 있었지."

"총은 어디 보관했어?"

"은닉 장소를 계속 옮겼어. 어느 지점에서 난 더는 어디 있는지 모르게 됐어. 난 어차피 쏠 수도 없었으니 문제 될 건 없었지. 내 일은, 만약 FBI가 습격하면, 신에게 그들을 무너뜨려달라고 기도하는 거였어."

"거기서 어떻게 나왔어?" 애비가 물었다. "분명히 무척 겁이 났을 텐데."

"겁났지. 하지만…… 개비와 네이선이 있었으니까. 그리고 고해가…… 오티스는 우리가 정말 순수해지고 싶으면, 사적인 고해를 할 때 우리를 얽어매는 물질적인 것이 아무것도 없어야 한다고 했어."

"예를 들면 어떤? 돈?"

"옷 같은 것."

애비의 가슴이 그 단어에 쿵 내려앉았다.

"그래서 나왔어." 이든이 말했다. "힘들었어. 생각한 것보다 훨씬 더 힘들었지. 너무 무서웠어. 그리고 공허했어. 오티스는 맹렬히 화를 냈고 자기가 없으면 우린 모두 죽고 말 거라고 경고했어. 난 그래도 오티스의 의지를 거역하고 나왔어. 우리가 어린애였던 것도 아니니까. 모지스가 우리를 무사히 보내주기를 택했을 때처럼 말이야."

"모지스는 우릴 선택한 게 아니야." 애비가 깜짝 놀라 말했다. "우리가 운이 좋았던 거지."

이든이 눈을 깜빡였다. "모지스가 우릴 선택했어. 그래서 우리가 그때…… 모든 게 끝났을 때 강당에 있지 않았던 거잖아."

"이든, 우린 그 강당에 있었어." 애비가 말했다. "기억 안 나? 모지스가 내 머리에 빌어먹을 총을 겨누고 경찰한테 전화해 물러나라고 하라고 시켰잖아. 안으로 침입하면 날 쏠 거라고 했어."

이든은 고개를 저었다. "아니야. 우린 다른 방에 있었어. 모지스는 우리가 구원될 대상으로 선택됐다고 했어."

"난 그 전화 통화의 녹취록을 읽었어." 애비가 침대 위에 이든과 나란히 앉으며 부드럽게 말했다. "난 그 사람들한테 전부 말했어. 모지스는 내 머리에 총을 갖다 대고 있었어. 우린 같은 홀에 함께 있었어. 우린 절대 선택된 게 아니야. 모지스는 우리 모두가 죽길 바랐어."

"그건 불가능해." 이든이 불쑥 내뱉었다. "그렇다면 왜 내 기억이……."

"우린 끔찍한 트라우마를 겪었어." 애비가 이든의 손을 잡으며 말했다. "우리 머릿속은 일어난 일과 화해해야 했지. 모지스는 그 오랜 세월 동안 우리가 선택됐다고 말해왔어. 그리고 그 후, 우리가 살아남자, 네 머리가 모지스가 우릴 살리도록 선택하는 가짜 기억을 만들어낸 거야. 하지만 이든, 모지스는 그러지 않았어. 우린 다른 모두와 함께 거기 있었어. 원래대로라면 우린 모두 죽었을 거야."

34

애비는 차에 앉아 있었다. 차들이 달팽이처럼 기어가고 있었다. 이든 생각을 했다. 윌콕스 집단에서의 그 마지막 날들에 대한 이든의 흐릿한 기억이 부러웠다. 애비의 기억은 그저 날마다 선명해져만 가고 있었다.

이제는 다른 아이들이 기억났다. 통통한 남자애와 안경 쓴 여자애 그리고 다른 얼굴들. 심지어 이름도 한둘쯤 생각났다. 그들의 마지막 날에 대한 기억이 머릿속에 떠올랐다. 그들 모두는……

……커다란 실외 철제 개수대 앞에서 나란히 선 채 손을 씻고 있었다. 아비하일은 손을 난폭하게 문지르고 있었다. 엄마로부터 새 금속 각질 제거기를 받았는데, 효과가 아주 좋았다. 애비의 손은 정화의 통증으로 욱신거리고 있었다. 애비는 그 통증을 사랑하는 법을 배우게 됐다. 다른 아이들 몇 명은 그냥 비누로 손을 씻었지만 이든은 아비하일에게 정말 제대로 하는 법을 가르쳐주

었다, 흙을 한 톨도 남기지 않고 닦아내는 법을. 그리고 아비하일은 손바닥이 생살을 찢는 통증으로 욱신거릴 때, 손바닥이 긁히고 피를 흘릴 때, 공동체의 어른들이 자신을 다르게 대우한다는 것을 알게 됐다. 어른들은 더 잘 웃어주었다. 애비의 헌신을 칭찬했다. 애비가 느낀 통증은 순수함의 징표였다.

어쩌면 곧, 어른들은 애비가 꽃밭에서 일하게 해줄지도 모른다. 더 큰 아이들은 다들 지금 거기서 일하고 있었다. 아비하일은 온종일 함께 놀 사람이 아무도 없었다.

애비는 씻기를 마치고 옆으로 물러나 손가락을 쫙 폈다. 작은 구멍이 손 전체에 숭숭 나 있었다. 애비는 윌콕스 아버지의 설교를 기다리는 다른 사람들에게 합류했다.

다들 걱정스러운 표정이었다. 어른들은 숨죽여 속삭이고 있었고 아이들은 어리둥절하고 겁먹은 표정으로 입을 다물고 있었다. 아비하일은 무슨 일이 벌어지고 있는지 몰랐다. 애비가 이해할 수 없는 말들이 토막토막 들려왔다.

"······헬리콥터가 오늘 두 번 지나갔어······."

"누군가가 감시하는 걸 본 것 같아······."

"누군가가 경찰한테 말해서······"

경찰들.

공포가 찌르르 몸을 꿰뚫고 지나갔다. 경찰은 그들의 가족을 찢어놓기를 원했다. 애비는 그걸 알았다. 경찰은 부패와 증오에 이끌리고 있었다.

윌콕스 아버지는 어디 계시지? 그분은 여기 있어야 했다. 설교를 통해 모두를 진정시켜야 했다. 아버지가 말씀하시면 다들 늘 안심했다.

아비하일은 군중에서 나와 아버지를 찾아 아버지의 서재로 갔다. 하지만 그곳은 비어 있었다. 창은 어두웠다. 그때 애비는 꽃밭에 서 있는 외로운 형체를 발견했다. 하얀 로브가 바람에 펄럭이고, 석양이 얼굴에 마지막 볕을 드리우고 있었다. 아버지.

애비는 망설이며 그리로 걸어갔다. "윌콕스 아버지? 다들 기다리고 있어요."

아버지는 꿈쩍도 하지 않았다. 애비를 알은체도 하지 않은 채 먼눈으로 앞만 똑바로 바라보았다. 아비하일은 그런 모습을 본 적이 없었다. 아버지가 화난 건 당연히 본 적이 있었다. 그리고 들뜬 것도 종종 보았다. 하지만 지금 아버지는 슬퍼 보였다. 그리고 지쳐 보였다.

몇 초 뒤 아버지가 말했다. "백합을 생각해보렴, 아비하일."

애비는 그 뒤 구절을 알았다. 아버지의 설교에서 수십 번은 들었으니까. "백합화를 생각하여보라." 애비가 말했다. "'실도 만들지 않고 짜지도 아니하느니라…….'" 애비는 머뭇대며 나머지를 떠올리려고 애썼다.

윌콕스 아버지가 웃음을 지었다. "'내가 너희에게 말하노니, 솔로몬의 모든 영광으로도 입은 것이 이 꽃 하나만큼 훌륭하지 못하였느니라.'"

"전 백합이 좋아요." 아비하일이 말했다.

"나도 백합을 좋아한단다. 백합은 우리 주의 야생화지. 그거 알고 있었니?"

"네, 그럼요." 사실은 몰랐다.

"우린 그냥 여기서 아름다움을 퍼뜨리려 애쓰고 있단다, 아비하일. 신의 축복을 이용해 세상을 풍요롭게 하려는 거지. 하지만 경찰이 우릴 쫓고 있어."

"꽃은 나쁘지 않아요."

놀랍게도, 아버지가 웃음을 터뜨렸다. "어린이들의 입에서……." 아버지는 애비 옆에 무릎을 꿇었다. "너는 네 부모를 닮았어, 아비하일. 넌 무척 영리한 아이야."

애비는 얼굴에 피가 몰려드는 걸 느끼며 수줍게 웃었다. "감사합니다."

"에덴동산에서 네가 가장 좋아하는 꽃이 뭐니?"

"저기 있는 꽃들요." 애비는 손가락으로 가리켰다. "가장 키큰 것들요."

아버지는 깊은 생각에 잠긴 얼굴로 애비를 보았다. "이미 말했지만, 아주 영리해. 왜 그게 가장 좋니?"

거기에는 올바른 답이 있었다. 애비는 확신했다. 하지만 애비가 그 꽃들을 좋아하는 이유는 그저 아이작이 거기 숨으라고 가르쳐줬기 때문이었다. "아름다우니까요?" 솔직히 그 꽃들은 정말이지 아름답지 않았다. 꽃다발에 어울리지 않았다. 엄마는 꽃가게에 그 꽃을 한 번도 보내지 않았다. 너무 키가 컸다.

하지만 그래도, 거긴 아이들이 이제 작은 칼을 가지고 매일 꼬투리를 자르는 일을 하는 곳이었다.

"그것들은 우리의 가장 소중한 소유물이란다." 아버지가 말했다. "이름이 뭔지 아니?"

"네." 아비하일이 말했다. "양귀비죠."

갑작스러운 경적 소리가 과거에 파묻혀 있던 애비를 퍼뜩 깨어나게 했다. 애비는 숨을 내쉬고 차가 길을 따라 천천히 굴러가게 하면서 에덴동산의 양귀비밭을 떠올렸다.

35

카버는 모니터실에서 애비를 기다리며 일방향 거울을 음울하게 응시하고 있었다. 애비는 등 뒤로 문을 닫고 카버에게 다가갔다. 칼 애드킨스와 변호사인 리처드 스타일스는 신문실에 나란히 앉아 있었다. 둘 다 눈을 질끈 감고 입술을 부드럽게 움직이고 있었다.

"기도하는 건가요?" 애비가 물었다.

"네." 카버가 대답했다. "칼은 기도하길 좋아해요. 내가 사건에 관해 직접적인 질문을 할 때마다 기도를 하더군요. 내가 만약 '칼, 오늘 날씨 어떤 것 같아요?' 하고 물으면 길고 진이 빠지는 대답을 하죠. 그리고 왜 온라인에서 개브리엘을 스토킹했느냐고 물으면…… 이게 답이에요." 카버는 일방향 거울을 가리켰다.

"이든한테서 별 정보를 얻지 못했어요." 애비가 말했다. "틸먼 집단 농장에는 자동 화기가 좀 있는데, 이든은 어디 있는지 모른대요. 이든이 거길 나올 즈음 오티스는 자기 지위를 이용해 집단

내의 여자들에게서 성적 욕구를 채우고 있었어요."

"여성 역량 강화 좋아하시네."

"소속원들에게 법을 경계하라고, 특히 FBI를 경계하라고 가르쳤대요." 애비가 이를 악물고 말했다. "난 칼을 심문해서 우리가 뭘 많이 알아낼 수 있을 것 같지 않아요. 하지만 시도할 가치는 있겠죠."

"웡 형사하고 통화했어요." 카버가 말했다. "오티스가 그곳 구경을 시켜주고 각 숙소 내부와 집의 방들을 들여다보게 해줬대요. 네이선은 못 봤지만, 그곳을 철저히 수색할 수 있었던 건 아니니까요."

"수색영장이 필요해요."

"웡 형사가 얻어내려고 하고 있는데, 판사가 거부하고 있어요. 오티스가 서퍽 카운티에 친구를 많이 만들었나 봐요. 우리가 지금까지 확보한 건 그저 개브리엘을 온라인으로 팔로한 소속원 하나가 전부니까, 판사는 그걸로는 수색영장을 내주기 부족하다고 했대요. 거기에 반박할 순 없죠. 개비는 팔로어가 7만 명이니까."

"지금은 거의 9만 명이 됐던데요." 애비가 말했다. "새 팔로어가 무더기로 쏟아지고 있어요. 하지만 이든은 칼이 집 근처에 어슬렁거리는 걸 봤다고……."

"아직 신원을 확인한 건 아니죠. 우리가 가진 건 몽타주뿐이고, 확실히 틸먼 공동체의 여섯 명이 칼이 지난달에 농장을 10분이상은 떠나지 않았다고 증언했어요."

"용의자 식별 절차를 준비해야겠어요."

"준비하라고 했어요. 몇 시간이면 준비될 겁니다."

애비가 시간을 보고는 "젠장" 하고 내뱉었다.

"뭐, 약속에 늦기라도 했어요?"

"샘한테 전화하는 걸 까먹었어요." 애비가 대답했다. "데리러 가야 하는데, 하지만 그 애는 나랑 같이 집에 오려 하지 않을 거예요."

카버가 얼굴을 찌푸렸다. "왜요?"

"집에 뱀이 있거든요."

"애비 집에요?"

"아들의 새 애완동물이에요. 됐어요, 이 일이 끝나자마자 애 아빠 집으로 데리러 가야겠어요." 애비는 샘이 소란 피우지 않고 자기랑 집에 같이 갈 거라는 데 꽤 확신이 있었다. 충분히 짭짤한 거래를 제시하기만 하면. 만약 이 협상에 실패한다면 협상가라 불릴 자격이 없다.

재빨리 서맨사에게 문자를 보냈다. 미안한데, 엄마 일이 좀 바빠서. 한 시간 후에 전화할게. 샘에게 전화하고, 평화 협정을 마치고, 집으로 데려올 것이다.

"애드킨스하고 수다를 좀 나눠보죠." 애비가 말했다.

"좋아요. 난 아직까지 별로 운이 안 따라줬지만, 어쩌면·함께 하면 놈의 입을 열 수 있을지도 몰라요."

그 말은 애비를 멈칫하게 만들었다. 애비와 카버는 전에 함께 신문한 적이 있었는데 그건 15년도 더 전, 학교에서의 일이었다.

그건 그리 순조롭지 못했다. 강사의 시적인 표현에 따르면, '여기서 일해온 그 오랜 세월 동안 한 번도 보지 못한 전설적인 스케일의 대참사'였다. 뭐, 과장이었겠지. 아마도.

두 사람은 상대의 말을 계속 끊었다. 애비가 한 가지 주장을 하면 카버는 거기에 맞섰다. 두 사람은 어리벙벙한 용의자를 앞에 놓고 말다툼을 벌였다. 아니, 사실은 용의자인 척하는 신입 경찰을 앞에 놓고.

"내가 신문을 주도하게 해줄 수 있어요?" 애비는 짐짓 가벼운 말투로 물었다.

카버가 어깨를 으쓱했다. "그럼요."

애비는 가혹한 네온 전등에 눈을 적응시키려 애쓰며 신문실로 성큼성큼 들어갔다. 칼과 변호사에게 웃음을 지어 보이며 맞은편에 자리를 잡았다. 카버는 애비 옆자리에 앉아 가슴 앞에 팔짱을 꼈다.

"기다리게 해서 미안해요." 애비가 사과조로 말했다. "용의자 식별 절차를 준비 중인데, 예상한 것보다 더 시간이 걸리네요. 뭐 좀 드릴까요? 물? 아니면 커피?"

칼은 "아뇨, 괜찮습니다" 하고 사양했지만, 변호사는 물 한 잔 주면 감사하겠다고 했다.

"금방 드릴게요." 애비는 칼에게 웃음을 지어 보이며 말했다. "식별 절차는 정말이지 그냥 요식행위예요. 우린 가장 그럴 법하지 않은 용의자들도 지워야 하거든요. 그쪽은 확고한 알리바이가 있죠. 우린 이미 그…… 뭐라고 부르죠? 공동체? 그걸 신문하면서 그날 당신을 봤다고 말한 몇 사람들과 이야기했어요."

"진보 기독교 공동체입니다." 칼이 말했다.

"맞아요." 애비가 밝게 말했다. "오티스한테 들었어요. 거기서 사시니까 좋은가요?"

칼의 근육이 아주 약간 느슨해지는 듯했다. "네." 칼이 대답했다. "정말이지 제 삶이 바뀌었어요."

"언제 공동체에 합류했나요?"

"7년 전요."

애비는 놀라움을 감추고 무표정을 유지했다. 이든은 그전에 칼을 본 적이 없다고 말했다. 네이선이 한 살도 안 됐을 때 거길 나왔다고. 이든의 말이 진실이라고 가정하면 칼은 이든이 떠난 직후에 공동체에 가입한 모양이었다. 이든이 갑작스럽게 떠난 것 때문에 오티스가 칼을 공동체에 데려온 걸까? "정확한 날짜를 기억해요?"

"그게 이 사건과 무슨 상관이죠?" 스타일스가 물었다.

"그냥 점들을 연결하는 중이에요. 이 일이 어떤지 아시잖아요." 애비는 공격적인 남자에게 '이 일이 어떤지 아시잖아요' 하고 말하면 상대는 종종 그 일이 어떤지 아는 척하고 싶어 한다는 걸 오래전에 파악했다. 그러면 모든 게 더 수월해졌다. 변호사는 흡족한 얼굴로 고개를 끄덕였다. 남자는 이 일이 어떤지 알았다.

"저는 2월 초에 공동체에 합류했습니다. 아마…… 2012년이었을 겁니다."

이든이 떠난 지 2주도 안 돼서였다. 우연일 리는 없었다. 오티스가 이걸 7년 전에 계획했을 수도 있을까? "당시에는 무슨 일을 하셨나요?"

"음, 공동체에 합류했을 때 저는 대체로 사과 농장에서 일했습니다."

"제 말은, 공동체에 합류하기 전에 무슨 일을 하셨느냐고요."

"아." 칼은 놀란 듯 보였다. 기억을 떠올리려는 듯 잠시 멈칫하더니 말했다. "작가였습니다."

칼의 표정 변화는 미묘했다. 일부러 찾아보지 않으면 알아차리기 거의 불가능했다. 하지만 애비는 그걸 기다리고 있었다. 집단의 일원들은 종종 과거 삶과 완전히 이별하도록 세뇌된다. 하지만 과거가 정말로 지워지는 건 아니다. 그저 억압될 뿐이다. 그들 중 누군가에게 집단에 합류하기 전의 삶에 관해 물어보라. 그러면 기억이 홍수처럼 밀려들 것이다. 잠시 동안, 집단이 그들의 머리를 지배하기 전의 삶이 고개를 든다. 예전 자신의 모습이 얼핏 떠오른다.

"정말요?" 애비가 물었다. "뭘 쓰셨는데요?"

"단편 소설요. 대체로 SF랑 판타지였죠. 《엑스트라오디너리 디멘션스》에 이야기가 한 편 실렸죠."

"《엑스트라오디너리 디멘션스》요?"

"무척 유명한 온라인 잡지였어요. 그 이야기로 300달러를 받았죠."

"굉장하네요. 그래서 그 잡지를 위해 추가로 글을 더 쓰셨나요?"

칼이 얼굴을 찌푸렸다. "아뇨. 그다음에 보낸 건 퇴짜를 맞았죠. 그리고 그 이후로 전 글 쓸 시간이 없었습니다. 공동체에서 할 일이 많았거든요."

애비는 잠시 기다리며 긴 침묵이 칼의 문장에 마침표를 찍고 그것이 스스로 의미를 띠게 했다. 그리고 마침내 물었다. "공동체에는 어떻게 합류하게 되셨나요?"

"음, 저희 삼촌한테 제의를 받아서요."

"삼촌이요?"

"네. 오티스요."

칼 애드킨스는 오티스 틸먼의 조카였다. 어떻게 그걸 지금까지 놓쳤을 수가 있지? 이제 칼에게 듣고 보니 두 남자의 턱과 코에 살짝 닮은 부분들이 보였다. 애비는 기분 좋게 고개를 끄덕였다. "그렇군요! 오티스 쪽에서 찾아왔나요?"

"네. 제가 이 일 저 일을 전전하고 있는데 삼촌이 와서 자기 농장에서 일하라고 하더군요."

"대단한데요." 애비가 씩 웃었다. "칼은, 뭐죠, 당시에? 열여덟 살? 그런데 모든 걸 접고 사과 농장에서 일하는 데 불만이 없었나요?"

칼이 짧은 웃음을 토했다. "처음에는 그러고 싶지 않았죠. 하지만……." 칼은 말을 멈췄다. 애비는 남자가 그 순간을 회상하려 하는 걸 알 수 있었다. 삼촌은 어떻게 조카를 결국 설득했을까? 그 순간 칼의 눈이 게슴츠레해졌고, 애비는 작가인 칼이 이제 사라졌음을 알았다. 집단의 칼이 돌아왔다. "저한테 며칠만 와보라고 했어요. 사람들하고 이야기를 나눠보라고요. 가봤더니 사람들이 놀라운 일을 하고 있더군요. 전 그 일부가 되고 싶었어요."

"힘들지는 않던가요? 전에 익숙해 있던 그 모든 걸 포기하는 게요. 물론 글 쓰는 것도 그렇고요. 그리고 텔레비전도, 맞죠? 제 말은, 전 일주일에 최소한 텔레비전 시리즈 하나씩은 꼭 몰아 봐야 직성이 풀리거든요. 데이비드 허프한테 듣기로 거기서는 텔레비전을 못 본다고 하던데요. 게다가 휴대전화도 못 쓰고요."

긴장감이 방 안에 내려앉는 듯했다.

"우린 중요한 일을 합니다." 칼이 말했다. "텔레비전이나 휴대전화가 금지되는 게 아니에요. 그냥 필요가 없을 뿐이죠."

"그럼요." 애비가 말했다. "깜빡했네요. 아직 휴대전화 있으시죠? 심지어 인스타그램 계정도 있으시잖아요."

칼은 아무 말도 하지 않았다.

"계정을 여신 게, 어……." 애비는 폴더를 뒤지는 척하며 말했다. "3년 전이네요. 공동체에 합류하신 지 4년 지나서죠. 그러니까 4년간 소셜 미디어 없이도 잘 지내셨군요. 그런데 어떻게 된 거죠?"

칼은 눈을 질끈 감고 입술을 달싹이며 나지막이 기도했다.

"인스타그램 계정을 연 건 누구의 생각이었죠?" 애비가 물었다. "당신은 필요 없었잖아요, 당신이 말한 대로요. 그런데 왜 그걸 열었죠? 기본적으로 오로지 한 사람, 개브리엘 플레처만을 팔로하는 계정을 말이에요."

"제 의뢰인은 더는 질문에 대답하지 않을 겁니다." 스타일스가 끼어들었다.

"데이비드 허프의 부인을 만난 적 있나요, 칼? 딸은요? 아들은?"

칼은 계속 기도했다. 카버의 휴대전화가 울렸고, 카버는 전화를 받으러 나갔다. 애비는 네이선과 개브리엘 그리고 개브리엘의 집 근처에 갔던 것에 관해 칼에게 질문을 몇 가지 더 했다. 하지만 카버가 말했듯 애비가 얻은 것은 기도, 그리고 질문에는 더이상 답하지 않겠다는 변호사의 단호한 진술뿐이었다.

마침내 애비가 말했다. "두 분께 물 한 잔씩 갖다 드릴게요." 그리고 방을 나갔다.

카버는 바깥에 서서 휴대전화로 통화하고 있었다. 표정은 어두웠다. 애비에게 기다리라는 몸짓을 했다.

"금방 갈게요." 카버는 그렇게 말하고 전화를 끊었다.

"무슨 일이에요?" 애비가 물었다.

"누가 스태튼 아일랜드의 어느 주차장에 세워진 도요타 코롤라 차 문에 피가 묻어 있는 걸 알아차렸대요." 카버가 말했다. "그리고 경찰에 신고했는데, 현장에 출동한 경관이 트렁크를 열고 그 안에서 신원을 알 수 없는 시신을 발견했답니다."

"그래서, 왜 당신한테 전화한 거죠?" 애비가 물었다. "그건 당신 관할구도 아니잖아요."

"부검팀이 앞 좌석 밑에서 진흙 묻은 신발을 발견했답니다." 카버가 말했다. "그것이 네이선 플레처가 납치됐을 때 신고 있던 신발의 묘사와 일치한다네요."

36

애비는 카버의 차에 동승했다. 차 안에서 들리는 소리는 내비게이션의 목소리뿐이었다. 애비는 창밖을 내다보았다. 피로와 걱정의 구름으로 머릿속이 온통 흐릿했다. 범죄현장에 관한 묘사는 별게 없었다. 시신이 남자라고 했다. 하지만 성인 남자인가? 디스패치는 확실히 알지 못했다. 확인 중이라고 했다. 아무런 응답 없이 시간만 흘러갔다.

발견된 아동용 신발이 사실은 네이선의 것이 아닐 가능성도 있었다. 어차피 이든이 네이선의 신발을 부티크에서 산 것도 아니었다. 아마도 월마트나 타겟에서 샀겠지. 같은 신발을 신고 돌아다니는 아이들이 뉴욕에만도 수천 명은 될 것이다.

하지만 그런 아이들이 진흙 묻은 한쪽 신발만 두고 갈 가능성은 얼마나 될까? 그것도 트렁크에 시신이 들어 있는 차 안에?

"저기예요." 카버가 내비게이션을 끄며 말했다. 두 순찰차가 붉은색과 파란색 경광등을 켜고 있었다. 더 가까이 다가가자 검시관 차량이 보였다. 그리고 언론 차량들도 보였다. 본능에 이끌려 범죄현장을 곧장 찾아온 것이리라.

카버는 경계선이 쳐진 구역으로 차를 몰았다. 젊은 제복 경관이 범죄현장 등록증에서 뜯어낸 페이지 한 장을 건넸다. 둘 다 이름을 적고 출입을 허가받았다. 애비가 먼저 차에서 내려 허리를 숙이고 테이프 밑을 통과해 밝은 스포트라이트가 비추고 있는 차량 트렁크를 향해 서둘러 갔다.

애비는 그 안의 커다란 시신이 충분히 보일 만큼 가까이 가서야 자신이 숨을 참고 있었음을 깨닫고 후 하고 한숨을 내쉬었다. 트렁크 속에서 작은 남자아이의 시신을 보게 될 거라고 무심결에 예상하고 있었던 것이다.

스포트라이트의 무지막지한 빛을 막으려 한 손을 들어 올리는데 키 큰 여성의 실루엣이 한 걸음 다가왔다. "애비 경위님, 딱 맞춰 오셨네요. 우린 시신을 수습하려던 참이었어요." 여자는 마스크를 쓰고 있었지만 목소리로 곧장 누군지 알아차렸다. 발레리아 고메즈 박사는 오랜 세월 애비의 살인 조사 여러 건을 함께한 검시관이었다.

"뭐가 나왔나요, 고메즈?" 애비가 물었다.

"50대 초반 남성 피해자예요. 트렁크에 있는 동안 사후 경직 과정이 끝나서, 경직된 태아 자세였어요."

애비가 창백한 시신을 건너다보는데 절대 모를 수 없는 금속성 피 냄새가 코를 찔렀다. 피해자는 트렁크에 거칠게 욱여넣어져, 스페어타이어 위에 누워 있었다. 삼각대 하나와 금속 용기 몇 개가 시신이 들어갈 공간을 만들기 위해 옆으로 치워진 듯 주위에 쌓여 있었다. 트렁크에 시신을 넣은 누군가는 굳이 트렁크를 먼저 비우는 수고를 들이지 않았다.

피해자의 목은 피범벅이었고 시커먼 자상 몇 개가 죽죽 그어져 있었다. 남자가 입은 베이지색 셔츠도 피에 흠뻑 젖어 있었다. 눈은 휘둥그레 뜨고 입은 쩍 벌렸으며 턱에는 핏방울이 얼룩져 있었다.

"처음 조사에서 사반은 몸 우측에만 나타난 것처럼 보였습니다." 고메즈가 말했다. "그러니 아무래도 시신이 사망 직후 트렁크에 넣어졌을 가능성이 높죠."

"아니면 그 전일 수도 있나요?" 카버가 물었다.

고메즈가 어깨를 으쓱했다. "의학적으로 말하자면 아직 그 가능성을 완전히 배제할 수는 없지만, 우리 부검 전문가에 따르면 운전석의 대량의 피는 다른 이야기를 들려주고 있어요. 목과 가슴의 자상 흔적에 더해, 왼쪽 손바닥에 얕게 찔린 상처가 있어요. 그리고 작은 절개가 그걸 가로지르고 있죠."

"방어흔이군요?"

"아마도요. 시신의 입술과 입의 피는 호흡기 외상을 나타내요. 그리고 사망 원인은 이 둘 중 하나죠." 고메즈는 목의 수많은 상처 중 둘을 가리켰다.

"사망 시각은요?" 애비가 물었다.

"지금으로서는, 제가 말할 수 있는 최선은 어젯밤 언젠가예요. 어쩌면 새벽일 수도 있고요." 고메즈가 대답했다. "내일 아침 일찍 부검을 할 건데, 그러면 아마 더 좁힐 수 있을 거예요."

애비는 한 걸음 물러나 깊은숨을 들이쉬었다. 주차장의 공기는 배기가스와 쓰레기와 오줌 냄새를 풍겼지만 그래도 차 트렁크에서 올라오는 것보다는 한결 나았다. 현장에서 작업 중인 사람들을 살펴보았다. 현장을 스케치하느라 여념이 없는 형사와 제복 경관은 애비가 모르는 사람이었다. 카버가 다가가서 형사와 악수를 나눴다. 그 나머지로 말하자면, 애비는 전에 그 경찰 사진사와 같이 일한 적이 있었다. 가식적인 태도를 지닌 음침한 남자였다. 애비는 조수석에 있는 범죄현장팀 소속 아흐메드 나데르를 보자 반가웠다.

"안녕, 아흐메드." 애비가 주머니에 손을 찔러 넣으며 말을 걸었다.

"애비 멀린." 아흐메드가 몸을 쭉 펴며 말했다. "뭐예요? 살인 사건이 그리워지기라도 한 겁니까? 아니면 그냥 내가 그리웠거나?"

"당연히 당신이 그리웠죠." 애비가 말했다. "하지만 네이선 플레처 납치 사건 조사 중이기도 해요. 뭘 살피고 있어요?"

"운전석 바닥 매트의 진흙 묻은 발자국요. 꽤 잘 보존돼 있고, 피해자의 신발과는 안 맞아요. 12사이즈, 어쩌면 13사이즈일 수도 있어요."

칼의 신발일 수도 있을까? 칼은 낡은 테니스 운동화 한 켤레를 가지고 있었는데, 딱히 크지는 않았다. "신발 밑창 사진을 보내줄 테니 일치하는지 확인해줄래요?"

아흐메드가 몸을 쭉 폈다. "어쩌면요. 신발 얘기가 나온 김에, 당신이 여기에 진짜 관심이 있을 것 같아요."

아흐메드는 근처에 놓인 용기에서 플라스틱 봉투를 들어 올려 스포트라이트에 비췄다. 작은 신발이었다. "조수석 바닥에 떨어진 남자 외투 밑에서 발견했어요. 외투는 확실히 아이가 입기엔 너무 커요. 피해자의 것일 수도 있겠죠."

애비는 투명한 비닐 속을 들여다보았다. 신발은 갈색 얼룩으로 뒤덮여 있었다. "피인가요?"

"아뇨. 진흙이에요. 신발은 아직도 축축하고 안팎이 모두 진흙으로 얼룩져 있어요. 그걸 신었던 사람은 발목까지 진흙에 파묻혔어요."

"그게 아니면 그 사람이 진흙에 파묻혔거나요." 애비가 말했다. "그러면 운전석의 진흙 발자국이 설명되겠죠."

아흐메드는 한쪽 눈썹을 치켜올렸다. "늘 모든 상황에서 최악의 시나리오를 잘도 찾아내는군요."

"남들은 몰라도 당신은 진흙 묻은 옷가지가 좋은 소식이 아니라는 걸 알잖아요."

아흐메드는 애비에게 차의 다른 쪽을 가리켜 보였다. "저기, 보여줄 게 좀 있어요."

애비는 아흐메드를 따라가 열린 조수석 앞에서 몸을 웅크렸다. 차 내부는 도살장 같은 냄새를 풍겼다. 운전대와 좌석과 대시보드에 온통 피가 문대져 있었다. 차 내부만이 아니라 운전석 창 윗부분에도 피가 곳곳에 튀어 있었다. 시신은 왼쪽 옆구리에 자상 흔적이 있었다. 피해자가 조수석에 있었다면 공격자는 아마도 운전자였을 것이다. 하지만 만약 피해자가 운전자였다면……. 애비는 문을 응시했다. 공격자는 차 바깥에 서 있었을 것이다.

"피의 궤적에 관해 뭘 알려줄 수 있나요?" 애비가 물었다.

"아직 그건 측정하지 않았어요." 아흐메드가 말했다. "하지만 창의 피가 윗부분에 주로 있는 게 보이죠? 바닥에는 한 군데밖에 문대지지 않았어요. 나더러 추측해보라면, 우리 피해자는 운전석에 앉아 있었고 창을 내렸어요. 공격자는 창밖에서 안으로 찔렀고요. 피해자는 왼손을 들어 목을 보호했고, 손바닥에 두 개의 방어흔을 입었죠. 하지만 내가 보여주고 싶다고 한 건 그게 아니에요. 여길 보세요." 아흐메드는 조수석 바닥 매트를 가리켰다.

애비는 몸을 숙여 아흐메드가 가리키는 것을 보았다. 또 다른 진흙 발자국의 일부였다.

"이건 우리가 조수석 밑에서 발견한 신발과 들어맞아요. 그걸 신고 있던 어린아이가 벗기 전에 여기 발을 들인 것 같아요."

애비는 확신이 없었다. "아니면 누군가가 신발을 여기로 던졌거나요. 그리고 나중에 좌석 밑으로 굴러 들어간 거죠."

아흐메드가 고개를 저었다. "저거 보여요? 건드리지 말아요." 그러고는 조수석 뒤를 가리켰다.

"뭐가 보여야 하는데요?"

"머리카락 두 가닥요."

그제야 보였다. 두 가닥의 밝은 금발로, 머리 받침대보다 한참 밑에 있었다. 마치 금발 머리의 어린아이가 좌석에 앉았던 것처럼. 그리고 바닥 매트에 발자국을 남긴 것처럼.

"신발이 아직 젖어 있다고 했죠." 애비는 흥분하면서 물었다. "진흙이 금방 묻은 거였나요? 혹시 추정할 수……."

"아직은 아무것도 추정할 수 없어요." 아흐메드가 씩 웃으며 말을 끊었다. "하지만 아무래도 죽은 아이의 시신을 앞 조수석에 앉혔을 것 같지는 않죠, 안 그래요?"

"그런 일은 흔치 않죠."

"그건 올해의 가장 에누리한 발언이네요. 자, 그만하면 잔뜩 들뜨게 해줬으니, 이제 나쁜 소식을 전해야겠어요. 저 핏자국 보여요?" 아흐메드는 금발 두 가닥 밑을 몸짓으로 가리켰다. 애비는 눈을 찡그리고 보았다. 두 개의 검은 얼룩. 피였다.

"저건 저 뒤에 있는 불운한 남자의 것일 수도 있어요." 아흐메드가 트렁크를 가리키며 말했다. "확실히 온 사방에 상당한 양의 피를 흩뿌렸죠."

"하지만 궤적이 맞지 않아요."

"그렇죠."

그 얼룩들의 모양은 타원형이 아니라 동그랬는데, 이는 피가 측면에서 튄 게 아니라 피를 흘린 사람이 좌석에 몸을 기대고 있었다는 뜻이었다.

"혈액 비교를 좀 할 겁니다." 아흐메드가 말했다. "정보가 더 들어오는 즉시 알려줄게요. 피는 반드시 저기 머리카락을 남긴 누군가의 것이 아닐 수도 있어요."

애비는 몸을 쭉 펴며 고개를 끄덕였다. 부검이 때로는 잘못된 결론으로 이어진다는 것을 알고 있었다. 초기 결론은 종종 새로운 세부사항이 등장하면서 폐기됐다. 하지만 지금으로선 네이선 플레처가 이 차에 탔던 것 같았다. 조수석에 앉아 있었던 것 같았다. 그리고 살아 있었을 것이고 피를 흘리고 있었을 것이다.

37

이든은 경찰서의 한 방에 혼자 앉아 있었다. 용의자 식별 절차가 준비되려면 아직 몇 분 더 기다려야 한다고 했다. 기다리는 동안 심장이 가슴 속에서 마구 뛰었다. 애비가 말한 칼 애드킨스라는 남자를 과연 자신이 알아볼 수 있을까. 오티스 틸먼 공동체에서 온 남자.

그들을 스토킹하던 남자.

이든은 몸서리를 치고 팔로 몸을 감쌌다. 기다렸다. 혼자서.

심지어 집에서조차 이든은 혼자였다. 아, 사실 그렇지는 않았다. 개브리엘이 집에 있었다. 그리고 납치범이 전화할 경우에 대비해 아래층 부엌에 늘 경찰이 한 명 있었다.

하지만 납치범이 처음 전화했을 때 이든과 개브리엘 사이에 형성됐던 초기의 유대감은 사라졌다. 이든의 딸은 최근 변해버린 그 냉담한 여자애로 다시 돌아갔다. 종일 그리고 매일을 방에서 문을 닫아놓은 채, 또는 아래층에서 친구들이나 에릭이라는 남자에게 위로받으며 보내는 아이. 그리고 이제 개브리엘은 기부 사이트를 관리하며 기부자들에게 감사 인사를 보내고 더 많은 인터뷰를 하느라 바빴다. 이든은 딸이 이 위기를 통제하고 있다는 데 안도했다. 네이선을 집으로 데려오기 위해 할 수 있는 모든 걸 하고 있다는 데. 하지만 자신이 그러지 못한다는 이유로 개브리엘이 엄마인 자신을 멸시한다는 느낌을 떨칠 수 없었다.

그리고 부엌의 그 경관들, 누가 누군지 분간이 안 가는 남자들의 무리. 모두 무장을 갖췄다. 틸먼 공동체에서 보낸 시절 이후로 이든이 총에 이렇게 가까이 있어본 적은 처음이었다. 총은 늘 이든을 불편하게 만들었다. 경찰은 늘 이든을 불편하게 만들었다. 유일하게 믿을 수 있는 사람은 아비하일이었다. 하지만 이제는 아비하일과 이야기할 때마다 과거가 다시 홍수처럼 떠밀려왔다.

그리고 물론 이든의 삶에는 네이선 모양의 진공이 존재했다. 더는 할 수 없는 그 모든 포옹과 잘 자라는 입맞춤, 오늘 하루 어땠냐고 또는 저녁으로 뭘 먹고 싶냐고 묻지 못하는 모든 순간, 그 모든 게 이든을 파고들어 베었다. 이든을 소모시켰다.

몇 년 만에 처음으로 데이비드가 그리웠다. 그냥 힘든 순간을 공유할, 말할 수 있는 누군가가 필요해서였다. 포옹할 수 있는 또다른 사람.

휴대전화를 꺼내어 아이작과의 채팅창을 열었다. 아이작은 지난 이틀간 정말 구세주 같았다. 이든을 응원하고 계속 나아갈 힘을 주었다. 자기도 몸값 마련에 힘을 보태려고 저축의 일부를 기부했다고, 자기 친구들에게도 기부하게 했다고 했다.

네이선이 잘 시간이야. 이든은 그렇게 썼다.

거의 즉시 점 세 개가 나타났다. 아이작은 납치 이후로 줄곧 채팅창에 각별히 신경을 써주었다. 아이고, 지금 어떤 심정일지 상상도 못 하겠다.

네이선이 잠자는 시간이 하루 중에 가장 힘들어. 이든은 답장했다. 사실이었다. 비록 네이선이 갈수록 더 독립적으로 되어가긴 했지만, 잠잘 시간에는 엄마를 필요로 했기 때문이었다. 아이는 잘 때 방문을 열어놓곤 했다. 엄마가 아래층에 있고 자기가 부르면 들을 수 있다는 걸 확인하기 위해서였다. 그래야 무섭지 않으니까. 그때가 하루 중 엄마에게 입맞춤을 받고 싶어 하는 유일한 때였다. 다른 때는 늘 "으윽, 엄마, 그만해요"였다. 하지만 잘 자라는 입맞춤은 중요했다.

하지만 그러고 보면 더 이전에 이든은, 하루 중 가장 힘든 시간이 저녁식사를 차릴 때라고 생각했다. 자신과 개브리엘이 먹을 것만 차리는 게 괴로워서였다. 그리고 그 전에는 오후가 가장 힘든 시간이었다. 보통 그때 네이선이 층계를 오르락내리락하기 때문이었다. 그리고 또 그 전에는 아침이 가장 힘들었다. 잠에서 깨어나 네이선이 아직 돌아오지 않았다는 것을 깨닫는 시간이니까. 그리고 밤이 가장 힘든 이유는 잠들 수 없기 때문이고, 잠들면 악몽을 꾸기 때문이었다.

하루의 매분 매초가 가장 힘든 시간이었다. 개브리엘은 어쩌고 있어? 아이작이 썼다.

계속 바쁘게 지내고 있어. 그리고 마치 기적처럼 몸값을 모으고 있지.

금액이 정말 빨리 올라가고 있어. 며칠이면 몸값을 다 채우겠더라. 그러고 나면 넌 아들을 돌려받게 될 거야.

이든은 뺨에 흐른 눈물을 닦았다. 눈물은 하루 중 아무 때나 불쑥불쑥 찾아왔다. 마치 콧물이나 가려움처럼. 아비하일 말로는 심지어 몸값을 구한다 해도 네이선을 돌려받지 못할지도 모른대.

아비하일이 틀렸어. 난 확신해.

이든은 아이작의 낙관주의가 부러웠다. 그랬으면 좋겠다. 지금 경찰서에 와 있어. 말했지. 그 용의자 식별 절차 때문에.

아, 잘됐다. 그 남자 알아볼 수 있을 것 같아?

이든은 한숨을 내쉬었다. 알아볼 수 있을까? 잘 모르겠어.

재촉해도 급하게 하지 마. 시간을 들여 찬찬히 제대로 확인해.

알았어.

몇 초 후 아이작이 썼다. 조사에 관해서는 새 소식 있어?

아직은 없어. 나한테는 정말 아무것도 알려주질 않아.

네가 알려달라고 우겨야지.

그 말이 맞았다. 이든은 그래야 했다. 오늘 아비하일하고 우리가 가족을 떠난 날에 관해 이야기했어. 내 기억이 틀렸대. 내 기억으로는 우리가 모두와 함께 강당에 있지 않았는데. 하지만 걔는 우리가 거기 있었대. 그날 기억나?

깜빡이는 점들을 지켜보며 기다리던 이든은 다가오는 발걸음 소리에 휴대전화를 집어넣었다.

살집이 통통한 경관이 방으로 들어왔다. "플레처 씨? 준비됐습니다."

이든은 거의 숨도 쉬지 못한 채 남자를 따라갔다. 네온 불빛 켜진 복도는 어두운 방으로 이어졌다. 방 한쪽은 그냥 회색 방을 들여다볼 수 있는 커다란 유리창만으로 이루어져 있었다. 여섯 남자가 벽을 따라 서 있었다. 이든은 겁에 질려 문간에서 얼어붙었다.

"저쪽에서는 이쪽이 안 보여요." 경관이 말해주었다. "일방향 유리예요."

이든은 방으로 들어서서 일방향 거울을 들여다보았다. 여섯 남자 중 두 남자는 턱수염을 길렀고 나머지 남자들은 말끔히 밀었다. 한 남자는 나머지 남자들보다 더 뚱뚱했다. 전부 검은 머리였다. 그리고 한 남자는⋯⋯.

그 남자였다. 4번. 이든은 남자가 길거리에 서서 주위를 둘러보는 모습을 상상했다. 먹잇감을 찾는 육식동물처럼.

"천천히 하세요." 경관이 말했다. "급할 것 없어요."

"4번이에요." 이든이 불쑥 내뱉었다.

"확실한가요?"

경관의 어조에 담긴 뭔가에, 이든은 공포에 사로잡혔다. 내가 잘못 알았으면 어쩌지? 그러면 경찰은 이 칼 애드킨스를 풀어줘야 할 것이다. 그리고 남자가 네이선을 데려갔다면, 뭔가를 알고 있다면…….

이든은 남자들을 하나하나씩 응시했다. 코와 눈과 일그러진 입술들이 한데 뒤엉켰다.

"확실해요." 이든이 마침내 말했다. 경관이 한숨을 쉬거나 고개를 저으며 실망을 표할 거라고 반쯤 예상했지만, 그런 일은 일어나지 않았다. 경관은 그저 고개를 끄덕이고 클립보드에 뭔가를 표시했다.

"제가 제대로 지목했나요?"

"그건 말씀드릴 수 없습니다. 형사님과 이야기하셔야 할 겁니다."

"형사님은 어디 계시죠?" 이든은 아비하일……. 아니, 애비나 카버 형사가 자신을 이 방으로 데려올 줄 알았다. 이 처음 보는 남자가 아니라.

경관이 망설이다 마침내 대답했다. "그분은 확인할 게 있어서 불려가셨습니다."

"뭔가 네이선하고 관련된 건가요?"

"선생님, 그분께 직접 물어보시는 게 최선일 겁니다."

아이작이 우겨야 한다고 말한 게 생각났다. 하지만 이 순간 이든의 결심은 녹아내렸다. 어깨가 축 처졌다. "뭔가 다른 게 있었나요?"

"아뇨, 그게 다입니다. 제가 바래다 드리죠."

복도로 나오자 누군가가 말했다. "이든?"

이든은 눈을 찡그리고 남자를 보았지만 이렇게 낯선 환경에서 만나니 누군지 알아보는 데 시간이 걸렸다. 이웃 남자인 프랭크였다.

"아, 안녕하세요." 이든이 힘없이 말했다.

"전 용의자 식별 절차를 위해 왔어요." 프랭크가 설명했다. "제가 그 남자를 알아볼 수 있을지 보려고요."

"그 남자를 알아봐요? 그 남자가 동네를 돌아다니는 걸 봤어요?"

"아직 얘기 못 들었어요?" 프랭크가 얼굴을 찌푸렸다. "제가 봤거든요…… 음, 네이선이 그 남자 차에 타는 걸 본 것 같아요."

"그걸 봤다고요?" 이든이 충격받아 속삭였다. "하지만 그럼 왜……."

"확신이 없었어요." 프랭크가 재빨리 덧붙였다. "경찰이 나한테 물으러 왔을 때에야 알았어요. 당연히 정말 가슴 아파요. 내가 뭔가 도울 게 있다면……."

뭔가 도울 게 있다면. 이든은 프랭크의 눈알을 파내고 싶었다. 내 아들이 납치당하는 걸 빤히 봤으면서 아무 말도 안 하다니. 전화도 안 해주고, 경찰에 신고도 안 하고. 그러고는 아무 일도 없었던 것처럼 하루를 보내다니.

"개브리엘은 어쩌고 있어요?" 프랭크가 부드럽게 물었다.

"잘 있어요." 이든은 기계적으로 대답했다.

"내가 도울 수 있는 게 있다면 돕겠다고 전해줘요. 나한테 전화해도 돼요. 기꺼이 도울게요. 그래서 여기 온 거예요. 난……."

이든은 더는 듣고 있을 수 없었다. 걸음을 옮겼다. 머리가 쿵쿵 울리고 주먹이 저절로 꽉 쥐어졌다. 경관의 안내에 따라 밖으로 나온 이든은 어지러움 속에서 차로 돌아가 운전석에 무너지

듯 주저앉았다. 입술이 떨렸다.

흐느끼면서 휴대전화를 꺼냈다. 아이작에게 방금 전 일에 관해 말하고 싶은 마음이 간절했다. 식별 절차 동안 아이작이 보낸 메시지가 있었다. 앞서 무슨 이야기를 하고 있었는지 다시 떠올리는 데 잠시 시간이 걸렸다.

그날 일은 정말이지 기억이 잘 안 나. 하지만 분명히 아비하일의 기억이 맞을 거야. 우린 모두와 함께 강당에 있었어.

이든은 두 눈을 질끈 감았다. 그날에 대한 자신의 기억을 믿을 수 없다면, 길거리의 그 남자를 기억한다고 정말 확신할 수 있을까? 만약 잘못 알았다면? 경찰이 놈을 풀어줄까?

이든은 카버와 아비하일에게 전화를 돌렸지만 둘 다 받지 않았다. 친숙하고도 짓뭉개는 듯한 외로움이 다시 압박해왔다.

38

"막 문을 닫기 직전이었어요." 윌이 양손에 일곱 개의 칙필레 (미국의 닭고기 전문 음식점 브랜드—옮긴이) 상자를 들고 특별수사실로 들어오며 말했다.

범죄현장 사진들을 보고 있던 애비가 고개를 들고 말했다. "혹시 내가 말한 거……."

"베이컨과 랜치 드레싱을 샌드위치에 넣으라고요, 네." 윌이 한숨을 푹 내쉬며 커다란 테이블에 봉투들을 내려놓았다. "전에도 말했지만 애비가 패스트푸드 식당에서 이런 걸 주문하는 건 정말 심오한 아이러니예요."

"왜 아이러니하죠?" 카버가 봉투를 뒤져 치킨 랩을 꺼내며 물었다.

"윌은 내가 버터와 베이컨을 잔뜩 먹는 게 느린 자살을 하는 거라고 생각하거든요." 애비가 대꾸했다. "내 일의 절반은 사람들한테 자살하지 말라고 설득하는 거고요."

"일리가 있네요." 마셜이 샐러드 용기를 열어 드레싱을 부으며 말했다.

"글쎄, 사람들은 살아야 할 이유가 필요하죠." 애비가 치킨 샌드위치를 찾으며 말했다. "버터와 베이컨은 두 가지 좋은 이유고요."

"틸먼 농장 수색영장 받는 건 어떻게 돼가요?" 윌이 물었다.

애비는 샌드위치를 한입 베어 물었다. 행복이란 이런 거지. 다른 사람들은 도대체 어떻게 베이컨 없이 견디지? "아직 윙한테 전화 안 왔어요." 이든이 식별 절차에서 고른 남자는 실제로 칼 애드킨스가 맞았다. 그거면 충분히 수색영장이 나와야 했고, 윙 형사는 자기가 알아서 하겠다고 했다.

"터너 형사한테서 메시지 하나 온 게 다예요." 카버가 그렇게 대꾸하고는 치킨 랩을 우적대며 휴대전화로 뭔가를 읽었다. 터너는 살인 사건에 배정된 형사였다. "살인 피해자의 신원을 확인했어요. 리엄 워싱턴. 차량 등록도 그 사람 앞으로 돼 있고 운전면허증 사진이 시신과 일치해요. 주소는 올버니로 돼 있어요."

"네이선을 납치한 게 그 남자일 수도 있을까요?" 윌이 물었다.

"차가 목격자의 설명과 일치하지 않아요." 카버가 말했다. "하지만 그 가능성도 배제할 순 없죠. 목격자는 납치범의 얼굴을 제대로 보지 못했어요. 식별 절차에서 누구도 지목하지 못했죠."

"올버니?" 애비가 얼굴을 찌푸렸다. 거기라면 롱아일랜드에 있는 틸먼 농장과는 뚝 떨어진 곳이다. 하지만 어쩌면 옛날 주소일지도 모르지.

"용의자가 두 명이라고 치죠. 리엄과 다른 누구." 카버가 말했다. "그리고 차량 두 대. 하나가 네이선을 납치해서 둘이 같이 아이를 어딘가로 데려가요. 그 후, 어느 지점에서, 리엄이 네이선을 다른 곳으로 옮기기로 결정한 거죠."

"어쩌면 실제로 계획이 성공해서 몸값을 받을 수도 있겠다 싶었어요." 마셜이 이어받았다. "뭐 그러려고 계획한 거지만, 실제로 돈이 모이는 걸 보게 되는 건 전혀 다른 이야기니까요. 딴생각이 들고, 몸값을 나누기가 싫어졌어요. 네이선을 차에 태우고 막 출발하려는데 다른 남자가 나타나는 거죠."

"다른 남자가 차창을 두드려요." 카버가 끼어들었다. "리엄은 아이에게 드라이브를 시켜주려 했다는 헛소리로 모면하려고 해요. 그리고 차창을 내리고, 목에 칼을 맞죠."

"아니면 개브리엘의 포스팅을 보고 죄의식을 느껴서⋯⋯." 윌이 보탰다. "네이선을 버스정류장에 내려놓고 도망치려고 해요. 그런데 친구의 생각은 다른 거죠."

"말이 되네요." 애비가 동의했다. "어느 쪽이든, 공범이 리엄을 죽이고, 트렁크에 집어넣고, 우리를 따돌릴 만큼 충분히 먼 곳에 차를 버리러 주차장으로 가요. 그리고 차로 데리러 올 사람을 부르거나 아니면 우버를 불러서 돌아오죠."

"발자국 확인은 어떻게 됐죠?" 카버가 물었다. "칼 애드킨스의 신발과 일치하는지 누가 확인했나요?"

"안 그래도 애드킨스의 변호사가 그걸 가지고 한바탕 난리를 피웠어요." 반스가 말했다. "영장 없이는 자기 의뢰인의 신발 사진을 찍을 수 없다고요. 그리고 자기 의뢰인은 체포 상태가 아니고 어쩌고저쩌고하면서요. 그건 나중에 해결해야죠."

"살인자가 자기가 뭘 하는지 모르는 게 아니라면 차를 버린 후 그 신발을 없앴겠죠." 마셜이 끙 소리를 냈다. "그리고 난 틸먼 집단과의 연관성이 영 납득이 안 가요."

"그래도 확인해볼 가치는 있어요." 애비가 말했다.

"그건 나중에 확인할 거라고 했잖아요." 반스가 한쪽 눈썹을 치켜올리며 말했다.

애비는 그건 일단 놔두자고 결정했다. 두 남자와 말다툼해봤자 괜히 반발심만 불러일으킬 것이다. 애비가 지금 가장 피해야 할 것은 특수수사대 형사 두 명과 얼굴을 붉히는 거였다.

카버가 자리에서 일어나 휴대전화를 주머니에 집어넣었다. "터너는 올버니로 갈 거예요. 제가 같이 가서 뭘 찾아봐야 할지 확인할게요."

애비는 자기도 같이 갈까 생각하면서 시간을 확인하려고 휴대전화를 보았다. "이런, 미친!"

"뭐예요?" 윌이 물었다.

"샘을 아빠 집에서 데려오는 걸 깜빡했어요." 애비는 밀려오는 죄책감을 이기지 못하고 눈을 질끈 감았다. 샘은 지금 무슨 생각을 하고 있을까? 토요일 날 그렇게 극적인 상황에서 집을 나섰는데, 애비는 샘을 달래려 하긴커녕 주말 내내 무시했다. 엄마로서 전설적인 대참사다. 설상가상으로 이번 주 월요일과 화요일은 어차피 스티브가 아이들을 맡는 날이니, 샘은 그냥 거기 쭉 있게 될 것이다.

"금방 돌아올게요." 애비는 웅얼거리며 방을 나섰다. 10시 반이었다. 샘이 10시 이후에 휴대전화를 사용하는 걸 보면 애비는 야단을 치곤 했다. 그리고 그건 지금 상황을 더한층 난감하게 만들었다. 애비는 샘에게 전화를 걸었다.

벨이 5초는 족히 울린 후 샘이 전화를 받았다. "여보세요." 차갑고 무심한 목소리, 애비가 들어 마땅한 목소리였다.

"우리 딸, 엄마가 잠깐 들러서 얘기 좀 하고 싶은데."

"지금요?" 샘은 못 믿겠다는 목소리였다. "아빠도 곧 자러 가실 텐데요."

애비가 한숨을 푹 쉬었다. "엄마 직장에서 긴급상황이 있었어."

"아하."

"엄마가 데리러 갈게. 오늘 밤은 우리 집에 와서 자자."

"음, 옷을 좀 챙겨 와야 하긴 해요." 서맨사가 말했다.

애비의 얼굴이 확 밝아졌다. "당연하지. 좀 있다 데리러 갈게."

"그냥 하나만 물어볼게요. 그 뱀이 아직 엄마 집에 있어요?"

"그런 것 같아."

"그럼 전 그 집 근처에 안 갈 거예요."

애비가 한숨을 푹 쉬었다. "샘……."

"내가 어디서 자든 무슨 상관이에요? 엄마는 심지어 집에 있지도 않잖아요. 벤하고 통화했어요. 자기는 주말 내내 할아버지랑 할머니 집에 있었다던데요."

엄마에게 뭔가 원하는 게 있을 때, 샘은 엄마를 프로처럼 다뤘다. 하지만 화났을 때는 마치 애비 자신의 죄의식이 실체화된 존재 같았다. 한 마디 한 마디가 과녁에 명중하는 화살이었다.

"내일 학교에는 어떻게 가려고?"

"아빠가 출근길에 태워다 주실 거예요."

"그렇구나." 애비가 말했다. "난 내일 오후에 벤을 데려다주러 갈 거야. 그때 얘기하자."

"그래요."

"잘 자, 우리 딸, 사랑한다."

"잘 자요, 엄마." 샘은 그 정도 인사도, 강요당해 마지못해 한 것처럼 들릴 정도로 자신의 어조에 독기를 잔뜩 주입했다.

애비는 전화를 끊고 자신의 죄의식의 완성도를 높이기 위해 벤도 확인하기로 결정했다. 하지만 벤은 지금쯤 잠들어 있어야 할 테니 그 대신 어머니에게 전화했다.

"여보세요, 애비." 어머니가 말했다. "벤은 이미 잠들었어."

"그럴 줄 알았어요. 좋은 하루 보내셨어요?"

"응. 그 애의 뱀한테 먹일 냉동 쥐를 좀 샀어. 얼마나 좋아하던 지."

"뱀이요, 아니면 벤이요?"

"사실 둘 다였어. 어디니, 아직 직장이니? 자리를 옮기고 나면 주말에 오래 근무하는 일이 없을 거라고 하지 않았니?"

"좀 특별한 일이 일어났어요."

"그래도, 애비, 이혼했을 때 네가 한 말은……."

"내가 무슨 말 했는지 나도 알아요, 엄마." 애비는 샘이 몇 분 전에 사용했던 어조를 사용했다. "이건 정말이지 내가 예측할 수 없는 일이었어요. 엄마는…… 윌콕스 집단의 다른 두 아이들 생각나요?"

"이든하고 아이작?" 어머니는 머뭇대지도 않았다. 그 이름은 번개처럼 나왔다. "당연하지."

"아이작하고는 그동안 연락하고 지냈어요. 하지만 이든은 사라졌죠." 애비는 침을 삼켰다. "알고 보니 뉴욕에 살고 있었더라 고요. 어린 시절이 좀 힘들었던 것 같아요. 그런데 이제 그 아들 이 납치당했어요."

"세상에, 애비." 어머니의 목소리가 낮게 갈라졌다. "딱하기도 해라."

"좋은 형사가 사건을 맡았어요. 조너선 카버요. 하지만 난 그냥 무시할 수 없어요." 애비는 자신이 여기 남아야 하는 이유를 만들려고 애쓰면서 대답했다. 뭐든 자신이 할 수 있는 것을 해야 했다.

긴 침묵이 흐른 후 어머니가 말했다. "내가 가장 후회하는 건 네게 형제를 만들어주지 못한 거란다. 알지, 나와 행크는 노력했지만……."

"이든은 내 언니가 아니에요, 엄마. 그런 게 아니에요."

"너희 둘은 함께 자랐잖니, 안 그래? 끔찍한 일을 함께 겪었잖니." 어머니의 목소리는 거칠었다. 울고 있을까? "행크와 내가 위탁 아동을 받겠다고 결정했을 때, 우린 너랑 다른 아이를 같이 데려오고 싶었어. 하지만 심리학자가 너희 셋은 헤어지는 게 최선이라고 했다고, 사회복지사가 그랬지. 너희가 함께 있으면 너희의 발달에 문제가 생길지도 모른다는 거였어. 너희는 다들 이상한 습관을 가지고 있었으니까. 손 씻기 말이야. 기억나니? 넌 피가 날 때까지 손을 씻곤 했지."

"기억나요." 애비는 어머니에게 최근 그 문제가 재발했음을 말하지 않았다.

"내가 아기를 낳기에는 너무 늦었다는 걸 깨닫고 나니까 그때 좀 더 고집을 부리지 않은 게 후회되더라." 어머니가 말했다. "어쩌면 내가 우겼다면……."

"어머니는 무슨 일이 일어날지 몰랐잖아요."

"그래도, 네가 지금 그 애를 도울 수 있어서 기쁘다. 네가 보호

본능을 느낀 건 옳아."

"네." 애비는 벽에 몸을 기댔다. "늦은 밤이 될 거예요. 기다리지 말고 먼저 주무세요. 그리고 아마 엄마가 벤의 등교를 준비해 주셔야 할 것 같아요."

"당연하지, 우리 딸."

전화를 끊고 특수수사실로 돌아가려던 애비는 생각을 고쳐먹었다. 돌아가는 대신 아흐메드에게 전화를 했다.

"여보세요, 멀린."

"아흐메드, 그 발자국은요? 운전석 바닥 매트에 있던?"

"네. 그쪽 용의자의 밑창 사진을 보내주겠다고 하셨죠."

"그걸 확보하는 데 좀 난관이 있어요. 저기요, 연방 경찰에 신발 데이터베이스 있죠, 네?"

"네. 그쪽으로 보내줄 수 있어요. 하지만 답을 들으려면 시간이 좀 걸릴 거예요."

"특수수사팀은 FBI와 연락망이 있어요. 어쩌면 우리는 빨리 답을 들을 수 있을지도 몰라요."

"얼마나 빨리요?"

"용의자가 현재 구류돼 있지만 더 오래는 잡아놓을 수 없어요. 만약 신발이 제조사와 맞지 않으면 시간을 엄청 절약할 수 있죠."

"요원의 연락처를 보내줘요. 내가 답을 얻으면 알려줄게요."

"고마워요. 아, 그리고 아흐메드, 그 사람하고 이야기할 때 내 이름은 대지 말아요. 전부 당신이 생각한 거예요. 여기는 일종의 오줌 높이 싸기 경쟁이 있어서, 난 웬만하면……."

"걱정 말아요, 멀린. 이 통화는 없었던 거예요." 아흐메드는 전화를 끊었다.

애비는 아흐메드에게 켈리의 연락처를 보낸 후 방으로 돌아 갔다. 윌은 당황한 얼굴로 잔뜩 찡그린 채 노트북 화면을 보고 있 었다.

"무슨 일이야?" 애비가 물었다. "뭔가 잘못됐어?"

"켈리 요원한테 이메일을 받았어요. 방에서 신문을 들고 있는 네이선 사진이 전혀 편집되지 않은 거래요."

애비는 이를 악물었다. 그 사진 합성설에는 뭔가 이상한 게 있다고 느꼈었다. 말이 되지 않았다. 그러나 그렇다면, 어떻게 네 이선의 방에서 그 사진을 찍을 수 있었을까? 납치가 정말로 이 든의 자작극이 아니었다면. 하지만 그것도 말이 되지 않는 게, 이 든이 납치가 가짜임을 입증하는 그렇게 명확하고 선명한 증거를 굳이 만들 이유가 없지 않은가.

"어떤 식으로든 전혀 말이 안 돼." 마침내 애비가 내뱉었다.

"그래요." 윌이 동의했다. "우리가 뭔가를 잘못 생각하고 있는 거예요."

애비는 윌의 화면에 뜬 사진을 더 자세히 들여다보면서 뭘 놓 쳤는지 알아내려 애썼다. 하지만 보이는 것은 그저 네이선의 겁 에 질린 눈빛이 전부였다.

39

마치 눈이 먼 것처럼 칠흑 같은 어둠 속. 네이션은 차갑고 딱딱한 바닥에 누워서 벌벌 떨고 있었다. 이가 통제할 수 없이 딱딱 마주쳤다. 모든 게 너무나 잘못됐다. 짧은 한순간, 그 멋진 찰나, 네이션은 자신이 안전하다고 생각했다. 집으로 가고 있다고.

하지만 집은 없었다. 오로지 이 어둠뿐이었다. 그리고 차가움과 목마름뿐.

거기에 그 끔찍하고 폭력적인 순간의 기억. 그 칼날. 어둠 속에서 번뜩이던. 뺨을 때리던 따뜻한 피의 분수. 광적인, 축축함으로 가득한 비통한 꿀렁거림. 몸부림. 더 많은 피.

그리고 이어진 끔찍한 침묵.

네이션은 신발을 한쪽만 신고 있었다. 다른 한쪽은 어디 있는지 기억나지 않았다. 남은 신을 벗으려고 애썼지만 끈이 젖어 있어서 떨리고 힘없는 네이션의 손가락으로는 매듭을 풀기가 불가능했다. 마침내 포기하고 신발을 그냥 둔 채 남자가 문을 잠그고 가기 전에 아무렇게나 던져둔 담요에 몸을 말고 누웠다.

어둠 속에 내팽개쳐진 채로.

근처에서 바스락거리는 소리가 들렸다. 한순간 뭔가가 손가락을 스쳤고, 네이선은 손을 집어넣고 비명을 질렀다. 이 칠흑처럼 어둡고 좁은 공간에 사는 뭔지 모를 것으로부터 자신을 보호하려고 담요를 머리까지 뒤집어썼다. 담요 속에서는 숨쉬기가 힘들었지만 바깥에 있는 그 무언가에 자신을 노출하는 것보다는 나았다.

등이 욱신거렸다.

니트를 벗으려고 해봤지만 갑작스러운 고통 때문에 포기했다. 등에 난 깊은 상처에 천이 들러붙어 있었다. 말라붙은 피에 실밥이 엉겨 붙어 있었다. 상처를 찢어 벌리지 않고는 옷을 벗을 수 없었다.

등을 대고 눕는 게 불가능했다. 앉을 수도 없었다. 등을 벽에 기댈 수 없으니까. 오로지 배를 대고 눕는 것만 가능했다. 네이선은 한쪽 뺨을 바닥에 대고 담요 속에 고치처럼 웅크린 채 누워 있었다. 바스락거리는 소리를 무시하려 애썼다. 기억을 무시하려 애썼다.

그 축축한, 씩씩대는 숨소리. 그 몸부림. 피. 침묵.

40

애비가 막 집으로 가려는데 휴대전화에 새 이메일 수신 알림이 떴다. 눈을 비비면서 화면을 두드렸다.

"신발 자국에 관해 과학수사팀에서 이메일이 왔어요." 애비가 메시지를 재빨리 훑어 내리면서 말했다. 아흐메드는 발자국의 특성을 요약하면서 뒤꿈치의 알아볼 수 있는 흠집 자국과 더불어 발자국 오른쪽의 닳은 패턴을 상세히 설명했다. 마모 패턴 때문에 아마 빨리 발견하기만 하면 상응하는 신발과 정확한 대조가 가능할 거라고 했다. 하지만 신발을 찾는 데 너무 오래 걸린다면 마모 패턴이 바뀌어 대조가 불가능할 수도 있었다.

FBI 신발 데이터베이스의 도움을 받아, 아흐메드는 제조사와 특정한 모델을 찾아낼 수 있었다. 호크웰 남성용 스틸토 부츠였다.

"칼 애드킨스가 임의동행했을 때 부츠를 신고 있었나요?" 마셜이 이메일을 대충 훑으며 물었다.

"아뇨." 애비가 웅얼거렸다. "테니스 슈즈를 신고 있었어요."

"과학수사팀 덕분에 발품을 많이 던 것 같네요." 마셜이 씩 웃었다. "실제로, 우리 발품을 많이 덜어줬어요, 맞죠?"

특수수사대에는 재미있는 친구들이 많다니까. 애비는 아흐메드가 보낸 링크를 클릭했다. 화면에 갈색 부츠 사진이 있는 호크웰의 웹사이트가 떴다. 확실히 칼이 신은 건 아니었다.

애비는 일어나서 방을 나와 윙에게 그날 저녁 세 번째로 전화를 걸었다. 이번에는 놀랍게도 형사가 전화를 받았다.

"여보세요, 멀린." 윙은 지친 목소리였다.

"윙, 날 잊은 줄 알았어요."

"내 저녁 시간을 그렇게 철저히 망친 사람을 무슨 수로 잊어요?" 윙이 대꾸했다. "틸먼 공동체를 5분 전에 나왔어요."

"수색한 거예요?" 애비는 아마 집으로 가려는 듯, 겉옷을 챙겨 입고 방을 나가는 마셜과 반스에게 웃음을 지어 보였다. 두 남자는 애비에게 고개를 끄덕였다.

"아뇨. 그곳 전체에 대한 수색영장은 못 받았어요. 판사가 칼 애드킨스의 숙소에 대한 수색영장만 허가했어요."

"뭐라고요? 하지만……."

"전체 공동체를 범죄와 연관시킬 근거는 전혀 없다더군요. 어떤 한 주민이 범죄 용의자라고 해서 동네 전체에 대한 수색영장을 얻으려 하지는 않는다면서요."

"하지만 그건 동네가 아니잖아요. 집단이라고요."

"정의가 다른가 보죠. 그 판사가 생각하는 한, 거긴 종교적 공동체예요. 판사의 말을 인용하자면, '이에 대한 법적 정의는 없습니다'라네요. 그래서 그런 정의에 기반한 수색영장에 서명할 수는 없다고요. 말했죠. 오티스 틸먼은 저 위에 친구들이 있다니까요."

"그래서 칼 애드킨스의 숙소를 수색했어요?"

윙은 긴 숨을 들이쉬었다. "하마터면 못 할 뻔했어요. 그 남자들이 무리를 지어서 막아섰거든요. 산탄총으로 무장하고요. 무척 긴박한 상황이 됐죠. 정말 등골이 서늘했어요, 멀린. 자칫하면 상황이 통제를 벗어날 뻔했어요."

애비는 눈을 질끈 감았다. 윙에게 조심하라고 말만 하는 게 아니라 자신이 직접 갔어야 했다. "그래도 결국 수색하게 해줬나요?"

"네. 오티스가 나타나서 상황이 추해지기 전에 막았어요. 그후 우리를 애드킨스의 숙소로 안내했죠."

"그러고요?"

"네이선도, 몰래 숨겨둔 총기도, 은닉 장소 같은 것도 없었어요. 남자 넷이 거기 살았는데, 네 남자의 침실치고는 기묘하게 말끔하더군요. 개인 소지품도 전혀 없었고요. 성경 몇 권이 다였죠. 노트북이나 휴대전화도 없었어요."

애비가 한숨을 내쉬었다. "고마워요."

"별말씀을. 난 가서 뭘 좀 마셔야겠어요. 그 후 자러 가야죠. 잘 자요, 멀린." 윙이 전화를 끊었다.

애비는 개브리엘을 인터뷰한 기자 톰 매코믹에게서 새 이메일을 받았다. 합의한 대로 기사를 미리 검사받으러 보낸 거였다. 애비는 기사를 대충 훑어보고, 톰이 사진이나 음성 메시지에 관해 아무 말도 안 했는지를 확인했다. 기사는 그보다 더 낚시일 수 없었다. 감정팔이에다 사소한 내용들이 있었는데, 대체로 남동생이 납치되는 비극을 당하기 전에 개브리엘이 유명해진 과정에 초점을 맞추고 있었다.

애비는 남자에게 코멘트를 주겠다고 약속했다. 네이선이 아직 살아 있다고 가정해야 했다. 아이를 데리고 있는 누군가는 이제 리엄 워싱턴의 살해에 개입했을 가능성이 높았다. 놈들은 난폭했고, 지금은 아마도 크게 동요돼 있을 것이다. 애비는 놈들이 동요되길 원치 않았다. 동요된 사람들은 충동적인 결정을 내렸다. 애비는 놈들이 상황을 완전히 통제하고 있다고 느끼길 바랐다.

애비는 이메일에 답신을 보냈다. 뉴욕 경찰청의 최우선 목표는 네이선을 집으로 무사히 돌려보내는 겁니다.

공허한 문장으로, 대다수 사람에게는 뻔한 내용이었다. 하지만 동요되고 공포에 사로잡혀 있는 납치범들은 뉴욕 경찰청이 주로 그들을 쫓고 있다고 생각할지도 모른다. 애비는 놈들에게 그렇지 않다고 안심시키고 싶었다. 몸값이 모이고 있었다. 아이와 맞바꿀 수 있었다. 네이선이 살아 있는 한, 그 가능성은 여전히 존재했다.

애비가 주머니에 휴대전화를 집어넣고 막 방으로 돌아가려는데 한 가지 생각이 떠올랐다. 윙에게 다시 전화했다.

"이번에는 또 뭐죠?" 윙이 전화를 받았다.

"칼의 방에 혹시 남는 부츠가 있던가요?"

짧은 침묵이 흘렀다. "네. 똑같은 부츠가 세 켤레 있더군요."

"세 켤레요?"

"말했잖아요. 그곳에 남자 넷이 살았다고요. 부츠는 침대 옆에 있었어요."

"혹시 호크웰 부츠였나요?"

283

"내가 무슨 부츠 성애자라도 돼요? 그게 호크웰 부츠인지 내가 어떻게 알죠? 그냥 부츠였어요."

"링크를 보낼게요. 당신이 본 부츠가 맞으면 말해줘요." 애비는 전화를 끊고 윙에게 아흐메드가 보낸 링크를 보냈다.

1분 후, 애비는 답신을 받았다. 확실히 똑같은 부츠예요.

애비는 특수수사실로 성큼성큼 가서 윙 옆에 앉았다. "윙이 칼 애드킨스의 숙소를 수색했어. 남자 셋이 범죄현장의 발자국에 일치하는 부츠들을 가지고 있었어."

"셋이요?"

"틸먼은 아마도 자기 농장 사람들이 신을 수 있게 도매가로 그 부츠를 샀을 거야. 그편이 더 싸니까."

"그렇군요." 윙은 손가락을 꼽았다. "우선 이든의 전남편, 데이비드가 농장에 있고, 개브리엘을 온라인과 현실에서 스토킹한 칼 애드킨스가 있어요. 그리고 범죄현장에서 사용된 것과 같은 부츠들이 여러 켤레 있죠."

"거기다 칼 애드킨스는 이든이 떠나고 겨우 2주 후에 농장에 들어왔어. 그 나머지 모두와 함께, 그건 절대 우연일 리 없어."

"그럼 이제 어쩌죠? 그 단지의 모든 부츠에 대해 수색영장을 얻어요?"

"그건 힘들 수도 있어. 판사는 이미 첫 수색영장 가지고도 윙을 들들 볶았는걸. 그리고 호크웰은 흔한 부츠 브랜드야. 이게 무슨 강력한 증거도 아니잖아. 내가 내일 직접 가서 더 파헤쳐봐야겠어."

윙은 의자에 등을 기댔다. "어떻게, 가능하겠어요?"

"종교집단은 대체로 외부인들의 침투를 허락하지 않아." 애비는 화이트보드에 붙여놓은 오티스의 사진을 바라보며 말했다. "우린 내부의 누군가가 필요해. 이든은 거길 나온 지 너무 오래됐고. 난 떠나거나 추방된 사람이 필요해. 그것도 좀 더 최근에."

"아무도 못 찾으면 어쩌죠?"

애비는 생각에 잠겼다. "그러면 나를 도와줄 내부자를 직접 만드는 수밖에." 애비가 마침내 입을 열었다. "누군가를 떠나게 만들어야지."

41

카버는 다섯까지 센 후 문을 두드렸다. 터너 형사는 옆에 서 있었다.

마치 인류의 본능에 새겨진 어떤 예감과도 같았다. 밤 시간에 찾아온 소식은 나쁜 소식일 수밖에 없다는 것은. 복권 당첨 연락은 밤에 오지 않는다. 아직 달이 떠 있을 때 어머니가 아이를 깨운다면 그건 강아지를 선물로 주기 위해서가 아니다.

카버는 다시 노크하고 시계를 보았다. 하지만 굳이 보지 않아도 새벽 1시 반이라는 건 이미 알고 있었다.

마침내 문을 연 여자는 빛바랜 녹색 가운을 입고 있었고 안경에 가려진 눈은 붉게 부어 있었다.

"아, 안 돼." 여자가 불쑥 내뱉었다. "리엄이…… 무슨 일이 생겼나요?"

"에밀리아 워싱턴 씨?" 카버가 배지를 보여주며 부드럽게 물었다. "저는 뉴욕 경찰청 소속 카버 형사입니다. 들어가도 될까요?"

여자는 옆으로 비켜서서 들어오게 해주었다. 입술이 이미 떨리고 있었다. 카버는 마치 지금 상황에 발소리를 내는 것이 부적절한 것처럼 조심스럽게 안으로 발을 들여놓았다. 터너도 아무 말 없이 뒤따랐다. 두 사람은 카버가 사망 소식을 전한다는 데 미리 합의했다. 카버가 제의했고, 터너는 반대하지 않았다. 이건 자기 사건이라고 고집하지 않았다.

"제발……." 에밀리아가 문을 닫으며 말했다. "그냥 말해주세요."

"유감입니다, 워싱턴 부인." 카버가 말했다. "경찰이 오늘 저녁 스태튼 아일랜드 주차장에서 남편분의 차를 발견했습니다. 차량 내부에서 리엄의 인상착의에 부합하는 남성의 시신이 나왔습니다."

카버는 형사로 일한 지 6년이었고, 그 전에는 경찰이었다. 사망 통지를 수십 번은 했다. 초기에는 숫자를 셌다. 하지만 어느 지점에서 셈을 놓쳤다. 또는 정확히 말하자면 셈을 그만두기로 의식적으로 결정했다. 이런 순간들은 잊히지 않았다. 마약 과용으로 아들을 잃고 아들이 열한 살 때 받은 트로피를 보여주던 어머니. 아내를 잃고 억누를 수 없는 오열을 터뜨린 남편. 흐느낌은 마치 익사하는 사람이 내는 꿀럭거림처럼 들렸다. 사람들은 울거나, 충격에 빠져 멍하니 바라보거나, 고함치거나, 기절하거나, 질문을 퍼붓거나, 비난했다. 상처의 주기도문.

"주차장에서요?" 에밀리아가 속삭였다. "어떻게 죽었죠?"

"마치 공격당한 것 같았습니다." 카버가 부드러운 어조로 말했다. 여자와 눈을 맞추고 반응을 가늠했다.

"공격당했다고요?" 에밀리아가 눈을 깜빡였다. "누가……?"

"저희는 아직 모릅니다." 카버가 말했다.

"그리고 정말 확실한지…… 그이는 스태튼 아일랜드에 갈 일도 없었는데…… 정말 그이인 게 확실해요?"

"운전면허증의 사진과 얼굴이 일치합니다. 그리고 차에서 확실한 신분증을 찾았습니다." 카버는 트렁크에서 발견한 남자가 뒤쪽 벽에 걸린 사진의 남자와 동일하다는 말을 굳이 덧붙이지 않았다. 남자는 자유의 여신상을 배경으로 만면에 환한 미소를 띤 채 에밀리아를 껴안고 있었다. "아마도 아침이면 최종 신원 확인이 될 겁니다. 하지만 확실히 그분입니다. 정말 진심으로 유감입니다."

카버는 지금 당장 신원 확인을 위해 남편의 치과 기록이나 칫솔을 달라고 조를 생각은 없었다. 그건 적어도 아침까지는 기다려야 했다.

에밀리아는 휘청대는 듯했다. 쓰러지기 직전 같았다. 카버는 여자의 팔에 부드럽게 한 손을 얹고 소파로 안내했다. 여자는 창백한 안색으로 소파에 앉았다.

"차 사고가 난 줄 알았어요." 여자가 웅얼댔다. "밤 시간에 늘 너무 과속을 했거든요. 그 거지 같은 갓길에서 통행료를 피하려고요."

앞서 올버니 경찰서 소속 경관과 이야기를 나눈 카버와 터너는 에밀리아 워싱턴이 전날 아침 일찍 경찰에 신고한 걸 알고 있었다. 남편이 집에 오지 않았고 휴대전화가 꺼져 있어서였다. 틀림없이 온종일 남편을 기다리고 있었으리라. 똑딱똑딱 흐르는 시간을 초조하게 지켜보며 지속적으로 남편에게 전화로 연락하려 했으리라. 아무것도 모른다는 답답함의 연옥에 갇힌 채.

"터너 형사, 워싱턴 부인에게 물 한 잔 갖다 주겠나?" 카버가
물었다.

"당연하지." 터너는 이미 서둘러 방을 나가며 말했다.

카버는 소파 앞에 놓인 안락의자를 보고 있었다. 거기 앉으려
던 순간, 갑자기 그게 리엄의 안락의자라는 직감이 들었다. 그래
서 대신 소파의 에밀리아 옆자리에 앉았다.

"워싱턴 부인, 남편을 마지막으로 보신 게 언제인가요?"

"어제, 정오쯤에요. 결혼식에 갈 일이 있었어요."

"결혼식요?"

"리엄은 결혼식 출장 사진사예요. 토요일 밤 맨해튼에서 결혼
식이 있었어요."

"저녁 일을 하러 거기까지 가기엔 너무 멀지 않나요?"

에밀리아가 고개를 끄덕이며 눈을 문질렀다. "저도 그렇게 생
각했어요. 하지만 그이 사업이 어려워져서요. 온 사방에서 일자
리 제안을 받았어요. 맨해튼, 롱아일랜드, 올버니…… 몇 주 전에
는 심지어 보스턴까지 가기도 했어요. 거의 길에서 살다시피 했
죠."

카버는 가만히 듣고 있었다. 머릿속에서는 여자가 말하는 세
부사항이 동기로, 기회로 바뀌고 있었다. 사업이 어렵다는 건 급
전이 필요하다는 거였다. 바깥에서 시간을 많이 보낸다는 건 아
내가 알면 안 되는 일을 하느라 바쁘다는 뜻일 수 있었다. 살인
사건을 조사하다 보면 온갖 사소한 세부사항이 어둡고 왜곡된
색조를 띠는 법이었다.

여자는 긴 한숨을 내쉬었다. "어제 아침에야 그이가 안 들어

온 걸 알았어요. 집에 늦게 돌아올 거라길래 기다리지 않고 그냥 잤거든요. 기다렸어야 했는데. 하지만 하도 피곤해서요. 저녁에는 피곤해지죠."

"남편분 일정표를 가지고 계신가요?" 카버가 물었다. "어쩌면 고객 목록이라든가?"

"찾아볼 수 있어요. 책상 어딘가에 위클리 플래너가 있을 것 같아요."

"남편분이 최근에 뭔가 고민이 있는 눈치셨나요?"

"이미 말했듯, 그이 사업이 잘되지 않았어요. 그이는 걱정했어요……. 그이가 어떻게 죽었죠?"

"네? 뭐라고 하셨죠?"

"그이가 공격당했다고 하셨잖아요. 총에 맞았나요?"

"내일 부검이 실시될 겁니다. 그러면 자세한 걸 알게 될……."

"제가 시신을 찾아오려면 어떻게 해야 하죠? 양식이나 뭐 그런 걸 작성해야 하나요? 장례식을 준비해야죠. 남편의 형한테도 전화해야 하고요. 그이를 볼 방법이 있나요? 지금 스태튼 아일랜드에 있나요? 그이를 이리로 보내달라고 그 사람들한테 말 좀 해주세요. 그이를 이리로 보내줄까요?" 에밀리아는 대답할 기회도 주지 않고 질문을 마구 쏟아냈다. 간절함에 눈이 휘둥그레졌다.

터너가 물잔을 들고 나타나 에밀리아에게 건넸다. 에밀리아는 잔을 받아 들고 눈을 질끈 감은 채 벌컥벌컥 들이켰다.

"워싱턴 부인, 저희가 여길 좀 살펴봐도 될까요?" 카버가 물었다. "어쩌면 뭔가 저희 조사에 도움이 될 만한 걸 찾을 수 있을까 해서요."

여자는 물잔을 내려놓고 속삭였다. "그럼요."

두 형사가 막 복도로 나서려는데 어둠 속에서 뭔가가 얼핏 눈에 들어왔다.

뒤뜰의 헛간이었다.

카버는 터너와 눈빛을 교환했다. 터너는 카버에게 살짝 고개를 끄덕이고 말했다. "워싱턴 부인, 플래너 말씀하셨죠? 그게 어디 있는지 보여주시겠어요?"

"그이는 남는 방에서 서류 작업을 해요." 에밀리아가 먼눈으로 웅얼거렸다. "전 거기서 다림질을 해요. 때로는 그이 책상에 세탁물을 놔두는데 그이는 그걸 싫어하죠."

"좀 보여주실 수 있나요?" 터너가 물었다.

여자가 일어서서 발을 질질 끌며 복도로 나섰다. 터너는 그 뒤를 따라갔다.

카버는 잠긴 뒷문을 열고 뜰로 나섰다. 땅은 잔디로 덮여 있었지만 몇몇 군데에서는 잔디가 아무렇게나 자라 있었고 곳곳에 진흙밭이 있었다. 헛간은 집에서 10미터쯤 떨어져 있었다.

네이선이 거기 갇혀 있었다면, 에밀리아가 몰랐을 리 없었다.

휴대용 손전등을 켜고 헛간 문 앞으로 갔다. 문은 커다란 슬라이딩 볼트로 단단히 닫혀 있었다. 자물쇠는 없었다. 하지만 누군가가 안에 갇혀 있다면……

카버는 볼트를 옆으로 미끄러뜨리고 문을 잡아당겨 열었다. 손전등의 빛기둥이 헛간 내용물을 비추고 퀴퀴한 냄새가 코를 찔렀다. 정원 관리용 연장 몇 개, 오래된 자전거, 곰팡이 낀 매트리스, 페인트 깡통들이 놓인 선반 세 개, 녹슨 철제 상자들, 개 목줄 비슷한 뭔가.

누군가, 특히 어린아이를 가둬둘 공간은 충분했다. 리엄은 네이선을 납치해 여기 가둬뒀을 수도 있었다. 그러다 어느 지점에서, 어쩌면 걱정돼서, 아이를 옮기기로 결정했다. 그리고 공범은 그게 마음에 들지 않아 리엄을 찔렀다.

하지만 영 그게 맞을 것 같지 않았다. 리엄과 에밀리아의 뒤뜰은 이웃집을 마주 보고 있었다. 반드시 누군가가 알아차렸을 것이다. 네이선은 묶여 있었다 해도 뭔가 소리를 낼 수는 있었을 것이다. 말도 안 되는 생각이었다. 그리고 얼마 전까지 뒤뜰 헛간에 납치된 아이가 있었다면, 에밀리아가 경찰에 그렇게 빨리 신고하지 못했을 것이다.

헛간을 나와 볼트를 밀어 잠갔다. 아래를 내려다보았다. 헛간문 옆에 진흙 웅덩이가 있었다.

네이선의 신발은 진흙에 푹 젖어 있었는데.

집을 한참 보던 카버는 웅덩이 옆에 무릎을 꿇고 주머니에서 비닐봉투를 꺼냈다. 진흙 약간을 조심스럽게 봉투에 담았다. 과학수사대는 이것을 네이선의 신발에 묻은 진흙과 대조할 수 있을 것이다.

그때 집 안의 움직임이 카버의 시선을 끌었다. 창가를 지나가는 에밀리아의 실루엣은 슬픔의 무게로 잔뜩 굽어 있었다. 카버는 자신의 의심에 거의 수치심을 느꼈다.

하지만 리엄은 살해당했고, 네이선의 신발이 범죄현장에서 발견됐다. 두 사람은 확실히 연관돼 있었다. 그리고 카버는 그 연관이 뭔지 알아내야 했다.

42

아침 햇살이 수면 부족인 애비의 눈을 아플 정도로 찔렀다. 애비는 운전석 바이저를 조절하고 급히 커피잔을 찾아 홀짝였다. 지나치게 단 액체는 이미 미적지근했다. 너무 늦게 잠자리에 들고, 교통 체증을 피하겠다고 말도 안 되게 일찍 일어난 상태라 좀비가 따로 없었다. 자신이 살면서 내린 선택들에 의문의 여지가 있음을 인정하지 않을 수 없었다. 두 시간 반의 수면으로는 부족했다…… 뭘 하기에? 정말이지 뭘 하기에도 그랬다. 차를 몰고 롱아일랜드를 가로지르는 길에 나무를 들이받지 않은 게 기적이었다.

운전 중 카버에게 전화가 왔다. 리엄 워싱턴의 아내와 만난 경과 보고였다. 애비랑 똑같이 지친 목소리였다.

애비는 농장으로 접어드는 길목에서 윙을 만나기로 했지만, 도착해 보니 윙은 아무 데도 안 보였다. 휴대전화를 꺼내 보니 윙이 보낸 문자가 와 있었다. 일이 생겨서 늦는다는 내용이었다. 애비는 시간도 때울 겸 휴대전화의 브라우저를 열어 《뉴요커 크로니클》에 실린 톰 매코믹의 기사를 검색했다. 재빨리 훑어보며 전날 자신이 받은 검토용 기사와 일치하는지 확인했다. 매코믹은 애비의 이름을 언급하고 "2018년 은행 포위의 영웅"이라고 부르면서 애비의 코멘트를 실었다. 링크에는 다른 온라인 뉴스 기사 링크도 같이 있었다. 그 기사는 은행 포위 사건 당일에 발간된 것이었다. 애비의 사진 몇 장이 실려 있었다. 경찰 조끼를 입고 휴대전화로 통화하는 모습이었다. 애비와 특수기동대의 한 남자가 인질들을 안전한 곳으로 안내하는 이 사진은 그 사건에 관련해 모든 곳에 배포된 최종 사진이었다.

기사 속에서 애비는 영웅처럼 보였다. 하지만 그때 자신의 기분이 어땠는지, 애비는 생생히 기억했다. 총탄이 발포되는 소리를 들었을 때 갑작스러운 공포가 애비를 사로잡았고, 강도들이 인질을 죽인 줄만 알았다. 강도와 처음 통화했을 때는 심장 소리가 귓전에 쿵쿵 울려서 상대의 말을 들을 수 없을 정도였다.

"영웅은, 지랄." 애비는 내뱉었다.

최근 기사의 다른 링크가 눈길을 끌었다. 후속 기사였다. 링크를 클릭했다. 전날 이든의 집에서 마주친 남자, 에릭 레이튼과의 질의응답이었다. 개브리엘과 함께 일한다고 했는데, 기사에서 에릭은 자신을 개브리엘의 가장 친한 친구로 소개했다.

대부분은 그저 분량 채우기로, 에릭이 개브리엘과 남동생과 함께 보낸 어느 오후에 관한 것이었다. 그때 개브리엘은 더 바랄 게 없는 최고의 누나였다며, 그 가족이 이 끔찍한 고난을 이겨낼 수만 있다면 자신이 도울 수 있는 건 뭐든 돕겠다는 내용이었다.

마지막 줄이 눈길을 끌었다.

Q : 2년간 놀라운 성공을 거둔 후에 찾아온 재앙이라, 개브
리엘은 분명히 엄청 힘들 텐데요, 그렇죠?

에릭 : 그건 누구라도 마찬가지겠죠, 무슨 일을 겪었든 간에요.
하지만 개브리엘의 삶은 그 전부터 쉽지 않았어요. 개브
리엘이 어렸을 때 아버지가 떠났고, 식구들은 전에 살
았던 공동체에서 쫓겨났거든요. 이 사람들에 관한 이야
기를 개브리엘한테 들었는데, 못 믿으실 거예요. 그리고
개브리엘의 가족은 하마터면 길거리에 나앉을 뻔했어
요. 개브리엘은 많은 일을 겪었고, 사람들 생각보다 훨
씬 강인해요.

Q : 네이선이 집에 돌아올 거라고 생각하세요?

에릭 : 음, 이제 그 애가 살아 있다는 증거를 봤으니, 희망이 샘
솟네요.

이제 그 애가 살아 있다는 증거를 봤으니. 기자는 틀림없이
에릭에게 그 사진을 보여줬을 것이다. 애비는 짜증이 확 치밀어
이를 갈았다. 그래도 다행히 기자는 에릭이 말한 공동체를 더 조
사하지 않았다. 오티스의 농장을 이 일에 공개적으로 끌고 들어
왔다면 재앙이 일어났을 것이다.

자동차 바퀴에 자갈이 밟히는 소리가 애비의 주의를 끌었다.
윙이 도착해 애비 뒤에 차를 세우고 있었다. 차에서 내린 윙이 담
배에 불을 붙이고 연기를 뿜어냈다.

애비는 차에서 내려 다가갔다. "만나줘서 고마워요."

"당연히 고마워해야죠, 멀린." 웡이 시큰둥한 표정으로 말했다. "당신이 어떤 똥 폭풍을 일으켰는지 알기나 해요?"

애비는 어리둥절해 눈을 깜빡였다. "수색영장 때문에요?"

"수색영장, 칼 애드킨스를 구류한 거, 그리고 애초에 틸먼 농장을 이 일에 끌어들인 거." 웡은 다시금 담배를 길게 빨았다. "오티스가 여기저기 전화 거느라 꽤나 바빴던 모양이에요."

"누구한테 전화해요?"

"뭐, 모든 사람한테라고 해두죠. 이 카운티 유력자의 손자가 틸먼 공동체에 합류해서 다시 태어난 거 알아요? 뭐 그 사람 말을 빌리자면 그렇대요. 자살하려던 참에 틸먼 농장의 누군가를 만났거든요."

애비는 가슴이 철렁 내려앉았다. "아니, 그건 몰랐네요."

"지역 신문도 아주 환장하죠. 확실히 틸먼 공동체가 이 자유언론의 성지를 살려두려고 정기적으로 기부를 하거든요. 우리 카운티에서 뉴욕 경찰청이 벌이는 마녀사냥에 관해 꽤 악랄한 기사를 썼어요."

애비는 웡의 차에 몸을 기댔다. "틀림없이 이런 상황에 대처하려고……."

"그치들은 거기에 아주 능숙하죠. 난 당신의 마녀사냥에 협력한 죄로 10분간 고함을 들어야 했어요."

"미안해요. 하지만 마녀사냥은 아니잖아요."

"나한테 그렇게 말하면 뭐 해요, 멀린." 웡은 고개를 젓고는 담배꽁초를 떨구고 뒤꿈치로 짓이겼다. "난 틸먼의 성수를 아직 안 마셨어요. 하지만 당신은 우리한테 아무 도움도 못 받을 거예요. 나더러 당신을 만나서 돌아가라고 전하래요."

"내가 그냥 당신 없이 계속하면요?"

"어림없죠."

애비는 입술을 깨물었다. "그 집단의 전 멤버한테서 오티스 틸먼이 자기 지위를 이용해 공동체의 여성들에게 성폭력을 저지른다고 들었어요."

"입증할 수 있어요?"

"어쩌면요. 농장 사람 몇 명하고 이야기를 나눠봐야 해요."

"오티스 틸먼의 장광설이나 듣게 될 텐데요."

"괜찮아요. 나한테 수가 있어요."

윙은 잠시 침묵을 지켰다. "혹시 그냥 칼의 알리바이를 증언해줄 사람이 필요하다고 둘러대면?"

애비의 얼굴이 확 밝아졌다. "그거예요. 우리가 칼의 구류를 풀어주는 데 필요한 요식행위죠."

"하지만 오티스는 당신이 그 사람들과 단독으로 이야기하게 해주지 않을지도 몰라요. 아니, 아예 이야기를 못 하게 할지도 모르죠."

애비가 형사에게 씩 웃어 보이며 말했다. "그건 나한테 맡겨요."

43

단지로 가는 철문은 전날과 마찬가지로 굳게 닫혀 있었다. 애비는 웡의 차에 눈길을 꽂은 채 손가락으로 운전대를 두드리며 기다렸다. 잠시 후 웡이 엔진을 끄고 차에서 내려 운전석 문을 등 뒤로 쾅 닫았다.

"왜 그래요?" 애비가 차에서 내리며 물었다.

"문을 안 열어준대요." 웡이 말했다. "틸먼이 밖으로 나와서 우리를 만나겠대요. 말했죠, 당신이 아무와도 말하지 못하게 할 거라고요."

애비는 가방을 꺼내고 차 문을 잠갔다. "우리, 그 남자가 뭐라고 하는지 들어봐요. 이야기는 내가 할게요."

"이 남자들은 내가 알아요." 웡이 말했다. "내가 설득해볼 수 있어요."

"지금은 내가 말하게 해줘요." 애비가 머리를 귀 뒤로 넘기며 말했다. "내가 10분 지나도 아무 성과도 못 내면, 우리 교대해요."

윙이 가슴 앞에 팔짱을 끼며 대꾸했다. "그러시죠."

애비는 컴팩트 거울을 확인했다. 양옆으로 튀어나온 귀가 쌀쌀한 아침 공기 때문에 평소보다도 더 빨갰다. 맙소사. "당신이 내 전략적인 팀원이 돼줘야 해요. 그냥 내 뒤에 음산하게 서서 노려보면 돼요, 음⋯⋯." 애비는 윙을 돌아보았다. 윙은 무표정한 얼굴로 가슴 앞에 팔짱을 낀 채 차에 기대 서 있었다. 엉덩이에는 총을 티 나게 매단 채, 잔뜩 뻣뻣하게 굳은 자세로.

"사실, 그냥 평소대로 있으면 돼요. 완벽해요." 애비가 씩 웃으며 말했다.

"있죠." 윙이 잠시 후 말했다. "만에 하나 우리가 누구랑 이야기하게 해준다고 해도, 오티스는 자기도 옆에 같이 있겠다고 할 거예요."

"알아요." 애비는 그렇게 대꾸하고 주머니에서 비닐봉투를 꺼냈다. 차 옆에 무릎을 꿇고 진흙 표본을 봉투에 담았다.

"오티스가 눈을 시퍼렇게 뜨고 지켜보는 앞에서 그 사람들한테 뭔가를 얻어낼 수 있을 거라고 진심으로 생각하는 건가요?"

애비는 몸을 쭉 펴고 코웃음을 쳤다. "설마요."

"그럼 여기서 뭘 하는 거죠?" 윙의 어조에는 낙심한 기색이 역력했다.

"난 최근 이곳을 떠난 사람들의 이름을 알고 싶어요." 애비가 대답했다. "누군가 내게 정보를 줄 수 있는 사람요."

"그거라고 줄지 모르겠네요."

애비는 어깨를 으쓱했다. "안 주면, 아직 개인적 사고가 가능한 사람을 찾아야죠. 내부의 누군가가 필요해요."

"그런 사람을 어떻게 알아볼 건데요?"

"눈여겨볼 만한 사소한 행동 패턴들이 많아요. 확인을 받으려고 오티스를 몇 번이나 쳐다보는지? 집단의 용어를 자동적으로 읊는지? 과거에 관한 질문에 어떻게 반응하는지? 더 많을수록……." 애비는 다가오는 남자들을 알아차리고 입을 다물었다.

오티스는 다른 남자 네 명과 함께 다가왔다. 호위대였다. 둘은 손에 산탄총을 들고 있었다. 다른 둘은 눈에 띄는 무기가 없어서 더 염려스러웠다. 애비는 그 둘이 손이 바로 닿는 어딘가에 자동화기를 숨기고 있을 거라고 짐작했다.

"또 당신입니까?" 전날 보였던 오티스의 따뜻한 태도는 사라졌다. "차를 돌려서 그만 가시는 게 좋겠군요, 경관님. 여긴 당신 관할구역이 아닙니다."

애비가 눈을 깜빡이며 어리둥절한 척 연기를 했다. "죄송해요. 제가 오기를 기다리신 줄 알았어요."

오티스가 눈을 찡그리고 애비를 보았다. "왜요? 당신이 내 사람들을 더 체포하고 잡아가라고요? 우릴 괴롭히고 우리 프라이버시를 침해하라고요?"

애비는 짐짓 얼굴을 찌푸렸다. "하지만 오늘 아침 전 뉴욕 경찰청장에게서 전화를 받았어요. 칼 애드킨스를 가능한 한 빨리 풀어줘야 한다고 하시더군요. 확실히 서픽 카운티의 어떤 분이 무척 화나서 그분에게 전화를 하셨다나 봐요. 제가 여기 온 이유는 그것뿐이에요."

애비는 오티스의 얼굴에서 적대감과 혼란이 사라지는 것을 보았다. 입술이 아주 작은 미소로 떨리고 있었다. 오티스는 애비가 떠먹여주는 서사를 즐기고 있는 게 분명했다. 전날 오티스가 전화를 몇 통 걸었고, 짠! 뉴욕 경찰청이 서둘러 놈의 조카를 풀어주려 한다.

권력에 굶주린 자들은 늘 자기 힘의 증거를 지속적으로 갈망했다. 사이비 교주들은 심지어 다른 자들보다 더 그랬다.

"칼은 안 보이는데요." 오티스가 지적했다. "그리고 그 애가 석방된다는 연락도 전혀 못 받았고요."

"죄송해요, 아직 구류 중이에요." 애비가 사과조로 말했다. "우리 증인이 그분을 식별 절차에서 알아봤거든요. 칼에게 알리바이를 요청했지만 우리 질문에 대답을 안 해서 말이죠. 카버 형사는 알리바이가 입증되지 않으면 석방하지 않을 거예요. 그래서 지난 금요일에 그분을 본 사람들이 저랑 같이 서로 가서 진술을 해주셔야 해요."

"아무도 당신과 같이 아무 데도 안 갑니다." 오티스의 얼굴에서 미소가 사라졌다.

"그냥 잠깐 몇 시간이면 돼요."

"어제 칼에 관해서도 같은 말을 했잖습니까."

"칼은 우리 질문에 대답을 안 하니까요." 애비가 대꾸했다.

"그 애는 당신 질문에 대답할 필요가 없어요. 묵비권을 행사할 권리가 있다고요."

"하지만…… 그분은 용의자 식별 절차에서 지목됐어요. 제 증인은 거의 확신했어요." 애비의 증인인 이든은 100퍼센트 확신했지만, 애비는 오티스에게 희망을 주고 싶었다.

"음, 당신 증인이 틀렸어요. 어차피 증거는 말뿐이죠."

"그 말이 맞아요." 애비가 인정했다. "우리가 칼의 알리바이를 확보한다면, 내 증인의 말과 칼의 말이 엇갈리겠죠. 하지만 칼은 우리한테 말을 안 하고, 여기 사람들도 그렇잖아요. 그 사람들의 증언이 없으면 내가 어떻게 칼을 석방하겠어요?"

오티스가 침묵에 잠겼다. 애비는 그 머릿속이 훤히 들여다보였다. "당신이 여기 사람들하고 이야기하게 해줄 순 있어요. 하지만 어디로 데려가게 해줄 순 없습니다."

애비는 낙심한 척했다. "증언이 효력을 발휘하려면 서에서 하게 해야 해요. 그래야 기록할 수 있으니까요."

"그럴 일은 없을 겁니다."

애비는 말을 멈추고 마치 뭔가 말하려는 듯 입을 벌렸다가 다시 입을 다물고 이를 갈았다. 좌절의 연극. 잠시 허공에 양손을 내뻗을까도 생각했지만 그건 너무 갔다고 판단해 그냥 큰 소리로 한숨을 쉬었다. 몇 초 더 뜸을 들여 입을 열었다. "적어도 웡 형사님과 저 단둘이서만 사람들과 이야기할 수 있게 조용한 방을 마련해주실 수 있나요?"

오티스는 어깨를 으쓱했다. "그럼요, 내 서재에서 이야기하면 됩니다. 하지만 당신이 내 사람들의 권리를 침해한다면 난 가만있지 않을 겁니다. 그 사람들이 진술하는 동안 나도 옆에 있을 겁니다."

오티스는 애비를 이긴 자신이 너무 흐뭇했던 나머지 애비가 웡 형사를 슬쩍 끼워 넣은 것을 눈치채지 못했다. 애비는 방금 오티스가 두 사람 다 들어오도록 허락하게 만들었다.

애비는 한숨을 푹 내쉬고는 웡 형사를 돌아보았다. "웡 형사님, 시간 빼앗아서 죄송해요. 괜찮을까요?"

웡의 표정은 이전과 마찬가지로 시큰둥했지만 눈동자에 반짝임이 언뜻 스쳤다. "그러시죠." 웡이 퉁명스럽게 말했다. "하지만 오늘 안에 끝내주세요."

44

신혼부부는 카버와 대화하는 내내 불만에 차 있었다.

"우린 정말이지 지금은 시간이 없어요." 신랑인 로리가 설명했다. "다섯 시간 후 비행기에 타야 해요. 신혼여행을 가거든요."

"오래 걸리지 않을 겁니다." 카버가 주위를 둘러보며 말했다. 아파트에는 꽃다발이 수십 개는 있었다. 향기가 거의 꽃집 수준이었다. 알레르기가 올라오려 했다. 빨리 끝내지 않으면 재채기 마라톤이 시작될 것이다.

"우린 아직 짐을 못 꾸렸어요." 신부가 말했다. 이름은 도리였다. 로리와 도리. 결혼할 때 도대체 무슨 생각을 했을까? "혹시 피로연 때 코카인 때문에 이러시는 거면, 우린 전혀 몰랐던 일이에요. 로리 삼촌 짓이었어요. 우린 심지어 마약은 하지도 않았어요."

"파티의 코카인 때문이 아닙니다." 카버는 눈을 희번덕대고 싶은 것을 간신히 억눌렀다. "리엄 워싱턴에 관한 겁니다."

"누구요?" 도리가 얼굴을 찌푸리며 물었다.

"결혼식의 사진사요."

"그 사람이 왜요?" 로리가 시계를 보며 물었다.

"그분이 몇 시에 식장에 도착하셨는지 기억하세요?" 카버의 코는 폭발하기 직전이었다. 꽃이. 너무. 많아.

"모르죠." 로리가 대꾸했다. "아마 시작했을 때겠죠. 2시쯤요."

"아냐, 식전에 내 사진을 찍었잖아, 기억 안 나?" 도리가 물었다. "화장 후에. 그러니까 시간이 아마……."

카버가 재채기를 했다. 그리고 또 했다.

"아마 틀림없이……."

카버가 다시 재채기를 했다.

"……1시쯤이었어요." 도리가 짜증 난 표정으로 날카롭게 내뱉었다.

"그렇군요." 카버가 눈물이 차오르는 눈을 깜빡이며 말했다. "그리고 머띠에 더나나오?"

"뭐라고요?"

카버는 다시 재채기를 했다. 이래서 꽃은 질색이라니까. 꽃은 카버의 크립토나이트(슈퍼맨의 힘을 약화시키는 가상의 물질—옮긴이)였다. 다섯 번 연달아 재채기를 한 카버는 코를 꼬집어서 콧구멍을 아예 막아버렸다.

"몇 시에 떠났나요?" 카버는 침착함을 되찾으려고 안간힘을 쓰며 물었다.

"모르겠어요……. 아마 8시쯤인가?" 도리가 말했다. "우린 그분이 피로연에 왔으면 했어요. 그래서 반나절 값을 드린 거죠. 무슨 일이죠?"

"우린 이제 정말 짐을 싸야 해요." 로리가 말했다.

"그분이 어떤 식으로든 동요돼 보였나요? 뭔가 이상한 점이 있었나요?"

"취해 있지는 않았어요. 그걸 물으시는 거면요." 도리가 말했다. "로리 삼촌만 취해 있었죠."

카버는 손가락을 코에서 뗐다. "리엄 워싱턴은 죽었습니다."

두 사람 다 극도의 충격을 받은 표정으로 카버를 보았다.

"그러니 부탁 좀 드리겠습니다. 혹시……." 다시 재채기가 나왔다. 카버는 터너가 있었으면 싶었다. 그러면 '좋은 경찰, 재채기하는 경찰' 역할극을 할 수 있었을 텐데. 하지만 터너가 영안실에 간 바람에 카버는 이 꽃의 지옥을 혼자 겪어야 했다. 코를 다시 꽉 꼬집었다. "부디 잘 생각해보시고 리엄 워싱턴을 마지막으로 보신 게 정확히 언제인지 알려주시면 감사하겠습니다."

"8시쯤에 떠난다고 말한 게 기억나요." 로리가 웅얼거렸다.

"맙소사." 도리가 끙 소리를 냈다.

"그리고 식 중간에, 혹시 스트레스 받은 것 같아 보이지는 않던가요?"

도리는 울기 시작했다. 로리는 아내를 껴안고 귓가에 위로하는 말을 속삭였다.

"이제 우리가 결혼식 사진을 볼 때마다 죽음을 생각하게 됐어!" 도리가 울부짖었다.

카버는 여전히 손가락으로 코를 꽉 집은 채로 여자가 진정하기를 조바심치며 기다렸다.

"저기요." 로리가 씩씩거렸다. "좀 더 조심스럽게 말해줄 수도 있었잖아요. 우린 오늘 신혼여행을 떠날 참이었다고요."

"사람이 죽었습니다." 카버는 냉랭한 목소리를 내려고 애썼지만 코를 꼬집은 현재 상태에서는 불가능한 일이었다.

"그게 우리 잘못은 아니잖아요." 도리가 흐느꼈다. "우리 인생의 가장 특별한 날에 대한 기억을 꼭 그런 식으로 망쳐야만 했나요?"

둘 다 확 그냥 체포해버려? 솔깃한 유혹이었다. 법 집행을 방해하고 꽃가루로 경찰을 공격한 죄로. 그러면 그들의 추억을 완전히 망쳐버릴 수 있을 텐데. 신혼여행 항공편도 놓치고 말겠지.

휴대전화가 울려 카버를 백일몽에서 깨웠다. 터너였다.

"카버." 터너가 말했다. "영안실에서 나오는 길이야. 검시관이 살인으로 판정했어."

"아이고, 놀라워라." 카버가 말했다.

"나쁜 소식은 이제부터야. 지난 나흘간의 휴대전화 통화 지역에 관한 수색영장을 얻었어. 아직 전부 훑어보지는 못했는데, 토요일 오후 3시 53분에 멈췄어."

"휴대전화를 끈 거야?"

"아닌 것 같아. 부인하고 얘기했는데, 요즘 휴대전화 배터리에 문제가 있다고 했대. 부인 생각에는 그냥 충전하기를 자꾸 까먹어서 그런 것 같다는데, 어느 쪽이든 배터리는 자연 방전됐을 거야."

"배터리가 나갔을 때 위치가 어디였는데?"

"맨해튼. 지역을 보내줄게."

"알았어." 하지만 카버는 이미 그 결과를 알고 있었다. 리엄 워싱턴은 토요일 그 시간에 결혼식 사진을 찍고 있었다.

"어쩌면 그래도 실마리가 있을지도 몰라." 터너가 말을 이었다. "위 내용물에 버거랑 프라이의 흔적이 약간 남아 있었어. 검시관의 판단으로는 식사 한두 시간 후에 사망했을 거래. 만약 어디서 먹었는지 알 수 있다면 사망 시각을 꽤 좁힐 수 있어."

"잠깐만 기다려." 카버가 화난 부부를 돌아보았다. "결혼식에서 버거랑 프라이를 내놨나요?"

도리가 마치 뺨이라도 맞은 듯 움찔했다. "당연히 아니죠!"

"우리 출장 뷔페는 채식이었어요." 로리가 말했다. "우린 그냥 우리 결혼을 축하하자고 수십 마리의 무고한 닭과 소의 죽음을 초래하고 싶지는 않았어요."

"반면 결혼식 사진사의 죽음에 관해서는 별로 신경 쓰지 않으시는 것 같네요." 카버가 말했다. 그렇게 말하는 자신이 자랑스럽지는 않았다. 하지만 너무 지쳐 있었고, 이 두 사람은 좀 과했다.

"우리 잘못이 아니었다고요!" 도리가 고함치고서 다시 흐느꼈다.

"카버? 거기 무슨 일 있어?" 터너가 물었다.

"아무것도 아니야. 그냥······." 카버가 재채기를 했다. 또 했다. 그리고 또.

이제껏 재채기 기록은 연속 열일곱 번이었다. 만약 이 꽃의 아포칼립스에 계속 머문다면 그 기록을 깨고 말 것이다. "업도애 두더서 감다압미다." 카버는 부부에게 그렇게 내뱉고는 비틀대며 아파트를 나왔다. "맙소사."

"카버?" 터너는 무전을 켜서 경관이 위험한 상황이라고 보고하려는 듯한 목소리였다.

"나 괜다나. 담깐만." 터너는 코를 난폭하게 문지르고 재채기를 몇 번 더 했다. "난 괜찮아. 있잖아, 리엄의 신용카드 사용내역을 확인해보자. 어쩌면 운이 좋으면 어디서 그 버거랑 프라이를 먹었는지 알 수 있을 거야. 행복한 커플 말로는 1시에서 8시 사이에 자기네랑 같이 있었대."

"좋아. 아, 그리고 피해자의 카메라 기록을 확인했어. 결혼식 사진이 잔뜩 있더라. 하지만 납치된 아이 사진은 없었어."

"그래." 카버는 이미 리엄이 네이선의 납치와 관련됐을지 모른다는 첫 이론을 심각하게 의심하기 시작했다. 그러면 그 둘 사이의 관계는 뭐지?

어쩌면 아무 관계도 아닐 수도 있다. 어쩌면 리엄은 그저 잘못된 시간에 잘못된 장소에 있었던 것일지도 모른다.

45

네이선은 까무룩 잠들었다 깼다 했다. 깨어났을 때는 온몸이 다 아팠다. 미약하게 몸서리를 쳤다. 목이 바짝 말라 있었다.

하지만 잠들었을 때는 더 나빴다.

꿈에서 그 차로 돌아갔기 때문이었다. 피가 사방에 튀고, 뺨에도 튀었다. 끔찍하게 축축한 그르렁대는 소리, 운전자의 경련.

'너 때문에 이런 짓까지 하게 됐잖아.'

네이선이 탈진 직전 상태에서 걷고 있는데 차가 길가에 멈췄다. 조수석이 열리고 빛이 운전자의 얼굴을 비췄다. 안도감이 네이선의 온몸을 타고 흘렀다. 그 남자가 아니야.

"맙소사." 운전자가 말했다. "너 괜찮니?"

네이선은 거의 말도 할 수 없었다. 그저 울기만 했다.

"길 잃은 거야?"

네이선은 고개를 끄덕이고 불쑥 내뱉었다. "우리 엄마한테 전화해줄 수 있어요?"

"당연하지! 꽁꽁 언 것 같네. 차에 타. 히터 틀어놨어."

네이선은 생각할 겨를도 없이 차에 올랐다. 차가운 밤공기에서 벗어나니 마음이 놓였다. 얼굴로 곧장 쏘아지는 히터의 열이 너무나 좋았다. 네이선은 그 앞에서 손가락을 쫙 펴고 얼음이 녹는 걸 느꼈다.

"어쩌다 여기 오게 됐니?" 남자가 못 믿겠다는 말투로 물었다.

"모르겠어요." 네이선의 이가 딱딱 마주쳤다. "어떤 아저씨가 저…… 저…… 절 납치했어요."

"그래, 알았다. 여기, 이거 받으렴." 남자는 외투를 벗어 네이선에게 담요처럼 덮어주었다.

"너희 엄마한테 전화하자." 남자는 주머니를 뒤지며 말했다. "좀 따뜻해지고 있니?"

"네…… 네." 네이선은 서툴게 신발 끈을 만지작거리며 젖은 신발을 벗고 젖은 양말도 벗었다. 남자의 눈이 자신을 훑는 게 느껴졌다. 발가락을 꼼지락거리며 몇 시간 만에 처음으로 발의 감각을 느꼈다. 고통에 절로 끙끙 소리가 나왔다.

"엄마 휴대전화 번호 아니?" 남자가 물었다.

끔찍한 한순간, 네이선의 머릿속은 텅 비어 있었다. 엄마 번호도, 집 주소도 기억이 안 났다. 그걸 모르면 절대 집에 돌아가지 못할 것이다. 하지만 그때 숫자들이 머릿속에 떠올랐다. 네이선은 갑작스러운 안도감과 함께 숫자들을 줄줄 내뱉었다.

"잠깐만, 천천히." 남자가 마침내 휴대전화를 꺼냈다. "아이고, 배터리가 나갔네. 이놈의 배터리는 완전히 쓰레기라니까. 걱정할 것 없어. 몇 킬로미터만 더 가면 주유소가 있거든. 거기서 전화하자."

"네…… 좋아요."

노크 소리가 네이선의 주의를 끌었다. 고개를 들자 누군가가 운전석 창을 두드리고 있었다. 남자는 창을 내렸다.

"어이, 무슨 일 있어요?"

그 목소리에 네이선의 심장은 얼음으로 뒤덮였다. 그 남자였다. 뭔가 말하려고 했지만, 네이선은 공포로 완전히 얼어붙었다.

"이 아이가 한밤중에 길을 걷고 있더라고요." 운전자는 바깥의 남자에게 말했다. "납치를 당했던 것 같아요."

"정말이에요? 끔찍하네요." 남자는 운전석 창을 통해 네이선을 엿보았다.

"저 남자예요!" 네이선이 그르렁거리는 비명을 질렀다. "날 납치한 남자예요!"

운전자는 놀라움에 네이선을 돌아보았다. 그리고 동시에 바깥에 있는 남자의 손에서 뭔가가 번뜩였다. 칼날이었다. 그것은 운전자의 목을 맹렬하게 찔렀다. 몇 번이고 거듭해서. 운전자는 몸부림치고 손가락은 칼을 밀어내려 애쓰며 갈퀴처럼 휘었다.

두 남자가 씨름하는 걸 입을 벌린 채 보는 네이선의 뺨에 뭔가 축축한 게 튀었다. 칼날은 계속 찔렀다. 다섯 번, 열 번. 찌르고. 찌르고. 찌르고. 운전자가 그르렁거리기를 멈추고 움직이기를 멈춘 지 한참 후에도. 찌르고. 찌르고.

운전석 문을 열 때 남자는 숨을 거칠게 몰아쉬고 있었다. 몸을 웅크린 채 미동도 없는, 피에 물든 운전자를 건너 곧장 네이선을 바라보았다. 얼굴은 분노의 가면이었다.

"너 때문에 이런 짓까지 하게 됐잖아." 남자가 이를 드러내고 으르렁거렸다.

그 피바다.

네이선은 남자가 죽은 운전자를 차에서 끌어내어 트렁크에 욱여넣을 때 무슨 일이 벌어지고 있는지 거의 이해하지도 못했다. 남자가 차를 모는 동안 네이선은 자기 좌석에서 마치 이 모든 게 꿈이기를 바라는 것처럼 눈을 질끈 감은 채 떨고 있었다. 이윽고 남자가 벌벌 떠는 네이선을 끌고 오두막으로 다시 들어갔다. 하지만 이번에는 네이선의 방을 흉내 낸 그 이상한 방에 가두지 않았다. 그 대신 양동이 하나와 걸레 몇 개가 있는 작고 어두운 벽감에 밀어 넣었다. 담요를 몸 위로 던졌다.

어둠 속에 혼자 가뒀다.

네이선은 몸서리를 쳤다. 몸이 무감각했고 감정도 둔해졌다. 무엇보다도, 온기가 그리웠다. 다시 잠 속으로 빠져들었다.

때때로 꿈속에서 칼이 몸부림치고 패닉을 일으키는 네이선의 목을 갈랐다. 그리고 때로는 네이선 자신이 착한 운전자의 목에 칼날을 박아 넣었다. 막으려고 발버둥 치는 남자에게 몇 번이고 거듭해서.

'너 때문에 이런 짓까지 하게 됐잖아.'

46

오티스의 사무실에는 커다란 나무 탁자 하나와 의자 두 개가 있었다. 뒤편 벽의 책장은 종교서적들로 터지기 직전이었다. 애비는 책 제목들을 훑어보며 인종, 평등 그리고 페미니즘에 관한 설교에도 아랑곳없이 오티스의 문학적 취향은 그런 주제들과 전혀 무관하다는 걸 확인했다.

방은 구석구석까지 깔끔했고 공중에는 짙은 라일락 향이 맴돌았다. 하지만 그 냄새 아래에는 뭔가 톡 쏘는 것이 있었다. 라일락 향은 뭔가 다른 냄새를 덮을 목적인 것 같았다.

오티스는 책상 뒤에 가 앉았다. 애비와 윙이 기다리는 사이 오티스의 부하 하나가 의자 두 개를 더 가지고 들어와 모두 오티스 앞에 마주 앉을 수 있도록 빈 의자들 옆에 갖다 놓았다. 애비는 중간에 놓인 의자에 앉았다. 표정은 철저히 비웠다. 오티스 틸먼의 권력 놀음 따위는 아무래도 좋았다. 사실 오티스가 상황을 더 통제하고 있다고 느낄수록 애비에게는 더 이로웠다. 윙은 애비 왼쪽에 앉았다.

"진술이 얼마나 많이 필요하시죠?" 오티스가 물었다. 마치 무슨 패스트푸드점의 드라이브스루에서 진술 주문이라도 받고 있는 것처럼.

"도시에서 여기까지는 길이 머니까요." 애비가 말했다. "두 번왔다 갔다 할 필요 없게 가능한 한 많이 받아두는 게 좋겠죠."

"우선 찰리 오닐부터 시작합시다." 오티스가 제의했다. "칼의 룸메이트예요. 다른 누구보다도 더 같이 보내는 시간이 많죠."

오티스는 찰리를 호출하러 전화했고 두 사람은 기다렸다. 오티스는 뭔가 마실 것을 원하느냐고 물었지만 둘 다 사양했다. 애비는 긴 드라이브 후라 이미 꽉 차 있는 방광에 추가로 부담을 주고 싶지 않았다.

찰리는 금세 나타나서 셔츠에 양손을 문질러 닦았다. 애비가 판단하기로는 30대 중반일 것 같았다.

"만나서 반가워요, 찰리." 애비가 말했다. "전 애비고 이쪽은 웡 형사님이에요."

찰리는 두 사람 옆에 오티스를 마주 보고 앉았다. 애비는 의자를 돌려 웡을 등지고 찰리를 마주 보았다.

"찰리, 언제부터 칼의 룸메이트였어요?" 애비가 물었다.

"한 3년 반쯤 됐어요." 찰리는 몸은 여전히 오티스를 향한 채애비를 피해 눈동자를 양옆으로 굴리면서 대답했다.

"그럼 그 전에는요?"

찰리가 오티스를 보고 다시 애비를 보았다. "그 전에는 헴스테드에 살았는데요."

애비는 고개를 끄덕였다. 웡은 자신도 찰리를 볼 수 있게 의자를 끌었다. 무릎에 수첩을 펼쳐놓고 찰리의 말을 받아 적었다. 좋았어.

"헴스테드에서 칼이랑 같이 살았나요?"

찰리는 어리둥절해 눈을 깜빡였다. "아뇨, 아내랑 같이 살았죠."

"아." 애비가 놀란 척하며 말했다. "부인도 여기 계세요?"

"아뇨. 아내는 헴스테드에 남아 있어요. 이혼했죠."

"미안해요."

"괜찮습니다. 전 온전하고 정직하니까요." 남자는 오티스와 눈길을 교환하고 웃음을 지었다.

애비가 그 단지 안에서 그 말을 들은 건 이번이 두 번째였다. 그게 무슨 의미인지 알았다. 욥기에서 욥이 '온전하고 정직하다'고 말하는 부분이었다. 그건 틸먼의 일원들이 부정적인 생각에 반응하는 방식이었다. 욥은 자신이 겪는 환난에 관해 불평하지 않았다. 그러니 그들 또한 그럴 것이다.

애비는 남자의 대답이 이해가 안 가는 척 짐짓 얼굴을 찌푸렸다. "그렇군요……. 10월 18일 정오쯤에 칼이랑 같이 계셨나요?"

"네." 망설임은 전혀 없었다.

"다시 생각 안 해보셔도 되겠어요?"

"네."

"전 제가 어제저녁에 누구랑 있었는지도 기억이 안 나거든요. 그렇게 예전 일을 쉽게 기억하시다니, 감탄했어요."

남자가 콧방귀를 뀌었다. "전 매일 정오에 칼이랑 같이 있습니다. 우린 같이 점심을 먹거든요, 우리 전부 함께요."

"무슨, 농장 사람들 전부요?"

"네, 맞아요." 남자가 말했다. 말투가 점점 도전적으로 변하고 있었다.

"정말 많은 인원이네요."

"우린 커다란 식당이 있거든요." 오티스가 끼어들었다.

"그리고 칼이 18일에 거기 있었던 걸 기억하시고요." 애비가 찰리를 향해 말했다.

"우린 나란히 앉아요. 그러니까, 어, 기억하죠."

"그 엄청난 점심 요리는 누가 맡나요?"

"교대로 하죠."

"그날 뭘 드셨어요?" 애비가 유쾌하게 물었다.

찰리가 오티스를 보았다.

"금요일이었어요." 오티스가 말했다.

"아, 그러면 껍질 콩이랑 쇠고기요." 대답하는 찰리의 얼굴에 안도감이 번졌다.

"기억은 안 나시고요?"

"기억합니다. 껍질 콩이랑 쇠고기라니까요."

"금요일마다 껍질 콩이랑 쇠고기를 드세요?"

"네, 맞아요." 찰리가 다시금 날카로운 어투로 말했다.

"전 매주 같은 음식을 먹으면 질리던데." 애비가 말했다. "혹시 질리지는 않으세요?"

찰리는 또다시 오티스를 흘끔 보고 대답했다. "아뇨. 정해진 일과는 특권이죠."

"그 말씀이 옳은 것 같네요. 전 그런 식으로는 생각 못 해봤어요."

"그럴 겁니다." 남자의 얼굴에 의기양양한 미소가 번졌다. 마치 어떤 보이지 않는 경기에서 애비를 이기기라도 한 것 같았다.

"일주일 식사 중 어떤 걸 제일 좋아하세요?" 애비가 물었다.

오티스가 한숨을 쉬었다. "형사님, 그게 도대체 무슨 상관이 있죠?"

"그냥 찰리를 좀 알아가려고요." 애비는 오닐에게서 눈을 떼지 않은 채 가볍게 대답했다. 오닐은 완전히 당황한 표정이었다. 애비는 놀랍지 않았다. 세뇌된 사이비 신도들은 집단의 의제와 무관한 열린 질문을 제대로 다루지 못할 때가 많았다. 개인적 사고를 피하도록 조건화되는데, 그게 심지어 가장 좋아하는 음식에까지 적용되는 것이다.

잠시 후 찰리가 머뭇대며 대답했다. "전 월요일의 생선이 좋습니다."

애비는 찰리에게 칼이 이든의 집 근처에서 목격된 두 날짜에 관해 물었다. 기대했던 바대로, 찰리는 즉시 칼이 두 번 다 자기와 함께 있었다고 대답했다. 하루는 아침, 하루는 저녁이라, 찰리는 아침과 저녁 기도 시간에 다른 모두와 함께 교회에 있었기 때문에 기억한다고 말했다.

"목격자 한 분이 그 두 날짜에 브루클린에서 칼을 보았다고 증언했어요." 애비가 말했다. "목격자가 틀렸다고 생각하세요?"

"네, 칼은 저와 함께 있었으니까요."

"목격자가 거짓말한다고 생각하세요?"

찰리가 어깨를 으쓱했다. "제가 판단할 입장은 아니죠. 그건 신과 그분의 사도들의 짐이죠."

"혹시 누군가가 칼을 모함할 생각으로 칼이 하지 않은 일을 덮어씌우려는 게 아닌가 싶어서요." 애비가 말했다. "칼에게 악의를 품을 만한 사람을 떠올리실 수 있나요?"

찰리는 고개를 저었다. "다들 칼을 사랑합니다."

"어쩌면 농장 밖 사람일 수도 있을까요?"

또다시 흘끗. "칼은 농장 밖에는 인맥이 없습니다."

"여기 살았다 나간 사람들은요?"

찰리가 콧방귀를 뀌었다. "그건 불가능할 겁니다."

"왜죠?"

"죽었으니까요."

곁눈질로, 애비는 오티스가 긴장하는 걸 알아챘다. 얼굴을 찌
푸리고 물었다. "무슨, 전부 다요?"

"네." 찰리가 잘라 말했다. "칼이 여기 온 후로 나간 사람은 다
섯 명뿐이에요. 그리고 신께서⋯⋯." 그 대목에서 찰리는 입을 꾹
다물고 오티스를 응시했다.

"그 다섯 명은 어떻게 됐는데요?"

"모릅니다." 찰리가 말했다. "다시는 소식을 못 들었어요."

"죽었다고 하셨잖아요."

"말이 그렇다는 거죠."

"꽤 음험한 말이네요." 애비가 말했다. "그렇게 생각 안 하세
요?"

애비는 윙이 긴장하는 걸 알아차렸다. 형사는 아마 오티스가
설마 거기까지 갔을까 의심하고 있을 것이다. 집단을 떠나겠다
고 하는 사람을 죽이기까지 했을까. 애비는 그건 아닐 거라고 생
각했다. 하지만 오티스가 남은 일원들에게 떠난 사람들은 죽었
다고 말했으리라는 데는 의심할 여지가 없었다. 앞으로 떠나려
는 사람들의 기를 죽이기에 그보다 좋은 방법이 있겠는가?

하지만 이는 웡이 앞서 말한 것에 힘을 실어주었다. 애비는 여기서 집단을 떠난 이들의 이름을 알아내지 못할 것이다. 집단 내에서 정보원을 찾아야 할 것이다. 찰리는 확실히 가망이 없었다. 오티스에게 물어보고 승인받지 않는 한, 이 남자에게서는 '안녕하세요'라는 말도 들을 수 없을 것이다.

"멀린 경위님." 오티스가 쏘아붙였다. "찰리는 경위님이 언급한 두 날짜 모두에 칼을 봤다고 증언했습니다. 그거면 충분하지 않은가요?"

"죄송해요, 제가 잠시 정신이 팔려서요." 애비는 민망해하는 웃음소리를 냈다. "당연하죠, 감사합니다. 찰리, 그만 가도 돼요."

찰리는 대포알처럼 의자에서 일어나 서둘러 방을 나갔다.

"음, 꽤 확실한 진술이었네요." 애비가 말했다. "다음은 누구랑 이야기하죠?"

"왜 내 사람들을 괴롭히는 겁니까?" 오티스가 이를 악문 채 물었다.

"괴롭힌다고요?" 애비가 물었다. "전 그냥 질문 몇 가지 했을 뿐인데요."

"식당 메뉴랑 당신네 목격자에 관한 생각을 물어봤잖아요."

"죄송해요." 애비가 대꾸했다. "법정에서 그 진술들이 유효해야 하거든요. 그냥 날짜만 물어보고 끝낼 수는 없어요. 착오가 없다는 걸 확인하려면 세부사항이 좀 필요해요. 어차피 찰리도 말했듯 다들 칼을 사랑하니까요. 그냥 그러고 싶은 마음에 찰리를 봤다고 자신을 설득할 수도 있죠. 전 그렇지 않다는 걸 확인할 필요가 있어요. 하지만 혹시 제가 선을 넘는다 싶으면 언제든 말씀해주세요. 절 믿으세요. 전 뉴욕 경찰청장의 화난 전화를 다시 받고 싶지는 않거든요. 한 번이면 충분하죠."

오티스는 망설이다 고개를 끄덕였다.

"다음은 누구죠?" 애비가 물었다.

"다음은 아론을 불러보죠." 오티스가 말했다. 이제는 좀 더 느긋해진 것 같았다. "아론과 칼은 종종 사과 농장에서 같이 일하거든요."

아론은 거한으로, 눈꺼풀이 약간 잠들기 직전인 것처럼 늘어져 있었다. 입술을 굳게 다문 채 화난 어조로, 대체로 네다섯 단어로 이루어진 짧은 문장으로만 대답했다. 또한 매번 대답하기 전에 오티스를 쳐다보았다. 그리고 물론 아론 역시 칼의 알리바이를 확정했다.

"혹시 칼에게 악의를 품을 만한 누가 생각나시진 않나요? 어쩌면 여기 살다가 떠난 사람이라든가?"

"겨우 다섯 명만 떠났고 우린 그 사람들 소식을 다시는 못 들었습니다." 그렇게 대답한 후 아론은 확인을 받으려고 자동적으로 오티스를 보았다. 오티스는 웃음을 지어 보였다. 답이 어찌나 빨리 나왔던지, 누가 써준 걸 읽는 것처럼 들렸다. 안으로 들어오기 전에 찰리에게 상황 설명을 들은 게 분명했다.

애비는 방향을 틀어 이렇게 물었다. "여가 시간에는 뭘 하세요?"

"성서를 공부합니다."

"넷플릭스는 없으세요? 책이나?"

"그런 건 필요 없습니다."

"전 주말에 넷플릭스를 몰아봐야 직성이 풀리거든요." 애비가 한숨을 푹 내쉬었다. "혹시 몰아보기는 하신 적 없으세요?"

아론은 어리둥절한 표정을 지었다. "있죠. 제 소명을 찾기 전에는요."

"뭘 보셨는데요?"

"코미디요, 아마도. 액션 시리즈하고요."

"어떤 걸 가장 좋아하셨어요?"

아론은 얼어붙었다. 동공에 지진이 일어났다. 애비는 인내심 있게 기다렸다.

"〈기묘한 이야기〉를 좋아했다고 하지 않았나?" 오티스가 물었다.

"맞아요." 아론이 숨을 토했다. "〈기묘한 이야기〉가 재미있었죠."

"아, 저도 그 드라마 좋아해요! 시즌3 보셨어요?"

"아뇨, 전 시즌1 이후 농장에 합류했습니다. 여긴 넷플릭스가 없죠."

"그립진 않으세요?"

아론은 눈을 희번덕거렸다. "전 온전하고 정직합니다."

"그렇군요." 애비가 말했다. "그러시겠죠."

아론과 오티스는 즐거운 눈빛을 교환했다.

마침내 애비는 아론에게 다 됐다고 말했고, 아론은 떠났다.

"이런 식으로 인터뷰를 몇 번만 하면 될 것 같아요." 애비가 말했다.

"좋아요." 오티스가 희미하게 웃었다. "다음 사람을 부르기 전에 잠깐만 시간을 주시죠."

오티스는 두 사람만 방 안에 두고 나갔다. 애비와 윙은 아무 말 없이 표정을 교환했다. 애비는 오티스가 두 사람이 서로 대화하기를 바라며 둘만 두고 나갔으리라는 데 아무런 의심도 없었다. 누군가가 엿듣고 있거나 아니면 녹음하고 있을 것이다.

오티스는 5분 후 돌아왔다. 또 다른 공동체 사람이 오티스를 따라왔다. 윙은 여자아이의 얼굴을 보자마자 그 자리에서 굳어버렸다.

루스였다. 열다섯 살 때 강간당했던 여자애. 윙의 실패작.

47

"루스, 맞죠?" 애비가 자리에 앉는 여자애에게 웃음을 지어 보이며 물었다.

"맞습니다." 루스가 웃으며 대답했다.

애비는 희망을 느꼈다. 2년 전, 루스는 학교 선생님에게 자신이 농장에서 어떤 남자와 섹스를 했다고 말했다. 이는 여자아이가 가진 독립심의 불꽃을 보여주었다. 어쩌면 루스가 애비가 찾던 사람일지도 몰랐다.

"칼하고는 얼마나 오래 알았어요?" 애비가 물었다.

"그분이 7년 전 농장에 왔을 때부터요." 루스가 대답했다.

"루스는 여기 얼마나 오래 있었어요?"

"루스는 세 살 때 부모와 함께 합류했습니다." 오티스가 대답했다. "거의 아기였죠."

"아, 우와." 애비가 이해한다는 듯 고개를 끄덕였다. 옛 기억이 당장이라도 표면으로 떠오르려 들썩이는 게 느껴졌다. 애비는 그것을 깊이 억눌렀다. "부모님 성함이 어떻게 되세요?"

루스는 오티스를 한번 흘끗 보았다. 윙은 고통스러운 숨을 토했다.

"부모님 성함은 마리아와 토머스예요."

"두 분이 여기 같이 안 있어도 되겠어요?" 애비가 물었다.

루스는 오티스를 길게 바라본 후 몸을 돌려 가볍게 말했다. "필요 없어요. 오티스가 절 안전하게 지켜줄 거예요."

거기서부터 모든 게 내리막이었다. 루스의 답은 예측 가능했고 기계적이었지만, 그마저도 오티스를 본 후에야 입 밖에 냈다. 루스는 기도와 공동 점심 때 칼을 보았다. 당연히 확실했다. 매일 칼을 보았다. 누군가가 칼을 모함하려 하는 일은 없을 것 같았다. 모두가 칼을 사랑했다.

윙이 헛기침했다. "2년 전 네 선생님에게 농장의 어떤 남자가 너랑 섹스를 했다고 했지. 그거 기억나니?"

"죄송해요." 루스가 말했다. "정말 죄송해요. 전 관심을 받고 싶었고, 상상력이 지나쳤어요."

"왜 관심을 받고 싶었는데요?" 애비가 물었다.

"엄마, 아빠가 바쁘셨고 전 이야기들을 꾸며낼 시간이 많았거든요. 하지만 그 이야기들은 사탄의 도구였어요."

"이제 이야기는 안 지어내요?" 애비가 물었다.

"네, 그건 이제 안 해요. 전 바쁘게 지내거든요. 매일매일 부엌이랑 농장에서 할 일이 있어요." 루스는 다시 오티스를 보았고, 오티스가 뿌듯한 미소를 지어 보이자 안색이 확 밝아졌다. 애비는 남자를 토막 내고 싶었다.

"열일곱 살짜리가 하기에는 일이 많네요. 친구들을 만나서 놀고 싶지는 않아요? 춤추거나? 책을 읽거나? 그런 걸 할 시간이 없어서 속상하지 않아요?"

애비는 웡이 앞으로 몸을 기울이는 것을 보았다. 눈이 간절함으로 빛나고 있었다.

루스는 어깨를 으쓱했다. "전 온전하고 정직해요."

어쩌면, 시간을 주면, 애비는 개입할 수 있을지도 모른다. 루스를 집단에서 꺼내고, 의심할 수 있는 능력을 깨우고. 하지만 회의적이었다. 부모가 여전히 농장에 있었고, 루스는 2년 전에는 가지고 있었던 그 투지를 잃어버린 것 같았다. 그리고 애비는 시간이 없었다. 네이선이 실종됐다. 오티스나 칼이 납치와 뭔가 관련 있다면 애비는 그걸 한시바삐 알아내야 했다.

"고마워요, 루스." 애비는 서글프게 말했다. "우리가 필요한 건 그게 다예요. 만나서 무척 반가웠어요."

"그만하면 진술은 충분히 얻으신 것 같은데요." 오티스가 마침표를 찍듯 말했다. "칼은 이 일과 아무런 관련이 없습니다. 형사님은 증거를 얻었고요."

"그냥 한두 명만 더요." 애비가 건성으로 대꾸했다. "금방 끝낼게요."

오티스가 어깨를 으쓱했다. "루스, 리어노어를 여기로 불러줄 수 있니?"

"그럼요."

리어노어는 한 열다섯 살쯤 된 여자애로, 당장이라도 싸우려는 듯한 기세였다. 빈 의자에 앉아 가슴 앞에 팔짱을 꼈다.

"리어노어, 칼하고는 얼마나 알고 지냈죠?" 애비가 물었다.

"한 1년쯤요." 여자애가 대답했다.

"얼마나 잘 알아요?"

"칼은 다들 알아요. 정말 좋은 사람이에요."

"어떻게 좋은데?"

"친절해요." 리어노어는 손가락을 꼽았다. "무슨 문제가 있든 늘 기꺼이 도와줘요. 그리고 누구도 깔보지 않고요."

"정말? 다른 사람들은 깔보나요?"

"여기서는 안 그래요."

리어노어는 긴장하는 눈치였다. 대답은 연습한 것처럼 빨리 나왔다. 나머지와 똑같았다.

하지만 현재까지, 리어노어는 오티스를 한 번밖에 보지 않았다. 그것도 짧게. 모든 답에 오티스의 승인을 필요로 하지 않았다. 자신의 대사에 자신이 있었다.

애비는 다시금 감히 희망을 품었다.

문제의 날짜에 관해 물었다. 리어노어는 다른 모두와 같은 대사를 읊었다. 망설이지 않았다. 또다시 오티스를 짧게 보았지만, 자신이 뭔가 큰 실수를 하는 건 아닌지 확인하기 위해서였다.

"칼을 안 지 1년밖에 안 됐다고 했잖아요." 애비가 말했다. "어떻게 된 거죠? 칼은 여기 7년 있었다던데."

"전 겨우 1년 전에 들어왔거든요." 리어노어가 말했다.

"정말? 어쩌다 그렇게 됐어요?"

"루스랑 다른 남자 두어 명을 만났어요. 이야기를 하게 됐죠. 전 그때 속상했어요. 학교를 바꿔놓으려고 했는데 전혀 소용이 없었거든요."

"어떻게 바꾸려고 했는데?"

"막, 여자를 생각하는 방식을 바꾸려고 했어요. 수학이랑 물리학 같은 과목의 반에서 남자 대 여자 비율이 말도 안 됐거든요. 그래서 사람들한테 얘기하면 막 이런 식이에요. 누가 칼 들고 수학 공부 못 하게 협박했느냐고요. 그리고 선생님들이랑 다른 애들이 여학생을 어떻게 다루는지 알지도 못해요." 아이는 주먹을 꼭 쥐었다.

"그래서 화났나 봐요."

"네, 당연히 화나죠."

리어노어에게 있어서 분노는 신과 그분의 사도들의 짐이 아니었다. 적어도 아직까지는 그랬다.

"뭔가 그리운 건 없어요? 옛날 삶에서 말이에요."

"형사님……." 오티스가 입을 열었다.

"아뇨." 리어노어가 단호하게 말했다. "전혀 없어요."

오티스는 긴장했고, 애비는 심장에서 갑자기 확 터진 즐거움의 불꽃을 감춰야 했다. 여자애는 오티스의 말을 막았다. 심지어 그걸 자각하지도 못했다. 의심할 바 없이 나중에 그 대가를 치러야 할 것이다.

애비는 아이를 꺼내줘야 했다. 지금 당장은 아니고, 준비할 시간이 좀 필요했다. 하지만 나중에 그걸 할 수 있도록 지금 이유를 만들어놔야 했다.

"우리 생각엔 어쩌면 누가 칼이나 공동체의 누군가를 모함하려는 게 아닐까 싶어서." 애비가 말했다. "혹시 누군가 칼을 해치고 싶을 만한 사람이 있을까요? 아니면 오티스나?"

리어노어는 충격받은 기색이었다. "아뇨, 우린 누구도 괴롭히지 않아요. 우린 그냥 우리 일에만 신경 쓰는데요."

"리어노어는 농장에서 뭘 해요?"

"음, 우선 요리를 해봤는데, 그 후로 부엌 가까이 가는 건 금지 당했어요." 리어노어가 씩 웃었다. "전 밭일이랑 순찰을 해요."

"순찰이라고요?"

"하루 두 번 담장 주위를 돌아요. 담장이 멀쩡한지 확인해요."

"무장하고?"

오티스를 한번 보고, "아뇨."

"그리고 뭔가 봤나요?" 애비는 무릎에 양손을 얹고 연극적으로 앞으로 몸을 기울였다. "뭔가 의심스러운 건?"

리어노어가 어깨를 으쓱했다. "아뇨, 별로요."

"담장을 하루에 두 번씩 순찰하는데, 아무도 못 봤다고?"

"아무도 못 봤다고는 안 했는데요." 리어노어의 말투에는 짜증이 묻어 있었다. "몇 사람 봤어요. 농장 건너편에 들판이 있거든요. 어떤 남자들이 가끔 거기서 일해요."

"그 남자들을 묘사해줄 수 있어요?"

"음…… 세 사람인데, 둘은 라틴계예요. 하나는 대머리 백인 남자고요."

"백인 남자라." 애비는 재빨리 긴장하며 말했다. "대머리 말이죠. 그 남자를 몇 번이나 봤어요?"

"세 번쯤? 네, 확실히 세 번 봤어요."

"그 남자에 관해 또 말해줄 수 있는 건?"

"목에 문신이 있었는데 무슨 그림인지는 못 봤어요."

애비가 윙을 응시하자 윙은 고개를 끄덕였다.

"고마워요, 리어노어." 애비가 말했다. "혹시 직접 연락할 방법이 있을까요?"

"그냥 오티스한테 말하세요." 리어노어가 말했다. "저한테 전해줄 거예요."

"전화가 없어요?"

"우린 여기 전화가 없어요." 리어노어가 대답했다. "그건 집중을 흐트러뜨리거든요."

애비는 웃음을 지어 보였다. "그걸 포기하는 건 분명히 힘들었겠군요. 난 리어노어 나이의 딸이 있는데, 걔는 휴대전화를 붙들고 살다시피 하거든요."

리어노어가 일어났다. "전 극복했어요."

48

월은 문을 두드리고 시계를 확인했다. 검시 보고서를 세 번이나 반복해 읽고 사진 편집 일을 하는 친구에게 상의했다. 친구는 네이선이 방 안에서 찍은 사진은 진짜라고, 만약 가짜라면 FBI 전문가도 능히 속일 만큼 완벽한 포토샵 작업이라고 확인해주었다. 둘 중 어느 쪽인지 알아내야 했다.

이든 플레처는 월에게 문을 열어주고 혹시 뭔가 소식이 있느냐고 절박한 목소리로 물었다.

월의 딸은 어렸을 때 뇌막염에 걸려 병원에 입원해 생사를 오간 적이 있었다. 월과 아내는 병원에서 딸과 나흘을 함께 보냈다. 온갖 검사들을 받게 하고 다양한 전문의들의 진찰을 받았으며 아이가 죽을까 봐 끊임없는 공포 속에 살았다. 그리고 월은 의사가 지나갈 때마다 재빨리 붙잡고 검사 결과가 나왔는지, 뭔가 진단이 나왔는지 물었다. 의사들에게 뭔가 소식이 있느냐고, 제발 말해달라고 애원하던 그 무력함과 좌절감이 다시금 떠올랐다.

"몇 가지 전망 있는 실마리가 있습니다, 플레처 씨." 윌이 말했다. 다른 검사를 해야 하고 다른 전문의에게 상의해야 하고 다른 치료법을 시험해봐야 한다던 의사의 목소리가 떠올랐다. "뭔가 확실해지는 대로 곧장 알려드리겠습니다."

이든은 맥이 잔뜩 빠진 얼굴로 아무 대답도 하지 않았다.

"네이선의 방을 좀 수색해도 될까요? 그냥 뭔가 우리가 놓친 게 있나 해서요."

"그럼요." 이든이 무기력하게 대답했다. "2층에 있어요. 뭐 마실 것 좀 드릴까요? 차 한 잔 우리려는 참이었어요."

"전 괜찮습니다."

"전 전에는 커피를 왕창 마셨는데, 끊었어요." 이든이 말했다. "아무것도 안 마셔도 밤에 잠이 안 오거든요. 자스민 차를 마실 건데, 정말 안 드셔도 되겠어요?"

"음…… 네, 뭐 좋죠. 한 잔 주시면 감사하겠습니다." 윌은 다른 것보다 예의를 지키려고 그렇게 대답했다. "2층이죠?"

이든은 고개를 끄덕이고 터벅터벅 부엌으로 갔다. 윌은 계단을 올라가 주위를 둘러보았다. 문은 세 개였다. 그중 하나를 열었다. 개브리엘의 방이었다. 여자애는 침대에 누워 이를 악문 채 휴대전화를 두드리고 있었다.

"미안." 윌이 말했다. "네이선의 방인 줄 알았어."

"그 경찰분이군요." 개브리엘이 눈을 치켜뜨며 말했다. "저한테 인스타그램 비번을 알려달라고 하셨죠."

"그건 무척 도움이……."

개브리엘은 휴대전화를 건넸다. "이 개자식들한테 댓글 좀 써주세요. 납치가 자작극이 아니라고 말 좀 해주세요."

윌은 놀라서 눈을 깜빡였다. "뭐라고?"

"이 자식들은 납치가 내 자작극이라고 생각해요. 내가 인스타그램 팔로어를 늘리려고 이용하는 거라고요." 흐느낌에 개브리엘의 목이 멨다. "내가 어딜 봐서 내 동생을 그런 식으로 이용할 사람이라고."

윌은 휴대전화를 받아 들고 들여다보았다. 레딧 타래였다. 원글에 28개의 추천이 달렸다. 닉네임 트루스777이 쓴 글로, 개브리엘의 말처럼 전체 납치가 자작극이라는 내용이었다. 트루스777은 그 주장이 사실이라는 것을 여섯 개의 요점으로 '입증했다.' 레딧 이용자 몇 명이 그 타래에 열정적으로 댓글을 달았다.

"그냥 무시해." 윌이 말했다. "괜히 엮일 필요 없어."

"어떻게 무시해요. 늘 이런 식으로 시작된다고요." 개브리엘이 반박했다. "누군가가 레딧에 내가 사기꾼이라고 말하고, 그다음엔 그게 인터넷에 널리 퍼져서 기사로도 나오기 시작한다고요. 전에도 그랬어요."

"알아." 윌이 말했다. 정확히 말하면 두 번 그랬다.

윌은 개브리엘에 관한 스캔들 두 가지를 조사했었다. 흥미로울 만한 건 전혀 없었다. 그중 하나는 개브리엘이 사인한 사진 100장을 온라인으로 판매하는 중에 실수를 저지른 거였다. 또하나는 나중에 암 유발 위험을 높인다고 밝혀진 단백질 파우더를 홍보한 거였다. 그 두 사건에서 개브리엘은 매우 공개적으로 수치를 당했다.

"경찰이 이 타래에 댓글을 달면 오히려 공신력을 주는 거나 다름없어." 윌이 지적했다. "그런다고 그 사람들이 설득되지도 않고. 너도 알잖니."

"사람들이 이 납치가 내 자작극이라고 떠들기 시작하면 몸값 모금은 중단될 거예요." 개브리엘이 이를 악물고 말했다. "이 소문이 사라지게 해야 해요."

"그러면 평범한 포스팅을 계속 올려. 이 정신 나간 이론에 관해서는 아무 말도 하지 마. 아니면 레딧에 글을 올리든가. 그냥 남동생이 아직 실종 상태고 경찰이 수색하고 있다는 걸 사람들한테 계속 알려줘."

개브리엘은 윌이 도로 내민 휴대전화를 거칠게 낚아채고는 옆 문을 가리키며 말했다. "네이선의 방은 저쪽이에요."

윌은 고맙다고 하고 네이선의 방에 들어갔다. 네이선이 그 방에서 신문을 들고 있는 사진을 하도 오랫동안 뜯어봐서, 처음 오는 건데도 마치 전에 여기 들어왔던 것처럼 느껴졌다. 사진 속에서 네이선이 앉아 있던 책상 옆 의자를 뜯어보았다. 사진과 정확히 동일한 위치는 아니었다. 윌은 그리로 가서 살짝 위치를 조정하고 한 걸음 물러섰다.

휴대전화의 사진을 열고 방 안과 비교했다. 사진에서 초점은 책상과 의자에 있었다. 사진 속 책상에는 크레용 몇 개와 흐릿한 그림 한 장과 함께 피자 상자가 놓여 있었다. 〈해리 포터〉 포스터 왼쪽 아래 구석이 프레임에 걸렸다. 그리고 침대 일부분도. 사진 맨 위 왼쪽 부분에서 그림들을 붙여놓은 코르크판이 눈에 띄었다. 그림 두 장이 붙어 있었다. 하나는 네이선의 머리 때문에 일부가 가려져 있었고, 다른 그림은 대체로 프레임 밖에 있었다. 그리고 창문은 사진의 프레임에서 완전히 벗어나 있었다. 너무 높이 있어서 보이지 않았다……

윌은 얼굴을 찌푸렸다. 그랬나? 뭔가가 잘못됐다. 창의 일부는 사진 속에서도 보여야 하지 않나?

침대의 베개를 집어 들고 네이선의 상체 대용으로 의자에 놓았다. 높이가 정확히 맞을 것 같지는 않았지만 그만하면 충분했다. 그 후 휴대전화의 사진 앱을 켜서 납치범이 보낸 사진과 일치하는 구도로 사진을 찍으려 했다. 한 걸음 뒤로 물러나 휴대전화를 네이선이 딱 맞는 위치에 오는 높이로 들자, 코르크판이 프레임에서 벗어났다. 하지만 코르크판과 〈해리 포터〉 포스터를 둘 다 사진에 넣으면 창의 일부가 구도 안에 넉넉히 들어와, 납치범의 사진과 일치하지 않았다.

월은 의자를 움직여보았다. 사진 구도를 더 왼쪽으로 옮겼다. 소용없었다. 침대는 완전히 시야에서 벗어났고 코르크판은 훨씬 더 많이 보였다. 그리고 오른쪽으로 가면……

무슨 짓을 하든, 사진과 구도를 일치시키는 건 불가능했다.

휴대전화 모델에 따라 렌즈는 다를 수 있어도, 기하학의 법칙이 달라질 리는 없었다. 코르크판, 포스터, 그리고 네이선을 한 사진에 담으려면 창의 상당 부분이 보여야 했다. 월은 납치범의 사진을 다시 보았다. 네이선의 그림을 가까이서 볼 수 있게 확대했다.

그 후 그걸 이 방 안의 코르크판에 붙어 있는 그림들과 비교했다.

"이런, 미친." 월이 내뱉었다.

그림은 똑같지 않았다. 사소한 차이점들이 있었다. 작정하고 찾아보지 않으면 알아채지 못할 것들이었다.

애비에게 전화를 걸었다.

"멀린입니다." 애비가 말했다. 운전하면서 스피커폰으로 받은 것 같았다.

"애비, 저예요. 네이선 플레처 방에 있어요."

"그런데?"

"네이선 사진 있잖아요. 신문 들고 찍은 거요. 여기서 찍은 게 아니에요."

"무슨 소리야?"

"방의 비례가 안 맞아요. 그리고 자세히 살펴보면 작은 차이점들이 있어요. 납치범은 네이선 방처럼 꾸민 방에서 사진을 찍은 것 같아요."

"무슨, 세팅한 스튜디오처럼?" 애비가 물었다.

"네, 바로 그거예요."

긴 침묵이 뒤따랐다. 자동차 엔진 소리가 들리지 않았으면 윌은 전화가 끊긴 줄 알았을 것이다.

"이든한테 말했어? 개브리엘이나?" 애비가 마침내 물었다.

"아직요."

"좋아, 그럼 말하지 마. 그러면 머리만 복잡해질 거야. 그리고 납치범이 전화했을 때 그 얘기를 꺼내지 않는 편이 좋고. 카버한테 사진을 보내. 아, 그리고 그리핀한테도. 난 저녁에 들어갈 테니까, 그때 자세히 이야기하자."

"납치범이 왜 그런 짓을 했을까요?" 윌이 물었다.

긴 침묵 후 애비가 마침내 말했다. "모르지."

49

오랜 세월에 걸쳐 사이비 집단 생존자 및 그들 가족 수십 명과 이야기를 나눠온 애비는 이미 그 두려운 진실을 알고 있었다. 사이비 집단은 누구라도 전도할 수 있었다. 부자, 가난뱅이, 배운 사람, 못 배운 사람, 종교인, 무신론자, 그런 건 중요하지 않았다. 사랑 넘치고 극진히 아껴주는 가족이 있다고 해서 안전한 것도 아니었다. 의심이 많다고 해서 안전한 것도 아니었다. 확고한 신념을 가졌다고 해도 안전하지 않았다. 사람들이 흔히 가진, '나는 절대 그럴 일 없어'라는 오해야말로 사이비에게 가장 귀한 자산이었다. 왜냐하면 사이비의 전도에 대한 백신은 단 하나뿐이기 때문이었다. 조심하는 것. 그리고 당신이 이미 그런 데 면역이 있다고 자신한다면 사이비 종교집단을 과소평가한 것이다. 이는 당신이 위험하다는 뜻이다.

그래서 애비는 리어노어의 부모가 따뜻하고 애정 넘치는 부부인 걸 보고 놀라지 않았다. 부부는 잘 관리된 정원이 딸린 아늑

한 집에 살았다. 집 안은 깨끗했고, 따뜻한 빵 냄새가 풍겼다. 리어노어의 부모는 거실의 커다란 소파에 함께 웅크려 앉아 있었다. 애비는 안락의자에 앉아 그들을 마주 보았다. 회색 고양이가 증오를 숨기지 않는 눈으로 애비를 노려보았는데, 아무래도 애비가 앉은 자리가 고양이가 가장 좋아하는 자리인 모양이었다.

"데일이 이틀에 한 번씩 제빵기로 빵을 구워요." 리어노어의 어머니인 헬렌이 애비에게 말했다. "그래서 우린 집에서 만든 빵만 먹죠."

데일은 변호사였다. 헬렌은 사서였다. 갑작스럽고 예측 불가한 재앙을 겪은 사람들이 늘 그렇듯, 부부는 어딘가 멍한 분위기에 둘러싸여 있었다. 삶을 통제하고 있는 줄 알았던 믿음이 환상이라는 것을 깨달은 사람들의 분위기였다.

"커피 맛은 괜찮으세요?" 헬렌이 물었다.

"아주 좋은데요." 애비가 웃음 지으며 대답했다. 커피는 살짝 맹탕이었지만 그래도 뜨거웠고, 애비는 그냥 차에서 내린 것만으로도 고마웠다. 리어노어 부모의 소재를 추적하느라 거의 두 시간에 걸쳐 20번이나 전화 통화를 해야 했고, 그 모든 건 애비의 차 운전석에서 이루어졌다.

"전 우리가 도대체 무슨 잘못을 저질렀는지 계속 생각하고 있어요." 헬렌이 말했다. "우리가 아마 애를 너무 잡았나 봐요. 리어노어가 계속 친구들이랑 같이 맨해튼에 가게 해달라고 했는데, 전 걱정돼서, 그래서 몇 번 안 된다고 했거든요. 그리고 어쩌면 우리가 그 애의 개인 공간을 너무 침해했나 봐요. 그 애가 그러지 말라고 하는데도 제가 그 애 방을 계속 청소했거든요. 그리고……"

"크래프트 부인." 애비가 다정하게 말했다. "부인은 아무 잘못도 안 하셨어요."

"그러면 왜 그 애가 거길…… 그……."

"사이비." 데일이 퉁명스럽게 내뱉었다. "우리가 아무 잘못도 없다면 그 애가 왜 그 사이비에 들어갔겠습니까?"

"들어간 게 아니에요." 애비가 말했다. "사이비에 제 발로 들어가는 사람은 거의 없어요. 전도당한 거죠."

"그게 그거죠." 데일이 어깨를 으쓱했다. "그 사람들이 그 애를 전도하든, 그 애가 거길 들어가기로 선택하든……."

"아뇨." 애비가 말했다. "리어노어는 선택한 게 아니에요."

"멀린 형사님, 리어노어는 싫다는데 억지로 납치된 게 아니에요. 그 애는 그 사람들하고 어울리기 시작하더니, 얼마 후에 짐을 싸서 그 농장으로 들어갔어요. 그 애는 아주 간 건 아니에요. 여전히 우리랑 통화를 하죠. 하지만 우리에겐 이제 관심도 없는 것 같아요."

애비는 한숨을 푹 내쉬었다. 사이비에 전도된 사람들이 떠난 후, 가족과 친구는 상처받고 분노한다. 버려졌다고, 퇴짜 맞았다고 느낀다. 부모는 종종 자신들이 부모 노릇에 실패했다고 느꼈다. 그것은 사이비 집단의 손에 쥐어지는 또 다른 무기였다. 예전 삶의 사람들이 분노하면, 그건 그들과 거리를 둘 좋은 핑계가 되니까.

"사이비 전도자들이 리어노어를 손에 넣기 위해 이용한 뭔가가 있었을 거예요." 애비가 말했다. "하지만 그건 뭐든 가능해요. 어쩌면 남자친구와 안 좋게 헤어졌다거나. 아니면 제일 친한 친구와 싸웠다거나. 아니면 그 나이에 흔히 그러듯 친구들이 달라져서 더는 그 사이에 자기 자리가 없다고 느껴졌다거나. 혼자 있어도 완벽한 사람은 거의 없어요. 거기다 십 대니 더 말할 나위도 없고요. 그건 두 분이 뭔가 잘못했다는 뜻이 아니에요. 리어노어가 의식적으로 선택한 것도 아니고요."

"그 애는 좌절한 상태였어요." 데일이 말했다. "학교에 일이 좀 있어서요. 여학생과 남학생을 다르게 대한다거나 하는 뭐 그런 거요."

리어노어가 그 이야기를 했었다. "그 애가 그런 것 때문에 크게 실망했다고 생각해보세요. 어쩌면 그 애의 수학 선생님이 리어노어를 어린애처럼 취급했다거나."

"그 애의 수학 선생은 좋은 분이었어요." 데일이 말했다. "제 생각엔 분명히……."

"계속 말씀하세요." 헬렌이 애비에게 말했다. 헬렌은 무슨 뜻인지 알았다. 데일은 전혀 몰랐고, 심지어 이해하려는 기미도 없었다. 하지만 헬렌은 이해했다.

"리어노어는 학교 식당에 앉아 있었어요." 애비가 말했다. "아니면 공원일 수도 있고요. 그리고 자기 나이 대의 친구들 무리를 봤어요. 남자애들이랑 여자애들요. 그 애들이 서로 대화하는 방식은 달랐어요. 서로를 존중했죠. 그 순간에, 리어노어는 그게 자신에게 필요하다고 느꼈어요. 그 애들은 리어노어에게 말을 걸었어요. 그리고 애정 공세를 펼쳤죠. 넌 정말 영리하다고, 똑똑하다고 말했을 거예요. 학교의 그 누구와도 다르다고요. 넌 우리랑 더 비슷하다고. 리어노어는 별생각 없이 그 애들하고 몇 번쯤 어울렸어요. 그러다 그 애들은 리어노어를 그 농장으로 초대해서 주말을 함께 보냈어요."

그 순간 헬렌이 헉하고 숨을 들이켜는 소리에 애비는 자신이 정확히 맞혔음을 확신했다. 주말 농장 여행이 실제로 있었던 것이다. 주말 여행은 거의 늘 있었다. 아니면 사흘짜리 워크숍이나, 아니면 짧고 재미있는 캠핑이나.

"농장 사람들은 열심히 일했어요." 애비가 말을 이었다. "리어노어는 거의 잠을 자지 못했어요. 하지만 주위 사람들은 모두 행복했고, 모두 열심히 일했어요. 리어노어는 자신을 그렇게 높이 평가해주는 새 친구들과 발을 맞추고 싶었어요. 그리고 그 사람들은 그 애를 1초도 혼자 두지 않았어요. 계속 말을 걸었죠. 사이비의 의제를 떠먹인 거예요. 처음에는 이상하게 들렸겠죠. 하지만 리어노어는 예의 바른 아이라 반박하고 싶지 않았어요. 아니면 반박했는데, 그 사람들은 좋은 지적이라면서 나중에 토론하자고 했어요. 하지만 일을 더 열심히 할수록 잘 시간은 더 부족해졌고, 리어노어는 그 사람들의 말을 더 이해하기 시작했어요."

"전부 그 애한테 들으신 건가요?" 헬렌이 물었다.

"아뇨." 애비가 대답했다. "하지만 전에 다 들은 적 있는 이야기라서요. 주말 농장 여행. 그건 리어노어가 예상한 것보다 더 길었죠?"

"여름 방학이었어요." 헬렌이 나지막한 목소리로 말했다. "그애는 이틀만 있다 오려고 했지만 닷새를 머물렀죠."

"그리고 그동안 전화를 한 번도 안 했죠, 아닌가요?"

"그 농장 사람들은 전화를 좋아하지 않는다고 그 애가 그러더군요." 데일이 대답했다. "하지만 마치 그게 좋은 것처럼 말했어요. 마치 전화 디톡스라도 하는 것처럼요. 전 그 애가 그러는 게 뿌듯했어요. 맨날 휴대전화만 붙들고 있는 게 못마땅했거든요."

"바깥세상과의 소통 단절." 애비가 말했다. "거의 잠도 못 자고. 주위의 모든 사람들이 너무나 확신에 넘쳐 보이고. 목적의식으로 가득하고. 리어노어가 질문을 하거나 반박하면 그 사람들은 마치 답을 다 아는 것처럼 굴었지만, 그걸 토론하려면 리어노어는 더 오래 머물러야 했어요. 어떤 기분이었을지 상상이 가세요?"

"그들이 그 애를 설득했다는 말인가요? 겨우 닷새 만에?"

"크래프트 씨, 전 그 닷새가 지나고 집에 돌아왔을 때 리어노어는 이미 당신이 아는 딸이 아니었다고 말씀드리는 겁니다."

"세뇌당했다고요?"

"아뇨. 세뇌는 좀 다른 거예요. 그 사람들은 자기들이 가진 영향력으로 리어노어가 생각하는 방식을 비틀어놨어요. 리어노어의 머릿속에 확고한 벽을 세우고 질문을 회피하도록 조건화했죠. 그럼으로써 그들은 리어노어의 머릿속에 대한 거의 완전한 통제력을 얻었고요."

데일과 헬렌은 충격으로 아무 말도 못 한 채 앉아 있었다.

"어쩌면 그들이 가한 손상을 우리가 되돌릴 수도 있을 것 같아요." 애비가 잠시 후 말했다. "리어노어와 이야기했을 때 무척 희망을 주는 신호들을 봤어요. 그리고 아직 그 애랑 통화한다고 말씀하셨죠……?"

"매주 전화가 와요." 헬렌이 말했다. "자기가 잘 있다고 전하고, 고양이가 잘 있는지도 확인하려고요."

"고양이가 리어노어 건가요?" 애비가 놀라서 물었다.

"네, 아직 새끼였던 실버를 리어노어가 길에서 발견했어요." 헬렌이 대답했다. "농장에서는 애완동물을 키우는 걸 허용하지

341

않는대요."

"잘됐네요." 애비가 기운이 나서 말했다. "솔직히 그 사람들이 매주 전화하는 걸 허락한다는 데 놀랐어요. 보통 파괴적인 사이비들은 가족이나 친구들과 연락하는 것에 관해서 더 엄한 원칙을 가지고 있거든요. 리어노어한테 휴대전화가 있나요?"

"아뇨, 사무실에서 전화해요." 데일이 말했다. "한 달 전에 그 애한테 들었어요. 거기 전화를 쓰게 해준대요."

애비는 얼굴을 찌푸렸다. 이건 거의 기묘할 정도였다. 리어노어가 가족에게 전화하게 해주는 건 그렇다 치고, 농장 전화를 쓰게 해준다고? 오티스는 얼마든지 전화는 응급상황에만 써야 한다고 말할 수도 있었을 것이다. 이건 마치 리어노어가 가족과 연락하기를 바라는 것 같았다.

"혹시 리어노어를 응원하셨나요?" 애비가 물었다. "리어노어에게 이 공동체가 어떤 식으로든 도움이 될 거라고 말씀하셨나요?"

"당연히 아니죠." 데일이 언성을 높여 대꾸했다. "난 그 애한테 집으로 돌아오라고 몇 번이나 말했어요. 그곳이 그 애의 머릿속을 망치고 있다고요."

애비는 고개를 끄덕였다. 좋은 신호가 아니었다. 사이비에 대한 데일의 확고한 반감은 상황을 쉽게 만들어주지 않을 것이다. "그럼 헬렌은요?"

"저도 같은 말을 했어요." 헬렌이 말했다. "심지어 그것 때문에 싸우기도 했어요. 그 애는 원래 대학에 가려고 했는데, 거기 들어간 직후에 갈 생각이 없어졌다고 하더군요. 농장에서 시간을 보내는 게 더 도움이 된다면서요. 전 무척 화났죠."

두 사람 다 적극적으로 반대했다. 왜 오티스는 리어노어가 부모와 통화하게 해주는 걸까? "혹시 리어노어가 집단에 합류하도록 두 분을 설득하려 하는 것 같았나요?"

데일이 콧방귀를 뀌었다. "잘도 그러겠네요. 그 애는 그렇게 멍청하지 않아요."

애비는 잠시 생각해보았다. "그 애가 대학에 갈 계획이었다고 하셨죠. 등록금을 내려고 따로 모아두신 돈이 있나요?"

"당연하죠." 헬렌이 대답했다. "우린 그 애랑 그 애 오빠를 위해 몇 년째 저축을 했어요."

"리어노어가 그 돈을 쓸 수 있나요?"

"아뇨." 데일이 말했다. "그 애가 열여덟 살이 되기 전에는 안 돼요. 그리고 그걸 인출하려면 우리 허락이 필요하고요."

"그 돈을 달라고 하던가요?"

"한 번요." 헬렌이 말했다. "그 사람들이 헛간인지 뭔지를 개축할 수 있게, 그 돈을 공동체에 주고 싶다고 했어요. 전 죽어도 그런 일은 없을 거라고 딱 잘라 말했죠. 우린 그것 때문에 오래 싸웠고, 그 애는 그 후로 몇 주간 전화를 안 했어요."

그게 오티스가 리어노어가 부모한테 전화하게 허락한 이유였다. 그 자금을 원했던 것이다. 오티스는 그저 리어노어가 열여덟 살이 되면 부모에게서 그 돈을 받아내는 데 도움이 될 정도로만 부모와 연락하도록 부추기고 있었다. 애비는 그 사실을 굳이 입 밖에 내지 않았다. 딸이 그저 그들의 목소리를 듣고 싶어서 전화한다고 생각하는 편이 리어노어의 부모에게는 더 나았다.

하지만 그건 오티스의 계산 착오였다. 부모와 통화하면서 리어노어는 예전 삶을 일주일에 한 번씩 맛볼 수 있었다. 이게 리어노어가 아직 독립성의 신호를 보여주고 있는 원인일 가능성이 적지 않았다.

"리어노어가 농장에서 나올 수 있도록 시도해보고 싶어요." 애비가 말했다. "성공할 가능성을 높이려면 그 애가 믿는 친숙하고 가까운 사람을 통해 하는 게 가장 좋아요."

"저야 당연히 돕고 싶죠." 헬렌이 말했다.

애비는 망설였다. "물론 좋은 생각이긴 한데, 당장은 아니에요. 두 분 다 집단에 관한 의견을 아주 명확히 밝히셨죠. 그건 리어노어가 생각하는 한 두 분은 아웃이라는 뜻이에요. 리어노어는 두 분을 적으로 여기도록 조건화됐어요."

헬렌이 움찔하며 입을 가렸다.

"리어노어가 두 분을 여전히 사랑하는 건 분명한 사실이에요." 애비가 말했다. "하지만 거기서, 그들의 공동체에 조금이라도 부정적인 말을 하는 모든 사람은 적이에요. 리어노어는 그 공동체에 관해 두 분과 이야기하고 싶지 않을 거예요. 아까 리어노어에게 오빠가 있다고 하셨죠?"

"네." 헬렌이 눈을 비비며 대답했다. "브라이언요. 위층에 있어요."

"불러주실 수 있나요?"

브라이언은 리어노어의 오빠였다. 이미 다 컸지만 그런 자기 몸에 아직 익숙지 않은 것처럼 보이는 남자였다. 움직임이 어정쩡하고 서툴렀으며 거실로 들어올 때는 마치 걸어 들어오는 게 아니라 몸을 끌고 들어오는 느낌이었다.

"안녕하세요." 브라이언이 말했다. "리어노어 일로 오셨다고 엄마한테 들었어요."

"맞아요." 애비가 웃음 지으며 말했다. "틸먼 농장에 합류하기 전에 동생이랑 얼마나 친했어요?"

브라이언이 어깨를 으쓱했다. "모르겠어요. 꽤 가까웠던 것 같아요. 전 그 애의 페미니스트 헛소리가 짜증 났어요. 하지만 그 애 기분이 좋을 때는 같이 있으면 재미있었어요."

"리어노어가 떠난 후에 통화한 적 있어요?"

"두 번요."

"그 집단에 관해 동생한테 뭐라고 한 적 있어요? 나오라고 했다거나?"

"아뇨. 그 애는 어차피 제가 하는 말은 안 들어서요. 그 애랑 싸우고 싶지 않았어요."

애비는 안도감에 씩 웃으며 브라이언에게 말했다. "브라이언, 며칠 동안 나랑 좀 같이 가줄래요?"

50

비품실 문을 연 순간, 남자는 아이가 죽은 줄 알았다. 얼굴은 핏기 없이 파리했으며 몸은 미동도 없었다. 그러다 아이의 숨소리를 듣고 남자는 안도의 한숨을 내쉬었다. 아이의 숨소리는 가쁘고 미약했다. 내 잘못이 아니야. 남자는 아이를 인간적으로, 가능한 한 안전하고 편안하게 데리고 있고 싶었다. 그 온갖 노력을 들인 이유가 그거 아니었나?

남자의 친절함을 악용해 이런 처지가 된 건 네이선의 잘못이었다.

남자는 신음하는 아이의 발을 붙잡고 아이의 방으로 질질 끌고 갔다.

지난 한 시간 동안 이 방에서 남자를 위협할 수 있는 모든 요소를 싸그리 제거했다. 그러니 이제 네이선이 책상 앞에 선 채로 그림을 그려야 한다면 그건 오로지 네이선의 잘못이었다.

아이의 등은 영 좋지 않아 보였다. 피 묻은 셔츠를 벗기자 아이가 고통의 신음을 토했다. 상처에서 다시 피가 나기 시작했다. 가까이 들여다보자 찢어진 곳 주변 피부가 염증이 난 게 보였다. 여전히 굳어 있는 피딱지 아래에 피부 조직이 엉겨 붙어 있었다.

남자는 걸레를 적셔서 상처를 닦았다. 아이가 끙끙거렸다.

"네 잘못이야. 네 잘못이라고." 남자는 이를 악문 채 되풀이했다. "네가 이 짓을 한 거야. 내가 자신을 방어하기 위해 그 남자를 제거해야 했던 건 네 잘못이었어. 전부 네 탓이야."

그 남자의 목에 박히던 칼의 감각이 여전히 머릿속에 생생했다. 불쾌한 기분이었다. 역겨운 기분.

하지만 그건 자기방어였다. 남자가 그런 처지에 놓이게 된 건 다 아이의 잘못이었다. 다른 선택의 여지가 없었다. 많은 생각을 해보았지만, 남자가 할 수 있는 건 아무것도 없었다. 이미 아이는 남자를 납치범으로 지목한 후였다.

새 셔츠로 갈아입히고 신발과 양말을 벗겼다. 그리고 신경이 잔뜩 곤두선 채로 방을 나갔다.

남자는 휴대전화를 집어 들고 개브리엘의 인스타그램 계정을 다시 확인했다. 개브리엘의 인터뷰와 에릭 레이턴의 인터뷰 링크가 실린 가장 최근 포스팅의 댓글들을 훑어보았다. 개브리엘의 팬들이 퍼붓는 가짜 동정심에 속이 메슥거렸다. 진짜로 관심이 있다면 가만히 앉아서 깨진 심장 이모티콘이나 보내고 있진 않겠지. 몸값 모금에 돈을 보태겠지.

휴대전화를 보고 있는데 갑작스러운 걱정이 남자를 갉아먹기 시작했다. 살금거리는 불안감. 마치 오븐을 켜놓은 채 집을 나왔거나 차 문 잠그는 걸 잊었을 때 느끼는 그런 기분.

남자는 아무 걱정거리도 없다고 자신을 안심시키기 위해 다시 한번 확인했다.

하지만 알고 보니 걱정할 이유가 있었다. 휴대전화 화면에, 바로 거기에 있었다.

에릭 레이턴에게는 뭔가가 있었다. 그냥 두기에는 너무 위험한 뭔가가.

남자는 그걸 처리해야 할 것이다.

선택의 여지가 없었다. 이건 자기방어였다.

51

에릭은 마침내 포토샵 기술을 좋은 용도에 쓰고 있었다.

십 대 때 에릭은 재미로 사진을 편집했다. 사진들을 수정해 말도 안 되게 바꿔놓는 작업에 자신을 잊고 몇 시간씩 홀딱 빠져 있곤 했다. 니콜라스 케이지의 얼굴을 가족사진에 붙이고. 사람들한테 고양이 수염을 달고. 학교 미식축구팀 단체 사진에서 선수들 얼굴을 서로 바꿔 붙이고. 마지막 것은 에릭의 대표작이었다. 학교 신문에 그 조작된 사진을 실었는데, 아무도 바뀐 걸 알아차리지 못했다.

에릭과 처음 만났을 때, 개브리엘은 사진을 조정하는 걸 도와달라고 했다. 실제로 정확히 그렇게 말했다. 조정. 더 날씬하게 만드는 게 아니었다. 몸매를 '조정'하는 거였다. 눈 색깔을 바꾸는 게 아니었다. '조정'하는 거였다.

개브리엘은 에릭을 늘 너무 다정하고 상냥하게 대했고, 에릭은 개브리엘과 함께 있는 게 좋았다. 개브리엘의 사진을 조정하는 건 싫지 않았다. 개브리엘의 인스타그램 프로필이 인기를 얻고 스폰서 제품으로 수입이 들어오기 시작한 후에도 에릭은 계속 자발적으로 도왔다. 에릭의 친구들은 돈을 달라고 해야 한다고 했지만, 에릭은 그걸 일로 생각하지 않았다. 게다가 개브리엘은 애초에 에릭의 '조정' 서비스가 필요하지도 않았다. 편집의 도움 없이도 원래 아름다웠으니까.

그래도 에릭은 개브리엘의 요구에 따라 몸매를 더 날씬하게 만들고 입술을 더 튀어나오게 만드는 게 딱히 세상에 도움이 되는 일이 아님을 알았다.

하지만 에릭이 지금 하려는 일은 실제로 중요한 일이었다.

컴퓨터 화면에서 네이선이 신문을 들고 있는 사진을 확대했다. 픽셀 하나하나까지 살피며 편집의 흔적을 찾았다. 뭘 찾아야 할지 알면 쉬웠다. 사진 속 물체들을 살피고, 삐죽삐죽한 가장자리나 잘못된 조명을 찾았다. 그것들은 사진이 조작됐음을 알려주는 신호였다.

사람들은 그걸 눈치채지 못했다. 디지털 사진을 편집하는 건 예술이었다. 아마추어가 하면 티가 났다.

세 시간 후, 목과 오른손에 쥐가 난 에릭은 잠깐 쉬기로 했다. 끙 소리를 내고 고개를 좌우로 꺾었다. 어쩌면 인터뷰가 나갔을지도 모른다. 《뉴요커 크로니클》 웹사이트를 확인하니 기사가 올라와 있었다. 그렇게 온라인에서 자기 이름을 보자 흥분이 전신에 솟구쳤다. 그리고 뒤이어 죄의식의 파도가 밀려들었다. 에릭의 이름이 거기 실린 이유는 오직 개브리엘의 남동생이 납치됐기 때문이었다. 아이가 납치당했는데 기쁠 수가 있다고? 정말로?

그래도 개브리엘은 에릭이 트위터에 그 기사 링크를 올려주기를 원할 것이다. 그렇지 않나? 개브리엘은 에릭에게 가능한 한 많은 사람들이 그 납치 사건에 관해 알아야 한다고 말했다. 팔로어들이 몸값에 기여해야 했다. 에릭은 그냥 그 인터뷰를 올렸다. 자신에 관한 말은 전혀 덧붙이지 않았다. 이 일의 주인공은 에릭이 아니니까. 주인공은 개브리엘이었다.

트위터에 로그인하자 개브리엘이 올린 새 트윗이 보였다. 그날 아침 세심하게 살펴본 바로 그 사진이 첨부돼 있어 곧장 눈에 띄었다.

개브리엘은 네이선의 사진을 올리고 이렇게 썼다. 납치범이 이 네이선 사진을 보냈어요. 그 애가 살아 있다는 걸 증명하려고요. 개브리엘은 배경을 자르고 네이선이 신문을 들고 있는 부분만을 남겼는데, 영리한 행보였다. 에릭은 이미 사람들이 온라인에서 납치가 개브리엘의 자작극이라는 댓글을 다는 걸 보았다. 네이선이 자기 방에 있는 사진을 본다면 그것을 증거로 지적할 것이다.

에릭은 사진을 보고 얼굴을 찌푸렸다. 뭔가가 잘못됐다.

거기에 보였다.

에릭은 개브리엘의 번호를 눌렀다.

"여보세요?" 개브리엘은 즉시 전화를 받았다.

"개브리엘, 나 에릭이야."

"무슨 일이야?" 갑작스럽고 조바심치는 투였지만 그럴 만했다. 개브리엘은 신경이 날카로웠다. 아마 거의 잠도 자지 못했을 것이다. 개브리엘이 불쌍해서 가슴이 미어졌다.

"있잖아, 네가 올린 사진 말이야······."

"너까지 그러지 마." 짜증 난 투로 개브리엘이 말했다. "이미 형사가 전화해서 지랄했어. 난 그걸 올릴 수밖에 없었어. 사람들한테 보여줘야 하니까."

"하지만 그게 납치범이 너한테 보낸 사진이야?"

"당연하지. 뭐, 아니면 내가 직접 찍었을까?"

"아니, 그냥…… 너한테 있는 사진이 그것 한 장뿐이야?"

"에릭, 난 지금 시간이 없어. 모금 조직 담당자랑 이야기해야 해. 돈에 뭔가 좀 문제가 있대. 그리고 납치범이 언제 전화할지 모르고."

"하지만 중요한 일이라서……."

개브리엘은 전화를 뚝 끊었다.

에릭은 사진을 다시 응시했다. 의심할 여지는 없었다.

911에 전화했다.

52

"그 사람들이 못 나가게 막으면 어떡해요?" 리어노어의 오빠 브라이언이 물었다.

"나가게 해줄 거야. 그게 자기들한테 이롭거든." 애비가 건성으로 대답했다.

두 사람은 틸먼 농장에서 3킬로미터 남짓 떨어진 곳에서 애비의 차 후드에 몸을 기댄 채 윙 형사와 리어노어가 나타나길 기다리고 있었다. 윙은 농장에 혼자 들어가 오티스에게 리어노어가 봤다는 대머리 문신남이 어쩌면 납치 용의자와 일치할지도 모른다고 전하는 임무를 맡았다. 그래서 리어노어를 경찰서로 데려가서 이야기해야 한다고. 애비는 뉴욕 경찰청이 끼어들지 않는다면 어쩌면 오티스가 좀 더 협조적으로 나올지도 모른다고 생각했다. 서픽 카운티 경찰은 놈의 주머니에 들어 있는 게 확실했으니까.

하지만 마음속 깊은 곳에서, 애비는 브라이언처럼 불안했다.

오티스가 리어노어를 못 가게 막으면 어쩌지? 리어노어가 안 간다고 하면, 더는 할 수 있는 일이 없었다.

웡은 자신이 잘 말할 수 있다고 했다. 뉴욕 경찰청이 틸먼을 놓아주는 게 모두에게 이로운 일이라 그렇게 제의하는 척할 자신이 있다고. 리어노어가 대머리 문신남의 신원을 확인해주기만 하면 뉴욕 경찰청은 칼을 붙잡아둘 아무런 이유가 없다고, 오티스에게 슬쩍 운을 띄울 것이다.

오티스는 자기가 말하는 도중에 감히 건방지게 끼어든 여자애보다는 자기 조카를 더 아낄 게 분명했다.

어쩌면 아닐지도 모르지만.

"그 애가 같이 안 간다고 하면, 우리가 그냥…… 데려갈 수 있나요?"

"안 돼. 1970년대에는 종종 그랬지. 사이비 집단 소속원들을 납치해서 어딘가 안전한 곳에 가두고 강제로 세뇌를 해제하려고 했어. 때로는 몇 주에 걸쳐서. 하지만 득보다 실이 큰 경우가 많았어. 심지어 성공한 경우라도 대상에게는 트라우마를 남겼지. 불법인 건 말할 것도 없고. 아니, 리어노어는 자기 의지로 나와야 해."

"그렇죠, 하지만……."

"온다." 애비는 모퉁이를 돌아 나타나는 웡의 차를 가리켰다. 앞 차창에 반사되는 눈부신 햇살 때문에 애비는 눈을 찡그리고 열심히 들여다보았다.

"리어노어가 같이 오고 있어요." 브라이언이 안도한 기색으로 말했다.

"그래." 애비가 씩 웃었다. "준비됐니?"

"아마도요." 브라이언은 회의적인 투였다. "아까는 농담한 게 아니에요. 리어노어는 제 말은 절대 안 들어요. 전 개한테 멍청한 얼간이 오빠예요."

"그냥 그 애한테 내 말을 들으라고만 설득해줘." 애비가 말했다. "나머지 이야기는 내가 할게."

윙은 길가에 차를 대고 리어노어에게 뭐라고 말하고는 차에서 내려 몇 걸음 걸어가 커다란 나무 옆에 가 섰다. 나무에 기대어 담배에 불을 붙였다.

애비가 윙에게 다가갔다. 윙이 담배를 내밀었지만 애비는 고개를 저었다.

"멀린 형사님." 윙이 단조로운 목소리로 말했다. "여기서 만나니 반갑네요. 정말 놀라운 우연이에요."

애비는 몸을 돌려 브라이언이 윙의 차로 가는 것을 보았다. 브라이언은 몸을 기울여 리어노어에게 손을 흔들어 인사했다. 리어노어는 당황한 웃음을 지었지만, 그걸 본 애비는 확신했다. 오랜만에 오빠를 봐서 너무나 행복한 게 분명했다.

"뭐라고 말했어요?"

"우리가 합의한 그대로요. 머그샷을 보려고 서까지 같이 가는 것으로 했죠. 내가 갔을 때 저 애는 울고 있었어요."

"울어요? 왜요?"

"나야 모르죠. 공동체 점심식사가 막 끝난 참이었어요. 저 애는 혼자 걸어 나오고 있었어요."

"나오는 데 허락을 요청하던가요?"

"아, 그럼요. 오티스한테 곧장 가서 내 앞에서 물어보더라고요. 그 자식은 허락해주면서 몇 시간 안에 돌아오지 않으면 여기저기 전화를 걸겠다고 하더군요. 리어노어한테 넌 '내 보호 아래'

있다고 했어요." 윙은 평소답지 않게 노골적인 역겨움을 드러내며 내뱉었다.

"리어노어가 나랑 같이 가면 카운티의 당국자가 또 잔뜩 화가 나서 당신 상사한테 전화해서 리어노어가 어디 있냐고 따지는 거 아니에요?" 애비는 대화를 나누고 있는 남매를 바라보며 물었다. 브라이언은 어깨 뒤를 가리키며 고개를 흔들고 있었다.

"우리가 같이 출발했는데 서로 가는 길에 리어노어가 마음을 바꿔서 내려달라고 했다고 말할 거예요." 윙이 어깨를 으쓱했다. "걱정 말아요. 내 경력은 끄떡없을 테니까."

"도와줘서 고마워요."

윙은 긴장한 미소를 지어 보였다. "당신을 도와주려는 게 아니에요, 멀린. 이 아이를 돕고 싶은 거죠. 내가 이 일을 하는 건 제2의 루스를 만들고 싶지 않아서예요."

리어노어가 화난 얼굴로 윙의 차에서 내렸다. 브라이언이 애비에게 자기 쪽으로 오라는 손짓을 했다.

"행운을 빌어요." 윙이 말했다.

애비는 웃는 얼굴로 남매에게 다가갔다. "안녕, 리어노어. 다시 만나서……."

"10분 드릴게요." 리어노어가 차갑게 말했다. "그 후 전 여길 뜰 거예요." 눈은 여전히 부어 있었다.

"울고 있었나 보구나." 애비가 말했다.

"그 이야기는 안 할 거예요. 브라이언이 경위님이 저한테 원하는 게 있다고 하던데요. 그거나 끝내세요."

애비는 어깨를 으쓱했다. "중요한 건 아니야. 그냥 네가 본 것에 관해 좀 상세히 이야기해주면 돼. 왜 울고 있었니?"

"넌 절대 우는 법이 없잖아." 브라이언이 땅을 내려다보며 말했다. "그러니 분명히 아주……."

"닥쳐, 브라이언." 리어노어가 오빠에게 쏘아붙였다. "아무것도 아니에요. 오해였어요."

"있지, 난 종교 공동체에서 태어났어." 애비가 말했다. "난 거기서 정말 행복했어. 하지만 우리 목회자는 끔찍한 스트레스를 받았어. 때로는 거의 잠도 못 잤지. 그리고 갑자기 뚜껑이 열리곤 했어." 애비는 손가락을 딱 튕겼다. "기도 도중에 갑자기 누군가에게 고함을 치기 시작했지. 그냥 목소리를 쥐어짜서 비명을 지르는 거야."

리어노어는 아무 말도 하지 않았다.

"한번은 내가 가면 안 되는 곳에 갔었거든."

문이 잠겨 있지 않았다. 그냥 살짝만 보려고 했다. 어차피 아무도 모를 텐데, 뭐 어때. 딱 안을 살짝 들여다볼 수 있을 만큼만, 검은 포장 더미가 보일 만큼만 열었다. 이상한 항아리와 냄비들. 그리고 총들.

"난 한 시간은 고함을 들은 것 같아. 모든 사람이 보는 앞에서." 놀랍게도, 눈물이 애비의 목에 엉겼다. 이토록 오랜 세월이 지난 후에도 그 기억은 아픔을 불러왔다. "세계가 끝난 것만 같은 기분이었지. 그리고 나서는 아무도 내게 말을 걸지 않았어. 하다못해 눈길도 안 주더라."

브라이언은 충격으로 눈만 깜빡였다. 하지만 리어노어의 눈에서 애비는 뭔가 다른 것을 보았다. 리어노어는 애비가 무슨 말을 하는지 알았다. 방금 애비와 비슷한 일을 겪었으니까.

애비는 눈을 깜빡이고 헛기침을 했다. "그분은 스트레스가 심하셨어. 그것뿐이야. 나중에 나한테 그렇게 말씀하셨어. 그걸 빼면 난 거기서 행복했어. 목적의식이 있었지. 상상이 가니? 일곱 살짜리 여자애에게 목적의식이 있다는 게?"

"목적이 뭐였는데요?" 브라이언이 물었다.

"난 구세주의 아이들의 엄마가 될 거였어. 그리고 그 아이들은 모두 날개 달린 천사가 될 거였지. 우리 부모님은 기뻐 어쩔 줄 모르셨어."

"부모님이 그걸 믿으셨다고요?" 리어노어는 불신에 찬 말투로 물었다.

"처음에는 아니었지. 어머니는 많이 배운 분이셨어. 소아과 의사셨지. 아버지는 엔지니어셨고. 하지만 두 분은 영적인 성장을 찾고 계셨고, 일주일짜리 워크숍에 가셨어. 그냥 재미 삼아서 말이야. 친구와도 가족과도 연락을 끊고 숲속에서 지냈지. 두 분은 공부만 하느라 잠도 별로 안 주무셨어. 워크숍의 목적은 구약의 새로운 해석을 찾는 거였는데, 밤을 새우며 다른 신앙인들과 쉬지 않고 며칠 동안 이야기를 나눈 끝에, 두 분 다 깨달음의 순간에 도달하셨어. 그래서 또 다른 긴 워크숍에 참여하게 됐지." 애비는 어깨를 으쓱했다. "일이 그렇게 흘러가다 보니까 내가 그 집단에서 태어나게 됐어. 그리고 천사들을 낳을 거라고 생각하게 됐지."

"정신 나갔네요." 브라이언이 말했다. 리어노어는 고개를 끄덕였지만 아무 말도 하지 않았다.

"그치?" 애비가 말했다. "어쨌든, 아까 말했듯, 난 그게 끝날 때까지는 행복했어."

"어떻게 끝났는데요?" 리어노어가 물었다.

"경찰이 우리 설교자를 체포하러 왔어. 알고 보니 그분의 인도하에서 우리 공동체 사람들이 헤로인을 만들어 팔고 있었더라고. 경찰들은 우리 시설을 포위했어. 어쩌면 들어봤을지도 모르겠다. 설교자의 이름은 모지스 윌콕스였어."

"모지스 윌콕스……." 리어노어가 화들짝 놀라 되풀이했다. "윌콕스 대학살요?"

"들어봤구나. 경찰은 문을 박차고 들어오려 했어, 그래서 윌콕스가 내 머리에 총을 갖다 대고, 나를 시켜서 만약 경찰이 진입하면 내 머리통을 날려버릴 거라고 말하게 했지. 아마 내 말이 꽤나 설득력이 있었던 것 같아. 경찰은 후퇴했고 모지스는 그 시간을 이용해 식당에 불을 질렀어. 식당에 대형 요리용 가스통이 두 개 있었는데, 그게 폭발했지. 우리 중 세 사람만 살아남았어." 애비는 셔츠 목깃을 아래로 끌어내려 상처를 보여주었다. "화상 상처는 끝내 없어지지 않았어."

"저한테 왜 이 이야기를 하시는 거예요?" 리어노어가 물었다.

애비가 어깨를 으쓱했다. "굳건한 신념과 목적의식은 아주 좋은 거라고 생각해. 난 그린피스에 매달 기부하고 있어. 하지만 내 말은, 이런 집단들 중에는 해로운 것도 있다는 거야. 조심해야 해. 직접 알아봐. 오티스 틸먼의 진보 기독교 공동체에 관해 조사해봤니?"

"난 바보가 아니에요. 난 사이비 같은 데는 안 들어가요."

"네가 바보라는 말이 아니야. 우리 부모님도 바보가 아니라고 했잖아. 브라이언도 널 걱정하고 있고."

"걱정할 일은 없어요." 리어노어가 좀 지나치다 싶게 날카롭게 말했다.

"넌 이 종교 단체에 들어가려고 1년 전에 집을 나갔어." 브라이언이 말했다. "그동안 우리랑은 전화 통화 두 번 한 게 다고. 그전에 우린 대화가 많았는데 말이야. 나랑 입장이 바뀌었다면 넌 걱정 안 했겠어?"

"오빠가 그게 옳은 일이라고 말했다면 난 오빠를 믿었을 거야." 리어노어가 쏘아붙였다.

"알았어, 알았다고." 브라이언이 말했다. "하지만 넌 그렇게 말하지 않았어. 난 겁나서 미치겠어, 리어노어. 그냥 너랑 하루나 이틀만 같이 보내고 싶어. 네가 괜찮은지 알 수 있게."

"난 엄마, 아빠한테 안 돌아가." 리어노어가 재빨리 대꾸했다.

"그건 괜찮아." 애비가 말했다. "네가 묵을 수 있는 곳이 있어. 그리고 그냥 이야기만 해. 우리한테 이 단체에 관해 말해줘. 그게 파괴적이 아니라고 우리를 설득해줘. 언제든 네가 가고 싶으면 가도 돼. 이건 그냥 네가 오빠랑 같이 며칠을 보낼 수 있는 기회야."

애비는 리어노어의 눈에서 갈망을 보았다. 거기에는 오빠에 대한 그리움이 담겨 있었다. 오빠와 같이 시간을 보내고 싶은 바람이.

"안 돼요." 리어노어가 말했다.

"왜?" 브라이언의 어조에는 분노가 담겨 있었다.

애비는 브라이언에게 경고의 눈빛을 쏘고는 리어노어에게 물었다. "네가 오면 무슨 일이 생길 거라고 생각하니? 최악의 시나리오가 뭐지? 넌 네 오빠를 믿잖니, 아니야?"

"오빠는 믿어요. 경위님을 못 믿죠."

"누가 보면 내가 널 함정으로 끌어들이기라도 하려는 줄 알겠다." 애비가 가볍게 말했다. "내가 어떻게 하면 그게 아니라는 걸 믿어줄 거니?"

리어노어는 고민하는 눈치였다. "난 오빠랑 같이 차를 타고 갈게요." 잠시 후 나온 대답이었다. "경위님은 말고요. 경위님이 랑은 같이 안 가요."

"애초에 그럴 생각도 없었어. 난 직장이 있어."

"말씀하신 곳에 가보고, 거기가 제 마음에 안 들면 그냥 갈 거 예요."

"문제없어." 애비는 리어노어의 눈에서 두려움을 보았다. "이 미 말했듯, 넌 언제든 원하면 자유롭게 떠날 수 있어."

"웡 형사님은 어쩌고요? 제가 본 사람을 확인해줘야 하잖아 요."

"그건 나중에 해도 돼. 브라이언, 괜찮겠니?"

"당연하죠. 주소만 주세요."

애비는 자기 부모님의 주소를 알려주었다. 브라이언과 리어 노어는 브라이언의 차로 갔다. 애비가 웡에게 양쪽 엄지를 치켜 세우자 웡이 처음으로 씩 웃었다. 환한 웃음이었다. 이윽고 애비 는 자기 차에 올라 브라이언을 따라 출발했다.

어머니에게 전화를 하자 거의 즉시 응답이 들려왔다.

"안녕, 우리 딸."

"엄마, 그 애들이 갈 거예요. 전 같이 안 가요. 수사팀에 들러 야 해서요."

"남는 방을 준비해둘게."

"그 애가 함정에 빠졌다고 느낄 만한 일은 아무것도 하지 마 세요. 그 애가 언제든 원하면 떠날 수 있다고 말해뒀어요."

"그럼 족쇄는 갖다 버려야겠네."

"농담하지 마시고요, 엄마." 애비가 씩 웃었다. "벤은 스티브 네로 데려다주셨어요?"

"그래, 우리 딸, 넌 샘하고 이야기해야 해. 그 애는 정말 화났어."

"엄마 잘못이잖아요."

"그 애는 네가 주말 내내 전화 한 통 안 해서 화가 난 거야. 그 멍청한 뱀 때문이 아니라."

"오늘 볼 거예요." 애비의 목소리에는 죄의식이 담겨 있었다.

그 순간, 브라이언의 차가 왼쪽으로 날카롭게 방향을 틀었다.

"무슨⋯⋯."

애비는 깜짝 놀랐다. 브라이언의 차는 통제를 벗어나 지그재그로 움직였다. 반대편에서 오는 버스가 차를 향해 돌진하면서 미친 듯 경적을 울렸다. 애비는 공포 속에서, 버스가 차를 들이받기 전에 황급히 멈추는 것을 지켜볼 수밖에 없었다. 하지만 거리가 너무 가까웠고 속도는 너무 빨랐다. 마지막 순간에 브라이언이 오른쪽으로 핸들을 틀어 간신히 갓길로 꺾어들었다.

"미친!" 애비가 고함쳤다.

브라이언은 가까스로 차를 돌려 나무들과의 정면충돌을 피했다. 오른쪽 거울이 나무를 치고 산산이 조각났다. 차가 멈추자 그 뒤로 먼지구름이 소용돌이처럼 피어올랐다.

"애비, 괜찮은 거니?"

"엄마, 다시 전화할게요."

애비는 브라이언의 차 뒤에 차를 세웠다. 차에서 뛰어내려 브라이언의 조수석으로 돌진했다.

"둘 다 괜찮니?" 황급히 물었다.

브라이언의 뺨에 긁힌 자국 세 개가 보였다. 피가 나고 있었다. 리어노어는 창백한 얼굴로 벌벌 떨고 있었다.

"네…… 네." 리어노어가 말했다. "우린…… 아 맙소사, 하마터면 충돌할 뻔했어요."

"어떻게 된 거야?" 애비가 물었다.

"아무것도 아니에요." 브라이언이 뺨을 문지르며 대답했다. 손가락에 묻은 피를 보았다. "심각한 건 아니었어요."

"내가…… 내가 할퀴었어요." 리어노어가 더듬거렸다.

애비는 여자애를 찬찬히 뜯어보았다. 겁에 질린 기색이었지만 본격적인 공황 발작까지는 아니었다. 사이비 교주들은 흔히 일원들에게 집단을 떠나면 이루 말할 수 없이 끔찍한 일을 겪게 될 거라며 겁을 주었다. 오티스는 어떤 거짓말로 리어노어를 위협했을까? 그게 무엇이었든, 리어노어는 발설하지 않을 것이다. 지금은 아니었다.

애비는 깊은숨을 들이쉬고 목소리를 부드럽게 가다듬었다. "리어노어, 기억해. 넌 그냥 오빠랑 같이 하루 쉬는 거야, 알지? 언제든 원하면 틸먼 농장으로 돌아가도 돼."

"아…… 알겠어요."

"브라이언, 너 운전할 수 있겠니?"

"그럼요." 충격받은 기색이었지만, 브라이언의 목소리는 흔들림 없고 굳건했다.

"좋아." 애비는 한숨을 토하고 자기 차로 돌아갔다. 어머니한테 다시 전화했다.

"애비, 무슨 일이니?"

"엄마, 리어노어와 브라이언이 거기 도착하면, 그냥…… 상냥하게 대해주세요, 아셨죠? 그 개자식이 이 아이한테 장난을 쳐놨어요."

53

에릭은 새 프로젝트를 작업 중이었다. 중간중간 스카치위스키를 병째로 들고 한 모금씩 마셨다.

머리가 빙글빙글 돌았고 어지러움이 느껴졌다. 원래 술을 많이 마시는 편은 아니었다. 가끔 저녁에 텔레비전 보면서 한잔하는 정도였다. 하지만 지금은 술이 필요한 상황이었다.

에릭은 더는 네이션 사진에서 조작된 흔적을 찾지 않았다. 아무것도 못 찾을 걸 이젠 알고 있었다. 이제껏 바보같이 속고만 있었다. 다들 속았다. 하지만 이제 에릭은 백설공주의 계모, 사악한 왕비가 등장하는 전형적인 디즈니 사진을 발견했다. 왕비는 거울 앞에 서 있었고 에릭은 왕비의 손에 휴대전화를 합성했다. 에릭은 자신의 작업이 자랑스러웠다. 그 부분을 작업할 때는 아직 취해 있지 않았다.

사진에 달 글귀는 쉽게 떠올랐다. *인스타그램아, 휴대전화의 인스타그램아, 누가 세상에서 제일 예쁘니?* 지금 다시 읽어도 여전히 킥킥 웃음이 나왔다. 확실히 바이럴을 탈 것이다.

이제, 왕비 대신 개브리엘의 얼굴을 붙이는 작업을 했다. 그건 순조롭지 못했다. 그 격언이 뭐였더라? '술 취했을 때 쓰고 깼을 때 다듬어라?' 사람들이 헤밍웨이가 말했다고 착각하지만 실제로는 한 적 없는 말이었다. 에릭은 후세에게 남길 자신만의 격언이 있었다. '술 취해서 짤을 만들고, 깼을 때 포토샵하라.' 개브리엘의 얼굴을 잘라내는 건 쉬웠지만 에릭의 솜씨는 영 서툴렀다. 조명이 잘못됐고 크기가 안 맞았다.

개브리엘에게 세 번 더 전화를 했지만 받지 않았다.

에릭은 자신이 수년째 개브리엘을 사랑해왔음을 스스로 인정해야 했다.

결국 개브리엘을 유명하게 만들어준 그 자동차 여행은 에릭의 머리에서 나온 생각이었다. 운전도 에릭이 맡았다. 개브리엘은 당시 운전면허가 없었다. 에릭은 사진을 왕창 찍었다. 더 나아 보이게 수정했다. 보수를 요구하지도 않았다. 개브리엘은 당시 돈이 없었다. 개브리엘의 가족은 근근이 먹고사는 수준이었다. 돈을 안 받은 선례가 있었으니, 에릭은 그 후로도 한 번도 돈을 요구하지 않았다.

아마 정말 멍청한 짓이었을 것이다. 에릭은 호구였다.

누군가가 문을 두드렸다. 개브리엘인가? 당연히 아니겠지. 한심하긴. 지금까지도 희망을, 갈망을 버리지 못하다니.

하지만 그때 자신이 911 신고를 접수한 여자에게 형사를 집으로 보내달라고 말한 게 생각났다. 에릭은 형사에게 보여줄 게 있었다.

에릭은 갈지자로 비틀비틀 걸어가 문구멍으로 밖을 엿보았다. 이런, 개브리엘도 형사도 아니었다.

문을 열었다. "안녕하세요. 무슨……."

어둠 속에서 재빠른 움직임, 악랄한 일격. 갑작스럽고 날카로운 통증이 에릭의 상체를 갈랐다. 숨이 멎었다. 에릭은 헉하고 숨을 들이켜며 몇 걸음 뒤로 물러나 남자를 서툴게 밀어내려 했다. 남자는 밀쳐지지 않고 끙 소리를 내며 에릭을 끌어당겼다. 에릭은 비틀거리며 공격자 쪽으로 넘어졌다. 공격자는 에릭의 체중 때문에 다리가 꺾였다. 두 남자가 바닥으로 쓰러졌다.

에릭은 가슴에 불타는 통증을 느꼈다. 몸을 굴려 남자에게서 벗어나 비틀대며 도망쳤지만 가슴이 여전히 욱신거렸다. 뭔가가 잘못됐다. 자신의 몸을 내려다보았다.

"뭐……."

칼이 몸에 꽂혀 있었다. 힘없는 손으로 칼자루를 잡고 뽑으려 했다. 미약한 비명이 새어 나왔다. 칼은 단단히 박혀 있었다.

어느새 일어선 남자가 에릭에게 덤벼들었다. 칼자루를 잡고 당겼다. 에릭은 통증에 신음하며 남자의 손을 밀어내려 했다. 칼은 꿈쩍도 하지 않았지만, 개자식이 한 번 잡아당길 때마다 에릭의 육체가 갈가리 찢겼다.

에릭은 남자를 할퀴고 걷어차 간신히 벗어났다. 앞문을 향해 기어갔다. 도망쳐야 했다.

그때 뭔가에 머리를 얻어맞은 에릭은 그대로 무너졌다. 칼이 먼저 바닥에 닿았고, 에릭의 체중 때문에 몸속으로 더 깊이 파고들었다. 육체를 갈랐다. 에릭은 통증을 멈추고 싶은 절박함에, 누구라도 구해줬으면 하는 절박함에, 차라리 의식의 끈을 놓고픈 절박함에 울부짖었다.

54

애비는 작은 카페에서 서맨사와 마주 앉아 있었다. 주위에서는 저녁식사를 하는 고객들이 서로 담소를 나누며 좋은 시간을 보내고 있었다.

서맨사와 애비는 담소를 나누고 있지도, 좋은 시간을 보내고 있지도 않았다. 사실 애비는 나쁜 시간을 보내고 있었다. 아니, 최악의 시간이었다.

서맨사는 다혈질이 아니었다. 거의 화내는 법이 없었다. 짜증을 내는 정도가 다였다. 하지만 그 대신 지속적으로 뭉근히 끓는 유형의 분노가 있었는데, 그걸 그대로 내버려두면 타오르는 불길로 번질 수 있었다.

서맨사가 뱀 때문에 쿵쾅대며 집을 나갔을 때, 애비는 딸이 기껏해야 짜증이 잔뜩 난 정도일 거라고 생각했다. 뱀을 치움으로써 그 문제를 해결하지 않고 이 새 입주자를 그대로 놔뒀다. 그리고 서맨사와 대화하는 게 아니라 타이르려 했다. 엄마가 보고 싶었다는 뻔한 소리와 알랑방귀로 딸을 어르고 달래려 했다. 주말 내내 아는 척도 안 해놓고서는.

그리하여 서맨사의 짜증은 뭉근히 끓어올랐다. 그리고 끓는 점을 넘었다.

이전 경험을 통해 애비는 서맨사가 화가 나면 이전에 당한 모든 부당함이나 불의의 기억을 수면 위로 끌어올린다는 것을 알고 있었다. 서맨사는 자신의 분노의 수프에 그런 기억들을 더했다. 그러니 지금은 애비가 전에 딱 한 번 수영장으로 데리러 오는 것을 잊었을 때나 친구 앞에서 자기를 창피하게 했을 때나 애비가 오랜 세월 쌓아온, 엄마 노릇에 실패한 그 수많은 사례들 중 뭔가에 관해 화를 내고 있을 수도 있었다.

애비가 스티브의 집으로 찾아갔을 때, 서맨사는 엄마와 이야기하기를 거부했다. 심지어 엄마를 보는 것조차 거부했다. 애비는 근처 카페에 가서 이야기 좀 하자고 있는 대로 굽신대며 애원했고, 서맨사는 마지못해 끙 소리로 대답했다. 서맨사는 아버지에게는 보란 듯 무척이나 다정하게 굴었다. 말 그대로 작별의 입맞춤을 했다. 그리고 여기 와서는 웨이트리스에게 보란 듯 상냥하게 굴며 메뉴에 관해 이런저런 정중한 질문을 하고 마지막으로는 가장 좋아하는 메뉴가 무엇이냐고 물었다. 그러는 내내 제 엄마는 철저히 무시했다.

그게 서맨사가 애비에게 주는 쓴 약이었다. 그건 괜찮았다. 자초한 일인 걸 알았으니까.

서맨사가 먼저 말하게 할 생각이었다. 엄마가 자기 말을 들어준다고 느끼게 하는 게 중요했다. 애비는 의자에 등을 기대고 미안한 표정을 만면에 띤 채 양손을 옆으로 펼쳐서 온몸으로 '나한테 와' 하는 신호를 보냈다.

서맨사는 이를 갈면서 가슴 앞에 팔짱을 꼈다.

1분. 2분. 5분. 사람들은 침묵을 오래 버티지 못한다. 애비는 알고 있었다. 결국은 무너지게 돼 있다. 그리고 서맨사는 사회적 동물이다. 말하기를 좋아한다. 결국 먼저 입을 열고 말 것이다.

10분이 지났다. 웨이트리스가 돌아와서 커피와 대니시 페이스트리를 애비 앞에 놓고 서맨사 앞에는 튀긴 두부 샌드위치를 놓았다.

"맛있게 드세요." 웨이트리스가 말했다.

"정말 감사합니다." 서맨사가 웨이트리스에게 웃어 보였다. "맛있겠네요."

웨이트리스는 마주 웃어 보이고 자리를 떴다. 서맨사는 엄마를 무시하며 샌드위치를 먹었다.

좋아, 기다리는 건 애초에 괜찮은 전략이 아니었어. 애비는 책략을 바꾸기로 했다. 먼저 말해야지.

"엄마한테 화났나 보네." 애비가 말했다.

"내가 엄마한테 화가 나요?" 서맨사는 애비의 말을 무심하게 되풀이하고는 샌드위치를 한입 베어 물었다.

"내가 어떻게 하면 용서해줄래?" 서맨사가 애비의 관점에서 생각하게 만들기 위한, 끝이 열린 질문이었다.

"몰라요. 엄마가 어떻게 해야 할 것 같은데요?"

좋아, 이건 전혀 소용없어. 그리고 애비는 인내심이 슬슬 동나고 있었다. "제발 엄마 말을 엄마한테 그대로 되풀이하는 것 좀 그만할래?"

샘은 샌드위치를 접시 위에 조심스럽게 내려놓았다. 뺨이 붉게 상기돼 있었다. "봐서요. 엄마야말로 날 엄마 사건처럼 다루는 걸 그만두시죠?"

"내가 언제 그랬……."

"지금 그러고 있잖아요. 내가 무슨 인질한테 총구를 겨누고 있거나 건물에서 뛰어내리겠다고 위협하는 사람인 것처럼 다루고 있잖아요. 난 약에 취한 사이코가 아니에요. 아시겠어요, 엄마?"

"음, 내가 뭐라고 말했으면 좋겠니?"

"난 엄마가 무슨 말을 하길 원하지 않아요! 엄마는 주말 내내 나한테 전화 한 번 안 했어요. 오늘은 월요일이고요. 심지어 수학 시험을 어떻게 봤는지도 안 물어봤잖아요! 어제 줄리아랑 싸웠는데 엄마는 전화를 안 받아서 알지도 못하죠. 난 아빠한테 그 이야기를 해야 했어요."

"미안하다, 샘. 하지만 정말 중요한 사건이 있어. 내가 일을 제대로 해내지 못하면 어떤 아이가 죽을 수도 있어. 그러니 받아들여! 거지 같은 건 알지만, 네 엄마는 경찰이기도 하고, 때로는 그게 더 우선이야."

엄마와 딸 모두 숨을 거칠게 몰아쉬고 있었다. 카페의 손님 몇 명은 이쪽을 보고 있었고, 다른 사람들은 보지 않으려고 애쓰고 있었다.

샘은 샌드위치를 집어 들고 한입 더 베어 물었다. "드세요." 샘이 꽉 찬 입으로 말했다.

애비는 대니시를 크게 한입 베어 물고 화난 채로 우적댔다. 스티브는 때로 일주일 내내 전화를 한 번도 안 하지만, 아이들은 그걸 문제 삼지 않았다. 빌어먹을 온 세상의 아버지들, 그 이중

371

잣대들. 스티브가 만약 야근하다가 고작 30분쯤 시간을 내서 애들한테 오늘 하루 어땠느냐고 건성으로 물으면? 과로에 지쳤음에도 자식들을 위해 시간을 내는 아버지가 된다. 하지만 애비가 말 그대로 사람 목숨을 구하느라 바쁜 나머지 전화하는 걸 깜빡하면? 아이를 방치하는 엄마가 된다.

한번은, 아직 이혼하기 전에, 애비와 스티브가 마트에 갔는데 당시 겨우 두 살이던 서맨사가 봉제 동물인형을 안 사준다고 떼를 썼다. 애비가 아이를 달래려 하자 온 사방에서 따가운 눈길이 날아왔다. 애비는 자기 일을 제대로 못하는 엄마였다. 그리고 마침내 스티브가 비명 지르는 서맨사를 번쩍 안아 들자 사방에서 사람들이 흠모하는 눈길을 보냈다. 딸을 진정시키려 애쓰는 다정한 아버지니까. 그게 스티브의 잘못이 아니라는 걸 알면서도, 애비는 그날의 스티브를 끝끝내 용서하지 못했다.

"있죠." 서맨사가 말했다. "엄마는 벤한테는 절대 그 짓거리를 안 해요. 마치 폭발물 조끼를 입고 있는 상대를 대하듯 하는 거요."

"벤은 늘 엄마 말을 잘 듣잖니."

서맨사가 어깨를 으쓱했다. "난 안 듣죠. 날 핸들링하지 말아요. 나한테 고함치세요."

"그러면 좀 나아질까?"

"아뇨, 난 화내고 똑같이 고함치고 엄마랑 싸울 거지만, 적어도 엄마가 날 테러리스트처럼 대한다는 느낌은 안 받을 거예요."

"좋아." 죄의식이 파도처럼 애비의 몸을 휩쓸었다. 하마터면 눈물이 쏟아질 뻔했다. 서맨사가 옳았다. 애비는 실제로 딸을 투신하겠다고 위협하는 사람이나 약에 취해 폭력적으로 날뛰는 약쟁이 취급했다. 서맨사를, 그 애의 변덕스러움을 그런 식으로 다루는 게 최선이라고 생각했다. 하지만 서맨사는 그러기엔 너무 영리했다. 애비가 뭘 하고 있는지 눈치챘다.

"수학 시험은 어떻게 봤니?"

"괜찮았어요, 엄마."

"줄리아랑은 뭐 때문에 싸웠는데?"

"별거 아니에요." 서맨사는 샌드위치를 마저 먹어치웠다. "엄마가 말한 애요. 그 애가 네이션 플레처예요?"

"너도 들었니?"

서맨사가 어깨를 으쓱했다. "그럼요. 소셜 미디어에 도배됐잖아요. 개브리엘 플레처는 좀 유명하거든요. 내 말은, 이제는 더 유명해졌죠. 만나봤어요?"

"그래, 몇 번쯤."

"어때요?"

"자기한테 푹 빠진, 충동적인 애였어."

서맨사가 씩 웃었다. "네, 그럴 줄 알았어요. 인터넷에서 네이션이 어딘가에 숨어 있고 개브리엘이 팔로어를 늘리려고 자작극을 벌였다고 하는 거 아시죠?"

"그건 사실이 아니야." 애비가 말했다. "네이션은 진짜로 납치됐어."

"플로리다에 피트니스계의 유명인사가 있었는데, 자기 딸이 납치된 척했어요." 서맨사가 지적했다.

"난 못 들어봤는데." 애비가 놀라서 말했다.

"그리고 자기가 체포된 척한 엄청 유명한 게이머 여자애도 있었어요. 그게, 체포됐는지는 확실히 모르겠는데, 그런 것 같았어요. 아, 그리고 마리나 조이스도 있고요."

"누구?"

"유튜버인데 걔가 유튜브 영상에서 좀 겁먹은 것처럼 보여서 다들 걔가 납치된 줄 알았어요. 그래서 자기가 무사하다고 라이브 영상을 올렸는데 사람들이 그걸 보고 더 난리가 난 거예요. 그 영상에서 진짜로 납치당했고 팬들한테 몰래 알리려고 한다는 실마리를 찾았거든요." 서맨사는 신난 얼굴로 웃었다. "나중에 다들 그 사람이 홍보를 위해서 의도적으로 한 짓이라고 했어요. 찾아보세요. 정신 나간 이야기예요."

"너희들이 소셜 미디어에서 시간을 너무 많이 보낸다고 말하면 내가 몇 살쯤 돼 보일까?"

"200살쯤요."

"그런 것 같구나." 애비의 휴대전화가 울리고 화면에 카버의 이름이 떴다. 애비는 미안해하는 표정으로 딸을 보았다. "이건 꼭 받아야 해. 잠깐만 통화하면 돼."

"마음대로 하세요."

애비는 한숨을 푹 내쉬고 전화를 받았다. "여보세요."

"여보세요, 애비." 지친 목소리였다. "있죠, 개브리엘 플레처의 친구인 에릭이 나한테 연락하려고 했대요. 전령요원에게 메시지를 남겼어요. 그래서 몇 번 전화를 걸어봤는데 안 받아요. 난 리엄의 최근 몇 주간의 고객들을 신문할 참이에요. 애비가 전화하거나 집으로 찾아가서 무슨 일로 그러는 건지 좀 알아봐줄래요?"

"그럼요. 전화번호랑 주소를 문자로 보내줘요."

"고마워요."

"새 소식 있어요?" 애비는 혹시 새롭게 분노를 끓이기 시작했나 싶어 서맨사를 보았지만 딸은 자기 휴대전화에 집중해 화면을 두드리고 있었다.

"리엄 워싱턴의 최근 직불카드 이체 내역을 확보했어요. 토요일 밤 9시 45분에 브롱크스의 댈러스 바비큐라는 식당에서 햄버거 하나와 감자튀김을 먹었더군요."

"그래요."

"그건 위 내용물과 일치해요. 그러니 검시관에 따르면 우리의 사망 추정 시각은 토요일 밤 10시 30분에서 자정 사이예요. 터너가 혹시 리엄의 영상이나 누구 그 사람을 기억하는 사람이 있는지 확인하러 그리로 갔어요. 어쩌면 거기서 누굴 만났을지도 모르죠."

"공범이라든가?"

"어쩌면요." 카버의 말투는 회의적이었다. "저기요, 윌한테 네이선의 방 이야기 들었어요?"

"가짜 네이선의 방요?"

"네. 사진 몇 장을 받아봤는데, 미쳤더라고요. 진짜로 네이선의 그림을 다시 그렸어요. 아니면 네이선을 시켜서 다시 그리게 했거나요. 모르겠어요. 어떻게 생각해요?"

"음…… 이 짓을 한 누군가는 엄청나게 집착이 심한 자예요. 네이선의 협조를 이끌어내려는 시도였을 수도 있죠."

"나도 비슷하게 생각했어요."

"어쨌든 좋은 소식이에요."

"그걸 어떻게 알아요?"

애비는 샘을 흘긋 보고 목소리를 낮췄다. "네이선을 그냥 죽일 생각이라면 굳이 그런 수고를 하지 않았을 테니까요. 이건 놈들이 네이선을 살려두고 싶어 한다는 뜻이에요."

"하. 네, 말 되네요. 음, 좋은 소식이라니까 받아들일게요."

"도움이 돼서 기쁘네요. 저기요, 그만 끊어야겠어요. 딸이랑 같이 있어서……."

"그럼요, 걱정 말아요. 에릭이 무슨 용무인지 알려줘요."

"그래요. 끊어요." 애비는 전화를 끊었다.

몇 초 후 에릭의 연락처가 담긴 문자가 왔다. 애비는 즉시 전화를 걸어보았지만 응답은 없었다. 주소를 확인하니 스티브의 집에서 애비의 집으로 가는 길에 있는 거나 다름없었다. 다행이었다. 일을 얼른 끝내고 잠자리에 들고 싶은 생각뿐이었으니까.

"그럼……." 애비가 말했다. "우리 화해한 거지?"

서맨사는 휴대전화에서 눈을 들지 않았다. "아뇨. 하지만 아주 나쁘진 않아요. 그리고 제발 화해했다고 하지 마세요. 오그라들거든요. 아, 그리고 제 방에서 필요한 게 좀 있어요. 아빠 집으로 벤을 데리러 오실 때 갖다 주시면 좋을 것 같아요."

"수요일에 엄마랑 같이 집에 안 가려고?"

샘이 눈을 치켜떴다. "아직 집에 뱀 있죠?"

"그래."

"그럼, 네, 엄마랑 집에 안 가요."

"샘, 넌 아빠 집에 있을 수 없어."

"어디 내가 못 하나 보세요."

애비는 한숨을 쉬었다. "네가 말하던 그 전자 바이올린 있잖아. 그거 사주려고 했는데."

샘이 휴대전화를 내려놓았다. "저한테 뇌물을 먹이시려는 거예요?"

"그게 통할까?"

샘은 생각해보았다. "매주 바이올린 수업을 더 듣게 해주시면요."

"좋아." 애비가 밝게 말했다. "거래 성립." 어머니가 바이올린과 매주 레슨비를 줄 것이다. 애비는 그럴 돈이 없고, 애초에 어머니 잘못이었으니까.

서맨사는 고개를 끄덕이고 만족해 얼굴이 환히 빛났다. "좋아요. 수요일에 집에 갈게요. 일하러 가실 거예요?"

"아니. 그냥 잠깐 누구네 집에 들러서 이야기 좀 하고, 그런 다음 집에 갈 거야. 지쳤어. 긴 하루였단다."

55

문을 두드렸지만 아무도 나오지 않았다. 애비는 하품을 하고 다시 두드리며 그냥 집에 갈까 생각했다. 설마 에릭이 진짜로 무슨 중요한 정보 같은 걸 갖고 있을까. 만약 그렇다면 그냥 메시지만 남기지는 않았을 것이다. 경찰에 가거나 개브리엘한테 전화를 해서 이야기했겠지.

전화를 걸고 기다렸다. 답은 없었다. 내일 어머니 집에 가는 길에 다시 들러야지. 막 끊으려는데 손가락이 화면 위를 맴돌았다. 방금 들린 게…… 전화벨 소리였나? 귀를 쫑긋 세웠다. 숨죽인 소리였지만 확실히 들렸다. 전화를 끊자 소리도 멈췄다.

문에 귀를 갖다 대고 다시 전화를 걸었다. 전화기는 집 안에 있었다.

그건 아무 의미도 없었다. 휴대전화를 깜빡하고 집에 두고 근처 편의점에 갔을 수도 있다. 아니면 집에 있는데 잠들어서 전화 소리를 못 듣는 것일 수도.

하지만 뭔가가 이상했다. 콕 집어서 말할 수는 없었지만, 그건 중요하지 않았다. 배 속의 경고 알림을 무시하지 않는 법을 경험을 통해 배운 애비였다. 어쩌면 살갗에 소름이 돋게 만드는 공중의 그 적막감 때문인지도 모른다. 아니면 그냥 어떤 흐릿한 감이나…… 그날 아침 인터뷰에 이어진 메시지. 911에 전화를 건 다음 그냥 잠들거나 휴대전화를 깜빡하고 집에 놓고 나가는 사람도 있나?

총집에서 총을 꺼내고 어두운 뜰을 살그머니 가로질렀다. 집 안에는 불이 하나 켜져 있었다. 창을 통해 방 안을 조심스럽게 관찰했다. 실내는 일종의 사무실과 가정용 체육관을 합쳐놓은 것 같았다. 트레드밀은 개지 않은 세탁물로 뒤덮여 있었고, 커다란 모니터가 놓인 책상이 보였다.

그리고 문간에, 먼지로 뒤덮인 바닥에, 끈끈한 적갈색 얼룩이 눈에 띄었다.

애비는 다시 문으로 가서 손잡이를 돌렸다. 문은 잠겨 있지 않았다. 소리 나지 않게 주의하면서 몸으로 문을 밀었다. 양손은 이제 총을 흔들림 없이 단단히 쥐고 있었다.

의자가 바닥에 넘어져 있었다. 싸움의 흔적이었다. 얕은 숨을 쉬면서 한 걸음 안으로 들어갔다. 미동 없는 육신이 얼굴을 바닥으로 돌린 채 커다랗고 반짝이는 피 웅덩이에 누워 있었다.

발끝으로 살금살금 걸어 닫혀 있는 욕실 문으로 향했다. 손잡이를 돌리고 문을 박차 열면서 총을 앞으로 겨눴다. 미끄러운 바닥에 피 묻은 발자국 몇 개가 찍혀 있었다. 욕조는 샤워 커튼에 가려져 있었다. 애비는 재빠른 동작으로 단번에 커튼을 옆으로 젖히고 아무도 없음을 확인했다. 그 즉시 뒤돌아 그 자리에 우뚝

선 채 귀를 쫑긋 세웠지만, 아무 소리도 들리지 않았다.

다음은 침실이었다. 침대 밑에도, 옷장에도 아무도 없었다. 사무실을 확인했다. 갑자기 남자의 실루엣이 눈에 들어와 펄쩍 뛰었지만, 벽에 걸린 외투와 모자였다. 컴퓨터는 아직 켜진 채였다. 애비는 방 안에 누가 숨어 있지 않은지 확인하는 동시에 모니터에 떠 있는 게 개브리엘의 사진임을 머릿속에 입력했다.

집 안에는 아무도 없었다.

늘어져 있는 에릭의 몸으로 서둘러 다가가 맥박을 확인했지만 전혀 움직임이 없었다. 텅 빈 눈은 아무것도 보고 있지 않았다. 머리카락은 떡이 지고 끈끈했다. 사방이 온통 피바다였다.

밖으로 뛰쳐나가 10초도 안 되어 차에 도달했다. 마이크를 낚아채 버튼을 눌렀다.

"본부, 여기는 애비 멀린 경위다. 10-24. 사람이 쓰러졌다. 의료와 지원이 필요하다."

잡음에 이어 전령요원의 뚝뚝 끊기는 목소리가 들려왔다. "……위치, 위치가 어딘가?"

애비는 주소를 알려주고 구급차와 순찰 지원이 필요하다고 되풀이했다. 무전기에서는 대응을 위해 모든 대원을 그 지역으로 호출하는 전령요원의 목소리가 끼익거리며 새어 나왔지만 애비는 더 듣고 있지 않았다. 차 문을 꽝 닫고 집으로 다시 들어갔다. 심장이 가슴속에서 마구 뛰었다. 에릭의 시신 옆에 몸을 기울이고 활력 징후를 다시 확인했다. 피에 떡이 진 머리카락과, 이마의 진홍색 핏방울, 그리고 등의 삐죽삐죽한 상처를 눈여겨보았다. 에릭은 애비가 뭔가 도울 수 있는 단계를 한참 넘어섰다.

56

"사후 경직은 없어요." 고메즈 박사가 말했다. "사반은 이제
막 나타나기 시작하네요. 체온은 아직 거의 정상이에요. 죽은 지
세 시간도 채 안 됐어요."

애비는 에릭 레이턴의 두개골을 가르는 소리를 무시하려 애
쓰며 고메즈에게 눈길을 고정했다. 피 냄새가 너무 압도적이었
다. 피해자를 둘러싼 반짝이는 피 웅덩이는 아직 말라붙지 않았
고, 밟지 않기가 힘들었다. 애비와 고메즈는 둘 다 장갑을 끼고
부츠 덮개를 신었다.

애비는 현기증을 애써 무시했다. 이보다 더 심한 범죄현장에
도 개입한 적 있었다. 견딜 수 있을 것이다. "사망 원인이 두부 부
상인가요?"

"원인은 정확히 모르지만, 그 부상을 당한 후에도 계속 움직
였을 것 같지는 않아요. 그게 두개골의 주된 외상이에요. 여기 뼈
파편이 보이죠?"

"아뇨, 안 보이는데요." 애비는 고개를 돌렸다.

고메즈의 눈빛이 부드러워졌다. "음, 여기 있어요. 하지만 실제 사망 원인은 출혈일 수도 있어요. 그 대부분은 머리에서 나온 게 아니고요."

"그럼 어디죠?"

"보여드리죠." 고메즈는 경찰 사진사를 올려다보았다. "다 끝났나요? 시신을 움직여도 될까요?"

사진사가 고개를 끄덕였다. 고메즈는 구급의료원에게 몸짓하며 말했다. "되도록이면 피 안 밟게 조심해요."

의료원들은 그리로 가서 에릭의 시신을 들어 올려 얼굴이 위로 오게 뒤집어 들것에 실었다. 셔츠는 피로 물들어 있었다. 옷감의 거칠게 찢어진 부분에서 다른 깊은 상처가 드러났다.

"가슴에 찔린 상처가 있어요." 고메즈가 말했다. "살인 무기 두 개를 찾고 있어요. 두개골을 박살 낸 둔기와 칼날 하나요."

"살인자한테 밟히기도 한 것 같네요." 애비가 피해자의 어깨에 묻은 희미한 진흙 자국을 가리키며 말했다. "보여요? 발자국 같아요."

"어쩌면요." 고메즈가 대꾸했다. "어깨에 멍 같은 게 있으면 알려줄게요."

"부검은 언제죠?" 애비가 물었다.

"알려드릴게요. 하지만 이 사건이 네이선 플레처 납치 사건과 연관돼 있다면 시급한 거겠죠." 고메즈가 말했다. "그러니 아마도 내일 아침쯤요."

구급의료원들이 들것을 굴려 내갔다. 애비는 일어서서 방 안을 둘러보았다. 숨이 깊이 쉬어지지 않았다. 구리 같은 피 냄새가 콧속에 서서히 뭉치고 있었다. 개브리엘 옆에 앉아서 위로하려 하던 에릭의 모습이 갑자기 머릿속을 번뜩 스쳐 갔다.

온 사방에 피가 문대져 있었다. 부엌 조리대에 찍힌 붉은 지문. 벽에 뿌려진 핏자국. 에릭은 저항했다. 애비는 혹시 에릭의 머리를 박살 내는 데 쓰인 것일까 싶어 넘어진 의자를 살펴보았다. 하지만 그렇게 보이지는 않았다. 의자는 깨끗했다. 그때 방구석에 놓인 까만 소형 덤벨이 눈에 들어왔다. 쌍으로 파는 물건이었다. 나머지 하나는 어디 있지?

"다른 덤벨 찾았어요?" 애비는 과학수사팀의 마스크 쓴 여성에게 물었다.

그녀는 고개를 저었다. "못 찾았어요."

어쩌면 살인자가 이용한 둔기가 그건지도 모른다. 에릭을 찌른 후 서로 드잡이하던 중에 어쩌다 칼을 놓쳤다. 덤벨을 잡고 에릭의 머리를 박살 냈다.

좋아, 좋아, 하지만 왜지? 에릭이 뭘 했길래? 에릭은 뭔가 알아냈다고 말하려고 전화했지만, 살인자가 그게 뭔지 어떻게 안단……

인터뷰.

그 깨달음이 떠오른 순간 메스꺼움이 한층 심해졌다. 기자가 그날 아침 에릭의 인터뷰를 내보냈다. 에릭이 말한 뭔가가 살인자의 주의를 끈 게 틀림없다. 에릭이 알아서는 안 될 뭔가를 안다고 생각한 것이다. 그리고 어쩌면 그 뒤 에릭은 그게 뭔지 알아냈을 것이다. 경찰에 전화하고 카버에게 연락 달라는 메시지를 남겼다. 다만 카버가 전화했을 때는 이미 살인자가 찾아온 후였다.

애비는 작은 방으로 들어섰다. 아흐메드가 컴퓨터 키보드의 먼지를 조심스레 털고 있었다. 애비는 컴퓨터 화면을 살펴보았다. 에릭이 작업하고 있던 사진이 여전히 떠 있었다. 디즈니의 〈백설 공주와 일곱 난쟁이〉 사진이었다. 사악한 여왕은 휴대전화를 들고 있었고, 사진 아래쪽에는 *인스타그램아, 휴대전화의 인스타그램아, 누가 세상에서 제일 예쁘니?*라고 씌어 있었다. 개브리엘의 얼굴이 왕비의 얼굴 위에 서툰 솜씨로 합성돼 있었다. 반쯤 빈 스카치위스키 병이 책상 위에 있었고 잔은 없었다. 에릭은 병나발을 불었다.

"컴퓨터 가져갈 거예요?" 애비가 물었다.

"넵." 아흐메드가 말했다. "내일부터 살펴볼 겁니다. 이메일, 인터넷 검색 기록, 포르노 취향, 몽땅 다요."

"얼마나 걸릴까요?"

아흐메드는 어깨를 으쓱했다. "이 남자가 컴퓨터를 많이 썼다면 아마 좀 걸리겠죠."

"그랬을 것 같아요." 애비가 말했다.

애비는 사진사를 불러서 모니터 화면을 포함해 책상 사진을 몇 장 찍어달라고 했다.

그 일이 끝나자 아흐메드에게 물었다. "내가 잠깐 둘러봐도 괜찮을까요?"

"키보드 필요하세요?"

"아뇨."

"그럼 상관없어요." 아흐메드가 말했다. "키보드는 죽은 피부 세포, 손톱 그리고 지문의 보물선이죠."

"그게 보물선이에요?" 애비는 저도 모르게 웃음이 나왔다. "당신은 해적 됐으면 굶어 죽었겠네요."

"물고기 밥이 되고 싶어요?" 아흐메드가 우스꽝스러운 어조로 말했다.

애비는 장갑 낀 손으로 마우스를 조심조심 움직여 에릭의 최근 작업 내역을 확인했다. 가장 최근 것은 네이선의 사진이었다. 클릭해보니 납치범이 개브리엘에게 보낸 사진이었다. 네이선이 신문을 들고 있는 사진. 에릭은 이 사진에 관해 무슨 생각을 했을까?

"포토샵 쓸 줄 아세요?"

"조금요."

"이 컴퓨터에서 그 사진에 뭔가 변경을 했는지 확인해줄 수 있어요?"

"그럼요, 이리 주세요." 아흐메드는 애비에게서 마우스를 넘겨받아 패널을 확인했다. "변경 사항은 없어요. 이 사진은 내가 아는 한 조작되지 않았어요. 심지어 프로젝트 파일도 없어요. 포토샵에서 열린 이미지예요."

애비는 다시 마우스를 넘겨받아 그 전의 두 파일을 확인했다. 개비_110219와 개비_102719였다.

하나를 클릭했다. 개브리엘의 사진이었다. 개브리엘의 계정에서 비슷한 사진을 본 어렴풋한 기억이 났다. "이 사진은 변경됐나요?"

아흐메드는 다시 확인했다. "넵, 이건 작업했네요. 여기, 보여요? 이건 이전이고 이건 이후예요." 비슷해 보이는 두 섬네일을 클릭했다. 거의 알아차리지 못할 정도였지만, 애비는 어딜 봐야 할지 알았다. 수정된 사진 속의 개브리엘은 더 날씬하고 가슴이 약간 더 크고 목의 작은 홍조가 사라졌으며 눈썹은 조금 더 날카로웠다.

애비는 한숨을 토하고 개브리엘 관련 작업이 담긴 폴더를 확인했다.

거기 저장된 파일은 700개가 넘었다.

"좋아요." 애비가 말했다. "다 끝나면 나한테 알려줘요. 내가 다시 훑어봐야 할 수도 있어요."

"그러죠." 아흐메드는 스카치위스키 병목에 투명한 테이프를 조심스레 붙여 지문을 땄다.

"그리고 없어진 덤벨이나 어디 있는지 알 수 없는 칼이 혹시 발견되면 곧장 전화 주세요."

"알겠습니다." 애비는 피를 밟지 않으려고 주의하며 복도로 향했다. 피 발자국이 애비를 욕실로 이끌다 세면대에서 멈췄다. 흠집 난 세면대 표면이 분홍 물방울로 얼룩덜룩했다. 살인자는 에릭을 죽인 후 여기서 핏자국을 씻었다. 애비는 수도꼭지 가장자리의 진흙 얼룩 하나를 포착했다. 세면대에 증거물 인식표를 놓고 사진사를 불러 진흙을 근접 촬영하게 했다.

살인자는 심지어 신발에 묻은 피를 씻을 정도로 여유를 부렸다. 에릭을 죽인 후 거기 얼마나 오래 있었을까? 20분? 30분?

한 시간?

내가 더 빨리 왔더라면 집 안에 있던 놈을 잡았을까?

애비는 이를 악문 채 욕실을 나왔다. 바닥에 떨어진 작은 뭔가가 비닐에 덮인 애비의 신발에 걷어차였다. 다가가서 자세히 살펴보았다. 뭐지? 달걀껍질인가?

아니, 너무 두꺼웠다. 또 다른 두개골 파편이었다.

허리를 숙여 막 아흐메드를 부르려는 순간 현기증이 올라왔다. 몇 초쯤 참았다. 앞문으로 달려가 급히 문을 열고 딱 두 걸음 만에 길가의 커다란 덤불에 토하고 말았다.

"애비?" 카버가 뒤에서 불렀다. "괜찮아요?"

"이런 미친." 애비는 입가를 닦으며 덤불을 응시했다.

"난 방금 왔어요. 에릭이······."

"죽었어요." 애비가 무감한 어조로 말했다. 여전히 입을 쩍 벌린 채 자신이 흩뿌린 토사물을 보고 있었다. "내가 이랬다니 믿을 수가 없네."

"걱정 말아요." 카버가 부드럽게 말했다. "말 안 할게요."

"내가 말해야 할 것 같아요." 애비가 손으로 가리키며 말했다. "내가 방금 살인 무기에 토했거든요."

젖은 땅 위에, 덤불 아래에, 검은 덤벨이 놓여 있었다. 애비가 토한, 반쯤 소화된 대니시로 얼룩진 채.

57

애비는 침대에 누워 뒤척이며 바닥에 쓰러져 죽어 있던 에릭 레이턴을 생각했다. 에릭은 겨우 몇 시간 전에 경찰에 전화했다. 내가 더 일찍 가기만 했더라면…….

경찰의 인생은 후회로 가득하다. 몇 초 만에 이루어진 결정이 삶과 죽음을 가를 수도 있다. 범죄현장에서 발견된 털 한 오라기에 라벨을 제대로 붙이지 않은 탓에 살인범이 자유롭게 풀려날 수도 있다. 대치 상황에서 순간의 망설임 때문에 누군가가 다치거나 죽을 수도 있다. 위기 상황에서 잘못된 행동이나 말 한마디가 참사로 이어질 수도 있다.

경찰이란 직업에 몸담은 오랜 세월 동안, 이런 순간들은 점점 쌓여 밤마다 사람을 괴롭힌다. 그걸 밀어내는 법을 배워야 한다. 어느 한순간에 아무리 후회를 쏟아부어도 그건 절대 결과를 바꾸지 못한다. 시간은 오로지 한 방향으로만 움직이니까.

그래도, 내가 조금만 더 일찍 갔더라면.

애비는 담요를 차 던지고 욕실로 갔다.

손바닥 살갗이 근지러웠다. 수도꼭지를 돌리고 싶은 욕구가 강렬했다. 차가운 물에 손을 씻어내리자. 비누칠을 살짝 해서. 깨끗하게 씻어버리자. 정말이지, 체계적으로 씻어서, 모든 더러움을 벗겨내는 거야. 더러움과 각질. 그리고 그렇다, 병균도. 손톱으로 병균을 박박 긁어내는 그 만족스러운 느낌⋯⋯.

애비는 억지로 뒷걸음쳐 욕실 문을 닫았다.

침대로 돌아가 휴대전화를 집어 들고 아이작에게 자느냐고 문자를 보냈다. 아이작은 보통 늦은 시간까지 안 잤다. 그러나 오늘 밤은 답이 없었다. 한숨을 내쉬며 침대 옆 협탁에 놓아둔 노트북을 열었다. 이메일을 쓸 생각이었다. 어쩌면 사이비 집단 개입에 관한 기사를 읽거나.

하지만 커서가 저절로 녹취록 아이콘으로 향했다. 아이콘이 낡고 해질 수 있다면 지금쯤은 가장자리가 찢어져서 팔랑거릴 것이다. 아이콘을 더블클릭하자 친숙한 보고 내용이 화면을 가득 채웠다.

N : 안녕?

A : 안녕하세요.

N : 안녕, 나는 닉이라고 해. 넌⋯⋯.

"이름이 뭐니?" 남자의 목소리는 다정했지만 아비하일은 남자가 그들과 한패라는 걸 알았다.

"전 아비하일이에요." 애비는 땀 찬 손으로 전화기를 꽉 붙들었다. 이든이 뒤에서 훌쩍이고 있었다. 사람들이 온통 주위를 둘러싸고 앉아 있었다.

"아비하일, 예쁜 이름이구나." 닉이 말했다. "몇 살이니, 아비하일?"

"일곱 살 반요." 차갑고 딱딱한 총구가 애비의 관자놀이를 아프게 눌렀다. "총이 제 머리를 겨누고 있어요."

애비는 녹취록을 읽으며 몸서리를 쳤다. 그날 밤의 사건들은 수년 전 일들보다 더 생생했다. 상황은 너무 빨리 격화되고 있었다. 끔찍한 무장 대치의 결과로 양측에서 일곱 명이 죽고 수많은 사람들이 다쳤다. 그리고 사격 중지. 그리고 전화통화.

A: 그렇게 말했어요…….

"……더 가까이 오면 쏜대요." 아비하일이 말했다. "다들 물러나래요."

애비는 아이작을 응시했다. 아이작은 바닥에 앉아서 작은 배낭을 꼭 쥔 채 공포에 얼어붙어 있었다.

"누가 네 머리에 총을 겨누고 있니?" 닉이 물었다.

"윌콕스 아버지요."

"전화 좀 바꿔줄 수 있니?"

총구가 관자놀이를 파고들었다. 아비하일은 아버지를 올려다보았다. 아버지의 눈은 무감했고 연민이 보이지 않았다. "놈들에게 말해." 아버지가 말했다.

"아뇨." 애비가 닉에게 대답했다. "다들 물러서야 한다고 하세요."

"좋아, 아비하일. 우린 물러설게. 지금 어디 있니?"

애비는 벤치 주위를 둘러보았다. 뒤집힌 탁자들이 문을 열지 못하게 가로막고 있었다. 가족들은 방 한복판에 한데 옹송그렸다. "우린 공동 식당에 모두 함께 있어요. 우리 62명 다요. 다들 물러서야 해요. 아니면 절 쏠 거예요. 물러서면 한 시간 후에 사람들을 내보내기 시작할 거라고 하세요."

"좋아. 혹시 누구 어른을 바꿔줄 수 있니?"

그럴 수 없었다. 아비하일만이 경찰과 이야기할 수 있었다. 애비만이 허락됐다. "전 끊어야 해요."

"잠깐만……."

애비는 전화기를 제자리에 내려놓았다. 눈을 들어 윌콕스 아버지를 다시 보았다. 아버지의 눈에 서린 만족감을 보자 애비의 가슴이 뿌듯함으로 벅차올랐다.

"이제 문을 잠그렴." 아버지가 부드럽게 말했다.

애비는 문으로 갔다. 자물쇠 없이 볼트만 있었다. 까치발을 하고 손을 뻗으면 간신히 닿을 터였다.

볼트는 가볍게 미끄러져 그들을 안에 가뒀다. 가족의 모든 일원은 이제 안전했다.

애비는 노트북을 덮고 옆으로 치웠다. 그들은 안전하고 바깥은 위험하다는 어릴 적 믿음을 떠올렸다. 모지스 윌콕스가 불을 지른 순간을 떠올리려 했지만 떠오르지 않았다. 기억나는 것은 불길과…….

연기였다. 사람들이 비명을 질렀다. 연기로 사방이 흐릿했고 애비는 격렬하게 기침하고 있었다. 문을 열어야 했다.

입을 손으로 막고 달려가 볼트를 도로 미끄러뜨리고 문을 열었다. 등 뒤에서 이든의 고함이 들렸다. "아비하일, 거기서 떨어저!"

애비는 문을 열어야 했다.

아이작이 애비를 붙잡아 뒤로 끌어당겼다.

폭발음, 타는 듯한 목덜미의 통증.

몸서리치는 순간, 애비의 손이 목으로 급히 올라가 수십 년 된 상처를 쓰다듬었다.

피로가 마치 담요처럼 온몸을 한 겹 뒤덮었다.

과거를 생각한다고 바뀌는 것은 없다. 몇 시간 전으로 돌아가 에릭 레이턴을 구하는 게 불가능하듯이.

그리고 네이선 플레처에게는 아직 애비가 필요했다. 잠을 좀 자둬야 했다.

58

네이선은 도저히 침대를 벗어날 수 없을 것만 같았다. 바닥이 이리저리 기울어졌고, 잠깐이지만 혹시 여기가 연락선 위인가 싶었다. 엄마랑 누나랑 같이 스태튼섬 페리에 몇 번 탄 적이 있는데, 그때 느낌이 지금과 약간 비슷했다. 하지만 잠시 후 벽에 기대어 방이 흔들리지 않는 걸 확인했다.

느릿느릿 양동이로 가서 오줌을 눴다. 이번에는 손을 씻을 물이 없었고, 있다 해도 그런 데 낭비하지 않았을 것이다. 목이 바짝 말랐다. 혀가 부은 느낌이었다. 물을 마셔야 했다.

집 안 어딘가에서 문이 꽝 닫혔다. 남자가 뭐라고 혼잣말하는 소리가 들렸다. 남자를 불러서 물을 달라고 해야만 한다. 네이선은 비틀비틀 간신히 몇 걸음 걸어가 문에 몸을 기대었다.

"어쩔 수 없었어! 어쩔 수 없었다고!" 남자는 혼잣말하고 있었다. 남자의 말은 불분명하게 들렸다. "네가 나한테 그렇게 해달라고 부탁한 거야. 상황이 이런 식으로 돌아가는 건 내가 바란 게 아니야. 이건 전혀 내가 바란 일이 아니라고."

남자가 욕하고 신음하며 집 안을 쿵쿵 돌아다니는 소리에 네이선의 결심은 사라져버렸다.

"이 나쁜 년! 너도 네 동생도 다 거지 같아. 난 상황이 이렇게 되길 바라지 않았어. 내가 녀석한테 본때를 보여줄 거야! 지금 당장 보여주지."

무겁게 쿵쿵대는 발소리가 더 가까이 다가왔고, 네이선은 문에서 뒷걸음쳤다. 심장이 쿵쿵 울렸다. 문손잡이가 달그락거리고 문이 요동쳤다.

높고 새된 웃음소리. "아, 맞다, 잠가놨지." 한순간의 침묵 후. "미안하다. 너도 이런 건 바라지 않았지. 알아. 우린 거의 다 왔어. 그냥 며칠만 더 있으면 돼. 거의 다 왔어."

남자가 발걸음을 돌린 것인지, 목소리가 점차 멀어졌다. 네이선은 침대에 쓰러져 침을 삼켰다. 물을 달라고 하는 건 나중에 하자. 지금은 좋은 때가 아니었다.

기다릴 수 있었다.

59

카버는 철제 테이블에 누운 에릭의 시신을 응시했다. 영안실의 살균된 백색 조명이 얼굴과 목의 멍과 상처들을 부각했다.

"토하고 싶으면 그걸 쓰세요." 고메즈가 구석의 쓰레기통을 가리키며 말했다.

"토할 일 없을 거예요."

"내 말은 그냥, 어제 그쪽에서 증거물에 토했잖아요. 만약 이 사건이 법정으로 간다면, 당신들 때문에 내 부검 보고서를 망치는 건 사양할게요."

카버가 고메즈를 빤히 보며 대꾸했다. "전 괜찮아요. 고맙습니다, 박사님."

카버는 고메즈가 조수와 함께 에릭의 축 늘어진 시신을 부검하려고 준비하면서 문서를 확인하는 걸 지켜보았다. 그들은 시신에게서 벗겨낸 옷을 자외선 조명 아래에서 하나하나씩 조심스럽게 살폈다.

"셔츠 오른쪽 어깨의 진흙 자국." 고메즈가 족집게로 흙을 모아서 증거 봉투에 담으며 말했다. "셔츠 앞쪽의 거칠게 찢어진 부분 하나. 칼에 찔린 상처예요."

"그렇군요." 카버는 피로 뒤덮인 에릭의 가슴팍을 응시하며 대꾸했다.

고메즈가 셔츠의 찢어진 부분을 측정하고 사진 찍는 동안 조수는 에릭의 손톱을 깎아 증거 봉투에 담았다. 어쩌면 에릭은 공격자를 할퀴었을지도 모른다. 그런 증거가 있다면 확실히 큰 도움이 될 것이다.

에릭의 탈의가 끝나자, 조수는 에릭의 머리카락을 빗기고 고메즈는 에릭을 검진하기 시작했다.

"여길 보시죠." 고메즈가 카버에게 가까이 오라는 몸짓을 하면서 말했다. 그리고 에릭의 어깨를 가리켰다. "가벼운 찰과상이 있어요. 하지만 멍은 안 들었죠. 이건 사후에 난 상처예요."

"죽인 걸로도 모자라 짓밟았다는 거군요." 카버가 말했다. "범인은 화가 났던 게 분명해요."

고메즈는 고개를 저었다. "찰과상은 범위가 넓지 않아요. 내 생각에 짓밟은 건 아닌 것 같아요. 난 다른 가설이 있어요. 하지만 확실한 건 엑스레이를 찍어봐야 해요. 잠깐 방에서 나가 있어요. 방사능을 사서 쬘 필요는 없으니까요."

카버는 고개를 끄덕이고 방을 나갔다. 피와 소독약 냄새를 벗어날 수 있다니 기뻤다. 아흐메드 나데르의 휴대전화 번호로 전화를 걸었다.

"여보세요, 카버." 아흐메드는 거의 즉시 받았다. "나 아직 안 끝났어요."

"괜찮아요." 카버가 말했다. "그냥 어디까지 했는지 들으려고 전화한 거예요. 뭐라도 괜찮아요."

"음, 아직 못 찾은 건 말해줄 수 있어요." 아흐메드가 말했다. "살인자의 지문요. 살인자가 장갑을 꼈다는 걸 알려주는 얼룩이 잔뜩 있어요. 범죄현장에서 물론 지문을 왕창 발견하긴 했지만, 피해자와 피해자 친구들 거라고 내기해도 좋아요. 그리고 전체 범죄현장을 통틀어, 말끔히 닦인 표면이 하나 있어요."

"그게 뭐였죠?"

"피해자의 휴대전화요."

카버는 잠시 생각에 잠겼다. "휴대전화 터치스크린은 장갑을 끼고는 작동이 안 됐을 거예요. 그러니 장갑을 벗고 휴대전화로 뭔가를 한 다음, 화면에 묻은 지문을 깨끗이 닦은 거죠."

"바로 그거예요."

"혹시 범인이 피해자의 휴대전화에서 뭘 찾았을지 짐작 가요?"

"휴대전화는 완벽하게 초기화됐어요. 공장 초기화요."

"그러면 우리한테 발각돼서는 안 되는 뭔가가 있었던 거군요. 왜 휴대전화를 아예 가져가지 않았을까요?"

"모르죠. 위치 추적이 걱정됐거나, 아니면 휴대전화가 없어졌다는 사실에 관심을 끌고 싶지 않았을 수도 있고요. 그것 말고, 우린 발자국을 확보했어요. 당신도 알다시피 꽤 쓸 만한 발자국이 몇 개 있는데, 우리가 찾는 자식이 피해자의 피를 밟았거든요. 12사이즈예요."

"리엄 워싱턴의 차에 있던 발자국 치수와 동일하네요."

"맞아요. 같은 사람의 신발인지는 확신할 수 없어요. 여기 있는 발자국은 오른발이고 차량의 발자국은 왼발이라서요. 하지만 같은 유형의 부츠라는 건 말해줄 수 있어요. 그 호크웰 부츠요."

"좋아요. 다른 건요?"

"다른 건 없어요. 말했잖아요. 아직 안 끝났다고."

"피해자는 어깨에 진흙이 말라붙은 자국이 있었어요. 그 표본을 보내주면 리엄 워싱턴의 범죄현장에서 발견한 진흙과 비교할 수 있어요?"

"그럼요, 이쪽으로 보내요."

"고메즈한테 말할게요. 고마워요." 카버는 전화를 끊었다.

"카버." 부검실 문간에서 고메즈가 불렀다. "와서 한번 봐요."

카버는 고메즈를 따라 안으로 들어갔다. 고메즈는 방구석에 놓인 컴퓨터 옆에 앉았다. 모니터 화면에 두개골의 엑스선 사진이 떠 있었다.

"피해자의 골절 사진이에요." 고메즈가 말했다. "그게 우리 피해자의 사망 원인인지는 몇 시간 후면 알 수 있을 거예요."

"잘됐네요." 카버는 그렇게 대꾸하고 두개골 뒤쪽의 커다란 검은 점을 살펴보았다.

"하지만 흥미로운 건 따로 있어요." 고메즈는 다른 사진으로 넘겼다. 갈비뼈의 엑스선 사진이었다. "둘째 늑간의 공간요. 여기 이 점들 보여요? 여기하고?"

고메즈는 서로 인접한 갈비뼈의 두 지점을 가리켰다. 하나는 검고 하나는 하얬다. 카버 혼자서는 절대 알아차리지 못했을 것이다.

"이게 뭐죠?"

"이게 공격자가 피해자를 찌른 부분이에요. 그리고 칼날이 갈빗대 사이에 끼었죠." 고메즈는 밝은 점을 가리켰다. "흰 점은 거의 확실히 금속이에요. 칼날 조각요."

카버는 범죄현장을 상상했다. 바닥의 피 얼룩. 살인 흉기 두 개. 공격자는 피해자를 찌르고 근처에서 발견한 덤벨로 두개골을 박살 냈다. "칼을 뽑을 수 없어서 다른 무기를 집었군요. 덤벨을요."

"그게 내 추측이에요." 고메즈가 음울하게 말했다. "그리고 그 후, 피해자를 무력화한 후, 살인범은 자기 칼을 간절히 되찾고 싶었어요. 그래서 피해자를 뒤집어서……."

"피해자의 어깨에 발을 버티고 칼을 잡아 뽑았군요."

"바로 그거예요."

"칼에 관해 상세한 걸 알려줄 수 있어요?"

"날이 길어요. 얼마나 깊이 관통했는진 몰라도, 일단 갈빗대를 제거하면 꽤 정확한 추정치를 줄 수 있을 거예요. 적어도 12센티미터는 돼요. 그리고 늑간에 박히려면, 폭이 1.8센티미터에서 2센티미터 사이여야 해요. 그리고 날카롭죠. 아주 날카로워요. 그냥 끝만 그런 게 아니라…… 그런 식으로 베려면 칼날 전체가 날카로워야 할 것 같아요. 그리고 말했듯, 아마 칼날의 일부가 사라졌을 거예요."

"스테이크 칼일까요?"

"뭐 그런 거죠. 그럴 수도 있지만 꼭 그런 건 아니고요. 우리 집에 토마토를 자르는 칼이 있는데, 그것으로도 가능해요."

"알겠습니다. 아, 저기요, 셔츠의 진흙 샘플을 과학수사팀에 보내줄 수 있어요?"

고메즈가 눈을 희번덕거렸다. "그럼 내가 그걸로 뭘 할 줄 알았어요? 변기에 넣고 물이라도 내릴 줄 알았나요?"

카버는 봐달라는 듯 양손을 들어 올렸다. "미안해요. 그냥 확실히 하려고요."

카버는 에릭 레이턴의 얼굴을 마지막으로 한번 보았다. 납치범들은 두 건의 살인을 저질렀다. 이제 다음 살인을 저지르지 못하게 막아줄 것은 아무것도 없다. 네이선을 집으로 무사히 데려오는 건 어느 때보다 더 시급한 일이 됐다.

60

애비는 개브리엘의 방문 앞에 서서, 노크하기 전에 먼저 생각을 정리하려 했다. 에릭의 죽음에 관해 알려주려고 온 것이었다. 부디 개브리엘이 아직 그 소식을 듣지 못했어야 할 텐데.

납치범이 혹시 그쪽으로 전화를 걸어올 경우에 대비해 개브리엘의 휴대전화에 설치해둔 도청 장치 덕분에, 애비는 에릭이 살해당하기 전에 개브리엘에게 여러 차례 전화했음을 알았다. 애비는 에릭의 책상에 놓여 있던, 반쯤 빈 스카치위스키 병을 생각했다. 에릭이 작업하고 있던 못된 왕비 사진을 생각했다. 그 사진은 에릭이 개브리엘을 가리키는, 개브리엘을 비난하는 손가락일 수밖에 없었다. 그냥 개비가 자기 전화를 받지 않아서 화난 것일까? 아니면 뭔가를 알아낸 걸까?

네이선이 납치된 후로 개브리엘의 팔로어는 세 배로 뛰었다. 포스팅마다 '좋아요'가 수천 개씩 눌리고 응원 댓글들이 끝도 없이 달렸다.

많은 부모들과 마찬가지로, 애비 역시 딸인 서맨사가 소셜 미디어 계정을 처음 만들었을 때 겉핥기로나마 조사를 좀 했다. 그리고 알게 된 것은, 인스타그램과 페이스북이 뇌를 완전히 재배치한다는 거였다. 포스트에 달린 '좋아요'와 댓글들은 계정주의 도파민을 폭발시키고 계정주를 행복하게 만들었다. 그건 이해할 만했다. 페이스북 포스트에 '좋아요'가 눌리는 건 누구나 좋아했다. 하지만 이는 기본적으로 휴대전화를 개인적 도파민 시뮬레이터로 바꿔놓았다. 뇌 스캔에 따르면 소셜 미디어에 중독된 사람들의 뇌는 자신을 재배치해, '좋아요'나 리트윗이나 웃는 이모티콘을 갈수록 더 욕망하게 만들었다.

애비는 약을 얻기 위해 끔찍한 짓을 하는 약물 중독자들을 보아왔다. 몸을 파는 어린 여자애들, 부모님 지갑에 손을 대는 아이들, 직장에서 횡령을 저지르는 남자들. 마약에 중독된 부모들은 한 번 할 약을 살지 먹을 음식을 살지를 선택해야 할 경우 아이들을 굶겼다. 하지만 그건 크랙(강력한 코카인의 일종—옮긴이)이나 헤로인을 위해서였다. 하트 이모티콘을 위해서가 아니었다.

애비는 개브리엘이 무슨 일을 겪고 있을지 상상해봤다. 2년 전, 사진 한 장이 바이럴을 탄 이후 개브리엘의 인스타그램은 그야말로 폭발했다. 개브리엘은 틀림없이 특별한 기분을 느꼈을 것이다. 갑자기 수만 명의 사람들이 자신의 주목을 받기 위해 경쟁했으니까. 개브리엘은 자신을 에워싼 사람의 관심을 사랑으로 인지했다. 그 후, 시간이 지나면서 사람들은 조금씩 떨어져 나갔다. 댓글 수는 갈수록 더 적어졌다. 포스트당 '좋아요' 수도 크게 내려갔다. 개브리엘은 더는 도파민을 얻을 수 없었다.

개브리엘이 정말 네이선의 실종에 어떤 식으로든 관여한 걸까? 그냥 자신의 도파민을 얻으려고?

애비는 방문을 날카롭게 세 번 똑똑똑 두드렸다.

"네?" 문 건너편에서 작게 들리는 개브리엘의 목소리는 지친 듯했다.

애비는 문을 열었다. "잠깐 이야기 좀 할 수 있을까?"

침대에 앉아 벽에 등을 기대고 있던 개브리엘은 애비가 방으로 들어오자 들고 있던 태블릿을 무릎에 내려놓았다. 애비는 화면에 뜬 몸값 모금 페이지를 얼핏 보았다.

"그럼요." 개브리엘이 말했다. "제가 그 사진을 올린 것 때문에 그러시는 거예요?"

"아니야." 애비는 등 뒤로 문을 닫았다. "유감이지만 나쁜 소식이 있어." 애비는 거기서 말을 멈추고 뒷일은 침묵에 맡겼다. 개브리엘이 스스로 결론을 끌어낼 수 있도록.

개브리엘이 핏기가 빠져나간 얼굴로 간신히 속삭였다. "네이선 소식인가요?"

직업이 직업인지라 애비는 수많은 거짓말쟁이들을 접했다. 대부분 놀랍도록 뛰어났다. 하지만 개브리엘이 지금 거짓말하는 거라면, 그중 최고일 것이다. 목소리에 담긴 공포, 입술의 떨림은 진짜처럼 여겨졌다.

하지만 돌아보면 이 여자애는 수년간 진실을 조작해왔다.

"아니야." 애비가 말했다. "미안하다. 그것부터 말했어야 했는데. 네이선에 관한 소식이 아니야. 에릭에 관한 소식이야."

개브리엘이 눈을 깜빡였다. 안도감과 혼란이 동시에 드러났다. "에릭요?"

"에릭이 어제저녁 자기 집에서 죽은 채로 발견됐어." 애비가 말했다.

"뭐라고요? 말도 안 돼요." 개브리엘이 불쑥 내뱉었다. "어제 저랑 통화했는걸요."

"정말이니?" 애비는 짐짓 놀란 척했다. "그게 언제였는데?"

"모르겠어요…… 대충 오후쯤요. 제가 전화를 받았어요."

"무슨 이야기를 했니?" 애비는 이미 통화 내용을 알고 있었다.

"네이선의 사진이 어쩌고 하는 이야기였어요. 납치범이 저한테 보낸 사진이 맞느냐고 계속 묻더라고요. 제가 듣기로는 화난 말투 같기도…… 모르겠어요. 말이 무척 빨랐어요. 에릭이 정말…… 진짜 확실해요……?"

"그게 무슨 뜻이었을 것 같니? 사진 이야기를 한 것 말이야."

개브리엘은 양팔로 몸을 감쌌다. "인터넷에서 이 납치 사건이 제 자작극이라고 말하는 사람들이 있어요. 그래서 전 에릭도 그렇게 생각하는 줄 알았어요. 저한테 사진을 보낸 사람은 없다고요. 제가 찍은 거라고요."

"넌 뭐라고 했니?"

"납치범이 보낸 사진이라고 했죠." 개브리엘이 말했다. 눈시울이 붉어지고 있었다. "정말 죽은 거예요?"

"유감이지만 그래." 애비가 부드럽게 대답했다. "에릭이 다시 전화했니?"

개브리엘은 기억을 떠올리려는 듯 잠시 멈칫했다. 하지만 애비는 속지 않았다. 에릭은 세 번 더 전화했고, 개브리엘은 더 이상 받지 않았다. 애비는 개브리엘이 그 사실을 기억한다는 것을 조금도 의심하지 않았다. 아마 지금 애비에게 그 이야기를 할지 말지를 고민하고 있을 것이다. 자신이 안 좋게 보일까 봐 염려하는 것일까?

"네." 개브리엘이 마침내 갈라지는 목소리로 대답했다. "다시 전화했는데, 전 안 받았어요. 몸값 모금 담당자한테 이메일 쓰느라 바빴거든요. 그리고 납치범이 엄마 대신 저한테 전화할지도 모르니까 통화 중이면 안 될 것 같았고요. 어떻게 죽었는데요?"

"아직 조사하는 중이야." 애비가 말했다.

"혹시…… 장례식이 열릴지 아세요?"

"그건 에릭의 부모님한테 물어봐야겠지." 애비가 말했다. "내가 번호를 알아봐줄 수 있어."

"고맙습니다. 그래주시면 감사하죠." 개브리엘이 훌쩍이며 말했다.

"혹시 누구 에릭을 해치고 싶어 할 만한 사람이 있을까?"

"모르겠어요. 그런 건 없었어요. 에릭을 죽이려 할 만한 그런 건 없었어요. 자기가 학교 다닐 때 웃긴 사진들을 올려서 화내는 사람들이 있었다는 이야기는 들었지만, 그건 한참 옛날 일이잖아요. 혹시…… 저 좀 혼자 있게 해주실 수 있어요? 부탁드려요."

"그럼." 애비가 말했다. "편하게 있어." 애비는 방을 나와 등 뒤로 문을 닫았다.

이든은 부엌에 있었다. 사진 앨범을 넘겨 보는 중이었다. 애비는 옆에 가 앉아 같이 사진을 보았다. 카메라를 향해 웃고 있는 걸음마쟁이, 그 옆에 서서 입을 삐죽 내민 여자애. 몇 년 전의 네이선과 개브리엘이었다.

"네이선이 세 살 때 만든 앨범이야." 이든이 힘이 하나도 없는 목소리로 말했다. "계속 매년 앨범을 만들어야 한다고 생각만 하고 있었어. 사진이 휴대전화에 있으면 제대로 안 보잖아."

"아무래도 그렇지." 애비가 말했다.

"하지만 이것 한 권밖에 안 만들었어. 더 만들려고 해도 도무지 시간이 나야 말이지."

"농장 시절 사진도 여기 있어?"

"아니. 네이선이 태어났을 때쯤엔 농장에서 휴대전화나 카메라가 있는 사람은 거의 아무도 없었어. 그건 바람직한 일이 아니었거든. 오티스는 우리가 렌즈를 통해 우리 삶을 보는 게 아니라 직접 살아야 한다고 했어."

원론적으로 말하자면 애비는 그 정서에 동의했다. 하지만 다른 거의 모든 것과 마찬가지로, 그런 생각 역시 극단으로 가져가면 득보다 실이 더 컸다. "있잖아." 애비가 말했다. "어제 틸먼 농장에서 사는 여자애를 만났어. 특별한 애였지. 이름은 리어노어라고 해. 만난 적 있니?"

이든은 앨범을 한 장 더 넘겼다. 핼러윈 의상을 입고 손에 킷캣을 든 채 싱긋 웃고 있는 네이선. "아니, 없는 것 같아."

"맞아. 그 애는 네가 떠난 후 가입했어. 그 애도 떠나고 싶어하는 것 같은데…… 무척 겁먹었어."

"무섭지." 이든이 말했다. "친구는 오로지 농장에만 있고 바깥세계에 관한 그 온갖 이야기를 들으면. 끔찍하게 겁이 나."

"하지만 넌 떠났잖아." 애비가 말했다. "너 스스로. 두 아이를 데리고. 감탄했어. 정말이지 굉장한 일이야."

"쉽지 않았어."

"그럼, 쉽지 않았지." 애비는 이든의 팔에 손을 얹으며 물었다. "왜 떠난 거야?"

"말했잖아. 오티스가 미친 소리를 하기 시작했다고. 그리고 사적인 고해 시간에는 다들 알몸으로 있어야 한다고 했어. 난 떠날 수밖에 없었어."

"네 남편은 그 집단에 있었지. 오티스는 수년 전부터 아마겟돈에 관해 이야기해왔어. 그건 네가 직접 나한테 한 말이고. 난 거기 사람들하고 이야기를 해봤어, 이든. 그 사람들은 오티스가 하는 말은 무조건 믿어. 오티스가 시키는 건 전부 다 하지. 난 네가 정말 믿기지 않을 만큼 대단한 사람이라고 생각해. 하지만 오티스가 널 불편하게 만들지 않았다면 넌 거길 떠나지 않았을 거야. 무슨 일이 있었어?"

이든이 날카로운 흑 소리를 냈다.

"너한테 무슨 짓을 했어?"

"너무…… 난 너무 수치스러워."

"수치스러워할 이유는 없어. 무슨 일이 있었든, 그 상황은 네 통제 밖이었어."

이든은 고개를 저으며 손으로 입을 가렸다. 애비는 일어서서 물 한 잔을 갖다 주었다. 그리고 이든이 그 잔을 다 비울 때까지 기다렸다.

"오티스가 어느 날 나한테 왔어." 이든이 말했다. "그리고 개브리엘을 결혼시키고 싶다고 했어. 그 애한테 완벽한 남자를 찾았다나."

애비는 역겨움을 억누르며 무표정을 유지했다. "그때 개브리엘이 몇 살이었는데?"

"열두 살."

"그래서 그냥 바로 떠난 거야?"

"아니야." 이든이 속삭였다. "그래서 내가 너한테 말하지 않은 거야. 사실 난 너무 기뻤어. 오티스는 세계가 멸망할 때 이 남자가 개브리엘을 보살펴줄 거라고 했거든. 데이비드도 그 말을 듣고 잔뜩 들떴지. 자기 딸이 안전할 거라니까. 상상이 가? 엄마가 열두 살짜리 딸을 기꺼이 결혼시키는 게?"

"상상이 가." 애비는 말했다. 그럴 수 있었다. 더 심한 것도 봤으니까.

"이 남자는 한두 주 후에 공동체에 합류하기로 돼 있었어. 그리고 오티스는 그 둘을 결혼시킬 작정이었어. 날짜가 잡혔고, 사람들은 결혼식 준비를 하고 있었어. 난 개브리엘이 입을 하얀 드레스를 만들었지. 웨딩드레스였어. 11사이즈의 웨딩드레스."

"개브리엘도 알았니?"

"아니!" 이든이 눈을 휘둥그레 떴다. "아직도 몰라. 제발 그 애한테는……."

"말하지 않을게. 그리고 어떻게 됐어?"

"오티스가 개브리엘이 결혼식에 순수한 상태로 와야 한다고 말했어. 자기랑 첫 사적 고해를 해야 한다고."

애비는 눈을 질끈 감았다.

"난 그 고해 시간에 무슨 일이 일어나는지 알고 있었어." 이든이 말했다. "이미 몇 번 했거든. 오티스는 내 고해 일정은 자주 잡지 않았어. 더 젊은 여자 몇 명은 매주 고해 시간을 가졌지. 그런데 오티스가 개브리엘의 고해에 대해 이야기했을 때…… 난 도저히 그 애를 놔둘 수 없었어. 그럴 수 없었어. 네이선과 개브리엘을 거기서 멀찌감치 떼어놓고 싶었어. 당시에 난 공동체의 일상 행정을 맡고 있었어. 옷과 위생용품, 그리고 농장에서 만들 수 없는 생필품을 사는 일이었지. 덕분에 공동체의 현금에 어느 정도 접근할 수 있었어. 그래서 3,000달러를 훔쳐서 아이들과 함께 떠났어. 애들을 입양 보낼 생각이었어."

"입양?" 애비가 놀라서 물었다. "왜?"

"왜냐하면 내가 죽을 거라고 생각했거든." 이든이 말했다. "우리 모두가 그렇게 알고 있었어. 농장을 떠난 사람은 죽었다고. FBI한테 죽지 않으면 병에 걸리거나 끔찍한 사고를 당해서 말이야. 오래 살아남은 사람은 아무도 없다고."

"오티스가 너희 모두에게 그렇게 말했구나."

"그래, 난 그걸 믿었어. 그래서 아이들을 입양 보내고 난 죽음을 기다리자고 생각했지. 하지만 난 입양을 보내려면 뭘 어떻게 해야 하는지도 전혀 몰랐어. 그러다 일주일이 흘렀지. 그리고 또 한 주가. 그리고 난 안 죽었고."

"그래서 이혼하러 돌아갔구나."

"그래. 농장으로 돌아가서 데이비드에게 이혼하자고 했어. 이혼해주지 않으면 경찰에게 그 공동체에서 일어나는 일을 모두 말하겠다고 했지. 오티스는 날 쏴 죽일 수도 있었을 거야."

"그러지 않은 게 운이 좋았던 거지."

이든이 고개를 끄덕였다. "오티스가 데이비드에게 서류에 서명하게 했어. 내가 사탄의 손아귀에 들어갔고 내 영혼은 이미 지옥에 떨어졌다고."

"개브리엘과 결혼하기로 한 남자 이름 알아?"

"아니, 만난 적은 없어. 하지만 오티스랑 뭔가 친척 관계였던 것 같아. 그게 우리가 처음에 그 이야기를 듣고 들떴던 이유였어."

애비의 심장이 내려앉았다. "오티스의 조카?"

"그런 것 같아."

칼 애드킨스. 칼이 바로 개브리엘이 열두 살 때 결혼하기로 한 남자였다. 애비는 몽땅 헛짚었다. 이든이 떠났기 때문에 오티스가 칼을 데려온 줄 알았는데, 그 반대였다. 칼이 합류해서, 그리고 이든의 딸과 결혼하기로 해서, 이든이 떠난 거였다. 칼은 개브리엘을 온라인에서 찾아내고 스토킹했다.

"이 이야기를 다른 사람한테 다시 해줘야겠다." 애비가 말했다. "그게 네이선한테 도움이 될지도 몰라."

61

"와주셔서 감사합니다." 카버가 건조한 어투로 말했다.

카버는 언론인 톰 매코믹과 서의 면담실에 마주 앉아 있었다. 카버와 서에 있는 나머지 경찰들은 1년 전 115서의 경찰 무능력에 관한 기사를 낸《뉴요커 크로니클》이 그다지 반갑지 않았다. 그 기사를 쓴 사람은 매코믹이 아니었지만 그래도 마음이 편할 수는 없었다.

레이턴의 살인 사건에 관한 뉴스가 그날 아침 터졌다. 매코믹은 멍한 기색이었다. 그 소식을 들은 지 얼마 안 된 모양이었다. "당연하죠. 전 소름이 쫙 끼쳤어요. 제가 할 수 있는 거면 뭐든 돕겠습니다."

"에릭을 인터뷰하신 게 언제죠?"

"이틀 전요, 일요일 저녁에요."

"인터뷰 때 어때 보이던가요?"

"음, 확실히 납치 사건 때문에 무척 동요된 눈치였어요."

"머릿속에 뭔가 다른 생각이 있는 것 같던가요?"

매코믹은 얼굴을 찌푸렸다. "음…… 아닌 것 같은데요. 납치이야기밖에 안 했어요. 납치와 개브리엘 플레처 이야기요."

"인터뷰를 녹음하셨나요?" 카버가 희망을 품고 물었다.

"아뇨, 대화하면서 받아썼습니다."

"필기한 걸 보여주실 수 있나요?"

"당연하죠, 보내드릴게요……. 그 살인과 납치 사건 사이의연관관계 같은 걸 찾아내려 하시는 건가요?"

"모든 가능성을 알아보는 중입니다." 카버는 조심스럽게 대답했다. 인터뷰 기자들이라면 질색이었다. 지금 던지는 모든 질문은 나중에 매코믹과 신문사 편집자에 의해 분석될 테고,《크로니클》에서 그 사건에 관해 낼 기사들의 배경 자료 노릇을 할 것이다. "혹시 인터뷰에 실린 것 말고도 레이턴이 이야기한 게 더 있을까요?"

"개브리엘과 어떻게 알고 친해졌는지 설명을 좀 해줬어요. 그리고 납치 이전에 개브리엘이 어떻게 살았는지에 관해서도요."

"개브리엘이 어떻게 살았는데요?"

"음, 자세한 건 제 필기 기록을 확인해야 해요. 하지만 대체로개브리엘의 부모님에 관한 거였어요. 부모님이 개브리엘이 어렸을 때 이혼했다고, 어머니는 아이들을 먹여 살리려고 애쓰시느라 집을 자주 비웠다고 했어요. 그리고 아버지한테서는 그 이후로 한 번도 연락이 없었대요. 심지어 개브리엘 쪽에서 먼저 연락하려 했는데도……."

"개브리엘이 아버지에게 연락하려 했다고요?"

매코믹이 고개를 끄덕였다. "개브리엘이 자란 무슨 기독교 공동체인가 하는 곳에 아직 살고 있어서, 3년 전에 거기로 전화해서 아버지랑 통화하게 해달라고 했대요. 그런데 전화를 받은 사람들이 아버지가 통화를 원하지 않는다고 했다고……."

카버는 의자에 등을 기댔다. 머릿속의 태엽이 마구 돌아가고 있었다. 아마도 오티스는 그 덕분에 이든과 아이들이 사는 곳을 알아냈을 것이다. "개브리엘의 전화를 받은 사람들이 아버지는 통화하고 싶지 않다고 했댔죠. 여러 사람하고 통화한 건가요?"

"모르겠어요. 어쩌면 그냥 표현만 그렇게 한 걸지도 모르죠. 한 사람하고만 통화했을 수도 있어요. 확실한 건 물어보세요."

"그리고 전화를 받을 수 없다고 했고요?"

"에릭한테 들은 바로는 그 사람들이 개브리엘에게 직접 찾아오라고 했대요. 하지만 개브리엘은 그럴 마음이 없었죠. 좀 소름 끼쳤다고 했대요. 그리고 아버지가 통화를 거부해서 무척 화가 났고요."

카버는 개브리엘과 통화한 사람이 데이비드에게 그 사실을 전해주기나 했을지 의심스러웠다. 누구랑 통화한 거지? 오티스? 아니면 칼?

"거기서 개브리엘이 어떻게 살았는지, 에릭한테서 무슨 다른 이야기도 들었나요?"

"아뇨. 그냥 낌새만 풍겼어요. 마치 내가 도저히 믿지 못할 뭔가를 알고 있기라도 한 것처럼요. 하지만 그냥 허세였던 것 같아요."

"인터뷰 때 혹시 멈칫하고 생각에 잠긴 지점은 없었나요? 심란해하거나?"

"제가 네이선이 신문을 든 사진을 보여줬더니 무척 동요했어요. 울기 시작했죠." 매코믹의 눈이 갑자기 휘둥그레졌다. "형사님…… 형사님은 에릭이 인터뷰 때문에 살해당했다고 생각하세요?"

카버는 입술을 일그러뜨렸다. 결국 피할 수 없는 주제였다. 매코믹도 위험에 처할 수 있었다. "이건 절대 비공개입니다."

"당연하죠."

"우리가 조사하고 있는 건 가능성이에요. 혹시 어제 뭔가 이상한 걸 보지는 않았습니까? 처음 보는 사람이 집 근처에 얼쩡거렸다든가? 어쩌면 누군가한테 미행당했다거나?"

"전 맨해튼에 살아요. 처음 보는 사람들을 매일 보죠. 제가 위험할 수도 있다고 생각하세요?" 매코믹이 눈을 깜빡이며 카버에게 되물었다.

"제 생각엔 아닐 것 같습니다. 하지만 뭔가 이상한 걸 눈치채면 나한테 즉시 전화하세요."

"흠, 그거 참 안심되네요." 매코믹의 입매가 일그러졌다.

어쩌면 곧 경찰의 무능력을 고발하는 기사가 다시 발표될지도 모른다. 카버는 매코믹에게 자신의 패를 깠다. "혹시 뭔가 다른 게 생각나면 주저 없이 전화하세요. 그리고 필기 기록은 가능한 한 빨리 보내주시고요."

에릭이 인터뷰 때 무슨 말을 했든, 그것 때문에 살해당한 게 분명했다. 하지만 카버는 그게 뭔지 알아내는 데에 더 가까이 가지 못했다.

62

애비는 서른아홉 살에 아이가 둘이나 있었다. 그런데도 부모님 집 문을 열고 들어설 때면 언제나 다른 누군가에게 통제권이 넘어갈 때 솟구치는 그 달콤한 안도감을 느끼곤 했다. 거실로 발을 쿵쿵 구르며 들어가서 화난 목소리로 배고프다고 고함치고 소파에 아무렇게나 주저앉아도 될 것만 같았다.

사실, 아마 그래도 될 것이다. 그러면 어머니는 들어와서 애비에게 샌드위치와 따뜻한 코코아를 주고 오늘 하루는 어땠느냐고 물을 것이다.

부엌에서 채소를 썰고 있던 어머니는 애비가 안으로 들어서자마자 칼을 내려놓았다. 그리고 따뜻하고 약간 질식할 것 같은 포옹으로 애비를 덮쳤다.

"안녕, 우리 딸." 어머니가 말했다. "네 친구는 누구니?"

애비는 몸을 뺐다. "엄마, 이쪽은 이든 플레처예요. 이든, 우리 어머니야."

"페니라고 불러요." 어머니가 말했다. 얼굴에는 아무런 기색도 내비치지 않았지만, 애비는 어머니의 몸이 살짝 긴장하는 걸 느꼈다. 이든이 누군지 알아챈 게 분명했다.

"처음 뵙겠습니다, 부인. 어…… 페니." 이든이 가냘픈 목소리로 말했다.

"둘 다 뭔가 마실 것 좀 줄까?"

"전 커피가 너무 마시고 싶어요." 애비가 말했다.

"전 그냥 물이면 돼요." 이든이 말했다.

페니는 커피를 타러 가려고 몸을 돌렸다. 페니가 부엌에서 하는 모든 일은 선언이었다. 움직임은 빠르고 똑 부러지며 확신에 차 있었다. 스푼을 꺼낼 때는 마치 철천지원수라도 되는 것처럼 식기 서랍을 부서져라 닫았다. 부엌 가구에 대한 그런 공격적인 태도 때문에, 애비의 아버지는 몇 달에 한 번씩 망가진 서랍이나 찬장 문을 고쳐야 했다. 어머니가 찬장 문을 닫을 때, 이든은 눈에 띄게 몸을 움찔했다. 애비는 익숙했다. 사실 그걸 사랑했다. 그건 애비의 어린 시절 배경 음악이었다.

"아빠는 일하러 가셨어요?" 애비가 물었다. 아버지는 광고 회사에서 일했다.

"그래. 요즘 얼마나 열심히 일하는지 몰라. 피즈시 프로젝트를 맡았거든. 어떨지 상상이 가지?"

애비는 콧방귀를 뀌었다. "그걸 광고하신다니, 행운을 빌게요. 스시 롤처럼 돌돌 말린 피자를 도대체 누가 먹고 싶어 한다고."

"한번 두고 보자꾸나. 행크는 이전에도 기적을 일으킨 적이 있으니까."

"리어노어는 어디 있어요?"

416

"위층에 제 오빠랑 같이 있어."

"좀 어땠어요?"

페니는 애비의 커피에 설탕을 한 스푼 넣고 액체가 한 덩어리가 되어 소용돌이를 일으키며 머그잔에서 쏟아져 나오기 직전까지 맹렬하게 휘저었다. "겁을 잔뜩 먹었더라." 어머니가 애비에게 커피 잔을 건네며 말했다. "제 오빠가 집 안을 한번 쭉 둘러보기 전에는 안 들어오려고 하지 뭐냐. 그리고 새벽 2시까지 혼자 방 안을 서성이는 소리가 들리더구나."

"그러고 나서 잠들긴 했어요?"

"거의 10시까지 잔 것 같아." 어머니는 이든에게 물 잔을 건넸다. "정말 차나 커피는 생각 없어요? 바깥이 춥던데. 차를 마시면 따뜻해질 거예요."

"아뇨, 괜찮습니다." 이든은 페니가 다시금 찬장과 서랍을 쾅쾅 때리기 시작할까 봐 지레 겁에 질린 눈치였다.

"리어노어가 깨어났을 때 내가 말을 걸어봤어." 페니가 말했다. "내가 네 어머니라고 말했지. 놀란 눈치더라."

애비가 고개를 끄덕였다. "제가 그 이야기는 안 했거든요."

"월콕스 참사 이후에 널 입양했다는 얘기도 했어." 페니는 이든을 흘끔 보고 말을 이었다. "관심 있게 듣더구나."

"다행이네요." 애비는 기회가 찾아오면 리어노어에게 월콕스 참사 이야기를 하기로 어머니와 상의해두었다. "하지만 오티스 틸먼 이야기는 안 하셨죠?"

어머니가 가슴 앞에 팔짱을 꼈다. "난 이 일에 초짜가 아니야. 알면서."

"알아요, 엄마." 어렸을 때 애비의 부모님은 애비가 과거를 벗어나 앞으로 나아갈 수 있도록 돕는 과정에서 많은 일을 겪었다. 그리고 힘든 일은 대부분 페니의 몫이었다. "내가 가서 이야기 좀 해봐도 괜찮겠죠?"

"그럼, 우리 딸. 네 친구는 내가 여기서 말동무를 해줄게."

애비는 페니에게 고맙다는 표정을 짓고는 2층으로 올라갔다. 페니는 리어노어와 브라이언을 애비가 옛날에 쓰던 방에 재웠다. 방문은 닫혀 있었다. 애비는 살금살금 문으로 다가갔다.

안에서 날카롭고 잔뜩 화난 브라이언의 목소리가 들려왔다. "리어노어, 제발 좀, 그만해. 난…… 왜 멈추질 못하니? 한순간만 이라도?"

애비는 문을 두드렸다. 잠시 후 브라이언이 문을 열었다. 얼굴은 상기됐고 이를 악물고 있었다.

"아, 오셨어요." 브라이언이 우물거리며 뒤쪽을 향해 손짓했다. "리어노어는 지금 이야기 못 해요."

가리키는 쪽을 보니 리어노어가 눈을 질끈 감은 채 침대에 앉아 있었다. 양손을 단단히 마주 잡고 혼자 뭐라고 나직하게 중얼거리고 있었다.

"난 사실 너랑 이야기하고 싶었어." 애비는 짐짓 아무렇지 않은 척 말하고는 브라이언의 팔꿈치를 붙잡고 방 밖으로 끌어낸 후 문을 닫았다. 그대로 팔을 붙잡고 아버지 사무실로 가서 다시 문을 닫았다. 사무실은 엉망이었다. 아빠가 열심히 일하고 있다는 명백한 증거였다. 브레인스토밍에 사용된 커다란 화이트보드에는 아마도 피즈시를 위한 광고문구로 보이는 것들이 온통 휘갈겨 쓰여 있었다.

"제가 하는 말은 한마디도 안 들으려 해요." 브라이언이 문이 닫히자마자 분통을 터뜨렸다.

"목소리 낮춰." 애비가 나지막하게 말했다.

"제 말은 도무지 들으려고 하질 않는데, 어떻게 상황을 똑바로 보게 만들 수 있을까요? 제가 그 망할 사이비에 관해 무슨 말만 하면 다시 기도를 시작해요."

"진정해, 브라이언." 애비가 말했다. "동생을 설득하는 건 네 몫이 아니야, 알겠니? 너 스스로 그렇게 말했잖아. 네 동생은 네가 하는 말은 절대 안 듣는다고."

"그럼 제가 왜 여기 있는 거죠?"

"왜냐하면 사랑하는 사람이 그 애 옆에 있어야 하거든. 여기서 네 역할은 동생을 안아주고 다시 만나서 너무 좋다고 말해주고 행복했던 어린 시절 기억을 들려주는 거야. 동생을 기분 좋게 만들어줘."

"그래 가지고 그 애가 그곳을 떠나게 설득할 수 있을까요?" 브라이언은 무기력한 표정이었다.

"아니." 애비가 말했다. "그건 그 애가 스스로 결정해야 해."

"그 애는 스스로 결정할 시간이 1년이나 있었는데 결정을 못 했는걸요."

"그 애는 정보에 접근할 통로가 완전히 차단된 채 수면 부족 상태에서 농장 바깥의 모든 사람과 모든 것을 두려워하라고 말하는 사람들에게 둘러싸여 있었어. 하지만 이제는 푹 자고 있지. 집단의 의제와 왜곡된 사고와는 멀찍이 떨어져서. 이제 리어노어는 스스로 생각할 시간이 있어. 온라인으로 정보를 찾아볼 수 있고 집단의 영향권 바깥의 사람들과 이야기할 수 있어. 그리고 그 애가 부탁하면 우린 정보를 줄 수 있고."

"그럼 그게 다예요? 그냥 기다리기만 하라고요?"

"넌 기다려야지. 그리고 동생이랑 재미있게 놀아. 최악의 시나리오가 펼쳐진대도, 넌 그 애와 사흘간의 휴가를 누릴 수 있잖아. 그게 그렇게 나쁜 거니?"

"네." 브라이언이 말했다. "전 동생이 돌아왔으면 좋겠어요. 겨우 사흘이 아니고요. 영원히요."

애비가 한숨을 푹 내쉬었다. "알아. 하지만 네가 동생과 말다툼을 벌일 때마다 상황은 더 나빠지기만 할 뿐이야. 리어노어는 그 집단을 비판하는 모든 사람에게 저항하도록 조건화됐어. 넌 적이 되는 거야. 내가 왜 네 어머니가 아니라 널 데려왔을 것 같니?"

"모르죠. 엄마가 잔소리해서 그런 거 아닐까 싶었어요."

"네 어머니는 집단에 관한 생각을 아주 명확히 밝히셨기 때문이야. 그분은 이제 적이야. 리어노어는 어머니가 하는 말은 아무것도 듣지 않을 거야."

"아. 하지만 이제 저도 그곳에 관해 나쁜 말을 했는걸요."

"다행히 넌 그 애의 멍청한 오빠잖니. 그리고 네 동생은 네 말을 절대 듣는 법이 없고, 그렇지?" 애비는 브라이언에게 씩 웃어 보였다.

"아마도요."

"사이비 집단에서 쓰이는 수법 한 가지는 일원들에게 부정적 사고에 대응하는 법을 가르치는 거야. 예컨대 리어노어의 경우에, 그 애는 부정적으로 여겨지는 질문이나 생각을 입 밖에 낼 때마다 기도를 하도록 명령받았어. 그리고 몇 달 후에는 그런 생각이 떠오를 때마다 기도하도록 학습됐지. 입 밖에 내어 말하지 않더라도 말이야. 그 사람들은 네 동생의 뇌에 합선을 일으켰어. 집단에 관한 부정적 사고는 모두 차단하는 법을 가르친 거야."

"형사님이 있던 데에서도 그런 수법을 썼나요?"

"뭐, 그거랑 여러 가지." 애비가 대답했다. "이게 네가 동생한테 사이비에 대해 비판할 때마다 그 애가 기도하는 이유야. 그 애는 너와 네 부정적인 말을 차단하고 있어. 그 일이 일어날 때 동생한테 화내지 마. 그 애도 어쩔 수 없으니까."

브라이언의 얼굴은 울음을 터뜨리기 직전이었다. 애비는 흐느껴 우는 180센티미터짜리를 잘 다룰 자신이 없었다.

"그 애가 행복하다고 느끼게 해주라고, 알겠지?" 애비가 말했다. "나머지는 우리가 알아서 할게."

"알겠어요."

"이제 난 네 동생하고 이야기해야 해."

"그 애가 듣지 않으면 어쩌시려고요?"

애비가 어깨를 으쓱했다 "그럼 나중에 다시 시도해야지."

애비는 옛날 자기 방으로 돌아가 문을 노크하고 열었다. 리어노어는 여전히 침대에 앉아 있었지만 이제 기도는 하고 있지 않았다.

"안녕." 애비가 말했다. "어떻게, 우리 어머니가 잘 챙겨주시던?"

"무척 잘해주세요." 리어노어가 말했다.

"그렇다니 다행이구나."

"전화를 하고 싶어요. 공동체 사람들이 아마 제 걱정으로 앓아누웠을 거예요."

"해도 돼." 애비는 어깨를 으쓱하며 대꾸했다. "아래층에 유선

전화가 있을 거야. 마음대로 써. 하지만 전화하면 그 사람들은 돌아오라고 할 거야. 그건 알고 있지?"

"그래서요? 전 돌아가야 해요."

"어쩌면 그럴지도 모르지. 하지만 네 오빠와 끽해야 하루 이틀 더 같이 있는 게 그리 나쁜 생각 같지는 않은데. 오빠가 널 많이 보고 싶어 했어."

"오빠가 농장으로 절 보러 오면 되잖아요. 감옥도 아니고. 다들 늘 찾아오는걸요."

애비는 한숨을 푹 내쉬며 물었다. "뭐가 걱정인 거니, 리어노어?"

"제가 왜 여기 있죠?"

"왜 여기 있다고 생각하니?"

리어노어는 무표정한 얼굴로 응시했다. "제가 공동체를 떠나도록 설득하려 하시는 것 같아요."

"내가 지금까지 널 설득하려고 무슨 말을 한 게 있니?"

"아뇨. 그리고 어차피 소용없을 거예요. 이건 아줌마 시간낭비예요. 그리고 제 시간도 낭비고요."

"어쩌면 그럴지도 몰라." 애비가 수긍했다. "하지만 틸먼 공동체가 네가 있을 곳이라고 그렇게 자신한다면, 내가 널 떠나게 설득할까 봐 걱정할 필요 없지 않겠니?"

리어노어는 아무 말도 하지 않았다.

"우린 어제저녁에 칼 애드킨스를 석방했어." 애비가 말했다.

리어노어의 눈이 의심으로 가늘어졌다. "정말요?"

정말이었다. 다만 애비가 리어노어에게 암시하려는 것과는 달리, 리어노어 때문이 아니라 칼에게 아무 혐의도 씌울 수 없었

기 때문이었다. 가능하다면야 개브리엘과 열두 살 때 결혼하려
한 혐의로 기소하고 싶었다. 하지만 그건 불가능했다.

"일단 돌아가면, 그 사람들한테 전부 이야기해도 돼." 애비가
말했다. "네가 나랑 같이 있었고, 우리가 칼을 풀어주게 만든 게
너라고. 그리고 여기 있으면서 우리의 주의를 돌리고 시간을 끌
었다고. 그게 그렇게 나쁜 일일까? 네가 그렇게 했다고 해서 누
가 화낼 것 같니? 칼을 위해서 그런 건데?"

"누가 무슨 생각을 하든 난 상관없어요. 난 내가 옳다고 생각
하는 일을 해요."

"잘됐네. 좋아." 애비는 가방에서 폴더를 꺼내어 서랍장 위에
펼쳐놓았다. "이건 네 거야."

"뭔데요?"

"오티스 틸먼에 관한 경찰 파일이야." 애비가 말했다. "넌 이
걸 봐도 되고 안 봐도 돼. 결정은 네가 하는 거야."

"그게 진짜인지 제가 어떻게 알아요?"

"내 말을 믿는 수밖에 없겠지." 애비는 씩 웃어 보였다. 리어
노어는 마주 웃지 않았다.

"한 가지만 더." 애비는 방을 나서려다 멈추고 말했다. "네가
만났으면 하는 사람이 여기 있어."

"누구요?"

"이든이라는 사람이야. 아마 들어봤을 거야. 데이비드의 전처
였어."

리어노어의 얼굴에서 핏기가 빠져나갔다. "여기 있어요?"

"아래층에 우리 어머니랑 같이 있어." 애비가 말했다. "네가
원하면 뭐든 물어봐도 돼. 분명 궁금할 게 아주 많을 것 같은데."

63

아이는 침대에서 벌벌 떨고 있었다. 침대 시트는 땀과 흙으로 얼룩덜룩했다.

남자는 책상에 수프를 놓고 아이에게 갔다. 아이의 몸을 처음에는 부드럽게, 나중에는 좀 더 고집스럽게 흔들었다. "어이. 일어나. 수프를 끓여 왔어. 몸을 데워줄 거야."

하지만 아이를 데워줄 필요가 과연 있을까? 아이의 몸은 불타는 듯 뜨거웠다.

"어이. 네이선. 일어나."

아이의 눈꺼풀이 파르르 떨리다 열렸지만 눈동자는 뒤로 넘어가 있었다. 아이는 경련을 일으키더니 갑자기 굳어버렸다. 꽉 악문 잇새로 새어 나온 침방울이 턱을 따라 흘러내렸다.

"그만해! 일어나!"

아이는 뭔가가 잘못됐다. 그 보기 싫은 곪은 상처 때문이었다. 그 상처는 줄곧 악화되고 있었다. 부어오르고 염증을 일으키고 고름이 나왔다. 멍청한 자식. 왜 자신에게 그런 짓을 하고 난리람? 그건 모두 아이의 잘못이었다. 아이의 잘못이자, 몸값 모금에 그렇게 늑장을 부린 그 애 누나의 잘못이었다. 개브리엘은 하루에 20차례씩 인터뷰를 하고 순회 여행을 하고 유명인사들을 섭외해야 했다. 뭘 기다리고 있는 거지? 개브리엘이 늘 원했던, 그걸 위한 완벽한 플랫폼을 내가 제공하지 않았나? 그런데 개브리엘은 주는 걸 받아먹지도 못했다. 도대체 어떻게 되어먹은 여자람?

동생이 지금 아픈 건 개브리엘의 잘못이었다. 빌어먹을 개브리엘의 잘못.

남자는 방을 나와 문을 등 뒤로 꽝 닫고 휴대전화를 움켜쥐었다. 개브리엘에게 거의 전화를 걸 뻔했지만 손가락이 화면 위를 머뭇대며 맴돌았다.

'멍청하긴. 정말 우라지게 멍청해.' 지금 전화했다간 위치가 발각될 것이다. 경찰은 30분이면 여기 도착해서 집을 포위할 테고, 그러면 게임 끝이다. 이 모든 게 정신 줄을 놓았기 때문이다. 기본적 규칙을, 함께 계획한 규칙들을 잊었기 때문이다. 오로지 대포폰만 쓸 것. 늘 맨해튼에서, 은신처에서 멀리 떨어진 곳에서 전화할 것. 늘 목소리를 변조할 것.

하지만 이건 반드시 처리해야 했다. 시간이 다 되어간다는 걸 개브리엘에게 알려야 했다. 네이선이 죽는다 해도 내 탓은 아니야. 내가 그 애를 위해 그 온갖 노력을 했는데. 개브리엘을 위해 그 온갖 노력을 했는데.

메시지를 보낼 다른 방법이 있었다.

남자는 다시 아이의 방으로 가서 사진을 찍었다. 그 후 부엌으로 가서 노트북을 열고 토르 브라우저를 켰다. 이것도 물론 미리 계획한 부분이었고, 다크웹의 기초는 진즉 배워둔 터였다. 일전에 만들어둔 임시 이메일 주소를 이용해 프로톤메일에 로그인했다. 대포 이메일 계정이 떴다. 쉽게 버릴 수 있고 추적 불가능했다.

짧은 이메일을 쓰는데 이가 저절로 악물어졌다. 분노의 펀치를 날리듯 자판을 두드렸다. 휴대전화에 있는 사진을 첨부하려니 성가셨지만, 결국 해냈다. 클릭 한 번으로 이메일은 발송됐다. 남자는 한숨을 내쉬었다. 힘든 임무라도 완수한 양 몸이 떨렸다. 자신의 말이, 정보의 비트들이, 다크웹에서 컴퓨터들의 클라우드를 통과해 날아가다, 마침내 세계 어딘가 알 수 없는 곳의 컴퓨터에 뜨는 걸 상상했다. 일본, 스위스, 이란, 어디든. 그리고 그 후 개브리엘의 받은편지함에 도착하는 것을. 읽히기를 기다리며.

개브리엘은 알아야 했다. 이건 개브리엘을 위한 일이었다.

64

애비는 특별한 경우에 입으려고 마련한 잠옷이 있었다. 특별한 행사를 위한 섹시한 종류를 말하는 게 아니었다. 이 잠옷은 부드럽고 포슬포슬하게 몸을 감싸줄 뭔가가 필요한 밤을 위한 것이었다. 잦은 세탁으로 부드러움이 사라질까 봐 자주 입지는 않았다. 연푸른색 잠옷 상의에는 꽃 한 송이를 우적이는 양 한 마리가 그려져 있었다. 바지는 루즈 핏이라 다리가 자유롭지만 따뜻했다.

오늘 밤은 포슬포슬함이 필요한 그런 특별한 밤이라고, 애비는 판단했다. 그래서 샤워를 마치고 나와 양 잠옷을 입었다.

정말 편안한 잠옷을 입는 쾌락을 가리키는 단어가 있어야 해. 그냥 입는 행위만으로도 어깨를 짓누르던 그날의 무게가 어느 정도 들어 올려지는 느낌이었다.

휴대전화가 울리는 바람에 애비는 움찔했다. 막 누워서 담요를 몸 위로 끌어올리고 깊은 잠에 곯아떨어지기 직전이었다.

카버였다. 애비는 전화를 받았다. "여보세요."

"여보세요, 애비. 저녁을 먹으려던 참인데, 혹시 같이 만나서 사건 논의를 할 생각이 있나 해서요."

"아니, 오늘 밤은 안 돼요. 이미 집에 왔거든요."

"아." 잠깐 침묵이 흘렀다. "저녁 먹었어요?"

"난…… 요거트 먹었어요."

"그게 무슨 저녁이에요. 들어봐요. 내가 애비 것까지 중국음식을 사서 집으로 갈게요. 같이 이야기하고 싶은 진척 상황이 있어요."

애비는 그럴 수 없다고 설명하고 싶었다. 연푸른색 양 잠옷을 이미 입었다고. 그건 끝났다는 뜻이라고. 하지만 카버가 그게 얼마나 중요한지 제대로 알아줄 것 같지 않았다. 카버는 특별한 잠옷 같은 걸 가지고 있을 남자가 아닐 것 같았다.

"좋아요." 애비는 어쩔 수 없이 대답했다. "오세요."

"잘됐네요." 카버의 목소리에는 웃음기가 서려 있었다. "주소로 문자를 보내요. 먹고 싶은 거 있어요?"

"모르겠어요. 쌀은 말고, 뭔가 면이 든 거로 사다 줘요."

"알겠어요." 카버는 전화를 끊었다.

애비는 잠옷을 계속 입고 있어야 할지 머릿속으로 논쟁을 벌였다. 하지만 아니었다. 이 잠옷을 입고 먹을 수는 없었다. 소스 얼룩이라도 묻으면 참사가 될 것이다. 그리고 이 잠옷을 입은 자기 모습을 카버에게 보여준다는 생각이 그닥 달갑지 못했다.

한숨과 함께 옷장을 열고 불만스러운 눈초리로 선반을 훑으며 뭘 입을지 고민했다. 출근복을 입을 수도 있겠지만 그건 생각만 해도 끔찍했다. 결국 파란 요가바지와 두어 달 전에 마지막으로 입은 딱 붙는 검은 셔츠를 입기로 했다. 굳이 화장하고 렌즈를 껴야 할지를 놓고 머릿속으로 논쟁을 벌였다. 자신을 이런 짜증스러운 처지에 놓이게 만든 카버는 맨 얼굴에 안경을 쓴 자신의 모습을 보아도 싸다고 느꼈다. 알 게 뭐냐.

하지만 애비는 결국 콘택트렌즈를 꼈다. 그리고 아이섀도를 살짝 칠했다.

카버가 문간에 나타났을 때 애비는 허기져 죽을 지경이었다.

"여기, 쇠고기 국수를 좀 사왔는데⋯⋯."

"잘했어요." 애비는 카버의 손에서 음식을 낚아채 부엌으로 앞장섰다.

"하지만 요거트 배가 안 꺼졌으면 꼭 안 먹어도 돼요." 카버가 짓궂게 웃으며 말했다.

"시비 걸지 말아요. 맥주 줄까요?"

"그럼요."

애비는 자신과 카버를 위해 맥주를 두 캔 꺼냈다.

"좋아 보이네요." 카버가 약간 감탄한 어투로 말했다.

"그 놀란 말투는 넣어둬요." 포장을 열고 냄새를 맡자 애비의 입에 침이 고였다.

"그냥 아까 전화했을 때는 지친 목소리여서요. 그리고 애비가 이 사건 때문에 정말 고생이 많고⋯⋯."

"그런 말은 이 상황에 도움이 안 돼요." 애비는 젓가락으로 쇠고기 한 점을 건져 입에 넣었다. 엄청나게 맛있었다. "어디서 샀어요?"

"우리 서의 지역 맛집요." 카버는 애비의 표정에 뿌듯한 눈치였다. "내가 언제 한번 데려갈게요."

"아이들은 어디 있어요?" 카버가 물었다.

"아빠 집에요. 오늘은 그 사람 당번이에요."

"그 사람 당번이라고요?"

"아이가 있는데 이혼하면, 모든 게 '그 사람 당번'이거나 '내 당번'이에요. 아니면 '그 사람이랑' 보내는 주말이나 '나랑' 보내는 주말이고요. 인생이 이진법이 되죠."

"애비는 어느 쪽이 더 좋아요? 애비 당번요, 아니면 그 사람 당번요?"

애비는 잠시 생각해보았다. "난 아이들이 여기 있는 게 더 좋아요. 하지만 가끔 주말에 쉬면 좋긴 해요. 아니면 애들 등교 준비하느라 정신 쏙 빠질 필요 없이 아침에 느긋하게 일어나는 것도 좋고요. 애들이 싸울 때 심판이나 배심원 노릇을 안 해도 되는 것도 그렇고."

"애들이 많이 싸워요?"

애비가 어깨를 으쓱했다. "어렸을 때 형제끼리 안 싸웠어요?"

"그야 싸웠죠. 하지만 우린 여덟 명이라, 갱단의 영역싸움 비슷했어요. 보통은 동생들 대 형들의 싸움이었죠. 텔레비전 리모컨을 놓고 혈투가 벌어지는 경우도 있었어요." 카버는 백일몽에 잠긴 듯 멍하니 웃었다. 마치 아름다운 시절을 떠올리는 것 같았다. "내 여동생은 물어뜯기 선수였어요. 이제는 변호사죠."

"혹시 그게 직업과 관련이 있는 걸까요?"

"떡잎부터 알아본다고 하죠. 그래서, 조용하니까 좋아요?"

"조금은요. 아이들이 가 있으면 늘 보고 싶어요. 벤을 껴안거나 서맨사가 바이올린 연주하는 걸 듣고 싶죠. 오늘 하루를 어떻게 보냈는지 이야기하는 것도 듣고요. 아이들이 숙제하는 걸 도와주고……. 솔직히 요즘은 별로 그러지 않지만요."

"엄마 도움이 필요 없대요?"

"그건 아니고요. 둘 다 꽤 독립적이어서…… 그리고 정말 똑똑해요."

"그렇겠죠, 부모가 부모니까." 카버가 말했다.

애비는 그 말을 듣고 기쁨의 간질거림을 느꼈다. 형태만 약간 달리한 문장을 교사들이나 친구들에게서 자주 듣곤 했는데, 보통은 '아이들이 너무 영리해요. 정말 아빠를 닮았네요.' 하는 식이었다. 아이들의 아빠가 수학 교수, 그것도 자기 분야에서 선도적인 인물로 손꼽힌다는 걸 다들 알았기 때문이다. 거의 아무도 이해하지 못하는 책들까지 출간했으니. 그리고 사람들은 가끔 이렇게 말했다. '서맨사는 너무 예뻐요. 애비를 닮았어요.'

하지만 아무도 아이들이 부모를 닮아서 똑똑하다고는 하지 않았다. 복수형으로는 말하지 않았던 것이다.

맙소사, 애비는 얼굴을 붉히고 있었다.

"아이를 갖고 싶었던 적은 있어요?" 애비는 약간 높은 목소리로 말했다. "내 말은, 당신 배경을 생각하면 의무였을 것 같은데요."

"이론적으로는요." 카버가 대답했다. "하지만 현실적으로는 늘 때가 안 맞다고 느꼈어요. 돈이 아직 부족해서 좀 기다리는 게 낫겠어, 일 때문에 너무 바빠서 좀 기다리는 게 낫겠어, 우리 아파트가 너무 좁으니 좀 기다리는 게 낫겠어. 그러다 마침내 아내가 기다리고 싶어 하지 않는 남자를 만났죠. 그래서 우린 이혼했고요."

"아. 결혼했었다는 건 몰랐어요."

"4년 살았죠." 카버가 맥주를 비웠다. "이제 모니카는 재정 담당 변호사랑 살아요. 그리고 귀여운 아들이 하나 있죠."

"연락하고 지내요?"

"현대적인 의미에서는요. 내가 모니카의 페이스북을 스토킹하거든요. 완벽한 인생을 보여주는 사진들을 전부 훑어보고 가끔 댓글 없이 '좋아요'를 누르죠. 모니카가 잘 살아서 기쁘지만 사실 크게 관심 없다는 걸 모니카한테 알리려고요."

애비가 소리 내 웃었다. "좀 소름 끼치네요."

"애비는 전남편 사진 안 봐요?"

"당연히 보죠. 하나도 안 빼놓고요. 하지만 난 절대 '좋아요'는 안 눌러요…… 내가 좆도 관심 없다는 걸 알려주려고요."

"페이스북 '좋아요' 버튼에 그렇게 미묘한 의미가 있는 줄 누가 알았겠어요."

애비가 다시 소리 내 웃었다. "사건 관련해서 상의하고 싶댔죠."

"맞아요." 카버의 얼굴이 진지해졌다. "매코믹과 이야기했어요. 에릭 레이턴을 인터뷰한 기자요. 에릭이 개브리엘에게서 3년 전 틸먼 농장에 전화했다는 이야기를 들었대요. 아빠한테 연락하려 한 거죠."

애비가 눈을 깜빡였다. "나한테는 연락 안 하고 있다고 했는데."

"안 하고 있었어요. 내가 전화해서 그 뒤 상황을 확인했어요. 누군지 모르는 남자가 전화를 받아서는, 개브리엘이 누군지 알자마자 오티스를 부르러 갔대요. 오티스는 데이비드가 통화할 마음이 없다고 했고요. 직접 와서 아빠랑 이야기하라고, 개브리엘을 설득하려 했대요. 하지만 개브리엘은 넘어가지 않았죠. 아빠가 거기 있는지 없는지도 잘 모르겠다고, 오티스가 좀 징그럽게 느껴졌다고 레이턴한테 그랬나 봐요."

"촉이 좋네요."

"아마도 그래서 그자들이 이든과 아이들이 사는 곳을 알아낸 거겠죠."

"누구랑 통화했는지 들었어요? 오티스 이전에?"

"누군지 모른대요. 어쩌면 칼이 아니었을까 싶어요."

"확실히 그럴 가능성이 있죠. 그리고 당신 생각보다 더 심각해요." 애비는 칼과 개브리엘의 결혼 계획에 관해 알려주었다. "칼은 개브리엘이 살아 있다는 걸 알고 잔뜩 들떴을 게 분명해요……. 그것도 그리 멀지 않은 곳에서 말이죠."

"그리고 그때부터 인스타그램 계정을 스토킹하기 시작했군요."

애비는 의자에 등을 기대고 머릿속으로 상황을 처음부터 쭉 정리했다.

카버가 일어났다. "화장실이 어디죠?"

"복도로 나가서 왼쪽요."

카버는 부엌을 나갔다. 애비는 포장 용기를 들고 혹시 놓친 쇠고기가 없는지 뒤적거렸다.

"으아!" 갑작스러운 비명이 집 안을 갈랐다.

애비는 상자를 떨어뜨리고 복도를 쏜살같이 달려갔다. 카버는 잔뜩 굳은 채 벤의 방 문간에 서 있었다.

"괜찮아요?" 애비가 쿵쿵 뛰는 심장으로 물었다.

"저 안에 뱀이 있어요! 문을 열었더니 나한테 덤벼들었어요."

애비는 문간을 응시했다. 뱀이 사육장에서 두 사람을 노려보고 있었다. 아마도 누가 더 맛있을지 가늠하려는 듯이.

"당신한테 덤벼들었다고요? 사육장 안에 있는데요." 애비는 재미있어하며 말했다. 카버의 손은 옆구리로 올라가 있었다. 원래는 총이 있을 자리지만 식사하려고 자리에 앉으면서 빼놓아서 비어 있었다.

"음…… 유리가 안 보였어요. 진짜 투명하네요. 그리고 저게 막 쉿쉿거렸어요." 카버는 방 안을 둘러보고 타란툴라와 카멜레온과 귀뚜라미들이 있는 다른 사육장들을 찬찬히 눈여겨보았다. "동물원이네요. 집에 동물원이 있군요."

"동물원은요, 무슨. 아들 방이에요. 화장실은 왼쪽으로 두 번째 문이에요. 뱀을 쏘려고 했어요?"

"저것이 나한테 쉿쉿거렸다니까요." 카버가 다시 말했다. "뱀은 질색이네요. 그리고 저 수족관은 진짜 깨끗하네요. 유리가 안 보였어요."

"사육장이라니까요. 아들이 깨끗한 걸 좋아해서요."

"그렇군요. 그러니까…… 왼쪽으로 두 번째 문이라고요?"

"맞아요."

"혹시 거기엔 박쥐 같은 게 있나요?"

"아뇨, 하지만 변기를 쓰기 전에 한번 확인해봐요. 가끔 피라냐를 거기 두거든요."

카버가 눈을 깜빡였다. 1초쯤은 진지하게 받아들인 것 같았다. "정말 웃겨 죽겠네요." 하지만 카버의 말투에 웃음기는 전혀 없었다.

애비는 부엌으로 돌아가 맥주 두 캔을 더 꺼냈다. 하나는 자신을, 하나는 카버를 위해서였다. 카버는 욕실에서 돌아왔지만 여전히 냉정한 태도를 되찾지 못한 상태였다.

"그래서…… 그게 전부 다 아들의 애완동물이라고요?"

"음, 뱀은 신참이에요. 그 이야기는 했고. 그리고 귀뚜라미는 타란튤라의 먹이예요. 사실 애완동물은 아니죠." 애비는 카버에게 맥주를 내밀었다.

"그 녀석들은 독이 있지 않아요?" 카버가 맥주를 받아 들면서 둘의 손가락이 스쳤다. 카버는 맥주를 따서 길게 한 모금 마셨다.

"독은 확실히 없어요. 있어도 가벼운 정도죠." 애비가 말했다. "어쨌거나 사람한테는 위험하지 않아요. 타란튤라나 뱀한테 물려도 그냥 따끔할 뿐이에요."

"난 어렸을 때 〈인디아나 존스〉를 보고 악몽을 자주 꿨어요."

"아, 영혼의 우물 장면." 애비가 말했다. "거기 뱀들 중 일부는 사실 다리 없는 도마뱀인 거 알아요?"

"그럼 뭐가 달라져요?"

"뱀은 귓구멍이 없어요. 벤은 그 장면을 반복해서 보면서 차이점을 찾아내곤 했어요. 온갖 종류의 비단뱀이랑 가짜 뱀들이랑. 그 애는 코브라를 좋아해요."

"당신도 뱀을 좋아해요?"

"별로요." 애비가 대답했다. "솔직히 말하면 질색이에요. 그리고 거미도요. 그리고 심지어 귀뚜라미도. 카멜레온은 괜찮은 것 같아요."

"아이한테 그런 것들을 키우게 해주다니 정말 좋은 엄마네요."

"우리 딸한테 그렇게 좀 말해줘요."

"옛날에 학교 다닐 때 애비가 나한테 나중에 아이 둘을 낳고, 거기다 아들에게 애완 뱀을 키우게 해주는 엄마가 될 거라고 말했다면 난 미쳤다고 했을 거예요."

애비가 얼굴을 찌푸렸다. "그거 칭찬이에요?"

"아마도요." 카버는 씩 웃어 보이고는 맥주를 길게 한 모금 더 마셨다.

"내가 뭐가 될 거라고 생각했어요? 옛날에 학교에서."

"모르겠어요." 카버가 식탁을 내려다보았다. "어쩌면 내 생각엔…… 내 말은, 내가 바랐던 건……." 문장은 침묵 속으로 증발했다.

"뭘 바랐는데요?"

"우리가 졸업하고 바비큐에서 스티브를 만났을 때 난 좀 실망했어요." 카버가 어깨를 으쓱했다. "당신한테 같이 술 한잔하러 가자고 할 생각이었거든요."

두 사람 사이에 침묵이 내려앉았다. 애비는 맥주를 들이켜고 지금 머리가 핑핑 도는 건 알코올 때문이라고 자신을 설득했다.

애비의 휴대전화가 울렸다. 개브리엘 플레처의 이름이 화면에 떴다.

"여보세요?"

"멀린 경위님?" 개브리엘의 목소리는 잔뜩 억눌려 있었고 울음을 터뜨리기 직전이었다. "저…… 방금 이메일이 왔어요. 납치범들한테서요."

"이메일이? 무슨 내용인데?" 애비는 카버와 눈을 맞췄다.

"네이선이 아프다고 씌어 있어요." 개브리엘이 흐느꼈다. "시간이 다 돼간다고요. 사진도 한 장 같이 왔어요. 안 좋아 보여요."

"좋아. 우선, 네 컴퓨터를 확인할 사람을 보낼게." 애비가 말했다. "사진에는 바이러스가 있을지도 몰라."

"그 사람들이 왜 바이러스를 보내요?" 개브리엘이 코를 훌쩍이며 물었다.

개브리엘의 컴퓨터와 웹캠을 장악하기 위해서. 집에서 일어나는 일을 염탐하기 위해서. "그냥 혹시 모르니까." 애비가 말했다. "이메일을 나한테 전달해줄 수 있니?"

"그…… 그럴게요. 하지만 전 뭘 해야 하죠? 이메일에 대답해야 해요?"

"우선 이메일부터 보자. 지금 보내." 애비는 개브리엘에게 이메일 주소를 불러주었다.

개브리엘의 메일을 기다리며 애비는 자신의 노트북을 가져왔다. 노트북은 경찰학교의 IT 부서에서 정기 관리를 받고 있으니, 만약 이메일에 바이러스가 첨부돼 있으면 틀림없이 백신이 경고를 띄울 것이다.

"됐어요. 보냈어요." 개브리엘이 말했다.

애비는 몇 초쯤 기다린 후 받은편지함을 새로고침했다. 거기 있었다. 임시 이메일 주소에서 보낸 이메일이었다. 무작위적인 글자와 숫자들의 조합. 애비는 이메일을 열어서 얼마 안 되는 내용을 읽었다. 카버가 어깨 너머로 보고 있었다.

얼마나 기다리게 할 거야. 네 동생은 시간이 많지 않아. 그 애는 아프고 우린 인내심이 바닥나고 있어. 그 애가 죽으면 네 탓이야!!!!

네이선의 사진은 확실히 안 좋아 보였다. 아이는 창백했고 한쪽 눈꺼풀을 반만 뜨고 있었으며 얼굴은 생채기가 나 있었고 지저분해 보였다.

개브리엘은 헛기침을 했다. "혹시 네이선이 이미…… 혹시 이미……?"

"네이선은 살아 있어." 애비가 단호하게 말했지만 속으로는 자신이 옳기를 빌었다. "그렇지 않다면 우리한테 이 사진을 보내지 않았을 거야."

"제가 답장을 보내야 해요?"

"그래. 하지만 답장은 내가 직접 썼으면 해. 좀 이따 내용을 보내줄게." 하지만 과연 납치범들이 그걸 확인이나 할까 싶었다. 임시 이메일로 보냈다는 건 놈들이 이 계정을 다시 사용할 의도가 없다는 뜻이었다. "한 시간만 기다려."

"하지만 만약 우리가 제때 돈을 구하지 못하면요? 그 사람들이 네이선이 죽게 내버려둘까요?"

"우린 네이선을 늦기 전에 데려오기 위해 할 수 있는 모든 노력을 할 거야. 알겠지?"

"네."

"이메일 답장이 준비되면 내가 전화할게."

"제발 빨리 좀 부탁드려요." 개브리엘이 나지막한 목소리로 말하고 전화를 끊었다.

"이메일을 나한테도 보내줘요." 카버가 말했다. "기술팀 사람들한테 말해서 발신자를 추적할 수 있나 볼게요."

애비는 건성으로 고개를 끄덕였다. 이미 뭐라고 답장을 보낼지 생각하며 빈 문서를 여는 중이었다.

카버가 일어섰다. "기술팀에서 답이 오면 알려줄게요."

"그래요. 카버?"

"네?"

"이메일로 보면 납치범은 동요하고 있는 것 같아요. 우린 네 이선을 빨리 찾아야 해요."

65

애비가 어머니의 집 앞에 차를 세운 것은 아침 9시 직후였다. 혹시 새로운 소식이 있을까 싶어 이메일을 다시금 확인했다. 아직은 아무것도 없었다. 전날 밤 카버가 전화해서 이메일 발신자 추적이 불가능하다고 알려주었다. 그걸 보낸 자는 초보가 아니었다.

개브리엘은 애비가 보낸 내용으로 이메일에 답신을 보냈다. 납치범들이 상황을 컨트롤하고 있다고 착각하게 만들기 위한 열린 질문 몇 가지를 담은, 안심시키는 내용이었다. 모쪼록 이메일에 답신이 오기만 바랄 뿐이었다. 그러면 수사팀에게 정말 간절한 정보를 조금이라도 제공할 수 있을 것이다. 하지만 애비는 납치범들이 과연 그걸 열어보기나 할지 의심스러웠다. 대화를 원한다면 전화 통화를 하면 됐다. 이건 놈들이 대화하지 않으면서 메시지를 보내는 방식이었다.

네이선이 의식을 잃고 누워 있는 사진은 애비에게 행동에 나서고자 하는 욕구를 불러일으켰다. 하지만 아직은 뭔가 행동할 만한 기반이 전혀 없었다. 할 수 있는 건 그저 지금까지 해온 일을 계속하는 것뿐이었다. 리어노어에게 의지해 답을 얻는 것.

차에서 내려 문으로 갔다. 미처 노크할 틈도 없이 페니가 문을 벌컥 열더니 웃음 띤 입술에 손가락을 갖다 댔다. 애비는 뒤따라 들어갔다. 아무 소리도 내지 않으려 조심조심하며 2층으로 이어지는 나무 계단을 올라갔다.

애비의 옛날 방문은 닫혀 있었지만 그 너머에서 시끄러운 대화 소리가 들려왔다. 브라이언이 동생에게 고함치는 소리가 들린 순간, 애비의 창자가 꼬였다. 하지만 그 후 리어노어가 명랑하고 들뜬 목소리로 대답했다.

"그건 오빠 열세 살 생일 때였어, 멍청하긴." 문이 닫혀 있어 리어노어의 목소리는 좀 작게 들렸지만, 애비는 알아들을 수 있었다. "그리고 난 케이크 위로 넘어지지 않았어. 떠밀린 거지."

"장담하는데 내 열두 번째 생일이었다니까. 확실히 기억해. 엄마가 덤블도어 모양으로 생긴 케이크를 만들어줬거든. 정말 멋진 케이크였어. 네가 그걸 네 셔츠에 온통 문대기 전까지는 말이야."

"아, 됐거든. 덤블도어는 무슨, 비슷하지도 않았네. 엄마가 얼굴을 완전히 망쳐버려서 변태 산타처럼 보였거든."

"넌 산타가 전부 변태라고 생각하잖아."

그리고 그때 들려온 소리에 애비의 눈에 눈물이 차올랐다. 리어노어가 웃었다. "흥, 그게 사실이니까!" 리어노어는 여전히 킥킥대고 있었다. "알잖아, 애들을 무릎에 앉히는 거."

애비와 어머니는 발끝으로 살금살금 계단을 내려가 부엌으로 향했다.

"30분 전부터 쭉 저랬어." 페니가 부드러운 목소리로 말했다. "아직 방에서 한 번도 안 나왔어."

"정말 굉장해요." 애비가 부엌을 서성거리며 말했다.

"어젯밤에 잠들기 전에 브라이언이랑 이야기를 좀 해봤거든. 매년 핼러윈 후에 동생이랑 같이 초콜릿이랑 사탕 받은 걸 합쳐서 방에 숨어서 몰래 먹었다고 하더라. 그래서 오늘 아침에 내가 네 옛날 핼러윈 가방을 꺼내서…… 그거 기억나니?"

"호박 모양 그거요? 아직 안 버리셨어요? 아마 곰팡이가 잔뜩 피었을 텐데."

"싹 닦았지. 그리고 근처 편의점에 가서 사탕으로 가득 채워 애들 방 앞에 놔줬어. 아마 리어노어가 먼저 일어난 것 같아. 그 애가 밖으로 나와서 그걸 보고는…… 그 뒤로 둘이 계속 방 안에 있어."

애비는 어머니를 껴안았다. 눈물이 뺨을 타고 흘렀다. 위기관리와 사이비 집단 개입을 연구하며 수년의 세월을 보낸 애비였다. 하지만 어머니는 사람들에게 가장 필요한 게 뭔지 직감적으로 알아내는 재주가 있었다.

애비는 다시 부엌을 서성이며 위층 방에 있는 여자아이에 관해 생각했다. 그리고 아이가 가진 정보에 관해. 아이는 어쩌면 칼의 알리바이를 깨줄 수 있을지도 모른다. 어쩌면 그곳에서 미성년자들에게 조직적으로 자행되는 성폭력을 증언해줄 수 있을지도 모른다. 경찰이 그곳에 발을 들일 수 있게 해줄 뭔가를 분명히 가지고 있을 것이다.

리어노어는 경계선에 서 있었다. 그리고 이쪽은 지금 당장 저

너머의 정보가 필요했다. 하지만 애비가 지금 불쑥 들어가서 신문하기 시작한다면 그건 리어노어를 집단의 손아귀에 곧장 다시 밀어 넣는 거나 다름없었다.

사이비 집단 개입은 절대 빡빡한 스케줄에 따라 이루어질 수 없었다. 상대는 상황을 처리할 시간이, 스스로 결론에 도달할 시간이 필요했다. 애비는 그걸 알았지만, 그럼에도 여전히 리어노어를 밀어붙이고 싶은 욕구는 사라지지 않았다. 설득하고 싶었다. 네이선의 목숨이 리어노어가 가진 정보에 달려 있었다.

"애들은 잘 있지?" 페니가 애비를 곁눈질하며 물었다.

"잘 있어요. 오늘 아침 스티브하고 통화했어요. 목요일까지 애들 아빠 집에 있을 거예요."

"스티브한테 감사해야겠구나."

"그러시든가요." 그랬다. 스티브는 심지어 그리 생색을 내지도 않았다. 음, 어쩌면 조금은 냈을 수도 있지만. 하지만 그렇다 해도 애비는 세상 최악의 엄마가 된 듯한 죄책감을 버릴 수 없었다. 그동안, 아이가 매일 텔레비전을 몇 시간씩 보게 놔두는 벤의 친구 엄마처럼 꽤 심한 엄마들을 봐왔음에도 말이다. 하지만 그 엄마가 일주일 내내 애들을 내버려두었나? 아니, 그러지 않았다. 그렇게 끔찍한 엄마는 애비뿐이었다.

애비는 그 생각을 떨쳐버렸다.

"어릴 적 일들 몇 가지가 기억나요." 애비가 말했다. "집단에 있을 때요."

"나쁜 기억이니?"

"일부는요. 전부 나쁜 것만은 아니었어요. 야생화 들판도 있었고…… 음, 그건 엄마도 아시죠. 양귀비를 키운 곳요. 하지만 아름다웠어요."

"기억난다." 페니가 말했다.

"엄마도 거기 갔었어요?" 애비가 놀라서 물었다.

"우리 다 거기 갔었어. 행크랑 내가 널 입양하고 1년 지나서 거기로 데려갔잖니. 혹시 도움이 될까 싶어서. 네가 너무 힘들어 하길래."

"그게 도움이 됐나요?"

"어쩌면 조금은? 긴 과정이었지."

애비는 고개를 끄덕이고 부엌을 서성이며 손끝으로 의자를……

쓰다듬었다. 조리대 앞에 서서 콧노래를 흥얼거리며 저녁식사를 준비하는 페니를 응시했다. 페니는 정신이 온통 식사 준비에 쏠려 있었다. 완벽한 기회였다.

아비하일은 몰래 살금살금 부엌을 빠져나갔다. 계단 옆에서 아주 잠깐 멈춰 서서 귀를 쫑긋 세웠다. 행크는 위층 서재에서 통화 중이었다. 행크는 전화 통화를 아주 많이 했다. 페니는 아비하일에게 그게 행크의 업무라고 말해주었다.

애비는 욕실로 몰래 들어가서 불을 끄고 문을 반만 닫았다. 문을 완전히 닫으면 늘 들켰다.

그 후 주머니에서 녹색 수세미를 꺼냈다. 페니가 한눈파는 사이 부엌 싱크대에서 집어 온 거였다.

완벽했다.

페니와 행크는 애비가 손 씻는 걸 좋아하지 않았다. 애비가 병균 이야기를 하자, 페니는 그렇더라도 비누 한 조각으로 20초만 씻으면 충분하다고 했다. 두 사람은 애비를 이해하지 못했다.

그러나 그들 방식으로는 정말 지독한 병균을 제거할 수 없었다. 어떤 병균은 박박 문질러 닦아내야 했다.

행크는 만약 한 번 더 손톱으로 피부를 긁다가 들키면 벌을 줄 거라고 했다. 하지만 수세미를 쓰면 안 된다는 말은 없었다.

애비는 수도꼭지를 틀고 문지르기 시작했다. 거친 재질이 병균을 벗겨냈다. 그 위에 물비누를 왕창 붓고 더 세게 문질렀다. 손목을 타고 흐른 비눗물이 피와 만나 분홍색으로 변했다. 아팠지만 좋은 아픔이었다. 정화의 통증. 애비는 모든 병균을 씻어내야 했다.

"안 돼! 아비하일, 너 뭐 하는 거니!" 페니의 공포에 질린 비명에 애비는 수세미를 세면대에…….

……떨어뜨렸다.

애비는 세면대를 응시했다. 자신도 모르게 부엌을 나와 욕실로 가고 있었다. 세면대는 그때의 세면대가 아니었다. 페니와 행크는 그 후 새 세면대를 설치했다. 하지만 여전히 그 욕실에는 어린 시절의 흔적이 남아 있었다. 벽의 거울은 그 오랜 세월 후에도 여전히 옛날과 같은 것이었다. 타일도 동일했다.

부모님이 얼마나 경악했던지. 애비는 두 사람의 목소리를 아직도 떠올릴 수 있었다…….

……침대에 누워 있을 때.

"우린 엄하게 굴어야 해." 행크가 화난 목소리로 말했다. "그 애가 자기 몸을 해치게 그냥 놔둘 수는 없어. 다음번에는 자해라도 하면 어떡하려고? 난 일주일 동안 텔레비전 안 보여준다고 할 거야. 그리고 또 그러다가 걸리면……."

"아, 그만해, 행크." 페니가 날카롭게 쏘아붙였다. "애한테 벌을 주는 건 도움이 안 돼. 인내심을 가져야지. 심리학자가 뭐라고 했는지 생각해봐."

"그 사람은 너무 물렀어. 우리 부모님은 날 엄격하게 키우셨는데 난 잘만 자랐잖아."

"제발 좀. 그 딱한 것이 겪은 일을 지금 당신 어린 시절과 비교하는 거야?"

긴 침묵이 흘렀다.

"그 염병할 사이비." 행크가 마침내 내뱉었다. "난 그놈들이 애한테 한 짓을 우리가 고쳐놓을 수 있을지 모르겠어."

"애를 고쳐놓는 게 핵심이 아니야. 사랑을 주는 거지. 그냥 인내심을 가져야 해."

그 후로는 두 사람의 목소리가 더 낮아져서, 아비하일은 더는 엿들을 수 없었다. 지쳤고 천천히 잠 속으로 곯아떨어지고 있었다. 행크가 말한 '사이비'가 무슨 뜻인지, 그날 밤의 화재와 폭발이 사이비의 잘못인지 궁금해하면서.

애비는 이마를 문지르며 거실로 돌아갔다. 희망에 찬 눈빛으로 층계를 올려다보았지만 리어노어와 브라이언은 아직 닫힌 방 안에 있었다.

"아비하일?" 문간에서 행크의 목소리가 들려왔다.

애비는 얼굴을 덮은 담요를 젖히지 않았다. 행크를 보고 싶지 않았다. 페니도. 그저 가족에게 돌아가고 싶을 뿐이었다.

"네게 줄 게 있어." 행크가 말했다. 애비는 침대에 걸터앉는 행크의 무게로 매트리스가 움직이는 걸 느꼈다. "이걸로 손을 씻으면 돼."

그 말은 효과가 있었다. 애비는 담요 밑에서 눈으로만 빼꼼 내다보았다. "뭔데요?"

행크는 끈적거리는 분홍 액체가 담긴 커다란 병을 내밀었다. "특별한 마법의 비누야. 항균 비누지. 무슨 뜻인지 아니?"

애비는 고개를 저었다.

"병균을 더 빨리 제거한다는 뜻이야. 보통 비누보다 훨씬 좋은 거야. 그리고 이거랑 같이 써야 해." 행크는 흰 동그라미처럼 생긴 커다란 포장을 꺼냈다. "이건 솜으로 만든 거야. 보이지? 이걸 살짝 적셔서, 문지르기 시작하는 거야. 세게 문지르지 않아도 되지만……." 행크가 숨을 토했다. "원하는 만큼 얼마든지 오래 문질러도 돼. 손이 깨끗해질 때까지."

"한 시간도 돼요?"

행크가 한숨을 내쉬었다. "꼭 한 시간씩 할 필요는 없을 것 같은데. 하지만 원하면 얼마든지 씻어도 돼. 하지만 손톱은 안 된다, 알겠지? 그리고 꼭 이 특수 패드만 써." 행크는 병과 패드를 침대에 놓았다. "알았지?"

"알았어요." 애비는 가냘픈 목소리로 대답했다. 그리고 잠시 망설인 후 행크를 껴안았다. 눈은 질끈 감은 채였다.

위층에서 방문 열리는 소리가 들려오자 애비는 퍼뜩 회상에서 깨어나 손등으로 재빨리 눈을 훔쳤다. 브라이언과 리어노어가 계단을 내려오고 있었다.

66

"안녕." 애비가 짐짓 쾌활한 목소리로 말했다. "오늘 아침은 기분이 좀 어떠니?"

"좋아요." 리어노어가 대답했다. 얼굴에서는 행복한 미소가 사라지고 있었다.

"더 나아 보이네." 애비가 말했다. 긴장감을 철저히 감추고 느긋하게, 그냥 지나가는 길에 들른 척, 다른 데 정신 팔린 척 무심한 표정을 지었다.

"네, 뭐. 브라이언이랑 같이 있으니까 좋아요." 리어노어는 살짝 미소를 지어 보이며 페니를 향해 말했다. "초콜릿 고맙습니다."

"고맙긴, 예쁜이." 페니가 말했다. "둘 다 차 좀 마실래?"

"제가 타면 돼요." 브라이언이 말했다.

"쓸데없는 소리." 페니는 주방에서 찬장과 서랍을 쾅쾅 여닫는 자신의 의식을 시작했다.

"우리 거실로 가자." 애비는 그 소음에 눈을 희번덕대며 반쯤 고함치다시피 말했다. "여기서는 내 머릿속 생각도 안 들릴 것 같아."

세 사람은 거실로 갔다. 애비는 안락의자에 앉았고 리어노어와 브라이언은 소파에 딱 붙어 앉았다.

"브라이언, 사이드미러는 고쳤니?" 애비가 물었다. "그 상태로 운전하면 안 돼."

"아직요." 브라이언이 멋쩍게 대답했다.

"내가 보험금 신청서 작성해줄 수 있는데." 애비가 제의했다. "네 잘못이 아니었다고 말해줄게. 아마 그러면 돈을 지급받기가 더 쉬울 거야."

"그래주시면 너무 좋죠." 브라이언이 안도한 목소리로 말했다. "요즘 현금이 좀 쪼들리거든요. 아빠가 차를 보면 발작을 일으키실 거예요."

"그냥 무슨 일이 있었는지만 나한테 말해주면 돼." 애비가 가볍게 말했다. "약간 문제가 있었던 것 같은데. 네가 통제를 잃었지."

한순간 아무도 입을 열지 않았지만, 이윽고 브라이언이 말했다. "아무것도 아니었어요. 신경 쓰지 마세요. 제 잘못이었어요."

"아니에요." 리어노어가 목 졸린 듯한 목소리로 말했다. "제가 할퀴었어요. 당황해서 그랬어요."

애비가 인상을 찌푸렸다. "왜 당황했는데?"

"그냥…… 겁났던 것 같아요."

"뭐가 겁났는데?"

"그런 생각이……. 그게요, 그냥 멍청한 생각이었어요. 무서

449

왔어요. 하지만 지금은 극복했어요."

"네 오빠가 뭘 했길래……."

"아니에요!" 리어노어가 불안정한 태도로 불쑥 내뱉었다. "전 그게 함정인 줄 알았어요, 아시겠어요? 어쩌면 앞에서 도로가 봉쇄돼 있을지도 모른다고 생각했어요. 우리를 막아 세워서 죽일 거라고요. 그래서 브라이언한테 차를 돌리라고 고함쳤어요. 그런데 제 말을 안 듣길래 할퀸 거예요."

"왜 그런 생각을 했는데?" 애비가 시험하듯 물었다. 균열을 찾고 있었다. 리어노어가 의심을 품고 있다는 신호를. 스스로 생각하고 행동할 준비가 됐다는 신호를.

"모르겠어요."

"모른다고?" 애비가 되풀이했다.

"저기요, 공동체를 떠난 사람들은 모두 살해당했어요, 아시겠어요? 우리를 미워하는 사람들이 있다고요. 우릴 막고 싶어 하는 사람들요. FBI 사람들이랑 우리가 진보적이라서 우리를 혐오하는 근본주의 기독교인들이랑. 아줌마는 괜찮은 것 같아요. 그 사람들이랑 한편이 아니잖아요. 하지만 그때는 그걸 몰랐어요."

"넌 공동체를 떠난 사람들이 모두 살해당했다고 했지. 하지만 넌 이든을 만났잖니. 이든은 살해당하지 않았어, 안 그러니?"

"그런 것 같아요. 어쩌면 전부 살해당하지는 않았을지도 모르죠. 어쩌면 우리가 잘못된 정보를 접했나 봐요."

잘못된 정보. 그거였다. 그들이 잘못 알았다고 리어노어가 인정한 건 커다란 진보였다. 그 균열에 힘을 실어야 했다. 더 벌려야 했다.

"떠난 사람들이 다들 죽었다는 생각은 어쩌다 하게 된 거니?

그 잘못된 정보를 너한테 준 사람이 누구야?"

리어노어는 눈을 질끈 감고 기도하기 시작했다. 브라이언은 눈을 내리깔았다. 표정에서 깊은 절망이 배어 나왔다. 애비는 브라이언에게 안심하라는 표정을 지어 보이고 등받이에 몸을 기댄 채 기다렸다. 너무 세게 밀어붙였다. 좀 더 부드러워야 했다. 잠시 후, 페니가 들어와서 각자에게 차를 건넸다. 그러자 리어노어는 자신의 행동에 스스로 민망해진 듯 기도를 멈췄다. 페니는 거실을 나가면서 리어노어의 머리를 쓰다듬었다.

"지난 며칠 동안 여기 있으면서 브라이언한테 공동체 이야기를 했니?" 애비는 어머니가 나가자마자 물었다.

"네." 리어노어는 바닥만 내려다보고 있었다.

"오빠가 거기에 관해 어떻게 생각하는 것 같니?" 애비는 차를 홀짝이며 물었다.

"직접 물어보세요."

"난 네가 어떻게 생각하는지를 알고 싶어." 애비는 가볍게 말했다. 리어노어가 브라이언의 눈을 통해 자기 자신을 보게 하고 싶었다. 집단을 다른 시각에서 살펴보길 바랐다.

"좋아하지 않는 것 같아요. 어제 그 아줌마 때문에요."

"이든 말이니?"

"그 아줌마는 꽤 부정적이었어요. 하지만 제 말은, 그분은 떠난 분이잖아요. 그리고 오티스가 그러는데 우리한테서 돈을 훔쳐갔다면서요. 그래서 그 헛소리를 어디까지 믿어야 할지 잘 모르겠어요."

"전부 헛소리였니? 네가 직접 목격한 것과 비슷해 보이지는 않고?"

"어쩌면, 정말 왜곡된 시각에서 보면요. 막, 잘못 말하면 뭐든 끔찍하게 들릴 수 있잖아요."

"산타처럼." 브라이언이 웃음 띤 얼굴로 말했다.

"닥쳐, 오빠."

"그러니까 넌 이든이 현실을 왜곡하고 있다는 거지?"

"네."

짧은 망설임이 있었다. 찰나의 침묵. 애비는 그걸 들었다. 어딘가, 마음속 깊숙이에서, 리어노어는 이든이 진실을 말하고 있음을 알았다. 왜곡된 현실이 아니라. 애비는 리어노어의 의식에 깊이 파묻힌 그 부분을 꺼내고 싶었다.

"이든이 한 말을 열네 살의 네가 들었다면 어땠을까?"

"뭐라고요?" 리어노어는 혼란스러운 표정으로 눈을 치떴다.

"네가 공동체 사람들을 만나기 전에 이든의 이야기를 먼저 들었다고 한번 생각해봐. 그랬다면 넌 어떻게 생각했을까? 그게 헛소리라고 했을까?"

리어노어는 침묵을 지켰다. 애비는 리어노어 스스로 생각하게 놔두고 기다렸다.

"열네 살 때 전 뭘 몰랐어요."

"하지만 지금은 뭘 좀 알지. 넌 그 사람들을 알고, 그 사람들의 방식을 공부했으니까. 그 사람들은 너한테 모든 걸 설명해줬고."

"네."

"열네 살의 리어노어를 지금 만난다고 생각해봐. 네가 어떻게 설명하면 그 애가 이해할까?"

"전…… 전 이렇게 말할 거예요……. 제 말은, 그 애가 이해하지 못하는 것들이 있다고요. 그 사람들 이야기를 들어봐야 한다고요. 직접 가서 보라고요."

"이든은 그 사람들이 열두 살짜리 자기 딸을 칼과 결혼시키려 했다고 말했지. 넌 그걸 과거의 너 자신한테 어떻게 설명할 거니?"

리어노어는 손톱을 물어뜯었다. 눈동자가 미친 듯 탈출구를 찾아 헤맸다. "어떤 일들은 설명하기 쉽지 않아요. 그분은 오티스하고 대화를 나눠봐야 했어요."

"왜? 넌 그걸 자신에게 설명할 수 없니? 이제는 이해할 수 있다면서."

"오티스가 더 잘 설명하니까요."

"열네 살짜리 리어노어는 지금 너를 만난다면 어떻게 생각할까? 브라이언의 차에서 있었던 일에 관해 뭐라고 말할까? 그 애가 네 공포를 이해할까? 브라이언이 널 함정으로 데려가고 있을까 봐 겁에 질린 걸?"

리어노어는 다시 눈을 질끈 감았다. 하지만 놀랍게도, 기도는 하지 않았다. 더 세게 밀어붙일 때였다. 오티스가 리어노어의 머릿속에 심은 벽을 무너뜨릴 때였다.

"그 애가 오티스의 전과 기록에 관해 뭐라고 할까? 불법 무기 거래. 성폭행 혐의 두 건."

리어노어는 고개를 난폭하게 저었다.

"네가 최근 겪은 일에 관해 그 애는 어떻게 생각할까?"

휘둥그레 뜬 리어노어의 눈은 고통과 공포로 가득했다. 거기 있었다. 그 아래의 여자애가. 상처받고 부서졌지만, 여전히 거기 있었다. 리어노어는 벌떡 일어섰다. "잠깐 산책 좀 해야겠어요."

브라이언도 일어섰다. "내가 같이 갈⋯⋯."

"싫어!" 리어노어가 고함쳤다. "날 혼자 놔둬! 난 산책 갈 거야…… 혼자서."

리어노어는 마치 그들이 쫓아오기라도 할 것처럼 쏜살같이 문간을 뛰쳐나갔다. 브라이언은 따라가려고 일어섰지만 애비가 막았다. 리어노어는 등 뒤로 문을 닫고 집을 나갔다.

"왜 가게 놔두셨어요?" 브라이언이 분개해서 따졌다. "이제 뭔가가 좀 되려고 하는데."

"그 애가 우리한테 억지로 갇혀 있다고 생각하면 안 돼. 그건 상황에 도움이 안 되거든." 애비가 지적했다. "우린 언제든 나가고 싶으면 나갈 수 있다고 말했어."

"우두머리한테 전화해서 데리러 오라고 하면 우리가 무슨 수로 막아요? 아니면 그냥 지나가는 차를 얻어 타고 돌아가버릴지도 모르잖아요."

"못 막지." 애비가 말했다. "하지만 그 애는 혼자 산책하고 싶다고 했어. 그 애의 바람을 들어주는 건 지금 아주 중요해."

겉으로는 태연한 척했지만, 애비는 걱정하고 있었다. 그렇게 갑자기 뛰쳐나간 건 탈출 시도일 수도 있었다. 그리고 만약 리어노어에게 안전한 피난처가 필요하다면, 자동적으로 집으로 여기는 곳으로 향할 것이다. 오티스 틸먼의 농장으로. 도로를 봉쇄하거나 사람을 시켜서 리어노어를 뒤쫓을 수만 있다면 얼마나 좋을까. 하지만 불가능했다. 지금 할 수 있는 건 그저 겁에 질린 열다섯 살짜리 여자애의 판단력과 자아성찰을 믿는 것뿐이었다.

시간이 똑딱똑딱 흐르는 동안 애비는 휴대전화를 확인하고 이메일을 읽으려 애썼다. 하지만 계속 똑같은 문장을 거듭 읽고 있었다. 텔레비전을 켰다 껐다 하던 브라이언은 밖으로 나가더니 10분 후 돌아왔다. 어두운 표정으로 아무 말도 하지 않았다. 리어노어를 찾으러 나갔다 허탕 친 것이리라.

한 시간이 지났다. 바늘방석에 앉은 듯한 시간이었다. 페니는 바닥을 쓸고 정리정돈을 했지만 역시 안절부절못하는 게 확연히 보였다. 애비는 다음 단계로 넘어갈 준비를 했다. 리어노어는 도망쳤다. 아마도 지금쯤 농장으로 돌아가는 길일 것이다. 이건 가슴 아픈 실패였다.

그 순간, 문이 열리고 리어노어가 거기 서 있었다. 눈은 빨갛고 부어 있었다.

"난 농장으로 돌아가기 싫어요." 리어노어가 훌쩍댔다.

"돌아가지 않아도 돼." 브라이언이 동생을 팔로 감싸 안았다.

"하지만 엄마, 아빠 집으로 돌아가는 것도 싫어. 아직은 싫어."

"여기 며칠 더 있을래?" 페니가 물었다. "난 괜찮으니까."

"좋아요." 리어노어가 브라이언의 가슴에 얼굴을 묻고 작은 목소리로 말했다.

애비는 헛기침을 했다. "리어노어, 난 네 도움이 필요해. 질문 몇 가지에만 대답해줄 수 있니?"

브라이언이 애비를 사납게 노려보았지만 애비는 무시했다. 이제 돌파구가 열렸으니, 더는 1초도 낭비할 수 없었다. 리어노어는 오빠를 놓아주고 눈을 비볐다. "뭘 원하시는지 알 것 같아요."

"우리 생각엔 오티스나 칼이 지난주에 네이선을 납치하기로 작정한 것 같아." 애비가 말했다. "어쩌면 농장에 그 애를 데리고 있을지도 몰라. 하지만 거길 수색하려면 타당한 이유가 필요해. 그러니 네가 칼의 알리바이를 깨줄 수 있거나 뭔가 정보가 있다면……."

"아줌마가 틀렸어요." 리어노어가 코를 훌쩍였다.

"네가 아직 그렇게 생각하는 건 알지만……."

"이해를 못 하시네요." 리어노어가 언성을 높였다. "그 사람들은 지난주에 네이선을 납치하려고 결정한 게 아니에요. 몇 년 전부터 계획했어요."

67

"카버 형사와 함께 내 정보원인 리어노어 크래프트를 두 시간 도 넘게 신문했어요." 애비가 말했다. "우리가 얻은 정보면 틸먼 농장에 전방위적 수색영장을 신청하고도 남아요."

수사실 탁자에 둘러앉은 모두의 눈길이 애비에게 쏠려 있었 다. 아드레날린이 솟구쳐 몸이 윙윙 울리는 것 같았다. 애비는 앞 으로 몇 시간이 단순히 이 사건만이 아니라 수많은 사람들의 인 생에 큰 영향을 미칠 것임을 알고 있었다. 이 일을 제대로 해내야 만 했다.

"리어노어는 1년도 더 전부터 틸먼 집단의 일원이었습니다." 애비가 말했다. "그동안 지도층의 내부에 더 가까이 갔는데, 그 건 네 사람으로 이루어져 있습니다. 컬트의 지도자인 오티스 틸 먼. 오티스의 조카이며 후계자로 추정되는 칼 애드킨스. 오티스 의 오른팔이자 네이선 플레처의 아버지인 데이비드 허프. 그리 고 오티스의 변호사인 리처드 스타일스."

애비는 그렇게 말하면서 책상 위에 네 남자의 사진을 펼쳐놓았다. 칼을 신문한 덕분에 칼과 리처드의 것은 최근 사진이었다. 반면 데이비드와 오티스의 사진은 개브리엘의 인스타그램에서 가져온, 아주 옛날 사진이었다.

"우선 무엇보다, 리어노어는 칼이 납치 당일에 대한 알리바이가 없다는 걸 확인해주었습니다." 애비가 말을 이었다. "지난 몇 달 사이 농장을 자주 떠났다고 합니다. 오티스는 누가 물어보면 칼의 알리바이를 확인해주라고 전체 공동체에 명령했습니다. 물론 그 사람들은 그걸 따랐고요. 이른바 공식적인 설명은 칼이 농장을 거의 한 번도 떠나지 않았다는 거였습니다. 하지만 제가 말했듯, 리어노어 덕분에 이 주장은 깨졌습니다."

"리어노어를 믿을 수 있나요?" 반스가 물었다. "첫 신문 때 거짓말했잖아요."

"네." 애비가 단호하게 대꾸했다. "첫 신문 때는 오티스 틸먼이 함께 있었습니다. 거기서 말한 건 거의 무효예요. 리어노어는 우리가 농장을 찾아간 이후로 농장 사람 여럿과 이야기를 나눠봤는데, 그러다 점차 데이비드의 아이들을 납치하자는 논의가 수년 전부터 있었다는 걸 알게 됐답니다. 이런 논의는 대체로 비밀이었지만, 공동체가 워낙 작으니까요. 사람들은 이야기를 하죠. 리어노어는 이 계획을 알고 있는 세 사람의 이름을 댔어요. 우린 그들의 최우선 목표가 개브리엘 플레처라고 믿습니다. 이든 플레처의 말로는 개브리엘은 열두 살 때 칼 애드킨스와 결혼하기로 돼 있었어요. 그게 이든이 그곳을 떠난 이유였죠."

"리어노어는 왜 이제야 털어놓은 거죠?" 그리핀이 물었다. "네이선 플레처를 납치했다는 걸 알고 있었다면요."

"제가 말했듯, 꽤 최근에야 알게 됐거든요. 그리고 오티스 틸 먼은 모든 사람에게 그 소문은 근거 없는 거라고 단언했고요. 데이비드의 아이들을 공동체에 다시 반갑게 맞아들일 생각이지만, 아이들이 스스로 올 때까지 기다리기로 결정했다고요. 리어노어 는 그 말을 믿었어요. 하지만 제가 오늘 아침에 그게 아니라고 설명했죠."

"네이선은 어디에 갇혀 있을까요?" 마셜이 물었다.

"모르죠." 애비가 대꾸했다. "리어노어는 대다수 사람에게 접근이 금지된 오두막 두 곳을 지목했어요. 거기다 본관 지하도 접근 금지고 늘 잠겨 있죠. 네이선은 그 둘 중 한 곳에 있거나, 아니면 농장 밖의 어딘가에 갇혀 있을 수도 있어요."

"리어노어의 증언에다 지금까지 우리가 확보한 과학수사 증거를 더하면 수색영장을 얻어내기 충분합니다." 카버가 말했다. "칼에 관한 이든 플레처의 증언이 있는 데다 이든이 용의자 식별 절차에서 칼을 지목하기도 했죠. 게다가 칼은 개브리엘 플레처의 인스타그램에 디지털 발자국을 잔뜩 남겨놨고요. 우린 집단 일원 몇 명이 리엄 워싱턴과 에릭 레이턴의 범죄현장에서 발견된 발자국과 일치하는 부츠를 신는다는 걸 알아요. 전 서퍽 카운티 경찰에 모든 걸 상세히 기술한, 선서하에 쓴 진술서를 보냈습니다. 그래서 그쪽에서 지금 수색영장을 신청 중이죠."

"좋아요." 그리핀이 콧날을 문지르며 말했다. "그리고 일단 수색영장이 손에 들어오면 조심스럽게 접근해야 합니다."

'와코'나 '루비 리지'나 '윌콕스'를 굳이 입에 올릴 필요조차 없었다. 그런 무장 대치와 그 파국으로 인한 집단 트라우마는 그로부터 수십 년이 흐른 뒤에도 여전히 모든 법 집행관의 머릿속에 생생히 남아 있었다.

"리어노어는 농장의 화기에 관해서도 아주 명확히 알려줬어요." 애비가 말했다. "본관에 자동화기가 적어도 열두 자루는 은닉돼 있어요. 순찰대원들과 불침번은 자동소총 두 자루와 샷건 두 자루를 휴대하고요. 우리가 전체 농장에 대한 수색영장을 들고 들이닥치면 거의 확실히 전면전이 벌어질 테고, 무고한 인질들이 피해를 입을 수 있어요. 농장에는 미성년자가 열두 명 있고 그중 여섯 명은 열 살 미만이에요. 거기다, 네이선 플레처 역시 그곳에 있을지 모르고요."

"협상으로 항복을 이끌어낼 수 있을까요?" 그리핀이 애비와 월을 번갈아 보며 물었다.

"힘들 것 같아요." 애비가 솔직히 털어놓았다. "리어노어한테 들은 것들과 우리가 직접 본 것들로 미루어 보면, 집단 전체가 경찰의 윗사람들과 FBI가 자기들을 죽이려 한다고 믿고 있어요. 그리고 네이선이 그곳에 있다면 오티스는 우리가 들이닥치기 전에 그 애를 죽여서 시신을 안 보이게 처리하는 게 최선이라고 판단할지도 몰라요. 그리고 납치범의 최근 이메일을 보면 우린 시간이 무척 한정돼 있어요. 협상에는 시간이 필요하죠."

"그러면 대안은 뭐죠?"

"서퍽 경찰과 협조해 불시에 습격해야죠." 카버가 말했다. "리어노어가 무기 은닉처의 위치를 알려줬어요. 그리고 더 중요한 건, 집단의 일정에 대한 핵심 정보도 줬어요. 우린 언제 습격해야 할지 알아요."

68

"농장의 위성사진은 꽤 쓸 만한데, 본관의 청사진은 최신 것인지 확실하지 않습니다." 특수기동대 대장인 베이커가 말했다.

구름이 하늘의 달을 거의 가렸다. 어둠 속에서조차 베이커는 쉽게 눈에 띄었다. 마치 동화 속 거인처럼 모든 사람들을 저 위에서 굽어보고 있었다. 하지만 이 이야기 속에서 거인은 이쪽 편이었다.

애비와 나머지 수사팀은 특수기동대 소속 경관들 및 서퍽 카운티에서 선발된 경관 몇 명과 나란히 서 있었다. 그중에는 웡 형사도 있었다. 오티스 틸먼의 농장은 여기서 채 200미터도 떨어져 있지 않았다.

베이커는 브리핑을 계속했다. "우리는 본관 내부에 관한 정보가 없으므로……."

"멀린 경위님과 제가 안에 들어가 봤어요." 웡이 말했다.

모두가 두 사람을 돌아보았다.

베이커는 저녁식사 시간에 급습하기로 결정했다. 리어노어는 저녁식사가 두 시간에서 때로는 세 시간까지 걸린다고 장담했다. 시작은 늘 오티스의 긴 설교였다. 그리고 오티스의 배가 얼마나 고프냐에 따라, 설교는 끝도 없이 이어질 수도 있었다. 그 시간 동안 공동체의 대부분은 식당에서 설교를 들었다. 그것은 의무였다. 바깥에는 무장한 경비원 두 명만 남았다. 하나는 문 옆의 감시탑에 있고, 하나는 담장 주위를 순찰했다. 오티스에게는 무장한 호위 두 명이 딸려 있었지만, 그들은 식당에 오티스와 함께 있었다. 나머지는 비무장 상태였다.

기습은 뉴욕 경찰청과 서퍽 카운티 경찰의 협동 작전이었다. 특수기동대 대장이 결정을 내리기로 합의됐다.

"안으로 들어가는 길을 찾을 수 있겠습니까?" 베이커가 질문했다.

"가능할 것 같아요." 애비가 말했다.

그들은 울창한 나무들 사이에 몸을 숨기고 있었다. 식당 건물은 그들과 감시탑 사이에 있었다. 애비는 특수기동대 경관들과 서퍽 경찰들이 그곳을 습격하는 동안 뒤에 남아 있기로 했다. 하지만 계획이 급속히 변경되고 있었다.

"두 분, 조끼를 착용하세요. 그리고 누가 고글 좀 준비해드리고." 베이커가 명령했다.

애비는 조끼가 얼마나 무거운지 잊고 있었다. 거의 중세 갑옷 같았다. 그걸 입은 채로 달려야 하는 순간이 두려웠다. 반면 웡은 무슨 셔츠라도 입듯 가볍게 걸쳤다. 한 남자가 애비에게 야간투시경을 건네고 머리에 쓰도록 도와주었다. 투시경을 켜자 나무들이 녹회색 빛으로 밀려들었다.

애비는 새로운 빛에 익숙해지려 애쓰며 주위를 탐사했다. 거리감을 파악하기가 어려웠고, 그걸 낀 채로 뛰기는커녕 걷는 것도 겁났다. 온 사방에서 남자들이 장비를 조정하고 끈을 조이고 총과 탄창을 확인하고 있었다. 윙도 마찬가지로, 자신감 있고 편안하게 움직이고 있었다. 애비는 자신이 여기에 어울리지 않는다고 느꼈지만, 이번이 처음도 아니었다. 겉으로는 자신감 있는 척할 수 있었다. 실제로 자신감을 느낄 수 있다면 좋겠지만.

리어노어는 정보의 보고였다. 상세한 일과표와 생활 방식을 넘어 심지어 감시탑의 사각지대까지 기억해 알려주었다. 애비는 그 모든 것을 단조로운 어투로 줄줄 읊는 리어노어를 보며 걱정했다. 그 어조 뒤에는 격동과 고통이 겹겹이 숨어 있었다. 리어노어의 세계는 갈기갈기 찢겼다. 비록 그게 최선이었지만, 애비는 앞으로 리어노어의 몇 달이 고난으로 가득할 것을 알았다.

"어이." 카버가 애비 옆으로 와서 속삭였다. "들어가면 조심해요. 알았죠?"

애비는 녹회색 투시경을 쓰고도 카버의 얼굴에 떠오른 우려를 알아볼 수 있었다. "걱정 말아요. 액션 영웅 놀이는 특수기동대 사람들이나 하라고 하죠."

이어폰에서 목소리가 윙윙 울렸다. "지금 식당으로 들어가고 있습니다." 조준경을 장착하고 근처 헛간 지붕에서 망을 보고 있는 경관의 목소리였다.

"순찰이 보이나?" 베이커가 물었다.

"안 보입니다. 농장 동쪽에 있는 것 같습니다."

다들 잔뜩 긴장한 채 기다렸다. 애비는 거의 숨도 쉬지 못하고 귀에만 온 신경을 집중했다. 멀리 어딘가에서 차 한 대가 지나갔다. 주위에서 귀뚜라미와 여치들이 울었다. 벤한테 그 두 곤충의 차이에 관해 들은 적이 있었지만, 어느 쪽이 더 시끄러운지는 기억나지 않았다.

"이제 보입니다." 망 보는 경관이 말했다. "북동쪽 모퉁이입니다."

"좋아." 베이커가 말했다. "1팀, 출동."

네 남자가 움직여서 어둠 속으로 사라졌다. 애비는 야간투시경을 쓰고도 담장을 향해 가는 그들을 거의 분간할 수 없었다. 기다리는데 몸이 덜덜 떨렸다. 추위 때문인지 두려움 때문인지, 아니면 흥분 때문인지 알 수 없었다. 곤충 울음소리와 박자를 맞춰 머릿속으로 숫자를 셌다. 378까지 셌을 때 걸걸한 목소리가 이어폰으로 들려왔다. "들어왔다. 순찰은 제압했다."

"감시탑으로 이동하라." 베이커가 말했다. "2팀, 멀린, 윙, 가세요."

세 남자가 움직였다. 몸을 웅크려 1팀이 간 길을 따라갔다. 윙도 뒤따랐고, 애비는 그들 뒤로 바짝 따라붙으며 가능한 한 낮게 몸을 웅크렸다. 조끼 때문에 몸을 숙이기가 더 힘들었고, 몇 초 안 지나 숨이 가빠 왔다. 쌀쌀한 밤공기가 폐를 찔렀다. 그때 담장이 보였다. 야간투시경의 녹색 색조에 물들어 있었다. 담장 일부분은 잘려 있었다. 1팀의 솜씨였다.

이윽고 일행은 안으로 진입했다. 사과 과수원을 가로질러 뛰었다. 애비의 소매가 나뭇가지에 자꾸만 걸렸다. 나무뿌리에 발이 걸려 비틀대다 하마터면 땅바닥에 엎어질 뻔했다. 순간 야간투시경이 삐뚜름하게 어긋났고, 애비는 맨눈으로 과수원을 보았다. 칠흑 같은 어둠 속에서 나무들은 위협적인 그림자로 변했다.

다른 팀원들은 볼 수도, 들을 수도 없었다. 당황해서 갈수록 호흡이 빨라졌다. 투시경을 다시 제대로 쓰자 세상은 녹색으로 돌아왔다. 그리고 윙도 돌아왔다. 애비는 엄지를 세워 보였다. 일행은 앞으로 나아갔다.

과수원 가장자리에서 멈췄다. 일행과 그 집 사이에 밭이 놓여 있었다. 열린 곳으로 나가면 감시탑에서 보일 것이었다. 애비는 쪼그려 앉아 숨을 골랐다.

"감시원도 제압했다." 1팀의 남자가 말했다. "앞문을 개방하고 있다."

두 무장 경비원 모두 제압당했다. 나머지 농장 사람들은 식당에 있었다.

애비는 식당 건물을 향해 달리는 남자들을 따라갔다. 몸 숨길 곳 없는 들판을 달리자니 발가벗겨진 기분이었지만, 누군가가 식당 창밖을 내다본대도 아무것도 볼 수 없을 터였다. 밤의 수의가 애비와 팀원들을 감춰주고 있었다. 투시경이 없으면 애비 또한 아무것도 보지 못할 것이다.

뒷문에 도달한 남자들은 문 양쪽 벽에 몸을 바짝 붙였다. 애비는 왼쪽으로 가서 총을 꺼냈다.

문간의 남자가 손잡이를 돌렸다. "잠겼다." 남자가 낮은 목소리로 말했다. 뒤에 있는 남자에게 손을 들어 신호를 보냈다. 손가락으로 숫자를 셌다.

셋…… 둘…… 하나…….

남자가 한 걸음 뒤로 물러서자 그 뒤에 서 있던 남자가 앞으로 나섰다. 문을 발로 차서 부쉈다. 요란한 소리에 애비는 움찔했다. 둘째 남자가 재빨리 안으로 움직였고 1초 후 아무도 없다는 신호를 보냈다. 다른 남자 두 명이 안으로 진입했고, 애비와 웡은 총을 들어 각기 다른 방향을 겨눈 채 그 뒤를 따라갔다.

"층계는 저쪽 문에 있어요." 웡이 낮은 목소리로 말했다. "왼쪽에 문이 두 개 더 있고, 앞문은 오른쪽이에요."

어떻게 그렇게 명확하게 기억하고 있지? 자신 역시 웡과 함께 이곳을 지나갔건만, 녹색 어둠 속에서 이 집은 애비에게 전혀 다른 공간처럼 보였다. 색채의 부재는 애비를 당황하게 했다.

이 방 저 방으로 돌아다니며 각 방에 사람이 없는지 확인한 후 다른 방으로 옮겨 갔다. 층계를 올라갈 때 애비는 두 번째로 올라갔다. 앞에 있는 남자가 계단 가장자리에서 멈춰서 애비에게 왼쪽을 엄호하라는 신호를 보냈다. 애비는 잔뜩 긴장한 채로 고개를 끄덕였다. 남자가 앞으로 가다가 오른쪽으로 방향을 틀자 애비도 따라갔다. 왼쪽으로 몸을 홱 틀어 총구로 앞쪽을 겨눴다. 2층은 1층처럼 비어 있었다.

"틸먼의 사무실은 저쪽이에요." 애비가 가리켜 보였다. "총은 저쪽 방에 있을 거예요."

일행은 갈라졌다. 웡과 남자 한 명은 사무실로 가고 애비와 나머지는 총이 있는 방으로 갔다. 리어노어가 오티스가 가끔 거기에 경비를 세운다고 경고했다. 앞장선 남자가 문을 열고 방 안에 아무도 없음을 확인했다.

애비는 남자를 뒤따라 안으로 들어갔다. 일종의 창고 방으로, 상자, 매트리스, 간이침대가 있었다. 방 반대편 벽에는 매트리스 세 개가 대어져 있었다. 애비는 그리로 가서 매트리스들을 옆으로 움직였다. 아무것도 없었다. 오티스가 총들을 다른 곳으로 옮겼나? 잠시 애비는 공포에 사로잡혔다. 만약 식당에 총이 있다면 어쩌지? 이건 무고한 아이들이 포화 한가운데 갇히는 끔찍한 총격전으로 치달을 수도 있었다.

파편화된 기억이 손에 잡힐 듯 떠올랐다. 폭발, 목덜미의 불타는 듯한 아픔. 손가락이 수십 년 전의 화상 상처로 올라갔다.

저게 뭐지? 거의 완벽하게 숨겨진 작은 걸쇠. 애비는 그것을 벗기고 잡아당겼다. 나무 벽의 한 부분이 움직였다. 그 뒤에는 두 개의 탄약 상자와 열몇 자루의 공격용 라이플이 있었다.

"2팀이다. 총을 확보했다." 애비 뒤편의 남자가 말했다.

"2팀, 알았다. 식당 앞으로 이동하라. 눈에 띄지 마라." 베이커가 응답했다.

남자들은 탄약 상자와 소총 몇 자루를 들었다. 남은 여덟 자루는 애비와 윙의 몫이었다. 애비는 네 자루를 들고, 양 어깨에 두 자루씩 걸머졌다. 하지만 좋은 생각이 아니었다. 총이 총끼리 부딪쳤을 뿐만 아니라 애비의 다리에도 부딪쳐서 한 걸음마다 비틀거리게 만들었기 때문이다. 윙은 한쪽 어깨에 네 자루를 전부 짊어졌다. 일행은 느릿느릿 계단을 내려갔다. 거추장스러운 짐 때문에 다들 운신이 자유롭지 못한 상태였다. 1팀이 문밖에서 그들을 맞이했고, 남자들 넷이 총과 탄약을 앞문으로 날랐다. 거기서는 특수기동대의 무장 차량이 대기 중이었다. 애비는 식당 근처 둔덕으로 곧장 가서 그 뒤에 자리를 잡았다. 윙도 잠시 후 따라왔다.

"이제 기다립시다." 애비가 속삭였다. "어쩌면 좀 걸릴 수도 있어요."

"적어도 저 안 사람들과 달리 우린 틸먼이 주절대는 걸 듣지 않아도 되니까요." 윙이 말했다.

애비는 식당 창에서 나오는 빛에 눈이 멀지 않게 눈을 내리깔고 투시경을 벗어 치웠다. 세상은 다시 어두워졌지만, 그래도 그 망할 놈의 것을 벗고 나니 속이 시원했다. 바닥에 몸을 납작 눕히고 팔꿈치를 세운 채 어둠에 눈이 적응하기를 기다렸다. 가만히 누워 있자니 몸이 벌벌 떨렸지만 옆에 있는 윙을 생각하며 마음을 가라앉히려 애썼다. 긴장감과 지난 20분간의 격한 활동 때문에 전신이 쑤셨다. 가만히 누워 있을 기회가 생긴 게 고마웠다.

몇 분이 지나도록 농장은 고요했다.

"지금이에요." 윙이 숨죽여 말했다.

식당 문이 열렸다. 사람들이 무리지어 바깥으로 나왔다. 서로 대화를 나누는 사람들도, 웃는 사람들도 있었다. 두 여자가 나왔는데, 하나는 팔에 아기를 안고 있었고 하나는 걸음마쟁이와 손을 붙잡고 있었다.

그리고 세 남자가 함께 밖으로 나왔다.

"과녁을 포착했다." 망보는 사람이 이어폰에서 말했다. "무장 경호원 둘. 과녁이 무장했는지는 안 보인다."

"알았다." 베이커가 말했다. "좋아, 3팀, 출동!"

조명. 엔진의 포효. 무장한 승합차 세 대가 열린 문으로 돌진해 군중을 에워싸고 사람들을 가뒀다. 찢어지는 비명. 헬리콥터가 군중 위로 하강하면서 회전날개 소음이 귀를 먹먹하게 했다. 눈이 멀 듯한 빛이 갑자기 땅을 직격했다. 남자들이 차량에서 내려 소총을 앞으로 겨눴다.

애비는 총을 손에 든 채 언덕을 뛰어넘어 오티스와 경호원을 향해 곧장 달렸다.

"꼼짝 마!" 혼란 때문에 어차피 아무도 자신의 말을 못 들을

게 분명했지만, 애비는 소리쳤다. "양손 들어!"

오티스는 충격받은 얼굴로 주위를 두리번거렸다. 눈을 찡그리고 자신을 둘러싼 무장한 남자 수십 명을 바라보았다. 이제, 아무런 통제력도 갖지 못한 이 아수라장의 한복판에서, 오티스는 더는 위엄이나 자신감을 보여주지 못했다. 마치 빠져나갈 틈새를 절박하게 찾는 갇힌 동물 같았다.

애비는 이제 한 경호원이 칼 애드킨스임을 알아보았다. 칼은 한 걸음 앞으로 나와 오티스를 자기 몸으로 보호했다. 주위 요원들이 무기를 버리라고 고함치고 있는데도 아랑곳없이 소총을 손에서 놓지 않았다.

칼과 눈이 마주친 순간, 애비는 칼의 눈동자에서 활활 타오르는 분노의 불길을 보았다.

칼은 재빨리 움직였다. 총신이 애비를 겨눴다. 애비의 총은 너무 낮았고 조준이 흔들렸다. 애비는 총을 들었지만 한발 늦었고, 글록의 방아쇠에 얹힌 손가락은 떨고 있었다.

애비의 측면에서 귀를 먹먹하게 하는 폭발음이 들렸다. 귀가 쩌렁쩌렁 울렸다. 칼이 눈을 휘둥그레 뜬 채 뒤로 휘청했다. 주위의 어둠 속에서 총성이 몇 발 더 메아리쳤고, 비명이 뒤따랐다. 칼은 비틀대며 땅으로 쓰러졌다. 애비는 곁눈질로 웡을 보았다. 웡은 칼을 쏜 후 벌써 둘째 경호원에게 총을 겨누고 있었다.

"무기를 버려!" 웡이 고함쳤다. 그 손쓸 수 없는 아수라장 속에서도, 남자는 웡의 목소리를 듣고 소총을 땅에 떨궜다.

사람들은 도망치고 있었다. 특수기동대 대원들이 그들을 가로막았고, 헬리콥터는 머리 위에서 맴돌았다. 누군가가 확성기에 대고 고함쳤다. 하지만 애비는 윙윙 울리는 이명 때문에 무슨 말인지 알아들을 수 없었다. 땅에 등을 대고 누워 있는 칼을 보았다. 칼의 휘둥그레 뜬 눈은 텅 비어 있었다. 옆에는 간호대원이 있었다. 갈수록 더 많은 차량이 농장으로 쏟아져 들어왔다. 어디선가 여자가 울고 있었다.

오티스를 잡아 강제로 무릎 꿇리고 몸수색을 하던 요원이 오티스의 허리띠에서 긴 농장용 칼을 찾아내어 한쪽으로 던졌다. 애비는 흙 속에 나뒹구는 칼을 보았다. 날이 길었다. 15센티미터쯤 될까. 그리고 상당히 좁았다.

에릭과 리엄을 죽인 바로 그런 종류의 칼이었다.

69

저녁이 가고 밤이 됐다. 애비의 의식 속에서 그 시간들은 서로 연결되지 않는 장면 장면들로 쪼개졌다.

밝은 스포트라이트와 섬광등이 어둠 속에서 눈을 멀게 하는 빛기둥을 던지고 있었다. 그 빛 속에서 겁에 질린 농장 주민들이 무장한 대원들에 떠밀려 도로 식당으로 들어가고 있었다. 우는 아이들, 땅에 누운 칼의 시신을 몰래 보는 눈길들. 공포와 두려움이 사람들의 얼굴에 아로새겨졌다.

방문들이 차례차례 박살 났다. 연구실로 보이는 방 하나. 서류와 컴퓨터로 가득한 방 하나. 화학약품이 가득한 지하실. 네이선의 흔적은 어디에도 없었다.

경찰견 조련사가 개들을 데리고 나타났다. 한 마리는 수색과 구조 전문이었고 하나는 시체 찾기 전문이었다. 개들은 땅에 코를 바짝 갖다 대고 쿵쿵대며 수색했다. 애비는 전자가 네이선을 찾기를 바랐다. 후자가 찾을까 봐 두려웠다. 하지만 사실 두 마리

중 어느 개가 어느 쪽인지도 알지 못했다.

구급차가 붉은 경광등을 번뜩이며 농장으로 들어왔다. 칼의 시신이 들것에 실렸다. 웡은 한쪽에 서서 의중을 알 수 없는 표정으로 의료진을 응시하고 있었다.

부츠가 더 발견됐는데, 모두 동일한, 증거에 부합하는 유형이었다. 특정한 닳은 패턴을 가진 문제의 부츠, 즉 살인자의 부츠와 대조하기 위해 모두 압수됐다.

그리고 길고 좁은 칼날이 달린 농장용 칼들도 더 나왔다. 저장실의 트렁크에 있던 것, 침대 밑에 버려진 것, 그리고 사람들이 가지고 있던 것 두 개.

그리고서 애비는, 이미 지친 상태로 오티스의 사무실로 갔다. 카버와 마셜이 오티스의 책상 옆에 서서 노트북 화면을 보고 있었다. 카버의 얼굴은 역겨움으로 잔뜩 일그러져 있었다.

"뭐예요?" 애비가 물었다.

"서랍에 숨겨놓은 플래시 드라이브를 찾았어요." 마셜이 대답했다. "영상으로 가득해요."

애비는 그리로 가서 노트북 화면을 자기 쪽으로 돌렸다. 이게…… 포르노 영상인가? 아니, 더 심했다. 녹화된 남자는 오티스 틸먼이었다. 영상은 바로 이 방에서 찍은 거였다. 애비의 눈이 카메라가 놓여 있었을 방구석으로 향했다. 책장.

"카메라를 발견했어요." 카버가 애비의 시선을 좇으며 말했다. "어디를 봐야 하는지 몰랐으면 절대 못 찾았을 거예요."

애비는 다시 노트북을 응시했다. 화면의 섹스는 거칠었다. 오티스는 비릿한 웃음을 띠고 있었다. 여자의 얼굴은 카메라를 등지고 있었다. 소리는 묵음이었고, 애비는 그 사실에 감사했다.

"영상들 중 일부는 그냥 대화만 담고 있어요." 카버가 말했다. "오티스와 공동체 사람의 대화요."

"고해군요." 애비가 끼어들었다. "놈은 그들의 사적 고해를 녹화했어요."

화면에서, 여자가 고개를 돌려 카메라를 보았다. 애비는 눈을 질끈 감았다. 루스였다.

"꺼도 돼요?"

"껐어요." 카버의 목소리는 거칠었다.

애비는 오티스의 책상을 보았다. 루스가 누워 있던 책상. 한 걸음 뒤로 물러서서 거리를 두었다. 거기서 그런 고해가 몇 번이나 이루어졌을까? 공기가 숨 막힐 듯 답답했다. 부패한 공기였다. 방 건너편으로 가서 창문을 벌컥 열어젖혔다. 쌀쌀한 밤바람이 방으로 들어왔다.

"왜 그런 고해를 녹화한 걸까요?" 마셜이 물었다.

"아마도 협박이 목적이겠죠." 애비가 잠시 후 대답했다. "짐 존스도 비슷한 짓을 했어요. 사람들이 떠나려고 하면, 아니면 자신을 당국에 고발하려 하면, 존스는 그들의 비밀 고해를 폭로하겠다고 협박하곤 했어요. 오티스는 거기서 한 걸음 더 나아간 것 같네요. 실제 영상을 원한 거죠."

"그 영상은 몇 년은 된 거예요." 카버가 말했다.

"전부 몇 편이나 돼요?" 애비가 속삭였다.

마셜이 확인했다. "2,000편도 넘어요. 제일 오래된 건 2011년 거예요."

그건 아마도 이든의 영상도 여기 있다는 뜻일지 모른다. 오티스가 그걸 가지고 이든을 협박했을까? 이든이 떠나면 그걸 공동체 사람들에게 보여주겠다고? 애비는 알고 싶지 않았다.

"그쪽에선 뭐 좀 찾았어요?" 카버가 창밖의 어두운 나무들을 바라보며 물었다.

"서류가 잔뜩 있는데, 유용한 실마리가 될지도 모르죠." 애비가 말했다. "네이선의 흔적은 없어요. 그리고 여기 사람들은 아직 입을 안 열고요."

"틸먼은 어디 있죠? 그리고 데이비드 허프는요?"

"그 둘은 리처드 스타일스와 함께 서퍽 카운티 경찰에 구류됐어요."

카버가 긴 한숨을 내쉬었다. "좋아요. 가서 이야기나 나눠보죠."

70

"변호사를 요구하지 않았다고요?" 애비가 모니터실의 화면을 살펴보며 물었다. 오티스 틸먼은 신문실에 앉아서 무표정한 얼굴로 의자에 등을 기대고 있었다.

"요구는 했어요." 웡이 말했다. "여기 온 즉시요. 리처드 스타일스를 불러달라고 하길래, 그 사람도 체포됐다고 했더니 변호사를 부를 권리를 포기하더군요."

애비는 시간을 보았다. 자정이 30분 지났다.

"가서 이야기해보죠." 카버가 말했다.

"잠깐만요." 애비가 망설였다. "어쩌면 나 혼자 가는 게 좋을지도 몰라요."

카버가 얼굴을 찌푸렸다. "왜요? 같이하면 아마 더 잘할 수 있을 것 같은데요."

"그냥 내 생각엔…… 저 남자는 날 아니까…….''

"애비, 학교 때 그 일 때문에 그러는 거예요?"

"그것도 좀 있고요." 애비가 인정했다. "우린 그때 별로 잘하지 못했잖아요."

카버의 입술에 아주 작은 미소가 떠올랐다. "그야 우린 당시에 그저 십 대 아이였잖아요. 괜찮을 거예요. 걱정 말아요. 주도권은 당신한테 맡길게요. 당신 식으로 가벼운 질문을 던져요. 그리고 더 밀어붙여야겠다 싶으면 내가 개입할게요."

"좋아요." 애비가 대꾸했다. "처음 시작 질문 몇 가지를 마치기 전까지는 살인 이야기는 꺼내지 말아요. 처음에는 놈이 이 상황을 빠져나갈 수 있다고 착각하게 하고 싶어요. 그러니 자신에게 씌워진 혐의를 잘 모를수록 좋아요."

"걱정 말아요." 카버가 동의했다. "하지만 혼을 좀 내줘야겠다 싶어지면, 고해 영상이랑 과학수사 증거들에 관한 건 내게 맡겨줘요."

카버가 앞장서서 신문실로 갔다. 그 폐소공포증을 일으킬 듯한 방에 들어선 순간 땀과 방귀와 소독약이 뒤섞인 악취가 애비의 코를 찔렀다. 오티스는 두 사람이 들어오는데도 미동도 하지 않았다. 아무래도 상관없다는 듯한 태도였다. 애비는 탁자를 사이에 두고 맞은편에 앉았다. 카버는 자기 의자를 탁자 측면으로 끌고 가서 사실상 오티스를 포위했다. 바짝 붙어 앉아서 오티스의 개인 공간을 침해했다. 그러자 오티스는 반사적으로 자기 의자를 움직여 형사에게서 거리를 두었다. 이제 의연한 태도는 깨지고 말았다.

"좋은 소식이 있어요, 오티스." 애비가 말했다. "서퍽 카운티 당국자는 이 전체 사건을 덮어버리기를 간절히 원하고 있어요. 자기 손자의 얼굴이 사이비 신자라는 딱지가 붙어서 내일 신문에 도배되는 건 정말이지 사양하고 싶은가 봐요. 그러니 우린 당신을 좀 봐줄게요. 네이선 플레처가 어디 있는지만 말해주면, 당신에게 씌워지는 혐의를 최소한으로 하도록 노력해볼게요."

오티스는 가슴 앞에 팔짱을 꼈다. "우린 사이비가 아닙니다, 멀린 경위님. 그건 이미 말씀드렸을 텐데요. 우린 기독교 공동체입니다. 뉴욕 경찰청이 왜 이런 마녀사냥을 저지르고 있는지 저로서는 도무지 짐작도 안 가네요. 그리고 내일 동이 트자마자 언론이 당신네 살인 경찰들이 내 조카를 살해한 걸 보도하기 시작하면 당신네는 이러고 있지 못할 겁니다."

"우리가 관심 있는 건 네이선의 안전이 전부예요. 당신이 공동체를 어떻게 관리하든 그건 우리랑 무관해요."

"네이선의 안전은 나도 염려하고 있습니다. 그 애는 내 가장 친한 친구의 아들이니까요. 내가 그 애를 해칠 일은 절대 없습니다."

오티스는 아마도 아침이 오면 기독교 공동체가 경찰에 습격당했다는 기사가 신문에 도배될 거라고 믿는 듯했다. 그리고 그렇게 될 때까지 경찰들의 시간을 낭비할 속셈일 것이다. 오티스에게서 뭐라도 얻어내려면, 시간이 오티스의 적이라고 생각하게 해야 했다. 그리고 애비는 그 방법을 알고 있었다. 대다수 사이비 교주들과 마찬가지로 오티스 역시 편집증과 불신으로 가득했다. 신도들의 충성을 늘 의심했다. 그리고 이제 그들은 오티스의 손 닿지 않는 곳에 있으니, 상황은 더 불리할 뿐이었다.

"당신네 사람 몇 명이 이미 입을 열었어요." 애비가 말했다. "우린 당신이 데이비드의 두 아이를 다 납치할 계획이었다는 걸 알아냈어요. 그리고 칼은 개브리엘과 결혼하기로 돼 있었고요.

맞죠?"

아주 잠깐 일렁인 의심의 빛은 거의 즉시 사라졌다. "그 여자에게 아이들을 뺏겼을 때 데이비드는 슬픔에 빠졌습니다. 저를 찾아와 아이들을 되찾을 방법이 있겠느냐고 물었죠. 그리고 칼도 그 이야기를 듣고 잠시 들떴고요. 전 그냥 그 친구들의 비위를 좀 맞춰줬을 뿐입니다. 결국 둘 다 그게 좋은 생각이 아니라는 걸 깨달았고요."

"보아하니 그건 아닌 것 같은데요. 칼은 계속 온라인에서 개브리엘을 스토킹했어요. 그리고 현실에서도 그랬죠."

"그건 저도 유감입니다. 칼이 농장 밖에서 해줘야 할 일이 있어서 휴대전화를 쓰게 해줬는데, 그 여자애를 따라다니는 데 그걸 쓰는 줄은 몰랐습니다. 제가 알았다면 절대 그러라고 부추기지 않았을 겁니다."

애비는 생긋 웃어 보이며 머리를 귀 뒤로 넘겼다. "칼은 농장 트럭을 몰고 거길 갔더군요. 그렇죠? 제가 알기로 트럭이 남아돌지는 않을 텐데요. 칼이 일정 시간 이상 자리를 비웠다면 분명 아셨을 거예요. 그리고 가스도 잔뜩 썼잖아요."

"알았습니다. 당연하죠. 제가 추궁했더니 그 아이는 혹시 농장 공급업체가 우릴 속이는 건 아닌가 싶어서 좀 둘러봤다고 했습니다." 오티스는 눈을 내리깔며 갈라지는 목소리로 말했다. "좋은 아이였어요. 전 그 애를 믿었습니다."

"제 가장 친한 친구가 아이들을 잃고 힘들어한다면, 전 그 친구를 도우려 했을 거예요." 애비가 말했다. "어쩌면 당신은 네이선을 납치하지 않았을지도 모르죠. 하지만 당신은 칼을 보내서 플레처의 집 근처를 어슬렁거리게 했어요. 그냥 애들이 혹시 어려움에 처해 있지 않은지 보려고요. 어쩌면 자발적으로 올 생각이 있는지 보려고요. 그렇죠?"

"우린 당신네 사람들에게도 같은 질문을 할 겁니다." 카버가 목소리를 잔뜩 깔고 말했다.

오티스가 머뭇대다 대답했다. "이미 말씀드렸지만, 칼은 단독 행동을 한 겁니다. 하지만 결국 제게 사실대로 털어놨죠. 그리고 실제로 어쩌면 둘 중 한 아이는 자발적으로 올지도 모른다고 하더군요. 그래서 전 계속 지켜보도록 허락했죠. 하지만 절대 그 이상은 아니었어요. 우린 그저 데이비드와 그 아이들을 돕고 싶었을 뿐입니다. 그 애들한테 엄마랑 같이 사는 건 쉽지 않았을 테니까요."

"전 당신의 공동체가 한 일이 모두 좋은 의도였을 거라고 믿어요." 애비가 말했다. "금요일 이야기 좀 해주세요. 칼이 그날 거기 갔나요?"

"아뇨. 우리 사람들이 증언한 것처럼, 칼은 우리와 함께 있었어요."

"정말요?" 애비는 짐짓 인상을 썼다. "왜냐하면 30분 전에 제가 그쪽 공동체의 어떤 남자분과 이야기를 나눠봤는데, 확실히 칼이 농장을 떠나는 걸 봤다고 하시더라고요."

"그럼 경위님과 이야기한 사람이 잘못 안 겁니다." 오티스는 무표정을 유지했지만 눈은 이글대고 있었다. 애비에게 말한 게 누군지 머리를 굴리는 중일 것이다. 애비는 자신이 대화한 상대가 남자라는 걸 무심코 발설한 척했지만 실은 의도적이었다. 오티스가 지금 머릿속에서 이름들을 쭉 훑고 있을까? 누가 벌써 입을 열었는지 알아내려고 할까?

애비는 의자에 등을 기대고 기다렸다. 카버가 신호를 눈치챌 것이다. 그리고 예상대로였다.

"이제 할 만큼 했어요." 카버가 으르렁거렸다. 가져온 노트북을 탁자에 놓고 열었다. 의자를 오티스에게 아까보다도 더 가까이 끌어당겨 앉았다. "자, 우리 과학수사팀이 당신 플래시 드라이브를 가져갔거든요. 거기서 뭘 찾아냈게요?"

카버는 오티스가 화면을 볼 수 있도록 노트북을 돌렸다. "댁은 꽤나 깔끔한 사람이죠, 틸먼. 그건 인정해드리지. 당신의 공동체 사람들 이름으로 된 영상이 정말 많더군요. 그리고 그 영상들이 무슨 내용인지 알아요? 내 눈으로 보고도 믿을 수가 없었다니까. 그 모든 사람들의 개인적 고해 말이지."

틸먼은 경멸이 서린 표정으로 카버를 보았다. "딱, 기독교인들의 사적인 고해를 들여다보는 경찰 같군요."

"그건 그냥 고해가 아니었잖아." 카버가 말했다. "그거 알긴 아는 거죠? 당신이 공동체 사람들한테서 오럴을 받거나 섹스를 하는 게 꽤 많던데."

"전부 합의하에 한 겁니다. 아마 이해 못 하시겠지만. 그건 정화 과정의 일환입니다."

"음, 내 주장은 이겁니다. 당신이 그 사람들의 목회자이자 집주인이자 상급자라면, 합의는 개소리라고. 하지만 그 이야기는 할 필요도 없지. 그 영상에 찍힌 당신 공동체 사람들 중 세 명은 미성년자니까. 그러니 댁은 지위를 이용한 강간 여러 건으로 감옥에 가게 될 거야, 이 개자식아. 그리고 내가 뭘 할 건지 알아? 댁이 갈 감옥의 모든 사람들한테 댁이 어린 여자애들을 강간하길 좋아한다고 말해줄 거야. 그럼 진짜 인기인이 되시겠지."

"난 당신 위협이 무섭지 않습니다, 형사님. 무슨 생각을 하신 거죠? 당신의 그 한심한 협박에 내가 눈물이라도 터뜨릴 줄 알았나요? 우릴 무너뜨리려 한 건 당신이 처음이 아닙니다. 그리고 마지막도 아닐 거고요. 다음은 뭐죠? 카메라를 끄고 날 때릴 건가요? 내 머리에 총탄을 박을 건가요? 마음대로 해요. 날 죽이시죠. 우리 모두를 죽여요. 우리가 뭐가 옳은지 안다는 이유로요. 세상을 바꾸려 한다는 이유로요."

애비가 얼굴을 찌푸렸다. "우리가 부당하게 본인을 기소하고 있다고 느끼시나 봐요."

오티스가 콧방귀를 뀌었다. "난 온전하고 정직합니다."

"정직은 모르겠지만 온전하지는 않지." 카버가 말했다. "당신이 저지른 강간만으로도 이미 감옥행은 예약이야. 그리고 불법 화기 소지죄도 있고. 댁의 서류와 컴퓨터를 전부 훑고 나면 또 뭘 발견하게 될지 궁금하네."

"우린 스스로 보호하기 위한 공격용 소총이 필요합니다." 오티스가 쏘아붙였다. "그건 당신네가 우릴 습격해서 칼을 죽인 덕분에 입증됐죠. 난 목회자입니다, 형사님들. 큰 공동체를 맡고 있어요. 그 사람들을 잘 이끌려고 노력하지만, 변화를 추구하는 과정에서 가끔 사람들이 방황을 겪기도 하죠."

"그럴지도 모르죠." 애비가 말했다. "하지만 그게 법정에서 어떻게 보일 것 같아요?"

"내 공동체는 날 위해 증언할 겁니다. 있는 그대로 보이겠죠. 잔혹한 마녀사냥으로요."

"그럴까요?" 애비가 물었다. "전부 다요?" 애비가 카버와 눈을 마주치자 카버는 씩 웃었다.

오티스가 두 사람을 번갈아 보았다. "당연하죠. 당신들이 목회자와 그 양 떼의 사랑을 이해할 거라고는 기대하지 않지……."

"아, 그 사랑은 넘치도록 봤으니까, 됐고." 카버는 오티스에게 가까이 몸을 기울이며 말했다. "내가 궁금한 건, 그 사랑이 과연 얼마나 버틸까? 댁의 공동체가 그 수많은 혐의를 앞두고 있는 상황에서 말이야. 그 공격용 소총에 지문이 묻어 있는 사람은 몽땅 기소될 거야. 우린 댁의 사무실에서 찾아낸 증거를 마지막 한 조각까지 알뜰히 사용할 거고. 이미 몇몇은 구류했지. 우리가 협상을 제시해도 과연 그 사람들의 사랑에 변함이 없을까? 그 후에 법정에서 그 사람들이 뭐라고 증언할지 한번 상상해봐."

오티스는 궁지에 몰렸다. 얼굴에는 경멸이 아로새겨져 있었지만, 그 아래에서 애비는 자신이 찾던 것을 어렴풋이 볼 수 있었다. 공포였다.

"이미 말했지만 우리가 관심 있는 건 네이선 플레처뿐이에요. 그 애가 어디 있는지 말해줄 수 있다면……."

"난 그 애가 어디 있는지 모릅니다. 우린 그 애한테 손끝 하나 안 댔어요."

"우리가 가진 과학수사 증거에 따르면 그렇지 않은데." 카버가 말했다. "당신 공동체의 모두가 신는 그 부츠와 발자국이 일치해. 그리고 우린 누군가가 당신네 사람들이 가진 그 칼을 이용해서 두 사람을 살해했다고 추론할 만한 증거가 있어. 플레처 납치와 연관된 살인이지. 문제의 부츠와 우리가 가진 증거가 일치하기만 하면…… 아, 그리고 칼도. 그러면 이 사건은 끝난 거야. 댁은 두 번 다시 햇빛을 못 볼걸."

"우리가 신는 부츠는 공통된……."

카버는 탁자를 손으로 꽝 내리쳤다. "우린 당신 공동체 사람들 하나하나와 이 신문을 하고 있어. 누군가가 입을 열기까지 얼마나 걸릴 것 같아? 누군가가 플레처의 아이들을 납치하려던 당신 계획에 관해 우리한테 털어놓기까지 얼마나 걸릴 것 같아? 난 최대 두 시간이라고 본다."

"이런, 당신들이 칼을 죽여서 유감이군요." 오티스가 받아쳤다. "왜냐하면 그런 계획이 있었다 해도, 데이비드는 아무 말도 안 할 테고……."

오티스가 눈을 휘둥그레 뜨고 입을 다물었다. 그러고는 놀랍게도 몸을 축 늘어뜨리더니 애비를 돌아보고 말했다.

"이제 변호사를 좀 보고 싶군요." 오티스가 말했다. "변호사가 오기 전까지 난 한마디도 안 할 겁니다."

71

"뭔가 알아낸 것 같아요." 애비가 말했다.

그들은 모니터룸에서 다 식은 커피를 마시며 앉아 있었다.

"내가 보기엔 겁이 나서 협상을 하려면 변호사가 필요하겠다고 생각한 것 같은데요." 카버가 말했다.

애비는 고개를 저었다. "신체 반응 방식이…… 그건 절대 가짜로 꾸며낸 게 아니에요. 뭔가를 깨달은 거죠. 뭔가 중요한 걸요."

"칼이 죽어가던 이야기를 했잖아요. 어쩌면 그걸 자기한테 어떻게든 유용하게 써먹을 수 있겠다고 생각했다거나?"

"어쩌면요……. 오티스는 네이선을 납치하려는 계획에 관해 말하던 중이었어요. 데이비드가 절대 자기를 배신할 리 없으니, 우리가 칼을 죽인 게 유감이라고요. 어쩌면 데이비드가 자기를 배신할 수도 있겠다고 생각한 건 아닐까요?"

"다른 누군가의 이름을 꺼내기 직전이었어요." 윙이 말했다.

두 사람 다 몸을 돌려 윙을 바라보았다.

"영상을 확인해봐요." 윙이 계기판을 가리켰다. "막 세 번째 사람의 이름을 꺼내려다 멈췄어요."

카버가 영상을 되감기했고, 세 사람은 신문의 마지막 부분을 확인했다. 오티스는 냉정함을 잃고 고함쳤다. '이런, 당신들이 칼을 죽여서 유감이군요! 왜냐하면 그런 계획이 있었다 해도, 데이비드는 아무 말도 안 할 테고……'

"형사님 말이 맞는 것 같아요." 애비가 말했다.

"난 잘 모르겠는데요." 카버가 말했다.

"예를 들면 이렇게 말하려는 것 같아요, '데이비드는 절대 아무 말도 안 할 거고, 조니도 마찬가지예요.'" 애비는 풀어서 설명했다. "아니면 '조니는 거기 없었어요'나. 아니면 뭔가 조니에 관한 거."

"조니요?"

"예를 들자면요. 리처드 스타일스 같은 사람일 가능성이 훨씬 높죠. 네 명이 있다고 생각해봐요. 오티스, 칼, 데이비드, 그리고 한 명 더. 전체 계획을 세운 자들이죠. 그리고 오티스는 그 사람들을 하나하나 꼽으며 왜 우리가 아무 소득도 얻지 못할지를 말하는 거예요."

"뭔가 다른 말을 하려고 했을 가능성도 얼마든지 있잖아요." 카버가 반박했다. "이렇게 말하려 했을 수도 있죠, '그리고 난 더는 말 안 합니다.' 아니면 '그리고 커피랑 프레첼 좀 주세요.'"

"확인해보죠." 애비가 자리에서 일어서며 쾌활하게 말했다.

"어디 가려고요?"

"놈은 데이비드가 자길 배신하지 않을 거라고 했어요. 그게 사실인지 확인해보죠." 애비는 다른 방에 있는 데이비드를 보여 주는 모니터를 가리키며 말했다.

데이비드가 기다리는 신문실에는 계속 딸깍거리는, 깜빡이는 조명이 달려 있었다. 일행이 들어가자 데이비드는 눈을 가늘게 찡그렸다. 오티스와 달리 차분한 기색이 아니었다. 겁먹고 지친 눈치였다.

"안녕하세요, 데이비드." 애비가 말했다. "질문이 좀 있어요. 애매한 부분을 좀 확실히 하려고요."

데이비드는 아무 말도 없이 애비를 빤히 보았다.

"당신이 전에 네이선과 개브리엘을 납치할 계획을 세웠다고 오티스한테 들었어요. 하지만 결국 그러지 않기로 했다고요." 애비가 말했다.

"맞습니다." 데이비드가 말했다. "우린 모두 그게 좋지 않은 생각이라는 데 동의했죠."

"그래서 서로 이야기를 나눴군요." 애비가 말했다. "당신과 오티스와 칼과 그리고…… 나머지 하나가 누구였죠?" 애비는 카버를 향해 미간에 주름을 잡으며 손가락을 튕겼다.

"루서요." 데이비드가 말했다.

"루서, 맞아요." 애비는 자신의 행운을 도저히 못 믿을 지경이었다. "다들 함께 그 이야기를 나누고 그냥 그만두기로 한 거죠?"

"네."

"그런데 네이선이 결국 납치된 게 이상하지 않아요?"

"때로는 주님이 우리의 불순한 의도에 대해 벌을 주시죠." 데이비드가 말했다. "그분의 판단을 의심하는 것은 제 분에 넘치는 일입니다. 전 그저 더 잘하려고 애쓸 따름이죠."

"네이선의 납치가 당신의 납치 계획에 대한 주님의 벌이라고요?"

"전 그렇게 믿습니다. 네이선은 납치됐고 경찰은 우리를 하나씩 살해하고, 공동체 사람들을 습격하고……." 데이비드는 눈을 질끈 감았다. "'하느님의 진노가 불의로 진리를 막는 사람들의 모든 경건하지 않음과 불의에 대하여 하늘로부터 나타나시니.'"

애비는 카버와 눈빛을 교환했다.

"그 계획 말인데요." 카버가 말했다. "당신이 네이선을 도로 농장으로 데려오기로 했죠?"

"아뇨, 당연히 아닙니다." 데이비드가 말했다. "우리 계획은 그 애를 다른 곳으로……." 거기서 말이 뚝 끊겼다.

애비는 뒤로 등을 기대고 짐짓 관심 없는 척했다. "어디로 데려갈 계획이었는데요?"

"오티스한테서 이 이야기를 들었다면, 왜 그건 못 들었죠?" 데이비드가 따졌다.

"우린 그건 안 물어봤거든요." 애비가 어깨를 으쓱했다.

"그럼 그분한테 물어보시죠."

"그게 뭐가 중요한데요?" 카버가 물었다. "어차피 계획을 실행에 옮기지 않았다면서요."

"안 옮겼어요."

"그럼 왜 어디로 데려갈 계획이었는지 말하지 않죠?"

데이비드는 대꾸하지 않았다.

"오티스가 납치를 실행에 옮겼을까 봐 걱정하는 건가요?" 애비가 물었다. "그리고 네이선이 정말 거기 있을까 봐?"

"아닙니다." 데이비드의 목소리는 확신에 차 있었다.

"어떻게 알아요?"

"왜냐하면 저는 오티스를 그 누구보다도 더 잘 아니까요. 그분은 절대 그런 일을 하지 않을 겁니다."

"하지만 당신은 그럴 계획이었잖아요."

"내 아이들이니까요! 몸값이 목적이 아니었어요."

"칼 애드킨스는 지난달 이튼의 집 근처에서 두 번 목격됐어요." 애비가 지적했다. "그리고 네이선이 납치당한 당일 농장을 떠나 있었죠. 칼이 그걸 실행했다면요? 칼은 개브리엘과 결혼하기로 돼 있었죠, 맞죠?"

"칼은 절대 오티스의 허락 없이 그런 짓을 저지를 리 없습니다." 데이비드가 고개를 돌렸다. "전 이 일에 관해 더는 말하지 않겠습니다."

데이비드는 눈을 질끈 감고 조용히 기도했다. 애비는 한숨을 푹 내쉬었다.

"네이선이 다른 곳에 잡혀 있다면, 우리한테 말해줘야 해요." 카버가 말했다. "그 아이가 굶어 죽었으면 좋겠어요?"

데이비드는 계속 기도했다.

카버가 몸을 앞으로 숙였다. "저기요, 당신이 세상 누구보다도 더 잘 안다는 이 소중한 친구 말인데요. 그 친구는 당신 부인이랑 잤어요. 당신이 아직 이혼하기 전에요. 심지어 영상까지 찍었죠. 장래를 대비해서. 보고 싶어요?"

데이비드가 눈을 번쩍 떴다. 기도가 입술을 떠났다.

"이러니까 관심이 좀 생겨요?" 카버가 물었다.

데이비드는 경멸이 아로새겨진 얼굴로 희미하게 웃었다. "내가 그걸 모른다고 생각합니까? 난 두 사람에게 축복을 빌어줬어요."

애비는 놀라서 눈을 깜빡였다.

"당신은 마치 그 여자가 내 것인 양 말하는군요. 이게 우리가 맞서 싸우는 가부장제의 구조입니다. 성교는 잘못된 게 아닙니다. 죄가 아니에요. 이든과 오티스, 두 사람이 모두 이든의 영적 성장을 위해 성교를 하고 싶어 했다면, 내가 뭐라고 그걸 막겠습니까?"

오티스는 자기가 원하는 모든 여자와 성교를 하기 위한 이유로 성평등 사상을 잘도 휘둘렀다. 그것과 십계명의 간극을 어떻게 설명했을까? 아마도 간통과 탐하는 것의 의미에 대한 설교를 늘어놓았을 것이다. 그건 중요하지 않았다. 공동체 사람들은 오티스가 하는 말이라면 뭐든 믿을 것이다. 완벽한 논리까지는 필요 없었다.

데이비드는 다시 기도하기 시작했다. 애비와 카버는 더 질문했지만 아무 대답도 듣지 못하고 결국 신문실을 나왔다.

"루서가 누구죠?" 카버가 물었다.

"이제부터 알아내야죠." 애비가 말했다. "아마 어딘가에 고해 동영상이 있겠죠."

애비는 노트북을 열고 파일들을 살폈다. "루서는 여기 없는데요."

"루는요?"

"없어요." 애비는 리어노어의 파일 다섯 개를 보면서 그냥 삭제할 수 있다면 얼마나 좋을까 생각했다.

"혹시 데이비드가 우리를 따돌리려고 지어낸 걸까요?"

"그런 것 같지는 않았어요. 그리고 우릴 따돌리기에는 꽤 멍청한 방법이죠." 애비는 커피를 홀짝였다. "윽, 완전히 식었네."

"여기요, 내가 좀 볼게요." 카버는 애비의 어깨 너머로 화면을 보았다. 두 사람의 뺨이 가까워져 거의 닿을 뻔했다.

"거기 없어요." 애비가 웅얼거렸다.

"네." 카버가 뒤로 물러났다. "반스한테 전화해보죠. 아마 아직 공동체 사람들을 신문하고 있을 거예요."

카버가 전화하는 사이 애비는 화장실에 갔다. 변기에 앉았다가 하마터면 그대로 졸 뻔했다.

방으로 돌아와 보니 카버는 얼굴을 찌푸린 채 통화 중이었다. "농장 사람들 중에도 루서는 없답니다."

카버는 책상 위 노트북 옆에 엉덩이를 걸쳤다. "네이선을 어디로 데려갈 생각이었느냐고 내가 물었을 때요, 데이비드가 뭐라고 대답하려 했을 것 같아요?"

"다른…… 뭐라고 말하려고 했어요." 애비는 생각해보았다. "다른 농장일까요? 다른 시설?"

"다른 농장이 있나요?"

"내가 아는 한은 없어요. 하지만 확인해볼 필요는 있겠죠. 어쩌면 시설 사무실에 서류가 있을지도 몰라요."

"그래요."

충혈된 카버의 눈을 보며 애비는 자기 눈은 더 심할 거라고 확신했다. 오늘 저녁은 처음에는 꽤나 전망이 밝아 보였는데, 결국 더 많은 질문만을 남긴 채 끝났다. 네이선은 아직 실종 중이었다. 애비는 그저 아이가 살아 있기만을 빌었다.

72

네이선은 수영장에서 수영하는 법을 다시 배우고 있었다. 하기 싫었지만, 엄마가 수영은 꼭 배워야 한다고 고집했다. 그리고 얕은 물에만 있으면 썩 나쁘지 않았다. 그냥 별생각 없이 할 수 있었다. 그리고 엄마가 나중에 아이스크림을 사주겠다고 했다.

심지어 요령이 몸에 익기 시작했다. 물에 뜰 수 있었다. 그리고 개브리엘 누나가 응원해줬다. 네이선이 누나에게 웃어 보이자, 누나는 우스꽝스러운 표정으로 화답했다. 네이선은 웃음을 터뜨렸지만, 그 바람에 물을 살짝 먹고 말았다. 기침을 하고 물을 튀기며 얕은 물에 있어서 다행이라고 생각했다. 여차하면 그냥 나오면 되니까. 그런데 왠지 발이 바닥에 닿지 않았다.

개브리엘 누나는 여전히 응원하고 있었다. 하지만 목소리가 갈수록 멀어졌고, 이제 네이선은 물속에서 몸부림치고 있었다. 물이 점점 더 입에 들어왔다. 숨을 쉴 때마다 물이 목으로 넘어갔고, 네이선을 위해 차를 세워준 그 남자 역시 옆에서 콜록거리면서 물을 뱉어내고 있었다. 남자의 피가 수영장으로 스며들어 물이 붉은색으로 변했다.

네이선은 피 흘리는 남자에게서 멀어지려고 애썼지만, 밑에서 손들이 네이선을 잡아당기고 있었다. 네이선을 점점 더 아래로 끌어내리려 했다. 네이선이 울며 계속 물장구를 쳐도 누나는 알아차리지 못했다. 아무것도 보지 못했다. 그냥 계속 응원만 했다. 그리고 물은 이제 차가워졌다. 너무 차가웠다. 네이선은 덜덜 떨고 있었다. 몸이 마구 경련했다. 거기다 목이 너무 말랐다. 끔찍한 일이었다. 그렇게 물을 들이켜고 있는데도 목이 마르다니. 하지만 수영장의 물은 마시고 싶지 않았다. 물은 이제 피로 진홍색으로 변해 있었다. 목이 말랐다. 제발 그냥 물 한 잔만.

물을 달라고 속삭였지만 아무도 듣지 못했다. 네이선은 자기 방 안 침대에 혼자 있었다. 아니, 네이선의 방이 아니었다. 이상한 거울 방이었다. 네이선은 자기 방처럼 생겼지만 자기 방이 아닌 방에 집어삼켜졌고, 물을 달라고 계속 속삭였지만 아무도 오지 않았다. 심지어 네이선이 수영을 너무 잘한다고 생각하면서 계속해서 박수치고 환호하고 있는 누나조차.

어쩌면 네이선은 정말 수영을 잘하는지도 모른다. 이제 다시 물에 둥둥 떠 있었으니까. 둥둥 떠서 자신의 몸으로부터 멀어지고 있었다. 몸을 뒤에 남겨두고서. 어쩌면 그게 더 나을지도 모른다. 온몸이 아프고 너무 추웠으니까.

이대로 둥둥 떠가면 어쩌면 모든 게 더 좋아질지도 모른다. 어쩌면 엄마를 다시 볼 수 있을지도 모른다.

73

애비는 예전에 아주 낡은 쉐보레 카발리에를 몰았다. 차는 마치 사람이 쿠폰을 수집하듯 기계적 문제들을 축적했다. 여름이면 엔진이 과열됐다. 운전석 창은 제대로 닫히지 않아서 빗방울이 똑똑 떨어지곤 했다. 차 안에 지속적으로 비 웅덩이가 생기니 곰팡이 냄새가 났다. 조수석 쪽 거울은 금이 갔다. 에어컨은 끊임없이 덜그럭거렸다.

그럼에도, 기적적으로, 차는 계속해서 달렸다. 애비는 차를 고칠 돈이 정말 없었기에 그 모든 문제를 계속 무시했다. 차가 하루만 더 버티기를 빌었다. 그리고 차는 더 버텼다. 사실 차도 위에 있으면 안 되지만, 이상하게 믿음이 가는 고철 덩어리였다.

시동이 걸리지 않던 어느 날까지.

애비가 차를 수리센터에 끌고 가서 고치는 데 얼마나 들겠느냐고 묻자, 수리공은 한쪽 눈썹을 치켜올리며 이렇게 말했다. "진심이세요?"

그날 아침 세 시간의 수면과 짧은 샤워 후 역까지 터덜터덜 걸어가는 길에, 애비는 그 낡은 쉐보레 카발리에가 된 기분이었다. 제대로 밤잠을 푹 자지 않으면 곧 시동이 안 걸리게 될 게 분명했다. 스타벅스에 들러서 팀원들한테 줄 커피 여섯 잔과 도넛 몇 개를 샀다. 하지만 가보니 와 있는 사람은 카버 혼자였다. 그는 사건과 관련된 지역들을 표시한 지도 앞에 서 있었다.

　　"다들 어디 갔어요?" 애비가 물었다.

　　"마셜과 반스는 뭐라도 정보를 알아내려고 서퍽 카운티로 돌아갔어요." 카버가 말했다. "윌과 켈리가 어디 있는지는 나도 모르고요. 그거 나 주는 건가요? 난 세 잔이면 되는데 뭘 여섯 잔이나 샀어요."

　　애비는 카버에게 커피 한 잔을 건네고 자기 커피를 홀짝였다. "윌은 학교에 있어요. 몇 시간 있다 온댔어요. 뭔가 새 소식 있어요?"

　　"오티스가 변호사랑 상의하고 우리한테 쓸 만한 거래를 제의했어요. 우리가 모든 혐의를 포기하면 그 대가로 우리에게 네이선이 있는 곳에 관련된 정보를 주겠대요."

　　"네이선이 있는 곳에 관련된 정보요?"

　　"네. 변호사가 꽤 영리하던데요. 오티스가 우리가 네이선을 찾게 해줄 핵심 정보를 가졌다고 하더군요. 하지만 실제 장소는 아니고요."

　　잠시 애비는 그냥 무시할까 생각했다. 아마 아무것도 아닐 것이다.

　　하지만 네이선의 목숨이 경각에 달려 있었다. 정말 이 가능성을 무시해도 될까? "네이선을 찾는 데 도움이 안 될 경우 혐의는 그대로 유지된다는 조건을 달 수 있을 텐데요."

"네. 그리핀이 이미 알아보는 중이에요. 하지만 좀 더 복잡한 게, 혐의는 우리 관할이 아니에요. 일부는 연방 관할이고, 일부는 서퍽 카운티 관할이에요……. 이 거래는 조정하기가 까다로워요. 시간이 걸릴 겁니다."

"네이선은 시간이 없죠." 애비가 무겁게 말했다.

"이미 늦은 게 아니라면요."

애비는 그 가능성을 떨쳐버렸다. "우리가 어제 생각했던 건요? 다른 시설은?"

"음, 서퍽 카운티 경찰이 실제로 오티스의 서류에서 32킬로미터 떨어진 다른 농장에 관한 증서를 발견했어요. 놈은 4년 전에 거길 매입했어요."

"그리고요?" 애비의 심장이 쿵 떨어졌다.

"거긴 아무도 없어요. 지금 수색견들이 수색 중이에요."

"아."

"그리고 윙한테 들었는데 오티스의 컴퓨터에서 부동산 중개인과 주고받은 이메일 기록이 나왔대요. 여기저기 엄청 찾아본 끝에 결국 그곳으로 결정한 것 같더라고요. 데이비드와 오티스는 그 이메일에 참조인으로 돼 있어요. 하지만 실제 거래를 누가 맡았을 것 같아요?"

"누군데요?"

"좀 맞혀보죠?"

"제발 좀, 카버……."

"이메일 주소에 그 남자의 이름이 있어요. 루서요."

애비의 심장 박동이 빨라졌다. "그 남자가 그 농장을 샀다면,

분명히 예전에 이 집단에 속해 있었을 거예요."

카버는 지도를 돌아보았다. "그런 것 같아요. 마셜과 반스가 신문을 통해 이 루서라는 남자에 관해 뭔가 얻어낼 수 있었으면 좋겠네요. 비록 대체로 찬송과 기도가 전부라고 하지만요."

"놀랍지 않네요. 시간이 걸릴 거예요." 애비는 지도를 보았다. "뭐 하는 중이에요?"

"다시 차근차근 생각해보려고요. 7년 전에, 이든은 아이들을 데리고 틸먼 농장을 떠났어요. 잔뜩 열 받은 남자들을 뒤에 남겨두고요." 카버는 농장을 표시한 핀을 가리켰다. "그리고 몇 년 후, 개브리엘이 아빠와 연락하려고 농장에 전화를 했죠. 그들은 개브리엘을 거기로 유인하려 했지만 실패했고요. 그 후 오티스는 아이들을 납치하면 되겠다고 생각했어요. 계획을 세우고 이든의 전남편인 데이비드와, 개브리엘과 결혼하기로 했던 칼을 끌어들이죠. 그리고 이 루서라는 남자도요."

"오티스는 타깃을 염탐하기 위해 칼을 보내요." 애비가 이어받았다. "칼은 개브리엘의 인스타그램을 팔로하고 이따금씩 집 근처로 찾아가기도 해요. 하지만 오티스는 그 후 그 계획에서 데이비드를 배제하죠. 네이선을 납치하고 개브리엘의 인기 있는 인스타그램 계정을 이용해 짭짤한 몸값을 받아낼 수 있겠다는 생각이 든 거예요."

"그리고 동시에 이든에게 옛날에 자기네를 떠난 데 대한 벌을 주고요."

"그런데 어쩌다 보니 리엄 워싱턴이 가면 안 될 곳에 가게 됐죠." 애비가 말했다. 이 대목이 이 이론의 약한 고리였다. "그들 중 누군가가 리엄을 제거해요."

"그리고 나중에 에릭의 온라인 인터뷰를 보고 에릭이 뭔가 알아냈다고 생각해요. 그래서 에릭도 죽이고요."

"리엄 워싱턴의 살인이 아직 개운치 않아요." 애비가 인정했다. "나머지 내용하고 잘 맞아떨어지지 않거든요."

"놈들이 네이선을 올버니와 맨해튼 사이의 어딘가에 가뒀다면요?" 카버가 손끝으로 지도상의 길을 훑으며 제의했다. "리엄이 차를 몰고 귀가하다가 뭔가를 봤다고 쳐요. 봐서는 안 되는 걸요."

"네, 그러면 말이 되죠."

"그래도 역시 너무 갔어요. 우린 그 일이 일어난 지점을 정확히 모르잖아요."

애비가 고개를 끄덕였다. "과학수사 쪽은 어때요? 지금쯤이면 발자국 대조 결과가 나왔어야 하지 않아요?"

"어쩌면요, 난 10분 전에 도착했어요. 아직 확인할 틈이 없었어요."

애비는 휴대전화를 꺼내어 아흐메드에게 전화했다.

"안 그래도 전화하려던 참이었어요." 아흐메드가 전화를 받자마자 말했다. "좋은 소식 먼저 들을래요, 나쁜 소식 먼저 들을래요?"

"좋은 소식부터 듣죠."

"당신이 거기서 가져온 그 부츠들은 모두 브랜드는 맞아요. 두 범죄현장에서 나온 발자국과 일치해요. 네 켤레는 심지어 사이즈도 같아요. 그리고 고메즈하고 이야기해봤어요. 칼의 모델이 살인 무기와 상당히 부합한대요."

"잘됐네요."

"이제 나쁜 소식이에요. 당신은 그게 없어요."

"내가 뭐가 없는데요?" 애비가 물었다.

"살인 무기요. 부츠도요. 농장에서 가져온 부츠의 닳은 패턴은 레이턴 범죄현장의 발자국과 일치하지 않아요. 그리고 그 부러진, 작은 칼날 조각 기억하죠? 당신이 가져온 칼을 전부 확인했는데 일치하는 게 없어요."

애비는 입술을 잘근잘근 씹었다. "그렇군요, 고마워요, 아흐메드."

"또 뭔가 발견하면 알려줄게요." 아흐메드가 전화를 끊었다.

애비는 카버에게 내용을 전달했다. "어쩌면 그 부츠와 무기를 인멸했을 수도 있죠." 애비가 제안했다.

"어쩌면요." 카버가 회의적인 투로 대꾸했다.

"뭐 신경 쓰이는 거 있어요?"

"사라진 부츠, 사라진 칼, 그리고 사라진 루서라는 남자요." 카버가 하나하나 꼽았다. "어째 전부 같이 없어진 것 같지 않아요?"

애비는 잠시 생각에 잠겼다. "그럴 수도 있겠네요."

"또 뭐가 신경 쓰이는지 알아요? 데이비드를 신문했을 때를 생각해봐요. 데이비드는 자기들이 네이선을 납치할 계획을 세웠다고 말했죠? 그리고 그 후 하느님이 그 일로 자기들을 벌주고 있다고 말했어요. 경찰이 자기네를 하나씩 죽이고 있다고요."

"맞아요."

"경찰이 쏜 건 칼 한 명뿐이었어요. '하나씩'은 뭐죠? 마치 우리가 놈들을 체계적으로 죽이고 있다는 것 같잖아요. 오티스와 데이비드는 확실히 살아 있는데 말이에요."

"그럼 루서도 경찰에게 죽었다고 생각해요?"

"아뇨, 데이비드가 그렇게 생각하는 것 같다고요."

애비는 알아들었다. "오티스는 자신의 보호를 떠난 사람은 모두 죽는다고 사람들한테 계속 말했어요. 경찰들이 그들을 죽인다고요."

"그거죠. 루서도 농장을 떠난 사람이라면요? 그리고 오티스가 공동체에게 경찰이 루서를 죽였다고 말했다면?"

"그게 오티스가 거래하고 싶어 하는 거군요." 애비가 흥분이 솟구치는 걸 느끼며 말했다. "이게 놈이 어젯밤 알아낸 거예요! 당신이 놈에게 부츠와 칼이 일치한다고 말했을 때, 놈은 처음에는 어리둥절했어요. 왜냐하면 네이선을 실제로 납치하지는 않았으니까요. 하지만 그 후 그런 짓을 했을 만한 누군가를 떠올린 거예요. 애초에 오티스, 데이비드, 그리고 칼과 함께 음모를 세운 루서죠."

"루서는 어쩌면 아직 틸먼 농장에서 쓰던 부츠와 칼을 가지고 있을지도 몰라요. 그리고 처음에 계획했던 걸 실행에 옮긴 거죠. 하지만 단독으로 범행했고요."

"만약 오티스가 루서와 연락할 방법을 안다면, 우리를 놈에게로 이끌어줄지도 몰라요. 그리고 네이선에게로요."

"맞아요. 전화번호 하나면 놈을 포착하기 충분할 거예요."

"우린 오티스와 거래를 해야 해요." 애비가 불쑥 내뱉었다.

카버가 애비를 물끄러미 바라보았다. "그래요."

"뭐 다른 생각 있어요?"

"네이선은 죽었을지도 몰라요. 그리고 오티스는 믿을 수 없을 만큼 위험한 놈이고요. 당신은 놈이 계속 공동체 사람들을 강간했으면 좋겠어요? 그리고 리어노어는 어쩌고요? 이 일을 알면 어떤 심정이겠어요?"

애비는 무슨 말인지 이해했다. 만약 이 거래를 받아들인다면 리어노어에게 가서 뭐라고 말해야 하지? 그리고 루스와 그 수천 편의 영상에 등장한 다른 여자들은?

"좋아요." 카버가 마침내 말했다. "우리 생각이 옳다고 칩시다. 루서가 네이선을 납치한 범인이라고요. 그럼 리엄 워싱턴의 살인과는 어떻게 엮죠?"

"어쩌면 처음 생각이 맞았을 수도 있어요." 애비가 말했다. "둘이 공범인 거죠."

카버가 얼굴을 찌푸렸다. "그럴 수도 있지만, 내가 리엄의 배경을 조사한 바로는 그럴 만한 실마리를 전혀 찾을 수 없었어요. 그리고 우린 리엄의 스케줄을 철저히 확인했고요. 리엄의 최근 활동은 전부 확인됐어요. 전화 통화는 모두 아내, 친구 그리고 고객들과 한 것뿐이었어요. 난 리엄이 어떤 식으로든 납치와 관련됐을 것 같지 않아요."

"그럼, 당신 말처럼, 봐서는 안 될 뭔가를 봤나 보죠. 맨해튼에서 집으로 돌아오는 길에요."

"좋아요." 카버는 지도를 상세히 살폈다. "자, 리엄이 타고 간 길은 I-87이에요."

"고속도로죠." 애비가 말했다. "거기서 도대체 뭘 봤을까요?"

"어쩌면 네이선을 태운 납치범의 차를 봤을 수도 있겠죠." 카버가 추측했다.

"그건 말이 돼요. 하지만 그 후 어떻게 죽은 거죠?" 그 차, 창에 묻은 피. "과학수사팀에 따르면 리엄은 운전석에 앉아 있었고 살인범은 바깥에 서 있었어요. 그 상태에서 창 안으로 칼을 찔렀죠. 난 고속도로에서 그런 일이 일어나는 게 상상이 안 가요. 둘

다 어딘가에 멈춰서 식사를 하거나 하지 않는 한……."

"잠깐만요. 그냥 고속도로가 아니에요. 유료 도로예요. 리엄의 아내가 남편은 유료 도로를 피해 다닌다고 했어요."

"그럼 이걸 탔나 보죠." 애비가 다른 도로를 가리키며 말했다. "타코닉 스테이트 파크웨이요. 전에 서맨사를 캠프에 데려다주려고 이걸 탄 적이 있어요. 아마 차가 많지는 않았을 거예요. 특히 밤에는요."

"그리고 그 후 납치범이 네이선과 있는 걸 본 거죠. 차가 고장났거나 해서요. 리엄이 도와주려고 차를 세웠고……."

"그리고 납치범이 리엄을 죽이고 차를 빼앗아요." 애비가 말했다. "가능한 이야기예요. 만약 그게 사실이면, 납치범은 네이선을 그 길 위의 어딘가에 가둬뒀을지도 몰라요."

"이 도로 길이는 160킬로미터예요." 카버가 말했다. "범위가 너무 넓어요."

"우선 시작은 할 수 있잖아요." 애비는 지도를 자세히 들여다보았다. "이 길을 따라 작은 동네들이 많이 있어요. 어쩌면 그런 마을에서 집을 하나 샀을지도 모르죠."

"루서는 롱아일랜드에 제2의 농장을 매입하는 일을 담당했어요. 다른 집을 샀다면, 같은 부동산을 통해서 샀을 수도 있어요." 카버가 잠시 생각에 잠겼다 다시 말을 이었다. "부동산 거래 기록을 위한 수색영장이 필요할 수도 있겠네요."

"어쩌면요. 하지만 중개업자를 설득하면 자발적으로 우리에게 정보를 줄 수도 있어요. 그냥 상냥하게 물어보는 거죠. 혹시 전화번호 있어요?"

"여기 이메일 서명에 있는 것 같아요. 잠깐만요." 카버가 휴대폰을 확인하고는 말했다. "여기 있어요. 레이철 에드워즈요."

애비는 카버가 불러주는 전화번호를 눌렀다.

잠시 후 한 여자가 전화를 받았다. "여보세요?"

"레이철 에드워즈 씨인가요?"

"맞는데요."

"안녕하세요, 저는 애비 멀린이라고 해요. 그쪽 고객분한테서 전화번호를 받았어요. 루서라는 분인데, 롱아일랜드의 멋진 집을 사는 데 큰 도움을 주셨다면서요."

"아, 네! 루서, 기억나요." 레이철의 목소리가 다정해졌다. "정말 좋은 분이었어요."

"맞아요! 그리고 루서도 좋은 말만 했어요. 에드워즈 씨……."

"레이철이라고 불러주세요."

"레이철, 전 뉴욕주에서 농장을 찾고 있어요. 혹시 제가 살 만한 걸 찾아주실 수 있을까요?"

"당연하죠. 저희는 멋진 매물이 많답니다. 혹시 구체적으로 생각하시는 게 있나요?"

"음, 얼마 전에 루서의 집에서 하는 바비큐 파티에 갔었어요. 롱아일랜드의 집 말고요. 그 후에 산 집요. 혹시 그것도 중개하셨나요?"

"당연하죠, 두 집 다 제가 중개했는걸요."

빙고. "전 루서 집 가까운 곳으로 사고 싶어요. 그 지역이 정말 마음에 들더라고요. 혹시 그쪽에도 매물을 가지고 계신가요?"

"어디 잠깐 볼게요. 주소가 어떻게 되죠?"

"아, 까먹었어요. 남편이 운전을 해요. 하지만, 어……. 나무가 울창한 도로를 타고 갔었는데. 어…… 타코닉 스테이트 파크

웨이였던가? 올버니와 맨해튼 사이에 있는 그 길요."

"아, 이제 기억나네요." 레이철이 말했다. "보먼 로드에 있는 집, 맞죠? 어디 보자…… 네, 맞아요. 보먼 로드. 루서 게인스."

"그게 맞는 것 같아요!" 애비는 종이에 급히 '보먼 로드—루서 게인스'라고 끄적여 카버에게 건넸다.

"거기라면 마음에 드신 것도 당연해요. 정말 평화로운 곳이죠. 숲이 얼마나 아름다운지. 그런데 안타깝게도 그쪽에는 매물이 없네요. 하지만 혹시 다른 데서라도 비슷한 곳을 찾으신다면, 주 서쪽에 매물이 하나 있는데 마음에 드실 거예요."

"저 관심 있어요……. 아, 이런, 에어로빅 강습 시간에 늦었네요. 내일 다시 전화 드려도 될까요?"

"당연하죠."

"감사합니다, 레이철. 루서가 왜 그렇게 강력 추천했는지 이제 알겠어요." 애비는 전화를 끊었다.

"저기요, 그냥 경찰인데 납치 사건을 조사 중이라고 했어도 됐을 거예요." 카버가 건조하게 말했다.

"부동산 중개인들은 경찰보다 고객을 더 좋아하거든요."

"누군 안 그런가요? 잠깐만요, 이 지도에서 보먼 로드가 어디 있는지 못 찾겠어요. 구글 지도로 확인해볼게요." 카버가 휴대전화를 만지작거렸다. "여기 있네요. 정말 작아요. 집들이 많이 없는데요."

애비가 시간을 확인했다. 9시를 막 지났다. "거기 가려면 얼마나 걸리죠?"

"두 시간 정도요. 좀 더 걸릴 수도 있고요."

"확인해보죠. 가는 길에 후보지를 좁힐 수 있어요."

74

때가 왔다.

남자가 보고 있는 휴대전화 화면에는 몸값 모금 웹사이트가
떠 있었다. 기부금은 500만 달러 문턱을 막 넘었다.

물론 애초에 중요한 건 돈이 아니었다. 중요한 건 *개브리엘*이
었다. 개브리엘을 위해 남자가 해야 하는 일. 개브리엘이 남자에
게 부탁한 일. 돈은 시간을 사기 위한 수단이었다. 개브리엘이 빛
나기 위한 시간. 개브리엘이 마땅히 얻어야 할 명성을 얻기 위한
시간.

남자가 아이와 친구가 되는 데 필요한 시간.

친구 되기는 남자가 바랐던 만큼 썩 순조롭지 못했다. 하지만
그래도 남자는 개브리엘을 위해 그 모든 일을 했다. 개브리엘도
결국에는 깨달을 것이다. 남자는, 때가 되면, 그걸 설명할 방법을
찾을 것이다. 그리고 네이선이 집에 있는 것처럼 느끼게 하려고
남자가 얼마나 막대한 노력을 들였는지, 네이선도 결국은 깨달

게 될 것이다.

그 일이 일어나기 전까지, 남자는 개브리엘의 꿈의 집을 만들기 위해 돈이 잔뜩 필요할 것이다. 네이선의 방은 그저 시작에 불과했다. 어차피 남자는 개브리엘이 원하는 것을 다른 누구보다도 더 잘 알았다. 개브리엘은 (2018년 7월 포스팅에 따르면) 엘렌 드제너러스가 가진 것과 같은 수영장을 원했다. (2018년 11월 인스타그램 스토리에 따르면) 디너 파티를 열 수 있는 거대한 식당을 원했다. (2016년 8월 첫 포스팅에 따르면) 셰릴 크로의 것과 같은 침실을 원했다. 남자는 꼬박꼬박 적어놓았다. 나중에 고용할 건축가에게 보여줄 수 있게 스케치를 해두었다.

남자는 이제 개브리엘의 꿈을 이뤄줄 500만 달러를 가지고 있었다.

그리고 결국, 개브리엘은 남자가 그 모든 일을 자신을 위해 했음을 이해할 것이다. 이건 훗날 두 사람의 아이들에게 들려줄 재미있는 일화가 될 것이다.

남자는 음성 변조 앱이 제대로 작동하는지 확인한 후 개브리엘에게 전화했다.

"여보세요." 개브리엘은 숨 가쁜 목소리였다. 겁에 질려 있는 게 분명했다.

도대체 왜 겁을 먹는 거지. 이건 우리가 함께하는 일인데.

"축하해." 남자가 말했다. "몸값을 드디어 다 모은 것 같네. 네 동생은 금방 보게 될 거야."

"무사해요?"

"잘 있어." 어쩌면 최상의 상태는 아니라 해도, 그건 아이 자신의 잘못이었다. "너한테는 정말 멋진 한 주였어. 넌 네가 요구한 모든 걸 얻게 될 거야."

"뭐라고요? 난 이걸 요구한 적이 없는데요." 개브리엘은 화나고 어리둥절한 목소리였다. 하지만 그것은 거짓말이었다. 개브리엘은 거짓말을 하고 있었다. 개브리엘이 이것을 요구했다. 이것을 원했다.

남자는 이를 갈면서 못 들은 척하려 애썼다. "자, 우리가 해야 할 일은 이거야. 내게 비트코인으로 그 돈을 보내. 받아 적어. 두 번은 안 불러줄 거야."

"잠깐만요." 개브리엘이 말했다. "말해둘 게 있어요. 몸값 모금 플랫폼에는 수수료가 있어요. 6퍼센트요. 내가 설득해서 5퍼센트로 낮춰놨어요. 그렇다는 건 25만 달러를 그쪽에 줘야 한다는 거죠. 하지만 나머지는 내 거예요. 거의 500만 달러예요. 그냥 어디로 보낼지만 말해요."

갑자기 솟구친 분노에 남자는 놀라고 말았다. 남자는 이 모든 걸 개브리엘을 위해 생각해냈다. 그 돈을 개브리엘을 위해 쓰고 싶었다. 그런데 이제 나한테 거짓말을 해? 날 속이려고 해?

"잘 들어, 이 배은망덕한 년아. 난 500만 달러라고 말했고, 그건 500만 달러라는 뜻이야. 나한테 엿 먹이려 하면……."

"난 아무것도 안 했어요, 맹세해요." 개브리엘의 목소리에서는 거짓과 기만이 뚝뚝 떨어지고 있었다. "모금 사이트에서 그런 거예요. 내가 모은 돈도 보낼게요. 한 몇천 달러 정도는……."

"오.백.만. 달러야. 이 구라쟁이 년아! 그거 알아? 겨우 95퍼센트밖에 없다고? 괜찮아. 네 동생의 95퍼센트만 돌려주지. 어디서 5퍼센트를 잘라낼까?"

"안 돼, 기다려요!"

남자는 전화를 끊고 배터리를 뺀 후 휴대전화를 자동차 바닥에 내팽개쳤다. 그 후 운전대를 쾅 내리치고 분노의 고함을 내질렀다.

차를 출발시키고 가스 페달을 밟았다.

네 동생의 5퍼센트를 보내줄게. 우편으로.

75

그 집으로 가는 길은 거친 진흙투성이 자갈길로, 돌개구멍이 쑥쑥 파여 있었다. 진흙 위에 지그재그로 찍힌 타이어 자국들이 눈에 띄었다. 애비는 카버에게 차를 멈추라고 하고 내려서 타이어 자국을 찍어 아흐메드에게 보냈다.

마침내 차는 다 쓰러져가는 철문에 도달했다. 문에는 사슬이 가로질러져 앞으로 나아가지 못하게 막고 있었다. 녹슨 가시철망 담이 안쪽의 지역을 보호하고 있었다. 그 너머, 멀리 있는 나무들 사이로 작은 오두막처럼 보이는 것이 어렴풋이 눈에 들어왔다.

"어쩌면 지역 경찰의 지원을 좀 받는 게 좋지 않을까요?" 카버가 말했다.

"아직은 아무 근거도 없잖아요." 애비가 말했다. "이건 그냥 짐작일 뿐이에요. 좀 더 가서 차를 세우고 여길 감시하죠."

"잠깐만요." 카버가 말했다. "저 문을 봐요. 전동식이 아니에요. 여기 사는 사람은 저걸 풀려면 차에서 내려서 밀어서 열어야 해요."

애비는 우선 문을 살펴본 후 진흙투성이 길을 보았다. 그리고 카버의 말뜻을 깨달았다. "그 말이 맞아요. 어쩌면 행운이 따를지도 모르겠네요. 기다려요."

애비는 차에서 내려 바닥을 살펴보면서 문으로 다가갔다. 손은 권총집에 대고 있었다. 위협적인 상황에 대한 반사적 반응이었다.

애비는 문 오른쪽 사슬 옆에서 찾던 것을 발견했다. 진흙에 뚜렷이 찍혀 있는 신발 자국이었다. 비록 아흐메드 같은 지식과 경험은 없었지만, 틸먼 농장에서 신던 유형의 부츠와 밑창이 비슷하다는 건 쉽게 알아볼 수 있었다. 목덜미의 털이 바짝 곤두섰다. 애비는 전화를 꺼내어 사진을 찍은 후 차로 돌아갔다.

"이거 봐요." 카버에게 사진을 보여주었다.

"과학수사팀으로 보내죠. 혹시 일치한다면 수색영장은 충분히 받을 수 있어요."

애비는 사진을 보내고 아흐메드에게 문자 메시지로 시급한 일이라고 알렸다. 문 너머로 오두막을 응시했다. 루서 게인스가 저기에 있을까?

네이선이 저기에 있을까?

"더 가서 차를 세울게요." 카버가 말했다. "안전벨트 매요."

애비가 안전벨트를 매는 사이 카버는 엔진을 켜고 운전대를 틀었다.

애비의 전화가 울렸다. 아흐메드겠거니 했는데, 화면에 뜬 이름은 개브리엘이었다.

"여보세요?"

"멀린 경위님?" 떨리고 겁에 질린 목소리였다. "그 사람이 전화했는데 네이선을 해칠 거래요. 제 잘못이 아니라고, 모금 사이트 문제라고 했는데, 제 말을 안 들어요. 동생을 다치게 할 거예요. 도로 전화를 걸어봤는데 꺼져 있다고 나와요. 저 어떻게 해요? 경위님이 어떻게 좀 해주세요."

"잠깐만, 진정하고." 애비가 쿵쿵 뛰는 심장을 억누르며 말했다. "누가 전화했다고? 납치범 말이야?"

"네." 개브리엘이 말했다. "몸값 때문에요."

몸값. 아, 그렇지. 크라우드 몸값 모금이 거의 달성된 걸 잊고 있었다. "알겠어. 아무것도 하지 마. 아무 포스팅도 올리지 마. 알겠지? 네가 지금 뭔가 올리면 놈이 화낼 수도 있어. 알아들었지?"

"네, 하지만……."

"내가 통화 녹음을 들어볼게." 애비가 말했다. "그런 다음에 어떻게 할지 생각하자, 알았지?"

"네."

"전화할 테니 기다려. 바보 같은 짓 하지 말고."

애비는 전화를 끊고 도청 앱을 켰다. 개브리엘과의 마지막 통화는 오후 12시 37분이었다. 5분 전. 휴대폰 스피커로 재생해 카버와 함께 내용을 들었다. 납치범이 개브리엘에게 고함치며 네이선을 해치겠다고 위협하는 대목에서 둘 다 잔뜩 긴장했다. 통화는 갑자기 끝났다.

애비는 전화 화면에서 눈을 들어 카버와 눈을 맞췄다. 애비의 머릿속에서 얼른 뭔가 행동을 취해야 한다는, 문을 열고 오두막을 확인해야 한다는 고함이 울려퍼지고 있었다. 이미 두 사람이 본능적으로 알고 있는 것을 과학수사팀에게서 확인받기 위해 기다릴 여유는 없었다. 그들은 제대로 찾아왔고 허비할 시간이 없었다.

하지만 카버를 설득할 수 있을까? 애비는 이 사건에 너무 집착하고 있었다. 말을 주의 깊게 골라서, 조심스러운 방식으로 이야기해야 한다. 시간만 충분하다면 설득할 수 있을 것이다. 하지만 시간이 충분하지 않다. 일 초 일 초가 중요했다.

애비는 헛기침을 하고 목소리를 차분하게 가라앉히려 했다. 무심한, 이성적인 경찰 연기를 하려고 했다. "내 생각엔……."

"꽉 잡아요." 카버가 기어를 바꾸고 가스 페달을 밟았다.

차가 앞으로 휘청하고 엔진이 끼익 소리를 내면서 철문까지 남은 몇 미터를 돌진했다. 귀를 먹먹하게 하는 금속성 비명으로 차 안이 쩌렁쩌렁 울렸다. 애비는 숨도 쉬지 못한 채 의자를 있는 힘껏 붙들었다. 녹슨 문이 부서져 열리고 차가 그 너머의 둔덕을 들이받는 순간, 그 급작스러운 충격에 애비는 저절로 이를 악물었다.

카버는 오두막 앞까지 차를 몰았다.

"괜찮아요?" 카버가 엔진을 끄고 숨을 몰아쉬며 물었다.

"맙소사." 애비가 속삭였다. 망가진 문을 돌아보니 철망 담장의 양 끝이 바닥을 향해 늘어져 있었다.

카버는 이미 차에서 내린 후였다. 총을 손에 들고 앞문을 향해 달려가고 있었다. 애비는 휘청대다시피 하며 조수석 문을 나왔다. 카버를 뒤따라 몸을 웅크린 채 총을 꺼내 들고 달렸다. 카버와 애비는 각각 문 양쪽에 몸을 바짝 붙였다.

애비는 자신을 보는 카버에게 고개를 끄덕여 보였다. 그러자 카버는 한달음에 재빨리 문 앞으로 가서 문을 발로 걷어찼다. 문이 벌컥 열리고 우지끈 소리와 함께 목재가 쪼개졌다. 카버는 총을 앞으로 겨누고 안으로 발을 들여놓았다. 카버는 오른쪽을, 뒤따라 들어온 애비는 왼쪽을 엄호했다.

부엌, 그리고 허름해 보이는 거실.

벽에는 거대한 개브리엘의 사진이 붙어 있었다.

애비는 총을 앞세운 채 복도로 몇 발짝 들어섰다. 방아쇠에 얹은 손가락은 팽팽하게 긴장한 채였다. 열린 욕실 문 안으로 우중충한 욕조가 보였다. 안으로 두 걸음 들여놓고 각 구석을 확인했다. 사각지대에 숨어 있는 범인은 없었다. 아무도 없었다.

욕실을 나오는데 복도에 있는 또 다른 방문으로 급히 들어가는 카버의 뒷모습이 보였다. 애비는 세 번째 방문으로 갔다.

자물쇠에 열쇠가 꽂혀 있었다. 바깥에서 잠긴 방.

혹시 문이 열릴까 싶어 손잡이를 천천히 돌려보았다. 잠겨 있었다. 열쇠를 돌리고 문을 벌컥 열었다.

애비는 잠시 혼란에 빠졌다. 그곳은 160킬로미터 떨어진 다른 집에 있는 것과 똑같은 방이었다. 네이선의 방.

하지만 아니었다. 왜곡된 복사본으로, 남자아이의 방처럼 느껴지게 꾸민 감옥이었다. 그리고 침대 위에, 피로 얼룩진 시트를 덮고 누워 있는 건 무기력한 아이의 형체였다.

애비는 재빨리 두 걸음 만에 아이 옆으로 가서 시트를 벗겼다. 죽은 듯 창백한 아이의 낯빛을 보자 심장이 쿵 떨어졌다.

하지만 아이의 가슴은 오르락내리락했다. 얕은 숨을 쉬고 있었다.

애비는 휴대전화를 꺼내어 911을 눌렀다. 전령요원이 받아 어떤 상황이냐고 물었다.

"뉴욕시 경찰청 소속 애비 멀린 경위입니다. 구급차가 필요합니다. 여덟 살짜리 아이랑 같이 있는데, 아이가 많이 아파요."

76

남자는 운전대를 꽉 쥐었다. 마치 누군가의 목을 조르는 것처럼. 그 거짓말쟁이 년의 목을. 개브리엘을 위해 그 모든 희생을 했건만, 개브리엘은 자신이 한 말을 지키지도 못했다. 설상가상으로, 남자가 개브리엘을 위해 쓰려 했던 돈을 빼돌리려 했다.

남자는 개브리엘을 위해 자기 인생을 포기했다.

개브리엘이 눈에 들어오기 전에, 남자는 오티스 틸먼의 가장 가까운 조언자였다. 오티스가 뭔가 처리할 일이 있으면, 그 일은 루서 담당이었다. 그 다 낡아빠진 걸레짝 같은 데이비드가 아니라. 루서였다. 오티스는 그걸 알았다. 루서는 맡은 일을 해내기 위해서라면 수단 방법을 가리지 않았다. 사실 오티스는 뭘 하라고 시킬 필요조차 없었다. 그저 뭔가가 필요하다고 말하기만 하면 루서는 그 방법을 찾아냈다.

그게 개브리엘에게 홀딱 반한 칼이 이든의 가족이 근처에 살고 있다는 것을 알아냈을 때 그들이 곧장 루서를 찾아온 이유였다. 칼과 데이비드는 전혀 도움이 안 됐다. 뭘 해야 할지 아무 생각이 없었다. 데이비드는 이든에게 사과하고 싶어 했다. 공동체에서 돈을 훔치고 자기 아이들을 앗아간 여자에게 사과하고 싶어 했다.

네이선을 납치하자고 제안한 것은 루서였다. 농장으로 데려와서 그 아이에게 자신의 뿌리를 가르쳐주자고. 그런 다음 네이선을 미끼로 이용해 개브리엘과 이든도 도로 데려오자는 거였다. 안 되면 적어도 개브리엘만이라도. 사실 이든에 관해서는 쥐뿔도 관심 없었다.

그리고 오티스가 루서에게 그 가족을 염탐하고 일과를 파악해 언제 덮치면 좋을지를 알아내라고 시켰을 때, 루서는 기꺼이 명령을 따랐다. 농장을 나와 거지 같은 아파트를 얻고 예전 인맥을 이용해 프리랜서 일자리를 구했다. 그런 한편으로 오티스를 위해 무기 밀거래를 했다. 모두 안전을 위해 가명으로 했다.

루서는 속도를 늦췄다. 앞 차가 달팽이 같은 속도로 기어가고 있었다. 경적을 누르자 날카로운 소리가 공기를 찢어놓았다. 앞차가 옆으로 비켰지만 루서는 그만두지 않고 계속해서 경적을 누르고 욕설을 퍼부으며 앞으로 내달렸다. 터지는 분노는 개브리엘과 데이비드와 칼과 오티스를 향한 것이었다.

개브리엘을 알게 됐을 때, 개브리엘을 정말로 매일 보게 됐을 때, 루서는 칼이 개브리엘을 차지할 자격이 없다는 것을 깨달았다. 그런 이유로 루서는 오티스와 몇 번이고 셀 수도 없이 대화를 나눴다. 개브리엘은 자신의 것이 되어야 한다고. 하지만 오티스는 계속해서 개브리엘은 칼의 아내가 되어야 한다고 고집했다. 조카에게 그렇게 약속했기 때문에. 오티스가 루서에게 진 그 모

든 빛 따윈 아랑곳없이. 칼이 아무 짝에도 쓸모없는 똥덩어리라
는 것도 아랑곳없이.

게다가, 오티스는 더는 그 계획에 열의를 보이지 않았다. 무
기 밀매로 들어오는 꾸준한 수입에 잔뜩 신이 나 있었다. 굳이 네
이선을 납치해 경찰의 주의를 끌고 싶어 하지 않았다.

루서는 하마터면 포기할 뻔했다. 하지만 그때 개브리엘이 부
탁해 왔다. 루서가 행동에 나선 건 그래서였다. 루서를 낭떠러지
로 떠민 건 바로 개브리엘이었다.

개브리엘은 심지어 뭘 하라고 말하지도 않았다. 그저 자신이
필요한 걸 말했다.

그리고 루서는 방법을 찾아냈다.

그리고 이제 개브리엘은 거짓말을 했다…….

뭔가가 삑삑대고 있었다. 날카로운 전기음이었다. 삑삑거리
기 시작한 지 좀 됐는데, 기억과 분노에 사로잡혀서 무시하고 있
었다. 어디서 나는 소리지?

휴대전화였다. 주머니에서 꺼내서 들여다보았다. 자신이 설
치한 앱에서 나오는 경고 알림이었다. 오두막집 안의 문이 열리
면 알려주는 앱.

녀석이 또 도망쳤나?

갓길에 차를 대고 앱을 열어 아이의 방에 설치한 보안 카메라
를 확인했다. 순간 심장이 멈췄다. 방 안에 모르는 사람들이 있었
다. 남자 하나와 여자 하나. 둘 다 카메라에 등을 돌리고 있었지
만 총은 바로 알아볼 수 있었다.

경찰들.

어떻게 가능했는지는 몰라도, 놈들이 루서의 오두막집을 찾

아냈다. 다 끝났다.

아니, 아직은 아니었다. 루서에게는 아직 시간이 있었다.

자신이 마땅히 차지해야 할 것을 차지하고 말 것이다.

77

애비는 오두막집 문간에 앉아서 구급차가 떠나는 것을 지켜
보았다. 불안이 가슴속을 갉아먹고 있었다. 네이선은 열이 높았
고 들것으로 구급차에 태울 때까지도 의식을 찾지 못했다.

너무 늦은 건 아닐까?

애비는 불안을 떨치려 애쓰며 오두막집 안으로 다시 들어왔
다. 이든에게는 이미 전화해서 네이선을 찾았고 올버니의 세인
트 피터스 병원으로 이송됐다고 알려두었다. 지금으로서는 네이
선을 위해 애비가 할 수 있는 일은 없었다.

카버는 네이선이 갇혀 있던 방에 있었다. 장갑을 끼고 서랍을
뒤지는 중이었다. 방으로 들어서는 애비를 보고 고개를 들었다.

"애는 좀 어때요?"

"차가 출발할 때까지 의식이 없었어요."

카버는 고개를 끄덕이고 다시 책상을 돌아보았다. "루서가 왜
이런 수고를 들인 것 같아요? 네이선의 방을 이런 식으로 새로

만드는 거요. 도대체 무슨 의미가 있는 걸까요?"

"아직은 잘 모르겠어요." 애비는 주위를 둘러보며 대답했다. 피투성이 침대로 눈길이 향하자 저도 모르게 움찔했다. 그 후 문 위의 작은 자석 판에 눈길이 갔다. "저 문 위에 일종의 경보 장치가 있어요."

"네, 앞문에도 있어요."

"그렇다면 루서는 우리가 네이선을 찾아낸 걸 알고 있을 수도 있어요."

카버는 서랍을 닫고 다음 서랍을 열었다. "그건 우리가 어쩔 수 있는 게 아니니까요."

애비는 침실로 갔다. 작고, 더블베드로 거의 꽉 차 있었다. 방 안의 냄새는…… 끈적끈적했다. 침대 위 벽에는 종이 한 장이 붙어 있었다. '편집증이라고 해서 누군가가 날 노리고 있지 않다는 뜻은 아니다'라는 글귀가 큰 글자로 인쇄돼 있었다.

애비는 침대 옆 협탁으로 갔다. 사진 액자가 있었는데, 개브리엘이 유혹하듯 웃고 있는 셀카가 끼워져 있었다. 사진 아래쪽을 장식한 문장이 있었는데, 그 거슬리는, 흔해 빠진 굴림체로 인쇄돼 있었다. 영원한 감사를 드릴게요. 애비는 사진을 자세히 들여다보았다. 루서는 매일 아침 일어날 때마다 이 사진을 보았다. 그게 루서에게 무슨 의미였을까?

애비는 방 안의 서랍들을 수색했지만 별다른 건 나오지 않았다. 옷, 동전 한 줌, 선글라스, 티슈 상자, 손전등.

거실로 돌아가 벽에 붙은 거대한 개브리엘의 얼굴 사진을 자세히 살펴보았다. 다시 보니 사진이 아니라 콜라주였다. 개브리엘의 작은 사진 수백 장으로 이루어진 모자이크였다. 이 사진과 네이선이 갇혀 있던 방, 침대 옆 협탁의 사진…… 그 모든 건 집착을 말했다. 개브리엘에 대한 집착을.

애비는 루서를 상상했다. 틸먼 농장에서 오랜 세월을 보낸 남자. 오티스를 추앙하고 왕처럼, 구세주처럼 섬긴 세월들. 그리고 그 후, 어떤 이유인지는 몰라도, 루서는 집단을 떠났다. 아니면 아마도 쫓겨났다. 애비는 경험으로 그런 집착이 그렇게 쉽게 사라지지 않는다는 걸 알고 있었다. 이든은 아직도 침실에 모지스의 사진을 가지고 있었다. 그리고 애비 역시 자신의 삶에서 그 갑작스러운 공백을 극복하는 데 몇 년이 걸렸다. 그나마도 사랑 넘치는, 인내심 강한 부모님 덕분이었다.

루서는 다른 집착으로 그 공백을 채웠다. 추앙할 또 다른 대상. 우상화할 대상.

콜라주를 자세히 들여다보았다. 대체로 개브리엘의 인스타그램 계정에서 가져온 사진들 같았다. 심지어 몇 장은 개비가 기억하는 것들이었다. 누드 사진도 몇 장 있어서 흠칫했는데, 다시 보니 합성한 사진이었다. 루서는 개브리엘의 인스타그램 계정에서 마음대로 갖다 쓸 수 있는 사진들을 이용했다. 그것들을 편집해 자신이 관심 있는 한 여자애에 대해 자신만의 포르노 모음집을 만들었다.

애비는 개브리엘을 유명하게 만든 그 사진을 찾아냈다. 안개 속에서 찍은 사진. 이윽고 모자이크의 다른 부분에서도 똑같은 사진을 보았다. 그리고 또 다른 데도 있었다. 확실히 루서는 같은 사진을 중복으로 사용했다.

이상한 일이었다. 그렇게 집착이 심한 남자라면 수고스럽더라도 각 사진을 한 번씩만 쓴다는 원칙을 세울 법도 한데.

아니, 다시 보니 같은 사진이 아니었다. 살짝 다른 각도에서 찍은 거였다. 그중 한 사진에서 개브리엘은 눈을 감고 있었다. 어떻게 가능했는지는 몰라도, 루서는 그 장소에서 찍은 다른 사진들도 구할 수 있었던 것이다.

애비는 그중 한 사진을 자세히 들여다보았다. 개브리엘의 인기가 폭발하기 직전 시기에 찍은 거였다. 그 모든 일이 시작되기 전에.

처음부터 널 팔로하고 있었어. 놈이 그렇게 말하지 않았던가?

같은 상황에서 찍은 사진 세 장. 그건 의심할 바 없이 사진을 여러 장 가졌다는 뜻이었다. 요즘에는 다들 그렇게 사진을 찍지 않나? 그렇다. 휴대전화를 들고, 여섯 장 정도 연달아 찰칵찰칵 찍은 후, 가장 좋은 것을 골라 업로드한다. 하지만 나머지는 올리지 않는다.

그렇다면 루서는 그 나머지 사진들을 어떻게 손에 넣었을까?

그곳에 있었을 것이다. 촬영 현장에. 어쩌면 직접 찍었을지도 모른다. 개브리엘은 친구 여러 명과 함께 자동차 여행을 떠났었다. 설마 개브리엘의 친구들 중에 루서가 있었을까? 아니, 그건 말이 안······.

순간 세상이 기우뚱했고, 애비의 머릿속에서 뭔가가 딱 하고 맞아떨어졌다. 이전에는 미처 보지 못했던 연결고리였다.

애비는 휴대전화를 꺼내어 아흐메드가 보낸 이메일을 검색했다. 에릭 레이턴의 컴퓨터에 있던 사진들을 몽땅 볼 수 있는 링크가 담긴 이메일이었다. 최신 순으로 두 번째 사진을 클릭했다. 네이선이 신문을 들고 있었다. 애비는 자세히 살펴보았다.

"이런, 미친." 애비가 내뱉었다. "카버!"

카버가 거실로 들어섰다. "뭐예요?"

"납치범이 개브리엘에게 보낸 사진 가지고 있어요?"

"당연하죠, 잠깐만요." 카버가 라텍스 장갑을 벗고 휴대전화를 만지작거리는 동안 애비는 조바심을 못 이겨 발을 까딱거렸다. "여기 있네요."

애비는 자기 휴대전화를 내밀었다. "그걸 이 옆에 나란히 놓아봐요."

카버는 그 말을 따랐고, 두 사람은 두 사진을 함께 들여다보았다.

"같은 사진이 아니네요." 카버가 말했다.

차이점은 극히 미미했다. 시점이 아주 살짝 달랐다. 그리고 애비의 휴대전화에서 네이선은 한쪽 눈을 다른 쪽보다 약간 더 내리뜨고 있었다.

"에릭은 개브리엘에게 물었어요." 애비가 아무 감정도 싣지 않은 목소리로 말했다. "받은 사진이 이것 한 장뿐이냐고요. 이걸 눈치챈 거예요. 사진이 다르다는 걸. 납치범은 네이선의 사진을 몇 장 찍었어요. 이 두 장을 포함해서요. 하지만 개브리엘이 왜 그 두 장을 다 가지고 있을까? 에릭은 그렇게 생각한 거예요. 개브리엘이 두 사진을 다 가지고 있었던 이유는 오로지 *개브리엘이 그 사진을 찍었기* 때문이라고. 납치범이 보낸 사진은 한 장뿐이라고 개브리엘이 그렇게 여러 번 말했으니까요."

"개브리엘이 이 일에 가담했다고 말하는 거예요?" 카버가 찌푸린 얼굴로 물었다.

"아뇨, 하지만 에릭은 그렇게 생각했죠. 에릭에게 이 사진을 보낸 건 개브리엘이 아니었어요." 애비는 휴대전화를 흔들었다.

"그럼 누가 보냈죠?"

"기자요. 톰 매코믹."

카버가 눈을 찡그렸다. "기자요?"

"그 인터뷰 기억해요? 에릭은 매코믹과 인터뷰하면서 네이선의 사진을 처음 봤어요. 그리고 매코믹한테 사진을 보내달라고 부탁했겠죠. 하지만 매코믹은 다른 사진을 보냈어요."

"개브리엘에게 보낸 원래 사진이 아니었군요." 카버는 이제야 상황을 파악한 눈치였다.

"매코믹은 나중에 자신이 실수한 걸 깨닫고 에릭을 살해하고 휴대전화 데이터를 지웠어요. 에릭의 컴퓨터에 복제본이 있는 건 모르고요." 애비는 이를 악물고 말했다. "매코믹은 그 전에 개브리엘을 인터뷰한 적이 있었어요. 개브리엘이 나한테 말해줬어요. 당연히 그랬겠죠. 아마도 애초에 개브리엘을 유명하게 만든 기자가 매코믹일 테니까요. 바이럴을 탄 개브리엘의 사진에 관한 기사를 쓴 기자요. 벽의 콜라주에는 그 촬영 때 찍은 다른 사진들이 있어요. 윌이 우리한테 뭐라고 말했는지 기억해요? 어떤 기자가 자동차 여행을 태그했다고 했어요. 놈은 *거기* 있었어요. 어쩌면 사진을 직접 찍었을지도 몰라요."

애비는 개브리엘이 매코믹에게 그 안개 낀 늪에서 사진 찍어 달라고 부탁하는 걸 상상했다. 매코믹이 십수 장의 사진을 찍고서 개브리엘에게 잘 나온 사진들만 보내고 나머지는 자신이 보관하는 걸.

처음부터 널 팔로하고 있었어.

"톰 매코믹이 루서 게인스군요." 카버가 느릿느릿 내뱉었다.

"그리고 인플루언서에 관심 있는 기자라는 명목하에 개브리

엘을 몇 년 동안 스토킹해왔죠." 애비는 그 인터뷰에서 에릭이 개
브리엘이 살았던 공동체에 관한 기묘한 이야기를 꺼냈을 때 매
코믹이 더 캐묻지 않은 걸 떠올렸다. 직업정신이 투철한 기자라
면 분명 더 캐물었을 것이다. 하지만 매코믹은 그 주제를 회피했
다. 그 이유가 이제 명확해졌다.

"매코믹 번호 가지고 있어요?" 카버가 휴대전화를 두드리며
묻고는 전화를 귀에 가져다 댔다.

"네."

카버는 애비에게 엄지를 치켜들어 보이고 말했다. "여보세요,
내털리? 어떻게 지냈…… 응, 난 바빴어. 있잖아, 나 대신 전화번
호 하나 위치 추적 좀 해줬으면 해." 카버는 잠시 듣고 있다가 다
시 입을 열었다. "알아. 하지만 긴급상황이야. 내가 전적으로 책
임질게……. 자기가 최고야. 고마워. 그래, 받아 적고 있어?"

애비는 휴대전화에서 매코믹의 번호를 찾아냈고, 카버는 그
것을 내털리에게 불러주었다. 그리고 두 사람은 기다렸다.

"찾았어?" 카버가 마침내 물었다. "어디……." 얼굴에서 핏기
가 빠져나갔다. 다음 순간, 카버는 문을 향해 내달렸다.

애비는 내털리에게 고맙다고 말하고 전화를 끊는 카버를 뒤
쫓았다. 카버는 차 운전석 문을 급히 열고 차에 올라탔다. 애비도
재빨리 조수석에 앉았다.

"뭐예요?"

"놈은 라과디아 플라자 호텔에서 100미터 반경 안에 있어요."
카버가 말했다.

애비의 심장이 뚝 떨어졌다. "그건 이든의 집 근처잖아요."

"무전으로 알려요. 이든과 개브리엘이 위험할 수도 있어요."

78

네이선을 찾았대.

너무 좋아서 현실이 아니라 꿈만 같은 그 말은 개브리엘의 머릿속에 계속해서 둥둥 떠 있었다. 안도감과 기쁨의 구름처럼. *네이선을 찾았대.*

동생은 병원에 있었지만, 엄마가 이미 통화한 의사 말로는 괜찮을 거라고 했다. 그저 염증이 좀 있을 뿐이었다. 병원에서 치료 중이니, 네이선은 괜찮을 것이다.

개브리엘은 동생 방에서 동생에게 필요한 물건들을 챙기고 있었다. 엄마가 아래층에서 통화하는 소리가 들렸다. 이전과 목소리가 전혀 달랐다. 지난 몇 주 동안은 마치 몸 안에 꽁꽁 뭉쳐 있는 것처럼 들렸다. 갈수록 점점 더 빡빡하게 똬리를 트는 것 같았다. 두 사람은 마치 한도까지 잡아 늘인 고무줄처럼 팽팽하게 압박을 받고 있었다. 하지만 엄마 목소리는 이제 뭐랄까, 물웅덩이처럼 축축하고 여유롭게 들렸다. 마침내 마음을 놓을 수 있었다. 네이선이 안전하니까.

개브리엘은 네이선의 요다 인형도 챙겼다. 아주 중요한 품목. 그리고 그림을 그릴 수 있게 크레용도 챙겼다.

"개비! 가자." 엄마가 아래층에서 불렀다.

"가요!"

개브리엘은 자기 방으로 가서 휴대전화를 집어 들었다. 엄마랑 동생과 함께 사진을 찍어서 피드에 올려야지. 기존 팔로어와 새 팔로어 모두에게 보내는 감사 인사와 함께. 모인 돈은 어쩌지? 그건 나중에 생각하자. 개브리엘은 마치 중력에서 벗어난 것처럼 통통 튀며 아래층으로 내려갔다. 아침에 비해 몸이 훨씬 가벼워진 기분이었다. 혁명적인 다이어트라도 한 것처럼.

엄마는 이미 문간에서 딸을 기다리고 있었다. "네이선의 인형은 챙겼니?"

"네, 전부 챙겼어요."

"잘했다." 행복하고 다정한 웃음이었다.

엄마의 휴대전화가 울렸다. 날아갈 듯한 기분이었다. 전화벨 울리는 소리에 더는 동생을 죽이겠다고 위협하는 금속성 목소리의 그놈일까 봐 걱정하지 않아도 되다니.

엄마가 휴대전화를 꺼내어 화면을 들여다보았다. "아, 아비하일이야. 고맙다고 인사해야지. 잠깐만 기다려." 이든은 전화를 받으려고 문간에서 비켜섰다.

아비하일이 누구지? 애비 멀린 경위님을 말하는 건가? 그때 문간의 노크 소리가 개브리엘의 주의를 끌었다.

"뭐라고?" 엄마가 등 뒤에서 전화에 대고 말했다. "무슨 말인지 모르겠어."

개브리엘은 문구멍으로 내다보고 문을 열었다.

"톰." 개브리엘은 행복한 웃음으로 톰을 맞이했다. "무슨 일이 있었는지 못 믿을 거예요."

왜 저런 눈으로 날 보는 거지? 무슨…… 저 칼은 뭐지? 개브리엘의 웃음이 사라졌다.

그때 톰이 개브리엘을 밀쳤다. 거칠게. 그리고 안으로 들어와 문을 꽝 닫았다.

79

이든과 가족이 사는, 평소에는 조용한 블록은 평소의 그 졸음에 겨운 분위기를 잃었다. 애비는 주위의 모든 것을 뇌리에 새겼다. 순찰차들, 특수기동대 차량, 협상 트럭, 조끼 입은 남자들, 머리 위의 헬리콥터 소리. 이든의 집 주위로 넓은 구역의 출입이 봉쇄돼 있었고 조끼 입은 경찰들이 취재진과 호기심 가득한 구경꾼들을 밀어내고 있었다. 일행이 배지를 보여주자 젊은 순경이 손을 흔들어 통과시켰다. 애비는 카버가 차를 세우자마자 뛰어내려 곧장 그리핀을 향해 갔다. 그리핀은 무전에 대고 뭐라고 날카롭게 말하고 있었다.

"이 블록의 모든 집을 비워." 그리핀이 부르짖었다. "그리고 언론을 저지해. 망할 놈의 카메라들이 여기서 눈에 안 띄게 해." 그리핀은 애비를 돌아보았다.

"서장님." 애비가 숨을 몰아쉬며 말했다. "여기 지휘를 맡으셨나요?"

"그래요. 당신이 여기로 지원을 요청한 거죠?"

"네."

"좋아요. 전략 지휘관은 베이커입니다. 베린 경사가 협상 지휘관이었지만 난 당신이 맡아줬으면 해요."

"알겠습니다. 인질이 몇 명……."

"베린한테 인수인계 받아요. 난 시간이 없어요." 그리핀은 시계를 확인했다. "지금은 3시 15분이에요. 3시 30분까지 협상이 어떻게 되어가고 있는지 알려줘요."

애비는 협상 트럭으로 가서 문을 열고 급히 올라탔다. 뉴욕경찰청이 협상 트럭을 도입한 후로, 뒷부분의 비좁은 공간을 효율적으로 이용하기 위해 디자인을 바꾼 게 애비였다. 한쪽에는 거대한 화이트보드가 있었는데, 애비는 일부 경찰들이 사용하는 복수의 컴퓨터 화면보다 그편을 더 선호했다. 젊고 유능한 여성 협상가인 태미 서머스 경관이 보드에 뭐라고 끄적이고 있었다. 작업 공간 반대편 끝에 있는 책상에는 전화기 두 대와 무전기 한 대가 놓여 있었다. 협상가의 기본 작업대였다.

윌은 책상 앞에 앉아서 전화기를 귀에 대고 있었다. 애비를 돌아보더니 안도감이 얼굴을 휩쓸었다. "다행이다. 드디어 오셨군요."

"그리핀이 나더러 상황을 맡으래."

"알겠어요."

자존심의 상처 같은 걸 생각할 때가 아니었다. 두 사람은 그러기엔 서로를 너무 잘 알았다.

"놈에게서 응답을 얻어내려는 중이야?" 애비가 전화기를 가리키며 물었다.

윌이 전화를 끊으며 말했다. "5분에 한 번씩 전화하고 있어요. 놈은 지금까지 두 번 받았고요."

"보고해."

"애비가 전령요원에 전화한 후로 이든과 개브리엘에게 각각 전화를 걸어봤는데 둘 다 안 받았어요."

애비는 고개를 끄덕였다. 이든에게 전화해서 매코믹에 관해 경고하고 있는데 갑자기 비명이 들리더니 전화가 끊겼다. 다시 전화를 걸었지만 받지 않았다. 그 이후로 이든과 개브리엘의 전화는 전원이 꺼져 있었다.

"1시 10분에 순찰차가 도착했어요. 문을 노크하자 남자가 문에서 떨어지라고, 안 그러면 여자를 가만 안 두겠다고 고함을 쳤어요."

"'여자'가 누구야?"

"모르죠. 경관 하나가 남자한테 말을 시켜봤는데, 놈은 계속 물러나라고 고함을 쳤어요. 결국 경찰은 물러나서 지원을 요청했죠. 그러는 사이 집 안에 있는 남자는 창의 블라인드를 모두 내렸고요. 경관 하나가 남자가 여자를 끌고 가는 걸 봤는데, 집 안이 너무 어두워서 누군지는 못 봤대요. 그 후 그리핀이 도착해서 지휘를 맡았고, 우리는 2시 5분에 도착했어요. 제가 매코믹에게 몇 번 전화를 걸어봤는데, 집 안에서 벨소리가 들렸어요. 결국 전화를 받더니 저한테 다들 물러나게 하라고, 아니면 둘 다 죽여버린다고 고함치더군요."

"그럼 개브리엘과 이든 다 안에 있는 거군."

"그런 것 같아요. 하지만 증거는 없어요. 30초쯤 후에 놈이 전화를 끊었어요. 25분간 전화를 안 받았고요. 그 후 다시 전화를 받았는데 그 전보다는 침착해졌지만 여전히 모두 물러나라고 요구하고 있었어요. 그리고 거리를 완전히 비우라고 하더군요. 전 놈과 대화를 시도했지만 놈은 다시 전화를 끊었어요."

"좋아. 그럼 그동안 내내 윌이 1차 협상가였던 거야?"

"네. 그리고 서머스가 2차 협상가 겸 정보 수집 담당을 했어요."

이상적인 상황은 아니었다. 윌이 제삼의 팀원을 요청했으면 좋았을 텐데. 태미가 2차 협상가 역할을 하고 있다면, 애비는 정보에만 온전히 초점을 맞출 수 없었다. "좋아. 이젠 내가 2차 협상가야. 서머스, 매코믹에 관해 지금까지 뭘 알아냈지?"

서머스는 목을 가다듬었다. "톰 매코믹은 2017년 7월 《뉴요커 크로니클》에 기사를 쓰기 시작했어요. 처음에는 주로 정치 기사를 쓰다가, 그 몇 달 후부터 인플루언서들에 초점을 맞추기 시작했죠. 새로 떠오르는 지역 인플루언서 몇 명을 다루기 시작했는데, 그중에 개브리엘 플레처도 있었어요. 업무용 소셜 미디어 계정은 있는데 개인용은 없어요. 트위터와 인스타그램도 그렇고요. 흰색 닛산 센트라를 모는데, 그건 이미 소재를 파악했어요. 근처에 세워져 있는 걸 보면 그걸 몰고 온 것 같아요. 우리가 짐작하는 한 합법적인 화기는 소유하고 있지 않고요. 의료 기록도 없고. 경찰 기록도 없어요. 현재로서 2017년 7월 이전 기록은 아무것도 못 찾았어요."

애비는 콧날을 문질렀다. "좋아. 시작할 실마리를 좀 줄게. 톰 매코믹은 가명이야. 실명은 루서 게인스고, 틸먼 집단 일원이야. 지난 3년 사이 집단을 떠났어. 놈이 《크로니클》에 글을 쓰기 전인지 후인지는 잘 모르겠어. 놈의 담당 편집자하고 통화를 해봐.

아마 톰이 제출한 이력서 같은 게 있을 테니까. 혹시 그걸 찾을 수 있는지 알아봐." 애비는 루서의 침대 옆 협탁에 놓였던 사진을 떠올리며 말을 멈췄다. "그리고, 개브리엘 플레처의 인스타그램 계정을 확인해봐. 윌이 색인을 만들어놨으니까, 잘하면 쉽게 찾을 수 있을 거야. 영원한 감사라는 문구가 든 문장을 찾아줬으면 해."

서머스는 노트에 맹렬하게 끄적였다. "알겠습니다."

애비는 보드를 돌아보았다. "보드를 주제별로 세 부분으로 나눠. 지금은 엉망이잖아. 왼쪽에서 오른쪽까지 이 순서대로 해. 톰에 관한 정보, 루서에 관한 정보, 이든과 플레처에 관해 알아낸 것들. 의료 기록은 여기 적어." 애비는 주제들을 계속 꼽으면서 보드의 각 부분을 손가락으로 짚어나갔다. "요구사항. 시한. 우리가 놈에게 해준 것들의 목록을 전부 적어. 알았지? 만약 놈에게 에스프레소를 갖다 준다, 그러면 보드에 적어야 해. 집의 도면이 필요해. 직접 그리지 마. 청사진을 구해. 오른쪽은 양도 계획용으로 놔둬. 그리고 손에 넣을 수 있는 중요한 전화번호는 모두 적어. 우선 난 톰, 이든, 개브리엘, 톰의 편집자, 그리고 올버니 세인트 피터스 병원의 네이선 플레처 담당 의사의 번호가 필요해. 전부 알아들었지?"

"바로 진행하겠습니다."

애비는 시간을 확인했다. 거의 3시 30분이었다. "난 그리핀에게 보고하러 갈게. 윌, 서머스에게 개브리엘 피드의 색인 데이터를 보여줘. 내가 갔다 오면 놈에게 다시 전화를 걸어보자."

80

개브리엘은 루서의 말을 아예 듣지도 않는 것 같았다.

지금쯤이면 당연히 이해해야 했다. 루서는 늘 개브리엘이 영리한 여자애라고 생각했다. 하지만 이 일이 오로지 개브리엘을 돕기 위한 거였다고, 자신이 그동안 엄청난 시간과 노력을 들였으며 이 모든 건 개브리엘이 자신에게 요구한 거라고 설명했는데도 개브리엘은 그냥 텅 빈 눈으로 멍하니 바라보기만 했다. 남자는 개브리엘의 따귀를 때렸다. 개브리엘은 의자째로 넘어져 숨을 몰아쉬었고 이든은 남자에게 멈추라고 비명을 질렀다.

"듣고는 있는 거야?" 루서는 고함쳤다. 그리고 이든에게 덤벼들어 삿대질을 했다. "닥쳐, 아니면 모가지를 잘라줄 테니까."

"잘못했어요. 듣고 있어요." 개브리엘이 바닥에서 흐느껴 울었다.

죄의식은 이미 루서를 갉아먹고 있었다. 때리는 게 아니었는데. 개브리엘은 상황을 도무지 파악하지 못하고 있었다. 그리고 망할 전화가 다시 울리고 있었다. 루서는 초점을 맞추려 애쓰며 주먹으로 눈을 비볐다. 말을 제대로 고르기만 하면 개브리엘도 알아들을 것이다. 루서가 자신을 위해 어떤 노력을 했는지 이해할 것이다.

루서는 개브리엘에게서 영원한 감사를 받을 것이다.

개브리엘의 사랑을.

남자가 원한 건 그게 전부였다. 그렇지 않나?

루서는 개브리엘 옆에 무릎을 꿇었다. "네가 나한테 부탁했잖아. 네가 부탁하지 않았다면 난 절대 그러지 않았을 거야…… 네가 말 그대로 애원하지 않았다면 말이야."

개브리엘은 눈을 깜빡이며 루서를 응시했다. "이해가 안 가요. 톰…… 내가 도대체 언제……"

"기억 안 나는 척하지 마!"

개브리엘이 움찔하자, 루서는 자신이 손을 올리고 있는 걸 깨달았다. 다시 따귀를 때리려고. 망할 전화 때문이었다. 전화벨 소리 때문에 돌아버리기 직전이었다. 도무지 멈출 기미가 없었다.

루서는 탁자에 놓인 전화기를 낚아채 창을 향해 던지려 했다. 하지만 그만뒀다. 나중에 필요할 것이다. 전화를 받았다.

"톰?" 월이라는 남자의 목소리였다.

"잘 들어, 이 새끼야!" 루서가 고함쳤다. "거리를 싹 비우기 전까지는 다시 전화하지 마. 알아들었어?"

"하지만 우리가 어떻게……"

"잘 들으라고!" 아무도 듣질 않아. 내 말을 듣는 놈이 없어. 아무도. "이것들 다칠 줄 알아. 맹세코 다칠 줄 알아. 다시는 전화하지 마!" 루서는 전화를 끊었다.

몇 초쯤, 전화기는 축복과도 같은 침묵에 잠기고 여자들이 흐느끼는 소리만 들렸다. 루서는 개브리엘을 울리고 싶지 않았다.

내 말을 듣기만 했더라면 좋았을 텐데.

* * *

"다시는 전화하지 마!" 전화는 그대로 끊겼다.

애비와 윌은 눈빛을 교환했다. 애비는 2차 협상가로서 통화를 듣고 있었다. 가슴 속에서 심장이 쿵쿵거렸다. 분노로 끓어오르는 그 말들이 여전히 귓가에서 울리고 있었다. 매코믹은 격분했다. 그리고 공포와 뒤섞인 분노는 치명적이었다.

"어떻게 생각하세요?" 윌이 물었다.

"초기 소통 때 안 좋게 찍힌 것 같아." 애비가 말했다.

협상 대상과의 첫 접촉은 늘 까다로웠다. 협상 대상은 아드레날린으로 가득해서 변덕스럽고 예측 불가능하기 십상이었다. 첫 접촉에서 협상가의 유일한 역할은 대상에게서 평정심을 끌어내는 거였고, 그 방법은 적극적인 듣기였다. 하지만 때로, 예컨대 지금 같은 사건에서는, 그것만으로 충분지 않았다. 매코믹은 너무 화나거나 너무 겁먹었다. 아니면 둘 다였다. 윌을 적으로 규정해 분통을 터뜨렸다. 매코믹에게 있어 윌은 대화할 수 있는, 협상할 수 있는 대상이 아니었다. 그냥 위협할 대상, 또는 분노할 대상이었다.

"모르겠어요." 윌이 대꾸했다. "2차 대화 때 라포르(상호 신뢰 관계를 말하는 심리학 용어—옮긴이)가 형성됐다고 느낀 순간이 있었거든요. 전 제가 해낼 수 있을 것 같아요."

"어디 들어보자." 애비가 이어폰을 끼며 말했다.

월은 제어판에서 통화 재생을 눌렀다.

방금 들은 것과 비슷했다. 매코믹은 분노해서 고함을 치고, 월은 매코믹에게서 대화를 끌어내려고, 수용적으로 대하려고 최선을 다했다. 그러다 한 지점에서 매코믹은 진정해서 고함 지르기를 그만뒀다. 거리를 비우라고 했다. 월은 그게 어떻게 가능할 것 같냐고 물었다. 매코믹은 내 알 바 아니라며 전화를 끊었다.

애비는 월을 보았다. 월은 애비가 아는 한 최고 협상가 중 하나였다. 하지만 본능은 애비가 옳다고 말하고 있었다. 매코믹은 월의 말을 듣지 않을 것이다. 새로 시작할 필요가 있었다.

"역할을 바꾸자." 애비가 말했다. "내가 1차 협상가를 맡을게."

월은 고개를 끄덕였지만 애비는 월의 얼굴에 드러난 상처와 우려를 보았다. 월의 본능은 자신이 이 일의 적임자라고 말하고 있었고, 애비는 방금 월에게 그렇지 않다고 말한 거나 다름없었다. 비록 애비가 옳다 해도 월의 잘못은 아니었지만, 그래도 상처받지 않는 건 아니었다. 아니, 더 나빴다. 협상가를 바꾸는 건 늘 위험한 일이었다. 위기 상황에서 협상 대상은 갑작스러운 변화에 절대 긍정적으로 반응하지 않았다. 애비가 틀렸다면 이든과 개브리엘은 다칠 수도 있었다. 죽을 수도 있었다.

* * *

칼끝이 개브리엘의 뺨을 파고들었다. 개브리엘은 그 자리에 꼼짝도 못 하고 얼어붙었다. 마치 공포를 깎아 만든 조각상처럼.

"네가 나한테 거짓말하면 난 칼날에 찔리는 기분이야." 톰이 이를 드러냈다. "그러면 얼마나 아픈지 알아? 알고 싶어?"

알고 싶지 않았다. 하지만 개브리엘은 감히 고개를 저을 수도 없었다. 말을 하려 했지만 목소리가 나오지 않았다. *제발 그러지 마세요.* 개브리엘은 입모양으로 말했다. 어머니의 흐느낌이 어렴풋이 들렸다. 톰은 어머니에게 수갑을 채워 소파로 밀쳤다. 거기서 꼼짝이라도 하면 둘 다 죽여버린다고 위협했다.

뺨을 떠난 칼날이 개브리엘의 얼굴 몇 센티미터 앞에서 흔들렸다. 개브리엘은 눈앞을 맴도는 칼날을 보지 않으려 애썼다. *맙소사, 눈을 찌르면 어떡하지? 제발, 안 돼, 제발 제발 제발.*

"이제 나한테 거짓말 안 할 거지?"

"네." 개브리엘은 가까스로 속삭였다.

"나한테 도와달라고 한 거 이젠 기억 나?"

"네." 뭐든. 뭐든 말해야 했다.

"언제였지?"

개브리엘은 눈을 깜빡였다. "뭐가요?"

"언제 나한테 도와달라고 부탁했냐고. 기억난다며." 남자의 목소리는 칼날보다 더 날카로웠다. "난 하루도. 빠짐. 없이. 그 생각을 해. 너도 그랬으면 좋겠어."

개브리엘의 머릿속이 뒤죽박죽이 되었다. 남자와 나눈 몇 번 안 되는 대화를, 인터뷰를 떠올렸다. 도대체 무슨 이야기를 하는 거지? 그게 뭘까?

* * *

"다시 전화를 걸어봐야 해." 애비가 말했다.

"전화하면 두 사람을 해칠 거랬어요." 윌이 경고했다. "어쩌면 놈이 전화를 걸어올 때까지 기다려야 하지 않을까요?"

애비는 고개를 저었다. "그건 모호한 위협이야. 실행에 옮기지 않을 거야."

사람들은 어떤 위협을 할 때 그게 진심이면 보통 구체적으로 말했다. 매코믹이 '다시 전화하면 이든 플레처의 목을 그어버릴 거야'라고 했다면 애비는 더 조심했을 것이다. 하지만 구체적이지 않은 '그들을 해칠 거야'는 그만큼 위협적이지 않았다.

애비는 노트북 앞에 앉아 화면을 열심히 들여다보고 있는 서머스를 보았다. "지금까지 뭐 알아낸 것 좀 있어?"

서머스가 애비를 돌아보고 대답했다. "영원한 감사라는 문구를 개브리엘의 피드에서 두 개 찾아냈어요. 하나는 다른 인스타그래머한테 어떤 단백질 바 브랜드를 소개해준 데 대해 영원한 감사를 보낸다는 포스팅이었어요."

"또 하나는?"

"경쟁 포스트가 있었어요. 일주일 안에 가장 팔로어를 많이 얻어준 팬한테 사인한 사진을 주는 거였죠. 한 남자 팬이 농담으로 팔로어를 네 배로 늘려주면 어떻게 할 거냐고 물었고, 개브리엘은 영원한 감사를 보낼 거라고 했어요."

애비는 눈을 깜빡였다. 그거였다. "그 포스트를 찾아줘. 그리고 그 댓글을 쓴 팬에 관해 알아낼 수 있는 건 전부 알아봐. 그게 우리가 찾는 놈이야."

애비는 전화를 들어 매코믹의 번호를 눌렀다. 신호가 울렸다.

애비가 매번 협상을 시작할 때마다 받는 특정한 느낌이 있었다. 배 속 저 아래의 공포감, 잔뜩 짓누르는 책임감의 무게.

둘째 신호가 울렸다.

입에 쓸쓸한 맛이 느껴졌다. 손바닥에 땀이 찼다. 코로 숨을 들이쉬었다.

셋째 신호…… 그리고 루서가 전화를 받았다.

"내가 이것들을 죽였으면 좋겠어, 이 새끼야?" 매코믹이 빼액 소리를 질렀다.

그리고 공포가 사라졌다. 애비는 상황을 통제하고 있었다.

"루서 게인스." 애비가 입을 열었다.

반대편에서는 경악한 침묵이 흘렀다. 애비는 실명을 부름으로써 놈의 허를 찔렀다. 동화 속에서처럼, 놈의 이름을 부르는 것은 애비에게 힘을 주었다.

"빌어먹을, 넌 누구야?" 마침내 루서가 말했다. "아까 그 남자 바꿔. 그 남자랑 이야기할 거야."

"월은 볼일이 있어서 갔어요. 내 이름은 애비예요. 이제부터는 내가 당신하고 통화할 거예요." 애비의 목소리는 낮고 차분하고 통제돼 있었다.

남자는 고통스러운 웃음소리를 토했다. "댁이 그 유명한 애비 멀린이로군? 흠, 아까 그 남자한테서 다시 전화 걸지 말라고 들었을 텐데. 난 분명히 말했어……."

"당신은 안 좋은 상황에 몰려 있는 것 같네요." 애비는 낮은 목소리를 유지했다. "당신은 개브리엘이 부탁한 일을 한 거죠, 안 그래요? 개브리엘의 영원한 감사를 받기 위해서."

* * *

"그래." 남자가 숨을 고르며 대답했다. "맞아. 난 그 애를 위해 한 거야. 나한테 부탁했다고."

"개브리엘이 당신한테 부탁했죠." 전화기 속 여자가 맞장구쳤다. "팔로어를 더 늘리고 싶다고 했어요."

"그래서 내가 늘려줬지!" 남자는 분노한 눈길로 개브리엘을 쏘아보며 말했다. "두 배로."

"당신이 두 배로 늘려줬어요." 애비가 말했다. "처음에는 바이럴을 탄 그 기사로 유명하게 해줬고, 다음은 네이선을 통해서였죠."

마침내, 누군가가 날 이해해주다니. 내 말에 귀를 기울이다니. "난 개브리엘을 위해 모든 걸 희생했어."

"모든 걸 희생했다고요?" 애비는 자못 궁금해하는 말투로 물었다.

"모든 걸. 난 개브리엘을 위해 공동체를 떠났어. 나 자신을 위험에 처하게 했다고. 심지어 돈도…… 그 돈은 절대로 날 위한 게 아니었어."

"그래요." 애비가 맞장구쳤다.

"그 돈은 그 애를 위해 쓰고 싶었어. 전부 다. 그 애의 꿈의 집을 만들어주고 싶었어. 난 그 애가 뭘 원하는지 정확히 아니까……. 직접 들었거든. 스케치도 있어. 난 모든 걸 줄 수도 있었어. 난 커다란 땅이 있어. 그 애가 작년에 도시를 벗어나서 살고 싶다고 했어." 루서에게서 진실이 폭포수처럼 콸콸 쏟아져 나왔다. 애비에게 말하는 것일까? 아니면 말없이 듣고 있는 개브리엘을 향한 것일까? 루서 자신도 알 수 없었지만, 아무래도 좋았다. 말을 멈출 수 없었다. "누구도 다치게 할 마음은 없었어. 심지어 네이선이 집에 있는 것처럼 느끼게 하려고 내가 얼마나 고생했는데. 네이선이 겁먹지 않길 바랐어. 그 애한테 동생이 자기 방을 무척 좋아한다고 들었거든. 남자의 동굴이라고 했지. 그래서 네이선이 좋아하라고 내가 만들어준 거야."

"네이선을 편안하게 해주려고 했군요."

"그래! 똑같이 만들고 싶었어. 말 그대로 똑같이. 내가 얼마나 많은 시간과 돈을 투자했는지 그 애가 알기만 했다면…… 네이선을 해칠 생각이었다면 내가 그런 노력을 했겠어?"

"안 했겠죠."

루서는 계속 떠들었다. 똑같은 인형을 찾으려고 얼마나 발품을 팔았는지, 심지어 네이선의 그림을 베껴 그리기까지 했다는 것도. 애비는 중간중간 감탄한 티를 내며 잘 듣고, 가구에 관한 질문도 몇 가지 했다. 네이선의 서명을 복제하려고 애쓴 대목에서 애비가 킥킥 웃자 루서도 갑자기 웃음을 터뜨렸다. 그 상황이 실제로 우스꽝스럽다는 것을 뒤늦게 깨달은 것이다. 그러는 내내, 애비와 대화하는 내내, 루서는 개브리엘을 감시하고 있었다. 이제는 알아들었을까? 마침내 이해했을까?

* * *

루서는 정보를 토해내고 있었다.

애비는 계속해서 루서를 부추기고, 루서의 말을 그대로 따라 하고, 끝이 열린 단순한 질문들로 계속 유도하고, 루서의 어조를 판단하려 했다. 윌은 그 대화에 귀를 기울이며 이따금 서머스를 돌아보고 지침을 주었다. 서머스는 열심히 보드에 휘갈겼다.

정보와 시간은 협상가에게 산소나 다름없는데, 그 둘이 지금 애비에게 주어지고 있었다. 처음에 루서가 개브리엘에게서 부탁받았다고 했을 때, 애비는 개브리엘이 인터뷰에서 말한 걸 이야기하는 줄 알았다. 하지만 그 후 개브리엘의 인스타그램 포스팅을 말하는 것임을 깨달았다.

루서에게, 그 포스팅은 지속적인 대화였다. 루서는 명확히 개브리엘의 팬들을 경멸하고 있었다. 자신을 그 팬들 중 하나로 보지 않았다. 루서에게 팬들은 개브리엘과의 대화를 엿듣는 기생충 같은 존재였다. 루서는 자신과 개브리엘이 이미 연인 관계라고 믿었다.

애비는 보드를 보았다. 서머스가 망상과 집착이라고 써놓았다. 개브리엘에 대한 루서의 집착을 이쪽에 유리하게 이용할 수 있을까?

"당신과 개브리엘은 *끈끈한* 관계였던 것 같네요." 루서의 독백이 잠시 멈춘 틈을 타 애비가 말했다.

"지금도 그래!" 루서의 어조가 날카로워졌다. 윌은 애비에게 경고하는 눈빛을 쏘아 보냈다.

"지금도 그렇죠." 애비는 루서의 말을 그대로 되풀이하며 동의했다. 목소리는 계속해서 쾌활하게 유지했다. 루서가 과거에 관해 스스로 이야기하게 만들어야 했다. 더 좋은 시절을 기억하도록. "개브리엘과 특별한 관계라는 걸 언제 깨달았나요?"

"2년 전에." 남자의 목소리에 웃음기가 묻어났다. "그 애가 노란 티셔츠를 사서 그걸 입고 사진을 찍었어. 특별한 누군가를 위해서라고 했고, 그래서 그게 나라는 걸 알았지."

월이 서머스에게 손가락을 딱 튕기자 서머스는 고개를 끄덕이고 노트북으로 그 포스팅을 검색했다.

"그때 기분이 어땠나요?" 애비가 물었다.

"난…… 설명하기 힘들어. 특별한 기분이었지. 목적의식이 생겼어." 루서의 어조가 살짝 변했다. 분노가 느껴졌다. "하지만 이제, 이 여자애는 날 보려고도 하지 않아. 내가 자길 위해 이 고생을 했는데. 내 덕분에 유명해졌는데! 들었어? 넌 내 덕분에 유명해졌다고!"

배경에서 겁에 질린 흐느낌 소리가 들렸다. 애비는 전화기를 꽉 쥐고 목소리를 통제하려 애썼다. "다른 반응을 기대하고 있었나 봐요."

"빌어먹을, 당연하지. 이년은 날 보려고도 하지 않아."

말을 멈추게 해라. 찬찬히 생각하게 만들어라. "이 만남이 어떨 거라고 상상했어요?"

긴 침묵. "모르겠어." 루서가 마침내 말했다. 어조에 패배감이 묻어났다. "난 전부 제대로 했는데."

* * *

루서는 지쳤다. 바깥의 소음도, 여자애와 엄마가 자신을 보는 표정도, 이야기하는 것도 모두 피로감만 줄 뿐이었다.

"루서?" 애비가 물었다. "전화 끊긴 거 아니죠?"

"안 끊겼어." 전화를 끊어야 할 것이다. 개브리엘과 함께 죽어야 할 것이다. 그러면 영원히 함께니까. 루서는 몸을 숙여 개브리엘의 목에 칼을 갖다 댔다. 개브리엘이 울먹였다. 작은 핏방울이 매끄러운 피부를 타고 흘러내렸다.

"개브리엘이 당신한테 처음 이야기한 날을 생각하고 있었어요." 애비가 말했다. "그 노란 셔츠를 입은 날요. 개브리엘 때문에 당신이 특별하다고 느낀 날이 그날이 처음은 아니었겠죠."

"아니지." 루서는 서글픈 미소를 지었다. "개브리엘의 열아홉 살 생일에도 그랬어. 우린 둘 다 너무 행복했지. 그리고 캘리포니아 여행 때도. 개브리엘은 계속 포스팅을 올렸어. 빵조각을 흘리듯이. 내가 따라갈 수 있게 말이야." 기억이 홍수처럼 밀려들었다. 눈에 눈물이 차올랐다. 그땐 그렇게 행복했는데. 꼭 이렇게 지금 끝내야 할까?

"정말 좋았겠어요." 애비가 말했다. "그리고 아직도 두 사람 사이에 특별한 끈이 있다고 했죠? 당신은 혼란스럽고 놀랐다고 했어요. 개브리엘도 그럴 수 있지 않을까요?"

"어쩌면." 루서는 칼을 뗐다. "어쩌면 그냥 오해일지도 모르지."

"그럼 내가 어떻게 도와주면 될까요?" 애비가 물었다.

"뭐라고?"

"내가 어떻게 도와주면 상황이 나아질까요?"

루서는 놀라서 눈을 깜빡였다. 애비는 루서를 가지고 노는 게 아니었다. 루서는 애비의 목소리에서 걱정을, 슬픔을 느낄 수 있었다. 루서를 이해했다.

"난 감옥 가기 싫어요."

"감옥에 간다고요?"

"납치 때문에. 그리고…… 이것 때문에."

"음, 내 생각엔 우리가 좋은 변호사를 구해줄 수 있을 것 같아요. 딱 적임자를 내가 알고 있어요. 우린 당신이 네이선이 편안하게 지내도록 온갖 노력을 했다는 걸 법정에서 보여줄 수 있어요. 사실상 납치는 일어나지 않았으니까요. 그리고 당신은 그냥 그 애 누나가 부탁한 일을 한 것뿐이고요."

그건 진실이었다. 그들은 살인에 관해 알지 못했다. 그 살인을 루서와 연관시키지 못할 것이다. 그리고 나머지는 그저 오해에 불과했다. 올바른 법적 보호만 있으면, 심지어 감옥에 간다 해도, 금방 다시 나올 수 있을 것이다. 그리고 나오면 개브리엘이 기다리고 있을 것이다. "돈은……." 루서가 불쑥 내뱉었다. "개브리엘이 몸값을 모았어요. 송금하기 직전이었어요. 그걸 법률 비용으로 쓸 수 있을까요? 나 대신 좀 알아봐줄래요?"

"내가 어떻게 그 사람들을 설득하죠?" 애비가 의아해하는 투로 물었다. "난 개브리엘이 살아 있다는 것도 확신 못 하는데요."

"살아 있어요. 여기 있어요."

"하지만 당신 말이 정말이라고 믿어주지 않을 거예요."

루서는 얼굴을 찌푸렸다. "전화 바꿔줄 수 있어요. 그러면 될까요?"

"음……." 애비는 잠시 침묵을 지켰다. "그러면 될 것 같아요."

루서는 스피커폰으로 돌렸지만 잠시 머뭇거렸다. 개브리엘을 믿을 수 없었다. "무사하다고 말해." 그렇게 말하고 개브리엘의 목에 칼을 갖다 댔다.

"여…… 여보세요?" 개브리엘이 흐느끼며 말했다.

"개브리엘? 애비야. 너 괜찮니?"

"전…… 전 괜찮아요. 무서워요."

"우리가 해결할게." 애비가 차분한 목소리로 말했다. "무서워하지 마. 어머니는 괜찮으셔? 누구 다치진 않았고?"

"어…… 괜찮아요."

루서는 스피커를 끄고 전화기를 귀에 갖다 댔다. "그러면 됐어요?"

"된 것 같아요." 애비가 말했다. "돈에 관한 건 내가 알아볼게요. 협조 정말 고마워요, 루서. 우린 같이 해결할 수 있어요, 그렇죠?"

"난 부탁받은 대로 했을 뿐이에요. 팔로어를 얻어줬고. 유명하게 만들어줬다고요."

"그럼요, 확실히 유명하게 만들어줬죠. 개브리엘도 시간이 좀 지나면 깨닫게 될 거예요."

"맞아요." 루서가 천천히 말했다. 생각이 한 가지 떠올랐다. 시간이 지나면? 어쩌면 지금 당장 깨닫게 만들 수 있을지도 모른다. 텔레비전 리모컨이 바로 앞에 있었다. 여자애의 목에 칼을 그대로 댄 채 손을 뻗어 텔레비전을 켰다.

"루서? 전화 안 끊었죠?"

"네, 돈은 알아보고 있어요?"

"사람을 보냈어요. 시간이 좀 걸릴지도 몰라요. 어떤 식인지 알잖아요."

"네." 루서는 채널을 이리저리 돌리며 자신이 보려는 것을 찾았다. 그러다 갑자기 멈췄다. 지역 뉴스 채널이었다. 개브리엘의 얼굴이 화면에 떠 있었다.

"저거 보여?" 루서는 개브리엘에게 웃으며 말했다. "넌 유명해졌어. 늘 원했던 대로 말이야."

개브리엘은 대답하지 않았다. 눈은 텔레비전 화면에 꽂혀 있었다. 루서도 화면을 보았다. 기자가 개브리엘 플레처의 집 앞을 경찰이 포위했다고 말하고 있었다. 개브리엘이 인질로 잡혔다는 제보가 있다고. 전화기에서 애비가 뭐라 말하고 있었다. 루서는 애비의 말을 듣고 있지 않았다. 기자가 개브리엘을 인질로 잡고 있는 남자가 에릭 레이턴을 살해한 것으로 보인다고 말하는 순간, 루서의 얼굴에서 웃음기가 사라졌다.

레이턴의 살인이 밝혀졌다. 이젠 잠깐 살고 나올 수 없을 것이다. 평생을 감옥에서 보내게 될 것이다.

루서는 비명을 지르며 텔레비전을 향해 휴대전화를 던졌다. 화면에 금이 가고 영상은 어둠 속에 잠겼다.

81

애비는 경악해서 월을 응시했다. "방금 어떻게 된 거야?"

"배경에서 소음이 들렸어요." 월이 말했다. "텔레비전을 켠 것 같아요."

애비는 알아차리지 못했다. 대화에만 온통 집중하고 있었던 것이다. 너무나 순조로웠다. 그런데 갑자기 분노의 괴성이 들리더니 전화가 끊겼다.

월은 이미 통화 마지막 부분을 재생하고 있었다. 이제 들으니 다른 누군가의 말소리가 희미하게 들렸다. 이든도 개브리엘도 아니었다. 뉴스 앵커우먼의 차분하고 무심한 목소리였다. 월은 재생을 멈추고 손으로 다이얼을 돌렸다. 다시 재생하자 루서의 목소리와 애비의 목소리가 작아졌다. 배경음은 커졌고, 무슨 말인지 알아들을 수 있었다.

"……경찰 내 출처에 따르면 집 안에서 인질극을 벌이고 있는 남자는 에릭 레이턴의 살해에 관련해 신문을 받아야 할 것으로 보입니다. 에릭 레이턴은 21세로······.”

그리고 그 비명이 들렸다. 녹음은 그 즉시 끝났다.

“미친.” 애비가 숨을 토했다.

언론은 애비가 루서의 머릿속에 가까스로 심은 희망을 날려 버렸다. 어쩌면 애비가 방송국 사람들은 아무것도 모른다고, 루 서와 그 살인을 연결할 증거는 아무것도 없다고 설득할 수 있을 지도 모른다. 하지만 과연 그게 가능할지 의심스러웠다. 루서는 망상에 빠져 있었지만 바보는 아니었다.

* * *

전화가 다시 울렸다. 루서는 이를 악물었다. 주먹이 벌벌 떨 렸다. 몇 시간째 칼을 하도 꼭 쥐고 있어서 손가락에 힘이 없었 다. 손목이 아팠다.

이제 시간이 많지 않았다. 할 말을 하고 나면 끝을 낼 것이다. 개브리엘을 죽이고 자신도 죽을 것이다. 아플까 봐 겁나지는 않 았다. 인생은 이미 칼날보다 훨씬 지독하게 루서를 아프게 했다.

“네 짝은 칼이 아니야.” 루서는 여자애에게 말했다. “널 알게 됐을 때 난 그걸 알았지. 널 칼과 결혼시키려 한 건 잘못이었어.”

개브리엘의 눈동자에서 당황을, 혼란을 읽은 루서는 신경질 적인 웃음을 터뜨렸다. “넌 알지도 못하지, 안 그래? 네 잘난 엄 마한테 못 들었구나. 네가 열두 살 때 어떤 남자한테 널 줘버리려 한 걸 말이야.”

개브리엘은 엄마를 보고 다시 루서를 보았다. 입술이 움직이 며 뭐라고 애걸했다. 이전에 이미 한 말이었다. “제발. 절 해치지 마세요. 절 죽이지 마세요. 우릴 놔주세요."

그리고 전화벨이 울렸다. 루서의 머리가 쿵쿵 울렸다. 피로했다. 전부 놔버릴 준비가 되었다.

* * *

"지금은 우리 전화를 안 받고 있어요." 애비가 그리핀에게 상황을 요약해 들려주었다. "우린 계속 시도할 거예요. 그리고 언론이 그만 떠들게 해야 해요."

두 사람은 협상 트럭 앞에 서서 집을 바라보고 있었다.

"언론은 내가 상대하죠." 그리핀이 으르렁거렸다. "베이커, 뭘할 수 있지?"

"무력으로 진입할 거면 2층 창과 앞문으로 동시에 들이닥칠 수 있습니다." 베이커가 말했다. "진입하기 전에 섬광 수류탄을 쓸 겁니다. 놈이 1층에 있다면 놈을 제압할 가능성이 꽤 있어요. 하지만 놈이 2층이나 3층에 있다면 위험한 도박이 될 수 있죠."

"배경에서 텔레비전 소리를 들었다고 했죠." 그리핀이 말했다. "집에 텔레비전은 그거 하나인가요?"

"네." 애비가 말했다. "거실에요."

"그럼 놈은 아직 거기 있을 수도 있겠군요. 1층에요."

"어쩌면 그게 우리에겐 최선의 선택일지도 모릅니다." 베이커가 말했다. "경위님 전화를 안 받고 있고, 절박한 상태라면서요. 감옥에서 평생을 보내게 될 거라고 생각한다면, 여기서 죽기로 결정할지도 몰라요. 인질과 함께요."

"10분만 시간을 주세요."

"이든과 개브리엘 플레처의 목숨이 걸려 있는 건 알죠?" 그리핀이 물었다.

애비는 잠시 망설였다. 어느 쪽이든 도박이긴 마찬가지였다. "네." 애비가 마침내 말했다.

그리핀은 이를 악문 채 집을 바라보았다.

"서장님?" 베이커가 말했다. "어떻게 하실 겁니까?"

* * *

개브리엘은 끝이 다가왔다는 걸 알았다. 루서가 칼을 들이댈 때마다 이번이 끝이라고, 이번에는 찌를 거라고 생각했다.

루서가 뭐라고 말하고 있었지만 개브리엘은 알아듣지 못했다. 남자는 정신이 나갔다. 미쳤다. 칼이라는 남자에 관해 말했다. 아버지에 관해 말했다. 그들을 저주하고, 개브리엘을 저주하고, 다시금 이 모든 게 개브리엘을 위해 한 일이라고 설득하려 했다. 정말 모르겠어?

모르겠는데. 개브리엘이 아는 것은 남자가 자신을 죽이려 한다는 것뿐이었다. 그리고 경찰은 손을 놓고 있다는 것도.

엄마도 알고 있었다. 루서가 개브리엘의 목에 칼을 갖다 댄 채 끝도 없이 주절거릴 때, 이든은 천천히 소파에서 일어났다. 양손은 여전히 등 뒤로 묶인 채로, 아주 조금씩 살금살금 루서에게 다가갔다. 개브리엘은 엄마가 더 가까이 다가오는 것을 보면서 루서의 얼굴에만 초점을 맞추려고 안간힘을 썼다.

그리고 불시의 습격. 엄마가 루서를 들이받자, 루서의 무릎이 꺾였다. 루서는 양옆으로 비틀대다 칼을 바닥으로 떨어뜨렸다.

개브리엘은 의자에서 총알같이 뛰어 일어나 층계로 달려갔다. 루서는 개브리엘을 붙잡으려 했다. 손가락이 발목을 스쳤지만 간발의 차로 놓치고 말았다. 개브리엘은 계단을 한달음에 세 칸씩 뛰어 올라 자기 방으로 가서 문을 쾅 닫았다. 그리고 잠갔다. 숨을 몰아쉬었다.

창까지는 두 걸음이었다. 개브리엘은 셔터를 열고 밖을 내다보았다.

"살려주세요!" 비명 지르는 개브리엘 뒤로 루서가 문을 잡아 흔드는 소리가 들렸다.

* * *

"살려주세요!"

애비는 창을 바라보았다. 개브리엘이 미친 듯 손을 흔들고 있었다.

"살려주세요!"

"이쪽으로!" 그리핀은 고함쳤지만 굳이 그럴 필요도 없었다. 남자들이 집을 향해 몰려들고 있었다.

개브리엘은 뛰어내리면 된다는 것을 깨달았는지, 머뭇대며 창턱으로 기어 오르고 있었다.

그때, 개브리엘 등 뒤로 남자의 형체가 보았다. 개브리엘을 붙잡아 뒤로 끌어당겼다. 칼날이 번뜩였다. 비명.

개브리엘은 루서와 맞서 싸웠다. 창은 아직 열려 있었고, 그리핀은 무전에 대고 고함치고 있었다. 애비는 공포에 질려 지켜보며 무전기에서 흘러나오는 소리를 들었다. 주위의 모든 게 느려지고 시간이 천천히 흘러갔다.

"저격할 수 있겠나?" 그리핀이 고함쳤다.

"불가능합니다. 정확히 조준할 수 없습니다." 저격수가 무전으로 대답했다.

"가능해지면 곧장 저격해." 그리핀이 으르렁거렸다.

그리고 그때 루서가 개브리엘을 도로 끌어당겼다. 시급한 몇 분의 1초 동안, 창에서는 남자의 형체만이 보였다. 루서는 이미 사라지고 있었다.

거리에 갑작스러운 총성이 메아리쳤다. 루서는 비틀대며 뒷걸음쳤다. 시야에서 사라졌다. 셔터가 닫혔다.

"젠장!" 그리핀이 고함쳤다. "맞혔나?"

"어깨를 맞혔습니다." 저격수가 말했다. "놈은 죽지 않았습니다."

"서장님, 이 틈을 타서 안으로 진입해야 합니다." 베이커가 시급하게 말했다.

"진입해." 그리핀이 명령했다.

애비는 특수기동대 대원들이 움직이는 것을 그저 멍하니 바라볼 수밖에 없었다.

* * *

루서는 개브리엘을 계단으로 질질 끌고 갔다. 어깨가 통증으로 욱신거렸다. 소매가 피로 흠뻑 젖었다. 내 피야. 나쁜 년. 망할 년. 이건 개브리엘의 잘못이야. 날 총에 맞게 하다니.

놈들은 이제 안으로 진입해 날 죽일 것이다. 하지만 난 개브리엘을 데려갈 것이다.

"올라가." 루서는 신음을 토하며 개브리엘의 등에 칼을 갖다 대고 말했다. "층계를 올라가."

개브리엘이 망설이자 루서는 칼로 살짝 찔렀다. 딱 한 번. 개브리엘은 비명을 지르고는 비틀대며 계단을 올라갔다. 루서는 그 뒤를 따라 올라갔다. 주위가 온통 빙글빙글 돌았다. 한 계단. 또 한 계단. 또 한 계단.

두 사람은 3층에 도달했다. 루서는 숨을 몰아쉬고 있었다.

폭발음이 집을 뒤흔들고 귀를 윙윙 울렸다. 이제 모든 게 혼란스럽고 느리게 움직였다. 개브리엘을 3층의 한 방 안으로 밀어 넣었다. 창이 하나뿐인 방이었다. 뚫고 들어오기에는 너무 작은 창이었다. 아래층에서 남자들이 뛰어다니고 고함치는 소리가 들렸다.

루서는 개브리엘을 한쪽으로 밀치고 벽에 몸을 납작 붙였다. "난 위층에 이 여자애를 데리고 있다!" 루서는 있는 힘껏 소리쳤다. "위층으로 올라오면 앤 죽는다! 들었어? 죽는다고!"

끊임없이 울리는 이명 때문에 소리가 잘 들리지 않았다. 루서는 마음의 준비를 했다. 여자애의 목을 가를 준비를.

하지만 그들은 올라오지 않았다.

* * *

애비가 지켜보는 가운데 누군가가 집을 뛰쳐나와 구급의료원을 불렀다. 애비는 개브리엘과 이든이 제발 무사하기만을 간절히 빌었다.

"서장님, 용의자가 3층에 여자애를 데리고 바리케이드를 쳤습니다." 베이커가 무전으로 말했다. "가까이 가면 죽인답니다."

"이든 플레처는 어떻게 됐어?" 그리핀이 물었다.

"저희랑 같이 있습니다. 다쳤어요."

의료원들이 들것을 가지고 안으로 뛰어 들어갔다.

"멀린." 그리핀이 말했다. "난 대원들에게 3층으로 올라가라고 명령할 겁니다."

"안 돼요." 애비가 불쑥 내뱉었다. "그러면 개브리엘을 죽일 거예요. 놈은 궁지에 몰리면 그렇게 할 거예요."

"이미 궁지에 몰렸어요. 그리고 절박한 상황이죠. 그건 당신이 한 말이잖아요. 그리고 전화도 받지 않고요. 다른 선택지가 없어요."

"정말 개브리엘을 죽이고 싶었다면 굳이 위층에서 인질극을 벌이지 않고 벌써 죽였을 거예요." 애비가 반박했다. "놈은 출구를 원해요."

"놈이 우리와 이야기하지 않으면……."

"전화로는 이야기하지 않을 거예요." 애비가 말했다. 그리고 집으로 뛰어 들어갔다.

* * *

출혈이 너무 심했다.

시야가 흐려지고 있었다. 눈앞에서 별들이 춤을 추었다. 곧 의식을 잃고 말 것이다. 그러면 개브리엘은 자유롭게 아래층으로 도망가겠지. 놈들이 올라와서 날 체포하겠지. 그러면 개브리엘과 헤어져, 연락도 못 한 채 남은 평생을 보내게 될 것이다.

안 돼.

루서는 개브리엘의 머리카락을 움켜쥐고 거칠게 잡아당겼다. 개브리엘이 비명을 내질렀다. 고개가 강제로 뒤로 젖혀져 목이 드러났다. 한 번만 그으면 끝날 것이다.

"루서." 아래층에서 애비의 목소리가 들려왔다.

루서의 손이 멈칫했다. 대답하지 않을 것이다. 대화하기엔 늦었다. 늦어도 한참 늦었다. 전부 끝낼 때가 왔다.

* * *

루서는 대답하지 않았다. 애비는 다시 불렀다. "루서?"

혹시 벌써 개브리엘을 죽이고 자살한 건 아닐까? 애비가 막 계단을 올라가려고 하는데 겁에 질려 끙끙대는 울음소리가 들렸다. 개브리엘이었다. 아직 살아 있구나. 애비가 귀를 쫑긋 세우자 루서 게인스의 힘겨운 숨소리도 어렴풋이 들렸다.

루서는 대화하고 싶어 하지 않았다. 하지만 끝장을 내지도 않았다. 올바른 말을 하는 것은 애비에게 달려 있었다. 놈의 생각과 공포에 이름을 주어야 한다.

"항복하면 감옥에 갈 게 겁나는 거죠." 애비가 말했다.

반응은 없었다.

"거짓말은 안 할게요. 그렇게 될 수도 있어요. 하지만 우리가 변호사를 구해줄게요. 아까 한 말 기억나요? 당신의 혐의는 모두 법정에서 입증되어야 해요. 결과가 어떻게 될지는 아무도 몰라요."

움직임은 없었다. 대답도 없었다. 놈은 애비를 믿지 않았다.

놈이 원하는 게 뭐지? 뭘 하려던 거지? 앞서 통화 때 놈은 개 브리엘에게 잔뜩 화가 나 있었다. 배신감을 느꼈다. 놈은……

아니. 개브리엘 때문이 아니었다. 이 여자애 때문이었다. 놈은 줄곧 그런 식으로 말했다. 온라인상으로 교류한 것에 관해 말할 때는 개브리엘이라고 불렀다. 하지만 실제 사람을 가리킬 때는 늘 이 여자애라고 불렀다.

마치 서로 다른 두 사람이 있는 것처럼.

그게 소셜 미디어의 익히 알려진 문제였다. 비틀림. 왜곡. 온라인으로 누군가를 팔로하면, 그들은 늘 완벽해 보였다. 그들의 가족은 가장 행복한 가족이고, 그들의 여행은 최고의 여행이었다. 모든 사진이 멋지고 부럽고, 욕망의 대상이었다. 하지만 그건 알고 보면 현실과 거리가 멀었다.

루서는 개브리엘에게 집착했다. 기자로서 실제로 만났을 때조차, 루서에게 개브리엘은 가짜 페르소나, 공적인 얼굴이었다. 이제, 처음으로 그 아이의 본모습을, 살려달라고 애원하고 자신의 사랑을 거부하는 여자애를 만나고 나니, 놈은 실망하고 말았다. 그리고 분노했다.

놈은 여전히 개브리엘을 사랑했다. 그리고 감정적으로, 무의식 수준에서, 놈은 자신이 사랑한 개브리엘과 이 여자애가 같은 사람이라고 믿을 수 없었다.

그토록 불안정하고 망상에 빠진 상태에서, 무의식에 가라앉아 있는 감정은 위험했다. 루서는 스스로도 이유를 모르는 채 그런 감정에 휘둘려 섣불리 행동할 수 있었다. 그 생각을 표면으로 떠오르게 하는 것이 애비의 임무였다.

"당신은 개브리엘과 이 여자애가 같은 사람일 수 있다는 게 이해가 안 가는 것 같네요."

* * *

루서는 그 자리에 얼어붙은 채 애비의 낮고 차분한 목소리에 귀를 기울였다.

"당신은 개브리엘 플레처를 사랑하죠. 아름답고 영리하고 다정한 여자애를요." 애비는 말했다. "그 애는 당신에게 매일 말을 걸고 당신이 특별한 사람이라고 느끼게 해주죠. 어쩌면 당신은 이렇게 생각했을 거예요. '어떻게 이 여자애가 개브리엘일 수가 있지?' 이 여자애는 당신을 이해하지 못하는 것 같고, 당신에게 관심도 없는 것처럼 굴죠."

루서는 이를 갈았다. 둘이 같은 사람이라는 건 당연히 알고 있었다. 설마 그걸 모를까. 애비는 헛소리를 하고 있었다. 끝을 낼 때가 왔다. 루서는 여자애의 목을 보았다. 개브리엘의 목을. 한 번만 그으면 다 끝난다.

"당신은 개브리엘과 멋진 끈을 가지고 있는 것 같아요. 그 관계는 예전으로 돌아갈 수도 있을 거예요. 시간이 지나면요. 당신이 개브리엘을 놓아주면요. 당신이 거기서 붙잡고 있는 그 여자애요. 그 애는 당신이 대화한 바로 그 사람이에요. 아닌 것 같죠. 하지만 맞아요."

루서의 눈에 눈물이 차올랐다. 가망이 없었다. 왜 망설이지? 진즉 끝냈어야 했다.

루서는 여자애의 살갗에 칼을 갖다 댔다. 개브리엘의 살갗에.

* * *

애비는 계속해서 이야기했다. "그 애는 당신만을 위해 노란 셔츠를 사 입은 바로 그 사람이에요. 당신과 같이 여행한 그 사람이요. 영원한 감사를 약속한 사람. 시간이 지나면 그걸 받을 수 있을 거예요."

여전히 반응은 없었다. 이제는 루서의 숨소리도 들리지 않았다. 개브리엘이 끙끙대는 소리도.

"당신이 네이선을 위해 뭘 했는지 봤어요. 그 방을 봤다고요. 얼마나 많이 고민하고 생각했는지. 개브리엘도 깨닫게 될 거예요. 당신이 말해주면 되죠. 지금 당신과 같이 있잖아요. 지금은 어리둥절하고 겁먹어서 그래요. 하지만 그래도 개브리엘이에요. 시간이 좀 필요할 뿐이에요."

* * *

"자동차 여행 간 날 기억해요? 당신이 개브리엘을 유명하게 만들어준 날? 그때 기분이 어땠죠?"

루서는 기억을 떠올렸다. 당연히 기억하고 있었다. 눈을 질끈 감고 눈물이 목까지 차오르는 걸 느꼈다. 어쩌다 일이 이 지경이 됐을까?

"당신은 개브리엘을 또 한번 유명하게 만들었어요. 개브리엘도 깨달을 거예요. 내일 개브리엘이 당신한테 뭐라고 말할 것 같아요? 모레는요? 글피는?"

루서는 눈을 뜨고 창백한 얼굴로 벌벌 떠는 여자애를 바라보았다. 개브리엘을 보았다. 내일이면 개브리엘이 내게 무슨 말을 할까? 이미 인스타그램 아이콘을 누르는 것을 상상할 수 있었다. 개브리엘이 지금까지 모든 과정에서 함께해준 모든 사람에게 감사하는 게 보였다. 카메라를 향해 손 키스를 날리는 모습이. 루서에게.

루서는 손을 떨궜다. 칼이 바닥으로 떨어졌다. 몸이 축 늘어졌다.

* * *

애비는 큰 소리로 떠드느라 목이 쉬었지만 말을 멈추지 않았다. "내가 보기엔⋯⋯."

바닥 판자가 삐걱거렸다. 애비는 눈을 가늘게 뜨고 계단을 응시했다.

개브리엘이 문간에 나타났다. 흰 눈처럼 창백한 낯빛으로 벌벌 떨고 있었다. 계단을 하나씩 하나씩 내려오다 발을 헛디뎌 넘어졌다.

애비는 바닥으로 추락하기 전에 개브리엘을 받아 안았다.

82

애비는 침대에 웅크리고 누워 있었다. 머릿속이 구름처럼 가벼웠다. 벤의 조그만 몸뚱이를 폭 끌어안고 있었다. 토요일 아침, 햇살이 창으로 새어 들어오고, 인생은 완벽했다. 아이들을 데리고 외출할 계획이었지만, 지금으로서는 침대를 벗어날 자신이 없었다. 담요는 무겁고 따뜻했고, 아들은 작고 사랑스러웠다. 아무것도 하지 않아도 되는 하루가 온전히 남아 있었다.

노크에 뒤이어, 아직 잠옷 차림의 샘이 방문을 열었다. "바이올린이 오고 있대요." 잔뜩 신난 목소리였다. "다음 주면 도착할 거예요!"

"잘됐네." 애비가 졸음에 겨운 목소리로 말했다. 애비의 부모님이 돈을 낸 거라 더욱 좋았다. "이리 들어와. 같이 안고 있자."

샘은 침대를 보며 입매를 일그러뜨렸다. "아니, 사양할게요."

"왜. 네 바이올린 이야기 듣고 싶어."

"윽, 알았어요." 샘은 침대로 올라와 담요를 뒤집어썼다.

이불 밑으로 벤의 발이 삐져나오자 벤이 꽥 소리를 질렀다.
"누나! 담요 다 가져가지 마!"

"다 안 가져갔거든! 이거 봐!"

애비는 눈을 감고 씩 웃었다. 몇 분 뒤면 고함과 말다툼이 애비의 머리를 돌게 만들 것이다. 하지만 지금은 천국의 소리 같았다.

"엄마아아아, 누나한테 가져가지 말라고 해줘요!"

"그래서? 바이올린은 어떤데?" 애비가 물었다.

"엄청 멋져요! 아크릴로 만든 건데, 진짜 가벼워요. 지지난 주에 린지 스털링 영상 보여준 거 기억해요?"

"당연하지." 애비는 무슨 소린지 전혀 몰랐지만 그렇게 대꾸했다. "그게 그 사람이 쓴 바이올린이니?"

"아뇨, 그래도 진짜 비슷한 거예요. 그리고 연주하는 소리를 들었어요. 소리가 엄청나요. 그게 오면 마이크의 피드백 문제가 해결돼요. 그냥 곧장 코드를 꽂으면 되거든요. 훨씬 쉬워질 거예요. 그리고 엄청 크게 연주할 수 있고……."

"옆집 사람들이 아주 좋아하겠다."

"돈이 좀 더 모이면 디스토션 페달을 살 거예요. 다들 그러는데 엄청 좋대요. 전자 바이올린에 디스토션을 넣으면 진짜 멋있거든요. 좀 있다가 들려드릴게요……."

애비는 딸의 말을 멍하니 한 귀로 흘렸다. 평소에는 아이들이 하는 말을 잘 들어주려고 최선을 다했다. 거미의 짝짓기 행동이나 현대 바이올리니스트들의 다양한 솔로 연주에 관해 말도 안 되게 상세한 지식을 가지고 있는 게 다 그 덕분이었다. 하지만 지금은 머릿속이 곤죽 같은 상태가 되어 있었다. 토요일 아침에 딱 적절한 상태였다.

샘은 떠드는 동안 점점 더 몸이 노글노글해지면서 애비의 몸에 녹아들었다. 껴안기 샌드위치. 애비는 머릿속에 그 표현을 새겼다. 이 순간을 영원히 기억해야지.

"저 오늘 프레첼을 산책시키고 싶어요." 샘이 숨을 쉬려고 잠깐 말을 멈춘 틈에 벤이 신나서 선포했다.

"프레첼을 산책시키는 건 무리일 것 같은데." 애비가 아이의 머리카락을 쓰다듬으며 말했다.

"왜요? 샘의 멍청한 애완동물은 산책시키잖아요."

"왜냐하면 내 애완동물은 역겹지 않으니까."

"샘, 그런 말 하지 마. 벤의 애완동물들은 무척 착해."

샘은 콧방귀를 뀌더니 갑자기 몸을 긴장시켰다. "무슨……
벤, 너 거미를 여기로 가져온 거야?"

애비가 벤을 돌아본 순간, 부드럽고 간지러운 거미 다리의 감촉이 느껴졌다. 애비는 비명을 지르며 침대에서 뛰어내렸다. 졸음은 순식간에 증발해버렸다.

"무슨 문제 있어요, 엄마?" 샘이 씩 웃으며 말했다. "벤의 애완동물들은 착하다면서요."

"난 지퍼스 안 데려왔어요." 벤이 방어조로 말했다. "샘이 손가락으로 엄마를 간질린 거예요."

"맙소사." 애비는 끙 소리를 내고 쿵쿵 뛰는 심장을 가라앉히려 애썼다. "넌 정말 못된 딸이야."

"엄마가 얼마나 크게 비명 지르는지 들었어?" 샘이 벤에게 웃음 지으며 속삭였다.

킥킥대던 벤은 샘이 간지럼을 태우자 깔깔 웃음을 터뜨렸다.

완벽한 토요일 아침이었다.

83

"두 명 예약했는데요." 애비가 식당 주인 여자에게 말했다. "조너선 카버로 확인해주시겠어요?"

"확인됐습니다. 이쪽으로 오시죠." 젊은 주인은 그렇게 대답하고 조명이 흐릿한 식당 안으로 애비를 인도했다.

애비는 가는 길에 외투를 벗어 팔에 걸쳤다. 그 밑에는 카키색 오프숄더 드레스를 입고 무릎 위로 올라오는 회색 부츠를 신었다. 삑가는 차림. 샘조차 애비의 옷차림이 "나쁘지 않다"라고 인정했다. 십 대 딸의 그 말은 애비에게 상찬이나 다름없었다.

카버는 식당 한쪽 구석의 개인 부스에 있었다. 패딩 좌석이 탁자를 둥글게 에워싸고 있었다. 애비는 웃음을 지으며 카버에게 다가가 자리에 앉았다. 카버가 그날 아침 전화해서 저녁식사를 같이하자고 했다. 사건을 같이 훑어보자는 줄로만 안 애비가 그냥 점심 때 만나자고 하자, 카버는 더듬대며 데이트 신청을 하는 거라고 말했다.

그리고 이제 애비는 여기 도착했다.

"적포도주 한 병 미리 주문해놨어요." 카버가 탁자 위의 병을 가리키며 말했다.

"좋은 포도주예요?" 애비가 잔을 집어 들며 말했다.

"당연하죠. 웨이터한테 좋은 적포도주로 골라달라고 했거든요. 진짜 딱 그렇게 말했어요."

애비는 포도주를 홀짝이며 잔 가장자리로 카버를 엿보았다. 제대로 빼입은 모습을 보는 건 지금이 처음이었다. 파란 셔츠 위에 검은 스웨터, 살짝 패셔너블하면서도 편안해 보이는 모습. 본인 취향일까? 아니면 그 많은 누이들 중 누군가의 도움을 받았을까? 아니면 전 여친의 취향일지도?

웨이트리스가 다가오자 카버는 봉골레 스파게티를 주문했다. 애비는 버터넛 스쿼시 토르텔리니를 주문했는데, 옆 테이블에서 먹는 걸 얼핏 봤기 때문이었다. 너무 맛있어 보였다. 웨이트리스가 작은 태블릿을 톡톡 두드려 메뉴를 기록하고 떠났다.

"집은 좀 어때요?" 카버가 물었다. "정상으로 돌아갔어요? 아니, 당신 딸이랑, 왜 있잖아요."

"정상으로 돌아갔다는 게 그 애가 대체로 날 무시하고 내가 무슨 말만 하면 눈을 희번덕댄다는 뜻이라면, 맞아요. 정상으로 돌아갔어요. 난 벤의 생일파티를 준비 중이고요."

"아." 카버가 포도주를 홀짝였다. "그러니까…… 그게 무슨 뜻이죠? 케이크를 만들고 엠앤엔즈 초콜릿을 사는 건가요?"

아무것도 모르는 카버의 말에 애비는 웃음이 나왔다. "음, 엠앤엠즈는 제조 과정에서 땅콩 성분이 들어갈 수 있는데 그러면 참석할 아이 중 적어도 둘이 죽을 수도 있어요. 내가 에피펜으로 찔러주지 않으면 말이죠. 학교에 건강에 관심 많은 엄마들이 있어서 벤이 좋아하는 스마티즈랑 스키틀즈 같은 간식들은 포기해야 했고요. 안 그러면 날 화형에 처할 거거든요. 내가 초콜릿 케이크를 직접 만들 거예요. 당근 케이크를 만들라기에 싫다고 했더니 못마땅해하면서 마지못해 승낙하더라고요. 그리고 생일파티가 한 친구의 이모 결혼식이랑 겹쳐서 그 애 엄마랑 15분간 대화를 해야 했는데, 자기 아들은 너무 참석하고 싶은데 올 수가 없다나요. 그래서 미리 알았더라면 생일파티를 다른 날 했을 거라고 양해를 구해야 했죠. 그리고 보글 교수가 마지막 순간에 예약을 취소했는데……."

"잠깐만요, 보글 교수요?"

"보글 교수는 생일파티 공연을 위해 부르는 과학자 비슷한 사람이에요. 그런데 부친상을 당했다면서 예약을 취소했지 뭐예요. 그래서 마지막 순간에 대타를 찾아야 했는데 어릿광대 다우이나 위대한 마법사 토리니모 둘 중 하나를 택해야 했죠. 어릿광대랑 통화해보니 사람이 좀 느끼해서 마법사로 정했어요. 그런데 내 아들은 마법사를 싫어해서, 그 애 취향에 맞게 마법 공연을 좀 바꿀 방법을 내가 궁리해야 했죠. 마법사한테 모자에서 토끼 대신 뱀을 꺼내게 설득한 적 있어요? 내가 전문 협상가라 정말 다행이었어요." 애비는 말을 멈추고 포도주를 홀짝였다. "그래요, 네. 케이크를 만들고 엠앤엠즈를 사는 거죠."

"아." 카버는 잠시 생각에 잠겼다. "스마티즈를 간식으로 내놓는다고 정말 화형당하나요? 너무 심한 것 같은데요. 화형대가 있긴 한가요?"

"그건 어느 동네나 있어요. 부모 노릇을 못하는 엄마들을 태울 때만 쓰죠."

"아빠는 그냥 통과고요?"

"당연하죠. 아빠들한테는 무척 너그럽거든요. 하지만 실제 화형에 참여하지는 못해요. 오로지 엄마들만이 서로를 태울 수 있죠."

"그것 참 다행이네요."

애비는 씩 웃으며 의자에 등을 기댔다. 멋진 곳에 남자와 마주 앉아 있는 이 상황이 마냥 즐거웠다. 머릿속을 갉아먹던 걱정에서 자유롭게 풀려나서.

"아, 내가 요전 날 누굴 만났게요?" 카버가 물었다. "휴이 기억나요? 같이 학교 다닌?"

애비가 얼굴을 찌푸렸다. "사격장에서 실수로 파리를 삼키고 그걸 토해내려다 강사를 쏠 뻔한 애 아니에요?"

"네? 아니요, 그건 타일러죠. 땀보 휴이라는 별명, 기억 안 나요? 늘 땀을 흘려서 그렇게 불렀잖아요."

"아, 맞아요! 입학 첫날에 나한테 들이댔었죠."

"지금은 동물 학대 조사팀에 있대요. 일 이야기를 했는데 자기 일에 꽤나 진심이더라고요. 사람이 달라진 것 같아요."

"이젠 땀을 안 흘려요?"

"땀샘이 달라졌는지 어떤지는 모르겠네요. 그냥 훨씬 사람이 좋아진 것 같았어요. 그냥…… 정말 느긋해진 것 같더라고요."

"어쩌면 이젠 땀보 휴이라고 부르는 사람들이 없어서 그럴지도 모르죠."

웨이트리스가 와서 테이블에 브레드스틱 바구니를 놓고 갔다. 애비는 요리가 나오기 전에 먼저 빵을 먹을지 말지 잠시 고민했다.

"오늘 정말 아름답네요." 카버가 말했다.

"아." 애비의 뺨으로 피가 몰려들었다. "고마워요." 애비는 아무렇지 않은 척하려고 포도주를 한 모금 더 마셨다.

카버가 브레드스틱을 하나 집어 들었다. "뱀은 잘 있어요?"

"누구요? 뭐요?" 애비는 순간 머리가 핑 도는 걸 느꼈다. 빈속에 술이 과했다.

"당신 아들이 키우는 뱀요. 잘 있어요?"

"잘 기어 다니고 있어요. 어제 커다란 냉동 생쥐 하나를 먹어치워서, 오늘은 휴식 중이에요."

카버는 몸서리를 쳤다. "나라면 같은 집에서 자지도 못할 거예요."

"쉽지 않죠." 애비가 인정했다. "내 방이 2층이라 좀 나아요. 하지만 사육장을 탈출하면 계단쯤은 충분히 올라오겠죠. 그리고 놈은 분명 탈출을 계획하고 있어요. 눈을 보면 알아요."

"그러면 덫을 놔요."

"아, 예."

"아니, 진담이에요! 내가 그쪽은 좀 알아요. 내 여동생 홀리가 그림을 진짜 잘 그리거든요. 그래서 우린 큰누나를 위해서 정교한 덫의 도안을 몇 시간씩 그리곤 했어요. 자요, 보여줄게요. 냅킨 줘봐요."

"당신 냅킨을 쓰지 그래요?"

"당신 게 더 낫거든요." 카버는 가방에서 펜을 꺼내더니 애비의 냅킨을 가져다 그림을 그리기 시작했다. "이게 층계고요. 집에 세탁물 바구니 있죠? 그걸 이렇게 놓으면…… 이렇게 세워야 해요. 미끼를 놓고…….”

“미끼요?”

“네, 뱀이 좋아할 만한 먹이요.”

“뱀은 쥐를 즐겨 먹는데요. 매일 밤 내 계단에 죽은 쥐를 놔두라는 거예요?”

“사소한 건 그냥 좀 넘어가고요. 미끼를 이런 식으로 놓으면, 놈이 그리로 기어가서…… 빗자루를 건드리면…….”

“무슨 빗자루요?” 애비는 이제 환히 웃고 있었다. 포도주를 한 모금 더 마셨다.

“안 그러면 이게 되겠어요? 빗자루는 당연히 필요하죠.” 카버는 냅킨에 계속 낙서하면서 브레드스틱을 하나 더 집었다. “뱀이 빗자루를 건드리면 덫이 튀어오르죠! 짠, 뱀은 세탁물 바구니에 갇혀요.”

“누나가 당신의 그 정교한 덫에 갇힌 적이 있긴 해요?”

“아뇨, 하지만 그렇다고 소용이 없었다는 뜻은 아니에요. 여기요.” 카버는 냅킨을 돌려주었다. “공짜예요. 함정 기획자라면 이것으로 수천 달러는 받을 거예요.”

“함정 기획자요? 그런 게 있어요?”

“내가 어렸을 때 장래 희망이었죠.”

“그렇다고 그게 실제 직업이라는 뜻은 아니잖아요.”

주문한 음식이 도착했고, 애비는 웨이트리스가 떠나는 것조차 못 기다리고 곧장 먹기 시작했다. 파스타가 너무 맛있었다.

“이든하고 말해봤어요?” 몇 분쯤 조용한 가운데서 먹고 있던 카버가 물었다.

“네. 개브리엘이랑 둘 다 몇 바늘 꿰맸어요. 이든은 수혈도 받았고요. 하지만 둘 다 지금은 훨씬 나아졌어요. 네이선도요. 네이선도 같은 병원으로 옮겨졌어요."

"잘됐네요."

"루서는요?" 애비가 물었다.

"살아 있어요." 카버는 딱히 기꺼운 말투는 아니었다. "살인 혐의도 꽤 확실히 굳혔어요."

애비는 고개를 끄덕였다. 이든과 개브리엘이 마음의 평화를 찾으려면 루서가 죽는 날까지 감옥에 있는 게 최선이었다.

"전부 애비 덕분이죠." 카버가 잠시 후 말했다. "당신은 이든과의 과거에 구애받지 않고 사건을 아주 잘 처리했어요. 당신이 루서의 정체를 늦기 전에 알아내지 못했다면…… 그리고 거기서 놈에게 말을 걸지 않았다면……." 카버가 고개를 저었다.

"어떻게 됐을지는 아무도 모르죠." 애비가 자기 접시를 내려다보며 말했다. 지난 며칠간 밤마다 머릿속으로 스며들던 어두운 생각들이 다시 떠올랐다.

"맞아요." 카버가 말했다.

애비는 헛기침을 했다. "요전에 개브리엘과 통화했는데 무척…… 정신이 없는 것 같았어요. 완전히 겁에 질려서요. 문장을 제대로 만들지도 못하더라고요."

"목에 칼이 들어왔었으니까요. 그럴 만하죠."

"네…… 당연히 그렇죠. 난……." 머릿속에 폭풍이 몰아칠 것 같았다. 도저히 멈출 수 없었다. "그거 알죠, 내가 일곱 살 때, 윌콕스 대학살 때, 난 경찰 협상가와 통화했어요. 그 사람과 이야기한 게 기억나요. 녹취록도 있어요. 백만 번은 읽었죠."

애비는 포크를 내려놓았다. 손가락이 떨리고 있었다. "모지스

윌콕스가 내 머리에 총구를 갖다 댔어요. 기억나요. 어떤 촉감이
었는지."

"우리한테 가까이 오면 어떻게 될지 말해. 총 이야기를 해."

관자놀이를 누르는 차가운 총구.

"당신은 협상가한테 뭐라고 했어요?"

"난…… 녹취록에서 난 모지스가 내 머리에 총을 갖다 대고
있다고 말했어요. 만약 그들이 침입하면 모지스가 날 쏠 거라고
요. 나더러 괜찮냐고 묻더군요. 난 괜찮다고, 우리 62명은 괜찮다
고 했어요. 아무도 다치지 않았다고."

애비는 손에 종이를 쥐고 있었다. 거기에는 62라는 숫자 밑에
줄이 그어져 있었다. 글자는 아직 읽을 줄 몰랐지만, 숫자라면 99
까지 읽을 수 있었다.

"아마 모지스가 당신한테 어떻게 말하라고 시켰겠죠."

"그랬어요. 기억나요."

"놈들에게 말해."

"그리고 그때, 통화가 끊기고 나서 모지스가 나더러 문을 잠
그라고 한 게 기억나요. 난 그렇게 했죠. 문을 잠그고 우리 모두
를 그 안에 가뒀어요. 그 후 모지스가 거기에 불을 놨죠."

"당신은 일곱 살이었어요. 그걸 가지고 자신을 탓하면 안
돼……."

"왜 나한테 문을 잠그라고 시켰을까요? 직접 하지 않고."

카버는 아무 말도 하지 않고 애비를 뚫어져라 바라보았다.

"화재가 시작됐을 때 왜 아무도 문을 열지 않았을까요? 불타
는 식당에 62명이나 있었는데. 아무도 문을 열러 뛰어가지 않았
다는 건가요?"

"아마 시간이 없었을 거예요. 그 사건에 관한 기사를 읽었어요. 식당의 요리용 가스통이 폭발했대요."

애비는 고개를 저었다. "시간은 있었어요. 거기엔……."

연기 냄새. 살려달라는 비명.

볼트. 애비는 볼트를 열러 문으로 달려갔다. 등 뒤에서 이든의 고함이 들렸다. "아비하일, 거기서 떨어져!"

애비는 문을 열어야 했다.

아이작이 애비를 뒤로 낚아챘다.

폭발, 목덜미의 타는 듯한 통증.

"이든은 다르게 기억하고 있었어요." 애비가 공허하게 말했다. "트라우마 경험을 하면 그 상황에 대한 기억이 왜곡되죠. 그리고 사이비 집단 일원들의 기억은 종종 그들의 신념과 일치하기 위해 수정돼요."

"이해가 가요."

"개브리엘은 정말 겁먹은 목소리였어요. 그리고 당시에 난 머리에 총이 겨눠져 있었는데 전혀 동요하지 않았어요. 녹취록을 백만 번은 읽었어요. 난 울지 않았어요. 말을 더듬지도 않았고요."

종이에 적힌 62라는 숫자.

"내 머리에 총구가 겨눠져 있지 않았던 것 같아요." 애비가 말했다.

"놈들에게 총 이야기를 해." 모지스의 손가락이 애비의 관자놀이를 눌렀다. 마치 총처럼. "우리 62명이 모두 함께 있다고 해. 까먹지 않을 거지, 아비하일? 62야." 모지스는 종이 위에 숫자를 휘갈겨 썼다. 주위 어딘가에서 이든이 우는 소리가 들렸다. 하지만 아비하일은 울지 않았다. 용감했다. 모지스는 늘 아비하일이 용감한 아이라고 말했다. 그것이 이든이나 아이작이 아닌 아비하일에게 이 일을 시킨 이유였다. 다른 사람은 믿지 않으니까.

"내가 다른 사람들이랑 같이 그 식당에 있었던 게 아닌 것 같아요. 그 식당에 있던 사람들은 전부 죽었어요. 모지스는 나한테 무슨 말을 해야 할지 알려준 후 다른 사람들이 모여 있는 식당으로 갔어요. 그리고 난……" 애비는 눈을 질끈 감았다.

"거길 나가서 경찰에 전화할 것. 우리에게 다가오면 어떻게 될지 말할 것. 그런 다음 식당으로 가서 문을 잠글 것."

"볼트는 문 바깥쪽에 있었어요." 애비가 나지막이 속삭였다. "내가 그들을 안에 가뒀어요. 모지스가 시킨 대로요. 이든이랑 아이작이랑 난 식당 밖에 있었어요."

"확실한 건 아니잖……"

"확실해요."

사람들이 살려달라고 비명을 질렀다. 엄마와 아빠…… 그리고 다른 모든 사람들도. 연기가 있었다.

아비하일은 볼트를 열기 위해 달려갔다. 사람들을 꺼내줘야 했다.

이든이 비명 질렀다. "아비하일, 거기서 떨어져!"

아이작이 아비하일을 뒤로 낚아챘다.

폭발, 목덜미의 타는 듯한 통증.

애비는 손을 들어 목의 상처를 건드렸다. "난 모지스에게 시간을 벌어주려고 경찰 협상가에게 전화했어요. 내가 그 사람들을 식당에 가뒀어요. 그리고 모지스가 불을 질렀고요. 사람들은 안에 갇혀 있었어요. 빠져나올 수 없었어요. 내가 문을 열러 갔을 때는⋯⋯." 눈물이 애비의 뺨을 타고 흘렀다.

카버가 애비를 부둥켜안았다. 애비는 카버의 가슴에 얼굴을 묻고 흐느꼈다.

"당신은 겨우 일곱 살이었어요." 카버는 몇 번이고 되풀이했다. "당신은 겨우 일곱 살이었어요."

84

교차로에 다다르자 애비는 차 속도를 늦췄다. 온 사방으로 녹색 벌판이 펼쳐져 있었다. 핸들을 왼쪽으로 꺾고 스포티파이에서 나오는 노래에 귀를 기울이며 이든의 목소리를 듣지 않으려 애썼다. 이든은 베이비시터와 통화 중이었다. 또. 세 시간 운전 중에 네 번째로. 그리고 집에서 점점 더 멀어질수록, 이든의 목소리에 담긴 불안은 더 선연해졌다. 더는 참기 어려울 지경이었다.

이든을 탓할 마음은 없었다. 이제 겨우 두 달 지났을 뿐이니까. 게다가 이든이 네이선과 개브리엘을 둘만 두고 온종일 집을 비우는 건 이번이 처음이었다. 그러니까…… 그 애들이 태어난 이후로 처음.

"네이선 좀 바꿔줄래요?" 이든이 물었다. 그리고 1초 후. "우리 아들! 그래, 거의 다 왔어. 오후 늦게 집에 갈 거야. 그래, 잠자리에 들기 전에. 밥은 먹었니?"

벤과 서맨사는 이번 주말 스티브의 집에 있어서, 애비는 아무 걱정할 필요 없었다. 아이들이 스티브의 집에서 정크푸드를 먹고, 보면 안 될 걸 보고, 난폭한 비디오 게임을 하고, 늦게 잠자리에 들까 봐 걱정하는 건 빼고. 하지만 애비는 그런 성가신 우려들을 머릿속에서 밀어내고, 입 밖에 내어 말하지 않고, 저절로 곪아 터지게 놔두는 데 점점 능숙해지고 있었다. 머릿속에서 어두운 생각과 불안을 곪아터지게 놔두는 것은 아이들을 키우는 데 있어서 핵심적인 부분이었다.

마침내, 이든이 전화를 끊고 물었다. "다 왔어?"

"응." 애비가 말했다. "델라웨어주 조지타운에 잘 왔어."

"무척…… 넓네." 이든이 말했다. 약간 부럽다는 투였다.

"누가 아니래." 요즘 이든은 도시를 떠나고 싶은 바람이 강해졌지만 애비는 그렇지 않았다. 도시가 좋았다. 여기서는 각 집의 간격이 서로 몇십 미터는 떨어져 있고, 그 사이에는 온통 풀뿐이었다. 너무 따분해 보였다.

"집에 있을 것 같아?" 이든이 물었다. 출발한 이후로 열 번째 하는 똑같은 질문이었다.

"그랬으면 좋겠는데."

가보기 전엔 알 수 없었다. 아이작은 애비와 이든이 함께 만나러 가겠다고 알린 뒤로 두 사람의 문자에 응답하지 않았다.

카버와의 그날 밤 이후, 애비는 자신의 기억에 대한 신뢰가 흔들렸다. 이든과 아이작과 애비의 기억은 서로 모순됐고 구멍이 숭숭 뚫려 있었다. 아이작은 그들이 양귀비 밭에서 숨어 있던 날을 기억했지만, 총탄이 아니라 이상하게 생긴 돌멩이를 발견했다고 말했다. 이든은 그들이 손을 씻은 개수대가 실외가 아니라 실내에 있었다고 했다. 각자 모지스 윌콕스를 다르게 기억했다. 그리고 세 명 다 그 끔찍한 마지막 날에 대한 기억이 달랐다.

이든과 아이작은 그냥 그러려니 할 수 있었지만 애비는 그럴 수 없었다. 그날에 대한 죄의식은 기억의 불확실성과 뒤엉켜, 애비를 계속해서 갉아먹었다. 밤이면 잠을 설치게 했고 낮에는 긴장하고 짜증나게 만들었다. 애비는 과거에서 영원히 벗어날 필요가 있었다.

한자리에 모이자고 제의한 사람은 이든이었다. 애비는 대번에 그러자고 했다. 아이작은 별로 내켜하지 않았다. 일이 바빠서 시간을 내기 어렵다고, 주말에도 잔업을 해야 한다고 했다. 몇 달쯤 있다가 상황이 좀 진정되면 만나자고 제의했다. 하지만 애비는 견딜 수 없었고, 마침내 이든과 같이 주말에 아이작의 집으로 찾아가겠다고 했다. 아이작은 그건 어려울 것 같다고 했지만, 납득할 만한 사정을 내놓지 못했다.

뭔가를 숨기고 있는 게 분명했다. 애비는 그게 뭔지 어렴풋이 감이 왔다. 이든과 애비와 달리, 아이작은 윌콕스 집단을 나올 때 몇 가지 물건을 챙겼었다. 채팅 중에도 몇 번 그 이야기를 했었고, 심지어 이든에게 모지스 윌콕스의 사진을 보내기까지 했다. 어쩌면 뭔가 다른 것도 가지고 있을 것이다. 과거 사건들에 조명을 비춰줄 뭔가를.

그렇게 감추는 게 과연 애비를 보호하기 위해서일까? 아니면 자신의 뭔가 다른 것을 감추려는 것일까? 애비는 알아야만 했다.

애비는 간신히 아이작의 집 주소를 알아냈다. 조지타운에 살고 있었다. 몇 시간 안 되는 거리였다. 차를 몰고 보러 가서 당일로 돌아올 수 있을 터였다.

"네이선은 어때?" 애비가 머릿속 생각을 몰아내려고 물었다.

"낮에는 괜찮은데 밤에는…….." 이든이 한숨과 함께 대답했다. "매일 밤 내 침대로 온다니까."

"상담사는 뭐래?"

"시간을 주라고."

상담 비용은 개브리엘의 갈수록 늘어나는 수입으로 지불했다. 애비는 이제 개브리엘의 수입이 제 엄마를 넘어설 거라고 확신했다. 사실, 애비와 이든의 수입을 합친 것보다 더 많을 것이다. 애비는 여전히 개브리엘의 인스타그램 계정을 가끔씩 들여다보는데, 한 개인이 그렇게 많은 돈을 벌 수 있다는 게 도무지 이해가 가지 않았다. 그러니까…… 실제로 아무 일도 하지 않으면서 말이다. 하지만 이든은 개브리엘이 깨어난 순간부터 저녁 늦게까지 줄곧 일한다고 했다. 팬들에게 대답하고, 댓글을 읽고, 다른 인플루언서들과 교류하고…… 그러고 보니 지속적인 업무처럼 들리긴 했다.

"여기다." 애비가 중얼거리며 차를 세웠다. 작은 흰색 타일 벽으로 된 집이었다. 뜰은 잔디로 뒤덮여 있었고, 그 통일성을 깨는 것은 덤불 하나뿐이었다. 창들은 안을 들여다볼 수 없도록 셔터가 내려져 있었다. 애비는 몇 시간 동안 차를 몰고 오면서 실제 만남을, 아이작과의 조우를 상상하지 않으려 애썼다. 윌콕스 대학살 이후로 세 사람이 처음 만나는 순간을. 물론 아이작이 어떻게 생겼는지는 알았다. 오랜 세월 서로 셀 수도 없이 사진을 주고받았으니까. 하지만 문을 열었을 때 아이작이 어떤 표정을 하고 있을지는 전혀 알 수 없었다.

미처 불안을 가라앉힐 틈도 없이 차에서 내렸다. 셔터 안쪽에서 바깥을 엿보고 있을 아이작을 상상했다. 과거가 자신에게 행군해 오는 것을 지켜보고 있을 모습을.

노크도 하기 전에 한 남자가 문을 열었다.

"무슨 일이시죠?" 남자의 어투에는 경계심이 묻어났다.

애비가 전혀 모르는 남자였다.

"음…… 전 아이작을 찾고 있는데요. 집에 있나요?" 애비가 물었다.

"제가 아이작인데요."

"아." 실망감이 밀려들었다. 괜히 헛수고했네. 동명이인을 잘못 찾아왔나 봐. "죄송해요. 아이작 리드의 집인 줄 알았어요."

"제가 아이작 리드인데요." 남자는 얼굴을 찡그리고 가늘게 뜬 눈으로 애비를 보았다. "누구세요?"

"죄송합니다. 아무래도 저희가 잘못 찾아온 것……."

"아이작?" 이든이 뒤에서 속삭였다.

애비의 어깨 너머로 이든을 본 남자가 눈을 휘둥그레 떴다. 쓰러지지 않으려는 듯 문틀을 붙잡았다. "이든?"

애비는 남자를 본 후 이든을 보았다. 영문을 알 수 없었다. 빌어먹을, 뭐지? 이 남자는 아이작이 아닌데. 사진과는 전혀 달라 보였다.

"그래." 이든이 말했다. "나야. 이쪽은 아비하일이고. 달라 보이지. 알아."

남자는 그대로 얼어붙은 채 두 사람을 응시했다. 애비는 이제야 알아보았다. 남자는 아이작이 보낸 사진들과는 전혀 닮지 않았다. 하지만 어린 시절 토끼 같은 앞니를 드러내고 웃던 그 검은 머리 남자애하고는 닮아 있었다. 뭔가가 심각하게 잘못됐다.

마침내 남자가 말했다. "여기는 어쩐 일이야?"

애비가 눈을 깜빡였다. "우린…… 우리가 간다고 그랬잖아."

"뭐? 언제?"

"우리 둘 다 너한테 메시지를 보냈는데."

"아비하일, 난 너희하고 연락이 끊긴 지…… 30년도 더 됐어."

애비의 세상이 빙글빙글 돌고 있었다. 아니야. 그럴 리가 없어. 애비는 아이작에게서 편지를 잔뜩 받았다. 며칠 전만 해도 채팅을 했다. 거의 매일 메시지를 보냈다.

"그럼 그동안 내내 우리가 이야기한 사람은 누구지?"

(끝)

감사의 말

책을 쓴다는 건 어려운 일이다. 새로운 시리즈를 시작한다는 것은 더더욱 그렇다. 조이, 테이텀, 마빈 등등과 너무나 오랜 시간을 함께 보낸 터라, 새로운 주인공과 그 가족 및 친구들, 그리고 반려동물들이 등장하는 완전히 새로운 시리즈를 만들어낸다는 것은 자못 불가능한 과업처럼 느껴졌다. 아니, 그 길에서 나를 도와준 수많은 사람들이 없었다면 실제로 불가능했을 것이다.

우선 누구보다도 내 아내, 리오라에게 감사한다. 인질 협상가를 주인공으로 글을 쓰라고 제의한 사람이 바로 리오라였다. 난 자신이 없었다. 그보다는 언더커버 요원에 관해 쓰고 싶었는데, 아내는 "별로"라고 했다. 그 후 담당 편집자인 제시카 트리블에게 난 언더커버 요원에 관해 글을 쓰고 싶은데 아내는 인질 협상가에 관해 쓰라고 한다고 했더니, 아내 말을 들어야 한다는 거였다.

그래서 그렇게 했고, 애비가 태어났다. 리오라는 그 길의 모든 단계에서 날 도와주었다. 캐릭터를 구축하는 것부터 끔찍한 과거와 줄거리까지. 그리고 내가 쓴 글을 읽고 바꾸면 좋을 부분들을 알려주었다. 너무 많았다는 게 문제지만.

아내 말을 들으라고 조언하고, 초고 작업을 도와주고, 애비의 배경을 설정하는 데 조력을 아끼지 않은 제시카에게도 감사한다. 덕분에 애비라는 인물이 질감과 깊이를 얻을 수 있었다. 물론 언제나 그렇듯 편집도 엄청나게 잘 해주었다.

크리스틴 맨쿠소는 초고를 읽고 더 속도감이 느껴지도록 구성을 바꾸는 데 도움을 주었다. 혹시 여러분이 네이선이 납치범에게서 도망치는 대목에서 특히 손에 땀을 쥐었다면 크리스틴 덕분이다.

아버지도 초고를 읽어주시고, 애비의 직업적 전문성을 한층 끌어올리는 데 도움을 주셨다. 아버지는 심리학자셔서 내가 전문용어와 얄팍한 심리적 관찰을 책 여기저기에 흩뿌려놓는 무책임한 방식에 못마땅해하셨다.

담당 기획 편집자인 케빈 스미스에게도 책을 반짝반짝 광나게 갈고닦는 데 큰 도움을 받았다. 인내심 많은 케빈과 대화하며 함께 일하는 건 늘 그렇듯 즐거움 그 자체였다.

에밀리 해브너와 스테파니 차우는 최종고를 읽고 내 끝도 없는 문법과 철자 오류는 물론 일관성이 어긋난 부분들을 잡아주었다.

제작 편집자인 로라 배럿은 이 책을 만드는 데 필요한 조정과 행정 부분을 맡아주었다.

웨인 스티넷은 농장 습격 부분을 읽고 그냥 어둠 속에서 헤매는 오합지졸이 아니라 진짜 경찰 기동대의 작전처럼 읽히게 도와주었다.

리처드 스톡퍼드는 경찰 업무에 문외한인 내 질문에 대답해 주고 각 법 집행 기관들 사이의 협력에 관한 문제들을 헤쳐나가게 도와주었다.

내 책이 빛날 수 있도록 모든 노력을 아끼지 않는 내 에이전트, 세라 허시먼에게 감사드린다.

그리고 내 꿈을 현실로 만들게 도와준 모든 독자 여러분께 감사드린다.

옮긴이 김지선

서강대학교에서 영어영문학을 전공하고 출판 편집자를 거쳐 전문 번역가로 활동하고 있다. 옮긴 책으로 《살인자의 동영상》《진실에 갇힌 남자》《이노센트 와이프》《위스퍼맨》《83년째 농담 중인 고가티 할머니》등이 있다.

따르는 사람들

초판 1쇄 인쇄 2023년 5월 4일
초판 1쇄 발행 2023년 5월 11일

지은이 마이크 오머
옮긴이 김지선
펴낸이 신경렬

상무 강용구
기획편집 최장욱 송규인
마케팅 신동우
디자인 박현경
경영지원 김정숙 김윤하
제작 유수경

편집 박은경
본문 디자인 허성준

펴낸곳 ㈜더난콘텐츠그룹
출판등록 2011년 6월 2일 제2011-000158호
주소 04043 서울시 마포구 양화로 12길 16, 7층(서교동, 더난빌딩)
전화 (02)325-2525 I **팩스** (02)325-9007
이메일 longest@thenanbiz.com I **홈페이지** www.thenanbiz.com

ISBN 979-11-5879-204-6 03840